Diogenes Taschenbuch 170/8

Jeremias Gotthelf

AUSGEWÄHLTE WERKE

IN ZWÖLF BÄNDEN

HERAUSGEGEBEN VON

WALTER MUSCHG

ACHTER BAND

JEREMIAS GOTTHELF

Die Käserei in der Vehfreude

EINE GESCHICHTE AUS DER SCHWEIZ

DIOGENES

Veröffentlicht als Diogenes Taschenbuch, 1978
Lizenzausgabe mit freundlicher Genehmigung
des Birkhäuser Verlags, Basel

80/78/8/1
ISBN 3 257 20568 6

Einleitung des Herausgebers

Mitten unter Gotthelfs von politischer Sorge verdüsterten Spätwerken steht noch einmal eine große humoristische Dichtung, deren Heiterkeit zunächst unbegreiflich wirkt. Hat man sie einmal verstanden, so weiß man erst recht, wer dieser Dichter gewesen ist.

Der Verlauf der Kämpfe um die Neugestaltung der Schweiz, die zum überlegenen Sieg der Radikalen und zur neuen Bundesverfassung von 1848 führten, war in Gotthelfs Augen ein Unglück ersten Ranges. Diese vierziger Jahre hatten Methoden des Machtkampfes und einen Typus des erfolgreichen Politikers erzeugt, vor denen er sich bekreuzigte. Er war nicht der Einzige; durch die an der Überlieferung hängenden Geister ging damals in ganz Europa eine tiefe Enttäuschung und Ernüchterung. Der altliberale Pfarrer Bitzius, der sich so mutig für vernünftige Reformen eingesetzt hatte, verlor das Vertrauen in die Urteilskraft des Volkes und in den guten Willen seiner Führer. Aber er verzweifelte nicht und zog sich nicht in zynische Verbitterung zurück wie so viele Andere – er lachte. Einmal noch lachte er.

Die «Käserei in der Vehfreude» wurde zur Hauptsache 1849 geschrieben, also unmittelbar nach dem überwältigenden Sieg der Revolutionspartei, und erschien 1850 in Berlin. Sie ist das Hohelied der Demokratie, wie Gotthelf sie sah. Der unvergleichliche Kenner des Volkes blickt darin auf den Grund aller Politik und zeigt an einem typischen Beispiel ihre ewige Gesetzmäßigkeit. Er nimmt sie so ernst, wie sie es verdient. Sie ist ihm eine Naturtatsache, aber keine Offenbarung, ein Werk der Menschen, weit entfernt von der Weisheit Gottes. Eine Idealisierung des Volkes, wie er sie im «Uli» getrieben hatte und wie sie nun bei den freisinnigen Schriftstellern üblich wurde, war ihm nicht mehr möglich. Er schildert den «Souverän» des neuen, demokratischen Staates wieder so realistisch wie im «Bauernspiegel» und in den jugendlichen

Vikariatsberichten: als die dumpfe, gedankenlose, bald grausame, bald gutmütige Herde der «Leute», in deren Mäuler zu kommen nicht gut ist, denn sie haben «eine Galgenfreude über alles Schlechte, welches sie von Andern hören, und eine um so größere, je greulicher die Dinge sind». Seine Darstellung ist schonungslos, aber nicht trostlos, denn sie zeigt auch Positives: die gesunde Kraft und sichere Ruhe, den Stolz und Mutterwitz, die im unverdorbenen Volk daheim sind. Auf dem schwanken Gleichgewicht dieser Eigenschaften beruht wie alles Menschliche auch die Politik. Die wahre Macht liegt nicht bei den Menschen, sondern bei Gott. Der Realismus Gotthelfs fließt auch hier nicht aus Zynismus, sondern aus Religion. Sein Bild des Menschentreibens ist teils humoristische Verklärung, teils spöttische Parodie, teils haßerfüllte Satire und in allem seine Antwort auf den neuen Glauben an menschliche Staatskunst und Gesetzmacherei, die er in der Welt triumphieren sah.

Um die elementaren Bedingungen menschlichen Zusammenlebens und ihre typischen Erscheinungen aufzuzeigen, macht Gotthelf ein Dorf, diese Urzelle der Gemeinschaft, zum Schauplatz und zur Hauptperson. Ein Dorf hat keine Geschichte, seine täglichen Ereignisse sind nur Wellenschläge im Einerlei des Daseins, und auch die Menschen haben im Grund immer dieselben Gesichter. Schon in Gotthelfs früheren Büchern tritt das Dorf gelegentlich in Erscheinung, und die Steigerungskapitel des «Geltstags» weisen bereits das für den Käseroman bezeichnende ameisenhafte Gewimmel der Menschen auf. Das Motiv der Dorfkäserei holte er aus seinen Erinnerungen an die Vikariatsjahre in Herzogenbuchsee hervor, die er schon in zwei humoristischen Kalendergeschichten verwendet hatte; diese wurden nun dem Buche einverleibt. «Geburt und erstes Lebensjahr der Käserei in der Vehfreude» (so lautet der Nebentitel, auf den er nicht verzichten wollte): das ist der Wassertropfen naiven Lebens in der Gemeinschaft, den er hier unter das Vergrößerungsglas bringt. In der Vehfreude leben Gute und Schlechte, Reiche und Arme, Starke und Schwache, Kluge und Dumme einträchtig beisammen; was geschieht, ist das Ergebnis vielfältiger Kräfte und Interessen und geht immer alle an. Es gibt da keine klaren geistigen Impulse, keine sauberen Entscheidungen, der Lehm ist sozusagen das «herrschende Mineral». Aber anderseits ist die Vehfreude ein Ort, wo der Dorfstolz noch im Glanz ist. Bei festlichen Gelegenheiten, wie etwa der Käsfuhr, strahlt in ihr eine unbändige Schönheit auf. «Es ist da noch ein Gefühl, daß man weiß, was zusammengehört, was nicht, und das Zusammengehörende zusammen läßt, ohne sich in seinen Rechten beeinträchtigt zu glauben.» Solchen Sätzen hört man es an, daß Gotthelf selbst ein Kind des Dorfes ist, daß er es liebt und auf dieses Herzstück schweizerischen Volkstums stolz ist.

Dies alles wirkt auch am Beschluß der Vehfreudiger mit, eine Käserei zu errichten. Sie fassen ihn nicht aus Begeisterung für einen großen Gedanken oder aus sachlicher Überlegung, sondern weil Käsereien jetzt die große Mode sind und weil sie sich damit um eine viel vernünftigere Neuerung, den Bau eines Schulhauses, drücken können. Nun zieht die neue Zeit auch in ihr verschlafenes Nest ein und weckt überschwengliche Erwartungen und ein ganz neues Leben: das Käsfieber, eine Form des politischen Fiebers, des Zeitgeistes, der modernen Kultur! «Es ging eine große Zeit über Vehfreudigen auf, als ein bedeutender Teil seiner Bürger zu Gesetzgebern geriet und Statuten und Reglement ersinnen sollte. Nun, man half sich, wie man sich hilft, wenn man Verfassungen machen soll und selbst nichts davon versteht: man ließ sie von andern Orten her kommen. Aber nun war doch nichts gut genug; jeder wollte noch was hineinschmuggeln und erlisten, von dem es ihn düechte, es wäre kommod für ihn und ein Lätsch um den Hals für Andere.»

Die Schilderung der Versammlungen, in denen die Käsegenossenschaft sich konstituiert und die Vorkommnisse des ersten

Geschäftsjahrs behandelt, gibt eine ergötzliche Anschauung davon, wie das große Werk mit Ach und Krach auf wenig ruhmreiche Art ins Leben tritt, weil alle nur an ihren eigenen Nutzen denken. Diese Szenen sind stark satirisch gefärbt. Gestalten wie Eglihannes, Mani und Schabohr, die dann bis auf eine fallen gelassen werden, sind offenbar äußerst feindselige Porträts bestimmter freisinniger Politiker. Auch später noch, etwa in Felix' Gespräch mit dem Polizisten, bricht ein maßloser Haß gegen die neuen Herren hervor, der sich gelegentlich (besonders großartig im 20. Kapitel) zu prophetischen Entlarvungen des modernen Denkens steigert. Dieser Polemik hält aber von Anfang an ein Wille zur Mäßigung die Waage, sodaß die Schranken der humoristischen Idylle nicht ernstlich durchbrochen werden.

Die große Frage ist, ob die Käserei für die Vehfreude etwas Gutes oder etwas Übles bedeutet. Denn es stellt sich bald heraus, daß der Gewinn aus ihr nicht so sicher ist, wie man angenommen hat. Gotthelf selbst macht aus seiner Abneigung gegen diese Errungenschaft des Fortschritts kein Hehl. Daß nun blecherne Bränten die schönen alten Holzgefäße verdrängen, ist ihm nur eines unter vielen Zeichen dafür, daß wieder eine ganze edle Überlieferung dem kalten Wind des Zeitgeistes zum Opfer fällt. Die Käserei zerstört das patriarchalische Verhältnis zwischen Mensch und Tier und bringt die Sucht nach immer neuem Wechsel, das unersättliche Gelddenken in die Bauernhäuser hinein. Welcher Vorteil ergibt sich daraus? Das hängt davon ab, in welcher Gesinnung man die Neuerung übernimmt. Segensreich ist sie für die Bedächtigen, die auch an ihr den guten alten Gemeinsinn bewähren. Für den dummen Peterli und seine noch dümmere Frau, die von ihr ein blaues Wunder erwarten, wird sie zur bösen Enttäuschung. Auch die schwarzen Schafe von der Sorte des Eglihannes, denen sie nur eine neue Gelegenheit ist, im Trüben zu fischen, und die von den Schulmeistern zum Maulheldentum erzogene Jugend kommen nicht zu ihrem Profit. Das erste Jahr der Käserei wird die große Probe, in der sich die Geister scheiden und Viele durch Schaden, Andere gar nicht klug werden. Es geht alles so krumm und verkehrt wie nur möglich. Ein Höhepunkt des Ränkespiels ist die im neunten Kapitel geschilderte Versammlung, die durch den Bericht der Untersuchungskommission über vorgekommene Betrügereien in Aufruhr gerät, schließlich aber durch die Worte eines erfahrenen alten Bauern beruhigt wird. Aus Gewinnsucht vertraut man den Verkauf der Käse dem von allen verachteten Eglihannes an, und zu guter Letzt geht man diesem Lumpen abermals auf den Leim. Daß bei alledem etwas Gutes herauskommt, scheint ein Wunder.

Aber der Kern des Volkes ist eben gesund. Er besteht aus den Stillen im Land vom Schlag des Bauernpaares im Nägeliboden, das mit seiner zähen Tüchtigkeit einen verwahrlosten Hof wieder in die Höhe bringt. Wie Bethi für ihren Mann ein Vermögen wert ist, gereicht dieses Haus dem ganzen Dorf zur Zierde. Am hellsten glänzt allerdings der Name des reichen Ammanns der wie sein als Kronprinz heranwachsender Sohn die natürlichen Vorrechte des Starken genießt. Denn die Menschen sind von Natur weder gleich stark noch gleich gut, und für Gotthelf gehört es zur natürlichen Ordnung der Dinge, daß dieser Tatsache Rechnung getragen wird. Der Kanton Bern sei «trotz aller äußern Form in seinem Wesen durch und durch aristokratisch», sagt er auch hier, der modernen Gleichmacherei widersprechend. Der Ammann regiert das Dorf dank dem natürlichen Gewicht seiner Person und seines Besitzes, aber auch er herrscht nicht unbeschränkt: die Bauern verweigern ihm gelegentlich in aller Gemütlichkeit die Gefolgschaft, was seinem Hochmut gewaltig zusetzt, dazu ist er unter dem Pantoffel der Ammännin. Der junge Felix aber, der Herzog der Nachtbuben, in dem Gotthelf noch einmal mit sichtlichem Wohlgefallen die Bärenkraft des Bauerntums spielen läßt, wird von der Höhe seines Übermuts in eine Schule der Besinnung hinabgeworfen, in der er lernt, daß die Welt nicht seinem Mutwillen ausgeliefert ist. Seine wilde Kraft wird gezähmt und zur Verantwortung erzogen. Das geschieht durch die Liebe. Felix setzt es zuletzt bei seinen standesstolzen Eltern durch, daß nicht ihre Spekulationen und nicht die Rücksicht auf die Leute, sondern seine Liebe zu dem einstigen Verdingkind Änneli den Ausschlag gibt.

Wahrhaft böse ist nur, wer keine Verantwortung gegenüber der Gemeinschaft kennt. Das ist der gottlose Egoismus des Einzelnen, der Vater der modernen Anarchie. Der schmierige Eglihannes, der als verkrachte politische Größe in die Vehfreude gezogen ist, verkörpert diese Gefahr der neuen Freiheit, die allen ohne Unterschied, auch dem Gesindel, die Fesseln löst. In dieser Karikatur kündigt sich der große Zeitroman «Zeitgeist und Berner Geist» an, in dem es immer wieder heißt, der Radikalismus sei nicht bloß eine politische Partei, sondern eine geistige Krankheit, die ganz Europa vergifte und die christliche Weltordnung zerstöre. Diese Folgen des Umsturzes hat Gotthelf mit Eglihannes im Auge. Er behandelt ihn als Feind der Gemeinschaft, weil er zugleich gottlos und ein Halunke ist. Seine moralische und seine geistige Minderwertigkeit gehen Hand in Hand. Die Figur wird verständlich, sobald man sie als Sinnbild alles Schlechten auffaßt, was aus dem modernen Freiheitsevangelium entstehen kann und entstanden ist. Denkwürdig scheint uns heute nicht nur, wie unerhört scharf mit ihr ins Gericht gegangen wird, sondern auch, welche Rolle ihr zugewiesen ist. Trotz der unbegreiflichen Lässigkeit der Bauern gegenüber diesem Gauner gelingt es Eglihannes nicht, an die Macht zu kommen. Die Verachtung hält ihn in Schach, die guten Kräfte werden zuletzt doch mit ihm fertig.

Daß man ihm aber nicht besser gewachsen ist, liegt allerdings in der Natur der Vehfreudiger. Sie sind nur dem Namen nach Christen, in Wahrheit abergläubische Heiden und deshalb dem Bösen leicht zugänglich. Männer und Weiber leben in der trüben Luft des törichten Geschwätzes, des ungenauen Hörensagens, der triebhaften Gefühle. Dieses Fluidum der «Dorfgeschichte in ihrer ganzen Tiefe und Fülle», dessen, was «am Brunnen geht und vor den Gadenfenstern», ist von Gotthelf genial eingefangen worden. Phantastische Gerüchte und abergläubische Bräuche begleiten auch den Betrieb der Käserei. Das böse, neidische Dürlufteisi verschreit die Nägelibodenbäuerin als Hexe und versucht sie totzubeten. Zuletzt bringt Eisi mit anonymen Verleumderbriefen das ganze Dorf in einen dämonischen Aufruhr. Auch diese etwas kalenderhafte Episode hat einen politischen Anstrich, denn sie ist als Gleichnis für die Hölle der politischen Gerüchtemacherei und des Terrors gemeint. Noch einmal erhebt sich das große Thema des «Anne Bäbi Jowäger»: die Frage nach dem Zusammenhang von Unglauben und Aberglauben. Über ihn stellt Gotthelf auch hier tiefe Betrachtungen an. Er unterscheidet wie dort den «höheren Aberglauben» der Religion, zu dem er sich selbst bekennt, vom krassen Aberglauben der Gottlosen, der die gefährliche Hintertüre für allen Volksbetrug sei. «Je weniger man Gott fürchtet, desto mehr fürchtet man sich vor den Menschen»: das ist seine große Erfahrung aus der Revolutionszeit, mit der er sich die unbegreifliche und unverzeihliche Verführbarkeit der Menschen, ihre Anfälligkeit für alles Schlechte erklärt.

Wenn die Männer dem neuen politischen Köhlerglauben zugetan sind, so huldigen die Weiber mit Vorliebe dem alten natürlichen. Ihnen ist der schwärzeste Unsinn nicht schwarz genug, jede Gemeinheit findet bei ihnen willige Ohren, wenn sie ihrer Dummheit oder Bosheit entgegenkommt. Gotthelf hat die Frau oft derb gezeichnet, aber nirgends mit einer so durchgehenden Derbheit wie in diesem humoristischen Roman. Es ist von den «Weibern» immer in der Mehrzahl die Rede (im 21. Kapitel sogar von den Gründen davon), und man stößt auf viele Reflexionen über ihren Charakter, die das naiv Triebhafte, Gedankenlose, Grausame an ihm betonen. Diesen abschätzigen Urteilen entsprechen die zahlreichen Auftritte, wo man die Vehfreudigerinnen wie Hühner aus ihren Häusern hervorschießen, schnatternd beisammenstehen oder aus einer aufgeregten Klatscherei davonstieben sieht. Für sie ist die Käserei ein unerschöpflicher Stoff zu Tratsch, Gezänk und Rivalitäten. Die Bäuerinnen sind wegen des Senns aufeinander eifersüchtig, die Mägde leben mit den Meisterinnen in heimlichem Krieg, die Mädchen fallen mit Lästerzungen übereinander her. Es ist auch eine Eigenheit der «Käserei», daß die Weiber gern in einem Atemzug mit den Kühen genannt werden, wobei anzügliche Vergleiche nicht gespart sind. «Die Vehfreudiger kannten zwei Dinge vortrefflich: erstlich ihr Vieh, zweitens ihre Weiber, und die waren handlich», heißt es gleich im ersten Kapitel. Am weitesten ist diese Derbheit in der Figur des Dürlufteisi getrieben, einer wahren Hexe an bösartiger Beschränktheit und Habgier, der im Hochgefühl ihrer Streitsucht zumute ist, als sei sie «in der Ewigkeit, im Weiberhimmel, wo ein Schwatzen ist ohne Anfang und ohne Ende». Die Ammännin und Bethi, besonders aber das holde Änneli stellen daneben die Lichtseite der weiblichen Natur dar, aber sie leuchtet in dieser Atmosphäre nicht so hell wie sonst. Denn auch die Liebe ist in diesem Buche (man lese daraufhin das 19. Kapitel) ganz sinnlich aufgefaßt und ständig mit dem Tier- und Pflanzenleben in Verbindung gebracht. Ännelis und Felix' Gefühle bleiben gattungshaft. Bei Felix äußern sie sich in unklarem Weichwerden und primitivem Trotz; daß er bei einem Roßhandel den Kopf nicht ganz beisammen hat, ist schon viel.

Auch diese Darstellung der Frau und der Liebe hat ihre politische Seite, denn die Vehfreudigerinnen sind von Anfang an instinktiv gegen die Käserei eingenommen. Sie sehen richtig voraus, daß sie für sie einen schweren Verlust bedeutet, weil sie ihnen die Gewalt über die Milch nimmt. Daraus entsteht eine unvergleichliche Vertiefung der Fabel. Der Kampf um die Käserei wird ein Kampf zwischen Männern und Weibern, eine neue Episode in dem uralten Krieg, wie er im Haus der Jowäger und anderswo geführt wird. Auch dieses Thema erweitert die «Käserei» ins Kollektive des Dorflebens. In der Vehfreude herrschen nur scheinbar die Männer. Mögen diese in ihren Versammlungen und Wirtshäusern was immer beschließen, daheim muß jeder seinem Hauskreuz Rede stehen. Alle politischen Aktionen haben ihr Vor- und Nachspiel unter vier Augen. «Wie den Männern allen diese Gedanken gekommen», heißt es bei der Wiederwahl des Senns, «das wußten sie wahrscheinlich nicht, wohl ungefähr so wie die Nastücher in die Taschen und die Halstücher um den Hals: sie brachten sie einmal mit.» Diese verborgene Weiberherrschaft rückt die «Käserei» in eine wahrhaft urzeitliche Perspektive. Fast gleichzeitig mit ihr entstand das «Mutterrecht» des Basler Mythologen Johann Jakob Bachofen, dessen kühner Gedanke einer vom Weibe regierten Kultur in diesem Dorfroman dichterisch gestaltet ist. Auch gedanklich kommt Gotthelf seinem ihm wesensverwandten großen Zeitgenossen sehr nahe, wenn er etwa (im 22. Kapitel) über das wahre Verhältnis der Geschlechter philosophiert: «Man spricht viel und verächtlich von Weiberregiment, da weiß man nicht, was man spricht; wo rechte Weiber sind, ist dies Regiment überall.»

Der Brodem des Primitiven, Animalischen durchzieht die ganze Erzählung. Gotthelf schöpft noch einmal aus dem Vollen, sein Stil ist großflächig wie auf einem Fresko, oft grob und summarisch, besonders in der Zeichnung der Personen. Mensch und Tier stehen ihm so nahe beisammen wie Liebe und Stoffwechsel, Essen und Religion; schon der Titel des Buches atmet ja diese Sinnlichkeit. Die Handlung geht mit Vorliebe im Stall und in der Sennhütte, auf dem Markt und in vollen Wirtshäusern vor sich, die Szenen mannigfaltigen Schimpfens, Streitens und Brüllens gipfeln in klassischen Prügeleien, in denen sich der kriegerische Drang der Männer auslebt. Es gehört zum Humor des Buches, daß sogar die Kühe in den Ställen so etwas wie mithandelnde Personen sind, weil so viel von ihnen die Rede ist und Gotthelf sich durch sie zu ausgelassenen Bildern animieren läßt. Das Meisterstück dieser Art ist der aus dem Kalender ins elfte Kapitel übernommene Brief einer Kuh, in dessen satirischer Phantastik der Geist Grimmelshausens und Fischarts aufersteht. Das Leitmotiv bildet in alldem der Käsegeruch, der in zahllosen Wortbildungen allgegenwärtig ist. Auch er hat einen humoristischen Doppelsinn. Denn das ganze Werk beruht auf dem großartigen Einfall, die Käserei zum Sinnbild des politischen Treibens zu machen. Daher wird auch die Käsebereitung selbst fortwährend mit witzigen politischen Anspielungen beschrieben, aus denen hervorgeht, daß dem Humoristen Gotthelf alle Politik, die große wie die kleine, nichts anderes ist als eine solche Käserei. Vom Umrühren und Scheiden der Milch im Kessel heißt es: «Ins Ungleiche kann man das Ungleiche rühren, aber wenn die Gewalt ein Ende hat, scheidet doch wieder das Ungleiche sich vom Ungleichen.» Die beim zweiten Feuern ausgeschiedenen Fetteile, «welche dem Käs sich nicht anschließen wollten», sind «so gleichsam die Unzufriedenen, welche, dieweil sie nicht die Ersten sein konnten, nicht die Letzten sein wollten, sich zurückzogen. Diese müssen jetzt auch raus, kommen in die Höhe, wo sie die große Kelle faßt und beiseite wirft, um die Käsmilch herauslaufen zu lassen, denn die taugt zu etwas Ordentlichem nicht.» Auch die Liebe wird in diesen anrüchigen Vergleich einbezogen. Die Frommen wollen die Käshütte nicht am Sonntag, sondern am Freitag eröffnen, weil man an diesem Tag auch heirate. «Das halte fest, was an diesem Tage gemacht sei. Beim Käsen sei ja das Kopulieren und daß die Käse fest würden und sich hielten, die Hauptsache und daß die Käsbauern zusammenhielten und gute Milch zusammenbrächten.» Dazu paßt die Antwort, die Felix seiner Mutter auf ihren Heiratsvorschlag gibt: «Wenn du meinst, das sei eine für mich, so kann ich ja probieren, es kommt ja nicht darauf an. Aber e Käs wird das kaum geben.»

Den Höhepunkt dieser Symbolik bringt die berühmte Beschreibung des Langnauer Käsemarktes. Hier steigert sich das Bild des Dorfes zum Schauspiel des Marktgewimmels, das es Gotthelf schon immer angetan hat. Er gestaltet als erster deutscher Erzähler die Masse, die kurz vorher von Georg Büchner und Grabbe zum Vorwurf dramatischer Gestaltung gemacht worden war. Das zeigt erneut, wie tief er durch die Vorgänge der Revolution erschüttert wurde. Im «Schulmeister», der die erste bäuerliche Massenszene enthält, verliert der kleine Peter Käser im Marktgetümmel seinen Vater und erlebt die Angst des ewigen Verlorenseins. Der Käsemarkt zu Langnau aber ist ein Fest der dionysischen Lust, wo Mann und Weib frohlockend in der Menge untergehen. Das Zusammenströmen der Menschen und Tiere auf den nächtlichen Landstraßen hat etwas vom Tumult antiker Opferfeste, und wirklich öffnet sich nun der Horizont ins Mythische. Der Talboden von Langnau wird zum ungeheuren Käskessi, in das sich die Straßen der Heimat entleeren. Für einen Augenblick wird der «große Senn» sichtbar, der diesen Kessel über das Feuer dreht, die Masse zerhackt und umrührt, die Knollen zerdrückt, das Sichbinden des Gleichartigen und das Sichscheiden des Ungleichartigen erleichtert, dann sein großes Netz nimmt und mit gewaltigem Arm den guten Teig herauszieht und unter die Presse legt, den Rest aber weggießt. Büchner stellt in «Dantons Tod» die Revolution als die Mühle der tragischen Vernichtung dar, Gotthelf rettet sich lachend in diese Vision des kosmischen Käsekessels, den ein höherer Arm regiert. Hier sieht man klar, daß sein Lachen nicht aus der Verzweiflung kommt. Als Christ, nicht als Nihilist macht er sich über diese Welt lustig. Die nun folgenden herrlichen Szenen der hochgehenden Lebensfreude führen das Gleichnis im Einzelnen aus und münden in die schönste aller Gotthelfschen Schlägereien. Die sieben Abgeordneten aus der Vehfreude tauchen, der Ammann voran, in der ungeheuren Masse der Streitenden unter, die nicht wissen, warum sie sich schlagen, und erleben noch einmal die Wonne, willenloser Teil eines großen Ganzen zu sein. Dann löst sich der riesige Knäuel auf und verläuft sich, selig ermüdet oder wild enttäuscht, bis tief in die

Nacht hinein – ein homerisches Nachspiel zum Fest des großen Tages.

Das ist Glück und Trauer des kreatürlichen Daseins, wie es in der Vehfreude gelebt wird. Es ist rings um die Erde und durch alle Zeiten dasselbe – auch diese Symbolik wird in der humoristischen Vogelschau sichtbar. «Wie die Erde rund ist, daher eigentlich nirgends oben oder unten ist, so ists im Grunde auch mit der Menschheit; da ist nichts oben, nichts unten, nichts hinten, nichts vornen, sondern sie ist überall die gleiche; drehe man sie, wie man will, kriegt man immer die gleichen Menschen in die Finger.» Deshalb werden die banalen Begebenheiten in der Vehfreude immerzu drollig zu den Dingen auf dem weiten Erdenrund in Parallele gesetzt. «Es kam die Zeit, wo die Schneegänse wandern und die Meitscheni zMärit laufen», oder: «Wie man in Amerika mit Spannung auf die Taubenzüge harrt, in Friesland auf die Enten, in Lappland auf die Häringe und in Grönland auf die Walfische, harrt man im Bernbiet auf die Käsvögel, das heißt auf die Käshändler, welche den schönen Mulchen nachstreichen über Berg und Tal.»

Als schwankhafte Chronik einer erdichteten Ortschaft ist die «Käserei in der Vehfreude» ein Nachzügler des Volksbuches von den Schildbürgern. Im Schatten der Revolution von 1848 entstanden noch andere Dichtwerke, die das Weltgeschehen satirisch oder humoristisch in den Torheiten eines solchen Spießernestes nachbildeten. Wir erwähnen nur Gottfried Kellers 1856 erschienene «Leute von Seldwyla», die ohne Zweifel unter dem Eindruck der «Käserei» konzipiert wurden. Gotthelf spricht von seinen Vehfreudigern schon in demselben ironischen Ton wie Keller von seinen Seldwylern. Im 23. Kapitel stößt man übrigens auf die Redensart «das Schmer von der Katze kaufen», aus der Keller sein Katzenmärchen hervorgesponnen hat. Noch seine «sieben Aufrechten» am Schützenfest erinnern lebhaft an die sieben Ausgeschossenen am Langnauer Markt.

Es ist an der Zeit, zu erkennen, daß Gotthelfs Käseroman ein nicht weniger kostbares Vermächtnis darstellt als Kellers Geschichtenzyklus. Auch er ist ein von tiefer Weisheit eingegebenes heiteres Gleichnis der Schweiz aus der Zeit ihrer politischen Wiedergeburt. Wenn er die Gefahren der Erneuerung dunkler malt und den Wert der politischen Betriebsamkeit weniger hoch veranschlagt, überhaupt das Verhältnis von Mensch und Schicksal anders sieht, als es bei Keller der Fall ist, so kommt er damit unsern heutigen Erfahrungen und Empfindungen um so näher. Wer sein Lachen auch jetzt noch nicht mitlachen kann oder will, wird sich doch der Erkenntnis nicht verschließen, daß die Lebenskraft eines Staatswesens und einer Staatsform nicht leicht schöner bewiesen werden kann als durch diesen Spott eines Besiegten, der in allem Zorn und Gram über seine Niederlage den Glauben an die Menschen nicht verliert.

Der Text der Berliner Erstausgabe zeigt in Formen wie «sonderbar» statt «bsunderbar», «z'unnütz» statt «zUnnutz» u. a. die Hand des Berliner Bearbeiters. Die gegen den Schluß auftretenden mundartlichen Partien sind sehr fehlerhaft gesetzt. Wir haben die störendsten Verstöße verbessert, soweit es sich verantworten ließ, ebenso eine Reihe offenkundiger Verschreibungen und Versehen des Setzers. In der Vermehrung der Abschnitte sind wir dem von H. Bloesch besorgten kritischen Neudruck in der Gesamtausgabe gefolgt, nur daß wir die Abschnitte teilweise anders legten. Die Interpunktion wurde neu überprüft und namentlich die Unzahl von Ausrufszeichen getilgt, die eine falsche Bewegung in den Gotthelfschen Dialog hineintragen.

Geburt und erstes Lebensjahr der Käserei in der Vehfreude

Vorwort

Meinen lieben Lesern lege ich eine neue Erzählung vor. In den tiefern Schichten der Gesellschaft und der Geschäfte entsteht und wickelt die Geschichte sich ab, und zwar hauptsächlich schattenhalb. Ich entschuldige mich deshalb nicht, möchte bloß meinen geneigten Lesern in Erinnerung bringen, was hier wie in andern Schriften mein Streben ist. Ich möchte inneres und äußeres Leben aufrollen für jedes menschliche Auge, zur Selbstschau alle veranlassen. Hauptsächlich aus den unbekannten Schichten hebe ich dieses Leben aus. Ich möchte zur Erkenntnis bringen, daß das Leben der Luft gleicht: oben und unten ist die gleiche Luft, nur oben und unten ein wenig anders, gröber oder feiner gemischt; daß von Natur in sittlicher Beziehung die Menschen sich viel näher stehen, als man ihrem Äußern nach glauben sollte. Ich möchte zeigen, daß Schattenseite und Sonnenseite im menschlichen Leben nicht von äußern Umständen, sondern von etwas Höherem abhängen. Je nachdem die Welt im Gemüte der Menschen sich abspiegelt, wird Schatten oder Licht aufs Leben geworfen, verklären oder verdunkeln sich die Verhältnisse. Der Grund, warum die einen Gemüter lichtstrahlend werden, die andern dunkle Körper bleiben, ist in dieser Erzählung vielleicht weniger nachgewiesen, als mancher Leser wünschen möchte und der Verfasser es gerne getan hätte. Alles will in einen Rahmen sich nicht fügen. So der Herr will, soll, was hier vermißt wird, bald in einem andern Bilde befriedigend ergänzt werden.

Der Verfasser glaubt die wahren Bedürfnisse der Zeit zu kennen, und sein Streben ist, daß die, welche Mut und Willen haben, diesen Bedürfnissen abzuhelfen, zufrieden bleiben mit

Jeremias Gotthelf.

Lützelflüh, den 27. Juni 1850

ERSTES KAPITEL

Der Ratschluß

Es dunkelte unter dem Himmel. Hier und dort guckte ein Sternlein auf die Erde nieder, als beschaue es das Treiben der Menschenkinder und prüfe ihr Tagewerk. Wer weiß, ob es nicht so ist? Wer weiß, ob die Sterne nicht die Augen Gottes sind, welche tragen zum Throne der Majestät im Allerheiligsten, was sie sehen auf der Erde, was sie lesen in den Herzen? Wer weiß, ob sie nicht Warten sind, von welchen die geschiedenen Geister niederschauen müssen auf das Tun ihrer Kinder, und wie ihr eigen Tun aufgeht und sich verschlingt zu einem Gewebe, welches keines Menschen Auge sieht, am allerwenigsten übersieht? Dann mögen die Kometen, die hohlen, neblichten, unfruchtbaren, so gleichsam die himmlischen Dampfschiffe in Drachengestalt, die Warten schlechter Regenten sein, Demagogen und Demagöglein, Jakobiner und Jesuiten, welche der liebe Gott durch den Himmel kutschieren läßt auf Drachenschwänzen, damit sie in beständiger Höllenangst, an irgend einem festen Sterne zerschellt zu werden, betrachten müssen allerwärts, was sie getan und wie das Unkraut, welches sie ausgesäet, sich verflichtet zu Höllengewändern für sie, wenn einmal Himmel und Erde zusammenbrechen und in Himmel und Hölle das All sich scheidet. Nun, was für uns die Sterne sind, wir wissen es nicht, und kein Baumeister, nicht einmal ein obrigkeitlicher, wird zu finden sein, welcher den Neugierigen eine Brücke schlägt von einem Stern zum andern Stern. Das wissen wir, daß wenn wir so ein schlecht zu einem Regenten geratenes Demagöglein wären, wir, wie so viele andere Sünder, kriegten das Zittern, wenn so ein Drachengebilde am Himmel erschiene, wir müßten denken, ob vielleicht das der Schwanz sei, auf dem wir reiten müßten, der gekommen sei, uns wegzufegen und aufzunehmen zum rasenden, schauerlichen Ritt. Die Brille täten wir weg, und auf den Straßen ließen wir uns nicht sehen, solange er am Himmel wäre.

Am Abend, von welchem wir sprechen wollen, stand kein Komet, keine Zornrute Gottes oder ein demagogischer Drachenschwanz am Himmel, sondern freundliche, klare, runde Sterne ohne Schwanz. Allen voran funkelte der prächtige Jupiter, so alt schon und immer noch in ungeschwächtem Glanze. Man hätte fast glauben können, er hätte seine alten Streiche auch noch nicht vergessen, belausche irgendwo in dunklem Haine an süßer Quelle ein badend Mädchen, sende ihm Liebesblicke, bahne durch sie einen Weg sich in den dunklen Hain an die sprudelnde Quelle. Doch diesmal hätte man sich übel getäuscht, mit Unrecht dem alten Papa Schalkhaftes zugemutet, denn kein schönes Mädchen war zu sehen weit und breit. Neugierig war er vielleicht, sah gespannt zur Erde, aber auf ein Dorf, welches sicherlich schon mehrere hundert Jahre auf dem gleichen Flecke gestanden war. Es war stattlich angeschwollen, hatte über Hügel und Löcher, auf denen und in denen Häuser standen, sich ausgedehnt, bestand aus großen und kleinen Häusern, ansehnlichen Mistlachen, geleckten Misthaufen, verwahrlosten, aber saftigen Straßen und riegeldicht stehenden Bäumen, welche eine ziemlich ungebundene Freiheit zu genießen schienen.

Mitten drin, das heißt im Dorfe, nicht in einer Mistlache, obgleich man es beinahe auch sagen konnte, stand auf schlechten Füßen, durchsichtig, mit borstigem Dache und flatternden Strohwischen ringsum, kurz ganz wie ein ungekämmtes

Bettlermädchen im Winter, ein mittelgroßes Haus. Über dieses Hauses wenigstens zwei Fuß hohe Schwelle stolperten Menschen mühselig einer nach dem andern. Sie glichen aber auch nicht von ferne schönen, schlanken Mädchen: sie hatten Mannskleider an und Rücken drin wie halbe Tennstore, Pfeifen im Gesichte und trappeten vor dem Hause gleichgültig und schwerfällig alle Pfützen aus. Viele stellten sich nicht weit von gedachtem Hause vor einem andern, stattlicheren auf, vor welchem ein freier Platz war und in welchem ein sterbend Lichtlein mühsam sein Leben fristete. Hinter den stehenden Haufen ging eine schwarze Gestalt, stellte sich aber nicht, sondern ging vorbei. Die Meisten suchten sie nicht zu sehen, einige Wenige, welche es nicht vermeiden konnten, lüpften an ihren Kappen, als ob sie zweizentnerige Käse wären. Die schwarze Gestalt nahm keine Notiz davon. «Er ist taub», sagte einer. «Mira», antwortete ein Anderer. «Er hät dr Wyl, wieder zfride zwerde», meinte ein Dritter. Doch gaben alle ihre Meinung halblaut ab; recht wäre es ihnen nicht gewesen, wenn die Gestalt es gehört hätte.

Zwanzig Schritte hinter dieser kam eine andere Gestalt mit einer dunkeln Anglaise angetan, mit beiden Händen über der Brust sie zusammenziehend. Im Gesichte, unter der Nase durch, schwebte ein Schatten, im Lichte des Jupiters konnte man nicht recht unterscheiden, wars etwas Ungewaschenes oder der Anflug eines Schnäuzchens. Diese stellte sich bei einem Haufen, zog die Anglaise noch enger zusammen und sagte: «Loset, ihr Manne, was ihr erkannt habt, ist nit recht, nit recht, soll dann euer Lehrer immer in einem Schweinestall wohnen? Solange er nicht auch zu einer rechten Wohnung kommt, kommt er nie zur rechten Anerkennung und Achtung. Und ich weiß doch, ich weiß, daß ihr Männer seid, welche begreifen, was ein Lehrer ist und was er verdient, was er verdient. Ich weiß das. Dabei wird es nicht sein Verbleiben haben. Einstweilen tröstet mich nur eins, und das freut mich, ich muß es sagen: der Pfaff hat so an ein neues Haus gesetzt, und er ist schuld, daß ein solches befohlen worden ist von oben herab, obschon es für den alten Hundestall nicht schade wäre, und das wärs nit, ich muß es sagen. Aber was der Pfaff mit seinem Treiben wollte, das begreif ich nicht, begreif ich nicht – der Krebsgänger, der Jesuit und Aristokrat, der er ist, ist, ja ist! Das ists, was mich freut und tröstet bei der heutigen Erkenntnis, daß der Pfaff sieht, daß er nichts zwängen kann und wieviel er giltet in der Gemeinde, daß man so auf Jesuiten und Pfaffen nüt meh het, nüt meh het, ja nüt meh het!» Auf diese schöne Rede antwortete niemand geradezu. «Wey mr hey oder hey mr e Schoppe?» hieß es.

Das Haus, vor welchem man stand, war das Wirtshaus, welches nach einer Gemeindeversammlung auf Gäste hoffen darf, darum brannte auch Licht darin; die vorsichtige Stubenmagd hatte es angezündet und war deswegen vom Wirt geschnauzt worden. Der duldete nicht, daß man Licht zUnnutz brauche; war kein Gast da, warum sollte man Licht brennen in der Gaststube? Der Wirt hatte gar kein teilnehmendes Herz; um die Leiden eines Gastes, welcher unter der größten Lebensgefahr erst die Gaststube suchen und, hatte er sie gefunden, in Pein und Not eine halbe Stunde im Trocknen sitzen mußte, bis man Licht gemacht, kümmerte er sich gar nicht. «Die können zum Pintenwirt oder zum Speisewirt gehen, wenn sie nicht warten mögen», sagte er. Warum sagte er so? Darum, weil er eben nicht von einem Schoppen oder zweien leben mußte und weil er guten und reellen Wein hatte, so daß, wer den Unterschied kannte, lieber eine Stunde wartete als weiterging. Das fremde Gesindel kümmerte ihn nicht, ja es war ihm am liebsten, er mußte nichts davon sehen. «Was hey mr drvo, he?» pflegte er zu sagen.

Die schwersten der stehenden Männer lenkten dem Wirtshause zu, machten diesmal den Vortrab, einige leichtere deckten ihnen den Rücken; die Mehrzahl verschwand in den hier sich kreuzenden Gäßlein. Alleine blieb stehen der Redner, der Schulmeister des Ortes. Kein Mensch hatte ihm gesagt: «Komm, ich zahle einen Schoppen!» Steif stand er da; endlich fuhr er einem korallnen Uhrenbändchen nach herab in die rechte Westentasche, kriegte seinen neusilbernen Bräter beim Schopf, und nach andächtig angestellten Betrachtungen stieß er den Bräter wieder an den alten Ort und marschierte wild links ab. Was er dachte, wissen wir nicht, und was wir nicht wissen, darüber schweigen wir, werden uns daher auch nie zum entschiedenen schulmeisterlichen Fortschritt erheben. Nach den eilenden Schritten und den fliegenden Händen zu schließen, muß es jedoch etwas sehr Wichtiges gewesen sein, was sein Gemüt bewegte.

Das Dorf, über welchem Jupiter längst weitergeschritten war (denn an derlei Kreaturen, wie da sich ihm darboten, hatte er nie großes Interesse gezeigt), hieß die Vehfreude und hatte einen großen Tag erlebt. Den Vehfreudigern hatte die Regierung befohlen gehabt, ein Schulhaus zu bauen, und sie hatten soeben beschlossen, keins zu bauen; dessen waren sie stolz, denn solches Trotzbieten war nicht gefährlich, und daß es je Folgen gehabt, kennen wir kein Beispiel, wären begierig, eins zu vernehmen. Der Bau wäre sehr dringlich gewesen um der Kinder und des Lehrers willen, den man hätte sollen an die Wand kleben können, weil er nicht Platz zum Stehen hatte in der Schulstube. Wie der Lehrer den Beschluß auffaßte, haben wir gehört, wieviel die Bauern ihm darauf hielten, haben wir gesehen. Ihn ging ihr Beschluß gar nichts an, er zahlte nichts daran, sie hatten ihn auch nicht seinetwegen gefaßt, denn sie liebten ihn nicht. Für ume son es Schumeisterli wollte er wohl viel zwänge. Sie wollten sich so gleichsam en famille freuen, daß sie es den Fötzeln drinnen, wo man zehn auf den Kopf stellen könnte, ehe ein Taler aus einer Tasche fiele, gezeigt, wer eigentlich Meister sei im Lande. Sie freuten sich darauf, was für eine Miene die Regenten in der Stadt drinnen jetzt ziehen und welche Manövers sie jetzt machen würden, um die Pfeife einzuziehen, doch so, daß es niemand merke. Sie lachten über den Pfarrer, der nicht merke, wie gut das Schulmeisterkrötli es mit ihm meine; und weil sie von reinem Interesse an einer Sache nichts wußten, so meinten sie, er wüßte jetzt, was er den Jagdhund von seinen gnädigen Herren und Obern zu machen habe und wieviel die Bauern ihm darauf hielten. Er solle sehen, daß er es mit ihnen, den Vehfreudigern, wohl könne, den Andern hätte er nichts nachzufragen, *sie* seien jetzt Meister.

«Ja», sagte ein alter, gewaltiger Bauer, «das haben die Alten eigentlich begriffen, daß wenn wir wollten, wir eigentlich Meister wären, und haben uns nichts Ungattliches zugemutet und haben noch Mitleid gehabt mit den armen Schuldenbäuerlein, welche so ein Hausbau fast zBode macht, welche mich auch immer so beelenden, wenn man ihnen immer Neues zumutet» (von diesem Beelenden wollten die armen Schuldenbäuerlein, welche ihm was zu zahlen hatten, eben auch nicht viel wissen). «So haben die Aristokraten noch zuweilen Verstand gehabt, aber die Jetzigen das ganze Jahr durch keinen. Die Leute, welche aus dem Bettel kommen und in einem Tage siebenmal mehr verfressen und versaufen, als sie ihrer Lebstag geerbt, wissen nicht, wie es dem Bauer ist auf einem magern Höfli, wo er Zinse haben muß, die halbe Zeit nur halb genug essen kann und doch bei Ehren und seiner Sache bleiben möchte. Sie wissen wohl, daß man ihnen nichts nehmen kann und jeder Gläubiger die Kosten scheut und die Gefahr, welche der läuft, der sie auf den Kopf stellen will.»

Der gute Mann war dem Weinen nahe vor Mitgefühl und Elend. Was ihm zu Herzen ging, war aber eigentlich das, daß noch jemand anders den armen Schuldenbäuerlein ihren Schweiß erpressen wollte als er allein, ihm so gleichsam in sein Recht pfuschte. Denn wenn er der Gemeinde zu einem Prozesse verhelfen und denselben unter tapfern Taggeldern und sonstigen Kosten verfechten konnte, so sparte er es nicht, zudem wußte er es so einzurichten, daß er von der Hälfte seines Vermögens keine Steuern und Tellen zahlte; was er zuwenig zahlte, mußten die Ärmern zuviel zahlen, begreiflich. So war sein Kummer ums arme Volk beschaffen. Und wie viel Kummer ums arme Volk wäre von gleicher Farbe, wenn man mit der Laterne ihm ins Gesicht leuchten würde! Die Rede ging immer rascher hin und her, je mehr der herrliche Dotziger, und zwar Schattenseite gewachsener, den guten Leuten die Zunge löste. Was oben war, kam übel weg, und gewaltig wurde gelacht, als einer sagte: «Der Schinder hätte sie längst genommen, wenn er nicht unter der gleichen Decke wäre.»

Endlich klopfte einer seine Pfeife aus, machte ein ernsthaftes Gesicht dazu und sagte: Wegen dem Schulhaus sei er ganz der gleichen Meinung gewesen, hätte dazu gestimmt und zwar mit beiden Händen, wenn es nötig gewesen wäre; was hätte das abgetragen und was hätten sie nötig, jemanden einen Gefallen zu erweisen so für nichts und wieder nichts! Aber etwas sollte doch geschehen, um zu zeigen, daß sie keine Fötzel seien und wüßten, was Trumpf sei zu dieser Zeit. Er komme weit umher und möge sich nicht allenthalben vorhalten lassen, sie seien hundert Jahre zurück und wüßten nichts von Aufklärung und Bildung, ihren Namen würden sie nicht umsonst haben. Er hülfe eine Käserei errichten und eine bauen, so eine rechte, daß man daran sehe, es fehle ihnen weder an Geld noch an Bildung. Ringsum hätte man Käsereien, und wer keine habe, werde ausgelacht; da seien die Weiber Meister, heiße es, oder es fehle den Mannen am Einsehen, was nützlich sei. Von großem Nutzen aber seien solche Käsereien, das Geld komme wie durch ein Stiefelrohr herab, und alles für Sachen, welche man sonst gar nicht ästimiert oder habe zuschanden gehen lassen und zUnnutz verbraucht. So ein Käshüttli sei doch bald gebaut, wenn man einander helfe, müsse doch Mancher allein ein Haus bauen, und ihr Lebtag wollten sie sich nicht nachsagen lassen: zmitts im Dorfe seien die Weiber Meister und außen im Dorfe kein Mann, und ihre Kühe gäbten nur abgenommene Milch, aus welcher sie bloß zNot anken könnten, geschweige dann käsen. Milch hätten sie sicherlich mehr als genug, zum Allerwenigsten von hundert Kühen brächten sie sie zweg. Er frage nun, was sie meinten, und ob die Sache nicht recht wäre?

Der schattenhalb gewachsene Dotziger hatte bereits gewirkt, Courage und Kühnheit krochen (wir können nicht sagen brausten) durch alles Gebein; die Rede tat Wirkung, wie keine vollständigere je eine Flachssamenrede hatte, tat Wirkung wie ein Blitz, der in ein Strohdach fährt, sie war zeitgemäß, traf den rechten Punkt im rechten Augenblick. Keine Einwendung wurde gemacht, einhellig der Beschluß gefaßt, eine Käserei zu errichten, eine Käshütte zu erbauen und zwar eine rechte. Da war Keiner, der nicht mit noch einem Schoppen den Beschluß weihte und seine Begeisterung steigerte, so daß die Zeit, wie es in glücklichen Stunden zu gehen pflegt, unbemerkt verrann und Mitternacht nahe war, als endlich die Männer aufbrachen. Jeder schien wenigstens einen halben Zentner schwerer geworden, so gewichtig traten sie auf, so gravitätisch schritten sie weiter. Wenn einmal Kraft und Mut im Schweizerherzen flammen, kommt das blanke Schwert schwer wieder zur Ruhe. Als die Schweizer bei

Prattelen gesiegt hatten, wurden sie erst hitzig, stürzten nach Muttenz in die zweite Schlacht, und als die geschlagen war, da waren sie gar nicht mehr zu halten, sondern rannten in die Birs St. Jakob zu in die dritte Schlacht; da wohl, da kriegten sie endlich genug, und mit dem Leben verloderte der tolle Mut.

Die Vehfreudiger hatten Ähnlichkeit mit den alten Eidgenossen. Im Schulhause hatten sie der Obrigkeit einen Schnipps unter die Nase geschlagen, ein neues Schulhaus aberkannt. Im Wirtshause hatten sie sich zu einem zweiten Beschlusse erhoben am gleichen Tage, was unerhört war in der Vehfreude, hatten was ganz Neues erkannt, was ebenfalls noch nicht erlebt worden war. Jetzt schritten sie ans Dritte: sie zogen heim, wo die Weiber ihrer harrten und wissen wollten, was es gegeben, daß sie so spät heimkämen, die Männer ihnen also verkünden sollten, das Schulhaus sei aberkannt, dagegen eine Käserei abgeredet worden. Da kam es doch Manchem, der dritte Strauß möchte der härteste sein und es könnte ihm ergehen wie den Eidgenossen zu St. Jakob, denn die Vehfreudiger kannten zwei Dinge vortrefflich: erstlich ihr Vieh, zweitens ihre Weiber, und die waren handlich. Den Käsereien waren sie nicht grün, das wußten die Männer, und was sie anstellen würden, wenn es zu ihren Ohren kam, daß die Männer was Neues erkannt unerwartet, ohne daß die Weiber es einige Monate oder Jahre gehechelt, das konnte man sich nicht vorstellen, denn es war noch nicht erlebt worden.

Indessen, die Vehfreudiger besaßen auch Eigenschaften, und unter anderen die, daß was sie nicht im Kopfe hatten, das hatten sie nicht im Kopfe, was sie aber im Kopfe hatten, das hatten sie nicht in den Füßen. Sie gehörten zu den sehr interessanten Figuren, auf welche man zwei bis drei Stunden so eindringlich und inbrünstig einreden kann, daß es einem dünkt, man hätte Nagelfluh weich reden sollen, daß sie geworden wie Mehlbrei, und man will nun, da die Zunge den Dienst versagt, die Sache zu Ende ziehen und fragt: «Ists nit so, meinet ihr nit, und weyt dr?», so kriegt man, wenn es höflich geht, zur Antwort: «Es kann sein, aber pressieren wird es allweg nicht. Man muß öppe mit einander reden, derweilen kann man sich besinnen, gut Ding will Weile haben. Allweg gibt es noch Sachen, welche auch gemacht sein sollten und mehr pressieren; es ist lange so gewesen und doch gegangen usw.» Sie gingen heim, entschlossen, fest zu bleiben, doch rannten sie eben nicht wie die Eidgenossen nach St. Jakob, sondern gingen langsam und immer langsamer, und wer die Vehfreudiger nicht genau gekannt hätte, wäre in den Wahn gefallen, als seien sie sentimental, zögerten, unter ihr finsteres Strohdach zu kommen, um so lange als möglich an dem Anblick der Sterne sich zu laben und dem Gedanken, wie es dort oben sein möchte, wie schön das Wohnen dort und auf welchem wohl am schönsten; oder sie möchten noch niedergehen sehen das herzliebe Möndlein in sein himmelblaues Bettlein, wie ein feuriger Liebhaber auch nicht vom Fenster seiner Liebsten weg kann, bis sie das Licht ausgelöscht und schnarcht, daß die Fenster klirren. Wer die Vehfreudiger besser kannte, wußte, daß sie sich um Mond und Sterne am Himmel durchaus nicht kümmerten, sondern bloß um Mond und Sterne im Kalender. Den Stand der Planeten betrachteten sie im Kalender wegen einer Menge landwirtschaftlicher Geheimnisse, und um den Mond kümmerten sie sich wegen Kropfsalben und Kabisbschütten, wegen Laxieren und Purgieren, welches Erstere bekanntlich im abnehmenden, das Letztere aber im steigenden zweckentsprechender unternommen wird.

Die Männer sammelten sich nun, mit aller Besonnenheit vor ihre Weiber zu treten, ungefähr wie gute Katholiken, wenn sie dem Beichtstuhle sich nahen. Unstreitig sind die

Weiber die allertüchtigsten Beichtväter, woher es kommen wird, daß die meisten Männer, wie gut reformiert sie im ledigen Stande sein mögen, in der Ehe nachgerade katholisch werden oder wenigstens es werden möchten. Indessen, wie langsam man auch vorrückt, rückt man am Ende doch weiter und weiter und endlich ans Ziel: jeder der Männer vor seine Türe. Weiter wollen wir ihnen nicht folgen, die Bücher würden gar zu dick, welche die daherigen Beichten und Bußreden fassen sollten, und gar zu strub wäre, was wir von hier und dort zu berichten hätten. Einen Einzigen wollen wir begleiten, den Peterli im Dürluft, den magersten der Bauern.

Im Dürluft (und der Hof trug seinen Namen nicht umsonst) liegen selten triftige Gründe zum Fettwerden. Der Hof lag auf einem kleinen Hügel, allen Winden zweg, es war, als nehme die Luft den Dünger, daher gähne der Boden fast aus Magerkeit. Daneben war er groß, fast wie es am schlimmsten ist: viel Jagens und wenig Fangens. Viele Leute speisen und wenig ernten macht nicht reich. Zudem war Peterli auch der Mann nicht, dem Hof recht unter die Arme zu greifen; er war arbeitsam, aber die Tage, an welchen ihm was einfiel, hätte er rot zeichnen können im Kalender, und gar zu viele Feiertage hätte es nicht gegeben. Daher konnte er nie Gänge ersparen und in einem Gange zwei Geschäfte abtun, konnte die Arbeit nicht so verflechten, daß die Zeit gehörig zu Ehren gezogen worden wäre, so daß er mit der Landarbeit gewöhnlich so im Rückstande war, daß er ein sogenanntes Werk, das heißt Heuet, Ernte usw. erst anfing, wenn die Andern damit fertig waren. Dazu besaß er viel Schulden und wenig Mist, hatte viele Dienstboten, aber nur halbbatzige; alles Dinge, welche eben nicht geeignet sind, einem magern Hof auf die Beine zu helfen. Eisi, seiner Frau, kam zuviel in Sinn, was ihrem Manne zuwenig; sie schoß von einer Arbeit zur andern, machte keine aus, fing siebenmal an, ehe sie einmal fertig wurde. Sie wollte die Bäuerin machen, die gute Frau sein, gab unverständig mit vollen Händen am Morgen und konnte am Abend, um der Sache einzukommen, einer armen Frau ein halbes Pfund Anken einen Batzen zu teuer geben oder ihr die Milch zumessen, als stamme sie von einem Elsässer Juden ab. Neben der guten Frau wollte sie auch die sein, welche Meister im Hause sei. Peterli durfte ihr das Geld nicht bloß nicht einschließen (von Aufschreiben war begreiflich keine Rede), sondern sie nahm Geld, gab es aus ohne Verstand, nur um zu zeigen, daß sie über das Geld könne, wann und wie sie wolle. Sie sei nit niene daheim gsi und nit blutti, so pflegte sie zu sagen; sie brauche von ihrer Sache und so viel, als sie gut dünke, potz Blitz! Ob bei solcher Verwaltung Zinse gegeben würden, ob es rückwärts oder vorwärts gehe mit dem Haushalt, das kümmerte Eisi so wenig, als es jene Beamtenweiber kümmert, welche alle Monate einen neuen seidenen Rock und alle Tage sonst was Neues begehren und nie fragen: wo nehmen und nicht stehlen? Wie es in solchen Weibsköpfen aussieht, begreift ein verständiger Mensch hell nicht; daß es im Kopfe einer Eisi so aussehen kann, das allfällig fasset er, aber in den Köpfen von Professorentöchtern zum Exempel, he?

Dieses Eisi nun erwartete seinen Peterli mit steigendem Zorne, nicht weil ihns die Eifersucht plagte oder die Angst, Peterli vertue Geld, sondern weil es einen Gwunder im Leibe hatte, der ihns ärger quälte als das strengste Bauchweh. Eisi hatte Peterli klare Instruktionen mitgegeben, und auf dem Halten der Instruktionen hielt es wie die Urner, welche einen Gesandten, der es nicht tat, um einen Kopf kürzer machten. Die Urner werden nämlich sich als frei und nicht die Herren Gesandten als ihre gestrengen Herren und Obern betrachtet haben. So ein Urner war Eisi und hatte seinem Peterli gesagt, er solle sehen, was sie machen. Werde ein Schulhaus erkannt, so täte er besser, er ließe sich so bald nicht mehr zum Hause, denn sobald es ihn erlängen möge, haare es ihn, bis er einen Kopf habe wie eine geschorene Rübe, darauf könne er zählen. Eisi haßte den Pfarrer sehr; so oft es zur Kirche gegangen, habe er auf ihns gestichelt. Da hätte es gedacht: Warte, dir will ichs zeigen, und sei an einen andern Ort gegangen, und was hätte ihm da der schwarze Hagel angemacht! Hätte der sich nicht die Mühe nehmen mögen und hätte ihns beim andern Pfarrer angemalet, daß es keine Art gehabt! Kaum sei es in der Kirche abgesessen, so hätte der auch angefangen zu sticheln, daß es fry gsurret heyg und alle Leute es angesehen, daß es hätte mögen durch den Boden hinunterschlüpfen so weit als möglich. Aber da hätte es sich hoch und teuer versetzt, in einer Kirche sehe es niemand mehr; wenn sie einen Narren haben wollten, könnten sie sich einen eisernen machen lassen. Es nehme ihns wunder, ob denn die Kirche da sei, um die Leute auszuführen, oder wo das Gesetz sei, daß man gehen, anehocke und selber hören müsse, wie man da ausgeführt und heruntergemacht werde, als ob man in keinen Schuh gut sei?

Doch noch bitterer haßte Eisi den Schulmeister. Erstlich weil derselbe einmal den Kindern gesagt, ihre Mutter müsse doch e fule Hung sy, weil sie immer zu spät in die Schule kämen und dann noch selten gewaschen und gekämmt; zweitens weil er so vornehm und herrschelig umeschnäuzle.

Als Eisi Peterli seine Instruktionen gegeben hatte, hatte Peterli gesagt: Er wisse nicht, wie es gehe, es sei ein Befelch von der Obrigkeit da. «Und ih schyß druf», hatte Eisi gesagt; «lue du, was du machst!» Peterli hatte mit seinem untertänigen Bescheid sich Eisi sehr verdächtig gemacht; das lange Ausbleiben steigerte von Minute zu Minute den Verdacht in ihr bis zur Gewißheit. «Wart», sagte Eisi, «bleib aus, so lange du willst, das soll dir nichts nützen; dir solls eine Weile nicht mehr einfallen, in den Haaren zu kratzen.»

Peterli fiel es nicht ein, daß seine Frau denken könne, sie hätten das Schulhaus erkannt. Er setzte gewöhnlich voraus, was er wisse, das wisse die ganze Welt; aber er fürchtete sich wegen dem späten Heimkommen und wegen der Käserei, hoffte sehr, Eisi schlafe und Erläuterungen blieben bis am Morgen verschoben. Der gute Peterli dachte nicht daran, daß eine Frau, welche voll Gwunder auf den Mann wartet, so wenig schläft als ein Mädchen, welches voll Liebe seines Schatzes harret. Als Peterli so leise als möglich ans Haus trappete und nach der Türe suchte (denn das liebe Möndlein lag längst im himmelblauen Bettlein), sprang diese plötzlich auf und Eisi fuhr heraus. Die meisten Weiber hätten gewartet, bis sie den Mann innerhalb den vier Wänden gehabt hätten; aber Eisi war zu zornig geworden und war überhaupt der Meinung, im Dürluft sei es Meister, frag keinem Hung was nach, mache, was ihns ankomme. Zornig schrie Eisi seinen Peterli an: «Was Donners hast du machen helfen, daß du nicht heimkommen darfst wie üblich und bräuchlich und einem Hausvater wohl ansteht?» Peterli, der nie zwei Sachen mit einander im Kopfe behielt, hatte begreiflich das Schulhaus längst vergessen, dachte bloß an die Käserei und glaubte, die Frau wisse längst, was diesen Abend sich zugetragen hätte; er sagte daher ganz kleinlaut: «Tue doch recht nit wüest, lue, gscheh ist gscheh; und wenn man sich recht berichten läßt und die Sache nicht übertreibt, so ist es doch eine rechte Sache und steht dem ganzen Dorfe wohl an.» «Dreck steht es an!» schrie Eisi; «und Brichten hin, Brichten her, ich will dich anders brichten; du weißt dann ein anderes Mal, ob du dich von Pfaffen und Fötzeln sollst brichten lassen!» Somit fuhr Eisi Peterli mit allen zehn Fingern in die

Haare, daß er wußte, was es heißt, fremde Hände im Haar haben, faßte ihn an Haar und Ohren und schüttelte, daß Peterli das Feuer im Elsaß brennen sah.

Peterli hielt einen Augenblick dar, um die Buße alsbald abzutun. Als es ihn endlich dünkte, es sollte genug sein, faßte er Eisi bei den Armen und sagte: «Setz ab, sonst mach ich auch, was ich kann. Es ist sich doch dr wert, so wüst zu tun, wo es doch nichts abträgt, denn erkannt ist erkannt, und dann habe ich ja nur für viere unterschrieben und wir haben sechse.» «Sechsmal Lümmel, das du bist, an einem ists zu viel! Meinst, man wisse nicht, daß du sechse hast, und das siebente wird nicht weit sein. Oder willst sie etwa verleugnen, meinst etwa, sie seien nicht dein? Wohl, beim Hagel, das soll doch niemand besser wissen als du! Aber wart, dir will ich –» so schrie Eisi, biß Peterli in den Arm, riß sich vom andern los und teilte Ohrfeigen aus, daß Peterli vors Dachtrauf hinausfuhr und schrie: «Bist sturm, oder fehlt es dir sonst im Kopf? Küeh, nit King; nit King, Küeh!» «Was, jetzt sagst du den Kindern Küeh, ja, wenn es nur deine wären! Aber es ist himmelschreiend, Küeh und nit King u de no myni King!» schrie Eisi und fuhr frisch darauf los. Peterli war eigentlich nicht an beiden Händen links, wie man zu sagen pflegt, hatte sich von der Überraschung erholt, hielt Eisi vom Leibe und sagte: «Was ist doch mit dir, seit wann schreibt man die Kinder auf wegen einer Käserei, das nimmt man nach den Kühen, denn da kommt es auf die Milch an, die man liefern kann.» «Was geht mich die Käserei an», schrie Eisi, «ich rede vom Schulhaus, du Sturm, welches ihr erkannt habt kuhmäßig!» «Sturm selber», sagte Peterli; «das Schulhaus ist ja dr Bach ab gschickt, und für zu zeigen, daß wir doch auch an einem Orte daheim seien, haben wir eine Käserei erkannt.» «Warum sagst das nicht?» sagte Eisi. «Habe gemeint, du wissest es». antwortete Peterli. «Die Narrn meine», entgegnete Eisi. «Wie hätte ich wissen sollen, daß solchen Knubeln was in Sinn käme.»

Indessen sagte Eisi dieses ganz sanftmütig. Die Nachricht, daß dem Pfarrer und dem Schulmeister ein Schnipps unter die Nase gemacht worden und daß sie jetzt wüßten, daß sie die Sache nichts anginge, hatte Eisis Zorn nicht bloß zersetzt, sondern sogar in große Freude verwandelt. In dieser Freude erschien Eisi eine neue Käserei ganz rosenrot. «Meinethalben», sagte Eisi, «aber da kannst du dann aufpassen, daß du nicht betrogen wirst von den Andern. Du hast erfahren, was die können. Nur das will ich dir sagen, einschränken und so ganz eintun lasse ich mich nicht; Geld gnue und Milch gnue, selb will ich, solange ich lebe.» «Persche», sagte Peterli.

Ach Gott, persche ist so leicht gesagt, und Milch genug und Geld genug ist eine so schöne Sache. Wenn man jedem mit einem Persche dazu verhelfen könnte, in wie viel bessern Hosen stünde so Mancher!

ZWEITES KAPITEL

Naturgeschichte der Käsereien

Einem großen Teile der geehrten Leser wird das Wort Käserei nicht ein ungehörtes sein, aber den vollen Klang desselben in seiner ganzen Bedeutung werden die meisten kaum fassen; eine Erörterung desselben wird daher nicht am unrechten Orte sein.

Vor alten Zeiten, das heißt vor etwas mehr als dreißig Jahren (unsere Zeit, wo man alle Tage was Neues will, um morgen es rein zu vergessen, läuft auf gar raschen Beinen, man wird in einem Tage alt, geschweige in dreißig Jahren) käsete man bloß auf den Alpen den Sommer durch, solange das Vieh zur Weide ging; zog im Herbst der Küher zu Tale und fütterte er bei einem oder einigen großen Bauern seine sechzig bis achtzig Kühe, so machte er wohl auch einige Käslein für den Hausbrauch oder für einen Wirt, der durch recht räßen Käs seinen sauern Steffisburger versüßen wollte. In allen Landesteilen machte man auf den daselbst gelegenen Alpen eine eigentümliche Käseart von Ur-Ur-Ur-Vater her und glaubte diese Käseart durch den Boden und die darauf wachsenden Kräuter bedingt. In den Tälern machte man keine Käse, man glaubte die Grasarten der Täler dazu untauglich; bloß hie und da wurde eine kecke Hausfrau, deren Großmutter eine Küherstochter gewesen, durch die Familienanlage dazu getrieben, oder ein vermessener Bauer tanggelte einen zweg für einen ruchlosen Pintenwirt, dem am Leben seiner Gäste wenig gelegen war. Daß man überall käsen, im Siebental Emmentaler Käse machen könne, daß vom Käser so viel abhänge als von der Alp, daran dachte man nicht.

Schon sehr lange wurde Schweizerkäs ausgeführt als eigentlicher Luxusartikel, und als Luxusartikel gilt er im Lande selbst, und ein eigentliches Fest ist es für Herrenkinder zum Beispiel, wenn sie einmal zu Käs kommen, und doch wird im Lande selbst der mindere Käs gegessen, der beste ausgeführt. Der gute Käs von Oberländer, Emmentaler, ja Greyerzer Alpen, welcher nach Rußland und Deutschland ausgeführt wird, heißt Emmentaler Käs. Fordert man in Deutschland Käs, so fragen die gnädigen Herren Kellner zumeist, ob man Emmentaler oder nur Schweizerkäs wolle? Wahrscheinlich waren es Emmentaler Handelshäuser, welche dieses Fabrikat zuerst auf den Markt brachten und es daher auch tauften. Dagegen heißt aller gute Käs, welcher nach Frankreich geht, Greyerzer, komme er woher er wolle, und wahrscheinlich aus dem gleichen Grunde.

Zu Ende des verflossenen Jahrhunderts und im Anfang des gegenwärtigen fand eine große Revolution in der Landwirtschaft statt. Bis dorthin weidete man viel im Feld auf der Brache, in Wald und Weide, zog Rinder und Pferde auf, handelte stark, besonders mit den Letztern, nach allen Weltgegenden. Da ward das sogenannte Kunstgras erfunden, das heißt Klee, Esparsette, Luzerne kamen ins Land, die Stallfütterung ward möglich, die Brachwirtschaft hörte auf, die Wälder wurden geschlossen, die Weiden urbar gemacht und Kartoffeln massenhaft gepflanzt, nicht bloß so gleichsam zum Dessert. Sobald das Vieh im Stalle war, gab es Dünger, dicken und dünnen, fleißig und verständig ward er angewandt, die Felder trugen alle Jahre mehr ab. Das urbare Land erweiterte sich auch in dem Maße, als man mehr Dünger hatte, ebenso mehrte sich der Viehstand und namentlich die Kühe, welche Nutzung gewährten, während mit den verminderten Weiden die Zucht und namentlich die Pferdezucht abnahm. Mit den Kühen mehrte sich die Milch, denn es greift alles ineinander und eines entsteht aus dem Andern auf gar seltsame Weise und oft so fein, daß das menschliche Auge die Fäden nicht einmal sieht, viel feiner als Kühe und Milch. Man butterte auf Leib und Leben; aber die Butter wurde damals nicht wie jetzt nach Holland ausgeführt, eingesalzen als Schiffsanken gebraucht. Wie wenig die Butter galt, bezeugt der Vers an einem Türli: «O Mensch, fass in Gedanken, drei Batzen gilt ds Pfund Anken!» Man hatte Milch bis über die Ohren, manches Weib ertrank fast darin, manches Weib schüttete so viel ins Mistloch, daß wenn es sie im Fegefeuer hätte, es manches Jahr seinen Durst ziemlich löschen könnte. Händel wie damals von Michelstag bis Fastnacht, wo die anständigern Schweine aus bessern Häusern fast von lauter Nidle lebten, werden sie kaum mehr kriegen, solange das Pfund Anken mehr als drei Batzen gilt.

Nun hat der liebe Gott dem Menschen einen Verstand gegeben, welcher in jeder Not, sei es in einer des Mangels oder des Überflusses, eine Abhülfe sucht wie eine Maus in der Falle ein Loch zum Entrinnen. Man kam auf den Gedanken, ob die Milch von Kühen, welche mit Gras in Ställen gefüttert würden, nicht ebenso gut zum Käsen tauge als die Milch von Kühen, welche auf Alpen zur Weide gingen. Da Gedanken unsichtbar sind, so kann man nicht sagen, wem er zuerst kam. Es ist übrigens ein Wunderbares mit den Gedanken und der Ausdruck «Es kam mir ein Gedanke» herrlich. Es ist mit den Gedanken wie mit den Winden: wer kann mir sagen, woher sie kommen und wohin sie gehen?

Oberst Rudolf von Effinger von Wildegg, Bauer, Soldat, Aristokrat, Oberamtmann, Ratsherr, schön und stark von Gesicht und Gestalt, in Gesetzen und Theorien nicht sonderlich bewandert, aber praktisch durch und durch, kurz ein Berner vom reinsten Korn, errichtete die erste Käserei zu Kiesen, wo er Gutsbesitzer und auch Oberamtmann war, und die zweite zu Wangen, wohin er als Oberamtmann versetzt wurde; Käsereien waren ihm Herzenssache. Dies geschah im Anfange der zwanziger Jahre. Wie üblich im Bernbiet, wo man ehedem nicht auf jede neue Rarheit versessen war, betrachtete man anfangs die Sache mit großem Mißtrauen, es fand sich wenig Nachahmung. Mit gerümpften Nasen ging man um die in Käsereien gemachten Käse herum und tat, als ob man ihren Geruch kaum ertragen möge. Die Händler gaben zu, daß die Dinger aussähen wie Käs, seien aber doch nicht Käs, könnten nicht in den eigentlichen Handel gebracht werden, wolle man nicht Ruf und Kredit der Emmentaler Käse gefährden in alle Ewigkeit hinaus; sie seien höchstens gut für Buchiberger, deren Hälse an siebenjähriger Ankenmilch erhärtet seien, oder für Züribieter, die ihren Wein überstanden und ihr Leben bis in die Zwanzigerjahre gebracht.

Indessen, die Käshändler sind sozusagen auch Menschen und dazu eben nicht dumm. Sie meinten nicht, daß man das, was man aushöhne, als könnte man Misthaufen und Jauchelöcher vergiften damit, ja selbst junge Zürcher unter zwanzig Jahren, ganz von der Hand weisen müsse, wenn irgendwie Vorteil daraus zu ziehen sei. Sie bohrten hier und da mit ihren Instrumenten einen der Käse vorsichtig an, betrachteten, ob er Löcher hätte, kosteten unter schrecklichen Gebärden ein kleines Stücklein, spuckten es dann klafterweit vom Leibe, liefen eilends zum nächsten Brunnen, um das Leben zu retten, und überließen den Käsbauern die Mühe, den Zapfen sorgfältig wieder ins Loch zu schieben. Um die Käse zu probieren, bohrt man nämlich einen Zapfen heraus, an demselben sieht man Farbe und Löcher, die Spitze haut man ab und versucht den Geschmack, den Rest stößt man wieder ins Loch, so daß der Käs wieder ganz wird. Die Käsehändler haben ihre eigenen Bohrer und bohren, wo sie wollen, denn sie kennen den Kniff gar zu gut, in magern Käse Löcher zu bohren, sie dann mit Zapfen von fettem Käse auszufüllen, beim Verkauf dann mit kundiger Hand die fetten Zapfen aus den magern Käsen zu ziehen und sie auf diese Weise für fett zu verkaufen, wie es von den mit Käs im Lande Herumhausierenden oft zu geschehen pflegt. Hier und da nahmen sie fast wie um Gottes willen und um schlechten Preis einzelne Käse ab, etwas wurde mit Angst und Not Wirten im Lande abgesetzt, den Rest konnte man selbst essen.

Die Käshändler machten nach und nach die Erfahrung, daß auch die feinsten Berliner und Petersburger Nasen den Unterschied zwischen Alpen- und Talkäs nicht merkten, daß der Käsereikäs ohne Kreditschwächung prächtig ins

Ausland zu gebrauchen sei. Sie ließen es sich nicht merken, taten spröde, rümpften die Nase über solchen Käs wie siebenzehnjährige Mädchen über einen siebenzigjährigen hagern Hagestolz, aber sie taten doch immer mehr dr Gottswillen, das heißt sie kauften immer mehr solchen Käs so wohlfeil als möglich und suchten unter der Hand für die vermehrte Produktion größern, erweiterten Absatz. Ihre Reisenden besuchten nicht mehr bloß die großen Hauptstädte und in denselben die berühmtesten Gasthöfe und Restaurationen, wo nichts zu haben ist als Austern, Champagner und Emmentaler, sondern sie hielten sich zuweilen auch in geringern Städten und Städtchen auf, in Darmstadt zum Beispiel, in Magdeburg, in Nürnberg und Leipzig, und verschmähten Wirtshäuser und Speisewirtschaften zweiten und selbst dritten Ranges nicht. Die Wirte legten sich Emmentaler als Luxusartikel bei, wie bei uns Wirtinnen Sofa und Spiegel, und lockten damit Gäste, wie man die Krebse zieht mit Rinderleber.

Nun sind die Bauern in ihren Lieblingsfächern: Kühen, Kälbern, Pferden, Land und Geld, eben auch nicht dumm. Sie merkten, daß die Käse mehr und mehr zogen, die Spycher der Händler immer wieder leer wurden, wie viel dieselben auch kauften. Sie schlugen nach und nach mit dem Preise auf, die Händler fuhren darob aus der Haut; aber die Bauern hatten so was schon mehr erlebt, blieben kaltblütig. Als die Händler das sahen, fuhren sie sachte wieder in die Haut, zahlten so wenig als möglich, kauften, so viel sie konnten, schärften aber allerwärts ein, ja den Preis nicht zu sagen, um den sie gekauft; wenn es nicht *sie*, und wenn es ihnen nicht um ein andermal zu tun gewesen, sie hätten nicht so gekauft, sie verspielten das eigene Geld. Nach und nach kam immer größerer Vorteil in die Käsereien; desselben freuten sich die, welche solche hatten; das merkten aber auch die, welche keine hatten. Nun gab es in den Dreißigerjahren trockene Jahre; groß ward manchmal der Futtermangel, der Preis des Kubikklafters Heu erreichte zuweilen die Höhe von zwanzig bis fünfundzwanzig Kronen oder fünfzig Schweizerfranken, ja der Zentner Tannkries wurde um fünfunddreißig Batzen verkauft (muß ein strub Fressen sein, selbst für Kühe). Da zwang die Not, alle Kunst dem Grasbau zuzuwenden. Im Emmental namentlich wurde da erst recht heimisch die Esparsette, ja auch der Klee ward zu bauen angefangen, wo man früher gar nicht glaubte, daß er gedeihen könne. Von 1838 an war das Wetter dem Gras günstig, Überfluß an Futter erzeugte auch Vermehrung des Viehstandes. Von da an mehrten sich die Käsereien stündlich, hätten wir bald gesagt, sie schossen aus dem Boden herauf fast über Nacht wie die Pilze, trotz den großen Schwierigkeiten, mit denen sie zu kämpfen hatten.

Die Schwierigkeiten kamen, wie alles Übel, mehr von innen als von außen, zeigten sich aber äußerlich in allen möglichen Gestalten. Bekanntlich ist beim Käsen die Hauptsache die Milch, ohne Milch ists ausgekäset, und um Milch zu bekommen, sind Kühe die Hauptsache. Nun rechnet man für einen Zentner Käs zwölf Zentner oder drei Säume Milch und durchschnittlich von einer Kuh täglich einundeinviertel Pfund Käs, so daß man also von hundert Kühen täglich einen Käs machen kann, welcher hundertfünfundzwanzig Pfund schwer ist. Man macht am liebsten schwere Käse von hundertundfünfzig bis zweihundert Pfund, ja man macht sie bis auf zweihundertfünfzig Pfund. Sie haben zwar ihre Nachteile; mißrät ein Käs von zwei Zentner, so geht ein kleines Kapital verloren. Und da er anfangs täglich, später seltener vom Gestell gehoben, mit Salz eingerieben und wieder hingestellt werden muß, so ist das eine Pflicht für einen einzelnen Mann, diese Käse mit Leichtigkeit und Sorgfalt, daß sie auch nicht im Mindesten verletzt werden, hin- und herzuheben. So für einen zarten Kaffeejunker von Mainz oder von Köln am Rhein oder von Murten am Murtensee hätte so was eine Nase. Indessen, und das ist die Hauptsache, werden sie am teuersten bezahlt, nicht weil man sie für die besten hält, sondern weil in gewisser Herren Länder der Eintrittzoll nicht per Pfund, sondern per Stück berechnet wird. Die gehörige Anzahl Kühe in einem nicht zu großen Reviere zusammenzubringen, so daß die Milch nicht zu weit getragen werden muß, im Sommer nicht von der Hitze leidet, jedenfalls höchstens eine halbe Stunde, hält so schwer nicht. Hundert und hundertzwanzig Kühe finden sich leicht in gehöriger Nähe. Auch der Ort zum Käsen findet sich leicht. Sehr gern gibt ein Bauer ein altes Haus oder ein Ofenhaus dazu her und scheinbar wohlfeil. Je näher er die Käserei hat, desto lieber ist es ihm. Er muß die Milch nicht so weit tragen, es heißt, die Schweine würden fett bloß vom Riechen der Käsmilch, und dumm müßte der Käser oder Senn sein, wenn er nicht riechen würde, wann die Bäuerin Kaffee macht, und merken, ob sie gerne Nidle dazu hätte und ein Stücklein guten Zieger, oder nicht. Und findet sich kein solches Haus, so findet sich Platz genug, um eine Käserei abzustellen, und Geld, eine zu bauen. Es ist noch nie erhört worden, wie es so oft bei Schulhäusern der Fall ist, daß aus Mangel an Platz oder Geld die Errichtung einer Käserei unterblieben wäre. Man sieht solche Käsereigebäude, die Herrenstöcken gleichen, deren Bau mehrere tausend Gulden gekostet hat, und kein Mensch beklagte sich über den teuren Bau und die Mühe, welche er verursachte, an solchen Orten, wo man vorgab, aus Armut kein Schulhaus bauen zu können.

Hat man Haus und Milch, bedarf man auch jemand, welcher aus der Milch den Käs macht, einen Käser oder

Senn, wie man zu sagen pflegt. Dies ist die Hauptperson, denn von diesem hängt der Käs ab. Ein schlechter Senn kann eine ganze Sommernutzung von hundert Kühen vielleicht im Wert von fünf- bis sechstausend Gulden fast wertlos machen, und was noch mehr ist, den Kredit einer Käserei auf Jahre hinaus zerstören. Leute, welche sich für Sennen ausgaben, fand man immer, denn besserer Verdienst ist selten im Lande. So ein Senn verdient während ungefähr sieben Monaten hundertvierzig bis hundertsechzig, ja zwei- bis dreihundert Gulden nebst freier Station, Nidle, Butter, Zieger usw., so viel er mag, daß die meisten, wenn sie Liebhaber von solchen Sachen sind, gegen Herbst so fett wie Dächse werden oder wie die Bären, ehe sie an den Tatzen zu saugen anfangen, wozu er die fünf übrigen Monate des Jahres befähigt und berechtigt ist; da nimmt ihn die Käsereigesellschaft nicht in Anspruch, er ist frei, kann machen, was er will, es sei denn, daß Winterkäse gemacht werden, was aber selten ist und besonders bezahlt wird. Es finden sich daher Leute genug, welche sagen, sie könnten das Käsen: Küherssöhne, Küherknechte, nach und nach auch Hüttenknechte, das heißt Knechte der Sennen in den Käshütten. Es legt sich nämlich so ein Senn zumeist einen Knecht zu, welcher ihm bei dem Reinigen der Geschirre, beim Salzen und Käsen zur Hand sein muß. Diese avancieren begreiflich auch gerne zur Meisterschaft wegen der Ehre und dem Gelde. Ob dann aber auch alle, welche es sagen, es wirklich auch können, ist eine andere Frage, welche bloß durch das Probieren zu lösen ist.

Die Schwierigkeiten liegen also nicht in äußerlichen Dingen, nicht im Mangel des Stoffes oder des Personals, die Schwierigkeiten liegen im Inwendigen. Sie liegen erstlich im gegenseitigen Mißtrauen. Jeder fürchtet, vom Andern betrogen zu werden, wahrscheinlich weil so Viele denken: was man machen könne, ohne daß es an Tag käme, dem habe niemand viel nachzufragen, sei also auch mehr oder weniger erlaubt. Ich mache, was ich kann, machs auch, denken wohl die Schlauern. Den Andern ists aber doch nicht recht wohl bei der Sache, sie fühlen wohl, daß sie bei diesem Grundsatze den Kürzeren ziehen müssen; denn da kann auf alle mögliche Weise mit der Milch betrogen werden, und zwar so, daß entweder der Käs ganz verdorben oder aber desto magerer, also desto schlechter wird. Das Erste geschieht, wenn man ungesunde Milch, Milch von ungesunden Eutern, ungesunden Kühen oder auch Käsmilch zur guten schüttet, das Zweite, wenn man in die frischgemolkene Milch, welche alsobald von der Kuh weg in die Käserei zu tragen ist, Wasser oder ältere Milch schüttet, von welcher man die Nidle weggenommen hat. Das Erstere zeigt sich bald und läßt, wenn man ernstlich will, sich ausmitteln, von wem der Schaden kommt. Das Letztere ist viel schwerer zu entdecken, auch jetzt, wo man Milchproben hat wie Weinproben. Da sie bloß anzeigen, ob die Milch fetter oder magerer ist, die Kühe aber gar verschiedene Milch geben, bessere und schlechtere, so zeigen sie die Verfälschungen doch nicht mit Sicherheit an; es kann einer lange sein Wasser teuer verkaufen, wenn man ihm nicht auf andere Weise über seine Schliche zu kommen weiß.

Allen diesen Fatalitäten soll nun ein Reglement vorbeugen, welches die Gesellschaft sich selbsten gibt. Jeder Anteilhaber wird zum Gesetzgeber, und jeder sucht nun das Gesetz so einzurichten, daß er ein Loch zum Entschlüpfen für sich behält, während er damit alle Andern beschränken oder fangen, den Donners Schelmen das Betrügen verleiden will. Das Ding ist nun ein schweres Kunststück, und wir glauben nicht, daß es irgendwo gelungen ist, daß eine Käserei zu finden ist, wo es von A bis Z lauter und redlich zugeht wegen Gesetz und Reglement. Und weiß auch manchmal der Bauer nicht um die Schelmerei, so kennt sie doch die Frau, und treibt sie die Frau nicht, so treibt sie der Melker, der mit irgend einer Frau unter der Decke steckt, oder manchmal aus ganz einfachem Hochmut, um von der gleichen Zahl Kühen mehr Milch zu liefern als ein anderer Melker. Ja, so ein Reglement zu machen, welches ein wahrer Trost ist für die Einfältigern und Mindern und ein Zaum für die Mächtigern und Schlauern, selb hat eine Nase; auch für ein solches wäre der Niggel zu kurz, denn ein Gesetz ohne Loch kann der eben nicht machen.

Die zweite große Schwierigkeit bietet der Senn dar. So, wie man Milch genug kriegt, aber nicht immer die beste, so kriegt man wohl immer einen Senn, aber was für einen! Auch hier macht nicht die Kunst die Hauptsache, sondern die Ehrlichkeit. Die Kunst ist zwar nicht unbedeutend. Der Senn muß sich auf die Milch verstehen, muß in seinen Armen den Thermometer haben, welcher ihm unmittelbar die rechten Wärmepunkte angibt für die verschiedenen Verrichtungen; alles muß er mit der größten Pünktlichkeit, nichts obenhin verrichten, muß im Geschirr die größte Reinlichkeit bewahren, muß der Besorgung der gemachten Käse mit großem Fleiße obliegen, darf der Mühe des Salzens und Kehrens der Käse sich nicht leichtfertig überheben. Aber da kann man Vorsicht anwenden bei der Auswahl, Aufsicht üben im Verlauf des Sommers, aber bei der Ehrlichkeit? Nach dem schönen Grundsatze: Dem Ochsen, der da drischet, sollst du das Maul nicht verbinden! darf der Senn und auch sein Knecht vom gelieferten Stoffe für ihre Personen brauchen, was sie mögen, aber mehr nicht. *Verschleipfen* sollen sie nicht, weder aus Liebe noch ums Geld, weder kaufs- noch tauschsweise. Nun hat der Senn nicht bloß alle gelieferte Milch in seinem Verschluß, sondern es ist auch ein bedeutender täglicher Handel in einer Käsehütte. Da jeder Anteilhaber sich verpflichtet, alle Milch über seinen Hausbedarf in die Käserei zu geben, so würden die, welche keine Kühe haben, besonders die Armen, um alle Milch kommen. Diese können nun ihre Milch in den Käsereien holen. Freilich geht es da nicht bloß spitzer zu mit Messen als ehedem, wo so eine Bäuerin, welche in der Milch flotschete wie Enten in einem Weiher, keinen Unterschied machte zwischen einer Maß und einem Kessel, sondern das gegenwärtige Milchmaß enthält bloß vier Pfund Milch statt wie ehedem fünfe. Man verkauft an einigen Orten auch Käsmilch, das heißt die Flüssigkeit, welche übrig bleibt, wenn der Käs gemacht ist, wenn die Anteilhaber nicht alle heimnehmen oder die Gesellschaft nicht eigene Schweine hat, welche sie mit der übrig bleibenden Käsmilch mästet. Es wird an einigen Orten auch Nidle verkauft. An allen Orten wird gebuttert, die gemachte Butter heißt Vorbruchanken. Es schließt sich nicht alle Fettigkeit im Kessel dem Käse an: erneuertes Wärmen bringt den Rest obenauf; sie wird abgenommen, man läßt sie vertropfen, gießt dann gute Nidle dazu und buttert die Mischung zusammen, bis man ihr Butter sagen kann, ists aber doch nicht recht. Sie wird akkordweise Händlern geliefert und geht pfundweise weg. Es ist also in einer Hütte nicht bloß ein täglicher, sondern fast ein stündlicher Handel, welcher dem Senn durch die Hand geht und der unmöglich beaufsichtigt werden kann, man mag es anstellen, wie man will. Und wenn man alles getan zu haben glaubt, was Menschen möglich war, so ersinnet der Senn neue Kniffe und lacht seine Bauern, welche sich klug dünkten und waren es doch nicht, weidlich aus. Sie stecken zum Beispiel Bleikügelchen in die Stricke der Wage, welche die Schale mit den Gewichten hält, schreiben weniger auf, als geliefert wird usw. usw. Steckt der Senn mit Kassier oder Sekretär unter der Decke oder gar mit dem Hüttenmeister, so ist vollends nichts zu machen.

Es zeigte sich endlich eine ganz eigene Schwierigkeit: eine fast durchgängige Opposition der Weiber gegen die Käsereien, welche allerdings großen Einfluß auf das Haus haben und die Betreibung des ganzen Milchgeschäftes durchaus verändern. Die Milch war bis dahin durchgängig unter der Obergewalt des Weibes gestanden. Das Weib führte Milch- und Butterhandel, wenn nicht zufällig der Mann so ein Märitmannli war, welches sein Körbchen gerne regelmäßig nach Bern oder Langenthal trug und das erlaubte Schöpplein sich selbst zu Gemüte führte. Das Weib nahm das Geld ein und händigte dem Manne ein, was ihm gut schien. Wenn ihm hier und dort ein Kreuzer durch die Finger schlüpfte, so brauchte es denselben nicht immer dem Manne zu bekennen, und einem Weibe aufzupassen ist noch etwas ganz anderes als einem Senn. Es konnte einen Kaffee machen und ihn trinken mit goldgelber Nidle, wie kaum ein König sie hat, es brauchte der Mann es nicht allemal zu wissen; und wenn er auch an allen Kachelen und Schüsseln roch und griff, um zu wissen, ob in seiner Abwesenheit ein Kaffee gemacht worden sei oder nicht, so wars doch leicht, ihm schlau genug zu sein, daß weder ein Kacheli nach Kaffee roch oder noch warm war. Es konnte einer armen Frau helfen in der Not, brauchte nicht genau zu zählen oder zu messen. Und wäre auch dies nicht gewesen, so war es doch immerhin eine Freude, im Milchkeller zu stehen, Milchkacheln ringsum ein oder zwei Dutzend, bedeckt mit fingerdicker Nidle, geduldig auf die Bäuerin harrend, bis sie käme, den weichen, appetitlichen Pelz ihnen abzustreifen. So eine reiche Milchbäuerin hatte was zu bedeuten und Grund zu bedeutendem Selbstbewußtsein. Käsereien ändern dieses ganze Verhältnis durchaus. Die Bäuerin erhält nur das Nötigste für den Haushalt, die Milch wandert geradenwegs in die Käserei, leer bleibt der Keller und leer die Hand der Bäuerin, welche nun nichts mehr zu verkaufen hat. Das Geld kommt in einem oder zwei sogenannten Stößen dem Manne zu, der erste Stoß gewöhnlich bei der Ablieferung, der letzte im März oder Mai, auch im März die ganze Summe auf einmal, also massenweise, was früher batzenweise einging und ebenso wieder ausging. Der Vorteil ist ersichtlich, aber bitter übel trugen es anfangs die Weiber. Abbruch an der Herrschaft geht allenthalben übel. In bitterer Milchnot schmachtete manche Haushaltung und ebenfalls in bitterer Geldnot, und schmachtete nach dem ersten Stoße wie die Israeliten nach dem ersten Regen, nachdem es drei Jahre nicht geregnet hatte.

Trotz allen diesen Schwierigkeiten mehrten sich die Käsereien rasch, und wieviele dato bestehen, steht sicherlich in den Tabellen des Direktors des Innern, aber ob es jemand weiß, das ist deswegen doch die Frage. Was das Merkwürdigste ist: je mehr Käse man machte, desto höher stiegen sie im Preise, desto rascher gingen sie ab. Der Zentner stand durchschnittlich auf fünfundzwanzig Gulden, die Maß Milch zahlt sich, die Käsmilch nicht gerechnet, über fünf Kreuzer; eine Käserei, das Hüttengeld, das heißt das Geld vom täglichen Handel eingerechnet, kann bis auf achttausend Gulden einbringen. Und ob eine oder zwei Millionen Gulden jährlich durch den Käs ins Land gebracht werden, weiß vielleicht das Handelsministerium. Es ist jedenfalls der bedeutendste Ausfuhrartikel des Kantons Bern in diesem Augenblick und ein Beweis, daß mit gesteigerter Produktion der Fleiß im Absatz sich steigert, die Preise des Produkts sich erhalten können. Einstweilen ist ein Käsgeschäft eins der besten, darum schießen alle Jahre neue Käsehändler auf, und wer nicht zu durstig dabei wird, kann reich werden. Aber es ist Geld nötig dazu, denn aufs Geld warten die Bauern nicht gerne. Geld scheint diesen Händlern aber auch nicht zu fehlen. Es soll welche geben, welche jeden Herbst zehntausend Zentner kaufen, tut die Kleinigkeit von zweihundertfünfzigtausend Gulden. Wird aber auch viel renommiert dabei; Großköpfe reden von fünftausend Zentner und verkehren nicht zweitausend.

Ob noch jetzt ein Unterschied besteht zwischen Alpen- und Talkäs, ist so genau nicht bekannt, wenigstens spricht man bloß davon: die Käse in den sogenannten Dörfern, das heißt im flachen großen Aartale, wo meist Kunstgras gefüttert wird, seien nicht so gut als die aus den Käsereien mehr den Bergen zu, wo der größte Teil der Fütterung Naturgras ist. Jedenfalls wird kaum ein Moskowite den Unterschied merken und prächtig an seinem Emmentaler leben, komme er nun von den Siebentaler Bergen oder aus einem Lehmloch oder gar vom Schüpfenmoos.

DRITTES KAPITEL

Der Ratschluß wird ausgeführt, die Käsgemeinde bildet sich, die Käsehütte entsteht

Acht Tage lang blickten keine freundlichen Sterne über der Vehfreude. Die Männer gingen umher wie wandelnde Brummelsuppen und hatten Gesichter, als ob man sie flüchtig mit einem Besenwurf beschmissen. Die Weiber glichen verstopften Schlüsselbüchsen, sprühten Funken wie glühendes Eisen unter dem Hammer, und die Kachelträger behaupteten, niemals so gute Geschäfte gemacht zu haben in der Vehfreude als in selber Woche. Indessen ging die Sache doch nicht hinter sich. Da die meisten Männer beteiligt waren, so schämte sich jeder, zurückzustehen. Kühe fanden sich mehr als genug, denn an solchen ist gottlob selten Mangel im Bernbiet. Die sämtlichen Anteilhaber, von denen jeder so viel Rechte hatte an der Käserei als Kühe, von denen er die Milch versprach, bildeten die Käsgemeinde, eine ganz eigentümliche Art von Gemeinden, deren in keinem Gesetzbuche gedacht ist. Diese Gemeinde entwirft sich ihre Statuten und ein daheriges Reglement souverän, und eine der schönsten Bestimmungen, welche fast allenthalben gilt, ist die, daß zwischen den Anteilhabern keine Prozesse stattfinden, sondern alles durch die Gesellschaft bald in dieser, bald in jener Form ohne alle Appellation zu Tod und Amen entschieden werden soll. Solche Bestimmungen wären noch anderwärts kommod anzubringen.

Die Statuten enthalten die Bestimmungen über die Bildung der Gesellschaft, die Rechte und Pflichten der Gesellschaftsglieder zu einander und namentlich auch die, daß kein Glied der Gesellschaft seine Rechte willkürlich veräußern kann, an wen es will. Will oder muß einer seine Rechte verkaufen, muß er sie der Gesellschaft selbst anbieten. Das Reglement befaßt sich mit den Behörden, Angestellten und der Verwaltung überhaupt. Während die Statuten stabil bleiben, kann man das Reglement immer verändern oder mit Zusätzen vermehren, denn man lernt nie aus und Erfahrung bringt Wissenschaft. Der beste Artikel im Reglement, namentlich in Beziehung auf Milchlieferung, ist und bleibt jedoch immer ein tüchtiger Senn mit Ehre im Leibe, der weder mit einem Bauer noch einer Bäuerin noch deren Töchtern unter einer Decke steckt. Ein guter Senn hat eine feine Nase, kennt genau die Milch, weiß ziemlich, woher gute kommt, woher schlechte. Nun ist einem guten Senn an seiner Ehre gelegen. Weit und breit werden die Käshütten bekannt, aus welchen die teuersten Mulch verkauft wurden (Mulch heißen nämlich die sämtlichen Käse, welche in einer Saison, das heißt von Mai bis Oktober, aus einer Hütte kommen). Ebenso weit erzählt man sich von den Mulchen, welche am schlechtesten oder gar nicht verkauft werden. Je teurer das Mulch, desto besser der Senn, je besser der Senn, desto höher sein Lohn, desto größer das Verlangen, oft von weither ihn zu erhaschen und wegzulocken.

Es ging eine große Zeit über Vehfreudigen auf, als ein bedeutender Teil seiner Bürger zu Gesetzgebern geriet und Statuten und Reglement ersinnen sollte. Nun, man half sich, wie man sich hilft, wenn man Verfassungen machen soll und selbst nichts davon versteht: man ließ sie von andern Orten her kommen. Aber nun war doch nichts gut genug; jeder wollte noch was hineinschmuggeln und erlisten, von dem es ihn düechte, es wäre kommod für ihn und ein Lätsch um den Hals für Andere. Sehr interessant und belehrend wären die daherigen Verhandlungen, aber leider wurden sie durch keinen Stenographen der Mit- und Nachwelt überliefert. Das Ding wollte gar nicht vom Fleck. Redete man von A, sprang einer über zu Z, und hatte man B gemacht, so ergab sich, daß der B zu A gar nicht paßte, man bei A wieder anfangen mußte. Endlich fiel jemanden ein, im Verfassungsrate hätten sie Ausschüsse gemacht und Vorberatungen angestellt, und was Sellig getan, werde hier auch gut sein. Also geschah es, und endlich brachte man was zweg, und zwar etwas, von dem die Vehfreudiger sagten: Wes das nit heyg, su heygs de nüt meh uf Gottes Erdboden. Aber es war eine schwere Zeit, diese Geburtszeit; die Weiber klagten immer bitterer, daß die Manne nie heimkämen, und kämen sie endlich, so röchen sie nichts, schmöckten sie nichts, sie wüßten nicht einmal, sei man da oder nicht, und wenn die Weiber sich hinaus in den Schweinestall betteten, sie frügen nicht einmal, wo sie wären.

Darauf kamen die Wahlen: Hüttenmeister, Kassier und Sekretär. In der Vehfreude wohnte ein Kerl, der aus einem Pädagogen zu einem Schreiber geraten und dann auch leider Gott zu einem Amt gekommen war. Er gehörte unter die Sorte von Amtsbesitzern, welche allerdings am meisten aus dem Schreibervolk gespiesen wird, welche meinen, um volkstümlich zu sein, müsse man ein Saukerl sein und als Saukerl renommieren, um als liberal zu gelten, müsse man göttlichen und menschlichen Gesetzen Hohn sprechen, um sich beliebt zu machen, müsse man vorangehen im Bruch der Gesetze, welche zu handhaben man geschworen hat, müsse, wie ein Seiltänzer auf dem Seil, auf dem Meineid tanzen, mit täglich wiederholtem Meineid sich bei Brot erhalten. Von Anstand, Ehrgefühl, Rechtlichkeit oder gar Religion war bei diesem Kerl auch nicht die blasse Spur. Er besaß leider Gott ein Amt, machte damit Geld, ward dabei ein immer ärgerer Saukerl, bis endlich der Tag kam, wo man ihn wie ein altes, stinkendes Pfeifenröhrchen auf den Ghüderhaufen warf. Wahrscheinlich wußte er nicht, wo Paris war, sonst wäre er dort als Lumpensammler und Schelmenfreund am besten an seinem Platze gewesen. Dieser Mensch, welchen man Eglihannes nannte, hatte ein Gut gekauft in der Vehfreude, welches der Volkswitz Saubrunnen getauft. Dieser Mensch hatte nämlich einen Freund, Schützenbock genannt; sie hatten lange neben einander gearbeitet und liebten die Egli sehr. In dem Raume zwischen zwei Zwischentüren, welche ihre Stuben schieden, hatten sie sehr oft ein Gericht Egli, Beiden zu Diensten, je nachdem sie die Lust ankam. Im Brunnen, einer Art von Springbrunnen bei Eglihannese Gut, sollen mehrmals Hosen ausgeschwenkt worden sein von Solchen, welche so besoffen heimkamen, daß sie nicht wußten, waren sie in den Hosen oder außerhalb denselben. Obs der Schützenbock tat oder der Eglihannes, wußte man nicht, aber von da an ward das Gut der Saubrunnen genannt.

Diesen Eglihannes hatte man nicht gern in die Gesellschaft aufgenommen; es hatten eigentlich alle einen Abscheu vor ihm, aber Einige waren ihm Verbindlichkeiten schuldig, Einige fürchteten sich vor den Worten: Der Tag, wo er wieder obenauf komme, sei nicht weit, dann wohl, dann sollten es alle erfahren, was der Eglihannes könne. Nun wäre derselbe gerne Hüttenmeister oder Kassier geworden, aber obgleich ihm alle gute Worte gegeben, brachte er es doch nur zum Sekretär, weil niemand stark war in der Feder, sonst wäre er auch dieses nicht geworden. Wo es um den Geldseckel, versteht sich um den eigenen geht, haben die Bauern Takt, besonders bei nüchternem Leibe. Hüttenmeister wurde der Ammann, welcher die meisten Kühe hatte, und Kassier der Krämer, welcher das Geld am besten kennen und etwas vom Rechnen verstehen sollte.

Nun handelte es sich um Hütte und Platz. In Beziehung auf die Hütte war man einig. An der Hütte sollte nichts gespart, sondern gezeigt werden, daß man auf der Vehfreude sich nicht an tausend Gulden mehr oder weniger kehre, wenn die Sache was abtrage und nicht bloß so ein Gestürm sei für nichts und wieder nichts, als um etwas zu zwängen, zum Beispiel einen Schulhausbau. Es sollte die beste und kommodeste Hütte werden ringsum, mit Keller, Spycher, Holzschuppen, Wohnung, kurz was kommod sei und wohl anstehe. Ganz anders war es mit dem Platze, da war die Auswahl schwer. Man hatte Plätze zum Auslesen unter den günstigsten Bedingungen. Die Nähe war jedem bequem; je näher man dem Anrichtloche ist, desto sicherer ist man, daß man seinen Teil bekommt und die Andern unter Augen haben kann. Eglihannes hätte für sein Leben gerne die Käserei auf seinem Boden gehabt, bot ein altes Haus an fast ohne Zins, oder zu einem neuen Hause den Boden unentgeltlich, nur solle man ihm Fuhrungen schenken. Aber der Ammann, der keine Verbindlichkeiten gegen ihn hatte, bemerkte spöttisch, das Anerbieten wäre schön, aber er scheue das Wasser dort, er fürchte, das Milchgeschirr möge es nicht ertragen, und die Käse könnten eine Abchust erhalten. Das war starker Schnupf, aber Eglihannese Fell war gut gegerbt; schon als er noch im Amte war, konnte man ihn Hurenhund, Schelm, Spitzbub heißen, er machte sich nichts daraus, begreiflich aus guten Gründen. Eine solche Stellung eines Beamteten trägt gar sehr zum Ansehen und zur Befestigung einer Regierung bei, welche solche Beamtete anstellt. Hat es aber auch erfahren!

Die Auswahl harzete, wollte nicht vom Fleck. Es war jeder Mann eigentlich nichts als das Mundloch seiner Frau und hatte seine bestimmten Instruktionen, und kam etwas Neues, so durfte er es nicht anders als ad referendum nehmen und seinem Weibe vortragen. Die Weiber waren aber ungeheuer kitzelig und mißtreu, sie hatten gehört, was es könne, wenn eine Bäuerin darnach zu nahe bei der Käserei wohne, nur die eine fett werde, alle andern dagegen ermagern müßten. Wegen dem Fettwerden hätte Keine protestiert, aber ermagern wollte Keine. Jede wollte also die Käserei bei ihrem Hause haben oder aber so gelegen, daß keine Andere den Vorteil hätte und man rundum dazu sehen könne, wer hineingehe und wer herauskomme.

Der passendste Platz war offenbar im Nägeliboden, und der Besitzer hätte ihn gar zu gerne und wohlfeil gegeben. Der Nägeliboden war ein mittelgroßes Heimwesen, lag zwischen dem Dürluft und dem Dorfe, ungefähr in der Mitte der Käsgemeinde. Über klaren Kiesgrund floß das schönste Quellwasser; der Hof sah mager aus, baufällig das Haus, doch lag es mitten in sauber gehaltenen Bäumen von üppigem Wuchse; es gehörte einem jungen Ehepaare, welches, wie man zu sagen pflegt, chum tun mußte bei vielen Schulden und verwahrlostem Besitz. Diese Eheleute hatten jedoch ihre unangenehme Lage nicht selbst verschuldet; Sepp, so hieß der

Bauer, hatte sie von seinen Eltern geerbt. Nicht bloß Gut und Geld erben die Kinder von den Eltern, sondern auch Sünden und Schulden. Sepps Eltern hatten zu den Leuten gehört, von denen die Änderungen in der Welt nicht herkommen, zu der behaglichen Sorte, welche viel auf ihrer Sache halten, daneben nur tun, was sie müssen, das Übrige schlitten lassen; so bauten sie den Hof, so erzogen sie die Kinder. Sepp war der älteste Knabe; er schlug aus der Art, war rasch, tätig, ward früh die Seele des Hauswesens, und die Alten ließen ihn gewähren. Da kam als Magd Bethi ins Haus. Bethi war guter Leute Kind, welche aber herabgekommen und vergeltstagt waren. Bethi war, wie alle Mädchen sein sollten, hübsch und gut, schmuck und fleißig. Sepp gewann Bethi lieb, diese hatte nichts dagegen, sondern tat ebenso. Desto weniger anständig war es Sepps Eltern und seinen Geschwistern. Sie hatten die Rechnung gemacht, Sepp solle reich heiraten und so wieder einbringen, was sie vertan. Dies ist eine Rechnung, welche sehr häufig von Eltern gemacht wird. Sepp hätte dieser Rechnung genügen können, aber er wollte nicht, die Liebe zu Bethi gabs nicht zu. Das nahmen die Eltern übel, taten wüst, die Geschwister noch wüster, bis Bethi den Dienst verließ und einen Platz als Stubenmagd in einem Wirtshause annahm, des größern Lohnes wegen. Darauf verließ auch Sepp das Haus, er glaubte besseren Lohn verdient zu haben als solch unbegründetes Wüsttun. Bethi und Sepp dagegen verließen einander nicht, arbeiteten und schafften, um zu einem Boden unter den Füßen zu kommen, auf den ein freundliches Dasein sich erbauen ließe. Diesen Boden unter den Füßen sucht die jetzige Jugend in ihrem Leichtsinn und ihrer Liederlichkeit gar zu selten, daher so viele Arme unter uns und so Viele, die nichts sind als faul wie Mist. Mit den Beiden war aber auch der Segen aus dem Hause gewichen. Die Eltern hatten keine Macht über die andern Kinder; diese machten sich berühmt durch Faulheit und Liederlichkeit, verkegelten und verhoffärtleten, was noch da war, so daß, als die Eltern starben, das Bedenken groß war, ob das Erbe auszuschlagen oder anzutreten sei. Sepp hing an seiner Heimat, er war noch von dem alten Schrot und Korn und hätte auch geantwortet: Das lasse der Herr ferne von mir sein, daß ich der Väter Erbe sollt geben! Aber so ein verwahrlostes Wesen zu übernehmen, ist etwas Heilloses, es gleicht einem bodenlosen Sumpf, der alles verschlingt und dabei immer der gleiche Sumpf bleibt. Bethi und Sepp hatten ein recht schönes Stück Geld verdient; aber als sie anfingen auszulösen, was in Gläubigershänden war, anzuschaffen, was fehlte, zu bezahlen, was alsbald bezahlt sein mußte, da war ihr Geldlein wie nichts, wie Wasser auf heißen Stein gegossen. Wie groß eine verdiente Summe auch scheinet, sie ist, wenn man einen Haushalt errichtet und noch dazu einen mit Kühen und Pferden, wie Schnee, auf den im März die Sonne scheinet. Beide hatten den Grundsatz, nicht vorzufressen, wie man sagt, das heißt nicht auf die Hoffnung besserer Einnahme hin Sachen zu kaufen oder machen zu lassen, sie wußten, wie man auf diese Weise immer die Rechnung ohne den Wirt macht; sie wollten so allgemach vorwegräumen, je nachdem sie dazu die Mittel in Händen hätten, unterdessen sich leiden so gut als möglich. Sie hielten fest an diesem Grundsatze, obgleich dies unendlich schwer ist, wenn es in Haus und Ställen überall fehlt, wenn das Dach schlecht ist, der Hof zu mager, kein rechtes Eingericht irgendwo. Wenn zum Beispiel eine reiche Flachsernte zu erwarten war, kam es sie an, daraufhin etwas Neues anzuschaffen, etwas bauen zu lassen, der Ertrag schien ihnen so sicher; indessen sie überwanden sich. Es kam ihnen eine unerwartete Ausgabe, die Röße fehlte, der Flachs fiel beim Brechen unter die Breche; hätten sie sich verführen lassen, auf den

Flachs hin vorzufressen, so wäre ihnen eine neue Schuld entstanden, um so viel wären sie in Krebs gekommen. Sie hatten mehre Jahre so ausgehalten, aber sie vermochten es bloß, weil sie einander so treu waren und sich gegenseitig so lieb hatten. Ihre Lage kam ihnen oft akkurat vor wie eine Bettlerkutte, welche mürbe ist um und um; rührt man sich, so gibt es ein Loch, flickt man links, so kracht es rechts, macht man dort zu, so platzt der Rücken, fertig wird man mit Flicken nie, und vom Flicken hat man nichts als alle Tage eine ärgere Bettlerkutte. Sepp und Bethi verzagten aber nicht, sie dachten, der alte Gott lebe noch, der mit den Treuen und Fleißigen sei, und einmal werde doch der Tag kommen, wo der Sumpf Boden gewinne und über der Oberfläche sichtbar würden die Steine, welche man in denselben geworfen.

Als Sepp, der nicht beim Beschluß zur Errichtung einer Käserei war (denn er ging im Laufe des Jahres nicht sehr oft ins Wirtshaus ohne seine Frau oder ohne besondere Veranlassung), aufgefordert wurde, an der Käserei teilzunehmen, schüttelte er anfangs den Kopf dazu. Er hatte viel Schlechtes davon gehört, wie sie Ehestreit mache und die meisten Bauern darob verarmten. Er behielt sich Bedenkzeit vor und wollte dies auch seiner Frau vorstellen. Seine Nachbarn lachten und sagten: Wenn sie es so hätten machen wollen, sie hätten ihr Lebstag keine Käserei zustande gebracht. Er glaube es, hatte darauf der Sepp gesagt, es komme darauf an, was man daheim für Weiber habe. «Du wirst auch keinen Engel haben», hatten die Männer gesagt. «Lauf das Land auf, das Land ab, du findest keinen Kittel, wo dr Tüfel nit Haar drinnen hat.» Sie erzählten aber doch daheim, was der Sepp gesagt und wie es sie wunder nehme, was da beschlossen werde.

Sepp war seines biedern Wesens wegen und weil er trotz seiner beschränkten Lage dienstfertig war wie der reichste Bauer, den Meisten lieb, und auf seine Frau hielten die

Männer große Stücke, weil sie so brav schaffte und so wenig brauchte, so schmuck immer war und doch so durchaus nicht hoffärtig. Die Männer hatten sie gar oft vor ihren Weibern gerühmt und sie zum Exempel gegeben. Wer die Weiber kennt, weiß, wie so was angeht und wie es wirkt ärger als Teufelsdreck und Höllenstein. Sie hatten Bethi von Anbeginn gehaßt, und alle Tage war der Haß größer geworden. Bethi war eine Fremde, und wenn Sepp schon nicht reich war, so war er doch ein schöner Bursche, von guter Familie, besaß ein Heimwesen, gehörte also zu den Bauern. «Dem wäre es wohl angestanden, ein Mädchen aus dem Dorfe zu nehmen, und einen Kreuzer Geld dazu hätte er brauchen können; jetzt kann er sehen, wie er mit dem Mensch fährt, das Stubejungfere gsi ist, und was so eine ist, weiß man ja zu Stadt und Land», so räsonierten die Weiber. Als es aber ging, Bethi am Angstkarren zog und schwitzte unermüdet, nie über den Mann klagte, wohlgemut schien, keine Schlampe ward, sondern ein schmuckes, schönes Weib, dem alles wohl anstand, da ward Bethi noch bitterer gehaßt. Wenn irgend einer der Männer sich beigehen ließ, ein Wort darüber fallen zu lassen, wie ihm dies oder jenes an Bethi gefalle, wohl, da ward er angebrüllt: Wenn man den halben Tag vor dem Spiegel wäre und das Beste vorabfressen täte, so nehmte sie wunder, ob sie nicht auch fett und schön würden; aber wohl, da könnte man dann sehen, wie es der Haushaltung ginge! War der Mann klug, so schwieg er, war er etwas angetrunken, so sagte er wohl: Oh, Sepps Haushaltung ginge es so übel nicht, man sehe ihr keinen Mangel an, und so tief, wie er drin sei, müsse die Frau ihre Sache machen, sonst wäre er längst über Bord. Wohl, da ging dann das Donnerwetter noch schrecklicher los, und alle Männer im ganzen Dorfe mußten schuld daran sein, daß die Nägelibäuerin so schmuck und schön sei und Sepp noch nicht über Bord. Aber ein schlechter Kerl müsse Sepp auch sein oder dumm, sonst hätte er der Sache längst ein Ende gemacht; aber warte er nur, wenn er nichts merke, wolle man es ihm mit der Saukelle einschütten, bis es ihm über dem Hemliskragen herauslaufe.

Die Weiber samt und sonders, von Stüdi weg bis zur Viktoria, halten sich für makellose Göttinnen, welche unbedingt angebetet sein wollen, von ihren Männern wenigstens. Daher kommt es, daß man unter den Weibern mehr Göttinnen findet als Christinnen. Das kommt eben von der Eva her, welche Gott gleich werden wollte.

So stand Bethi zu den andern Weibern in der Vehfreude; aber wir müssen sagen, es kümmerte sich wenig darum. So eine rechte Bäuerin hat keine Zeit zu Visiten, und hat sie einmal Zeit, ordentlich abzusitzen, so nimmt sie gern ein gutes Buch zur Hand und erbaut sich darin. Es gibt aber leider auch solche, welche jahraus, jahrein kein Buch zur Hand nehmen, kein weltliches, geschweige denn ein geistliches, welche keine andere geistige Nahrung haben als die, welche Klapperweiber ihnen zutragen. In solchen Köpfen muß es doch höllisch aussehen!

Sepp brachte also die Sache Bethi vor, äußerte seine Bedenken, wie er denn doch nicht möchte, daß so eine Käserei ihnen den Unfrieden ins Haus brächte oder gar sonst noch größere Verlegenheiten. Darauf sagte Bethi: «Wie mans treibt, so hat mans. Es wird kein Gesetz sein, daß es allenthalben gleich gehen, allenthalben man sich damit plagen müsse. Ich hülfe probieren mit Verstand, vielleicht daß wir hierin Glück haben. Mit Butter- und Milchverkauf kommen wir nicht weit, es ist hier der Absatz nicht, und das Geld kommt gar verstümpelt ein und oft gar nicht, daß man wenig damit machen kann.» Beide rechneten nun, wenn sie täglich von vier Kühen die Milch abgeben würden, so behielten sie immer noch genug für sich und dürften am Ende des Käsjahres bei den üblichen Preisen auf wenigstens zweihundert Gulden hoffen, ein großes Stück Geld zu den Zinsen, welche sie jährlich zu entrichten hatten. Bloß die Bau- und Einrichtungskosten plagten sie. Wenn sie den Bauplatz, der so schicklich wäre, der Gesellschaft verkaufen könnten, so wäre ihnen gut geholfen, wie wohlfeil sie ihn auch anschlügen, dachten sie.

So friedlich ward getaget im Nägeliboden, und wohlgemut und unversehrt im Gesichte unterschrieb Sepp für vier Rechte. Das mehrte begreiflich die Zuneigung der Vehfreudigerinnen zu Bethi nicht, als die Männer ihnen vorhielten, wie verständig Bethi sich benommen und wie mit der doch noch ein vernünftiges Wort zu reden sei. Das vermehrte aber auch nicht die Hoffnung, die Käserei auf den Nägeliboden zu bekommen; viel lieber hätten die Weiber dieselbe oben im Dürluft gesehen, wenn nicht die meisten, um zum Dürluft zu kommen, beim Nägeliboden hätten vorbeigehen müssen.

Als es bekannt ward, daß vom Nägeliboden die Rede sei und Sepp den Platz dazu wohlfeil angeboten, da gab es in der Vehfreude Geschrei und Lärm, wie nie erhört worden. Ein alter Küher hat erzählt: Einmal, als er auf der Alp gewesen, habe es geschneit, daß er die Kühe zwei Tage in der Hütte habe behalten müssen, und Futter hätte er keine Handvoll gehabt, den Kühen hätte er nichts geben können als zweimal des Tages die Milch, welche er ihnen ausgezogen. Nun hätten seine siebenzig Kühe gebrüllt, daß Boden und Hütte gezittert. Schrecklicheres habe er sein Lebtag nicht gehört, es hätte ihn fast zur Verzweiflung gebracht; er hätte den Kopf ins Bett gestossen, er sei durch den Schnee weitweg geflohen, aber dem Gebrülle habe er nicht entrinnen mögen, er habe es noch wochenlang nachher in den Ohren gehabt. Wäre aber der alte Küher zu selber Zeit in der Vehfreude gewesen, er hätte noch ein ganz anderes, viel schrecklicheres Getöse vernommen, welches die fünfzig bis sechzig Weiber in der Vehfreude verführt. Wenn der Teufel mit seinen schwarzen Engeln die fünfzig bis sechzig Männer dieser Weiber sichtbarlich durch die Lüfte davongeführt, es hätte sicherlich nicht so nötlich getoset. Manche hätte das Maul gehalten und gedacht: Mira! Wenn si ne ume nit leu falle vor dr Zyt! Daß die Männer alle das Recht haben sollten, alle Tage zur Käserei zu gehen, der Nägelibäuerin vor die Augen zu stehen, das kam ihnen unendlich schrecklicher vor, als wenn sie ihre Männer sehen täten im Fegfeuer an langen, langen Bratspießen über dem Feuer, als wären es Leipziger Lerchen. Es ging darum den Männern auch wie dem alten Küher, es war ihnen, wenn sie das Getöse nur loswären, die Weiber um Gottes willen nur wieder schwiegen und der Nägeliboden da wäre, wo der Pfeffer wächst.

Als endlich Käsgemeinde gehalten wurde, um einen Beschluß über den Platz zu fassen, da kriegten Fische Sprache, hielten Reden, die wie Stutzerkugeln durch dreizöllige Laden gegangen wären. Es lag in ihnen ein tiefes Bewußtsein, wenn es auch nicht um Leib und Leben gehe, so gehe es doch um Haut und Haar. Absonderlich der Eglihannes redete schön, denn er wäre nebenbei auch gerne Zahlmeister bei dem Bau geworden. Er hatte es wie ein Zägg, der, einmal in eine Schafhaut eingebissen, auch nicht wieder heraus will, bis er dick wie eine Kröte geworden. Eglihannes konnte nicht mehr vom Volke lassen; Eglihannes mischte Politik in seine Rede, warf hämische Blicke auf Aristokraten und Jesuiten. Mit dem wahren Grunde rückte, wie üblich, begreiflich niemand ins Feld. Endlich gab der Ammann den Ausschlag, der sagte: Mitten im Dorfe sei ein freier Platz, welcher niemanden gehöre, wenn ihn nicht etwa die Gemeinde in Anspruch nehme. Die werde aber kaum was sagen, er hülfe daher dort abstellen; der Platz sei gut und koste nichts. Die Gründe waren einleuchtend, und daß niemand Einwendungen machen werde im Namen der Gemeinde, da der Vorschlag vom Ammann selbst kam, das wußte der Ammann wohl am besten.

Eglihannes ward auch nicht Zahlmeister; er war stark im Verdacht, einen Naturfehler zu haben, welcher in Zahlen sehr irrt, nämlich zu lange Finger zu besitzen. Ein Verwandter des Ammanns, der ganz nahe bei dem erkorenen Platze wohnte, ward erwählt. Er war eben kein Hexenmeister im Rechnunggeben, und mit Beilagen machte er sich keine große Plage. Im Einnehmen hieß es entweder «Eingenommen» oder «Empfangen»; im Ausgeben «Ausgäben» oder «Geld gäben» und weiter nichts. Da er des Ammanns Vetter war und die Vehfreudiger den Grundsatz hatten, es sei gut, wenn Keiner dem Andern, das heißt kein Vehfreudiger dem andern (Eglihannes war Hintersäß) zu genau auf die Finger sehe, so ward seine Rechnung nach obigen Ansätzen sanktioniert ohne Beilagen, akkurat als wäre es eine Staatsrechnung, visitiert durch eine Staatswirtschaftskommission. Bei Privatrechnungen nimmt man es gewöhnlich genauer.

Nach langem Werweisen und Auslesen ward endlich ein Käser angestellt und ihr gegenseitiges Verhältnis auf einen Akkord abgestellt. Dieser war noch viel verfluchter als das Reglement, alle Vehfreudiger hatten darin ersinnen und erlisten helfen, bis sie endlich sämtlich erkannten, es müßte einer schlimmer als der Teufel sein, wenn er noch etwas machen wollte; sie wüßten nicht, was sie lieber wollten, als Senn einen solchen Akkord unterschreiben oder einen Strick sich um den Hals machen lassen. Der Senn aber unterschrieb ganz kaltblütig, daß es den Bauern katzangst den Rücken auf lief. Entweder sei das ein Lappi wie Keiner oder der verfluchtest Spitzbub unter der Sonne, sagten sie.

Die öffentlichen Angelegenheiten wurden auf das Eifrigste besorgt, die Ausschüsse aller Art stellten sich tapfer, säumten mit nichts, und als endlich auch das Käskessi anlangte, schien das Düpfli auf das i gesetzt. Es war ein gewaltiges Ding, wog mit der Handhabe über dreieinhalb Zentner und hatte einen Bauch, daß man darin nicht bloß für die Arche Noah, sondern für die sämtlichen Kinder und Kindeskinder von Sem, Ham und Japhet die beliebten Linsengerichte kochen konnte.

VIERTES KAPITEL

Wie die Bauern für greisete Kühe sorgen

Die öffentlichen Angelegenheiten waren beseitigt; es war aber auch gut, denn Privatsachen nahmen nun jeden sattsam in Anspruch. Jetzt mußte in den Ställen dafür gesorgt werden, daß man greisete Kühe habe. Was das bedeutet, wissen sicher weise Leute nicht, und wenn einer den Weg unter die Füße nehmen würde und liefe den sieben berühmten Göttinger Professoren nach, was gilt die Wette, sie wüßten es alle sieben nicht! Daß das Wort reisen und greiset sich nicht auf Reisen über Land und Meer beziehen kann, wird den meisten Lesern sicherlich in die Augen fallen. Wirklich ist es in Beziehung auf die Nutzbarkeit einer Kuh gleichgültig, ob sie im nämlichen Stall geboren und geblieben oder die halbe Welt durchwandert habe, und in Beziehung auf Bildung möchte das Sprüchwort von der Gans auch auf die Kuh anwendbar sein: Kuh über Meer, Kuh wieder her. Ja wir haben Grund zum Glauben, je mehr eine Kuh auf der Straße sei, desto schlechter stehe es bei ihr mit der Milch.

Eine greisete Kuh ist eine solche, welche gerade zur gelegenen Zeit die meiste Milch gibt; eine für die Käserei greisete Kuh gibt während der Käszeit die meiste Milch. Die meiste Milch gibt aber eine Kuh gleich nach dem Kalben, besonders wenn sie zugleich mit grünem Futter gefüttert werden kann. Mit Beginn der grünen Fütterung beginnt man das eigentliche Käsen. Die am besten greisete Kuh ist also die, welche ihr Kalb beim Beginnen der Käszeit erhält. Nun hat man im Allgemeinen nicht ungern, wenn Kühe ins Grüne oder zum Grünen kalben, wie man poetisch sich auszudrük-ken pflegt. Indessen, wo man nicht käset und mehrere Kühe hat, hat man es am liebsten, wenn das Kalben sich verteilt, so daß man immer die gehörige Milch hat das ganze Jahr durch. Tritt also ein Bauer in eine Käserei, so scheint das die Hauptsache, daß er lauter greisete Kühe habe, das heißt solche, welche alle auf einen Tätsch als wie aufs Kommando kalben, und zwar ins Grüne und womöglich gerade fünf Tage vor Anfang des Käsens. Das mache einen Unterschied, heißt es, ob man ds Halb mehr oder ds Halb weniger Milch täglich liefern könne. Die Rechnung ist richtig und ds Halb mehr Milch wäre prächtig, wenn nicht jedes Ding wenigstens zwei Seiten hätte.

Wer also ungreisete Kühe hat und greisete will, muß kaufen oder tauschen und schweres Geld zusetzen, per Stück drei, vier und mehr Louisdor, wenn er sie von gleicher Schwere will; denn zur Zeit, wo man eben die Kühe zu reisen pflegt, sind im Verhältnis die ungreiseten viel zu wohlfeil, die greiseten viel zu teuer. Hat so ein Bauer seine zwanzig Dublonen zugesetzt und meint Hans oben im Dorfe zu sein mit seinem Stall voll greiseter Kühe, so fehlt es hier, fehlt es dort; die Zeit des Kalbens war falsch angegeben, die Euter finden sich schlecht, das Kalben geht bös, die Kuh gibt keine Milch; er milcht nicht halb so viel, als er gehofft, er ist beträchtlich angeführt, denn bekanntlich gibt es keinen betrogeneren Handel als den Kuhhandel. Will er, um dem Schaden beizukommen, die erhaltenen Kälber verkaufen, so will ihm niemand etwas dafür geben, sie sind unwert; denn bekanntlich blöken nie mehr Kälber in der Welt herum als im Frühjahr, wenn in den Städten die Vorlesungen, auf dem Lande die Käsereien ihre Arbeit beginnen.

Nun kann man sich denken, was das für Lärm und Läuf gibt, was das für Geld und Redens braucht, wenn eine ganze Dorfschaft die Kühe reisen und jeder Bauer sie noch verflüchter will greiset haben als der andere. Man kann sich denken, daß es da wieder sehr interessante Hausgeschichten gab, welche aufzufassen fast so viel Papier erfordern würde als die Ratsverhandlungen. Wir wollen uns daher wieder auf die zwei Haushaltungen beschränken, welche wir bereits etwas näher ins Auge genommen, vielleicht näher, als es ihnen selbst lieb ist.

Im Dürluft war große Verlegenheit; ungreisete Kühe und kein Geld – und greiset mußten sie sein, und sollte es Magdeburg kosten. Aber wie machen? Das war eben die Frage, deren Lösung über Peterlis und seines Eisis Verstand ging. Eisi schickte Peterli zum Kassier mit der Frage, ob es nicht zu machen wäre, daß man das Käsgeld vorausziehen könne oder wenigstens etwas auf Abschlag. Es dünke ihns, es sollte den Käsherren noch lieb sein, brauchten sie doch dann das Geld nicht zu hüten ein ganzes Jahr lang. Als aber Peterli mit der alten Antwort heimkam, das Fell lasse sich nicht eher verkaufen, als bis man den Bären hätte, begehrte Eisi schrecklich auf. Das sei ein verfluchter Zwang, sagte es; es sehe schon, es gehe hier auch alles nach Gunst. Für das Schyßhüttli hätte man zahlen können, es hätte keine Art gehabt, und jetzt, wo man auch was wolle, könne man nichts kriegen. Wenn es der Ammann gewesen wäre, jawolle, da wäre schon Geld dagewesen für dä Donnstigs Großgring, wo die Käserei auch seiner Frau unter das Gloschli erzwängt habe. Wohl, die und der Senn werden was können!

Eisi schickte Peterli aus, Geld zu leihen, tausend Gulden, oder so viel er könne. Tausend Gulden mehr oder weniger gingen in einem zu; könne man tausend Güldlein mehr nicht verzinsen, könne man das Wenigere auch nicht. Und wenn schon etwas vorschieße für die Notdurft, so sei es mehr als kommod, man sei ein ganz anderer Mensch, wenn man Geld im Hause habe, als wenn man keins habe, so kalkulierte Eisi. Aber Peterli fand in der ganzen Vehfreude, und so weit er sonst bekannt war, kein Geld. Es sei nicht, und was man habe, brauche man selbst, hieß es allenthalben. Das sei verfluchter Verbunst, sagte Eisi; man wolle sie plagen, daß sie nicht viel Milch liefern könnten. Peterli solle mit Gschriften laufen zum Amtschreiber, der wisse immer Geld, und es müsse kurios sein, wenn er nicht froh wäre, Geld auf den Dürluft zu geben, und dann noch mehr als tausend Gulden, und Peterli solle nehmen, so viel der Amtschreiber geben wolle.

Peterli lief ab, aber traurig kam er wieder. Der Amtschreiber habe gesagt, berichtete er, das Geld sei rar, und auf dem Unterpfand seien Vorgänger, und selbe liebe man nicht. «Jch glaube es», schrie Eisi, «der alte Hagel hat die Vorgängerinnen lieber; wenn dere wären, dann hätte der schon Geld!» «Aber er hat mir gesagt, wenn ich mir die Mühe nehmen wollte, so fände ich in Bern Geld, so viel ich wolle. Es sei dort ein neues Eingericht, daß wer mit zwei guten Bürgen bezeugen könne, er sei von der neuen Meinung und habe den Glauben, die neuen Herren seien die rechten und keine Andern, Geld bekomme wie Heu, und an den Zinsen gehe das Kapital ab, es sei auf das Kommodeste eingerichtet», berichtete Peterli.

«Lauf, Peterli, lauf, der Donner, lauf, so streng du magst,

du könntest sonst zu spät kommen!» schrie Eisi. «Nimm Hansli mit im Schorgraben und Fritzli uf dr Blütti, sie sollen dir Bürg sein und auch nehmen, werden froh sein, und denen kannst du meinetwegen auch Bürg sein. Weniger als zehntausend Gulden nimm nicht; sag drinnen nur, die verfluchten Aristokraten und Patrioten, Jesuiten und Eidgenossen brächten uns sonst noch um den Dürluft!» Peterli lief ab, kam aber traurig wieder und ohne Geld. Ein kleiner, hässiger Mann, akkurat wie ein angekleideter Affe, hätte ihnen Bescheid gegeben und sie schrecklich ausgehöhnt; die Sache sei ihnen verleidet, hätte er gesagt, die Unterpfänder seien nichts wert gewesen, hätten alle die Auszehrung bekommen, wenn man sie habe fassen wollen, er solle zu den Berner Herren, die hätten Geld, wenn sie geben wollten, so erzählte Peterli. «So!» schrie Eisi, «sy das scho mutz Bese, kum es Jahr u scho nüt meh nutz. Es geht mit der Sach mit Schyn wie mit allen andern; es ist alls nichts mehr nutz, kaum hat man es in den Fingern, so ists nichts mehr wert, u mi mueß sih zUnnutz plage.» Das kam Eisi stotzig vor und fast vor den Atem. Und jetzt, was machen?

Einstweilen predigte Eisi seinem Peterli von Sonnenaufgang bis Sonnenuntergang, er sei der Allerleideste unter den Männern, dr dümmst Hung unter der Sonne. Jeder andere Mann wüßte sich doch zu helfen, aber er wisse nichts anzufangen, in aller lieben Gotts Welt nichts! Sie fragte, ob er nicht eine Base oder einen Vetter hätte, wo er erben könne. «Nicht daß ich wüßte», antwortete Peterli. «Es müßte neuere sy, daß ich nicht wüßte.» «So», sagte Eisi, «so, nichts zu erben, nirgends einen Vetter oder eine Base oder e Götti und Gotte?» «Sy gstorbe», antwortete Peterli kleinlaut. «Hätte ich gewußt», sagte Eisi, «wie das ist, nicht mit dem Hintern hätte ich dich angesehen! So eine schlechte Familie, wo auch gar nichts zu erben ist, nicht einmal Götti und Gotte mehr leben, ist mir doch auf der Welt noch nie vorgekommen.» «Und dann deine», sagte endlich Peterli, wenn Eisi gar zu zornig ward, «was ist denn das für eine, was ist da zu erben?» «Die geht dich nichts an, weißt du es!» schrie Eisi, «hell nichts! Es ist eine Zeit gewesen, wo in meiner Familie geerbt wurde wie in keiner mehr das Land auf, das Land ab. Aber diese ist vorbei, für die bist du zu spät aufgestanden; wo etwas Gutes ist, da kommst du in Gottes Name hintendrein, du Trappi, was du bist, du Tschalpi!» Peterli hätte gerne gesagt, zu Eisi wenigstens sei er früh genug gekommen, werde aber eben nichts Gutes gewesen sein. Aber Peterli war gewohnt, an allem schuld sein zu müssen; er hätte es angenommen, wenn Eisi ihm vorgeworfen, er sei schuld daran, daß auf dem Dürluft der Wind gehe.

Die Zeit rann weiter, fragte nicht, ob im Dürluft die Kühe greiset seien oder nicht. Die greiseten Kühe wurden alle Tage teurer, die ungreiseten alle Tage unwerter. Eisi fuhr fast aus der Haut geradezu in Peterlis Haare. Das müßte aber wirklich zu den unangenehmsten Dingen auf der Welt gehören, so eine aus der Haut gefahrene Frau in den Haaren zu haben. Der Teufel weiß, wie lange man sie da haben müßte, besonders seit die Hintersäßgelder abgeschafft sind und freie Niederlassung in der ganzen Eidgenossenschaft! Da kam eines Abends der Polizeidiener mit einem Briefe. Man hat nämlich im Kanton Bern das sehr große Talent, allen Angestellten ein Nebentürlein oder mehrere zu eröffnen zu Privatverdienst oder Privatvergnügen, daß von der Hauptsache endlich gar nicht mehr die Rede ist. Dieses scheint ganz besonders mit der Polizei der Fall zu sein, wo man Angestellte hat zu allem Möglichen, aber wie viele sich um die eigentliche Polizei bekümmern, das möchten wir gerne einmal hören, so wie wir gerne einmal einen schriftlichen oder mündlichen Rapport vernehmen würden über das Maß der Liebe und der Achtung, welche der Polizeiminister im Lande genießt.

Also einen Brief brachte die Polizei, durch deren Hände demnach die meisten Briefe laufen; sechs Kreuzer sollte er kosten. Jä, sechs Kreuzer für ein Lumpenpapier, in welchem nichts ist, sondern bloß etwas steht, was man vielleicht gar nicht zu wissen begehrt, die lassen sich bedenken, besonders wenn man sie nicht übrig hat, sondern viele hundert Franken zu wenig. «Gehe damit wieder hin, wo du hergekommen; es könnte ein jeder Narr uns so einen Wisch schicken und sechs Kreuzer darauf machen, wenn wir einmal Narrs genug wären, sie zu bezahlen», schnauzte Eisi. «Ja, Frau», sagte die Polizei, «sieh, was du machst, mit solchen Briefen läßt sich nicht narren; man hat Beispiele, daß es Leuten mehr als hundert Taler geschadet, weil sie sich Briefen nicht geachtet. Und wenn ich ein Bauer wäre, welcher sechs Kühe im Stalle hat und manchmal sieben, so würde ich mich doch schämen, wegen sechs Kreuzern einem armen Mannli, wie ich bin, den Brief an der Schatzig zu lassen.» «Sechs Kühe hin, sechs Kühe her», sagte Eisi, «deswegen ist noch nirgends geschrieben, daß man dir für jedes Papier, welches du bringst, sechs Kreuzer geben müsse. Das Papier würde rar, wenn man jedem Halunken dasselbe so teuer abnehmen müßte.» «Rede du nur», sagte die Polizei, «wenn ihr sechs Kreuzer hättet, ihr würdet den Brief nehmen, aber die habt ihr nicht, da fehlts!» Das ging Eisi nicht bloß ins Leder, sondern ins Fleisch. «Wirst meinen, wir hätten es wie du», sagte es; «mit dir zähl uns nicht zusammen! Da hast deine sechs Kreuzer; aber jetzt wart und lue, was in dem Papier ist, und wenn es das ist, für was ich es halte, so sieh, wie es dir geht!»

Peterli machte den Brief auf, Eisi stand neben ihm, streckte seinen Kopf vor Peterlis Kopf; hinter ihnen stand der Briefträger und sah zu einer Lücke hinein. Eisi fuhr zurück und schrie: «Das ist ein Vexierbrief! Der ist nit gschribe, das ist ume Gchafel!» «Glaub nit», sagte Peterli, «aber allem an ist es Welsch». «Oh, neue nit», sagte der Briefträger, welcher den Brief zur Hand nahm und vor die Augen hielt. «Allem an ist es die neue Gschrift, welche aufkommt in den Schulen, man nennt sie die deutsche. Ich verstehe mich auch nicht darauf, aber sie soll schöner sein als die alte.» «Dreck», sagte Eisi, «und jetzt, willst ihn wieder nehmen und die sechs Kreuzer wieder geben, wohl und gut, sonst mußt du verklagt sein, und das mußt.» «He», sagte der Briefträger, «ehe ich das Wüstest alles machen würde, wollte ich doch sehen, ob mir ihn niemand lesen könnte. Wir wollen zum Schulmeister gehen, der macht es akkurat auf diese Weise und wird es notti doch wohl lesen können.» Selb sei die Frage, sagte Eisi; kribeln und kratzen könnten alle Hühner, und noch nie habe es von einem gehört, welches habe sagen können, was sein Kribeln zu bedeuten hätte. «Zu wem dann?» fragte der Polizeimann.

Siehe, da half die Vorsehung! Eglihannes im Saubrunnen trappete daher einer Wirtschaft zu, welche ihm besonders anständig war, wo ihn oft am Morgen die Sonne fand, wo sie ihn am Abend gelassen, wo man gar nicht wußte, was ihn mehr festhielt, war es Spiel, Wein oder Wirtin. «Seh», sagte Peterli, «bist fast wie ein Gelehrter, kannst das?» Mit verächtlichen Mienen riß Eglihannes das Papier an sich, und um zu zeigen, daß er es gleich vorweg könne vom Blatt, ohne es vorher zu studieren, begann er alsbald zu lesen. Später sagte er oft, in den Haaren kratzend, das Dümmste, was man machen könne, sei, wenn man so mir nichts, dir nichts den Leuten ablese, was sie einem zu lesen brächten. Sei man zu Hause, solle man ihnen sagen, sie sollten morgen wieder kommen und den Brief dalassen, jetzt hätte man nicht Zeit; kämen sie zu einem außer dem Hause, solle man den Brief nehmen und ebenfalls sagen, sie sollten morgen wieder kommen, man habe den Spiegel nicht bei sich. Lese man gleich von der Hand weg, lese vorweg, ohne zu wissen, was nachkomme, könne man sich zwei- bis dreihundert Gulden schaden, er habe es erfahren. Er las nämlich, freilich unter Stammeln und Stottern, besonders gegen das Ende zu: Stampfimichel im Hühnerloche, an welchem Peterlis Vater dreihundert Gulden verloren, habe schön geerbt, und wer seinen Nutzen zu rechter Zeit bedenke, könne Schadens einkommen.

Wenn die Sonne um Mitternacht plötzlich am Himmel stände, sie könnte nicht mehr verrichten als dieser Brief. Was Peterli, Eisi und der Polizeier für Gesichter machten! Nur Eglihannes sah finster aus und grännete (schüli, würde ein Zürcher sagen). Es war aber auch kein Wunder, einen solchen Fisch vor dem Netz und so dumm sein, ihn selbst verjagen und nichts in Sinn kriegen, ihn wieder zur Hand zu bringen! «Ja, ja», sagte Peterli, «dreihundert Gulden und von meiner Seit! Jetzt, Eisi, ist das Geld da, wir können uns helfen, und aus meiner Familie her kommt es.» »Hast es noch nicht, kannst sehen, wie du es kriegst», sagte Eglihannes höhnisch und ging weiter. Das war Wasser auf Eisis Mühle. «Wenn du es nur schon hättest», sagte es wieder und wieder.

Peterli war wirklich in Verlegenheit; er hatte einen Brief in der Hand, konnte ihn aber nicht lesen, wußte noch weniger, was er mit demselben anfangen sollte, um das Geld zu bekommen. Er trappete endlich dem Eglihannes in die Wirtschaft nach. Die Sache war so plötzlich über Peterli gekommen und erfüllte seine Seele so ganz, daß er das übliche Mißtrauen und die Vorsichtigkeit ganz vergaß und, sobald er seinen Schoppen vor sich hatte, die andern Gäste nicht scheuend, zu Eglihannes sagte: «Du hast gesagt, wenn ichs nur schon hätte; ich solle sehen, wie ich es kriege. Möchte dich fragen, ob du mir dazu verhelfen könntest? Es wäre mir jetzt gar anständig, wenn ich es bald bekäme, hätte es übel nötig.» Wohl, wie da Eglihannes ihn hässig anschnauzte! Er solle ihm vom Leibe bleiben, sagte er; mit solchen Lumpensachen gebe er sich nicht ab, und Geschäfte treibe er nicht im Wirtshause. Wer etwas von ihm wolle, könne in seine Schreibstube kommen, dort sei der Ort, wo er Bescheid gebe. «Nüt für unguet, fragen wird doch erlaubt sein?» sagte Peter halb erschrocken. Aber das Herz voll von der Sache, merkte er Eglihannes nicht, sondern spann weiter, sprach, wie doch ungesinnt einem was zur rechten Zeit kommen könne, zeigte den Brief, fragte, wer ihn lesen könne. Hannes da hätte ihn gelesen und wisse, was darin sei usw. Endlich klopfte die Wirtin Peterli auf die Achsel und sagte: «Komm, es ist jemand da, der dir was sagen will.»

Draußen sagte sie ihm, Hannes lasse ihm sagen, er solle doch das Maul halten. Wenn es bekannt werde, was im Briefe stehe, so solle er zusehen, ob nicht welche in der Nähe seien, welchen es anständig wäre, ausstehende Zinse endlich zu bekommen. Potz Türk, daran hatte Peterli gar nicht gedacht! Als er wieder in die Stube kam, war er ein ganz Anderer; es war, als wäre ihm ein Kübel kaltes Wasser über das Haupt gegossen worden, denn drinnen saßen wirklich Solche, welche mehr als einmal zu ihm gesagt hatten: «Peterli, ich nähms, wenns brächtest.» Er hatte die Sprache halb verloren, wußte über den Brief keine Auskunft mehr und machte, daß er fortkam so bald als möglich.

Am folgenden Morgen war Peterli früh auf, mochte nicht warten, bis Eisi das Morgenbrot zweg hatte, verbrannte das Maul am heißen Kaffee und machte sich halb hungrig dem Saubrunnen zu. Er hätte aber nicht so zu pressieren gebraucht, denn Eglihannes stand nicht früh auf. Wenn er nach Mitternacht halb oder ganz betrunken zu Bette kam, oft daß er nicht wußte wie, so lag er darin wie ein fettes Schwein im Mist, und wenn er endlich einmal aufstehen sollte, so grunzte er erst eine lange Weile, ehe er es vollbrachte, akkurat wie ein Schwein; erschien er endlich vor den Leuten, so hatte er zugepichte Augen, ein versalbtes Gesicht, gefiederte und borstige Haare; er sah wirklich nicht besser aus als ein verwahrlostes Schwein. Als derselbe endlich so versalbet und verpicht erschien, den Tag angrännend, als hätte er in saure Zwetschgen gebissen, grollte er den armen Peterli an wie ein Bär, der Bauchweh hat, nahm den Brief zur Hand, studierte aber darin herum wie einer, der erst mühsam seine fünf Sinne zusammenholen und zur Besinnung kommen muß. Endlich gab er verständliche Töne von sich, welche ungefähr also lauteten: «Also dreihundert Gulden hat dein Vater an diesem Michel verloren, und der Michel hat jetzt geerbt, aber es heißt nicht wieviel, und in welchem Range deines Vaters Forderung ist, steht auch nicht da. In einem Nachgeltstag geht gar viel vorab, ehe was an die Gläubiger kommt, meist hat man nichts als verfluchte Mühe und vergebliche Kosten. Vor allem mußt du deine Forderung gehörig eingeben, du wirst dafür Papiere haben, dann wird die Sache untersucht; kommt es bis an dich, so kriegst du eine Anweisung, dann erst kannst du sehen, was du damit anfangen kannst und was sie wert ist. Allweg geht es ein oder zwei Jahre, bis du einen Kreuzer siehst, und hast ausgegebenes Geld, es weiß kein Teufel wieviel.»

Da stand der Peterli wie ein Ölgötze, und all seine Träume zerrannen ihm wie Butter an der Sonne. So hätte er es, sagte er; wenn er glaube, es gucke ihm irgendwo was Süßes, und er greife zu, so sei es ein Sack voll Galle. Das Beste werde sein, er gehe zum Amtschreiber und sehe, wie es sei; laute es auch da nicht gut, so brauche er das Papier, wie es üblich und bräuchlich sei. «Nit, das mach nicht, der Amtschreiber ist ein verfluchter Aristokrat und Jesuiter, gar nicht volkstümlich, ds Conträri, er hasset das Volk, er putzte dich entweder aus oder beschummelte dich. Es kommt nicht gut, bis man diese verfluchten Jagdhunde und Volksschinder ganz zum Lande hinaus hat. Vielleicht, wenn es in die rechten Hände kommt, trägt es doch noch was ab, eine Laus im Kraut ist doch noch besser als gar kein Fleisch», bemerkte Eglihannes. Er hätte nicht Zeit, der Sache nachzulaufen, und das Geld jetzt nötig, sagte Peterli. «Weißt was, du kannst mich dauern, mit dem Volke habe ich es immer gut gemeint, wenn man es mir schon nicht glauben will, aber schlechte Leute gibt es allenthalben. Deretwegen und weil du es bist, will ich dir den Wisch abkaufen. Gibt es was, so gibt es was, gibt es nichts, so gibt es nichts, es ist ein Spiel wie ein anderes; ich gebe dir hundert Gulden, morgen kannst sie haben. Fällt es gut aus, so tue ich dir vielleicht was nach, geht es bös, ist der Schade mein. Du siehst, wie gut ich gegen dich bin, aber es kann mich niemand mehr dauern als so arme Schuldenbäuerlein wie du. Und es kommt doch noch die Zeit, wo die Donners Schulden abgeschafft sind; was ich dran machen kann, mache ich», so sprach Eglihannes.

Peterli, als er von morgen hundert Gulden bar hörte, stand da, als seien ihm die Tore des Himmels alle aufgegangen; hundert Gulden waren doch wirklich mehr als eine Laus im Kraut, und der versalbete Eglihannes stand vor ihm als ein himmlischer Engel, ungefähr als derselbe, welcher die Hagar und ihren wilden Buben, den Ismael, in der Wüste mit einem Wasserbrunnen erquickte. Er schlug mit Freuden ein und sagte: «Das müssen dann doch die Leute wissen, wie du ein Volksfreund bist und wie du mir aus der Not geholfen.» Eben das begehre er nicht, sagte Eglihannes, er verbiete es ihm. Sobald er höre, daß er einem Menschen von der Sache rede, so solle der ganze Handel nichts sein, und er könne dann hingehen und sehen, wer ihm Geld gebe auf solche Lumpenpapierli. Das war ein gutes Mittel, dem geldsüchtigen Peterli den Mund zu stopfen.

Eglihannes wußte aber gar wohl, warum er es brauchte; er kannte alle Geldverhältnisse einige Stunden in der Runde wie eine Wahrsagerin alle Liebschaften. Er wußte gar wohl, daß Peterlis Forderung fast wie bares Geld war und vielleicht seit Jahren noch die Zinsen dazu erhältlich, begehrte also gar nicht, daß bekannt werde, welch gutes Geschäft er gemacht und wie scharf er den armen Peterli beschnitten. Es hätte ihm an andern Geschäften schaden oder den Neid von Kollegen im gleichen Fache zuziehen können, welche ebenfalls den Leuten unter die Arme griffen in der Not, das heißt Wucher trieben, aus ihrer Not den höchstmöglichen Vorteil zogen. Das sind heillose Geschöpfe, diese Wucherer; wir denken, der Teufel werde einen eigenen Schmelzofen haben für die wucherischen Hatzer, wahrscheinlich einen aus Platina, und hat er einen solchen noch nicht, so würden wir ihm raten, sich bei dem Kaiser von Rußland einen zu bestellen, aber einen recht großen, denn die Wucherer mehren sich, und um so schneller, je häufiger die Regierungen wechseln. Diese Kohorte rekrutiert sich eben am häufigsten aus gefallenen Regenten – werden wahrscheinlich das Beschummeln nicht lassen können. Dieser Zug im Menschen ist aber sehr merkwürdig, der sie immer und immer zu denen treibt, von denen sie ausgezogen werden, statt zu treuen und ehrlichen Menschen. In Geldverlegenheiten werden die Wucherer gesucht und nicht die wahren Freunde. Diesem Zuge liegt gar Merkwürdiges zugrunde, welches wir ein andermal erörtern wollen. Nur das wollen wir bemerken, wie das wirklich eine eigene Zulassung Gottes ist, worin aber auch eine fürchterliche Züchtigung Gottes liegt, daß Menschen wie der Eglihannes, welche ungescheut alle Gebote Gottes übertreten, ungescheut des

Heiligsten spotten, immer noch Leute finden, welche ihnen trauen, welche glauben, diese könnten es mit jemanden ehrlich meinen.

Eglihannes hatte die hundert Gulden wirklich nicht vorrätig, aber er wußte, wo er sie holen konnte. Ungefähr zwei Stunden von ihm wohnte ein ebenfalls erblichener Stern, aber von höherm Range und größerem Vermögen. Schon als sie noch im Glanze waren, hatten sie zusammengehalten; Eglihannes war der Spion gewesen und hatte den Jagdhund gemacht, der Andere den wohlmeinenden Freund mit Gebärden, welche sagten: Eglihannes, du Jagdhund, du sollst meine Gnade haben. Hätte es jedoch das Schicksal gewollt, daß der Eine sich hätte erhalten können auf Kosten des Andern, so hätte einer den Andern unbedenklich hingestoßen, wohin man gewollt, und wärs in des Teufels Platinapfanne gewesen. Sie gehörten nämlich Beide zu der nämlichen Rasse von Menschen, von welcher das Sprüchwort sagt: Fründ wie Hünd. Nebenbei hatte der Vornehmere vom Hunde wenig, man nannte ihn nur den Katzenmani, nach seinem Landsitze den Mani im Galgenmösli. Das Galgenmösli hatte er durch eine eigentümliche Finanzspekulation erlangt, welche mehrere Seiten hatte und welche wir einstweilen nicht erörtern wollen, denn wir müssen diesem Mani einmal unsere ausschließliche Aufmerksamkeit schenken, weil dieser Mani ein gar seltsames Stück Mensch ist. Mani war die gefühlvollste Seele auf dem Erdenrund. Manis Gesicht war eine Art von Himmel mit Sonnenblick und Regenbogen. Es war östlich, das heißt oben in beständigen Tränen über die Welt, die Elendigkeit derselben, die Elenden allzumal und überall. Ach Gott, wie ihn das Elend drückte, besonders das Sündenelend! Mein Gott, wie weinte er über die Sünden, besonders über die eigenen; er empfand sie sehr, er wußte am besten, wie sie waren wie Sand am Meere. Aber dieser Tränen schämte er sich, er wußte, sie waren nicht im Zeitgeist, und auf dem Zeitgeist hielt er alles. Da er sich derselben nicht erwehren konnte, barg er sie hinter einer dunklen Brille, die gerade aussah wie eine schwarze Wetterwolke, von welcher man nicht weiß, was Teufels alles darin steckt. Westlich, das heißt unten der Mund, der lächelte lieblich und süß, zog sich wie zu einem Kusse zusammen, und im Kusse lag ein ganz unbeschreiblicher Ausdruck, als ob er sagen wollte: Seid umschlungen, Millionen, diesen Kuß der ganzen Welt! Unter Millionen verstand er freilich Gulden, nicht Menschen, und unter Welt alles Land, welches ans Galgenmösli stieß. Mani hatte einen artigen Bauch sich angegessen und -getrunken, welcher ihm wie ein Bettelsack vornen herunterhing. Mani aß und trank gern was Gutes, besonders auf Staatskosten; sein weiches Herz konnte nichts so sehr rühren, als wenn irgendwo auf Staatskosten wohl gelebt wurde und er war nicht dabei; seine Kollegen kannten seine schwache Seite, er wurde daher auch selten übergangen. Er schritt sehr stattlich einher an goldenem Knopfe, jedoch auf lützelen Füßen. Die Meinungen waren geteilt, ob er in seinen Stiefeln ein Nest voll Hühneraugen berge oder aber Stollfüßchen, ganz artige, niedliche.

Dieser Mani privatisierte also auf seinem Galgenmösli, dessen gelben, zähen Boden er für den besten hielt auf dem ganzen Erdenrund. Als spekulativer Kopf befaßte er sich mit Plänen für die Zukunft. Ganz besonders ging es ihm im Kopfe herum, auf seinem Galgenmösli ein Spital oder besser Pension, zugleich auch eine Löffelschleife für abgenutzte Regenten, zu bauen. Seine Frau konnte ein gutes Ordinäri wohl kochen, er glaubte sich imstande, durch Vorlesungen die abgestumpften Regenten wieder brauchbar zu machen, daß sie wären wie neu. In der Zwischenzeit konnten sie ihm zu Verbesserungen ihres Unterleibes seine zähen Furchen hacken. Was ihn von sofortiger Ausführung seines Planes abhielt, war das Bedenken wegen dem Kostgelde. Wer bei Kasse ist, geht gewöhnlich mit der Kasse nach Amerika, wer nicht bei Kasse war, dem fragte Mani begreiflich nichts nach. Er hielt sich für einen der größten Staatsmänner seiner Zeit und also zur Restauration von Staatsmännern ganz besonders befähigt, und zu diesem Glauben hatte er seinen guten Grund. Es war ihm nämlich gelungen, sich über das gewöhnliche Zeitmaß hinaus eine Popularität und somit auch Amt und Quartalzapfen zu erhalten. Er besaß nämlich eine Natur, welche jeder Regierung sehr erwünscht sein muß und welche sie immer im einem, höchstens zwei Exemplaren sich sichern wird, wenn sie klug ist. Er hatte in hohem Grade die Gabe, sich verhaßt zu machen und alle, welche das Unglück in seine Nähe führte, auf die schrecklichste Weise zu kujonieren. Niemand war tauglicher für den Skorpion des Rehabeam oder als moralischer Henkersknecht zu plagen und zu quälen die, denen man ihn auf den Hals setzte. Wollte daher eine Regierung eine Klasse von Staatsbürgern so recht nach Noten reiten und züchtigen, so nahm sie, wie eine Schröpferin ihre Schröpfhörner, den Mani und setzte ihn denselben auf. Wohl, die lernten dann nach Gott schreien, maßen Weh und Not dem Mani zu, auf Mani lud sich der Zorn, wie Eiter und Blut auch nicht an die Schröpferin, sondern in ihre Hörnlein fließen. Der Sage nach soll er seine Mutter, welche ihn als jüngstes Kind lange nicht entwöhnen konnte, in allzugroßer Zärtlichkeit so gebissen haben, daß sie am Brustkrebs gestorben sei. Um solcher Eigentümlichkeit willen ward er einer der brauchbarsten Staatsdiener seiner Zeit, und lange behielt er seine Stelle, an welche er sich hing wie eine Kleblaus an einen Bettler, so daß man wirklich hätte glauben sollen, sie würden sich nur im Tode trennen.

Indessen, bei einem allgemeinen Säuberungsprozeß trennte

man sie doch, und Mani fand einstweilen das Galgenmösli als den passendsten und angenehmsten Aufenthalt für sich und seine Familie. Diese liebte er auf das Zärtlichste, wie er sagte, daher kujonierte er sie auf das Fürchterlichste, hauptsächlich auf Französisch. Diese Familie bestand, da er keine Kinder hatte, was er öfters auf das Bitterste beweinte und bedauerte, diese Gegenstände, an denen er seine Zärtlichkeit auslassen konnte, nicht zu besitzen, aus seiner Frau und einem schwarzen Pudel. Die Frau, früher Operntänzerin, war eine niedliche, kleine Gestalt; er hatte sie hauptsächlich ihrer Kunst willen, sich zu fardieren oder zu schminken, geheiratet. Diese Kunst mußte sie nun alle Morgen an Mani ausüben, der wie die Götter Griechenlands gern ewig jung und ewig schön geblieben wäre. Der armen Frau war das Tanzen vergangen, sie hinkte gewöhnlich; beim Fardieren traktierte sie Mani mit Fußtritten, weswegen sie an den Beinen den Regenbogen hatte, welcher Mani im Gesichte zierte; sie hieß Adeline, der Pudi hieß Laps und besaß das trostloseste Gesicht, welches einem Christenmenschen in seinem Leben vorkommen konnte. Dicht an den Fersen zottelte er seinem Meister nach, sah jeden Menschen ganz jämmerlich an, daß einem unwillkürlich das Mitleid ankam und man in den Taschen nach einem Stücke Brot suchte. Aber wohl, wir hätten es dem armen Laps nicht raten wollen, wie hungrig er auch gewesen wäre, angesichts Manis aus einer andern Hand zu fressen als aus seiner, er wäre seines Lebens nicht sicher gewesen. Das mußte der arme Pudel auch wissen; wie miserabel er, den Schwanz zwischen den Beinen, seinem Meister nachzottelte, wie jämmerlich er die Menschen ansah, als wollte er sagen: Ach ich armer Pudel, wer wird mich erlösen aus den Banden des Mani, so hätte er es doch um kein Lieb gewagt, von den Fersen seines Meisters zu weichen, zu verlassen Manis Fußstapfen oder gar Manis Handschuhe, welche er ihm oft nachtrug, aus dem Maule fallen zu lassen.

Gefallene Größen lieben es, Besuche zu erhalten; sie sind ihnen Zeugnis, daß sie noch nicht ganz vergessen sind, geben ihnen Gelegenheit, sich auszusprechen über ihre Verdienste, der Menschen Verkennung, der Welt Undank, erwecken Hoffnungen, der Tag werde kommen, wo man begreife, wer sie gewesen, was sie gewollt, wieviel man an ihnen verloren, und sie wieder holen werde mit Gesang und Tanz und den üblichen Kanonenschüssen. Mani teilte diese Schwachheit, aber diese Ehre wurde ihm selten zuteil. Bitterer als er klagte daher niemand über den Undank der Welt. Kam zur Seltenheit jemand ihm zufällig in die Hände, so führte er ihn auf seiner Herrschaft, dem Galgenmösli, herum und war glücklich, wenn ihm etwas daran gerühmt wurde, und wären es nur die Schwänze seiner Schweine gewesen. Diese seltenen Besuche waren von zwei Sorten; die erste bildeten die ausgejagten Subjekte, welche beim neuen Regimente außer Kurs gesetzt wurden und Hunger bekamen. Diese taten Mani anfangs immer sehr wohl; sie lästerten das Neue, priesen das Alte, meinten, wenn man Mani behalten hätte noch einige Jahre, so hätte kein Mensch mehr an den Himmel gedacht, so sauwohl wäre es allen auf der Welt gewesen. Hatte ihn dann so ein Subjekt, ein ausgejagter Landjäger oder verlaufener Schreiber, so recht eingesalbt und breiweich gemacht, daß ihm die Tränen stromweise die Backen ab sickerten, so machte er nicht Schmollis mit ihm. Mani warf sich nicht weg, er dachte immer an die Tage, wo er höher als je zu stehen hoffte; aber er schwitzte wohl ein Stück Geld, nach den Umständen sogar Silber. Schweiß schwächt aber, besonders silberner, und wer schwach wird, wird gern auch hässig. Die Beine seiner Adeline waren daher nie himmelblauer und seines Laps Gesicht nie jämmerlicher als nach einem solchen silbernen Schweiße.

Die andere Sorte bestand aus Geschäftsleuten von der Weise des Eglihannes. Mani liebte sein Vaterland grausam, akkurat wie seine Frau Adeline und den Pudi Laps. Er zog daher sein Geld nicht aus dem Lande, wie die Aristokraten und Spitzbuben, sondern er behielt es in demselben, half braven Leuten und griff ihnen unter die Arme. Aber nach dem Grundsatze, daß die Linke nicht wissen solle, was die Rechte tue, und weil er nicht den Ruhm vor den Menschen haben wollte, spendete er seine Wohltaten nicht selbst, sondern durch andere dienstbare Geister, den Eglihannes zum Beispiel, den falbroten Grützler, den berüchtigten Schabohr im Saukasus usw. usw., dem die Frömmigkeit Stoff zu neuen Streichen an die Hand gibt – wissentlich oder unwissentlich? Diese hatten offene Kasse bei ihm, und er hatte teil an ihren Geschäften und eben doch so, daß niemand es wußte, und half den Leuten auf, das heißt auf die Beine; nämlich wenn man kein Geld hatte, so begnügte man sich mit einem Rosse, einer Kuh oder einem Stück Geld; hatte man weder Roß, Kuh noch Geld mehr, so war man so gut und begnügte sich mit dem Unterpfand und nahm dieses zur Hand; den Leuten tat man gar nichts, man ließ sie laufen, wohin sie wollten, ganz frei, volkstümlich, als wären sie Volks- und Vaterlandsfreunde. Nicht einmal barfuß mußten sie laufen, hatten sie Schuhe, man ließ sie ihnen wirklich! Aber sollten diese Volks- und Vaterlandsfreunde Eglihannes oder Schabohr einmal was zahlen, dann mußte einer früh anfangen, Hiobs Geduld haben und zu Methusalems Alter kommen, wenn er es erleben wollte, das Geld in seinen Händen zu sehen; denn die Gesetze waren kommod für die, welche sich darauf verstanden und für wen sie gemacht waren, und für die, welche betrieben sein wollten, besser als für die, welche Andere betreiben lassen mußten.

Mani hatte am Tage vorher eben einem alten Spion, der

vorgab, er sei geleisteter Dienste wegen fortgejagt worden, silbern geschwitzt und war schrecklich aufgebracht. Seine Frau war in den Keller gelaufen und hatte ihre brennenden Beine in Sauerkabiswasser gesteckt; Laps, der Pudel, kroch ganz auf dem Bauche, wußte gar nicht, wo er den Schwanz haben solle, daß es dem Herrn recht sei, und machte ein herzbrechendes Gesicht. In seinem Zorne segelte Mani seinem Buchwalde zu, um den armen Laps auf arme Kinder zu dressieren. Mani hatte nämlich gehört, daß man aus Buchnüssen Öl machen könne, und gesehen, daß arme Kinder solche in seinem Walde auflasen. Nun dachte er schnell auf Errichtung einer großartigen Ölfabrik, da es ringsum viel Buchwälder gab, in welchen er das Recht, Buchnüsse aufzulesen, wohlfeil zu erhalten hoffte, dressierte einstweilen seinen Pudel Laps auf arme Kinder, welche ohne Recht sich an die Buchnüsse machten. Während der Pudi auf arme Kinder jagte, zählte Mani seine Buchen und überschlug ihren Ertrag in Nüssen, verwandelte ihn dann in Öl und brachte enorme Summen heraus. So ins Kalkulieren vertieft, hörte er es plötzlich rascheln dicht hinter sich im Laube. Da fuhr Mani zweg, tat das Maul auf und wäre ohne Schminke total blaß geworden, faßte den Stock mit beiden Händen, sah grausig durch die schwarze Brille nach hinten. Mani fluchte oft über den Donners Glauben, und wenn er seinen Laps hinter sich und sieben Mann wohl bewaffnet um sich hatte, fürchtete er weder Gott noch Teufel. Aber des Nachts oder allein im Walde ohne Laps, da wußte Mani, daß es einen Teufel gab, und ein Glaube, pechschwarz wie der Teufel und Höllengeist, fuhr ihm in der Seele auf und ab, und wenn es irgendwo einen Ton gab, meinte er, jetzt komme der Teufel und hole ihn. So war es ihm auch jetzt, als er mit aufgesperrten Nasenlöchern über die Achsel sah. Doch es war nicht der Teufel selbst, es war bloß der Eglihannes, der Mani suchte. Sonst sah Mani den Hannes gerne, denn wo derselbe ihm erschien, und wars im dichtesten Walde, eröffnete sich ihm eine angenehme Aussicht. Diesmal sagte er ihm, er sei ein Lümmel, denn dies sei keine Manier, die Leute so zu erschrecken; komme er ihm noch einmal so, so sei es zum letztenmal und er lasse ihm durch Laps, der für alles gut sei, den Weg zeigen.

Eglihannes fürchtete Mani aber nicht halb so sehr als dieser den Teufel, und den Laps fürchtete er gar nicht, der schlechte Zähne hatte und niemanden biß, der ihm einmal was Angenehmes gegeben. Eglihannes lachte daher und sagte: «Habt Ihr geglaubt, die Zeit sei um und er sei da? Habt einstweilen nicht Kummer, er tut Euch nichts und mir nichts, wir sind ihm zu lieb; er wird die nicht plagen wollen, welche es am besten mit ihm meinen. So dumm ist er dann doch nicht.» Eglihannes spielte den Ungläubigen, manchmal machte er recht eigentlich den Lästerer. Vom Christentume begriff er so wenig als eine Kabisstorze oder eine Blindschleiche, aber er hatte es wie die meisten dieser Menschen: er war feig, bebte im Herzen, und den Namen dessen, von dem er sprach, vermochte er hier im dunklen Walde nicht über die Lippen zu bringen; warum, wußte er selbsten nicht. Mani blieb nicht gern bei diesem Gegenstande und fragte kurz nach Eglihannes' Begehr, er dachte, der Teufel könnte ein Schelm sein. Eglihannes wollte sich kurz fassen und bloß hundert oder hundertfünfzig Gulden leihen, weil er sie haben sollte. Aber Mani verstand das nicht so, besonders jetzt nicht, wo seine Galle in Aufruhr war. Er fragte, bis er wußte, worum es sich handle. Da versprach er das Geld, aber um die Hälfte des Profits, und Eglihannes mußte es sich gefallen lassen. Wart du nur, dachte er, ein andermal bin ich dir schlau genug, und daß du immer die Nidle von der Milch haben müssest, selb steht nirgends geschrieben, du Katzenmani.

Peterli bekam sein Geld und wirklich bar, wie es ausgemacht war. Eglihannes pflegte sonst gern solchen Summen ein wertloses Papier beizufügen in ursprünglichem Werte. Hatte einmal einer die Unvorsichtigkeit begangen, ein solches Schriftchen ihm abzunehmen, so konnte er es auch behalten; Eglihannes gab kein gutes Wort dafür, und sonst auch niemand. Peterli und sein Eisi, denn das wollte dabeisein, liefen nun greiseten Kühen nach auf allen Märkten, erlebten viel, und das Meiste merkten sie nicht. Wie ihnen ging es noch Andern in der Vehfreude, die nach greiseten Kühen liefen: sie brauchten viel Geld, und was sie dafür bekamen, wußten sie nicht, mußten erst die Erfahrung machen. Wir wollen nicht übertreiben, aber überzeugt sind wir, dieser Wechsel kam die Vehfreudiger näher bei drei- als nur bei zweitausend Gulden zu stehen, denn einer wollte es immer besser machen als der Andere, und Mancher schaffte eine oder zwei Kühe mehr an, als er sonst hatte.

So wurde allenthalben greiset, bloß im Nägeliboden nicht. Es war fast, als ob die guten Leutchen verhexet, von einem bösen Geiste zur Plage auserkoren wären. Wie es auf streitbaren Wegen und ganz besonders, wenn es bergauf geht, Engpässe gibt und gefährliche Punkte, über die man nur mit großer Anstrengung kommt und den Kopf nicht verlieren, nicht schwindlich werden darf, wenn man nicht verloren sein will, so geht es auch in den Haushaltungen und namentlich in den jungen, welche mit aller Anstrengung vorwärts zu kommen trachten.

Es harzete bei Sepp und Bethi sehr, trotz allem Fleiße. Allerdings verbesserte sich ihre Lage, aber noch nicht sichtbar und fühlbar, sondern bloß für die Zukunft. Die Ausfüllung des Sumpfes fiel nicht in die Augen, aber er hatte doch an Tiefe abgenommen, und noch einiges Ausharren, so trat fester Boden über das Gewässer. Der Hof hatte sich beträchtlich gebessert, die Zinsen waren so ziemlich nachgezahlet, vieles war angeschafft, anderes ausgebessert, die Extraausgaben mußten für die Zukunft sich mindern; aber noch war der Geldklamm da. Sepp konnte sich nicht gehörig helfen, mußte oft verkaufen, wo er es lieber nicht getan, oder konnte nicht kaufen, wann es gut war. Hatte er Geld, so war er in Verlegenheit, was damit machen, wem es geben; drei, vier Hände warteten darauf, dies und jenes sollte notwendig berichtigt oder angeschafft werden. Es ist so ein banges Dabeisein, wenn man, je mehr man arbeitet, immer desto weniger zu haben scheint. Doch Sepp und Bethi behielten den Kopf beisammen, blieben besonnen, verloren den Mut nicht. Nun aber schien auf einmal alles sich gegen sie verschworen zu haben, um sie wieder so recht in den Boden hinein zu drücken. Sie hatten also den Platz für die Käserei nicht geben können, hatten bei diesem Anlaß mit Schmerz erfahren müssen, wie übel es Viele mit ihnen meinten, und Bethi weinte mehr als einmal aus Zorn über das, was die Weiber ihm andichteten. Denn es gab in der Vehfreude auch Weiber, welche von dem Vergnügen zu leben schienen, alles Böse, was über einen Menschen gesagt wird, ihm zuzutragen, eine gute Portion dazuzulügen und dann an Zorn und Schmerz, welche entstehen, herzlich wohl zu leben und allen Leuten mit großem Behagen zu erzählen, wie der arme Mensch sich gebärdet habe, sie hätten fast geglaubt, er ersticke vor Zorn.

Sepp und Bethi überwanden dies alles, brachten auch die Kosten auf, welche ihnen an Bau und Einrichtung der Käserei zufielen und nicht unbeträchtlich waren. Während sie noch daran berzeten und seufzten, wurde ihnen unerwartet ein kleines Kapital aufgekündet. Sie schämten sich, Geld zu suchen, hätten auch nicht gewußt wo finden bei dem allgemeinen Kühfieber in der Vehfreude, und zu Wucherern oder Geschäftsleuten wie Eglihannes wollte Sepp seine Zuflucht nicht nehmen. Er hatte in den Papieren seines Vaters gesehen, wie diese Spitzbuben es trieben und wie einer, den sie einmal angehalftert, zuschanden geritten wird; sie mußten es also selbst machen, wenn sie nicht auf die Gant wollten. Nun, sie hatten längst sich auf die Zeit gefreut, wo sie mit Abzahlen anfangen könnten, aber ungelegener hätte es ihnen nie kommen können als gerade jetzt. Sie kratzten aus allen Ecken ihr Geld zusammen, sogar die Sparbüchsen der Kinder (ihnen sonst ein Heiligtum) mußten herhalten, verkauften allerlei an Flachs, Hanf, Tuch und dürrem Zeug, was sie sonst wohl behalten hätten, brachten endlich die Summe auf, zahlten ab, und einen Augenblick war es ihnen, als hätte die Schuldenlast, welche auf ihrem Rücken lag, sich bereits um ein Beträchtliches erleichtert.

Es ist wirklich ein schöner Tag, an welchem man die erste Schuld bezahlt, leicht kann es einem vorkommen, als sei man bereits an der letzten. Aber so wie man Schmerzen kriegt, wenn man an einer Zehe einen Nagel zu kurz abhaut, so gibt es Nachwehen, wenn man zu früh eine Schuld bezahlen muß. Die Erleichterung im Zins wird nicht fühlbar, dagegen überall und stündlich der Mangel an Geld. Es will nichts eingehen; geht was ein, ist es wieder raus, der Geldsäckel scheint keinen Boden zu haben, und scheint etwas bleiben, sich anstauchen zu wollen, so fährt es drein wie ein Wirbelwind, und leer ist er wieder. Man scheint offenbar viel ärmer geworden zu sein, fühlt alle Augenblicke sich in Versuchung, wieder Schulden zu machen, um einigermaßen sich flott zu erhalten. Doch nur das nicht getan, nie rückwärts gegangen, mit Geduld überwindet man Sauerkraut, sagt der Pariser! Das hielten Sepp und Bethi auch fest, sie hatten sich vorgenommen, keine Schulden zu machen, sondern sich zu leiden bis zum Äußersten. In diesen Nöten kam noch das Fieber, die Kühe zu reisen, auf die Vehfreude, strich auch, wie natürlich, durch den Nägeliboden. Nun hatte Sepp, der sich auf die Vehware sehr wohl verstand, einen Stall voll versorgete Kühe, aber manche leider nicht greiset.

Dieser Unterschied wird mancher lieben Leserin nicht klar sein. Wir denken, es werde weder zarter Haut noch glatten Haaren schaden, wenn wir ihn einigermaßen zu erläutern trachten. Versorgete Kühe sind solche, welche man erprobt hat und erfunden als gesund im Fressen, zahm im Melken, gut bestellt im Euter, fett und reich in der Milch, bereit, alle Jahre zu kalben, wenn die Zeit um ist, aber je nachdem es sich eben trifft, ins Grüne oder ins Dürre. Die Kühe, mit welchen man in der Regel am besten versorget ist, sind die, welche man selbst erzogen hat, welche dadurch so recht eigentlich zu Haustieren werden und wodurch eine Art von Freundschaft und Anhänglichkeit entsteht, die so weit geht, daß man so eine Kuh zur Familie rechnet, wie einst eine gutmütige Frau Pfarrerin sagte. Wirklich hatten die meisten größeren Bauern eine eigene Rasse, manchmal durch mehrere Geschlechter, selten war eine gekaufte Kuh im Stalle. Es war fast ein patriarchalisches Verhältnis zwischen Mensch und Tier, und es war wirklich, als ob so eine alte, im Hause geborene und erzogene Kuh ein gesetzteres Wesen hätte, ein Gefühl, sie sei da daheim, daher ein größeres Selbstbewußtsein, etwas Aristokratisches, wenn man will. Aus einem solchen Stalle eine versorgete Kuh mit schwerem Gelde kaufen zu können, war fast einer Gnade gleich zu rechnen. Wo man nun aber lauter greisete Kühe haben will, da ändert sich das ganze Verhältnis, das Bleibende muß einem beständigen Wechsel weichen, denn der Kühe Natur, Liebe und Fruchtbarkeit lassen sich so wenig nach den Käsereien regeln als das Gras. Man kann es so wenig erzwingen, daß die Kühe alleweil ins Grüne kalben, als man es erzwingen kann, das ganze Jahr hindurch die Kühe mit Grünem füttern zu können. Wer nun so recht den Kästeufel im Leibe oder das Käsfieber hat, muß also alle Kühe, wie versorget sie sonst auch sein mögen, abstoßen, wenn sie nicht greiset sind. So verschwinden aus diesen Ställen die Stämme, die alte gute Zucht hört auf, Fremdes zieht aus und ein, Gutes und Schlechtes, wie der Markt es bringt, was man erst hinterher merkt, wenn die Nutzung kommen soll. Mancher brachte es vor lauter Reisen so weit, daß er jahrelang nicht mehr ins Greis kam.

Es ist sehr merkwürdig, wie der Zeitgeist, gleich wie ein schneidender Nordwind durch alle Fenster und Fugen, in alle Verhältnisse dringt, wie er nicht bloß die Familienbande bis auf die innigsten löset, sondern auch die Bande zwischen Menschen und Vieh, alles Freundliche, alle Anhänglichkeit frißt und herzlos nur das scheinbar Nützliche gelten und stehen läßt. Es ist aber sehr sonderbar mit diesem Nützlichen und besonders mit der daherigen Theorie; später stellt es sich nur zu oft heraus, daß letztere den größten Schaden brachte, daß das, was sie am lautesten pries, der Grundstein des Verderbens war. Wer das Praktische über das Herzliche setzt, wird vielleicht reich, vielleicht auch nicht, aber jedenfalls kennt er weder herzliche Freude noch herzliche Liebe.

Als nun also das Fieber kam, kehrte es im Nägeliboden auch ein und schüttelte Beide, Mann und Frau. Sepp meinte, Milch sei das ganze Jahr durch gut, namentlich den Kindern, und dem Menschen im Winter, wo man selbst ans Dürre und an das Eingekellerte gesetzt sei, am gesündesten. Seine zwei liebsten Kühe kalbten für die Käserei durchaus zur Unzeit: die eine für die Herbstweide, worauf man ehedem auch was hielt, die andere um Weihnachten, was den Weibern sonst bsunderbar anständig war. Diese beiden Kühe hätte er also jedenfalls abstoßen sollen, und genau genommen noch zwei andere, welche eben auch nicht ins frische Grün kalben wollten. Tat er es nicht, so war seine Milchlieferung im Vergleich zu Andern sicher sehr unbeträchtlich, er wurde ausgelacht und zog wenig. Reisete er auch, so schien eine Wurst an eine Speckseite geworfen, viel Milch, viel Ehre, viel Geld, und was will man mehr in dieser bösen Welt? Für diese drei Dinge hätten Eglihannes im Saubrunnen und Mani im Galgenmösli ihre Seelen von den Hunden fressen lassen, wenn sie es ihren Leibern unbeschadet hätten tun können und die Hunde Appetit dazu gehabt. Aber woher Geld nehmen zum Reisen? Sepp und Bethi hatten keins; sollten sie leihen, wieder Schulden machen, und war dann das Zurückgebenkönnen im Herbste so gewiß? Sepp hatte schon mehr als einen Ton gehört, daß der Handel nicht halb so sicher sei. Oder sollten sie die Einzigen sein, die hinter allen zurückblieben, hinter dem ganzen Zeitgeist, so ganz unzeitgeistlich?

Beide Leute bestanden die Prüfung, sie kalkulierten folgendermaßen und nicht dumm: Man baue, wie man sage, die Käsereien für den Überfluß, daß die Milch, welche man entbehren könne, nicht zuschanden gehe, nicht in die Bschüttilöcher geworfen werden müsse. Sie sollen also so gleichsam einen Abflußkanal bilden für den Überfluß, aber auch zugleich eine Quelle sein, aus welcher dem Bauer Geld zufließt und vermittelst welcher der Wohlstand vermehrt wird, indem auf diese Weise das Geld aus der Fremde ins Land gebracht wird, was sehr wohl zu beachten ist, und zwar nicht armer Leute Geld, sondern kaiserliches und königliches. Armer Leute Geld ist natürlich so gut als kaiserliches und königliches; wir wollten damit nur sagen, daß das Geld, welches mit trefflichem Emmentaler Kaisern und Königen und andern vornehmen Leckermäulern abgenommen wird, mit besserem Gewissen, mit größerer Freude und wohl auch mit mehr Segen verbraucht werden kann als solches Geld, welches aus Branntwein fließt, also eigentlich armer Leute Mark ist. Die Käsereien sollten also nicht der Angel sein, um welchen die ganze Wirtschaft sich dreht, nach welcher sich alles richten und welcher sich alles unterordnen soll. Sie sollen durchaus nicht sein, was sie auf den Alpen sind; Alpenwirtschaft ist keine Bauernwirtschaft. Auf den Alpen wird nichts gepflanzt, da gehen nur Kühe, wird für den Winter nicht gesorgt, man füttert im Tale, da ist und bleibt die Nutzung der Kühe den Sommer über die Hauptsache. Und obgleich die Küher es fast haben wie die Lilien des Feldes und die Vögel des Himmels, sie säen auch nicht, spinnen nicht, und sie nährt doch der himmlische Vater so gut als selten Andere, danken sie ihm dafür oder danken sie ihm nicht, so hängt doch selbst ein solcher Küher nicht alles an die Käse, richtet sich nach der Zeit, hängt sich an Schweine, macht mit Butter, was er kann, mästet Kälber, bis sie zwei Zentner wiegen, ja pfuscht sogar dem Napoleon in seine Pläne und macht Zucker zentnerweise. Der Küher hat auch etwas von der Weise der Basler Herren, welche gegen das Geltstagen sich so tapfer wehren. Diese hängen auch nicht alles an einen Nagel, sondern an mehrere; läßt ein Nagel los, so fällt nicht alles, ja es ist oft der Fall, daß eben, weil ein Nagel fehlt, an andern der Gewinn desto größer wird. Das sollte eigentlich auch der Bauer wissen, wächst ihm doch in feuchten Wiesen das meiste Gras, wenn es ihm auf den trockenen Äckern verbrennt, und das meiste auf den trockenen Äckern, wenn es ihm in den feuchten Wiesen ersäuft. Darum sollte es auch der Bauer viel besser noch wissen als der Küher, am allerwenigsten im Boden wirtschaften wollen, als wäre er auf hoher Alp. Das ist also des Bauern bestes Eingericht, wenn er sein Gewerbe an mehrere Nägel hängt, damit er an diesem oder jenem seinen Trost findet, wenn ihm der eine oder der andere fehlt. Man hat bedenkliche Beispiele, wie es mit dem Käsen fehlen kann, wenn die Milch fehlt, der Senn davonläuft, die Käse niemand will oder gar Hexenwerk spukt in der Käshütte. Wenn der Bauer das Korn vernachlässigt, alles Beiwerk wie Flachs, Hanf usw., Viehzucht, Landbau, und er am Ende des Herbstes nichts als unversorgtes, schlechtes Vieh im Stall, unverkaufte Käse im Käskeller, nichts als einen Winter ohne Milch, einen Geldsäckel ohne Geld und eine lange Nase im Gesicht hat, was dann?

So kalkulierten Sepp und Bethi, und Beide waren einig, bloß fragte Bethi noch: «Und wenn wir noch eine Kuh kauften, könnten sie vielleicht schuldig bleiben? Sind wir glücklich, so zahlt sie mehr als den doppelten Fuhrlohn, Gras haben wir genug, der Klee steht bürstendick auf dem Acker.» «Bist nicht sicher», sagte Sepp, «daß es nicht einen trockenen Sommer gibt, wo das Gras nirgends gedeiht, daß man den halben Hof schaben muß, wenn man nicht hinter das Heu will. Es ist mit dem Grasen eine gar zufällige Sache; muß man zur Unzeit mähen, so haut man es mitten von einander und es ist kein Segen darin. Es gibt keinen strengern Winter, als wenn um Fastnacht die Bühne leer wird und man entweder Fasten einführen muß im Stalle oder Heu kaufen nach einem trockenen Sommer, bis einem das Liegen weh tut. Es hat mancher von unsern Bauern den Stall mit Ware gefüllt, ich würde ihn bevogten, wenn ich im Gemeindrat wäre. Wie so einer füttern will, begreife ich nicht, jedenfalls möchte ich nicht Kuh sein bei ihm, wenn Michelstag vorbei ist.» Bethi begriff diese Gründe wohl, zog seine Motion zurück und sagte: «He nun, in Gottes Namen! Jeder macht es, wie er kann und wie er es versteht, und das Andere überläßt er Gott, der wird es wohl machen.»

FÜNFTES KAPITEL

Wie die Vehfreudiger am Vorabend wichtiger Ereignisse nicht bloß stehen, sondern auch laufen

Endlich waren alle Vorbereitungen vollendet, der große Tag nahte, an welchem es Käs geben sollte in der Vehfreude. Schmuck und schön stand die sogenannte Käshütte da, hatte fast so viel gekostet als ein Bauernhaus, denn da war nichts gespart worden, das Käskessi allein hatte bei vierhundert Gulden gekostet. Küche, Käsgaden, Keller, Milchkammer waren geräumig, auch eine Wohnung für den Senn war auf dem obern Boden, ebenso war für einen verschließbaren Holzraum gesorgt. Die Vehfreudiger wußten nämlich aus Erfahrung, daß Wenige unter ihnen ein Holzgewissen hatten: die Mindesten stahlen Holz aus Privatwaldung, die Mittlern aus dem Gemeindewald, die Bessern aus dem obrigkeitlichen, bloß die Allerbesten stahlen gar keins. Hie und da, oder wo kein obrigkeitlicher Wald in der Nähe ist, fallen die beiden letztern Klassen zusammen.

Die Männer hatten noch eine große Stube über dem Holzraume einrichten wollen, um die Käsgemeinde darin abhalten zu können, aber die Weiber, besonders die Frau Ammännin, hatten es fürs Teufelsgewalt nicht tun wollen. An die Käsgemeinde gehörten Weiber eigentlich nicht, aber wenn dieselbe in irgend einem Privathause abgehalten wurde, so konnte das betreffende Weib wenigstens in der Nebenstube sein, oder war keine da, an der Türe horchen und alsbald einigen Freundinnen Auskunft geben über die Verhandlungen; diese konnten es weitersagen, so daß gewöhnlich die Taten der Männer daheim waren ehe die Männer und diese die Gutfinden der Weiber bereits abgefaßt fanden. Hie und da erschien auch ein Weib, besonders die Frau Ammännin, in den Versammlungen, gleichsam wie zufällig. Sie meinten, das Ding wäre geschmacklos, wenn sie nicht von ihrem Senf dazu täten. Die Frau Ammännin war überhaupt eine sehr merkwürdige Frau. Sie war nur ganz klein und so gar dünn, aber die ganze Dorfschaft fürchtete sie wie ein Schwert, und ihr Mann, richtig drei Zentner schwer, tanzte nach ihrer Geige angehends wie ein aufrechter Bär. War nun die Gemeinde in der Käshütte, so waren die Weiber radikal ausgeschlossen, es konnte Keine mehr horchen, und so mir nichts, dir nichts hinzulaufen, das hielten sie doch wirklich selbst nicht für anständig. Wir wollen die Gründe nicht aufzählen, welche sie anbrachten, sondern bloß so viel sagen, daß sie triftig gewesen sein mußten, denn es gab wirklich kein Käsgemeindezimmer oder -saal.

Die ganze Ausrüstung, Butterfaß, Gepsen, Kästücher, Käsrahmen, Kalbermagen usw., war auf das Beste besorgt. Dürres Holz war in bedeutendem Vorrat vorhanden; bei demselben lief nicht das Wasser hinten heraus, wenn man es vornen anbrannte, wie es bei Holz, welches für Schulen geliefert wird, so oft der Fall sein soll. Mitten in der Käshütte stand bereits ein Senn, nicht groß, aber appetitlich anzusehen, seine Wahl hatte bei den Weibern Beifall gefunden. Sie hülfen den nehmen, hatten sie gesagt, denn in erster Linie (es las hie und da eins die Großratsverhandlungen) werde er nicht so viel fressen wie eine Freiburger Stute, da gebe es desto bessern Käs und desto bessere Butter, in zweiter Linie nehme es sie wunder, wie so ein lüftiges Bürschchen mit den schweren Käsen fahren möge, besonders gegen den Herbst zu, wo er des Tags hundertsechzig bis hundertachtzig zu salzen habe; das möchten sie dann doch auch sehen.

Es wurde nun eine Käsgemeinde angestellt, um den Tag des Anfangs zu bestimmen. Es ging sehr hart zu an demselben Tag, wer hätte es denken sollen! Wo man des Tages bloß einen Käs macht, da richtet man die Milch, welche am Abend kommt, in Gepsen aus, läßt sie über Nacht stehen, schüttet sie dann so, wie sie ist, bis auf die Nidle, welche man zu Butter braucht und der Senn zum Kaffee oder sonst, ins Käskessi, die, welche am Morgen kommt, gleich dazu, und wenn alles beisammen ist, dann erst fängt der Senn zu käsen an, welches immer auf das Allerwenigste drei Stunden dauert. Nun rechnete man in der Vehfreude für den Anfang nur auf ungefähr vier Säume Milch, es verstand sich daher von selbst, daß man nur einen Käs machen konnte, die erste Milch am Abend vorher bringen mußte.

Die radikale Partei, welche damals auf der Vehfreude immer noch ihre Anhänger hatte, namentlich den Eglihannes, der jedoch jeden Augenblick bereit war, schwarz wie der Teufel zu werden, wenn sich ihm damit ein Loch zu einem Amte geöffnet hätte, schlug vor, am Samstagabend die erste Milch zu bringen, am Sonntagmorgen, wo alle Zeit hätten, der Sache zuzusehen, den ersten Käs zu machen. Die wichtigsten Angelegenheiten des Vaterlandes seien auf den Sonntag verlegt: alle Wahlen, alle Abstimmungen durch das Volk, alle Schützen- und Sängerfeste, Kilbenen und Kegelten und sonst volkstümliche Freudenfeste, die Sackhüpfeten, Gänseköpfeten, Gränneten, Volks- und Gesangvereine, kurz alle Freuden eines in der Bildung und entschiedenem Fortschritte begriffenen Volkes. Dieser Tag habe eine neue, dem Zeitgeist würdige Weihe erhalten, er sei nun ein echt volkstümlicher, vaterländischer geworden. Nun fragten sie, was volkstümlicher und vaterländischer sei als Käsereien, welche Millionen ins Land brächten, Zeugnisse seien des Fortschrittes und der wahren Aufklärung! Was könne man also an diesem Tage Vaterländischeres und Würdigeres und gegen die Langeweile Kräftigeres tun, als durch den ersten Käs dieses Haus, ein Zeugnis ihrer Aufklärung, einweihen! Von ihnen ginge doch niemand in die Kirche, um zu hören, wie der Pfaffe stürme, der Schulmeister bäägge, der Orgeltreiber surre. Die Zeit der Dummheit habe man hinter sich, darum müsse man vorwärts, sonst käme man rückwärts; so sprachen die Erleuchteten in der Vehfreude.

Potz Türk, so verstanden es Andere nicht! Mit solchem, sagten sie, solle man ihnen nicht kommen! Wohin die Sonntaghudelten führten, könne man sehen an vielen Exempeln, und seit es so gehe, sei ja nirgends mehr Geld und in keiner Sache der Segen. In der Sonntagarbeit sei keine Haltbarkeit; man sollte Exempel nehmen an der Tiefenaubrücke, an welcher am Sonntag gebaut worden. Da hätten die ungläubigen Herren erfahren, wie es heiße: Wo der Herr nicht das Haus bauet, da arbeiten seine Bauleute umsonst daran, wo der Herr nicht die Stadt behütet, so wachet der Wächter umsonst. Als der Wind einmal ein wenig blies, da brach die Brücke zusammen und tat einen großen Fall. Der Baumeister habe darauf freilich gesagt, seine Frau habe ihm gesagt, eine andere Frau habe ihr gesagt, ihre Magd hätte ihr gesagt, es hätte ein wenig geerdbebnet. Und wenn es auch wahr sei, was eine Frau der andern gesagt, so mache das ja nichts an der Sache; wer noch einen Glauben habe, der wisse, woher auch die Erdbeben kämen und wer sie mache. Dann solle man doch nur die Regierungen ansehen, welche am Sonntag gewählt seien, wie lange die es hielten und wie währschaft sie seien. Ja, wenn man Käse wolle hohl wie Hutdrucken oder blästig, daß man sie den Schmieden für Blasebälge verkaufen könne, so solle man nur am Sonntag den ersten Käs machen, aber dann wollten sie mit der ganzen Sache nichts zu tun haben. Da könnte man sehen, wie das Hexenwerk Macht hätte in der Hütte, und man wisse doch, wie dasselbe dem Käsen aufsässig sei, und an wie manchem Orte man ihm kaum Meister werde. Ihnen wäre der Freitag am anständigsten. Wer noch einen Glauben habe und begehre glücklich zu sein in der Ehe, der lasse sich am Freitag kopulieren. Das halte fest, was an diesem Tage gemacht sei. Beim Käsen sei ja das Kopulieren, und daß die Käse fest würden und sich hielten, die Hauptsache und daß die Käsbauern zusammenhielten und gute Milch zusammenbrächten. Schicklicher zum Anfang als der Freitag sei daher durchaus kein Tag.

Das sei nichts, schrien die Dritten. Daß man hier die Politik und das Vaterland und die Aufklärung außer acht lasse, sei ihnen ganz anständig. Seitdem man derlei Zeug in alles hineinmischen wolle, habe man allenthalben ein verfluchtes Gkafel und wisse gar nicht mehr, wo drüber und dran. Aber an einem Freitag hülfen sie auch nicht anfangen. Was man am Ende der Woche beginne, damit werde man ja, wie allbekannt, nie fertig, und die Hauptsache sei doch, daß man mit dem Käsen einmal fertig werde. So wenig als Politik solle man den Aberglauben da hineinbringen, sondern wie üblich und bräuchlich bei jedem großen Werk am Montag anfangen; wer auf Rücken halte, tue es nicht anders, und man wisse ja wohl warum.

Diese Meinung, die einfachste und natürlichste, hatte auch das Mehr, den Weibern war sie aber nicht recht, die meisten hätten aller Gottseligkeit zum Trotz den Sonntag vorgezogen. Die Weiber haben im Allgemeinen viel Religion, daher aber sehr oft den Glauben, weil sie so viel Religion hätten, hätten sie auch das Recht, sich hie und da über dieses oder jenes keck hinwegzusetzen, wenn es ihnen dienlich und bequem sei. Die Weiber sind überhaupt große Freundinnen von Ausnahmen, starre Konsequenz ist eben nicht ihre Haupteigenschaft. Unglücklicherweise war die Frau Ammännin nicht zu Hause, als diese Erkenntnis in ihrem Hause gefaßt wurde, sonst wäre es wohl anders gegangen. Die

Weiber hielten den Männern Predigten, daß dieselben zu Gott schrien, er möchte sie, nämlich die Predigten, in Bratwürste verwandeln, sie hätten dann Stoff, einen ganzen Sommer durch wohlzuleben. Wären die Männer Großräte gewesen, sie hätten den Beschluß in eine neue Beratung gezogen und ihn irgend eines Formfehlers wegen aufgehoben, so aber kam ihnen dieses nicht in Sinn. Die Weiber hatten nämlich am Sonntag am besten Zeit, ihre Näschen da zu haben, wo es was Neues gab; an einem Werktag und besonders an einem Morgen hätte sich jede geschämt, müßig herumzustehen oder gar einen halben Tag so zUnnutz zu verbrauchen. Die Vehfreude war noch so ein rechter Bauernort, freilich ein etwas grober, wo die Weiber schafften und die Töchter ebenfalls dazu hielten. Damen oder Dämchen sah man nicht auf derselben als eine Umgängerin, eine Dirne, welche mit drei unehelichen Kindern von Bern kam, für jede Arbeit sich zu vornehm dünkte und nichts tat als wie ein Faultier von einem Hause zum andern rutschen dem Essen nach.

Am zweiten Montag im April war der große Tag, an welchem der Tanz angehen sollte mit Käsen in der Vehfreude. Noch saßen die Kühe nicht im Grünen, aber man hält es für gut, einige Wochen, ehe es recht angeht, halbfett zu käsen, so gleichsam zu präludieren wie die Organisten, ehe sie das eigentliche Spiel beginnen. Die Milch vom Morgen wird dann ganz genommen, von der Abendmilch nimmt man die Nidle ab und macht Anken daraus. So gibt es halbfetten Käs, welcher aber nicht in den Handel kommt, sondern unter den Anteilhabern verteilt wird, welche ihn entweder selbst essen oder so von der Hand weg verkaufen, wie sie können und mögen.

Die Ställe waren besetzt und noch für zwei andere Dinge wohl gesorgt. Was das für Dinge seien, könnten wir ganz füglich alten und neuen Diplomaten, Republikanern und Absolutisten, dem Guizot und dem armen Dahlmann, dem Vogt und dem Windischgrätz zu erraten geben, sie wären in diesem Punkte alleweil gleich gescheit. Es war gesorgt für die nötigen Transportmittel der Milch bis zur Käserei, das heißt für ein Gefäß und für einen Träger desselben. Wo es hoch hergeht und die Milch in die Schwere kommt, da muß ein Drittes noch sein, und wo es gar hoch hergeht, zum Beispiel bei den Rumedingern, den Rutzwylern und andern großartigen Käsbauern, da kommt noch ein Viertes dazu.

Das Erste ist also das Gefäß, Bränte genannt. Da scheint die Sache einfach zu sein, aber sie ist es nicht. Es ist bis dato eine Lebensfrage, welche mit der Politik auf das Innigste zusammenhängt, überhaupt eine Existenzfrage für die moderne Weltanschauung: ob nämlich die Bränte von Holz sein solle oder von hellem Blech mit messingenen Reifen. Holz ist bekanntlich ein Naturprodukt, eine Bränte von Holz ein Naturkunstprodukt. Messing und Blech kommen wohl auch von der Natur her, doch nicht so direkt wie das Holz, und vollends eine derlei Bränte ist ein vollständiges Kunstprodukt (vide Anschauungslehre von Blattner und andern Gelehrten mehr). Ein altes Instrument war die hölzerne Bränte, und die alten Küher dachten an nichts anderes. Das wußten sie, daß sie reinlich gehalten werden mußte mit allem Fleiße, und ihre Weiber und Töchter wußten es ebenfalls und taten also, sie glaubten, sie seien zum Reinhalten derselben da. Aber mit der neuen Ordnung, das heißt mit den neuen Käsereien, kamen die blechernen, mit Messing beschlagenen Bränten auf. Die seien viel schöner, viel dauerhafter, ach Gott, wie glänzend und schön, und kosteten viel weniger Mühe und seien viel reinlicher von Natur, und die Milch bliebe viel süßer und der liebe Gott sehe sie viel lieber. Ach, und eine Menge anderer Gründe wurden noch zu ihren Gunsten angeführt, und sie gewannen allerdings die öffentliche Meinung für sich, man fand sie der Zeit viel angemessener, und wer nicht ein solch glänzendes Kunstprodukt auf dem Buckel hatte, sondern bloß ein altes, hölzernes, schämte sich und schrie Zeter über Beeinträchtigung und Blamierung. Der Streit wogte heftig in der Vehfreude. Alt-Vehfreude und Jung-Vehfreude schieden sich hässig. Doch müssen wir, wenn wir aufrichtig sein wollen, bekennen, daß auch in der Vehfreude mancher alte Narr sich fand, der sich zu den Jungen schlug, glaubte, den alten Narren unter den Jungen am besten bergen zu können. Ach Gott, und dachte eben nicht, daß man, um so was zu meinen, eben ein alter Narr sein müsse! Die glänzenden, weiß und gelben Bränten trugen offenbar den Sieg davon; prächtig glitzerten in der Morgen- und Abendsonne die schönen weiß und gelben Dinger, und düster drückte sich den Zäunen nach, wer noch ein altmodisches Gefäß schleppen mußte. Aber es ist kurios, seit einiger Zeit scheinen die blechernen Bränten seltener zu werden, man sieht viel seltener ihren hellen Glanz auf den Straßen, keck und kühn werden die hölzernen Geschirre wieder getragen; es ist da offenbar unter der Hand eine Reaktion eingetreten, das Alte erhebt sich wieder über das Neue, und um so gefährlicher ist dieses, da es so ziemlich stillschweigend, so gleichsam nur unter der Hand geschieht, fast wie bei einem geheimen Einverständnis. Personen, welche wohl unterrichtet sein können, geben in der Stille zu verstehen, es sei mit dem neuen Zeug nichts gewesen, außen fix und innen nix. Meist seien sie schlecht gelötet gewesen, oder die Löte hätte sonst nicht gehalten, die Milch sei darin säuerlich und ungesund geworden und daher an vielen schlechten Käsen schuld. Man rede aber nicht gern davon, da Sachkundige das Ende vorausgesagt, aber von der Hoffart und dem jungen Gerede überwältigt worden, sondern beseitige die schlechten Bränten so unvermerkt als möglich. Das Fatalste sei, daß die Spengler, welche im Anfang sie so hoch angepriesen und so teuer verkauft, jetzt keine zurückkaufen wollten, unter dem Vorwande, sie könnten das Blech nicht mehr brauchen, die Milch hätte es ganz verdorben. Schlechteres muß aber doch wirklich nichts gewesen sein als solche Bränten, wo das Blech die Milch verdorben und die Milch das Blech. Man kann aber nicht sagen, ob es wirklich so ist, es scheint jedoch viel Wahres an der Sache zu sein.

Das Zweite, für welches man gesorgt hatte, war der Jemand, der die Bränte trug. Da war die Frage, wer am besten dazu tauge, verwickelter; man hatte zwischen den verschiedenen Altern und den verschiedenen Geschlechtern zu wählen, und dabei kam noch der Wille des Individuums, Zu- oder Abneigung in Rechnung. Hier zeigte sich später so recht, was Gewohnheit über die animalische Natur für eine Kraft übt. Anfangs sträubte sich gar Mancher gegen das Milchtragen, welchem es später zum eigentlichen Bedürfnis wurde und welcher recht elend ward, als im Herbst dasselbe aufhörte. Und wie eine rechte Bergkuh die Bergfahrt kaum erwarten kann, sich nach ihrem Berge die Seele fast aus dem Leibe brüllt, so mochte im Frühjahr Mancher nicht warten, bis das Milchtragen wieder seinen Anfang nahm. Das aufsichtslose Hin- und Herschlendern, das Stück freien Lebens, welches auf den Straßen geführt wird, hat wirklich etwas unaussprechlich Anziehendes. Zumeist fiel die Wahl auf junge Leute, und zwar auf die, welche man zu Hause am leichtesten entbehren konnte; sie fiel auf Mädchen und Knaben, doch in der Mehrzahl auf Letztere, da sie weniger im Hause verwendbar sind. Wo man sehr viel Milch zu liefern hatte, zum Beispiel per Mal einen Zentner und mehr, und keinen verwendbaren Rücken, welcher die Last zu tragen vermochte, da mußte ein Karren angeschafft werden, wenn es nämlich der Weg erlaubte. Auf diesen wird dann die Bränte befestigt, es zieht dann leicht einer doppelt so viel, als er zu tragen vermag. Wo es ins Große geht, da muß für das Vierte gesorgt werden: für ein gutmütiges Roß, und der Knabe avanciert vom Karrenzieher zum Wagenlenker. Hier und da wird zu diesem Behufe Witz mit Hunden getrieben, ist aber als schlechter Witz nicht beliebt und hält sich nirgends. Für die nötigen Transportmittel war also in der Vehfreude bestens gesorgt, die Bränten, blecherne und hölzerne, so blank als möglich; die meisten Milchträger hatten wirkliche Schuhe und zwar lederne, nicht bloß Holzschuhe, zur Verfügung, und die meisten waren eingeübt im Tragen der Bränte, was noch eine eigene Kunst sein soll.

Der Abend vor dem ersten Lieferungstag war nicht bloß der Vorabend wichtiger Ereignisse, sondern auch der wirkliche Abend wichtiger Beratungen, nämlich über die Frage: auf welche Weise man es einbringen könne, wenn Andere Gefährden trieben. Es wollte nämlich niemand eigentlich betrügen, sondern es wollte jeder bloß zu rechter Zeit Vorsichtsmaßregeln treffen, daß wenn Andere betrögen, er dabei nicht zu kurz komme. «Sehen Andere auch zu», sagte man; «mira, es sieht jeder zu sich». Also um Vorsichtsmaßregeln handelte es sich. Es fragte sich, was man machen und wann man damit anfangen wolle. Abgenommene Milch, Käsmilch und Wasser, das sind drei vortreffliche Hülfsmittel, seine Milchproduktion zu vermehren, ohne daß die Nachhülfe beweisbar wird. Es fragte sich bei denen, welche eben Vorsicht brauchen wollten, hauptsächlich, ob man gleich anfangen wolle, wie man fortzufahren gedenke, oder ob man die Verbesserungen nach und nach wolle eintreten lassen. Die Beratung entschied sich nach den Temperamenten: die Heißen fingen gleich an, die Kalten entschieden sich für das Nachundnach.

Die Lieferungszeit war auf sechs Uhr morgens und sechs Uhr abends gestellt, und im Reglement die Pünktlichkeit auf eindringliche Weise eingeschärft. Die erste Milch sollte also geliefert werden Sonntag den 11. April, abends um sechs Uhr. Als dreiviertel Stunde vorher der Mond in Wedel gekommen, war die große Stunde, wo für die Vehfreude eine neue Zeit anbrechen, die Bewohner in eine neue Periode ihres entschiedenen Fortschrittes treten sollten. Diesmal muß sich in der Vehfreude das liebe Vieh, wenn es sich auf den Kalender verstand und wußte, daß es Sonntag war, unendlich gewundert haben; denn sonst bekam es an einem Sonntagabend selten zu fressen, bevor es nicht das Wüsteste alles mit Schlagen, Brüllen, Poltern usw. gemacht; da war niemand zu Hause, der sich des Viehes erbarmt hätte, bis endlich zu später Stunde einer daherschnaufte, unter die Brüllenden fuhr wie die besessenen Gergesener unter die Schweine, daß sie nach allen Winden gefahren wären, wenn sie nicht angebunden gewesen, und so das Futter oberflächlich in den Bahren wurstete, die Milch zornig ausrupfte, die Kühe zum Brunnen stüpfte und endlich unter Blitz und Donner zornig wieder davonfuhr. Diesmal bekam das Vieh früh zu fressen und ohne Donner und Blitz, gemolken wurde regelrecht, das Euter wurde nicht halb abgerissen, kurz es ging ganz sanft und schön zu, fast als ob die Kühe Damen wären und wenigstens halb zur Familie gehörten. Lange vor sechs Uhr kamen die Träger dahergelaufen, die Karren gefahren, die Männer getrappet, so gleichsam wie von ungefähr, und die Weiber standen wenigstens vor dem Hause und sandten den Abgehenden Befehle nach, musterten mit verschränkten Armen die an ihnen Vorübereilenden, teilten sich gegenseitig ihre Bemerkungen mit und mochten nicht erwarten, bis die Ausgesandten heimkamen und Bericht brachten, wie alles gegangen: wie man aufmache, wer am meisten gebracht, wer am wenigsten, und ob man niemand auf Betrug ertappt. Doch glaube man ja nicht, daß es in der Vehfreude nicht auch Haushaltungen gegeben habe, welche zu spät fertig waren und denen es fort und fort so ging, gibt es ja doch derselben allenthalben ein oder zwei Exemplare. Wenn der liebe Gott bekannt machen ließe an allen Ecken der Welt, vor allen «Bären» im ganzen Kanton, auf dem Klapperläubli in Bern, im Frankfurter Parlament, auf dem Fischmarkt in Paris, ja an der Ländti in London, den 1. Januar von zwölf bis eins lasse er läuten, und wer zweg sei, lasse er gen Himmel führen, mit Schlag ein Uhr schließe er die Türe und zwar für alle Ewigkeit, alsdann heiße es: Vor der Türe ist draußen!, es fänden sich trotz dem ernstlichsten Aufgebote eine Menge Weiber, welche zu spät kämen, und Manche wäre am Abend noch nicht zweg. Sie wären nicht fertig geworden mit Nisten und Zweglegen, Hin- und Herrennen ohne zu wissen warum. Bereits angekleidet, fiele ihnen ein, sie hätten den unrechten Unterrock an, entweder einen zu dünnen oder einen zu dicken, einen zu kurzen oder einen zu langen; siebenmal verließen sie das Haus und siebenmal fiele es ihnen ein, sie hätten was vergessen, siebenmal kehrten sie wieder heim, fingen das Nisten wieder von vornen an, ließen läuten in Gottes Namen und heulten dann vor den Türen. Käme endlich nach der Ewigkeit noch ein Tag, und Gott ließe aus Gnade wieder läuten für alle die, welche noch hinein möchten, es wären die gleichen Weiber, welche doch wieder zu spät kämen. Der liebe Gott kennt wohl diese Eigenschaft der Weiber. Im Talmud, einem jüdischen, merkwürdigen Buche, soll folgende Erzählung stehen: Als Moses seine Israeliten nicht aus Ägypten bringen konnte, weil Pharao es wohl erlaubte, aber dann immer Zeit hatte, reuig zu werden und den Befehl zurückzunehmen, erleidete Moses die Sache. Er klagte Gott, wie es ihm erginge, er bringe die Israeliten nicht vom

Fleck, und Pharao werde alleweil wieder reuig. Da habe Gott dem Moses gesagt: «Ach Moses, schon so alt und noch so dumm, aus dir wird dein Lebtag nichts, denn du kennst die Weiber nicht; unter ihnen sind Viele Schleiftröge und werden es bleiben. Die können nicht zum Lande hinaus, die Eine wird nie fertig, die Andere kann nie anfangen, der Einen will der Brei nicht kochen, der Andern das Brot nicht haben, die Dritte sucht Grünes auf die Fleischsuppe, der Vierten ist die Pfanne nie rein genug, die Fünfte sieht nicht Vorräte genug, die Sechste hat vergessen, dem Manne die Schuhe zu salben, die Siebente hat dem Manne den Stock verbraucht, wie weiß sie nicht, die Achte tut noch einen Blick in den Spiegel und steht davor wie Lots Weib vor Sodom und Gomorrha, die Neunte putzt den Erstgebornen, die Zehnte packt die Reste zusammen, das eine Tuch ist zu klein, ein anderes reuet sie, ein drittes hat Löcher, ein viertes könnte verloren gehen, die Elfte wird nicht fertig, zusammenzutreiben, was sie ägyptischen Weibern geliehen gegen artige Prozente, die Zwölfte nicht mit Zusammenleihen zu einer Badekur in dem Roten Meere gegen charmante Versprechen. Derweilen macht das Ding dem Pharao Langeweile, begreiflich, und er sagt: Alleweil ihr nicht fort könnt, müßt ihr bleiben. Begreifs und mache es anders! Lasse nichts backen und nichts packen, jage einen Schrecken unter die Weiber, dann sieh, wie sie laufen, akkurat wie auch Hühner fliegen können, wenn plötzliche Angst über sie kommt.» Das begriff Moses, befahl das ungesäuerte Brot, die Schuhe an den Füßen, die Stäbe in den Händen, befahl das Aufessen, damit es keine Reste gebe, und Gott schreckte mit dem Erzengel. Nun, das half, die meisten Weiber bekamen Beine, aber nach dem Talmud sollen doch bei siebentausend in Ägypten zurückgeblieben sein, und bloß wegen Nisten und Zögern.

Wer Gelegenheit gehabt hat, Beobachtungen anzustellen,

weiß, daß die weibliche Natur allem Fortschritt zum Trotz sich auch nicht um einen Buß geändert hat. Sie ist dato noch, wie sie ehedem war, und wird also bleiben in der Vehfreude und anderswo, bis Gott läuten läßt zur Ewigkeit. Freilich hat an den meisten Orten die Frau mit dem Melken eigentlich nichts zu tun, als das Milchgeschirr in Ordnung zu halten und zu sorgen, daß der Träger zu essen kriegt, ehe er abmarschiert, oder daß ihm beiseite gedeckt wird, bis er wiederkommt. Aber schon damit kann sie mächtig säumen, und wenn sie ihm dann allemal, wenn er einige hundert Schritt weg ist, noch nachruft: «Los neuis, bring mir doch ein Viertelpfund Kuchipulver und für einen Kreuzer Schnupf!», so ist dies eben auch nicht förderlich. Überhaupt sind die Weiber eigentlich das innerste Rädli oder vielmehr der Geist im Haushalt; ja nachdem der ist, marschiert es rasch oder langsam. So eine langsame, schlepperliche Frau, welcher das Nötige immer erst eine halbe Stunde später einfällt, als es gemacht sein sollte, ist in einer Haushaltung, was Harz in einer Uhr ist: es geht halt nichts ringsum, es steckt sich alles, man mag spaten und aufziehen, wie man will. Und umgekehrt ist eine lebendige und rasche Frau, was leichtes und flüssiges Öl; da müssen die schwerfälligsten Räder gehen, wieder gängig werden, sie mögen wollen oder nicht. Es ist aber auf Erden keine ärgere Höllenpein denkbar, als wenn ein rasches, arbeitsames Weib so in eine verrostete, ungängige Haushaltung kommt, in welcher alternde Brüder und Schwestern die Räder vorstellen, alte Gewohnheit die Meisterschaft führt und angebetet wird als die allein wahre und allein seligmachende Lebensweise. Alte Leute zum Beispiel, welche des Morgens nie auf mögen, des Abends nie nieder wollen, welche jeden Tag um eine ganze Tageszeit im Hinterlig sind und jedes Jahr um eine Jahreszeit, am Mittag Morgen haben und mitten im Sommer an das gehen, was im Frühling geschafft sein sollte. Anfangs sieht es in einer so lange verharzeten Haushaltung aus, wenn eine junge Frau hineinkommt, als ob ein Kobold durchs Kamin mittendurch gefahren wäre: das rumort, poltert, bystet, pustet gräßlich, daß niemand bei dem Hause stille stehen darf, aus Furcht, es sprenge das Dach obenab wie an einem Dampfkessel, unter welchem man feuert wie verrückt, an welchem man zugleich dem Dampf jedes Loch vermacht hat. Während dem Weib fast die Seele aus dem Leibe spritzt vor Ungeduld, knarret und gyxet greulich das alte Volk. Versprengt es das Weib wirklich nicht und hält dasselbe es sonst aus, kommt das alte Räderwerk allmählig doch wieder in Gang, setzt sich unter Seufzen und Stöhnen in Bewegung, so bleibt den Beteiligten doch der Glaube, mit diesem Treiben oder Hasten, wie sie es nennen, versündige man sich. Doch wie man aus alten Uhren Räder herausnehmen muß, wenn es gehen soll, müssen zumeist auch aus solchen Haushaltungen die Schwestern heraus, wenn es gehen soll. Schwestern sind zehnmal harziger als Brüder, lassen sich gar nicht erputzen. Weiber lassen sich überhaupt nicht oder doch nur selten durch Weiber ändern, am allerwenigsten bekehren, glaubt sich ja doch immer eine besser als die Andere. Männer haben viel zartere, weichere, beugsamere Naturen als die Weiber, versteht sich an der Seele.

Der Senn waltete in der Hütte fast wie ein Priester in seinem Tempel, mit Würde und Majestät. Er zeigte, daß er in seinem Reiche sei und Geheimnisse verwalte, über welche niemand ihm kommen werde. Wir hätten niemanden, nicht einmal dem Ammann, es raten wollen, ihm eine Bemerkung zu machen oder einen Rat zu geben, ihm wäre unfehlbar die Antwort geworden: «Wenn du es besser weißt, so komm und mach es selber.» Das ward aber auch gefühlt. Die Vehfreudiger waren sonst eben nicht berühmt wegen ihren Manieren und Rücksichten, ihre Jugend dagegen war berühmt, die ungezogenste zu sein, so weit der Himmel blau wäre, aber vor dem Senn hatte man doch augenscheinlich Respekt und behandelte ihn mit Rücksicht. Freilich konnten sich einige Jungens nicht enthalten, ihm hinter dem Rücken Streiche spielen zu wollen, aber wohl, denen vertrieb er die Späße so vaterländisch, daß sie den ganzen Sommer äußerst demütig blieben und allemal ihres Lebens erst froh wurden, wenn sie dem Senn aus den Augen waren. Mit großer Grandezza nahm der Senn die Milch ab, wog sie, zeichnete das Ergebnis auf eine große schwarze Tafel, um es dann in das eigentliche Milchbuch mit ordentlicher Tinte überzutragen, wo jedem der Anteilhaber seine besondere Rechnung eröffnet war. Mit offenen Mäulern sah Jung und Alt dem geheimnisvollen Treiben zu. Endlich schrie ein Junge, welcher, wie es in der Vehfreude hieß, einen Gring hatte, in welchen ein halbes Dutzend Professoren möchten, und der seit Jahren der Oberste in der Schule war: «Du machst nicht recht auf, du bschyßest!» Langsam sah der Senn sich um, fast wie der Löwe in Schillers «Handschuh». Aber mein Junge fühlte sich auf gutem Boden und sagte: «Ja, sieh mich nur an, wirst mich nicht fressen. Du machst nur ganze Pfund auf, und die halben und dreiviertel und manchmal, auf meine arme Seele, fast ein ganzes Pfund, es het kei Schyßdreck vo ere Floh gfehlt, die machst gar nicht auf. Wohl, das kommt sauber hinaus, das macht nur in einem Tage viele viele Pfunde. Meinst etwa, ich wüßte nicht, was Wägen sei, und sei das erstemal dabei!» räsonierte der Kleine selbstgefällig und steckte dazu die Hände in die Hosen. Man sieht, er hatte viel Anlagen zu einer modernen Kapazität, zu einem Schulmeister oder Gemeindeschreiber an einem abgelegenen Ort, wo einer nicht bloß tun muß, als höre er das Gras wachsen und sehe die Flöhe husten, sondern als sei er zehnmal gescheiter als der liebe Gott und demselben schon über viele Schliche und Ränke gekommen, wenn er sich in Respekt setzen und zum Glauben bringen will: sie hätten einen, mit dem wollten sie ausbieten, es könne einer kommen, woher er wolle. Der Senn nun gab sich lange keine Mühe mit einer Antwort; als aber der Junge nicht aufhörte zu räsonieren, sagte er kurz: «Halt sMaul und pack dich, du hast nichts mehr da zu tun.» Er hätte das Recht, da zu sein, besser als er, sein Vater hätte an der Hütte mitgebaut, und er, der Senn, sei nur Knecht da, räsonierte der Junge. Da drehte sich der Senn um und sagte: Wenn er gewußt hätte, daß die Buben hier regierten, sie hätten ihn hier nicht gesehen. Er wollte, das hörte auf, sonst schaffe er Ordnung. Da schämte sich denn doch einer der Männer der Züchtigung und sagte: «Göht, packit ech, dBuebe hey hie nüt meh z'tüe, machit daß dr heychömit! Ds Ungrade schrybt me hie nit uf, nume die ganze Pfung.»

Mit Gewalt trieb man endlich die Schar hinaus, trotz den Protestationen: Man hätte das Recht, hier zu sein, so gut als ein Anderer. Man könne gleich anfangs sehen, wie es gehen solle; entweder seien alle Schelme oder verständen e Dreck viel davon. Das Ungerade mache ja des Tags viele Mäß, es nehme ihn wunder, in wessen Hosensack dies käme. So räsonierte der Junge vor der Käsehütte und daheim, wo seine Mutter seine eifrigste und gläubigste Zuhörerin war und blieb. Der Junge richtete zwar nichts aus geradezu, aber er blieb der Blasejunge, welcher das Mißtrauen unterhielt, bei dem geringsten Anlaß triumphierend ausrief: «Hab ichs nicht gesagt, und wer hat zuerst in die Lumpenordnung hineingesehen, he, wer? He!» Allemal kriegte er ein höheres Selbstbewußtsein, glaubte sich zu höheren Dingen berufen, bildete sich zum Volksfreund, Demagogen, Großrat oder Weingart ganz vortrefflich aus. Natürlich kann man bei solchen Massen Milch nicht ins Kleine gehen, mit Lot oder gar halben und Viertellot sich nicht befassen. Man würde erstlich mit dem

Wägen und dann mit dem Rechnen nicht fertig. Übrigens kommt es am Ende gar nicht darauf an, da es sich alle gefallen lassen müssen und ja doch der ganze Ertrag in jeglicher Form den Teilnehmern und nicht dem Senn gehört. Aber glaubt einmal so eine kleine Ratte etwas ernäselet zu haben, habe es nun Grund oder nicht, womit sie sich wichtig machen kann, so schlüge sie Lärm bis drei Tage nach dem Ende der Welt, wenn Gott ihr nicht vorher das Handwerk legte.

Es war überhaupt ein sehr bewegter Abend in der Vehfreude; zum ersten Male vernahmen nun die Weiber, wieviel eigentlich in den andern Ställen gemolken ward, wieviel die geliefert, wieviel jene. Hie und da gab es freilich Unglückliche, welche nichts vernahmen, wenn nämlich Mann und Bub schlecht bestellt waren mit dem Gedächtnis oder der Mann die Milch selbst hingetragen für das erste Mal und nun nicht wiederkam. An solchen Orten war begreiflich große Trübsal. Anderwärts freilich keine kleinere, wenn nämlich vernommen worden war, daß man in der Milchlieferung Anderen bedeutend zurückstand, denen man sich weit vorglaubte. Der einzige Trost waren dann wohl eine oder zwei Kühe, welche noch zu kalben hatten. Wenn es mit diesen gut gehe, dann wolle man sehen, ob nicht etwas zu zwingen sei, sagten diese; doch die Ketzern, die Kühe nämlich, täten, als ginge es sie nichts an, und täten ihnen nicht den Gefallen, mit dem Kalben ein wenig zu pressieren. Mancher Mann wurde ausgescholten und sollte seine Kühe noch besser reisen; aber auch mancher nahm sich vor, seiner Frau abzuziehen an der Portion, welche im Hause bleiben solle, später könne man dann immer nachbessern, wenn die Kühe alle im Greis seien. Wo man aber gegen die Andern im Vorsprung war, da gab es kühne Gesichter; diese und jene hätten immer getan, als hätten sie das Bauern ersinnet, jetzt könnten sie schmöcken, sagte man, setzte sich breit vor das Haus, sah mit

Stolz auf die Mindern nieder und labte sich an dem Neid auf den Gesichtern der Vorübergehenden. Große Schadenfreude war allgemein, weil der Bauer im Nägeliboden fast die wenigste Milch gebracht, und Bethi tat wohl, sich diesen Abend nicht im Dorfe zu zeigen, Anzüglichkeiten wären ihm nicht erspart worden.

Im Dürluft war heilloser Lärm. Die Dürluftbäuerin hatte ihren ältesten Buben zum Milchritter geschlagen, einen wilden, ungereimten Buben, der von keinem Meister wußte und alles neckte und plagte, was ihm zu Gesichte kam. Er kam begreiflich zu spät. Eilen war ihm sehr anbefohlen. Als er aber am Nägeliboden vorbeikam, saß dort nicht weit vom Wege in der Hofstatt Bethis schwarze Katze und lauerte auf eine Maus. Der Junge, welcher nicht wußte, was eine Bränte auf dem Rücken in Beziehung auf das Gleichgewicht für eine Bedeutung hat, bückte sich rasch nach einem Steine, um nach der Katze zu werfen. Patsch, da lag er auf dem Gesichte, die Milch sprengte den Deckel der Bränte auf und suchte das Freie. Der Bube war bald wieder auf den Beinen, sah verblüfft die Milch im Staube, sah aber auch wunderlich aus; die Milch war ihm über den Kopf geflossen, im Gesichte war Blut und Staub, stand da, wußte nicht, wie ihm geschehen und was er anfangen solle. Milch läßt sich im Staube nicht auflesen wie Erbsen oder Bohnen.

Unglücklicherweise hatte Bethi den Unfall gesehen und kam vom Hause gegen den Weg her, um dem Knaben zu helfen oder ihn zu trösten, beim Hause saß die schwarze Katze in bewußter Sicherheit. Auf einmal hatte die Verlegenheit des Jungen ein Ende, Verschlagenheit und Bosheit gaben ihm plötzlich, was er bedurfte: eine Ursache seines Unglücks, in welcher die triftigste Entschuldigung lag. Plötzlich fing er an zu heulen und zu schreien: «Wart, du verfluchte Hexe du, was brauchst du mich zu verhexen, du

Hexe du, was du bist! Hex, Hex, Hex, wart du, ich will es der Mutter sagen, die wird dir schon den Marsch machen, Hex, Hex, Hex!» so schrie der Bube in einem fort, warf noch Steine nach Bethi und marschierte dann in vielen Pausen unter fortwährendem Geschrei dem Dürluft zu. Dort erregte das anrückende Geschrei die Aufmerksamkeit. Als man den Jungen schon wieder sah, sein Geschrei hörte, sein versalbet Gesicht wahrnahm, welches fast dem des Eglihannes glich, wenn dieser am Morgen nach einer durchsoffenen Nacht aus den Federn kroch, da stand, was daheim war, zusammen, und Eisi lief voraus, um zu vernehmen, was es gegeben. Aber der Bube gab lange keine Antwort, fuhr mit seinem Geschrei fort, bis er am Hause war und seiner leeren Bränte sich entledigt hatte. Da endlich gab er Bericht, wie die Hexe da unten es ihm gemacht, die Katze ihm an den Weg gestellt, und als er nun diese habe wegjagen wollen, weil er wohl gesehen, warum die da sei, ihn bei dem Kopfe obenübergezogen, und wie er aufgestanden, sei die Katze vor ihm gestanden mit feurigen Augen und hinter ihr die Nägelibodenhexe und habe gelacht und gesagt: «Hast süße Milch, kann deine Alte die Stabellenbeine auch melken?» Hätte er sich nicht mit Steinen gewehrt, so hätte sie ihn auch verhexet und er hätte dort stehen müssen bis um Mitternacht.

So polterte der Bube und tat, als wolle er aus der Haut fahren. Männiglich entsetzte sich über diesen Frevel, keiner Seele kam in den Sinn, in des Buben Wahrhaftigkeit Zweifel zu setzen, noch viel weniger in die Sache selbst. Eisi griff nach einem Scheit Holz und wollte hinunter, um die verfluchte Moore abzuschlagen, bis sie kein Bein mehr rühren könnte. «Was willst mit einer Hexe?» sagte Eisis Mutter, «willst, daß dir die Hand verdorret oder daß sie dir unter den Händen zu einer Kröte wird und dich anspritzt, daß dein Gesicht wird wie eine Brombeerstaude, wenn die Beeren reif sind?» «Was wollte dä Gugag machen!» schrie Eisi im Zorne, wartete indessen doch, denn es war in dieser Beziehung eine sehr gläubige Person. Doch hatte es in seinem Zorne nicht Platz in seinem Hause, lief darin herum wie sturm, dann vor dasselbe hinaus an den Weg und rief gegen den Nägeliboden hinab: «Hex, Hex, verfluchte! Komm herauf, wenn du darfst!»

Diese Aufforderung in das Abendrot hin hatte etwas Eigentümliches, Schauderhaftes. Hätte so ein fremder Reisender, der nach Futter für ein Buch die Welt durchschnürfelt, dieselbe gehört, weiß der Himmel, was er daraus gemacht und daraus gefolgert hätte. Wahrscheinlich würde er Eisis Tun zu einer herrschenden Sitte stempeln und daraus folgern, wie die Bewohner in ihrem Hexen- und sonstigen Aberglauben noch auf der alleruntersten Kulturstufe stünden. Wir bewundern oft die unbeschreibliche Flachheit vieler Schriftsteller, mit welcher sie über Glauben und Aberglauben der Völker sprechen, wie sie den Aberglauben vornehm abschätzen, von seinem Sein und Nichtsein bei einem Volke sprechen. Sie bezeugen damit, daß sie nie im Herzen des Volkes gelesen und daß sie nie einem Manne aus dem Volke oder gar einem Weibe so nahe gekommen sind, daß diese ihnen ihr Herz geöffnet und in voller Traulichkeit gestanden, was sie glauben und nicht glauben und wie seltsam es zugehe in ihren Herzen, indem sie in einer Stunde gläubiger seien als in einer andern, und wie sie vor einem Jahre etwas entschieden verneint hätten, was sich jetzt ebenso entschieden bei ihnen festgestellt. Es ist ein entschiedener Unsinn, die Kulturstufe nach sogenanntem Aberglauben bestimmen zu wollen. Entschieden ist, daß hochbegabte Menschen dafür viel empfänglicher sind als flache Hohlköpfe und edle Menschen, welche in innigem Zusammenhange mit der Natur leben, weit abergläubischer sind als schmutzige und fashionable Schlingel, welche ihr Leben bloß in Kneipen, Theatern und Kaffeehäusern zubringen und es wirklich so weit gebracht haben mögen, daß sie zwischen Glauben und Aberglauben keinen Unterschied mehr machen, und wirklich in einer gewissen naiven Aufrichtigkeit nicht glauben können, daß Dreckseelen, wie sie sie besitzen, zu einem ewigen Leben bestimmt seien. Wenn wir hier vom Aberglauben reden, unterscheiden wir zwei Sorten desselben: den höhern und den krassen. Unter dem höhern verstehen wir das Glauben an ein wunderbares Hineinragen einer unsichtbaren Welt in unsere Welt, die Annahme von geistigen Verhältnissen, von einem Zusammenhange der sichtbaren und unsichtbaren Dinge, über welche uns weder etwas geoffenbart noch wir uns dieses nach bekannten Gesetzen zu erklären oder mit unsern Kräften zu begreifen vermögen. Unter dem krassen Aberglauben dagegen verstehen wir den Glauben an Zauberer und Zeichendeuter oder den gesamten Hexenglauben samt Totbeten und abergläubischem Segen usw.

Wer uns einwenden möchte, unser Unterschied sei ein willkürlicher, den verweisen wir aufs Alte und Neue Testament, wo eben dieser Aberglaube, welchen wir den krassen nennen, verboten ist, und zwar eben weil er Abgötterei ist und auf der Annahme beruht, daß neben Gott noch jemand anders sei, der mit übernatürlichen Kräften den Menschen ausstatten könne, ja daß etwas anderes sei, Zauberei und Gebetsformeln zum Beispiel, welche selbst über Gott Macht hätten und ihn zu zwingen vermöchten, sündigem Begehren sündiger Menschen sich zu unterwerfen. Wo der rechte christliche Glaube ist, kann der letztere nicht weilen, er muß schwinden gleich der Nacht, wenn die Sonne kommt. Wie aber die Nacht kommt, wenn die Sonne untergeht, so kommt dieser alte abgöttische Aberglaube wieder in dem Maße, als der rechte christliche Glaube an den lieben

Vater im Himmel, von dem jede gute Gabe kommt, schwindet. Nun haben wir freilich aus dem zunehmenden abgöttischen Aberglauben im Kanton Bern, der alle Tage sich mehr zutage legt, Ursache zu dem Schlusse, der Tag neige sich, es schwinde das wahre Licht. Wir glauben übrigens nicht, daß diese Erscheinung im Kanton Bern allein sich zeige; sondern allenthalben, wo die gleichen Ursachen sind, werden auch die gleichen Wirkungen sich zeigen. Wer mir die Behauptung widerlegen sollte und sagen, er habe nichts davon gesehen und Andere ebenso wenig, denn wegen den aufgeklärten Schulen müsse er gerade das Gegenteil glauben, dem würde ich antworten, die Wahrnehmungen seien eben so sehr verschieden, so wie die Sehkraft ebenfalls verschieden sei. Ein guter Pfarrer sprach eben auch einmal von der zunehmenden Aufklärung und Bildung des Volkes und dem schwindenden Aberglauben; der gute Mann wußte aber nicht, daß er zwei Wahrsager hatte in seiner Gemeinde, einen dicht hinter der Kirche und beide mit bedeutendem Zulauf. Wer verbreitet diesen Aberglauben? Dumme Frage! Diesen verbreitet niemand. Man frage: wer zerstört den wahren christlichen Glauben, wer raubt ihn dem Volke, vergiftet ihn, trübt die Quellen? Der ists, wer er auch sei, der am Aberglauben schafft, denn etwas muß der Mensch haben, auf das er sein Vertrauen setzt.

Wir sind, ernstlich betrachtet, allzumal arme Teufel, dumme Tröpfe, niemand ausgenommen, selbst Schulmeister und Professoren nicht. – –

Peterli war nicht in der Käsehütte gewesen, sondern hatte einen Zins fortgetragen, war aber schon, bevor er heimkam, gefragt worden, was es bei ihm gegeben habe, daß vom Dürluft keine Milch gekommen, ob er etwa ausgetreten sei? Das machte Peterli angst, er stellte vorwärts. Im Nägeliboden sah er die Leute vor dem Hause stehen und horchend die Ohren nach oben strecken; als er grüßte, dankte ihm niemand. Er streckte nun seine Ohren auch aus und vernahm Töne, die akkurat klangen, als kämen sie von Eisi, seiner Frau. Aber er konnte nichts daraus machen. Da ward ihm noch banger, er zog gewaltig aus, sah alsbald Eisi oben auf dem Hügel stehen, ins Tal hinunterbrüllend, vernahm nun eine Verwünschung nach der andern, eine schrecklicher als die andere. Mein Gott, dachte Peterli, ist es jetzt zum Ausbruch gekommen; schon lange wollte es mir scheinen, es fange Eisi an zu fehlen und längs Stück sei es nicht richtig im Kopfe. An einem Sonntag so Brüllen auszulassen über die ganze Welt hin! Wenn es so ist, was fang ich mit ihm an, war es ja bei gesundem Verstand so ungattlich, daß man fast nicht dabeisein konnte! Und lassen es droben so machen, und niemand wehrt ihm ab. Unsereiner sollte nie von Hause, man hat nichts als Verdruß und Schande, wenn man heimkommt. Als Eisi Peterli sah, richtete es alsbald seine Kanone anders und zwar direkt auf Peterli, gab ihm Ladung auf Ladung, noch einmal so rasch als gewöhnlich. Es gab ihm die großartigsten Titel unter den kühnsten Verwünschungen und Ausrufungen: Wie man gestraft sei mit einem solchen Manne, der nie daheim sei, der nie heimkomme, von dem man keine Hülfe habe, der keinen Tritt geschwinder ginge, wenn ihm das Haus vor der Nase brennen täte und Weib und Kinder damit. Peterli stand vor Eisi wie ein Blasebalg, der am Zerspringen ist, hatte kaum Atem zu der Frage, was los sei; aber Eisi nahm keine Notiz davon und ließ dem Strom des Zorns vollen, freien Lauf. Wahrscheinlich stünden sie noch jetzt vor einander, wenn nicht die Mutter dazugekommen wäre samt dem Jungen. Diese brachten endlich nach vielen mißlungenen Versuchen ein Verständnis zuwege, nach welchem man sich in eine Beratung einließ über die zu treffenden Vorkehrungen. Das Resultat war der Beschluß, die Nägelibodenbäuerin totbeten zu lassen, wenn man nämlich eine Hexe totbeten könne, wogegen sich bedenkliche Zweifel erhoben. So eine merke es gleich und wisse zu wehren, daß man nichts an ihr machen könne, fürchtete man.

Dieser Aberglaube, daß man jemanden totbeten könne, gehört wohl zu den unsinnigsten, gräßlichsten, aber zugleich auch zu den am hartnäckigsten eingewurzelten Verirrungen des menschlichen Geistes. Es ist der Glaube, daß man durch das zu bestimmten Tageszeiten fortgesetzte Beten irgend eines Gebetes, vorzugsweise des Unservaters, mit dem bestimmten Willen, daß eine Person sterben müsse, den lieben Gott zwingen könne, daß er diese Person töten müsse, er möge wollen oder nicht. Unsinnigeres kann es doch wohl kaum geben, und fester als dieses wird von sehr Vielen kaum etwas geglaubt.

SECHSTES KAPITEL

Der Tag bricht an, die Sach geht los und wie!

Am folgenden Morgen, am Montag, ward die zweite Milch gebracht, und es sollte gekäset werden. Die zweite Milch wird, nachdem sie gewogen ist, gleich ins Kessi gegossen, die Abendmilch wird (wie bereits berührt worden) bis auf die Nidle, welche man zum Vorbruchanken braucht, dazugegossen, wenn man ganzfett käsen will.

Der Vorfall von gestern abend im Nägeliboden war begreiflich schon allgemein bekannt und bereits mit den seltsamsten Zusätzen verbrämt. Es war kein Weib in der ganzen Vehfreude, welches nicht fest glaubte, die Nägelibodenbäuerin sei eine Hexe, und nicht frohlockt hätte, daß es endlich an Tag gekommen. Gedacht hätte sie dieses schon lange, aber wenn sie es auch gesagt hätte, so hätte es doch niemand geglaubt, so sprach jedes Weib. Es war aber auch kein Mann in der ganzen Vehfreude, welcher zu widersprechen, die Nägelibodenbäuerin zu entschuldigen wagte, er mochte von ihrer Unschuld noch so überzeugt sein. Der Herr Ammann schüttelte vor allen sehr bedenklich das Haupt. Man hielt dafür, er bestätige damit seiner Frau Redensarten, und hoffte von ihm, entweder werde er die Sache dem Regierungsstatthalter anzeigen und die Nägelibodenbäuerin abfassen lassen oder doch wenigstens Käsgemeinde anstellen und beantragen, sie auszustoßen, bevor das Unheil größer würde. Er tat aber keins von beiden und konnte sich später vor dem Zorn seiner Frau und vor schwerem Verdacht bloß dadurch retten, daß er zu bedenken gab, wie dumm es wäre, die Nägelibodenbäuerin auszuschließen; solange sie Milch liefere, werde sie das Käsen nicht verhexen, stoße man sie aus, so könne man sehen, was man mache. Dieser Grund befriedigte.

Ein Schmiedegeselle hatte den verhängnisvollen Vorgang ebenfalls gesehen, erzählte ihn, wollte die arme Bäuerin in Schutz nehmen; aber er machte nicht bloß keinen Eindruck auf die öffentliche Meinung, sondern er mußte endlich sogar noch ganz schweigen. Es glaubte ihm niemand als alle Mägde, welche ihre Meisterfrauen haßten, aber diese durften ihren Glauben nur unter der Hand offenbar werden lassen.

Diese Stimmung nun legte sich am nächsten Morgen gar mächtig zutage in der Hütte und namentlich gegen die Milchträgerin aus dem Nägeliboden. Das war der Bäuerin Schwester, ein hübsches, schlankes Mädchen von siebzehn bis achtzehn Jahren, stillen, weichen Gemütes, aber trefflich in jeglicher Arbeit. Sie mußte für ihre Schwester abtun, und bei jedem Schritt, den sie tat, mußte sie von Hexen hören oder eine Hexe sein. Es war ein Glück für Änneli, so hieß das Mädchen, daß der Dürluftbub nicht eines Weges mit ihm ging, sondern einen weiten Umweg machte, um nicht verhexet zu werden. Der Schlingel glaubte nämlich durchaus fest an das, was er im Zorne selbst erlogen. Der Senn, mit Wägen und Aufschreiben stark beschäftigt, auch von der Wichtigkeit der Sache sehr ergriffen und dem ersten Tage eine eigene Bedeutsamkeit beilegend, merkte endlich, wie alles Reden sich ums Hexen drehe. Von diesem hörte er so wenig gern in der Hütte reden als Schiffer von Ähnlichem auf dem Schiffe. Er begehrte daher mächtig auf und verbot derlei Reden in der Hütte unter der Androhung, daß er dem, der hier von Hexen rede, etwas an die Beine machen wolle, daß er zum letzten Male dagewesen sei. Mit solchen Dingen lasse sich nicht scherzen, mit einem Worte könne man etwas ziehen und dann weit und lange laufen, ehe man den finde, der es einem wieder vertreibe. Die Drohung half, das Geschwätz verstummte, der Senn hätte sein wichtiges Werk nun bequem verrichten können, wenn nicht immer noch Nachzügler gekommen wären, in der Meinung, auf eine Stunde ab oder zu käme doch wohl so viel nicht an. Wenn der Ammann bieten lasse an die Gemeinde für um sechs Uhr und man komme um acht, so sei man noch lange früh genug da, und exakter werde es doch in einer Käsehütte nicht zugehen, ein Senn sei doch lange noch kein Ammann. Aber wohl, der Senn gab Unterricht in der Pünktlichkeit und legte an Tag, daß er denn doch was sei, und zwar eine Respektsperson, wenigstens so sehr als der Ammann.

Das Feuer brannte, die Milch erwarmete; als sie den gehörigen Grad erreicht hatte, stellte der Senn die Erhitzung ein, schüttete in drei Löffel aus drei verschiedenen Gefäßen eine wunderliche, wüste Flüßigkeit, eine Art Hexentrank, guckte scharf in dieselben, als ob er aus diesen wahrsagen wollte. Nachdem er geguckt und betrachtet, nahm er aus einem der Gefäße drei Maß heraus, goß sie in den Kessel; in demselben entstand ein wunderliches, seltsames Leben: es schied sich das Ungleiche vom Ungleichen, es suchte das Gleiche das Gleiche, das Beste sammelte sich oben, das Schlechte ward bedeckt und unsichtbar, ungefähr wie die gelbe Nidle über die blaue Milch sich legt. Das gefiel dem Senn, aber er wollte es doch nicht dulden. Er nahm einen hölzernen Säbel und hieb in die dicke Decke hinein die Kreuz und die Quer, schnitt unbarmherzig darin herum, bis das Ganze in lauter kleine Stücke zerhauen war. Und als das geschehen, fuhr er mit dem nackten Arme in die zerbröckelte Masse hinein, als wolle er es auf immer hindern, daß das Gleiche mit dem Gleichen sich binde, wärmte aufs neue ein, doch sich hütend, auf das Äußerste es zu treiben, er fühlte genau am Arme den höchsten Wärmepunkt, welchen das Käsen ertragen mag, wenn der Käs nicht zähe und hart und zu viel Milch für ein Pfund Käs verwendet werden soll. Soll der Käs zart und schleißig werden, ein Zentner Käs aus weniger als drei Säumen oder zwölf Zentner Milch hervorgehen, so darf der Wärmegrad kaum zweiundvierzig Grad Réaumur erreichen. Stundenlang rührt der Senn die Masse in ungefähr gleicher Wärme, bis er glaubt, sie sei sattsam verarbeitet, dann läßt er das Rühren sein, und alsbald tritt das Scheiden wieder ein. Ins Ungleiche kann man das Ungleiche rühren, aber wenn die Gewalt ein Ende hat, scheidet doch wieder das Ungleiche sich vom Ungleichen. Diesmal sinkt das Bessere, die Käsmasse, zu Boden, und obenauf schwimmt die dünne Flüßigkeit, Käsmilch genannt. Hat die Masse sich gelagert, wird unter ihr durch das Kästuch, eine Art von Beuteltuch, gezogen, aus dem Kessi gehoben, dann gepreßt, gewendet, neue trockene Tücher darum geschlagen, bis man ihn trocken und von aller Käsmilch befreit glaubt und dem armen Schelm endlich Ruhe gönnt, den Järb, eine hölzerne

Rahme, darum legt, enger oder weiter, je nach der Größe der Masse, welche zugleich dem Käs die Form gibt.

Mit dem Kessel beginnt von neuem das Hexenwerk. Es wird gefeuert und in zweiter Linie etwas hervorgefeuert, nämlich der letzte Rest der fetten Teile, welche dem Käs sich nicht anschließen wollten, so gleichsam die Unzufriedenen, welche, dieweil sie nicht die Ersten sein konnten, nicht die Letzten sein wollten, sich zurückzogen. Diese müssen jetzt auch raus, kommen in die Höhe, wo sie die große Kelle faßt und beiseite wirft, um die Käsmilch herauslaufen zu lassen, denn die taugt zu etwas Ordentlichem nicht (sie löscht den Schweinen den Durst gut, und verstopften Menschen macht sie leichten Atem). Versetzt man nun das Abgenommene mit guter Nidle, so gibt es leidlichen Anken. Die Käsmilch wird an den meisten Orten nach dem Maße der Milchlieferung von den Anteilhabern zurückgenommen und nach Verstand und Umständen verbraucht: die Einen geben sie den Schweinen, die Andern den Leuten. Die Einen versündigen sich, brauchen sie als gute Milch, kochen sogenannte Milchspeisen damit, Brei, zum Beispiel Mehl-, Reis-, Griesbrei usw., noch Andere verkaufen sie per Kreuzer die Maß armen Leuten. Käsmilch ist ein Ding, an welchem man interessante Erfahrungen machen kann. Es gibt Leute, welche behaupten, sie wirke äußerst schädlich auf den Besuch des Gottesdienstes, indem Keiner, dem sie beigebracht werde, eine Stunde in der Kirche auszuhalten vermöge.

Man sieht, die Käsbereitung gleicht in vielen Stücken dem Brotmachen. Bei beiden ist große Reinlichkeit notwendig, bei beiden eine Säure, welche scheidet. Bei dem Brot ist der Hebel der Sauerteig, bei dem Käsen der Kaselt, bereitet aus Kälbermagen, in Schotte eingelegt. Ist ein Kälbermagen im Geringsten ungesund, so scheidet er nicht, wie schlechter Sauerteig auch das Heben des Brotes hindert, daher das

Probieren und im Vorrat Haben von mehreren Portionen. Es gibt Orte, wo man zweihundert Kälbermagen zerschneidet und untereinandermischt, damit das Ungesunde durch das Gesunde neutralisiert und unschädlich gemacht werde. Wärme ist an beiden Orten nötig, Kneten ebenfalls, nur dauert die Arbeit beim Käsen viel länger, ist schwerer, die Kunst größer, das Gelingen zufälliger. Und wie es Weiber gibt, welchen es nicht haben will, so gibt es Sennen, welche den Käs nicht zusammenbringen, und wie schlechtes Mehl verläuft und kein Brot geben will, so geht es auch mit schlechter Milch, sie bricht vor, macht, was sie will und nicht, was der Senn will. Doch in der Vehfreude ging es nicht so, der Käs geriet, die Bauern hatten noch keine Käsmilch, um damit die gute Milch zu verderben und dem Käsen zu schaden, und Wasser schadet bloß dem Käs, nicht dem Käsen. Auch nichts Ungesundes war an den Kühen, so daß männiglich Freude hatte am ersten Käs. DSach sei gewonnen, hieß es, ein schöneres Mulch als das ihre werde im Herbst kaum zu finden sein, es müßte den Teufel tun, wenn sie nicht dreißig Gulden aus dem Zentner lösten. Mehr als einmal wollten sie sich besinnen, ehe sie um fünfundzwanzig Gulden es geben würden. Es ist kurios, aber Gedanken solcher Art machen ganz ungeheure Fortschritte, kommen der Bildung, selbst wenn sie in entschiedenem Fortschritte begriffen ist, unendlich voraus, formulieren Rechnungen, die bis in den dritten Himmel wachsen.

Selben Abend war großes Glück in der Vehfreude, und gar manches Weib machte ihrem Manne wieder freundliche Mienen, welches seit Wochen nichts für ihn zu haben schien als zehn Nägel an zehn Fingern und im Notfalle auch die Zähne, welche sie noch im Maule hatte. Dem Manne ging die Sonne auf, er wagte sich wieder in seines Weibes Nähe, ward traulich, eröffnete ihm seine Hoffnung auf die vielen hundert Gulden und seine Pläne über ihre Anwendung. Sie rechneten und rechneten und fanden, daß sie in zehn Jahren noch einmal so reich sein würden, und in zwanzig Jahren, wenn Gott ihnen das Leben schenke, hätten sie für jedes Kind einen Hof und Gülten, es wisse kein Mensch wieviel. Wer sollte nach solchen Rechnungen nicht glücklich und wohl schlafen, ja vielleicht im Traume nicht noch zehnmal mehr in Aussicht sehen, als man auf der Tafel ausgerechnet hatte!

SIEBENTES KAPITEL

Von einem Engel, vom Teufel und andern Nebenpersonen

Eine einzige Person schlief nicht, vielleicht die einzige in der Vehfreude: das war Änneli im Nägeliboden. Dem armen Mädchen war die Behandlung, welche es ertragen mußte, tief ins Herz gegangen. Schwester und Schwager hatten den Spektakel vom Dürluft herab wohl gehört, ihm jedoch keine große Bedeutung beigelegt. Sepp hatte gesagt, als Bethi ihm erzählt hatte, was dem Buben begegnet und wie er sich betragen: «Macht der es noch einmal, so strecke ich ihm die Haare, daß er weiß, wie lang sie sind; daneben ist sich der Leute wenig zu achten, es weiß jedermann, wer sie sind und was die Frau kann, wenn sie abkommt.»

So sprach Sepp, und im Allgemeinen hätte er recht gehabt, aber in diesem besondern Falle war es anders. So eine Hexengeschichte ist ein Herrenfressen für so eine Dorfschaft wie die Vehfreude, welches man nicht von der Hand weist, und dieser Fall war gar zu glaubwürdig und zu schön. Änneli hatte diese Erfahrung gemacht, aber es daheim nicht gesagt. Es besaß eine von den Naturen, welche das wunderbare Gefühl im Herzen haben, welches weiß, was Andern wohl oder weh tut, daher alles zu meiden weiß in Wort und Werk, womit es Andere verletzen könnte. Änneli verehrte seine Schwester mehr als eine Mutter. Es war das jüngste Kind seiner Eltern; als diese starben und nichts hinterließen, wurde es verdingt, kam aber zu bösen, harten Leuten, wo es sein weniges Brot unter Tränen und Schlägen aß. Es hätte nichts brauchen sollen, den Lohn hätten sie ohne Abzug haben mögen. Die Härte tat ihm unaussprechlich weh, es betete oft, der liebe Gott möchte ihm doch einmal ein freundliches Wort geben lassen, an dem wollte es dann wohlleben lange, lange. Da erschien eines Tages ein schönes, junges Weib und sagte, es wolle das Mädchen mit sich nehmen. Es war Bethi, die Schwester, aber Änneli erschien sie wie ein Engel vom Himmel, als das lebendige, freundliche Wort, welches Gott ihm in sein Elend gesendet. Und als der Engel es aus der Verbannung, aus der Wüste führte, war es dem armen Änneli wirklich, als komme es in ein Paradies und besser könne man es im Himmel nicht haben. Es mußte streng arbeiten, Essen und Kleider waren nicht köstlich, aber man hatte ihns lieb, gab ihm freundliche Worte; es sah, man war mit ihm zufrieden, es konnte es ihnen treffen, sie gönnten ihm mehr, als es brauchte, sein kleines Herz konnte wirklich sein großes Glück kaum fassen. Nur dann hatte es böse Stunden, wenn es glaubte, seiner Schwester etwas nicht recht gemacht zu haben, oder wenn trübe Wolken auf Bethis Stirn lagen. Das gute Mädchen wußte nicht, wie viel Kummer so ein junges Weib ausstehen muß, wenn sie so fast nur dr Gottswillen auf einem Hofe ist und jeder Wind sie davonwehen kann. Da meinte es, es sei an den Wolken schuld und Bethi böse über ihns; dann ward sein Herz voll Tränen und Elend, daß es hätte sterben mögen. Kurz Änneli hatte von den Herzen eins, die selten sind, aber wunderlieblich, die schnell verwelken in rauhen Winden, aber wunderherrlich blühen in der Liebe Licht und Wärme. Solche Herzen macht weder die Schneiderin noch die Gouvernante, weder Papa noch Mama, die gibt Gott allein, und wem er will.

Änneli ward zur Milchträgerin erwählt, weil man es um diese Tageszeit am besten entbehren konnte, und es tat es gern, weil es sah, daß es seinen Leuten ein großer Gefallen war. Sepp hatte natürlich so wenig Leute als möglich. Wo viel Schulden sind, sucht man Dienstenlöhne zu ersparen, wie man kann und mag, um das Geld an Zinse zu wenden. Ihre Kinder waren noch nicht groß genug dazu, Knecht und Magd sonst notwendig, Änneli, die eigentliche Kindermagd, entbehrlich, da die ältern Kinder doch schon so groß waren, daß sie die kleinern so bösdings eine Zeitlang überwachen konnten.

Man kann sich nun denken, wie es Änneli war, als es am Morgen des ersten Tages mit Beschimpfungen zuhanden seiner Schwester überflutet wurde, eine Hexe sein mußte, von allen es hören mußte, ohne daß jemand ihns in Schutz nahm, niemand Mitleid mit ihm hatte. «Plär nur, hast recht, ich plärete auch, wenn ich eine Hexe zur Schwester hätte und vielleicht selbst eine wäre», sagte man ihm, als es bitterlich weinte, wahrscheinlich um ihns zu trösten.

Das alles wollte das arme Kind der Schwester nicht sagen, um sie nicht zu betrüben. Es glaubte, es müßte sie fast töten, wenn sie höre, was das ganze Dorf sage. Es durfte aber auch das Milchtragen nicht verweigern, es hätte den Grund angeben müssen, und wer sollte sie dann tragen? Darum weinte das arme Kind und schlief nicht. Am Morgen mußte es, wenn es bald sechse war, wieder dran, Spießruten zu laufen hin und her, vom Nägeliboden in die Käserei und wieder zurück, und am Abend wieder und am nächsten Morgen wieder. Das war ein hartes Leiden, und noch dazu stillschweigend es zu tragen!

Am folgenden Morgen ging es allerdings wieder in ähnlicher Weise. Die wilde Jugend kennt nicht Tugend, und was die Alten sungen, das zwitschern die Jungen. Wer nicht dabei war, macht sich eigentlich keinen Begriff, was so eine unbeaufsichtigte Jugend für Mäuler hat und noch dazu, wenn sie sich berechtigt glaubt. In der Hütte selbst mußte man schweigen, desto lauter ging es auf dem Hin- und Herweg. Der wüste Dürluftbub begnügte sich nicht mit bloßen Worten, sondern trieb auch sein Lieblingswerk, warf mit Steinen nach Änneli, und ein wildes Gelächter ertönte, wenn einer traf oder gar laut prätschte an der Bränte.

Vom Felde her, wohin er Jauche gebracht, kam des Ammanns Sohn mit der Bütte gefahren. Es war ein großer, derber Bengel, so recht des Ammanns Sohn, der in des Vaters Fußstapfen einherwandelte und alle Eigenschaften hatte, wenn der Vater Platz machte, ein ebenso guter Dorfmagnat oder -monarch zu werden, als der Vater es gewesen war. Er machte, was ihm ankam, fragte nicht, ging es wohl oder übel, war eigentlich sparsam, aber wenn es darauf ankam, zu zeigen, daß er des Ammanns Sohn sei, so verklopfte er Geld, so viel man wollte. Er liebte die Prügeleien, hatte dabei förmliche Vasallen, welche mit zuschlagen mußten, sie mochten wollen oder nicht, und wenn sie sagten, dies oder jenes könne Geld kosten, so erwiderte er, wo er sei, da sei immer jemand, der zahle. Und obschon des Ammanns leibhaftiger Sohn, hatte er doch die größte Freude daran, Gebote und Gesetze nicht bloß zu übertreten, sondern auch zu verhöhnen, so recht zu zeigen: so einer wie er schere sich um nichts, und was für Andere verboten sei, das sei ihm erlaubt. Er war ein Vorrechtler von der allerlautersten Sorte. Der Ammann ward manchmal böse, wenn wieder ein neues Stücklein ausbrach und er mit seinen ergraueten Silberstücken an die Sonne mußte, um seines Söhnchens Streiche gutzumachen. Aber die Frau Ammännin nahm sich immer seiner an; er hatte seines Vaters Zorn nicht zu fürchten, er war, genau genommen, die souveränste Person in der Vehfreude, denn er regierte seine Mutter, diese den Vater und dieser das ganze Dorf. Aber Felix war denn doch kein böser Bursche, wie Meisterlös gerne werden, er hatte ein gutes Herz, wie man zu sagen pflegt. Er war bei seinem Vater der Fürsprecher armer Leute. Wenn sie ihn baten, ihnen Holz zu fahren oder zu ackern, so machte er es möglich, tat es gern selbst, nahm kein Trinkgeld wie mancher reiche Bauernsohn und je mehr, je lieber, und wenn sie ein Abendbrot oder ein zImis aufstellten, fraß und soff er nicht auf den Geiz hin noch einmal mehr als sonst, das alles tat er nicht. Er war daher wirklich auch vielen Leuten lieb. Wohl wild sei er, daneben aber ein Guter, hieß es. Wenn der mal an die Regierung komme, gehe es vielen Leuten wohl, der meine nicht, er müsse vorabfressen und erst das, was er nicht mehr möge, könnten die Andern nehmen. Kenntnisse, Bildungstrieb usw. hatte Felix durchaus nicht. Der Schulmeister sagte immer, dem komme es wohl, daß er des Ammanns Sohn sei, denn wäre er es nicht, es wäre keinem Menschen eingefallen, ihm das Schreiben und Rechnen zu zeigen.

Dieser also war es, der mit Rossen vom Felde kam und dem Spektakel von weitem mit Lachen entgegenfuhr. Er hatte von der Hexengeschichte gehört, sie hatte ihn belustigt. Ob er daran glaube oder nicht, das wußte er selbst nicht; er hatte noch nicht darüber nachgedacht, sie hatte ihn nicht persönlich berührt. Übrigens lag ein großer Haufen Aberglauben in ihm aufgeschichtet, er wußte selbst nicht wie groß; je nachdem dieses oder jenes Stück berührt wurde, ward es lebendig, trat ihm ins Bewußtsein, er urteilte und handelte darnach. Als er dem Mädchen näher kam, sah er, daß es weinte, sah, wie ein Stein über die Bränte weg ihns an den Kopf traf. Da ward das gute Herz in ihm wach, er rief den Buben zu: «Jetzt ists gut, und daß mir Keiner mehr werfe!» Die Buben hatten aber bereits wieder Steine in Händen und waren es ihr Lebtag nie gewohnt, aufs erste Wort zu gehorchen, warfen wieder, und einer von ihnen traf eins der Rosse. Dieses ward wild, das andere sympathisierte, und Felix mußte sie aus allen Kräften halten, während er fluchte in einer Zeile, man wußte nicht, galt es den Buben oder den Rossen. Laut hinter ihm her scholl der Jubel der Buben über den Zorn des wütenden Felix, der von seinen Rossen fortgerissen wurde und die Jungen nicht peitschen konnte, wie guten Willen dazu er auch zeigte. Solche Buben denken an keine Folgen, sie haben Freude am augenblicklichen Kitzel. Was aus einem Bubenstück entstehen kann und wen sie damit beleidigen, daran denken sie gar nicht, wenn sie nur ihr Mütchen kühlen und lachen können. Hintendrein heulen sie dann wohl, aber nicht wegen dem Verstand, sondern wegen der Rute.

Ammanns Felix war nicht derjenige, welcher sich ungestraft auslachen ließ; zudem war der Spaß gefährlich und hätte mit seinen wilden Rossen ihm leicht den Hals kosten können, aber an so was denken eben Buben nicht. Änneli hatte Angst um den Felix, der den Buben abgewehrt. Er war der erste vernünftige Mensch, welcher sich seiner angenommen, und dankbar, wie es war, freute ihn das mehr, als das angetane Leid ihns geschmerzt hatte. Wenn es dem doch einmal etwas zu Gefallen tun könnte, dachte es. Aber was sollte so ein armes Mädchen Ammanns Felix tun! Pantoffeln brodieren oder einen Tabaksbeutel häkeln war noch nicht Mode in der Vehfreude.

Das Lämplein der Dankbarkeit brannte in Ännelis Herzen. Und wo so ein Lichtlein angegangen ist, meint man, dem, dem es brennt, sollte man es auch zeigen können alsbald, und kann es so oft nicht; es ist auch besser so. Gar oft würde der, dem es brennt, es wieder ausblasen, würde vielleicht die Zigarre daran anzünden wollen, würde seine Eitelkeit daran wärmen, sein bestes Tun mit Sünden beflecken. Wenn ein Großer gestorben ist in erhelltem Zimmer, schmückt man ihn, setzt ihn aus in weitem Saale, helle Kerzen brennen ringsum, und zum Tage wird die Nacht. Ach, wie schön muß es sein, wenn aus dunkelm Leibe der Herr eine gute Seele löset und sie trägt in seinen weiten, hellen Himmelssaal und rings um sie die hellen Lichtlein der Dankbarkeit stellet, welche für sie gebrannt in den Herzen ihrer Nächsten, in den Herzen aller, die sie kannten, Lichtlein, die sie nicht gesehen, von deren Sein sie nichts wußte. Wenn sie hell und freudig brennen ringsum und mit leisem Hauche dann der Herr den Schläfer wecket, und dieser sieht sich im himmlischen Saale und ringsum die freundlichen Lichtlein brennen, die ihn verklären mit himmlischem Glanze – ach, was muß das für ein seliges Erwachen sein, welche Wonne, wenn so herrlich offenbar wird, was Gott mit gütiger, weiser Hand verhüllt hatte! Manchmal geht es so, manchmal ganz anders und allemal, wie Gott es will.

Änneli hatte keine verweinten Augen mehr, als es heimkam, und am Abend ging es mit weniger Bangen. Als im Heimgehen das Spiel sich wiederholte, dachte es bei sich: Vielleicht kommt wieder jemand und nimmt mir sie ab, oder wenn ich mich ihrer nicht achte, werden sie wohl von selbst müde werden. Da fuhr hinter einem Ofenhaus, welches an der Straße stand, Ammanns Felix hervor, hieb mit einer gewaltigen Peitsche auf die Buben ein, griff dann zwei verdutzten Buben nach den Köpfen, haarete sie, daß ganze Wolken davonfuhren, schlug ihnen die Köpfe zusammen, daß sie krachten, nahm dann wieder die Peitsche und geißelte ihnen hinterher um die Beine, daß sie heulend und schreiend davonstoben.

Einer der von Felix Geliebkoseten war Dürlufteisis Benzli, der also zum zweiten Male heulend und schreiend heimkam. Das war für Eisis Mutterbrust zu viel. Daß sie dem Felix die Pferde geworfen, sagte Benzli begreiflich nicht. Felix mußte auch von der Nägelibodenbäuerin verhexet sein. Sie habe es ihm angetan, sagte Eisi; das verfluchte Luder schicke nicht umsonst einen solchen Lockvogel in die Käserei, man könne sehen, was es gebe. Wenn eine Andere es so triebe, man würde sie mit dem Hurentrommler zum Lande aus führen. Aber der Moore wolle es das Handwerk legen, es sei gut dafür. An Ammanns Felix konnte Eisi nichts machen; der könne ihns dauern, sagte es. Es meinte, es wäre das Kürzeste, wenn es gleich diese Nacht hinunterginge und das Haus an allen vier Ecken zugleich ansteckte. Sie hätten stark gearbeitet, schliefen demnach wohl hart, möglich wärs, die Donnere blieben alle drin, dann wärs gut. Das Kürzeste wärs, aber es gruse ihm doch. Kämen sie etwa wieder, so hätte es ds Tüfels Plag, und es könnte sich damit versündigen. Das Richtigste sei das Erste: es lasse sie totbeten. Damit versündige es sich nicht, rühre keine Hand an, und wenn es um so länger gehe, so müsse die Hexe doch auch um so länger raxen und leiden und müsse am Ende doch noch erfahren, wer ihr das Teufelswerk eingetrieben.

So kalkulierte Eisi und machte sich am folgenden Morgen mitten aus der strengsten Arbeit auf, um sein Vorhaben auszuführen. Wir wollen Eisi nicht begleiten, es ist genug, wenn wir sagen, daß es ganz befriedigt heimkam und sagte, es werde bald was Neues geben, die Leute würden zu reden haben und die Lällen aufsperren bis an die Ohren, und dann würden Viele kommen, ihm die Hand reichen und sagen: «Eisi, du bist immer das Kuraschiertest; was Keinem in Sinn kommt, tust du. Wenn man dich nicht hätte, weiß Gott, wie es noch gegangen wäre!» Weiter sage es nichts. Aber wer vor dem Nägeliboden vorbeigehe, solle sich achten, was die Bäuerin für ein Gesicht mache, und wer im Herbst dort vorbeigehe, solle dort der Bäuerin nachfragen, und wenn sie komme und ihm Bescheid gebe, so wolle Eisi rittlings auf seiner Katze dem Teufel zu. Mehr sage es nicht, und risse man ihm den Kopf ab. Wenn es nur nicht vergesse, an jedem Morgen und jedem Abend sieben Wochen lang exakt um die gleiche Zeit drei dürre Bohnen über die Achsel auf den Mist zu werfen in den drei heiligen Namen.

In der Vehfreude gab es indessen auch noch sozusagen Menschen, und zwar auch solche, welche sich auf verblümte Redensarten verstanden. Bald darauf kam Sepp einmal vom Felde zurück; es gesellte sich einer seiner alten Kameraden zu ihm und sagte: «Sepp, wenn du es nicht ungern haben willst, so will ich dir was sagen, denn es wäre doch gut, wenn du dich in acht nehmen würdest». Nun erzählte dieser ihm, was für einen Lärm die Dürluftbäuerin ihnen gemacht und wie man gewisse Nachricht hätte, dieselbe ließe Sepps Frau totbeten. Das war Sepp wohl stark. Er erzählte, was dem Buben begegnet sei, was sie am Abend für ein Gebrüll gehört, aber weiter hätten sie nichts daraus gemacht. Das Mädchen hätte ihnen nichts gesagt, sie hätten wohl gesehen, daß ihm etwas fehle, aber da es nichts gesagt, so habe man ihns auch nicht gefragt, sondern gedacht, entweder bessere es sich, oder wenn es böser komme, werde es schon reden. Nicht daß er sich fürchte, aber wegen den Leuten müsse dem Spiel doch ein Ende gemacht werden, auf die eine oder auf die andere Weise. Als Sepp heimging, dachte er, seiner Frau dürfe er davon nichts sagen, müsse überhaupt sorgen, daß sie es nicht vernehme; sie könnte es doch zu Herzen fassen, und besonders in den Umständen, in welchen sie sei, sei das weit gefährlicher, als was Eisi und sein Beten an ihr machen könnten.

Das Gesinde im Dürluft war immer falsch an seiner Meisterschaft; wer wollte, konnte vernehmen, was dort ging. Solches Ausfragen war nun Sepps Sitte nicht, aber diesmal, dachte er, sei es erlaubt. Wenn sie so um sein Haus sich kümmerten, dürfe er ihnen die Aufmerksamkeit wohl erwidern. Schon am folgenden Tag hatte er Gelegenheit, ein Knechtlein zu fragen, wie es ihm oben im Dürluft gefalle. «Wenn ich sagte, gut, so lög ich», antwortete der Bursche. «Wird nicht sein», sagte Sepp, «die Meisterfrau ist eine gar Kurzweilige. Was macht sie Neues?» Da sah das Bürschlein Sepp mit einem schiefen Blick an, um zu erforschen, wie er es meine. Als er Sepps Gesicht ganz unschuldig sah, sagte er: «Weiß aparti nichts, kaum viel Guts». Sepp schwieg. Bald darauf sagte der Bursche: «Was gibst mir, wenn ich dir was sage? Aber Ihr müßt mich nicht verraten». «Es kommt darauf an», sagte Sepp. «Ists was wert, so soll es dein Schade nicht sein, ists aber nur Gstürm, so nimmt es mich nicht wunder. Daneben habe nicht Kummer; was ich vernehme, kann ich behalten». «Was meinst, ist das was wert?» fragte das Knechtlein und erzählte nun von den drei Bohnen und wie das bedeute, daß so wie die Bohnen verfaulen, auch Sepps Frau verfaulen solle. «Wird nicht sein», meinte Sepp. «Wohl ists, könnt es selbst sehen; kommt am Morgen, wenn es heitern will, oder am Abend, wenn es dunkelt. Es liegt ein Haufen Holz neben dem Mist, dort könnt Ihr Euch verbergen.» «Gut», sagte Sepp, «sollst für einmal Dank haben, und ist die Sache, wie du sagst, ein schönes Trinkgeld dazu».

Am folgenden Morgen, als es dunkelgrau war draußen, ging Eisi, noch in Nachthaube und Gloschli, hinaus, kehrte dem Mist den Rücken, nahm eine Bohne und warf sie in Anrufung des Vaters auf den Mist. Da stand plötzlich eine schwarze Gestalt vor ihm, um den Kopf war sie dunkelrot, als ob Flammen durch die Haare züngelten, rief, indem sie eine Ohrfeige flädern ließ: «Und im Namen des Teufels und des Donnerguegs!», und damit klatschte die zweite Ohrfeige, daß Eisi rücklings in die Mistgrube fiel, das braune Wasser über ihm zusammenspritzte und nichts sichtbar war als die Beine, die am Himmel Hülfe zu suchen schienen. Als Eisi den Kopf wieder fand, ihn aus dem dunkeln Bade hob, schnopsete es lange und gurgelte und schnopsete, und lange fiel es ihm nicht ein, aufzustehen aus dem kalten Bade, bis endlich Peterli dazu kam und rief: «Bist näbefür trappet? Chumm doch use!» Das war Lebensgeist für Eisi, es fuhr auf im Unterrock, die Nachtkappe war verloren gegangen, und sah eben wirklich nicht anmutig aus. «Tüfel, wie siehst du aus!» rief Peterli. «Komm zum Brunnen, ich will dich abwaschen, dann schlüf no ungere i dr Jungfere Bett, bis wieder erwarmet bist.» Der gute Peterli gönnte, wie es schien, der Jungfer währschafte Gerüche besser als sich selbsten. Aber Eisi schoß neben Peterli hinein ins Haus und nicht in der Jungfer Bett, sondern zu Peterlis großem Schrecken ins Ehebett und unter die Decke, daß nichts von ihm sichtbar blieb. Da fand Peterli nichts zu machen, und das Melken pressierte; er machte sich dem Stalle zu, allerlei brummend, was offenbar auf Unzufriedenheit deutete, doch bloß auf eine zerdrückte.

Als er ausgemolken hatte und zum Frühstück ins Haus kam, fand er noch kein Feuer in der Küche, alles wie sturm, im Stübli die Mutter weinend, und unter der Decke hervor sah man bloß noch Eisis Nase, verstand endlich die Frage: «Wo ist er, wo ist er?» «Meinst mich?» sagte Peterli. Da fuhr Eisis ganzer Kopf unter der Decke hervor, akkurat wie eine Kugel aus der Kanone, nur nicht so geschwind, und schrie den Peterli an: «So, bist du da? Wenn man dich am nötigsten hätte, so bist nirgends; du bist nichts, gar nichts und ich eine arme, verlassene Frau! Wo ist er, ist er nicht mehr da?» Endlich brachte man Eisi zu zusammenhängender Rede und vernahm, wie der Teufel ihm erschienen sei ganz schwarz, aber mit feurigem Kopfe, und als es die erste Bohne geworfen, habe er ihm zwei Ohrfeigen gegeben im Namen des Teufels und des Donnerguegs, daß es ganz sturm ins Güllenloch gefallen sei und fast ersoffen wäre. Kein Mensch hätte ihm zu helfen begehrt, und wenn er ihns genommen, kein Hund hätte es ihm abgejagt, und doch hätte es das für alle getan und nicht für sich allein. Es müsse sich irgendwo verfehlt haben, es wisse nicht wo. Jetzt könne es aber jemand anders auch probieren, es begehre nichts mehr davon, es hätte an einem Male genug. «O Herr Jeses, o mein Gott, was hab ich ausgestanden! Wollte nur, ihr hättet ihn auch gesehen und alle die, welche glauben, es gebe keinen. Wenn er nur fort ist und nicht wieder kommt! Aber wenn er einmal den Weg weiß, so hats gefehlt, man kommt ihm nicht los, ach Gott!» So jammerte Eisi und fuhr über Peterli aus, als wenn der eigentlich an allem schuld wäre. Er hätte sollen witziger sein und abwehren, oder er hätte wissen sollen, daß der Teufel komme, und ihm dännehelfen mit der Mistgabel. Aber es sei nichts mit ihm und gebe nichts aus ihm.

Weiter schadete das Erlebnis Eisi nicht, nur warf es keine Bohnen mehr auf den Mist, und nachts ging im Dürluft niemand allein und ohne Licht zum Hause hinaus, und wenn auch Zwei beisammen waren und eine Laterne hatten, so wurden sie doch des Grausens nicht los, bis sie wieder drinnen waren. Deswegen aber war die Nägelibodenbäuerin Eisi nicht lieber; es fürchtete sie jetzt und sagte, mit der wolle es lieber nichts zu tun haben, aber zu erleben hoffe es, daß er mit ihr abfahre oder man sie einmal im Bett finde, das Gesicht im Nacken und die Zunge einen Schuh lang zum Maul heraus. Merken möge, wer schmöcken könne, mit wem sich die Hexe abgebe, Gott bhüet uns davor! Es kam der Nägelibodenbäuerin wohl, daß wir zwei- bis dreihundert Jahre älter geworden, sonst hätte sie erfahren müssen, wie heiß das Feuer ist oder wie kalt das Wasser.

Als Sepp das Knechtlein wieder ansichtig wurde, fragte er wieder, was es Neues gebe im Dürluft? Einstweilen hätten sie am Alten genug, antwortete das Knechtlein. «Da hast etwas zu einem Schoppen», sagte Sepp, drückte ihm ein Halbguldenstück in die Hand und ging weiter. Verwundert sah der Knecht ihm nach und begriff nichts an der Sache. Er glaubte fest an des Teufels selbsteigene Erscheinung, dachte nicht von ferne daran, daß Sepp ihn in seiner alten schwarzen, aber rot ausgeschlagenen Metzgerkutte selbst vorgestellt hatte. Was sollte jetzt das Trinkgeld? Wahrscheinlich richtete es Sepp im Namen des Teufels aus oder doch, weil er der erhaltenen Nachricht wegen den Teufel berufen konnte. Es ward ihm plötzlich himmelangst, das Geld ward heiß wie eine feurige Kohle, er warf es von sich, so weit er vermochte, betrachtete wochenlang seine Hand, ob sie nicht schwarz werden wolle, schüttelt bis dato bedenklich das Haupt und sagt, er könne auch etwas erzählen, wenn er wolle.

ACHTES KAPITEL

Von Milchnöten und von: Zu wenig und zu viel verdirbt alle Spiel

Unterdessen hatte das Käsen keinen bösen Verlauf. Der Senn war fleißig, kundig und sehr vorsichtig, er unterließ auch nicht das Geringste, womit er den günstigen Erfolg sichern konnte. So zum Beispiel sahen die Leute, daß er, als er den ersten Käs in den Spycher oder das Käsgaden trug, rückwärts ging. Das fiel den Leuten auf, denn dieses ist eben nicht die bequemste Art, zu marschieren. Sie fragten, ob das der Sennenmarsch sei, wenn er Käs in den Spycher trüge. Nur beim ersten gehe man so, sagte der Senn, dann kämen keine Mäuse in den Spycher und die Käse seien vor ihnen sicher. Das wunderte die Leute, aber es kam ihnen sehr glaublich vor, und ihr Zutrauen zum Senn ward durch diese Vorsichtsmaßregel merklich befestigt.

Die Milch mehrte sich auffallend, neue Kühe kalbten ins Grüne; es hieß allenthalben, das Gras sei in diesem Jahre bsunderbar melchig, die Kühe hätten mehr Milch als je. Dazu schüttelte der Senn den Kopf. Er hatte schon anderswo gekäset, daher Erfahrung. Allerdings mehrte sich die Milch, aber nicht in dem Maße, als man den Lieferungen nach hätte schließen sollen. Es wirkten noch andere Gründe zu diesem wunderbaren Milchsegen. Die Sucht, der Größte und ja nicht der Kleinste unter den Milchherren zu sein, ward alle Tage mächtiger und überwand immer mehr alle Rücksichten. Gar viele der sogenannten greiseten Kühe hatten sich als sehr ungreiset herausgestellt, kalbten nicht, kalbten spät, kalbten schlimm, wurden krank, bekamen böse Euter, gaben schlechte oder wenig Milch, kurz eine Menge Gebrechen kamen an den Tag, von denen man sonst wenig gewußt. Nie hatte der Vieharzt einen so guten Sommer gehabt; er sagte, er wollte, es ginge immer so. Nun wollte aber jeder bestmöglichst sein Unglück verbergen, nicht derjenige sein, welcher so wenig melke, um sich nicht auslachen zu lassen, wollte auch keine Rechnung ohne den Wirt gemacht haben, sondern das erzwingen, woran er gedacht. Jeder half sich daher nach Verstand und Gewissen, wie er konnte und mochte. Die Einen taten es auf Kosten der Haushaltung, so daß sie der Frau nur die allernotdürftigste Milch verabfolgen ließen, so daß von Anken gar keine Rede war und wenn sie nicht bedeutende Vorräte hatte, die Suppen und das Kraut wenig mehr zu sehen bekamen, an ein Extra-Kaffee nicht mehr gedacht wurde, wenn man es nicht schwarz trinken wollte, was denn doch nicht zu allen Tageszeiten angenehm ist. Wo es so ging, war der Jammer groß und der Friede fort im Hause, das Herz der Weiber voll zum Zerspringen von Gift und Galle. Wir können ein Müsterlein davon erzählen.

An einem heißen Tage keuchte ein altes Mütterlein einen Hohlweg auf, der Hohlenbäuerin zu, welche oben auf dem Hügel wohnte. Ein Brünnlein lockte die Alte zum Trinken. «Nein», sagte sie laut zu sich, «das will ich nicht machen, kaltes Wasser tut mir nicht wohl, und dort wohnt ja die Hohlenbäuerin, eine brave Frau, wenn eine, die wärmt mir schon ein Tröpfli Milch». So eine Bäuerin, redete sie keuchend und stille stehend fort, habe doch ein Herrenleben, ganz anders als so eine halbbatzige Herrenfrau, wo mit einem halben Vierteli vierbatziger Nidle hausen müsse per Tag und fast das fallende Weh bekomme, wenn sie von weitem jemanden gegen das Haus kommen sehe, von dem sie denken müsse, sie müsse ihm einen Kaffee machen. Da sei doch eine Bäuerin, welche den Keller voll Milch habe, die Häfen voll Anken, das Kamin voll Speck und eine gestoßene Nidle parat, wenn ihr der Sinn daran komme, ganz anders zweg. Als sie oben war, stand sie still, schwieg und ließ den Atem vollständig sich erholen, denn weder alte noch junge Weiber kommen gern vor ein Haus, wenn sie ihr Mühlrädlein nicht gleich können angehen lassen. Dann ging sie einem schönen Hause zu, das schön an der Sonne stand, groß und sauber anzusehen war, döppelete an die Türe. Diese ging bald auf, freundlich hieß die Bäuerin die Alte in die Stube kommen, zog die Tischdrucke hervor, legte ein Brot vor sie, hieß sie nehmen, wenn sie möge, und setzte sich wieder an die Wiege, in welcher ein munteres Bübchen selig schlief. Die Alte rühmte billig das Brot; sie müsse, so oft sie Brot esse, denken, es könne doch Keine backen wie die Hohlenbäuerin. «Aber wenn du mir», setzte sie hinzu, «ein Tröpflein Milch dazu hättest, auch nur abgenommene, so wäre es mir gar anständig, es macht so grusam heiß». Da ward die Bäuerin ganz bleich im Gesicht und sagte: «Nein, wahrlich, Trini, nicht ein Tröpflein kann ich dir geben, nicht einmal abgenommene, ja keinen Löffel voll habe ich, um ihn dem Kinde zu geben, wenn es erwacht», und von den Wangen schoß der Bäuerin das Wasser. «Aber mein Gott», sagte Trini, «war der Brästen im Stall, habe doch nichts davon gehört?» «Nein, Brästen regiert keiner, die Kühe geben Milch wie Bach, aber ärger als die Brästen sind die verfluchten Käsereien», sagte die Bäuerin, welche den Stall voll Kühe hatte und keinen Tropfen Milch im Keller, und brach in volles Weinen aus. «Mit meinem Manne», fuhr sie schluchzend fort, «habe ich im Frieden gelebt, und er ist mir lieb gewesen. Es hat wohl auch zuweilen etwas gegeben, wie an allen andern Orten auch, aber keinem Menschen habe ich geglaubt, wenn man mir sagte, was auf mich warte. Da sind die verfluchten Käsereien aufgekommen, und endlich hat auch hier eine sein müssen. Man hat mir das Maul süß gemacht, ich habe meine Einwilligung dazu gegeben, aber ungern; ich hatte schon gar manches gehört, aber daß es so gehen könne, daran habe ich nicht gedacht. Anfangs machte es wenig, aber die Hitze nahm alle Tage zu, jeder wollte der Höchste sein, jeder zwackte daheim mehr ab, bis man endlich gar nichts mehr brauchen soll, man einem nicht einmal ausrichtet für die Kinder oder für einen Kaffee. Keinem armen Menschen kann ich ein Tröpflein Milch mehr geben. Kommen Gevattersleute oder Verwandte, so können wir trocken beisammensitzen oder ich muß den Hafen den Häusern nach schicken wie eine Bettlerfrau, daß ich in den Boden kriechen möchte vor Scham und mich muß verbrüllen lassen im ganzen Land, wie es mir böset hätte und ich eine wüste Frau geworden sei trotz einer. Unterdessen sitzen die Großköpfe beisammen im Wirtshause oder haben Käsgemeinde, es weiß der Teufel wo, heben die Grinde auf wie dreijährige Hengste, rühmen, wie sie greisete Kühe haben, wieviel Milch sie lieferten, wie sie der Frau den Ringgen eingetan, wie sie Augen mache, aber sich schon daran gewöhnen werde, wie kein Mensch denken könne, wie viel Milch die Weiber vergeudet und wie man sie jetzt zNutzen bringen könne, und rechnen dann an den Fingern beim Kreuzer aus, wieviel sie lösen und um wieviel reicher als jetzt sie in hundert Jahren sein würden. Es dünkt mich, wenn ich denen nur einmal auf die Köpfe geben könnte, daß sie breit würden wie Kuchenbretter! Und wie gehts am Ende? Je weniger Milch sie haben, desto mehr Brönz saufen sie oder hocken im Wirtshause und leben wohl auf das Käsgeld hin. Wie groß da der Gewinn sein wird, kann man auch an den Fingern ausrechnen.» So jammerte die Hohlenbäuerin. Trini ging es wie vielen Leuten, welche, wenn kein besonderes Interesse dabei ist, lieber etwas anderes hören als Jammern. Es packte seine Siebensachen: Seife, Schmöckwasser, Hoffmannstropfen und anderes der Art aus und bat die Bäuerin, auszuwählen, was sie nötig hätte. Das nächstemal bringe es dann noch seidene Halstücher. Das war ein neuer Stich ins volle Herz, und mit erneuerter Gewalt brach der Jammer aus. «Jch habe kein Geld mehr für nötige Sachen», sagte die Bäuerin. «Ehedem hatte ich Geld, als ich noch, wie überall bräuchlich, für eine Maß Milch oder ein Pfündlein Anken das Geld behalten konnte. Für mich brauchte ich es nicht; aber es gibt gar manches in einer Haushaltung, wo der Mann den Verstand dazu nicht hat, wo man froh ist, wenn man einen Kreuzer hat, von dem man nicht Rechnung geben muß; jetzt ist das aus. Ich kann nicht einmal mehr einer Magd ein Trinkgeld geben, wenn ich mit ihr zufrieden bin, keinem Gevatterkind mehr einen Batzen. Mit den Eiern kann ich auch nichts machen. Er duldet mir nicht mehr als drei Hühner wegen dem Grasverschleifen, und von denen hätte er noch Mut, die Eier den Kühen zu geben, daß sie mehreten an der Milch. Ich könnte mir auch helfen wie andere Weiber, Korn und Garn stehlen und es verkaufen ums halbe Geld, unsere Krämerin handelt stark auf diese Weise, aber ich mag nicht. Der Täsche mag ich nicht Fische in die Bähre jagen, mag nicht an meiner eigenen Sache den Schelm machen und Kindern und Gesinde das Beispiel geben, was auch sie machen können. Wo so etwas in einem Hause getrieben wird, da hats gefehlt, da hat die Sache keinen Boden mehr; lieber wollte ich sterben, wenn nur die Kinder nicht wären.» Trini machte, daß es fortkam, und dachte bei sich: Ja, wenn es so ist, wenn der Mann ein wüster Hund ist, so kömmt es auf eins heraus, sei man eine Herrenfrau oder eine Bauernfrau.

An einem andern Orte ging es anders, denn da hatte die Frau Haare auf den Zähnen. An einem Montagmorgen erhielten sie Handwerksleute, den Sattler glauben wir: Meister, Geselle und Lehrbub. Die hatten sich gefreut auf diese Stör, denn das Essen war da sonst gut, und ein Schnäpschen zwischenein fehlte nicht. Als man zum Frühstück rief, leckten sie die Mäuler rundum vor angenehmer Erwartung. Als sie zu Tische saßen, zogen sie die Kappen ab zum Gebet, und des Lehrbubs Augen musterten, was auf dem Tische stand. Sie hatten aber nicht lange damit zu tun, denn auf dem Tische standen bloß zwei Schüsseln mit Suppe; es war eine sogenannte blinde, denn es waren keine Fettaugen sichtbar auf derselben, es fehlte nicht viel, man hätte den Boden der Schüsseln sehen können. Sie machten bedenkliche Gesichter, dachten jedoch, eine Suppe mache die Sache nicht aus, leicht vergreife sich ja eine Köchin, besonders am Morgen, nehme zu viel Salz oder zu wenig Mehl. Sie machten rasch mit der Suppe, denn sie brauchten sich nicht zu fürchten, daß sie ihnen zu schwer im Magen liege. Der Suppe folgten zwei Schüsseln mit in Wasser gekochten Rübli oder Möhren, und nichts weiter als Brot. Da sahen sie sich alle seltsam an, besonders der Hausvater machte ein Gesicht, von dem man nicht wußte, war es hebräisch oder griechisch, einstweilen gab er keinen Laut von sich. Die Leute gäbeleten in den Rüblenen herum, als ob sie nicht wüßten, wollten sie oder wollten sie nicht. Da sagte die Frau: «Nehmt in Gottes Namen, wenn ihr nicht hungrig vom Tische wollt, denn weiter kommt nichts nach, und besser konnte ich es nicht geben. Ihr wißt, wie wir es sonst gehabt: wir hattens und wir gönntens. Wer einmal bei uns war, kam gerne wieder. Wir brauchten nicht ein Paar Schuhe zu verlaufen, ehe wir den Schuhmacher ins Haus brachten. So lange ging es so, bis die verfluchten Käsereien ihren Anfang nahmen, da änderte es sich. Der da (auf den Mann zeigend) gibt alle Milch in die Käserei und fragt nicht: Kannst es machen, und womit kochest? Ich kann nicht anken, ich habe nicht Milch, ich habe nicht so viel Schmutziges im Hause, daß es einer Laus im Auge weh täte; was ich auch sagen mochte, antwortete er mir: Die Andern können es auch machen, mach es auch wie die Andern, brauchst nichts Apartes haben zu wollen. Könnt denken, wie mir das war, könnt denken, wie es mir ist, wenn ich so zu essen geben muß, aber ich habe es weiß Gott nicht besser.» Das war eine Interpellation, wie sie selten noch erlebt wurde, sie wirkte aber auch. Von Stund an hatte die Frau wieder Milch, konnte den Tisch wieder bestellen, wie es üblich und bräuchlich war. Ein festes und offenes Wort am rechten Ort wird selten gehört, hat aber Kraft und guten Klang, wo es gehört wird.

Es ist aber wirklich auch fürchterlich für eine Hausfrau, welche von Jugend auf gewohnt war, die Milch als den Angel zu betrachten, um welchen der ganze Haushalt sich drehte, den wahren Kumm mr zHülf, zu welchem man seine Zuflucht nahm in jeder Not, nun plötzlich diesen entbehren, ohne diesen und mit nichts Neuem, keinem Ersatzmittel es machen zu sollen. Denn deswegen schaffte der Mann weder Fleisch, Wein noch etwas anderes an, und wenn mehr Brot gebacken werden sollte, so machte er ein Gesicht, mit welchem man ganz Lappland hätte vergiften können. Und dieses nicht etwa wegen einem Unglück, weil es so sein mußte, sondern bloß, weil es der Mann so im Kopfe hatte, um den Großen zu machen, so bloß aus Zwang und Mutwillen. Da ward wirklich mehr Zorn verwerchet in der Vehfreude, als in die Haut mochte, und die Zärtlichkeit nahm hier ab wie das Wasser in Israel damals, als es drei Jahre nicht regnete.

Es gab aber auch eine andere Sorte von Menschen, welche sich anders half, und zwar mit Zugießen. Sie gossen Wasser zu, gossen Käsmilch zu, und wenn eine Kuh ein böses Euter hatte und ungesunde Milch gab, so taten sie, als merkten sie es nicht. Sie hatten es dabei wie ungezogene Jungen, welche, wenn man ihren Mutwillen ein- oder zweimal nicht merkt, das Ding immer ärger treiben, immer frecher werden, bis man endlich aufreden muß, wenn man am Leben bleiben will. Da machte der Bauer, was er glaubte, daß gut sei, dann besserte der Melker noch nach, dann kam die Bäuerin, daß es niemand merken sollte, und tauschte Käsmilch an rechte Milch, dann stolperte der Junge auf dem Wege zur Käserei, ein Blatsch fuhr ihm zur Bränte heraus über den Kopf, am nächsten Brunnen füllte er zu.

Dem sah der Senn in der Stille zu; er war erfahren, er rief nicht Fürio, bis er wußte, wo es brannte. Er stellte unvermerkt in Gläsern Milch beiseite aus den Bränten, welche ihm verdächtig vorkamen, und suchte Boden, und immer eifriger, weil ihm das Käsen immer weniger geriet. Die Milch schied im Kessi, ehe er den Kaselt hineingegossen, so daß er nicht wußte, woran er war, sollte er viel oder wenig oder gar keine Säure zugießen, die Käse blähten sich, er verlor die gewohnte Sicherheit, den sogenannten Halt, die Assurance, wie der Welsche sagt, alle Tage mehr. Er klagte dem Hüttenmeister oder Präsidenten, forderte ihn auf, mit ihm Obacht zu halten, um die Missetäter zu entdecken. Aber der Hüttenmeister war einer von denen, welche meinen, darin bestehe die Klugheit, daß man niemanden traue und daß hinter allem etwas stecke. Er war auch vom Mißtrauen gegen den Senn angesteckt, der Einfluß des naseweisen Jungen hatte sich auch auf ihn ausgedehnt. Der Küherbub müsse nicht meinen, daß er sie über den Kübel lüpfen wolle, dem wollten sie doch wohl schlau genug sein, sagte er. Er glaubte sich dazu berufen, nicht sowohl den Bauern als dem Senn aufzupassen. Er wisse wohl, wie das gehe, sagte er; wenn der Senn nichts tauge oder die Nidle für sich brauche, sollten die Bauern schuld sein. Er sah ihm auf die Finger, wenn er etwas verkaufte. Der Senn konnte den Armen oder überhaupt allen, welche da etwas kauften, nicht knapp genug messen, nicht schlecht genug wägen, und wenn der Senn hier einen Fehler sah, so sah ihn der Hüttenmeister an einem ganz andern Orte. Er war einmal drei Tage auf einem Berg gewesen und meinte, er verstehe das Käsen aus dem Grunde. Es wäre doch bös, sagte er, wenn man sich von einem, dem man den Lohn gebe, sollte den Marsch machen und befehlen lassen; es wäre afe bös, wenn so einer witziger sein wollte als eine ganze Dorfschaft.

So konnte es der Senn aber doch nicht gehen lassen, er lief Gefahr, um seinen Ruf zu kommen und das ganze Mulch zu verderben. Es mußte ihm Käsgemeinde angestellt werden, nachdem er vorher seine Vorsichtsmaßregeln getroffen zu haben glaubte. Er hatte nämlich unter der Hand gesagt, wem er das Schlechteste traue, und strafe man diese gehörig nach dem Reglement, so werde es mit den Andern schon bessern, meinte er. Er hatte sogar dem Eglihannes, welchen er als einen vortrefflichen Redner kennen gelernt hatte, freilich auch mit groben Milchsünden behaftet, nicht bloß einige Maß Nidle, welche er ihm geliefert, aufzuschreiben vergessen, sondern seine Sündhaftigkeit gründlich übersehen und gesagt, wenn jeder Milch lieferte wie er, so wäre es eine Freude, zu käsen. Himmeldonner (er war ein Liebhaber vom Fluchen, wie die Meisten aus dem Regiment, welches mehr vorstellen will, als es ist), dachte der, was ich mache, weiß ich; was müssen dann die andern Donnern treiben! und er erschrak sehr. Dem müßte abgeholfen sein, sagte er, und sollte man Einige hängen, auf ein Dutzend Bauern mehr oder weniger komme es nicht an; wenn es Mädchen wären, wäre es anders. So an halbleinenen Kutten sei wenig gelegen, meinte er mit Mathyß dem Lätzen, seien ja nur Mistkrattenbuben. Eglihannes war von allem Liebhaber, was er nicht sollte, und seit er mal etwas gewesen, glaubte er sich alles erlaubt, was sonst verboten war.

Es ist kurios, seit einiger Zeit nehmen Männer von Kindern Gewohnheiten an, was eigentlich ganz natürlich ist, da die Jungen alles in allem sind, des Vaterlands einziger Trost und Hoffnung, die Alten gar nichts. Gibt man nun so einem Buben die Erlaubnis zum heiligen Abendmahl, so meint dieser nicht, er habe damit die Erlaubnis empfangen, als ein im Geiste geborner Christ zu leben und teilzunehmen an den dazu notwendigen Stärkungen des Geistes, sondern er meint, er habe nicht bloß die Erlaubnis erhalten, an allen Ausschweifungen der Erwachsenen teilzunehmen, sondern die Berechtigung, in allem es am ärgsten zu treiben über alles

Maß hinaus. Gerade so geht es gewissen Leuten, wenn sie an die Regierung kommen, das heißt Beamten werden. Sie scheinen im Wahne zu sein, in ihrer Wahl liege die Berechtigung, um keine Gesetze mehr sich zu kümmern, ja die Pflicht, zu zeigen, wie man Gesetze mit Füßen trete, die Pflicht, dem Volke vorzuhudeln, vorzusaufen usw. Kuriose Ansicht! Wird wegen der Bildung, der Freisinnigkeit, dem entschiedenen Fortschritt so sein müssen.

So ward also Eglihannes grimmigen Gemütes gegen die, welche es mit der Milch noch viel ärger treiben sollten. So viel begriff er von der Sache, daß wenn dem also sei, an ihrem Käs nicht viel Gutes sein könne, und er begehrte eine Käsgemeinde.

Es war große Spannung in der Vehfreude an diesem Abend. Begreiflich nahm es alle wunder, welches die verfluchtesten Bschyßhüng seien, und jeder dachte: Mich sollen sie wenigstens nicht erwischen, denen will ich schlau genug sein. Am ruhigsten waren die mit saubern Gewissen, und Solche gab es doch auch.

Ein Fremder hätte jedoch von dieser Aufregung nichts gemerkt. Die Mannen schienen noch einmal so langsam zu trappen, standen alle Augenblicke still, stopften mit allem Behagen die Pfeifen, schlugen Feuer und wieder Feuer, brachen Zweige von den Weiden und putzten die Röhrlein, dieweil sie zugeharzet waren, und sehr spät war es, als die Versammlung eröffnet werden konnte. Der Senn sei aufs neue klaghaft, sagte der Hüttenmeister, wegen schlechter Milch, und es sollte, denke er, darum zu tun sein, die Sache zu untersuchen. Vielleicht sei etwas daran, vielleicht auch nicht, man könne es nicht wissen, dSach könne an manchem Orte fehlen.

Nun saßen sie alle da, zogen an den Pfeifen, Viele hatten die Ellbogen auf die Knie gelegt und streckten den Kopf darüber weg wie Enten, wenn sie Futter schnabeln, und großes Schweigen herrschte. Es war aber auch eine eigene Sache mit dieser Versammlung. Man denke sich einmal einen Rat oder so etwas, versammelt, um zu Gerichte zu sitzen über sich selbst und die Klage zu untersuchen, er habe Schelme in seiner Mitte. Und die Klage ist keine politische Parteiklage, es stehen nicht Parteien gegen einander, sondern die Klage ist von einem Angestellten erhoben, und mehr oder weniger sind alle damit beschlagen, und zwar doppelt, sowohl von der Anklage als vom Schaden, Viele in der Lage, daß einer zum Andern sagen kann: «Nit, nit! Es ist genug, wenn ichs mache; machst du es auch noch, so könnte die Sache fehlen.» Also noch viel schlimmer als im englischen Parlament, wenn es über Wahlbestechungen richten soll, ging es hier zu. Man denke sich die Gesichter, welche die sämtlichen Ratsherren machen, jeder auf das Scheltwort paßt, keiner anfangen will, jeder mehr auf das Loch denkt, durch welches er schlüpfen will, als darauf, wie er die Andern fange, bis vielleicht auf einige Rechtskundige, welche es schon mehr als einmal erlebt, daß den Unverschämtesten es am besten ging und wer am frechsten lügen, Unschuldigen seine eigene Schuld in die Schuhe schieben konnte. Wer das sich so lebhaft vorstellt, der hat auch die Käsgemeinde in der Vehfreude vor Augen.

«Seh», sagte der Präsident, «was ist da zu machen, gebt nun eure Meinung!» «He, du bist Präsident und wirst wissen, was im Reglement ist. Wirst es nicht haben wie die, wo nach dem Gesetze verfahren sollen und das Gesetz nie angesehen haben. Sag du, was ist geschrieben?» bemerkte einer. «He, da ist das Reglement, könnt es selber lese», antwortete der Präsident. «Oder du, Eglihannes, lies du es ab. Aber es fragt sich nicht, was im Reglement ist, sondern ob die Sache so ist, wie der Senn sagt, und der Fehler nicht an einem ganz andern

Orte ist, selb ist die Frage.» Da erhob sich Eglihannes, der Sekretär, welcher den Hüttenmeister immer auf dem Striche hatte, und sagte: Er glaube nicht, daß dieses die Frage sei. Der Senn werde wissen, was er sage; wenn ers nicht wisse, wer es dann wissen sollte? Wer sich darauf verstehe, das möchte er wissen! Er hülfe den Senn rufen, den solle man bschulen, und zwar recht; der solle sagen, wem er die Sache traue, mit denen solle man dann nach dem Reglement verfahren. Da stand der Vater des jungen Naseweisheit auf und sagte: Das helfe er auch, er sei kein Lumpenhund, er sage nicht Reglement hin, Reglement her; die Sache müsse ihm sauber gehen, wenn er mit Freuden dabeisein solle. Aber vor allem hülfe er untersuchen, ob man dem Senn trauen könne, ehe man ihn die Leute verdächtigen lasse, der Senn müsse auch sauber sein. Er hätte einen Ton von Nidle gehört, er wisse nicht, ob sie bezahlt worden oder nicht, und wenn man alle Bräntli und alle Fausterli untersuchen würde, welche man aus der Käserei trage, er glaube, man fände noch etwas anderes darin als Käsmilch oder Ankenmilch. Daneben wolle er nichts gesagt haben, er unterziehe sich dem Mehr, aber es düeche ihn, der Hüttenmeister, der Kassier und seinethalb auch der Sekretär sollten etwas besser aufpassen, wofür habe man sie sonst?

Eglihannes fuhr auf, als hätte ihn eine Wespe gestochen, und war im Begriff zu sagen: Wenn einer sage, er habe Nidle wegtragen lassen insgeheim, so lüge er wie ein Schelm und Spitzbub. Worauf natürlich große Heiterkeit entstanden wäre und der Präopinant geantwortet hätte: Er hätte einmal einen Ton gehört, wenn man einen Bengel unter die Schweine werfe, so schreie nur dasjenige, welches getroffen worden. Daneben wisse er nicht, ob es so sei, aber er hätte es einmal erzählen hören. Aber Eglihannes hatte an selbem Tage noch nichts getrunken, er war noch schlau genug, sich zu mäßigen, er sagte daher: Es stehe im Reglement nichts davon, daß der Sekretär mit der Aufsicht etwas zu tun habe, und es sei auch nicht nötig, es schienen deren genug zu sein, welche aufpaßten, sie würden Ursache haben, es zu tun; daneben sei es ihm ganz recht, das zeige eben, daß eine Untersuchung sein müsse. Wenn von allen Seiten gefehlt zu werden scheine, so werde man es doch nicht so gehen lassen, sondern wissen wollen, wo der Fehler sei. Er trage daher darauf an, eine Kommission zu ernennen, welche die Untersuchung machen solle, unparteiisch, gehe es an, wen es wolle.

So eine Kommission (oder Ausschuß, wie man es auf dem Lande zu nennen pflegt) ist ein Allerwelts-Kummrzhülf und zumeist das Punktum hinter der Sache. Gewöhnlich geschieht von drei Dingen eins: entweder kommt der Ausschuß nie zusammen, oder er kommt zusammen, aber rapportiert nie, oder er rapportiert, aber es wird sonst nichts daraus. Zuweilen wohl geschieht auch ein Viertes: es wird dem Bericht Folge gegeben, aber welche! Er hätte nichts wider einen Ausschuß, sagte ein Dritter, er hülfe auch einen machen. Aber dann solle der sehen, was er mache, nicht die Einen dareinstoßen und vielleicht selbst nicht sauber sein. Es komme alles darauf an, daß man die Rechten wähle; da könne man sich in acht nehmen, was man mache. Daß dann hierbei etwa Partei getrieben werde, daß man auf die Einen drücke und den Andern durch die Finger sehe, selb wäre ihm lieber nicht. Allweg hätten es die am besten, welche in der Kommission seien, die müßten dumm sein, wenn es sie treffen sollte.

Er wolle ihn gleich in die Wahl tun, sagte Eglihannes, er könne dann erfahren, wie angenehm eine solche Untersuchung sei, wo man sich in alle Wege unwert mache. Finde man etwas, solle man parteiisch sein, finde man nichts, so sei man bestochen, habe nichts finden wollen. Man möge es machen, wie man wolle, so sei es nicht recht. Das gehe nicht so, ein geheimes Mehr müsse gemacht sein, hieß es. Es sei ja noch nicht abgestimmt, ob man eine Kommission wolle oder nicht und was für eine, sagte man von anderer Seite her. Ob denn eine Untersuchung erkannt sei? sagte der Ammann, selb möchte er wissen. Sie führen ihm da in der Sache herum wie der Metzger in der Kuh, bis er den Schwanz bei den Hörnern suche.

Da fuhr ein Kopf zur Türe herein und rief: «Los neuis!» Es war der Kopf der Frau Ammännin, deren Rufe der Ammann alsbald folgte. «Machit numme», sagte er, «es ist mir gut». Aber begreiflich ward nichts gemacht, sondern bloß geredet, und wie still es anfangs auch gewesen war, so war jetzt Muckeln und Brummeln allgemein. Offenbar war die öffentliche Stimmung die: so hätte man es mit den Donners Schelmen, wenn die Sache nicht laufen wolle, sollten die Bauern schuld sein, der Senn mache sich hintersich draus. Es sei doch begreiflich, daß es nicht ihre Schuld sei, wenn es bös gehe; so dumm seien sie doch wirklich nicht, wenn sie schon die dummen Bauern heißen müßten. Der Schluß hatte etwas von Logik an sich, aber nur den Schein. Es meinte nämlich nicht einer, daß das, was er mache, dem Ganzen schade, und zudem hatte eigentlich auch nicht einer einen Begriff von der Sorge für das Ganze. Die Bauern sind in der Regel alle Sonderbündler, jeder hat nur zunächst das eigene Interesse im Auge, gehe es dem Ganzen, wie es wolle. Er ist ein Mensch des Augenblicks, einen kleinen augenblicklichen Vorteil nimmt er, fragt nicht, wie groß der Schaden am folgenden Tage sei, wieviel Batzen um des gewonnenen Kreuzers willen am folgenden Tage zugrunde gehen werden.

Bald kam der Ammann wieder und sagte: «He, habt ihr gewählt, wer ist im Ausschuß?» Sie hätten noch nichts gemacht, erhielt er zur Antwort, man hätte ja noch nicht abgemehret, was man wolle. Da werde man nicht die Wahl haben, sagte der Ammann und Hüttenmeister. Untersuche man nicht, so stütze sich der Senn darauf, mache, was er wolle, und sage am Ende, er hätte die Anzeige zu rechter Zeit gemacht, warum man nicht untersucht habe? Diese Einsicht hatte die Frau Ammännin ihrem Ehegemahl in aller Eile beigebracht. Sie hatte im Stübli die Verhandlung angehört und war fast aus der Haut gefahren über die Dummheit der Männer, welche nicht mit beiden Händen nach einer Untersuchung griffen. «Wenn mir einer sagt, immer den Dümmsten, das größte Babi mache man zum Ammann, so sage ich ihm: du hast recht», hatte sie ihrem Manne gesagt. Sie hatte, im Ganzen genommen, eine Untersuchung nicht zu fürchten, sie war eine ehrliche Frau, und wenn es nirgends schlimmer gegangen, wäre eine Untersuchung kaum beantragt worden. Sie wehrte dem Melker, doch nicht allzu strenge, daß er zuweilen mit Wasser nachhalf, um der Höchste zu bleiben, aber Käsmilch oder kranke Milch hätte sie doch wirklich nicht unter die gute mischen lassen. Aber sie war eine Frau, das heißt gwundrig und als Ammännin, die berechtigt war, alles zu wissen, noch gwunderiger als andere Weiber. So eine Untersuchung, wo man alles vernahm, was allenthalben in den Häusern ging, und wo ihr Mann, versteht sich, auch dabei war, das hatte sie noch nie erlebt, das war was Göttliches. Überdies haßte die Ammännin den Eglihannes und seine Frau bitterlich. Seit Jahren hatten ds Ammanns den ersten Rang im Dorfe behauptet, so einen Eglihannes und sein Weib im Saubrunnen hätten sie nicht mit dem Rücken angesehen. Nun aber bildete sich Eglihannes ein, weil er in der Reihe der Beamteten über dem Ammann gestanden, sei und bleibe er über ihm in alle Ewigkeit, und seine Frau war ganz gleicher Meinung. Beide machten Anspruch auf den ersten Rang in der Vehfreude. Eglihannes widersprach dem Ammann, machte Partei gegen ihn; Frau Eglihannese plagte die Ammännin, legte zu gleicher Zeit die Wäsche ein, stach ihr die Waschweiber ab, verköstigte und bezahlte sie besser, trieb in allem großen Prunk, redete beständig von ihres Mannes großem Einfluß und Ansehen. Wem er z'best rede, dem sei geholfen, und nur an ihm stehe es, wieder ans Brett zu kommen, und so hoch er begehre. Aber er begehre nicht, es sei ihm wohl so, er habe zu leben, mehr als man glaube, wenigstens tauschten sie mit niemanden hier in diesem Lumpenloch.

Dieses alles kaltblütig zu ertragen, wäre einer Frau Ammännin zu viel zugemutet gewesen. Nun tat die Frau Ammännin wirklich auch ihr Möglichstes, dem Streben der Frau Eglihannese vorzubeugen. Alle Lumpenstücklein von Eglihannes hatte sie an einen Faden gezogen, und diesen hatte sie beständig bei der Hand, bei jeder Gelegenheit brachte sie die passendsten an, und über jedes neue, welches sie vernahm, hatte sie eine Freude wie über das größte Geschenk, und über alles Dumme, was die Frau Eglihannese sagte (Schlechtes machte die Frau eigentlich nicht), hatte sie eine doppelt so große Freude. Selten kam ein Bettelweib vor das Haus, welches nicht eine Anspielung auf Eglihannese vernahm. Nun hatte die Frau Ammännin schon früher einen Ton von der Nidle gehört, und zwar durch Frau Eglihannese eigene Magd. Die Frau Ammännin, welche sich als die erste Staatsperson im Orte betrachtete, hielt es nicht allein für keinen Fehler, sondern für eine Pflicht, zu vernehmen, was in der Vehfreude vorgehe, natürlich um allfällig Bösem vorbeugen zu können. Sie hatte daher ein offenes Ohr, eine offene Hand und einen süßen Mund für jede Dienstmagd, welche in ihren Bereich kam und ihr etwas Neues erzählen wollte. Ein ganz besonders trauliches Verhältnis fand zwischen ihr und Eglihannese Magd statt; sie wußte sicher bestimmter, wann und wie Eglihannes heimkam, als die Frau Eglihannese selbst. Diese Magd hatte der Frau Ammännin gesagt, sie brauchten bei ihr seit einiger Zeit viel Nidle, und sie hätte einmal einen Ton gehört durch die Türe, wie sie gelacht über die Weiber, welche über Mangel an Milch klagten. Sie hätten auch nicht viel Milch, aber wenn man Nidle genug habe, frage man der Milch so viel nicht nach, habe Eglihannes gesagt. Darum hing die Frau Ammännin so an einer Untersuchung. Die gute Frau kannte den Lauf solcher Untersuchungen noch nicht.

Eglihannes stüpfte den Peterli im Dürluft und gab ihm an, er solle sagen, es brauche ja eigentlich keine besondere Kommission, man solle den drei Beamteten, Hüttenmeister, Kassier und Sekretär, den Auftrag geben. Das war dem Ammann nicht recht, denn auf den Eglihannes wäre er gern zDorf gegangen; das konnte er nicht wohl, wenn derselbe auch in der Kommission war. Er sagte daher, man solle eine ganz neue Kommission wählen, welche ganz unparteiisch sei. Vielleicht daß ja einer oder der Andere von den Beamteten sich auch verfehlt hätte. So sprach der Ammann, und weil es der Ammann sagte, so tat man so und wählte zu des Ammanns großem Ärger ihn auch nicht in den Ausschuß. Es war das erste Mal, daß er zornig war, weil man machte, was er riet.

Man wählte aber auch den Kassier und Sekretär nicht. Starke Ursache hatte man zum Glauben, es habe jeder sich selbst die Stimme gegeben und neben sich Solchen, von denen man bestimmte Nachricht hatte, daß sie das Pulver nicht erfunden. Solche wurden auch in den Ausschuß gewählt.

NEUNTES KAPITEL

Wie in der Vehfreude eine Kommission arbeitet, und wie sie wirkt

Mit dieser Wahl waren Viele nicht zufrieden, Andern fiel ein Stein vom Herzen. Die Frau Ammännin war sehr böse, alle ihre Erwartungen waren in die Brüche gegangen. Am ärgerlichsten war der Senn. Er wußte wohl, daß mit einer Untersuchung gegen ihn nichts anzufangen sei, und wenn noch ganz andere Spitznasen ausgeschossen würden. Sein Milchbuch war in der Ordnung, das Hüttengeld lieferte er ab; wer wollte ihm nachweisen, ob etwas an seinen Fingern kleben blieb oder nicht? Das Käsen und ihre Besorgung verstand er sichtbar; sie seien gut gemacht, hieß es allgemein. Wo war nun der, welcher erkunden wollte, ob alle Nidle, welche in den Käsen sein sollte, auch wirklich in denselben war? Aber den Bauern kam er bei einer solchen Kommission nicht auf das Leder, was doch so leicht zu machen gewesen wäre. Je ärger die es trieben, desto weniger konnte er machen und lief Gefahr dazu, daß alles fehle. Er bot sich unter der Hand an, die Ausgeschossenen zu begleiten, aber er stand nicht in dem Ansehen, in welchem an manchem Orte der Senn steht, wo er der Angel ist, um welchen das ganze Dorf sich dreht, so gleichsam der Schutzpatron. Der kleine Junge hatte ihn gleich anfangs schief gestellt, zudem waren die Vehfreudiger viel zu selbstherrlich, um sich von einem Knechte viel sagen zu lassen. Die Ausgeschossenen wiesen daher das verblümte Anerbieten trocken von der Hand.

Sie waren stolz auf den Ausschuß, er war wahrscheinlich der erste, in den sie gerufen wurden, und noch glücklicher waren ihre Weiber, als sie es vernahmen. Einmal sei es recht gegangen, sagten sie, es komme doch endlich, daß es sich zeige, wer das Vertrauen habe und wer nicht; zu diesem hätte man nicht jeden brauchen können. Sie waren nun die Glücklichen am Anrichtloch, sie hatten die ersten Nachrichten und konnten Instruktionen geben, wem die Ausgeschossenen aufsitzen und wem sie durch die Finger sehen sollten.

Derselben Aufgabe bestand hauptsächlich darin, daß sie den Ställen nachgehen, die Euter prüfen, die Milch untersuchen und messen sollten. Da kam es natürlich darauf an, daß sie zu unerwarteter Stunde kamen, damit man nicht etwa eine Kuh ungemolken lasse am Morgen, damit sie am Abend die doppelte Milch gebe, womit man es verbergen konnte, wenn man gewöhnlich mehr Milch in die Käserei geliefert hatte, als aus den Eutern der Kühe gekommen war. Natürlich wußten die Weiber der Ausgeschossenen um die abgeredeten Manövers, um Tag und Stunde ihrer Ausführung, und was Weiber wissen, geht auch auf Andere über. Weiber sind bekanntlich in ihren Wissenschaften wie in ihren Sünden wahre Kommunistinnen. Sie haben das von der Urmutter her, welche erst mit der Schlange klapperte, dann mit Adam den Apfel teilte. Freilich sagten sie es nur der liebsten Freundin, aber diese hatte wieder eine Liebste usw., so daß ziemlich alles offenbar wurde, was im Geheimen verabredet war.

Im Nägeliboden wußte man nichts, denn Bethi war keinem Weibe die Liebste; da hätte es fehlen können, wenn Ursache dazu vorhanden gewesen. Aber weder Sepp noch Bethi mochten so etwas; sie hatten genug zu tun, wie man zu sagen pflegt, aber sie hatten den Grundsatz, es möge ihnen gehen, wie es wolle, so müsse man ihnen nicht nachreden, entweder sie hätten es mit schlechter Sache verschuldet oder mit Betrug erworben. Gehe es in Gottes Namen, wie es wolle, so hätten sie sich weder des Unglücks noch des Glücks zu schämen. Dieser Grundsatz ist schön, aber nicht modern; da heißt es:

Hilf dir selbst, so hilft dir Gott; mache, was du kannst, Andere machen es auch! Sie zogen das Letztere freilich in Betracht. «Sepp», sagte Bethi, «es muß doch unverschämt zugehen mit der Milchlieferung; so und so viel geben die, und diese noch mehr, und jene haben kranke Kühe und mehren mit der Milch, statt zu mindern. Änneli berichtet Wunder, der Senn kann fast nicht mehr käsen, und viele Käse sollen gefehlt sein; so sind wir die Narren im Spiel, haben am Ende die geringste Losung und das Auslachen obendrein. Betrügen mag ich nicht, auszutreten wäre am besten.» «Da fehlte das Auslachen uns auch nicht, und den Schaden ersetzte uns niemand», sagte Sepp. «Aber habe Geduld, so geht es nicht immer, das bessert. Es ist der erste Sommer, da will jeder anbringen, was er gehört oder selbst ersinnet hat. Geht es recht strub, so kommt es nachher desto besser, man lernt, sich nicht selbst das Bein vorzuhalten, und was ins Maß mag. Ließen wir uns verleiten, das Geringste uns zu erlauben, was Andere treiben, zähle darauf, es käme an Tag; dann könnten wir zusehen, wie es uns erginge, mit Schonen würde man sich nicht versündigen unseretwegen.»

Sepp hatte vollkommen recht, so wäre es gegangen. Die Ausgeschossenen mußten die Untersuchung zur Melkzeit vornehmen, sie hätten nämlich sonst kein richtiges Resultat erhalten. Zudem milcht man nur in Notfällen zur Unzeit, wenn es auch nicht so gefährlich ist, wie jener Wirt vorgab. Vor seinem Hause hielt nämlich eine gräfliche Reisekutsche um Mittagszeit, und die Frau Gräfin verlangte einen Becher kühwarme Milch. Der Wirt war gefällig, brachte bald einen Becher voll Milch, forderte dann aber auch einen Großen Taler. Die Frau Gräfin fragte verblüfft, ob denn hier die Milch so teuer sei? Nein, sagte der Wirt; aber da er die Kuh zur Unzeit gemolken, laufe er Gefahr, daß sie ihm ganz von der Milch komme.

Es geht zwar die Rede, auch in der Vehfreude seien Kühe heimlich gemolken worden zur Unzeit, und zwar von Solchen, welche selbst gern in der Kommission gewesen wären und derselben nicht trauten. Wie Schakals, Wölfe und möglicherweise auch Hyänen hinter kämpfenden Heeren herschleichen sollen, so schlichen auch welche hinter der Kommission her und visitierten, wenn niemand bei der Hand war, die Kühe, molken sie gar. War ein Kalb im Stall, so lösten sie nachher seine Bande, damit, wenn die Leute heimkämen, sie meinten, das Kalb hätte den Schaden angerichtet, und an ihm, dem Unschuldigen, dann ihren Zorn ausließen (halt ein Schicksal, dem die Kälber nicht entrinnen werden, solange es Kälber gibt). Diese Kommission mußte zu einer Melkzeit an mehreren Orten inspizieren, wenn sie fertig werden wollte in einer Zeit, wo das Rapportieren etwas abtrug. Sie erschien daher an einem Orte früh, an andern später; die Letztern waren begreiflich im Vorteil.

Im Nägeliboden erschienen sie sehr früh, früher als irgendwo, Sepp hatte kaum zu füttern angefangen, pressierten sehr mit dem Melken, hatten Lust, es selbst zu machen. Das Letztere ließ indes Sepp nicht zu, meinte, wenn sie das Melchterli untersuchten, in welches er melke, ob er darin nicht Wasser mit unter die Kuh nehme, hintenher die Milch untersuchten, ob sie gesund sei und wieviel sie wiege, so wüßten sie alles, was sie zu wissen nötig hätten. Sie betrachteten mit Neid die Kühe, welche wohl am Leibe waren und von denen zwei noch nicht gekalbt hatten, sahen endlich mit Verwunderung, wie viel Milch Sepp über seine Lieferungen in die Käserei erhielt, und fragten ärgerlich: «Brauchst die alle selbst, oder verkaufst?» «Brauche sie selbst», sagte Sepp, «steht ja im Reglement, daß man keine nebenaus verkaufe». «Mit Schein bist Liebhaber von der Milch», sagte einer der Fecker, den es verdammt ärgerte, daß sie nichts gefunden und

Sepp mehr Milch daheim behielt als er. «Allweg», sagte Sepp, «was hat der Bauer Besseres? Wer hart arbeiten muß, muß gut zu essen haben, und mutet man seinen Leuten viel zu, muß man es ihnen auch recht gönnen!»

Sie gingen geärgert dem Dürluft zu, wo Eisi ihrer harrte und nicht warten mochte, bis es vernahm, wie das Hexenpack da unten es treibe. Als es hörte, wie gut es bei Sepp stehe, die Kühe so brav seien, die Milch gut und gegen Herbst zu noch mehren werde, weil nicht alle Kühe gekalbt, da ward Eisi bös und sagte: «Da hat mans wieder! Wenn die nicht eine Donners Hexe wäre, dSach wäre auch anders. So eine Hexe kann es zwingen, hat man ja Beispiele von Exempeln, daß so einer der Holzschlägel auf dem Estrich kalbte und es Nidle gab auf dem Wasser im Brunnentrog, daß sie kübelweise abnehmen konnte. Aber daß so eine auf gesunden Beinen herumläuft, ist nicht recht, ney, my Seel ischs nit! Aber es ist, wies ist! Es nimmt mich nur wunder, wie lang der Akkord währt und ob ich es erlebe, daß Er mit ihr lebendigen Leibes abfährt. Wenn es nur am Sonntag wäre, gerade wenn die Predigt aus ist und so recht viel Leute ihre Freude daran haben könnten!» Wie es auf dem Dürluft aussah im Stall, vernahm man nicht, es wurde darüber nichts berichtet, wie über die meisten andern Orte nicht. Dennoch muß die Untersuchung gründlich gewesen sein, wenigstens war es Mitternacht, als die Kommission vom Dürluft weg nach Hause stolperte.

Die ganze Untersuchung lieferte zwei Resultate, von denen alles Übel herkommen solle; das Andere sei alles sauber, hieß es, durch und durch. Bei Sepps Hannese Durs sei eine große blecherne Bränte, die schlecht gelötet sei, darin saure die Milch und stinke, man möge waschen und reiben, so viel man wolle. Dem Bauer könne man aber nicht schuld geben und ihn verantwortlich machen, er hätte sein Möglichstes getan. Zweimal hätte er sie nach Bern zum großen Spengler getragen, sie entweder neu z'binde oder neu z'löte, auf welchem besonders die Guggisberger so viel hätten, aber beidemal sei es nachher böser gewesen als vorher. Der Bauer hätte erst seither vernommen, wie dem Spengler das Gesicht böset heyg, er löte manchmal viel Wochen hinter einander achtzehn Stunden im Tag am gleichen Loch, und allemal am Morgen sei das Loch wieder da und noch weiter als am Tage vorher. Sie hätten ihm daher die Bränte abgeschätzt, er habe auch bereits eine neue angeschafft. Dann sei ein zweiter Fall, und der sei anders. Die Lismerlise im Bohnenloch kennten alle; wenn eine dem Teufel vom Karren gefallen, so sei es die. Sie könnten nicht begreifen, warum man die aufgenommen, aber es sei ihr stark z'best geredet worden; warum, wüßte man eigentlich wohl. Die habe meist nur eine Kuh, und wenn sie auch zwei habe, so machten die zwei kaum anderthalbe Geiß aus. Was solche Kühe für Milch geben, könne man sich abklavieren. Schon ehe sie beim Hause gewesen, habe die Lise ihnen wüst gesagt, vorgehalten, sie täten kleine Schelme suchen, um die großen laufen zu lassen; sie brauchten nicht weit zu laufen, um das zu finden, was sie in den eigenen Hosen hätten. So sei es fortgegangen während der ganzen Zeit Stich um Stich, und einer verfluchter als der andere, daß es sie manchmal gedünkt, sie möchten sie unter die Kuh in den Mist schlagen. Indessen hätten sie ihre Sache fortgemacht und wenig geantwortet. Es hätte sich jeder in acht genommen, denn wie einer das Maul aufgetan, habe er eine Handvoll drin gehabt, daß er fast daran erworget und es die Andern gelächert, sie hätten mögen wollen oder nicht. Da hätten sie aber alles ganz unter allem Begriff gefunden: unsauber das Geschirr, nicht halb so viel Milch, als sie geliefert, und noch dazu ziegerige, daß es für gewiß anzunehmen sei, daß da ein offenbarer Betrug zutage liege und man die ausschließen müsse. Das gebe ein Exempel für Andere; die kehrten sich dann doch vielleicht daran in Zukunft. Was dann in der Käshütte vorgehe, hätten sie auch untersucht, aber da nichts finden können, daß man sagen könne, es sei nicht recht. Der Senn halte die Geschirre sauber, salze fleißig, sei bei der Sache, liefere das Hüttengeld nach Vorschrift ab, aber ob alles, das wüßten sie nicht. Es sei da bös nachzusehen: man könne nicht jemanden haben, der da verkaufe und das Geld fasse. Darüber werde an allen Orten geklagt, aber abhelfen könne man kaum, man müsse da Fünfe gerade sein lassen. Ob sonst etwas abhanden komme, könne man nicht wissen; man könne keine Wache haben, welche aufpasse, was des Nachts aus- und eingehe, und dann könne man am Tage in Bränten und Fausterli Nidle statt Käsmilch oder Ankenmilch forttragen, und visitieren könne man nicht allemal. So ein Senn sei schlimmer als der Teufel. Hüttengeld sei ziemlich vorhanden, und Gefahr sei keine, daß der Hüttenmeister damit betrüge, wie man Beispiele von Exempeln selbst an Ratsherren habe.

So ungefähr lautete der Bericht. Derselbe befriedigte nur Wenige, bloß die, welche allzu grob in dem Ding waren und erwarten mußten, daß sie voran müßten, wenn mit dem mindesten Ernst verfahren würde. Die Frau Ammännin in der Nebenstube fuhr fast aus der Haut; bloß die Sticheleien wegen dem Fauster und der Nidle besänftigten sie so weit, daß sie nicht herauskam. Eine Menge Andere wurden böse, weil man diesen oder jenen nicht an einem Stricke dahergebracht, um ihn zu hängen. Der Ammann oder Hüttenmeister hatte ein wohltuendes Bewußtsein: erstlich, weil sie gesehen, daß er, der Hüttenmeister, sich in nichts verfehlt; zweitens, weil man jetzt sehen könne, daß wenn man andere Leute ausgeschossen hätte, ihn zum Beispiel, die Sache doch anders abgelaufen wäre. Eglihannes im Saubrunnen ward ebenfalls sehr böse, noch böser als die Frau Ammännin in der Nebenstube. Die Sticheleien mit der Nidle behagten ihm nicht, und noch weniger die Geschichte mit der Lismerlise im Bohnenloch. Mit der Lismerlise stand er in Verbindung, hatte allerlei Verkehr mit ihr, machte ihr ihre Sachen, fühlte sich verpflichtet, den Fürsprecher zu machen, und tat es doch verdammt ungern, denn seine Frau haßte die Lismerlise wie ein Schwert, hatte vielleicht auch Ursache dazu.

Darum gab es eine tiefe und lange Stille. Die Manne stützten die Ellbogen auf die Knie, zogen an ihren Pfeifen wie die Rosse eines Kachelifuhrmanns am Kachelikarren und harrten auf das Weitere. «Seh, was meinet ihr, gebt eure Meinung, es soll doch jeder sagen, was ihn düecht, es hat sich ja niemand z'schinieren. Es ist besser, ihr redet jetzt, als hintendrein dieses und jenes zu muckeln», so hatte der Hüttenmeister schon zum zweiten Male gesprochen, und alles war still geblieben. Da sagte der Hüttenmeister zum dritten Male: «He, wenn niemand reden will, so will ich mehren, dFinger werdet ihr dann schon aufheben. Seh, wer dr Meinig ist –»

Da erhob sich Eglihannes und sagte: «Noch ein Wort, wenn es erlaubt ist! Ich wollte nichts zur Sache sagen; ich will mir nicht immer vorhalten lassen, ich rede in alles, meine immer das große Wort führen zu müssen, und sei doch Hintersäß hier und erst so und so lange da. Es ist das zwar eine Sache, welche mich angeht so gut als einen von euch. Meine Milch ist so gut als die eurige, und ein Recht auf den Erlös nach Verhältnis habe ich so gut als der beste Burger, und wäre er tausend Jahre vor Adam hier gesessen und hätte sein Nest am Burgerholz und Burgerspälten gewärmt von Ewigkeit her! Indessen, Recht hin, Recht her, meinetwegen rede ich nicht, ich vermag zu schweigen so gut als einer von euch. Ich kann gottlob sein und habe zu leben –»

«Ja, nüntused gschißni Pfüngli het er vo dr Frau und dLüt bschisse, um wieviel, selb weiß ih nit», brummte einer in einer Ecke. Eglihannes aber fuhr fort: «– wenn ich schon nicht dreimal Erdäpfel esse des Tags und dr Mist ausdrehe und Suppenbrühe daraus mache für Knechte und Mägde; aber wegen euch will ich reden, es ist mir um euch und nicht um mich. Denkt nur, was das für einen Eindruck machen würde auf das Volk und alle Volksfreunde, wenn es hieße, die Vehfreudiger haben betrogen in der Käserei, und für sie alle mußte eine arme Witwe ausfressen, die ward dargegeben und der Sündenbock für alle. Ein armes Witfraueli, welches keinen Schutz hat, welchem sein rechtmäßiger Vertreter gestorben ist! Was müßte das für einen Eindruck machen auf das Volk, bedenkt! Nicht um tausend Pfund wollte ich das erkennen helfen; wo ich ging und stünde, müßte ich ja hören: das ist auch ein Vaterlandsfreund aus der Vehfreude, wo die Witwen die Sünden der Bauern ausfressen müssen! Bedenkt, wenn das die liberalen Blätter vernehmen, wenn es vor die Ohren des Guckkastens käme, der mein lieber Freund ist, wie zwei Finger an einer Hand sind wir, bedenkt, was wir da leiden müßten! Zeigen dürften wir uns in keinem Wirtshause mehr, bei keiner Volksversammlung, an keinem rechten Ort. Nein, beim Donner dürften wir nicht, nirgends als etwa in der Kirche und –» (Gescharr und der Ruf: «Ume hübschli, selligs begehren wir nicht zu hören!»). «Nichts für ungut», sagte Eglihannes, «es wird etwa jedem erlaubt sein, zu reden, wie es ihm beliebt; es ist in der ganzen Republik so, ihr werdet hier in diesem Neste nicht etwas Apartes wollen». «Nein», sagte ihm einer, «rede du nur, was du willst; das kannst, und wenn es uns ankommt, schmeißen wir dich hinaus, das können wir auch, sind so frei als du. Bist du frei zum Reden, sind wir frei zu hören, was uns beliebt, weißts?» «Ich lasse mich durch den Teufel nicht einschüchtern», sagte Eglihannes; «ihr seid am Unrechten. Aber das will ich sagen, daß man diesen Antrag wegen der Witwe fallen lasse, sonst trage ich auf eine zweite Kommission an, welche der ersten nachgehen und die Sache noch besser untersuchen soll. Dagegen trage ich darauf an, daß man in der Käshütte gar nichts mehr verkaufe, dann hört das Mißtrauen auf, und dann haben die, welche ihre Hälse im Geheimen salbeten, keine Ursache mehr, Andere zu verdächtigen. Ich kenne einen Milchfecker, welcher auch niemals Böses fand, weil er selbst der gröbste Betrüger war.»

Diese Rede ging durch die Haut bis ins Fleisch hinein, doch schlug sie nicht ein wie ein Blitz, sondern bohrte sich langsam ein wie ein Wurm. Darin liegt eben der Unterschied der Naturen: was die Einen alsbald juckt, wurmt erst die Andern. Kommt einmal das Blut in Fluß, was bei den Vehfreudigern wie bei vielen Andern eine gute Weile ging, dann lodert es auch auf mächtiglich und setzt sich nicht alsbald wieder.

Ein alter Mann mit grauen Haaren und vieler Erfahrung kannte den Ausgang, wenn er nicht den Funken, der glimmte und zu rauchen begann, alsbald wieder austrat. «Ich für meinen Teil danke der Kommission für ihre Mühe und Arbeit und wie sie die Sache gemacht hat», begann er. «Wenn sie uns da alle Pünktlein vorgesagt und der Reihe nach aufgezählt hätte, wo es allenthalben fehle und was sie hier dünke und dort dünke, so hätte sie uns die Haare zusammengeknüpft, und wer hätte sie wieder lösen wollen? Wir selbst? Wäre es anständig gewesen, wenn ein Esel dem andern Langohr gesagt hätte?» So sprach dieser Mann, und er konnte es, denn er war einer der Saubersten über das Nierenstück. «Und was hätten die Leute ringsum für eine Freude gehabt, wenn wir die Sache so gerührt, daß sie recht gestunken hätte», fuhr der Mann fort. «Ich habe Ursache, zu glauben, sie werden jedem, der es nötig hatte, eine Vermahnung gegeben haben unter vier Augen, und da wird es wohl bessern. Die Leute nehmen sich doch in acht, sie wußten im Anfange nur nicht, womit sie sich verfehlten. Manches geschieht, der Meister weiß es nicht: die Kinder lieben die Milch, die Weiber den Kaffee, ein Knechtlein will Hochmut treiben, da bessern sie nach mit Wasser. Nun, jetzt lehrt es den Meister besser aufpassen. Darum möchte ich der Meinung beipflichten, daß man die Lismerlise für diesmal nicht strafe. Nit, sie wird sich verfehlt haben, bin nicht darwider, und eine Böse ists, selb ist wahr, und was die Blätter betrifft, von denen der vor mir gesprochen hat, wird es sein, sie hätten Freude daran, eine solche Person in Schutz zu nehmen und brave Leute im Kot herumzuziehen, der Saubrunnenbauer kann das wohl am besten wissen. Aber wegen selbem kehre ich nicht die Hand um, ein braver Mann muß sich bald schämen, wenn er nicht darin gewesen. Daneben sollen die Mindern, wenn sie fehlen, gestraft werden wie die Größern, vor dem Gesetz soll ja kein Unterschied sein. Gesetz ist Gesetz, und Schelm ist Schelm. Weiß nicht, woher es kommt, aber es ist mir manchmal, als ob das sämtliche schlechte Volk jetzt zu Vorrechten gekommen und von besonderm Gewichte sei auf der Wage der Gerechtigkeit. Aber weil sie allein schuldig sein soll und Witfrau ist, hulf ich ihr verzeihen. Meidet allen bösen Schein! heißt es, und der wäre wirklich da. Es hats oft gegeben, daß Witweiber Unrecht leiden mußten, oft aber schreien sie über Unrecht, weil sie den Verstand nicht haben, die Sache zu begreifen. Das wissen dann die Leute nicht, und wenn wir Unglück haben sollten, so hieße es, Gott hätte uns gestraft, wir hätten das ob Witwen und Waisen verdient. Es ist seltsam und doch so. Da oben, wo die Berge näher zusammengehen, ging es ungefähr wie bei uns: es kam Unguts in die Milch, und eine Witwe, eine sonst brave Frau, ward schuldig befunden und ausgestoßen. Darauf besserte aber das Käsen nicht, sondern bösete von Tag zu Tag; und noch auf den heutigen Tag, obschon seither mehrere Jahre verflossen sind, geraten die Käse nicht, es geht nicht gut. Sie versuchten alles Mögliche: sie wechselten Senn, erneuerten die Geschirre, die Käsbank, sie liefen zu Wahrsagern und Zeichendeutern, ja sie holten im Geheimen bei Kapuzinern Rat, ja wer weiß, ob nicht Kapuziner da waren, und half alles nichts, das Käsen ist ihnen verhalten. Und geht nicht durchs ganze Land die Rede, das sei der ausgestoßenen Witwe wegen? Die sei unschuldig gewesen, hätte nur der großen Bauern Sünden tragen sollen, das habe sie schwer aufs Herz genommen. Sie habe Gott gebeten, er möge ein Zeichen tun, daß ihre Unschuld an Tag käme, und das Gebet der Witwe habe Gott erhört, und vom Tage an sei sein Segen nicht mehr in jener Käshütte gewesen. Nun ist unsere Witwe keine gute, sondern eine böse Frau, aber das wissen die Leute in andern Dörfern nicht, und wenn sie sagen, ein so merklicher Betrug möchte doch eher von denen ausgehen, welche viel Kühe haben, als von jemanden, der nur eine Kuh habe, so möchte ihre Rede Grund haben. Was aber die zweite Sache betrifft, den Verkauf einzustellen, so möchte ich nicht dabei sein; ich würde austreten, wenn das durchginge. Wer kauft? Es sind die Armen, welche sonst nirgends oder schwer Milch bekommen. Was sollen die machen ohne Milch? Den Kindern den Brei mit Wasser kochen, den Kaffee schwarz und ohne Zucker trinken und bei jedem Schluck uns verfluchen, daß es Steine gen Himmel sprengt? Nein, dabei will ich nicht sein. Es ist ihnen schon übel genug gegangen, daß das Maß verkleinert, daß man überhaupt mit der Milch exakter geworden und sie wie bares Geld hält. Wißt ihr, dort, wo die Pinten stehen wie Hanf in der Bäunde, dort waren sie auch hart gegen die Armen, ließen ihnen nichts verabfolgen als harte, gottlose Worte. Ihr wißt, was geschah und was es für einen Lärm gab Land auf, Land ab. Das Käsen ward ihnen verhalten, sie brachten keinen Käs mehr zusammen und meinten doch den besten Senn zu haben im Lande. Sie machten auch, was sie konnten, Natürliches und Unnatürliches, und nichts half. Fast die Sennen im ganzen Lande versuchten da ihre Künste; achtzehn Sennen, welche sich allem gewachsen glaubten, Menschen- und Hexenwerk, käseten hinter einander, jeder bot allem auf, und keiner machte einen Käs, der ein Käs genannt werden konnte, und es besserte nicht. Mehr als zwei Jahre trugen sie schweren Schaden, bis ihnen der Daumen in die Hand fiel, der Verstand kam und sie anders gegen die Armen wurden; von da an konnten sie wieder käsen und können es noch. Es geht vielleicht auf eine andere Weise, wo es die Armen nicht schlägt, mehr nebenaus, aber vor allem kann man nicht sein. Da geht es wie beim Fuchsfang: meint man alle Löcher vermacht zu haben, so hat der rechte Fuchs doch noch eins, wo es niemand suchte. Das Beste ist, es denke jeder, er wenigstens wolle nicht den Schelmen machen, daß er wohl bestehen möge, es komme, was da wolle. Daneben würde ich mich ersättigen am Bericht und ihn der Kommission bestens verdanken. Hüttenmeister, wenn niemand mehr etwas zu sagen hat, so mache du das Mehr, es wird sich dann zeigen, was die Meinung ist. Es ist Zeit zum Füttern, ich sollte heim.»

So sprach der Alte, der früher Großrat gewesen, die Formen in etwas kannte und doch nicht verhunzt und verdorben war in seinem schlichten, wackern Sinn. Eglihannes hätte gern noch gesprochen, indessen überwand er sich; er war eben noch nicht besoffen, merkte daher noch, woher der Wind kam, und schwieg ebenfalls, stimmte jedoch nicht, damit er später sich darauf berufen konnte, wenn es allfällig wieder schief ging: So komme es, wenn man immer auf so alte Tröpfe hören wolle statt auf die, welche den Verstand hätten, wüßten, was die Glocke geschlagen und Trumpf sei. Unglücklicherweise war die Ammännin durch einen Besuch abgerufen worden, sonst, denken wir, wäre die Sache doch nicht so glatt abgelaufen. Denn so mir nichts, dir nichts gwundrig sein und am Ende niemanden hängen, niemanden köpfen sehen, das ist eine Sache, welche Weiber sich nicht freiwillig gefallen lassen.

Darum war selben Abend böses Wetter in der Vehfreude, fast noch böser als damals, als die Weiber die angenehme Nachricht erhielten, es solle eine Käserei errichtet werden. Jede war überzeugt, ihr hätte es nichts getan; aber daß diese und jene ungebrandmarkt davonkam, das kam ihr übers Herz, das konnte Keine verwinden. Natürlich hatten die Kommissionsmitglieder ihren Weibern alle Sünden, welche sie gefunden, gebeichtet. Jedes dieser Weiber hatte Freundinnen und jedes andere. Einer Busenfreundin muß man sagen, was man im Busen hat, das ist nicht bloß schön, es ist Pflicht. Es war daher unter den Weibern alles bekannt, aber gruppenweise, wenige waren von der Mitwissenschaft ausgeschlossen, selbst die Lismerlise nicht. Die aber war gar nicht erschrocken, sie sagte ganz ruhig: «Machen sie meinethalb, was sie gut finden, aber haben sie Sorge, daß ich nicht einen Kübel ausleere, der stinkt, so weit ein Vehfreudiger seine Nase streckt. Jawolle, denen wollte ich! Quos ego!» So war es aber den Andern nicht, und als die Sache so plötzlich niedergeschlagen wurde, war es, als hätte man einen Stein in einen Teich voll Frösche fallen lassen, solch Geschnatter und Gegackel entstand: Ob es erlaubt und erhört sei zwischen Himmel und Erde, solche Greueltaten ungestraft hingehen zu lassen? Überall ward laut, was geschehen sein sollte, und unendlich mehr; das Geschnatter der einzelnen Gruppen ward auch von den andern gehört, nach und nach vernahm jede, was man bei ihr gefunden und was sie getan haben sollte. Das wollte sie nicht leiden, wollte wissen, wer es gesagt, fuhr über die Kommission her, diese wollte nichts gesagt haben, sie fuhr weiter, tappte nach den Schuldigen wie ein Blinder nach dem Wege, fuhr am Ende jeden an, der ihr in den Weg kam.

Es ward ein Zorn, ein Zank, ein Verdruß und Hader verwerchet in der Vehfreude wie wohl nie, seit die erste Kuh dort Gras gefressen. Wären damals zwei Rechtsagenten dort gesessen, sie hätten für ihr Lebtag Geschäfte gemacht, unendliche Händel auf Lebenszeit ausspinnen können, was eben die große Kunst der Agenten ist. Da sie aber eben nicht da waren, niemand blies, niemand seine Sache anhängig machen konnte ohne Geläufe, so erstickte das Feuer allmählig wieder, wenn es auch noch lange rauchte und viel Kyb in den Herzen absetzte.

Noch böser ward der Senn. Es sei ein Schelm wie der andere, sagte er; darum decke einer dem andern die Sünden zu. Er sehe wohl, es sei darauf gemünzt, daß er die Suppe ausesse, aber davor wolle er sein. So sei es ihm doch nirgends gegangen. Wenn er hätte wissen sollen, was für Leute hier wohnten, mit vier Rossen hätte man ihn nicht hergebracht.

Der gute Senn hatte halt die Handhabe verfehlt, gemeint, sie sei bei jeder Türe an der gleichen Stelle. Wenn auch im tiefsten Grunde die Menschen sich sämtlich sehr ähnlich sind, so sind doch die Zugänge zu diesen Gründen an andern Stellen, so ist doch die Oberfläche und ihre Empfänglichkeit eine andere. Der Senn hatte den Griff verfehlt; er war von einem andern Orte hergekommen, wo er als ein demütiger Knecht eingezogen, aber zu einem Faktotum, einer Majestätsperson erwachsen war. Er hatte sogar eine Art politischer Rolle gespielt, dem radikalen Halbherrentum, den Halbschoppenmajestäten sich angeschlossen und Propaganda gepredigt in der Käshütte. Wenn er da jemanden drücken wollte, so war der gedrückt, aber wohlverstanden, er drückte keinen radikalen Halbschoppenmajestätsbruder. Seide hatte er indessen dort nicht gesponnen, er hatte zu wohl gelebt; der weit größere Lohn, den er nötig hatte, hatte ihn weggelockt auf die Vehfreude. Nun kam er hierher nicht wie ein Knecht, sondern wie ein Herr, schloß sich auch hier dem Halbherrentum, welches er als den Hebel der Welt betrachtete, an, nämlich dem Eglihannes und dem Schulmeister, den alleinigen Repräsentanten desselben in der Vehfreude. Alle Andern sah er als dummes Bauernvolk an und behandelte sie unter dem Bein durch, selbst mehr oder weniger den Hüttenmeister, den Ammann. Er hielt denselben für gar kreuzdumm und ungebildet, dieweil derselbe dem Senn mehr oder weniger konservativ schien, jedenfalls gern bei seiner Sache blieb. Daß dagegen er, der Senn, zehnmal abergläubischer war als der Ammann, brachte er durchaus nicht in Anschlag, ja Eglihannes und der Schulmeister hielten dafür, an des Senns Aberglauben möchte viel Wahres sein. Wie sollte der, der so weise war und ihren politischen Glauben ergriffen hatte, etwas Dummes daneben glauben können, wir fragen! Oh, man glaubt gar nicht, wie zehnmal mehr als katholisch-dumm und -beschränkt solch radikale Eglihannese und Schulmeister sind, wenn man diese halbbatzigen Weisheitsbüchsen und Wirtshausdrucken in der Nähe besieht.

Wer fünfe zählen kann, begreift, daß der Senn falsch gegriffen, denn die Macht lag in der Vehfreude offenbar nicht in den Halbschoppenmajestäten, nicht beim Eglihannes, nicht beim Schulmeister; aber das merkte eben der dumme Senn nicht und meinte, die Herrschaft der ganzen Welt sei allenthalben in den gleichen schmutzigen Fingern. Darum hatte er keinen Kredit in der Vehfreude, der naseweise Junge fand mehr Glauben als er, und das Mißtrauen verfolgte ihn allenthalben, traute doch auch niemand seinen Freunden. Die

Sache war einfach, indessen doch, wie wir sehen, für einen tiefen Politiker, wie er war, zu verwickelt.

Die ganze Geschichte hatte aber doch gute Folgen. Es war so viel an den Tag gekommen, als nötig war, das heißt jeder begriff, daß er sich in acht nehmen müsse, indem eine Käserei doch nicht alles erleiden möge, und sehr Viele merkten dabei, daß man gemerkt, was sie gemeint durchaus ungemerkt zu treiben. Sie mußten also fürchten, wenn sie sich nicht besserten, beim nächsten Anlaß doch auf die Finger geklopft zu werden. So ging es auch dem Senn, dem Eglihannes die Sticheleien natürlich mitgeteilt hatte. Das kam allweg den Käsen zugut.

ZEHNTES KAPITEL

Es ereignet sich etwas, woran die Kommission gar nichts wirkt

Der Senn hatte nun auch noch einen Aufseher erhalten, welcher ihm viel mehr im Wege war als der Hüttenmeister. Es war Felix, des Hüttenmeisters Sohn; der schien ihm wie an die Ferse gewachsen. Ehe die erste Bränte kam, war Felix da; bald ging er früher, bald später weg, und den Tag über schoß er manchmal herbei und war da, man wußte nicht warum. Der Senn meinte, es sei alles des Aufpassens wegen. Nebenbei leistete ihm Felix aber auch gute Dienste, hielt die Buben in Zucht, und gar mancher trug rote Ohren heim, über des Ammanns Unflat heulend, der meine, er sei König und habe allein zu regieren auf der Welt. Doch kneipte er nicht allen Leuten die Ohren rot, der Nägelibäuerin Änneli zum Beispiel war sicher davor. Es war kurios, er war immer da, wo es seine Bränte abstellte, sagte ihm sogar Artigkeiten:

«Meitschi, kommst aber zu spät; wirst versucht haben und mit Wasser zugefüllt? Hast Käsmilch darin? Es ist ja nichts, was du bringst, wirst zu faul sein, mehr zu tragen? Tust doch so dumm und kannst die Bränte noch nicht abstellen, wart, ich will dir helfen.»

Das ungefähr waren die Redensarten, welche Felix brauchte, waren nicht besonders geziemend, ja anzüglich. Aber Änneli nahm sie nie übel, seine blauen Augen färbten sich allemal dunkler, wenn es dieselben gegen Felix aufschlug, und für die kleinste Handbietung hatte es den freundlichsten Dank. Man sah, es hatte seine Errettung aus den Händen der Philister, die ihns auch seitdem in Ruhe ließen, nicht vergessen. Gewöhnlich sah es unter der Türe noch zurück, wenn es fortging, wahrscheinlich, ob es nichts vergessen, aber meist sah es nichts als Felix' Augen, welche ihm nachsahen. Und wenn es Käsmilch oder Ankenmilch mit heimzunehmen hatte, so griff Felix manchmal dem Senn ins Amt, maß ihm seine Portion zu und nicht schlecht, sagte ihm aber dann wohl dazu, bis heim werde es wohl um den halben Teil gekommen sein; zu tragen, daß es sich still hätte in der Bränte, dazu hätte es die Gaben nicht, wie der Schulmeister sage, er habe ihm oft schon zugesehen. Das Letztere mochte wohl wahr sein, das Erstere aber nicht, denn niemand trug seine Bränte sittiger als Änneli.

Es ärgerte den Senn, daß Felix immer da war, die Hände in allem hatte und Schritt und Tritt ihm aufzupassen schien, aber er fing an zu begreifen, was ein Ammann und sein Sohn in der Vehfreude zu bedeuten hätten. Einmal fluchte Felix mit Buben, sie seien einem allenthalben unter den Füßen, und musterte sie weg; da sagte Benz im Dürluft: «Wenn wir der Nägelibodenhex ihr Änni wären, so könnten wir stehen, wo wir wollten, wir wären dir nicht im Wege!» Potz Himmel, wie rot ward da Felix, verbarg aber seine Verlegenheit prächtig hinter einer ungeheuern Ohrfeige, daß der Junge samt Bränte und Käsmilch über und über purzelte. Der Junge ward dazu noch tapfer ausgelacht, sintemal er von der Rasse war, mit welcher man wenig Mitleid hat, es mag ihr begegnen, was da will; aber seine Rede hatte eben auch Widerhaken. So ein erstes Vorhalten ist ein gar wunderliches Ding, bald gleicht es einem Wespenstich, bald einem Stich in eine Eiterbeule, manchmal einem Schnitt in einen Umhang, kurz noch gar mancherlei Dingen.

Diesmal achtete das Publikum auf solche Rede gar nicht; Ammanns Felix und ds Nägelibodenänneli standen so weit auseinander, daß das Publikum sie in keiner Beziehung zu einander denken konnte. Bloß das Dürlufteisi brüllte wie eine angeschossene Büffelkuh, als Benzli ihm vorheulte, was er wieder wegen dem Mensch ertragen, wollte auf irgend eine Weise seinen Zorn auslassen. Indessen, als es an den Teufel dachte und wie das ein verfluchtes Hexenpack sei, wo man sich nicht genug in acht nehmen könne, wenn man nicht eine Fläre erwischen wolle, an der man sein Lebtag genug hätte, sagte es: Warten werde am besten sein; je ärger sie es trieben, desto eher habe es die Freude, daß sie der Teufel hole. Wenn es das erlebe, wolle es acht Tage hinter einander küchein, und sollte es den Anken dazu auf den Knien zusammenbetteln müssen. Aber vorher werde man noch etwas anderes erleben, es werde nicht lange mehr gehen. Wie die Nägelibodenbäuerin eine sei, wüßten alle Leute. Sie werde merken, daß sie nicht ewig jung bleibe; da ziehe sie etwas Junges nach und locke die Buben, da es mit den Männern nicht mehr recht gehe. Es sei himmelschreiend, daß man so etwas dulde, aber der Pfarrer sei auch nichts wert, und was die Regierung sei, davon redeten die Kinder in der Schule. Solches sagte Eisi jedem Menschen in die Ohren, der auf hundert Schritte in seine Nähe kam.

Felix achtete dessen, was der Bube gesagt, sich durchaus nicht, für solches Geschwätz war seine Haut nicht empfänglich; er war des Ammanns Sohn und tat, was er wollte. Änneli aber fühlte diese Worte und zwar tief. Ein Herz der rechten Art, welches viel Weh erduldet, fühlt den Wert der Liebe am innigsten. Jedermann hat auf Erden etwas, auf welches er, unbeschadet dem Vertrauen auf Gott, sich stützt, an welches er so gleichsam den Rücken lehnt, Schirm und Schutz davon erwartet. Der Eine baut sein Dasein auf Geld, auf Erb oder Erwerb ist sein Sinn gerichtet; kommt er dazu, glaubt er sich sicher vor Sturm und Wind. Andere lieben sogenannte gesicherte Existenzen mit viel Ehre, viel Einkommen, Anstellungen auf Lebenszeit, und haben sie dieselben, lassen sie den Kamm wachsen und klirren mit den Sporen oder was sie sonst an den Füßen haben. Andere setzen ihr Vertrauen auf das Fleisch, und haben sie einmal eine Schüssel voll Blut- und Leberwürste vor sich, wie ein dicker Bärenwirt sie aufstellt, wenn er glänzen will, meinen sie, der Himmel hänge voll Geigen in alle Ewigkeit, strecken die Füße von sich, pflanzen die Ellbogen auf den Tisch, als ob sie da Wurzel schlagen, grünen und blühen und dem Besitzer Schatten geben sollten für ewige Zeiten. Es gibt aber Herzen, welchen die Liebe ihr Hort und Fels und starker Schirm ist, das sind die Herzen zunächst bei Gott. Die meisten Herzen haben Stunden, aber nur flüchtige, wo dieser Trost in der Liebe bei ihnen anklingt, aber wir reden von Herzen, bei denen dieser Trost ein bleibender und starker ist. Sehen sie irgendwo ein Zeichen der Liebe, so ist ihr Herz voll Freude; haben sie das Bewußtsein, es sei ihnen ein Mensch gewogen, meine es gut mit ihnen, dann ist ihr Herz voll Seligkeit. Es ist aber dieses Gefühl durchaus nicht zu verwechseln mit dem selbstsüchtigen, berechnenden, Fleisch für seinen Arm haltenden, wie der Prophet sich ausdrückt, wo die

Gewogenheit der Menschen entweder unsern Haferkasten vorstellt oder die Himmelsleiter von Stern zu Stern, das heißt von Pöstlein zu Pöstlein bis ins Allerheiligste, nämlich bis dahin, wo man den Halunken machen kann, ohne daß man dem Halunken mehr Halunk sagen darf. Es ist das reine, freudige Gefühl, daß jemand es gut mit einem meine, daß man jemanden lieb sei. Dieses Gefühl ist nicht ein Bewußtsein, es ist eine unmittelbare Zuversicht, man sei nicht ganz nichts, man sei noch etwas, weil jemand der Liebe und Teilnahme einen wert finde, man sei nicht nichts in der Welt, sei nicht verlassen, habe ein offenes Herz, eine hülfreiche Hand, habe jemanden in der Welt, durch den uns Gott seine Liebe offenbare. Wir wollen nicht untersuchen, wie bald in einem jungen weiblichen Herzen männliche Teilnahme sich anders gestaltet und Zusätze erhält, sondern bloß darauf aufmerksam machen, daß alle wahre Freundschaft auf diesem Gefühl beruht und am besten das Gesagte begreifen wird, wer der Wonne sich erinnert, als er den ersten Freund sich gewonnen wußte, die um so größer war, je länger man keinen hatte.

Bei Änneli war nun wirklich diese Wonne rein und schön wie selten. Wir wollen nicht verhehlen, daß, seit Felix die Buben so ritterlich zusammengehauen, Änneli nicht aufhören konnte, daran zu denken, was Felix getan an ihm, wie mächtig er dreingefahren und wie sicher es seither vor der Buben Spott und Plage gewesen. Die einfache Begebenheit war Änneli mehr als einer einsamen Tochter ein sechsbändiger Ritterroman (die «Löwenritter» zum Beispiel), deren einziges Buch er ist. Es fing ihn alle Tage von vornen an, las ihn nie aus und fand alle Tage größere Erbauung daran, innigern Stoff zur Rührung. Änneli dachte nicht von weitem daran, daß es verliebt sei. Der Abstand zwischen ihm, dem armen Kinde, welches auf der Gemeinde gewesen, und Ammanns Felix war so groß, die Kluft wenigstens so weit als von der Sonne bis zu einer ganz gemeinen Kegelkugel, so daß ihm durchaus nicht einfiel, Ammanns Felix und es seien Kreaturen gleicher Art, geschweige denn, daß sie näher zusammenkommen könnten. Änneli hatte nie von einem gedruckten Roman gehört, geschweige einen gelesen, es wußte daher nichts von den vielen tausend Brücken, die in den Romanen beschrieben sind, welche die Liebe von einem Menschen zum andern zu schlagen weiß, wieviel tausend und abermal tausend Meilen weit die Welt sie geschieden zu haben scheint. Das ist indessen wahr, daß Änneli nie auf sich warten ließ, um die Milch in Empfang zu nehmen, sondern immer auf die Milch wartete. Daß es sich immer wusch und ein reines Fürtuch umband, fiel nicht auf; es war Sitte im Nägeliboden, daß niemand wie eine halbe Sau vom Hause ging. Daß es alle Tage hübscher und lieblicher ward, dessen achtete man sich eben auch nicht. Ging es, so guckten seine Augen aus, es wußte aber kaum selbst, nach was oder nach wem. Sah es von weitem etwas von Ammanns Felix, so kam es ihm warm ins Herz und rot ins Gesicht, es war ihm, als hätte es etwas Schönes gefunden. Fand es ihn unerwartet in der Käshütte, bekam es das Herz plötzlich voll Freude, den ganzen Tag behielt es dasselbe voll Freude; es war ihm, als müßte es immer tanzen und springen, und wenn es regnete als wie mit Zübern, sah es doch die Sonne und wunderherrlich kam die Welt ihm vor. War Felix aber einmal nicht in der Käshütte, so ward es traurig, es glaubte, es werde krank. Trübe kam ihm alles vor, es kam ihns an wie Heimweh, wo man auch ein namenloses Weh in allen Gliedern fühlt und im Herzen, in der Seele und im Gemüte und doch nicht weiß, wo es einem eigentlich fehlt.

Als nun der wüste Benz so roh und grob es aussprach, daß Felix Änneli bevorzuge, und Felix so scharfes Gericht hielt, da siedete und brauste es in Ännelis Herzen gar wunderlich.

Es schickt sich nicht wohl, so ein liebes, sanftes Meitschiherz dem schauerlichen Bauche eines feuerspeienden Berges zu vergleichen, in welchem es zu kochen beginnt und gebraut wird die schwarzgraue Lava, um als todbringender Glutstrom gegossen zu werden über fruchtbares Gelände; ebenso wenig dürfen wir es vergleichen einem Pulverfaß, in welches ein Funken fällt, oder einer gestopften Tabakspfeife, auf welche man brennenden Schwamm tut, oder gar einem geschwollenen Finger, in welchem das sogenannte Ungenannte zuckt und brennt. Wir wollen es aber auch nicht einer Rosenknospe vergleichen, nicht dem Morgenrote, nicht dem vom himmlischen Tau getränkten Frühlingsmorgen, das alles hat man schon zu oft verglichen und paßte hier auch nicht. Da wir also keine schickliche und keine passende Vergleichung finden, was eben zeigt, daß dies kein Dichter – welche nie um Vergleichungen verlegen sind, sondern solche Zustände immer sehr mühsam bildlich, auch handgreiflich darzustellen wissen – schreibt, so wollen wir die Sache ganz einfach und natürlich darzustellen suchen.

Änneli freute sich und schämte sich, dachte: Er ist doch immer der Beste, aber, o Gott, was werden die Leute sagen! Wie wird Dürluft Eisi aber tun?! Diese Freude und dieses Bangen wechselten in Ännelis Herzen wie Wind und Wetter im April, bis es zuletzt ganz düster und finster wurde, denn über alles kam die Angst: wie ungern wird er es haben, daß man mich ihm vorgehalten hat vor der ganzen Welt! Ich werde es entgelten müssen, ich muß schuld daran sein; kein gutes Wort wird er mir mehr geben, die Leute werden mich auslachen, die Buben mich verfolgen, und vermag ich mich ja doch dessen allem nichts! Dieses Bangen blieb stehend, es gab ein steifes Wetter, wie die Schiffsleute sagen; trübselig und düster und lang, ach, wie lang war der Tag, wie langsam kam der Abend her, gleich einem schläfrigen Stallknecht, der noch Dreiviertel Schlaf in den Augen und Dreiviertel Rausch in den Beinen hat. Und als derselbe endlich dahergeschlichen kam, kam er Änneli doch zu früh; das Herz schlug ihm wie eine Ölstampfe, die Beine wurden ihm so schwer, als wären sie von Buchenholz, der Atem kam ihm so mühselig, als müsse es ihn durch die Tabakspfeife eines Schweinehändlers ziehen, welcher sieben Jahre lang kein Atem gemacht wurde. Es hätte so gern gesagt, es solle diesmal doch wer anders gehen, es sei nicht wohl, und doch durfte es dies nicht sagen. Was würden sie doch denken, dachte es. Dann nahm es ihns doch wunder, ob er da sei, ob er ihns sauer ansehe, ihns sonst entgelten lasse. Das mußte es doch wissen, darum hatte es ja den Abend so sehnlichst herbeigewünscht.

Seiner Schwester durfte es davon nichts sagen, es wußte nicht warum. Es hatte Himmelangst, sie vernähmen etwas. Allen Leuten, dünkte es Änneli, dürfte es eher davon reden als Bethi, was würde das doch sagen! Jetzt zum ersten Male mußte man es rufen, suchen, mustern, und als es endlich kam, mußte ihm Bethi sagen: «So wirst du doch nicht gehen wollen?» Als es endlich ging, war es ihm fast kraus vor den Augen und so eng ums Herz; einem, der zu Spießruten geht, konnte es nicht viel anders sein. Wie werden mich die Leute ansehen, werden die Buben sticheln, und Felix? dachte es.

Aber die Menschen sahen Änneli akkurat an wie an andern Abenden, die Buben waren die gleichen Schlingel, doch gegen Änneli nicht anders als sonst, und in der Käshütte stand akkurat der gleiche Felix und sagte zu Änneli: «Gib dein Tröpflein, wenn es sich der Mühe lohnt, es auszuleeren!» Ach Gott, wie voll Glück ward das Herz, wie dunkel färbten sich die Augen, wie hell leuchteten die Backen, wie selig schwebte Änneli heim mit der Bränte auf dem Rücken; es war ihm, als täte es Schlitten reiten im Himmel und alle

Engelein täten geigen dazu und posaunen. Es braucht oft doch wenig, um glückliche Leute zu machen!

Die ganze Nacht träumte es Seligkeiten; bald hörte es eine himmlische Stimme zu sich sagen: «Gib dein Tröpflein, wenn es sich der Mühe lohnt, es auszuleeren!» Bald war es ihm, als gygampfe es mit einem schönen Engel und der sagte zu ihm: «Tust doch so dumm, muß dir helfen.» Es war ganz die Stimme von Ammanns Felix, und als es genauer hinsah, hatte der Engel Ammanns Felix' Gesicht, war wirklich er selbst, der mit ihm gygampfete im Himmel. Und wieder war es ihm, als gehe es zur Käshütte, vor ihm liege ein ganz kleines Ei wie von einer Taube, und es trappe darauf, und da krieche eine schwarze Schlange heraus, und noch eine, und noch eine, und noch eine, und noch eine, und noch eine, und immer und immer eine um die andere, und jede sei groß und dick, mit doppelter Zunge und großem Rachen, und sie alle stünden bolzgerade auf, tanzten um ihns und streckten ihre Köpfe züngelnd und lällend, immer näher nach seinem Kopf, fingen an, so kalt und grausig und doch so heiß und glühend sich anzuschmiegen näher und näher. Wollte es nach hinten fliehen, so legten sich ihm von hinten Schlangenköpfe über die Achseln, einer, noch einer, und noch einer, und immerzu, und ohne Aufhören, und als sei es dicht von Schlangenköpfen umwunden wie der kleine Papierwisch, der, von Garn umschlungen, zu einer großen Balle schwellt. Es wollte schreien und konnte nicht; da kam Ammanns Felix daher mit einer Sense auf der Achsel, und als er die tanzenden und lällenden Schlangen sah, nahm er die Sense von der Achsel und mähte in dieselben hinein, als wären sie Klee auf dem Acker. Er mähte tapfer zu, bis die letzte nieder war, dann lud er sie auf den Kleewagen, sagte, das werde ein Herrenfressen für seine Kühe, und fuhr damit heim und rief noch Änneli nach: «Meitschi, wenn du auch gern davon hättest, so komm mit, dMuetter mueß dr dr größt Gring brägle!» «Pfi Tüfel!» sagte darauf Änneli. Aber kaum hatte es das gesagt, so hatte es es ungern. Was werde doch der Felix denken, was es für ein Grobs und Unmanierlichs sei, so ein rechter Holzbock. Darauf wollte es ihm nach und ihm etwas Manierlicheres sagen, nicht «merci bien» oder «s'il vous plaît», solche Termen waren noch nicht in die Vehfreude gekommen, aber sonst etwas Höfliches, wie es in der Vehfreude üblich war. Es lief ihm nach, verlor aber den Schuh, und als es ihn anzog, hatte es an beiden Füßen keinen mehr, und als es die Schuhe wieder hatte, lag es in einem Graben, und aus dem Graben konnte es nicht heraus, sank immer tiefer, die Ränder an beiden Seiten wurden immer höher, es war, als wäre es das Grab und über ihm herein käme die Erde und lebendig müßte es begraben sein. Es konnte sich nicht rühren, nicht schreien, und vom Himmel sah es nur noch durch eine kleine Öffnung ein Loch wie ein ziemliches Äpfelküchlein. Fast meinte es, es sei fertig, aber wenn es Ammanns Felix wüßte, der ließe ihns nicht im Stiche, dachte es dann. Und siehe da, statt dem Stücklein Himmel wie ein Äpfelküchlein groß stand in der Öffnung Ammanns Felix mit einer großen Schaufel auf der Achsel, der machte das Loch weit, weit, daß es frei ward. Aber als es sagen wollte: «Häbs doch recht nit für unguet, daß ih es sövli Unmanierlichs bi», da grännete ihns Eisi im Dürluft an, streckte die Zunge klafterlang aus dem Maul, daß Änneli zusammenfuhr und schrie: «Du Uflat, la mih sy!» Da wars wieder Ammanns Felix! Nun fuhr es auf und schrie: «Herr Jeses, Herr Jeses! Was ist, wo bin ich?»

Änneli war daheim im Bett, Bethi stand davor, rüttelte ihns und sagte: «Was hast auch, daß du so schreist, was kam dir vor, oder bist krank? Denk, es ist schon heller Tag, und wie man dir rief, du hörtest nichts, bis man dich schreien hörte!»

Es ging eine Weile, bis Änneli seine Besinnung beisammen hatte. Es seien ihm gar grüsliche Sachen vorgekommen im Traume, sagte es, aber daß Ammanns Felix auch unter den grüslichen Sachen gewesen, davon sagte es nichts. «Hör», sagte Bethi, «mach dich geschwind zweg! Es ist Bescheid gekommen, die Großmutter (sie hatten noch eine von der Mutter her) sei übel krank geworden und habe niemanden zur Abwart. Du mußt gehen; leide dich und tue ihr, was du kannst. Es ist gut, wenn man sich an alles gewöhnt, während man jung ist, man weiß nie, wozu es einem kommen kann. Mach, ds Essen ist zweg unten, und gerüstet habe ich, was du mitzunehmen hast.»

Änneli fuhr auf und zweg, machte, pressierte, aß, nahm, was die Schwester gab, hörte die Verhaltungsmaßregeln, so gut es es vermochte, und nahm den Weg unter die Füße. «Es ist doch immer das Beste», sagte Bethi. «Kennt die Großmutter so wenig und hat doch vom ersten Wort an, als es gehört, daß die sterben sollte, die Augen immer voll Wasser gehabt.» Bethi war eine gescheite Frau, aber es wußte doch nicht, warum Änneli weinte. Allweg nicht wegen der Großmutter. Es ging grausam ungern, es war ihm, als hätte es Zentnersteine an den Beinen, ja es wäre lieber in der Vehfreude gestorben als jetzt weitergegangen. Aber es ging doch, denn Bethi hatte es geheißen, und wenn Bethi es befahl, wäre es geradezu in den Tod gegangen.

Änneli trug nun nicht mehr Milch, ein Knechtlein verrichtete dieses Geschäft. Daß hie und da ein- oder zweimal bei Unpäßlichkeiten oder sonst jemand anderes die Milch brachte, war üblich. Ännelis Ausbleiben fiel daher den ersten und zweiten Tag nicht auf. Felix war bloß mürrisch und warf wieder einen der Buben, den kleinen Naseweis, zur Türe hinaus. Derselbe hatte nämlich den Andern doziert, er wisse bestimmt, daß der Senn und der Hüttenmeister das

Ungrade mit einander teilten; es brächte, er habe es berechnet, bereits mehr als zehn Käse. Kein Großer hätte es gemerkt, aber er sei nicht dumm. Sei er mal erwachsen, so wolle er dem Ammann und den andern Großgrinde den Ringgen eintun, daß sie nach Gott schrien; es sei die Frage, ob er sie nicht ins Schallenwerk bringe, allweg werde er ihnen nicht borgen.

Der Junge hatte viel Anlage zu moderner Bildung, bloß fehlte noch der Takt, nicht an unpassendem Orte, zu unpassender Zeit zu reden, wo es gefährlich werden konnte. Felix hatte etwas von dieser Rede gehört und, nicht gut gelaunt, derselben auf einfache Weise ein Ende gemacht. Hätte er das Ganze gehört, so hätte er wahrscheinlich dem jungen, hoffnungsvollen Volksredner das Reden für lange Zeit vertrieben.

Am dritten Tage stellte das Knechtlein seine Bränte etwas ungeschickt hin; da fuhr ihn der Senn, welcher Änneli auch lieber hatte als den neuen Bengel, an, es wäre ihm lieber, er käme nicht mehr, und wer früher die Milch gebracht, bringe sie wieder. Für einmal werde er mit ihm vorlieb nehmen müssen, sagte der Knecht, das Meitschi werde sie einstweilen nicht mehr bringen, es sei fort. Der Senn werde kaum zu befehlen haben, wer die Milch bringen solle und wer nicht. Er werde sie wohl dem, der sie ihm bringe, abnehmen müssen, sei er, wer er wolle!

Der Senn antwortete, aber Felix redete nicht darein. Daß Änneli nicht mehr komme, fort sei, hatte ihn betroffen, er wußte nicht warum. Als das Knechtlein fortging, folgte er ihm und fragte mürrisch: «Haben sie es fortgejagt?» «Was denkst», sagte der Bursche. «Sie hätten keine Ursache gehabt, aber es kam Bescheid, die Großmutter wolle sterben, hätte niemanden, der ihr abwarte, da schickte es die Meisterfrau hin. Vielleicht, daß es wiederkommt, wenn sie abgereiset ist, daneben weiß ich es nicht.» «Wo ist die Großmutter?» fragte

Felix. «Weiß nicht», sagte der Knecht; «glaub, ob Bern, aber wo, kann ich nicht sagen.»

Das ging Felix im Leibe herum, daß man da so ein Mädchen, das im Dorfe wohne, so mir nichts, dir nichts fortschicken könne. Er war Felix, des Ammanns Sohn und der Frau Ammännin Meisterlos, er war gewohnt, daß alles nach seinem Kopfe ging, daß geschah, woran er dachte, geschweige daß jemand ihm etwas in den Weg gelegt hätte. Er hatte Ännelis Milchtragen hingenommen als etwas, was sich von selbst verstand, und war seinetwegen in die Käshütte gegangen, ohne daß er darum wußte. So eines Ammanns Sohn ist über die Gründe erhaben, braucht deren weder gegen sich noch gegen Andere. Er tut, was ihm gefällt, ohne sich zu kümmern um das Warum und das Darum – das ist wirklich auch die allerbequemste Lebensweise. Nun tat man das Änneli weg so mir nichts, dir nichts, kümmerte sich gar nicht darum, sei es ihm anständig oder nicht. Das machte ihn zornig, und zwar nicht wenig. Das sei doch eine verfluchte Unvernunft, räsonierte er, ein solches Mädchen zu einer Großmutter zu schicken, um ihr abzuwarten. Was der Großmutter geholfen sei mit einem Meitschi, welches den Verstand nicht habe und die Kraft nicht, sie auf- und niederzuheben! Die Großmutter könne ihn erbarmen, daneben das Meitschi auch, das nicht wissen werde, was anfangen, nichts verrichte und doch bös habe dabei. Er müsse sagen, er hätte ds Nägelibodenburen mehr Verstand zugetraut als so. Indessen hätte er es denken können, die Leute würden wahrscheinlich nicht umsonst so viel über sie zu reden haben. Weder wegem Hexenwerk, selb glaube er nicht; wenn sie das verstünden, so hätten sie sicher weniger Schulden und fettere Äcker.

Man sieht, Felix hatte große Anlagen zu einem modernen Staatsmanne aus dem Stegreife, welche alles abschaffen, was ihnen unbequem scheint oder was sie nicht begreifen. Unwirsch war er den ganzen Tag, polterte und schoß die Sachen herum, als ob alles eines Tags draufmüsse. Die Frau Ammännin, welche sonst um niemanden sich viel kümmerte, ja längs Stück nicht einmal um den Herrn Ammann, war doch auch Mutter, das heißt sie hatte Augen für ihr Söhnlein. Ihre hauptsächlichsten Betrachtungen, und zwar sehr andächtige, galten alle ihrem Felix. Stundenlang konnte sie ihn ansehen und ihre Andacht nahm nicht ab. Kein Wunder war also, daß sie alle Falten und alle Schatten auf Felix' Gesicht kannte, keine seiner Stimmungen ihr entging.

«Was ist, was hast?» sagte die Mutter, ihm nachtrappend; «warum bist böse, wer hat dir zwiderdienet?» «Was wollte ich haben, nichts habe ich», schnauzte Felix und ging trotzig weiter. Geduldig, besorgt trappete die Mutter nach und sagte: «Nein, Felix, so mußt nicht tun, schäme dich! Wenn es jemand sehen würde, er könnte wunder glauben, was für ein Ungeheuer du seiest.» «Meinethalben meine man, ich sei der Teufel, was habe ich dem nachzufragen, blase man mir, wo ich am schönsten bin», sagte Felix. «Nein, aber tue doch nicht so, weißt ja, wie gut ichs mit dir meine. Sag, was hast, kann dir was helfen, wer hat dir zwiderdienet? Hörst, wills wissen», sagte die Mutter. «Nichts ists, Mutter, nicht der Rede wert. Aber bös macht es mich, daß ich noch immer ein Kind sein soll; kann nie ein Gesicht machen, wie es mich ankommt, daß Ihr nicht hinter mir dreintschalpet und Felixli hie und Felixli da und Felixli, was hast, und Felixli, tuet dir ds Köpfli weh? Es wundert mich nur, daß Ihr nicht noch fragt: Felixli, wotsch ds Bübbi oder wotsch ufs Häfi», zürnte Felix.

«Du bist doch der wüstest Uflat auf der Welt», sagte die Frau Ammännin. «Ist das der Dank dafür, daß ich nur an dich denke, dir tue, was ich dir an den Augen ansehe, und schon vor so manchem Wetter bei dem Vater gewesen bin!

Wart, wenn du ein andermal Geld willst, so kannst es bei dem Vater holen, ich habe keins mehr für dich, du wüeste Bueb, was du bist! Was frag ich endlich dem nach, was du hast, will mich künftig auch nur um das kümmern, was ich habe!» «Mutter», sagte Felix, «wenn Ihr gleich so aufbegehren wollt, sage ich Euch gar nichts mehr, dann habt Ihrs. Die Sache ist an sich selbsten nichts, Ihr macht mich nur böse mit Euerm Gchähr und dem Felixli, Felixli, als ob ich noch ein Kind sei. Selb machet mir nicht mehr.» «Es ist nur, weil ich dich lieb habe», sagte die Mutter, «und es dünkt mich, du solltest mir nicht alles gleich so übel nehmen. Wenn ich es auch so machen wollte? Doch wenn du es nicht gern hast, so kann ich es ja bleiben lassen, warum nicht. Aber jetzt sag mir, was ists, was hast?»

«Nüt, an ihm selber», sagte Felix, «gar nüt. Es macht mich nur böse, daß die Leute mich immer hintergehen, daß ich ihnen mehr Gutes zutraue, als hinter ihnen ist, und wenn ich jemanden z'best rede bei den Leuten, die gerade tun, daß ich mich schämen muß.» «Warum? Was ist? Was hats gegeben?» fragte die Frau Ammännin und nahm in ihrer Hast bei jeder Frage eine Prise. «Nichts ists», sagte Felix noch einmal. «Da tun die Leute über die Nägelibodenbauers so wüst, als ob sie für nichts gut wären als für des Teufels Karren, und ich sagte manchmal: Aparts sehe ich nichts Böses, er baure nicht schlecht, und seine Milch sei in der Ordnung, es wäre gut, es hätten alle das gleiche Lob. Nun jetzt, was machen die? Sie haben ein armes Mädchen bei sich, es soll der Frau Schwester sein; es ist fleißig, versäumt sich nicht mit Klappern wie die Andern, hat immer Angst, bis es wieder gehen kann; es gäbe eine Jungfere, wie Ihr sie liebt. Nun haben sie eine alte Großmutter ob Bern, im Freiburgbiet oder gar im Guggisberg. Die soll krank sein und schrecklich in der Armut, und statt sie herzuholen, schicken sie das Mädchen hinauf, weil sie sich ihrer hier verschämen. Da soll es ihr abwarten, wahrscheinlich für sie betteln und stehlen. Das hat mich geärgert, ich hätte es diesen Leuten nicht zugetraut. Es dünkt mich, wenn ihnen doch nur jemand den Hund lesen würde und ihnen sagen, wie wenig man ihnen darauf hätte, daß sie so bloß aus Hochmut die Alte und das Meitschi verrebeln ließen. Wie soll das Meitschi sich und die Alte erhalten, noch dazu abwarten? Sie werden freilich versprochen haben, zu schicken, aber man weiß, wie das geht: einmal, und dann schickt es sich nicht wieder.»

Der hätte ein Herz, ihr Felixli, dachte die Frau Ammännin, das gebe einmal einen rechten Gemeindsvater, der Felixli! So wenig als der Felixli selbst hatte die Mutter eine Ahnung vom wahren Grunde. Eher hätte sie daran gedacht, daß die Regierung zBern katholisch würde und Eglihannes Kapuziner, als daß ihr Felixli so an einem Gottswillemeitschi Gefallen finden und es als ein Meitschi ansehen würde. Aber das gefiel ihr, daß er begriff, was man dulden könne und was nicht, das beurkundete den angebornen Herrscherverstand. Und daß er sich gegen Nägelibodenbauers regte, gefiel ihr ebenfalls. Sie war nicht die eifrigste Feindin vom Nägeliboden, aber sie teilte die öffentliche Meinung, war auch nicht dessen Freundin und namentlich nicht der Bäuerin; sie war eine erklärte Feindin aller Heiraten unter Stand und Würde, aller Mesalliance. Sie betrachtete die niedriggebornen Weiber, welche in angesehene Familien heirateten, allzumal als schamlose Dirnen und Verführerinnen, welche dem Schlechtesten aufgeboten, um zu reichen Männern zu geraten. Sie war der festen Ansicht, daß nur Gleiches und Gleiches zusammengehöre, naturgemäß sei: Armes und Armes, Reiches und Reiches. Sie machte bloß die Ausnahme, daß sie nicht so viel darwider hatte, wenn ärmere Bauernsöhne sich mit reichen Mädchen auf die Beine zu helfen und währschafte

Bauerntöchter auch ohne große Mitgift an reiche Bauernörter sich einzuheiraten suchten. Wider selb könne man nicht so viel sagen, meinte sie; es sei erlaubt, daß jedermann mache, was er könne, um im gleichen Stande zu bleiben, es sei die Familie auch anzusehen.

Aus diesem Gesichtspunkte betrachtete die Ammännin die Nägelibodenbäuerin als eine schlechte Frau, glaubte auch als Frau Ammännin das Recht zu haben, derselben den Verstand zu machen, was hier üblich, bräuchlich sei und anständig. Es seien gar viele Orte noch in der Welt, wo man das nicht wisse, und von einem solchen Orte werde sie herstammen und könne noch froh sein, wenn man ihr es sage, dachte die Frau Ammännin. Dem Sohne sagte sie ihr schnell gereiftes Vorhaben nicht, sie sagte bloß: «Deretwegen wollte ich nicht kummern und Zorn haben. Solche Leute können gar manches, woran wir nicht denken. Kann das Meitschi es droben nicht mehr machen oder nicht aushalten, so macht es es, wie solche Leute pflegen: es läuft fort, läßt Großmutter Großmutter sein und denkt, es werde schon jemand anders sich herbeilassen, wenn es nicht mehr da sei.»

Eine Frau, wenn sie was will, ist selten um die Mittel verlegen. Die Nägelibodenbäuerin zu sich bescheiden lassen, wie es einem Landvogt wohl angestanden wäre, durfte die Frau Ammännin doch nicht; ihr ein Schreiben schicken, wäre ihr eine Kunst gewesen; Weibel hatte sie auch keinen zur Verfügung. Aber sie hatten einen Acker auf dieser Seite des Dorfes, und auf diesen waren Rüben gesäet, die sie noch nicht gesehen; sie war überhaupt vielleicht seit zwei Jahren nicht bei diesem Acker gewesen. Die Frau Ammännin gehörte zu den Weibern, welche die meiste Zeit zu Hause sind, nie mehr bei der Feldarbeit erscheinen, deswegen aber nicht müßig sind; zu den Weibern, welche, wenn sie mal durchs Dorf gehen, das größte Aufsehen erregen, daß alle Köpfe an die Fenster schießen, die Hühner verwundert die Hälse strecken, der Hahn auf dem Miste verstummt, alles sich fragt: Was ist wohl los, wo will die aus? Das sind gewöhnlich Hauptweiber, so wie Bauern sie nötig haben, welche aber wirklich rarer zu werden scheinen von wegen der Bildung und Aufklärung. Aber wohlverstanden, wir meinen gar nicht, daß solchen Hauptweibern die wahre Bildung abgehe. Sie sagen freilich nicht «Merci bien», brodieren nicht Pantöffelchen, höckeln nicht zimperlich ums Haus herum und kämmen die Haare herunter bis unters Kinn, daß man glauben sollte, diese Mädchen stammten von Jagdhunden mit Lampiohren; aber redet man mit ihnen, so wird man eine Bildung finden, welche nicht bloß in «Merci bien» und Lampiohren besteht, sondern in Ansichten und Grundsätzen, in Erfahrungen, welche sich zu Weisheit abgeklärt. Wir wollen aber nicht diese Frau Ammännin zum Exempel geben, indessen, so viel ist wahr, daß sie eine der besten Hausfrauen in der Vehfreude war, daß einstweilen kein Mädchen mit ihr verglichen werden konnte, daß sie dem Herrn Ammann nicht bloß vollständig genügte, sondern ihn auch an Bildung, Aufklärung und selbst an parlamentarischem Takte bedeutend überragte. Ja wir sind überzeugt, sie wäre im deutschen Parlamente nicht die Letzte gewesen und hätte sicher manchmal und mit Grund ausgerufen: «Nei aber auch, kann man so ein Löhl sein, will ein Professor sein oder sonst etwas Narrs, und wäre mir doch unser Schulmeister noch lieber am kleinen Finger als der an der ganzen Hand, und geht doch nicht mancher Dümmerer als er bei uns zur Kirchtüre aus und ein!»

So wanderte die Frau Ammännin durchs Dorf unter großem Aufsehen und mannigfachem Aufenthalt. «Ei du meine Güte, was kommt dich an, willst zHochzeit?» scholl es aus gar mancher Küchentüre hervor, aus gar mancher

Krautstaude herauf, und darauf setzte es ein kleines Gespräch-lein ab, worin auf den Busch geschlagen wurde, um die Tendenzen der Frau Ammännin herauszuklopfen. Das war aber eine feine Frau, man konnte klopfen, so lange man wollte, man klopfte nichts heraus. Als sie gegen den Nägeliboden kam, sagte sie zu sich selbst: «Ordnung haben sie, selb muß man sagen, es ist aufgeräumt ums Haus herum, als ob sie Sonntag hätten. Haben schöne Sachen, er muß viel auf Bschütten halten; es wäre Mancher froh, er hätte zu grasen wie der.» Als die Ammännin über die Gartenwand gucken wollte, was sie etwas Mühe kostete, denn wie bekannt war sie eine kleine Frau, hob sich jenseits plötzlich aus dem Kraute herauf ein Kopf empor; das war die Nägelibodenbäuerin. Sie erschraken gegenseitig über einander. Die Frau Ammännin faßte sich begreiflich zuerst. «Hättest mich fast erschreckt», sagte sie. «Wollte sehen, wie schöne Sachen du im Garten habest.» «Es hat sich nichts zu rühmen», sagte die Nägelibodenbäuerin; «es ist zu trocken für alles, was wachsen sollte.»

So gab ein Wort das andere, und wie um heißen Brei die Katze schlich die Frau Ammännin um ihren Zweck herum, bis sie endlich fragen konnte: «Wo hast deine Schwester, daß die nicht mehr Milch trägt, ist sie krank? Warum ich frage? Wir sehen zur Käserei hinunter, und da habe ich deiner Schwester oft zugesehen und Freude an ihr gehabt; sie ist ein flinkes Mädchen, säumt sich nie mit Klappern und ist immer auf den Schlag der Stunde da.» «Änneli hat zur Großmutter müssen», sagte die Nägelibodenbäuerin unbefangen. «Die ist krank geworden, hat niemanden, der zu ihr sieht. Ich muß es selbst sagen, ich hätte nicht gemerkt, was das Meitschi alles verrichtet, es fehlt mir in allen Ecken.» «Das Meitschi wird auch nicht gern gegangen sein, es soll grusam geweint haben, als es fortging. Es ist aber auch kein Wunder, es ist wohl schwachs, um eine alte Frau z'gferggen hin und her und dann vielleicht die Sache nicht haben, welche dazu gehört, und an einem fremden Orte nicht wissen, wie dazu kommen», meinte die Frau Ammännin. «Wegen dem», sagte die Nägelibodenbäuerin, «brauche ich nicht Kummer zu haben. Die Großmutter hat ihre Sache. Als ihr erster Mann starb, von welchem unsere Mutter stammt, war an Vermögen nichts da, aber sie heiratete anders und hat jetzt einen schönen Abnutzen, so lange sie lebt, sie hat ihn kaum ganz gebraucht. Aber es ist wegen der Abwart; es sieht niemand, ob sie auch alles bekommt, was ihr gehört, der mit Verstand sorget, daß ihr gemacht werde, was sie noch mag und was sie gelüstet. So alte Leute sind manchmal wunderlich, es ist schwer, es ihnen zu treffen.» «Eben», sagte die Ammännin, «und es ist die Frage, ob so ein junges Mädchen den Verstand dazu hat, und es hätte mich gedauert, es ihm zuzumuten.» «Selb wohl, so ging es mir auch», antwortete die Nägelibodenbäuerin, «aber es mußte sein. Von meinen Kindern weg und aus aller Sache konnte ich nicht. Großmutter wünschte jemanden, und es war niemand sonst da als Änneli. Daneben schadet es nicht, wenn junge Leute an allerlei sich gewöhnen; sie wissen nicht, was ihnen zuhanden kommt im Leben, und lange dauern wird es nicht.» «Man kann nicht wissen», sagte die Ammännin, «wenn man die Leute am liebsten sterben sieht, so währt es am längsten. Aber zürne nicht, die Sache geht mich eigentlich nichts an, nur das Mädchen hat mich erbarmet, wenn es zu böse hätte haben sollen zum Dank. Die Leute wollten von allerlei sagen, daneben weiß man, wie sie sind.» «So, wie ich es sage, ists», sagte die Nägelibodenbäuerin. «Dabei habe ich nichts zu zürnen. Wie die Leute sind und wie sie es meinen mit uns, haben wir zur Genüge erfahren. Es freut mich an Euch, daß ihr es mir gesagt und das Euch das Meitschi auch gefällt. Wenn Ihr es angesehen habt, so habt Ihr sehen müssen, wie wert das Meitschi uns ist. Wenn es unser eigenes Kind wäre, besser könnten wir es nicht halten; es verdient es aber auch, das ist wahr.» «Ja, ja, wenn man wollte, man könnte vieles sehen, man sieht es nicht», sagte die Frau Ammännin, welche Redensarten liebte, die auf beiden Seiten was bedeuteten. «Aber muß pressieren, wenn ich noch tags meine Rüben sehen will. Gute Nacht geb dir Gott, und zürn nüt, daß ich dich versäumt habe, es wird kaum so bald wieder geschehen». «Danke Gott und gute Nacht auch», sagte die Nägelibodenbäuerin etwas kurz. Es ärgerte sie, wie billig, daß die Leute bei jedem Anlasse an ihnen herumzerrten, und hätten doch übrig genug mit sich selbst zu tun. Daß die Ammännin sich in ihre Haushaltung mischte, dünkte Bethi eben nichts anderes, man war es an ihr gewohnt, und sie hatte es noch recht manierlich getan.

Auch die Ammännin war mit der Nägelibodenbäuerin nicht so übel zufrieden. Es sei eine hübsche Frau, dachte sie, dSach hielte sie in Ordnung, und ein vernünftiges Wort führe sie im Munde. Schade sei es um sie, wenn alles andere wahr sei; daneben wisse man nicht, es werde heutzutage gar viel geredet in der Welt. Die Schwester hielten sie brav, das sei wahr, besser nützte nichts; so werde die Sache mit der Großmutter wohl kaum so bös sein, wie die Leute sie machen möchten.

Droben wurde die Ammännin von Dürlufteisi angefallen, fast mit Gewalt herum ins Haus gezerrt und mit Worten traktiert als wie mit Knitteln, und alles aus Liebe und Respekt. Es kostete der Ammännin alle ihre Würde, welche sie annehmen konnte, um loszukommen und nicht bei Eisi dorfen zu müssen die ganze Nacht bis am folgenden Morgen. Aber das Eisi wurde sie damit noch nicht los, dasselbe begleitete sie bis auf den Acker, um dann im Heimgehen die Gewalttat mit Erfolg auszuführen. Aber als Eisi am besten dran war, seinen Zornsack über die Nägelibodenbäuerin auszuleeren und vor Zorn weder sah noch sonst was merkte, schlug die Ammännin in aller Stille einen andern Weg ein, und als Eisi zu sich selbst kam und den Schaden gewahrte, war es zu spät, ihn gutzumachen, sie waren schon näher bei des Ammanns Haus als beim Dürluft.

Nein, dachte die Ammännin, wenn sie mit dem einen oder dem andern der Weiber wohnen müßte, so wäre es ihr doch ein Unteilts. Möge es die Nägelibodenbäuerin mit dem Mannevolk haben, wie sie wolle, so habe sie daneben Verstand und Manier – und wegem Hexen hatte sie schlechten Glauben. Mit dem Teufel gäben sich ja nur die alten Weiber ab, welche kein anderer Uflat mehr ansehen möge. So eine Hübsche könnte anderer Gattig Ufläte ja die Gnüge haben.

EILFTES KAPITEL

Von Verlegenheiten wegem Grünen

Im Wagenschopf schnäfelte Felix, als die Mutter heimkam. «Mußt den Leuten nicht alles glauben», sagte die Frau Ammännin. «Wegen der Nägelibodenbäuerin Schwester haben die Leute viel zu nötlich getan, es geht dem Meitschi nicht halb so bös.» «Meinetwegen», schnauzte Felix, «was frag ich doch dem Meitschi nach». «Bist doch ein Wunderlicher, es ist bald nicht mehr dabeizusein. Kannst jetzt lange warten, bis ich deinetwegen ein sauber Fürtuch umbinde», seufzte die Ammännin.

Drinnen hatte sie aber noch viel mehr zu klagen, denn in ihrer Abwesenheit war alles schief gegangen: die Katze war in den Milchkeller gekommen, niemand wollte daran schuld sein, die Magd hatte Kohl statt Kabis abgehauen, die Knechte

Bschütti genommen, welche sie für den Garten gespart, und der Ammann gar, man denke, hatte ohne Befehl und Rat der Frau vier kleine Schweine gekauft von einem fahrenden Händler. So gehe es, jammerte die Frau Ammännin, wenn man den Rücken kehre, nichts als Verdruß in allen Ecken, und noch dazu solchen Dank. Es müßte kurios gehen, sagte sie, wenn sie wieder von Hause komme, bis man sie wegtrage. «Du aber», sagte sie zum Manne, «du machst mich am bösten. Die Leute sagen dir Ammann, Löhl sollten sie dir sagen. Hast ja kein Gras mehr für die Kühe; wo ein grünes Blättli ist, müssen es die Kühe haben, ja es wird kommen, wo du und der Schnürfli, dein Bub, die Kühe den Zäunen nach weiden werdet wie die Bettler die Geißen; Milch ist ja keine mehr, und jetzt noch vier junge Schweine! Für so was muß man ein Narr sein oder bsoffe. Ein Ammannsstücklein ist das nicht. Kannst sie selbst füttern, ich rühre keine Hand an. Kannst ihnen meinethalb deine Winterstrümpfe schnätzeln und Wasser darüber schütten, dann hock dabei und sieh, wie sie es nehmen! Du – –»

Die Frau Ammännin hatte wirklich etwas recht. Aber die schwarzen Schweinchen mit den weißen Köpfen und geringelten Schwänzchen waren dem Ammann so allerliebst und wohlfeil vorgekommen, daß er nicht widerstehen konnte. Die Frau werde wüst tun, sei aber das überstanden, so werde sie wieder zufrieden, und wenn ein halbes Jahr um sei, so könne man sehen, was sie dazu sage. Öppe zviel müsse man ihr in den ersten Tagen nicht unter die Augen kommen, aber die Welt sei ja groß, man könne sich auf die Seite machen; so waren des Ammanns Gedanken beschaffen.

Warum die Frau Ammännin recht hatte, war der herrschende Futtermangel. So hatten die Vehfreudiger noch in keinem Sommer geschwitzt, wenn auch der Thermometer eine viel größere Hitze angezeigt hatte. Es war ein trockener Sommer, wo das zweite und dritte Gras gar nicht oder nur sehr langsam nachwuchs. Die Vehfreudiger hatten zudem nicht besonders für Grasung gesorgt, fingen ohnehin das Grasen immer sehr spät an, und zwar aus Hochmut, daß man nicht etwa meine, sie hätten es so nötig und kein Heu mehr auf der Bühne. Diesmal hatten sie noch apart gewartet, damit sie so recht Gras hätten, wenn einmal das Käsen anfange. Sie dachten nicht daran, daß wenn das Gras zu lange steht, es ein ungut Fressen ist, wenig Milch gibt und dem Nachwuchs sehr schadet. Wenn es faul wird über dem Boden, geht es lange, bis neues nachschießt, während wenn es frisch und gesund ist über dem Boden, in der ersten Nacht schon viel wächst. Da ging es dann wirklich bös im Nachsommer. Mancher Bauer mußte den halben Hof übergrasen und fütterte doch die Kühe schlecht, daß sie abfielen und von der Milch kamen. Der Senn jammerte und sagte, einen so großen Abbruch an der Milch habe er noch nirgends erlebt, und dazu sei es noch so schlechte Milch, daß er nicht wisse, wie es gehen werde. Am meisten hatten sich sicherlich an vielen Orten die Kühe zu beklagen, über welche zuerst die Folgen des Unverstandes kamen, daß sie es fast hatten wie der verlorne Sohn, froh gewesen wären, wenn sie Träber gehabt hätten; aber niemand gab sie ihnen, wenigstens nicht zum Sattwerden, denn die Bauern konnten auch sagen: «Mr heys nit, mr heys nit!» Man kann sich daher den Zorn der Frau Ammännin denken, als ihr Mann noch vier Schweinchen kramte und ihr Garten und Pflanzungen plünderte, um für seine Kühe etwas Grünes zu haben.

Es erschien damals in einem Volkskalender ein Brief der Frau Kleb, welcher die Notstände der Kühe in solchen Zeiten ziemlich deutlich macht; wir wollen ihn, soweit er dient, mitteilen:

«Die ehrsame Frau Kleb an den Kalendermacher.

«Du wirst dich sehr wundern, einen Brief von meinesgleichen zu erhalten, so was ist im Bernbiet unerhört. Da kann unter zehn Köchinnen kaum eine einen Brief schreiben. Fortschritt ist keiner, begreiflich sind daher auch die Kühe in ihrer alten Bildungstiefe geblieben. Im Bernbiet ist das Licht erst am Dämmern, bescheint kaum die höchsten Spitzen. Ich aber bin im Waadtland geboren, wo das Licht in Personen wie Druey, Eytel und Andern bereits verkörpert ist; in ihren Fußstapfen würdiglich zu wandeln, war unser Leben und Streben, wird auch hoffentlich Lebenszweck jeder waadtländischen Vache bleiben! Obgleich mit vier Beinen behaftet, steht doch mein Geschlecht im Waadtlande bereits weit über den Taunern, Hintersäßen, Kammermeitlene und Halbherren im Bernbiet. Ein unglücklicher Zufall warf mich in dieses schauerliche Land mittelalterlicher Rohheit, und meine Leiden begannen. Von meinen geistigen Leiden, abgeschnitten von allen Bildungsmitteln, getrennt von Wesen, welche mich fassen, will ich schweigen. Niemand begriffe sie hier, nicht einmal der Kalendermacher. Ja, ich will nicht einmal reden von dem Unrecht, welches ich täglich ertragen muß, Geschöpfe wie Stadtköchinnen, Stallknechte, Staatsweibel, ohne allen Schatten von Bildung, mit Rücksichten behandelt zu sehen, während man gegen mich auch nicht die geringsten Egards hat, mit mir umgeht ganz wie mit einem einfachen Veh. Aber wie man mich als Veh behandelt oder vielmehr mißhandelt, das muß vor das Publikum, das muß die Nachwelt wissen.

«Als mein erster Meister wegen Mangel an Platz seine Pension (so nannten wir im gesegneten Waadtlande unsern Aufenthaltsort, den man im Kanton Bern so grob Stall nennt) aufgeben mußte, verschlug mich mein böser Stern zu einem großen Bauer und eilf Andern, Kühen nämlich. Als ich das Haus sah, meinte ich, wie gut es mir gegangen, ich Arme sollte das Gegenteil erfahren! Ehemals hatte der Mann acht Kühe gehabt, jetzt hatte er mit mir zwölfe im Stall, denn sie hatten eine Käserei errichtet. So viel Verstand besaß er, zu rechnen, daß zwölf Kühe mehr seien und mehr fressen als achte. Damit er nicht vor das Gras hinauskomme, meinte er mit dem Grasen so spät als möglich anfangen zu müssen. Er hielt uns daher so lange als möglich am Dürren, er schabte ordentlich die Bühne, wenigstens siebenzigmal mußte der Melcher mit dem Besen hintenfür. Wir wurden so dürr, daß das Korsett einer Modiste uns ganz perfekt gepaßt hätte. Endlich ging das Grasen an, acht Tage schwammen wir in Wollust, schlenggeten das Gras uns gegenseitig über Rücken und Köpfe, während hinter uns der Meister schimpflich fluchte: für Vierundzwanzig täten wir fressen, aber Milch geben nicht für Achte. Wir seien trügerische Ware, so schönes Gras und nicht mehr Milch! So viel Bildung hatte er nicht, zu begreifen, daß Kühe erst wegem Hunger fressen, ermagerte Kühe an Milch gar nicht denken. Der Bauer hatte einen neuen Melcher, auf den schob er anfangs die Schuld, der könne nicht melken, sagte er. Er fing nun an, heimlich an unsern Eutern zu rupfen; da erhielt er noch weniger Milch und fluchte nun über uns. Die Moren zögen ihm die Milch auf, sagte er, wollte mit Fluchen und Schlägen sie heruntermachen, aber das Melchterli blieb leer. Nach acht Tagen schon fing es an dem Gras zu bösen, es wurde geschmack- und saftloser, es begann überstellig zu werden. Wir suchten das Beste daraus, rissen das Andere in Mist, gschändeten tapfer und minderten an der Milch. Dem Bauer wurde himmelangst. Sövli Küeh und sövli weni Milch, sagte er mehr als hundertmal im Tag; meh Küeh u minger Milch, wie ist das möglich?! Statt nun in den Spycher zu gehen, in die Mühle zu schicken und zum Salzauswäger, um mit Gleck nachzuhelfen, gab er alle Tage weniger Milch in die Haushaltung und rühmte desto mehr die Käsmilch. Er wenigstens begehre gar keine Milch mehr, sagte er, er möge sie nicht ertragen, sie hänke ihm zu viel an. Er liebe desto mehr die Käsmilch, die ziehe immer so sachte durch, er sei nie wohler gewesen und möge brav essen dabei.

«Nachdem wir das erste Gras halb gefressen, halb geschändet, kam die Reihe an das zweite, und da ging erst das Elend an. War das erste Gras zu alt, war das zweite zu jung; man mußte es mitten entzweihauen, wie man zu sagen pflegt, und einen halben Acker übergrasen, ehe halb genug war für zwölf Kühe. Hinter dem Melcher, welcher grasete, stand der Bauer mit trübseligem Angesichte, trotz seinem leichten Atem, und mahnte: Mach süferli, Hans, ume hübschli; mach, daß de morn o no hescht! Die große, in der größten Hitze abgemähte Fläche war am folgenden Tage rot, sie war verbrannt und von Nachwuchs einstweilen keine Rede mehr, und alle Tage gaben wir weniger Milch. Sövli Küeh und sövli weni Milch, ward des Bauern ordinäri Seufzer, den er nicht bloß des Tags, sondern auch des Nachts bewußtlos ausstieß, wie die Bäuerin in großem Zorne klagte, indem die verfluchten Käsereien sie nicht bloß um die Milch, sondern auch um den Schlaf brächten, indem keine Nacht vorübergehe, daß nicht der Mann davon stürme. Er rühmte alle Tage die Käsmilch strenger. Er hätte nie geglaubt, was die könne, sagte er; er hätte so leichte Beine wie ein Zwanzigjähriger, seit er sie brauche, und was Atem sei, wisse er nicht mehr. Nur brav gebraucht von dieser, so würden die Leute wieder gesünder und möchten besser arbeiten als jetzt, wo man nichts mehr könne als den Faulhund machen. Was er gut fand, sollten alle gut finden, und weil er die Milch schädlich fand, so gab er derselben aus klarer Wohlmeinenheit alle Tage weniger in die Haushaltung; mit Käsmilch wurde der Brei gekocht, Käsmilch brauchte man zum Kaffee, am Sonntag nur tat man ein wenig Milch darein. Ach, was die durchzog! Gemäß meiner waadtländischen Bildung hätte ich den sämtlichen Hausbewohnern diesen Durchzug auch von ganzem Herzen gegönnt, wenn nicht hinwiederum auch wir darunter gelitten hätten. Aber den Melcher drangsalierte die Käsmilch so, daß er immer die Hosen in den Händen hatte und wenigstens dreimal beiseits ging und allemal frisch anziehen mußte, ehe er eine einzige Kuh ausgemolken hatte. Gar nichts hängte die Käsmilch bei ihm an, er wurde ganz durchscheinicht. Schien die Sonne nicht sehr stark, so warf er gar keinen Schatten mehr, schien sie aber stark, so konnte man alle Brosamen sehen, welche er im Magen hatte, und alle Röhren, welche draus- und dreingingen. Er ward ganz miserabel schwach, marterte uns mit dem Melchen unaussprechlich. Die Katze erhielt keinen Milchschaum mehr, und Käsmilch wollte die einmal nicht, man mochte ihr darstellen, so viel man wollte. Der Bauer behauptete steif und fest, nicht bloß erspare er am Katzenschaum wenigstens fünfzig Maß Milch jährlich, sondern seit die Katzen keinen Schaum mehr erhielten, wüßten sie wieder, was Mausen sei. Nun aber brüllten sie unter der Stalltüre gar wehlich und manchmal halbe Nächte durch, daß wir uns nicht bloß bitterlich schämen mußten, weil die Kühe in andern Ställen hätten glauben können, unsere Milch gebe nicht Schaum, sondern auch in den Ohren schrecklich leiden mußten. Im Waadtland war ich an Musik und Vaterlandslieder gewöhnt, ach Gott, wie herrlich, hier im Bernbiet nun Katzengeschrei, und ganz ohne allen Takt und Melodie, wie es halt im Bernbiet bräuchlich sein wird!

«Hatten wir nachts keine Ruhe, ward uns vollends am Tage keine mehr. Hatte der Melcher eine Ewigkeit gemolken oder vielmehr gestrupft, wir uns endlich davon erholt und zur Ruhe gelegt und zwischen Traum und Wachen die Grasstengelchen gezählt und wieder gezählt, welche wir erst gefressen und jetzt wiederkauten, kam etwas in den Stall gehuscht, stüpfte mich am Derrière, und stand ich nicht schnell auf, so guselte man mich in aller Stille mit der Mistgabel. Kaum stand ich auf den Beinen, saß die Bäuerin unter mir, sagte nicht einmal Excusez! oder Pardon!, strupfte mir am ganzen Euter herum, bis sie ein Häfeli voll Milch hatte, und schob sich wieder in aller Stille. Im Futtergang hatte die Tochter gelauscht; war jene fort, husch, war diese da, ehe ich mich legen konnte, und strupfte wieder. Zuweilen kam auch noch die Jungfrau und strupfte ebenfalls. Gewöhnlich geschah dieses Strupfen an mir, weil ich die besten Manieren hatte und selbst im Bernbiet, wo man so gar keine hat, sie noch nicht ganz vergessen hatte. Ja, manchmal gegen Abend kam ganz verstohlen ein fremder Bauer herein mit großer Vorsicht, strupfte an allen und schob sich dann wieder, als wäre er ein Dieb, nahm jedoch nichts mit, soviel ich bemerken konnte. Kam dann der Melcher am Abend, sollte ich selbst daran schuld sein, aus Bosheit die Milch mit den hinteren Beinen ausgedrückt haben, und erhielt manchmal sogar Schläge. Ich verdeutete ihm wohl, wer schuld sei, aber der Kerl begriff mich nicht, er war halt kein Waadtländer, ja nicht einmal ein Seeländer. Hätte er mir Tinte und Papier gebracht (Federn brauche ich keine, ich schreibe mit den Hörnern, und zwar links und rechts gleich schön), ich hätte mich ihm faßlich machen können.

«Als der Bauer uns durch seine Wirtschaft um Kraft und Saft und Milch gebracht, sollten wir an allem schuld sein. Wir seien das schlechteste Veh, welches er noch im Stalle gehabt; wenn er uns noch einen Sommer haben müßte, wir brächten ihn um Hab und Gut, sagte er. Er müsse ändern, er möge wollen oder nicht wollen. Ich war die Erste, welche er schaubete. Ich freute mich, als ich es hörte. Ach Gott, wie dumm war ich schon geworden, dieweil ich ein Jahr im Bernbiet war! Es wollte mir gleich anfangs nicht gefallen, daß mein neuer Meister so ein Strubigel war und zum alten Meister sagte: Er könne darauf zählen, zJakobstag bringe er den Rest. Als er mich einem Häuschen zuführte, welches noch strüber war als er, mich dort in einen Geißenstall brachte, hier zwischen fünf andere Marterbilder preßte und mit einem zusammengeknüpften Seil an eine abgenagte Krippe band, ach Gott, da wußte ich, was die Glocke geschlagen; ich weinte, der Berner Lümmel merkte es nicht, und von Mitgefühl war er so fern, als vom Morgen der Abend ist.

«Kaum war der Strubigel, welcher mein Meister jetzt sein sollte, zum Stall hinaus, so begann ein kleines, graues sogenanntes Unterseenkuhli von der hinteren Wand her, wo es fast erdrückt wurde, an zu berzen und zu keuchen und sprach: Der verfluchte Lümmel, hat der im letzten Sommer nicht für drei kleine Kuhli meines Schlages zu fressen gehabt; wo will er es jetzt für Sechse nehmen, und noch dazu für solche Untiere, wie er da eins hereingestellt, in deren Bauch ein ganzer Heustock auf einmal Weite hat. Das wird einen saubern Sommer absetzen. Das Kalb (so titulierte das Kuhli den Meister) wird meinen, er wolle auch aus den Käsereien die Schulden zahlen. Der wird die Nase auftun im Herbst; wenn wir nur nicht dabeisein müßten, solange der Sommer dauert. Das Kuhli hatte mehr als recht, es war aber auch eine schlaue Oberländerin, begehrte immer am meisten auf und hatte doch immer den ersten und den letzten Grashalm.

«Wir befanden uns auf einem abschynigen, abgeschleipften Heimwesen, welches wenig Sonne hatte und seit hundert

Jahren schlechte Bauern, unter deren Händen es ganz ermagert war. Die Kabisstorzen wurden auf demselben nicht dicker als ein Geiselstecken, die Bohnen krochen nur übers dritte Jahr fingerslang die Stangen auf, die beiden andern Jahre blieben sie traurig und saßen am Boden. Wenn einmal drei Erdäpfel unter einer Staude gefunden wurden, so rief die Mutter dem Vater, er solle doch kommen und schauen, wie schrecklich viel es gebe. Als einmal das Gras über einen Maulwurfshügel heraufwuchs, wurde es der Großmutter ganz übel, daß sie ins Bett mußte. Sie möge sich gar nicht erinnern, jammerte sie, daß man vor Gras die Schärhüfe nicht gesehen, als im Jahr, ehe die Franzosen gekommen. Und wenn das wieder diese bedeuten sollte, so wollte sie lieber heute noch sterben.

«Dieses Mannli wollte nun auch in eine neu errichtete Käserei geben, glaubte, mit vielen Kühen sei alles gemacht, im Herbst die Schulden alle bezahlt. Es traf mich also zum zweiten Male das schreckliche Unglück, einem Käsbauer seinen Lehrplätz mitmachen zu helfen. Wie der Mann sich eigentlich diese Sache vorstelle, begriff kein Mensch, und er sagte es ebenso wenig jemanden. Wahrscheinlich stellte er sich rein nichts anderes vor, als daß sechs Kühe noch einmal so viel Milch geben als drei und sechs Maß Milch doppelt so viel gelten als drei. Diese Vorstellungen sind, wie man sieht, sehr einfach, tiefere und andere lagen dem Bernbieter sicher fern. Ganz sicher dachte er nicht daran, daß sechs Kühe mehr fressen als drei und, um mehr Futter zu machen, man das Land verbessern müsse. Einen Misthaufen hatte er, ein währschaft Weibsbild hätte ihn in der Schürze weggetragen, dagegen aber im Jaucheloch kein Fußbad mit Behagen nehmen können, so klein war es. Wenn er was dachte, so war es bloß das, daß wenn er keine Schulden mehr hätte, er nicht mehr zinsen müsse. Das Zinsen, das war sein Teufel auf der Welt.

Hier nun litten wir Hunger, ich kann nicht sagen wie. Und was gibt das für Mist, wenn man Hunger hat, denn vor dem Mist kommt doch erst das Fressen! Ich rede unmanierlich, ich weiß es wohl, aber das macht der Zorn! Zudem blieb im ganzen Stall kein Strohhalm sicher; er mochte streuen, so weit hinten er wollte, wir stüpften mit den Hinterbeinen jedes Strohhälmchen, bis wir es mit dem Maul erreichen konnten. Beim Melchen hätten wir ihm sicher die Haare vom Kopfe gefressen, wenn er deren noch gehabt hätte.

«Und doch konnte der arme Teufel uns zuweilen erbarmen. Den lieben langen Tag brauchte dieser bloß zu zwei Geschäften: zum Grasen und zum Melken. Am Abend bis spät in die Nacht und am Morgen vor Tag dängelte er seine zwei Sensen, und sobald er sehen konnte, ging er dem Grase nach mit zwei Steinfässern und vier Wetzsteinen darin und das Herz voll schwerer Seufzer. Sein Gras war wie verhexet, er konnte bloß schaben. Wie einer, der ein schlechtes Schermesser hat, immer zweimal über das Kinn fährt, so fuhr Hansli immer zweimal über den gleichen Zug, und wenn er hinter sich noch kein Gras sah, ging er zurück und schabte zum dritten Male, hielt nieder, als ob er das Gras samt den Wurzeln nehmen wollte, kehrte den Boden um, daß Gras und Erde sich mischten. Hatte er endlich eine Bähre solchen Gemengsels, eine neue Art kurzes Futter, zusammengekratzt, uns davon in den Bahren geworfen, wobei es manchmal einen Staub gab, daß wir böse Augen bekamen, begann er zu melken, daß Gott erbarm! Er mußte sich zwischen die Kühe hineinpressen wie ein eiserner Keil in einen buchenen Stock, zog uns dann fast das Blut aus dem Leibe, sich den Atem aus der Brust, daß er hinaus in die Hofstatt mußte an die frische Luft, um wieder lebendig zu werden. Hatte er sich halbtot gemolken, mußte er wieder ans Grasen hin, um uns etwas in den Bahren zu werfen, mehr für Langeweile als fürs

Fressen. Ein Spaßvogel riet ihm einmal, daß wir es hörten, er solle uns grüne Brillen machen lassen, damit wir im Bahren doch etwas Grünes zu sehen bekämen. Gleich nach dem Mittagessen mußte er wieder ans Grasen hin, nachdem er sich schachmatt gedängelt hatte, um die Löcher in den Sensen zu verebnen, welche er durch sein zu tiefes Niederhalten in Steine geschlagen hatte. Wenn die Leute ihn so grasen sahen mitten in Rauch und Staub, fast wie Jehova auf Sinai, erbarmte er sie und sie riefen ihm zu: Fahrst zAcher, Hansli? Wetts nit z'guet mache! Am Abend zog er dann in fast drei Stunden mit Not und Schweiß ein Melchterli Milch heraus, meinte endlich noch, weil wir so wenig Milch gaben, wir seien ungrecht, kaufte Tränker und laxierte uns obendrein. Es war, als wolle er uns das Restchen Leben vollständig aus dem Leibe treiben.

«So verfloß der Sommer uns am Hungertuch. Im Herbst kam es Hansli in Sinn, er habe fast kein Heu auf der Bühne, ging in den Wald und schaffte einen großen Haufen Tannäste herbei. Fragten die Leute: Sorgst für den Winter, Hansli?, so antwortete er: Er hätte wohl wenig Heu bekommen, darum mache er Kries herbei; es sei wohlfeiler als Heu und doch bsunderbar gesund, es ziehe immer süferli durch. (Es ist merkwürdig, wie auf einmal die Menschen so viel auf dem Durchzug halten). Er müsse zwei Kühe mästen, mager wollten sie ihm nichts gelten, sie hätten gar keinen Preis mehr. Du mein Gott, was waren das für Aussichten auf den langen Winter, und wie trieb Hansli das Mästen! Den Kühen, welche er nicht mästen wollte, gab er um so weniger, uns Auserwählten aber mischte er zum Mästen Heu, Kries und Erdäpfel und gab es uns wohlgerüttelt ein. Dünkte ihn, sein Häufchen Erdäpfel nehme zu stark ab, sagte er: Z'stark z'trybe nütze nüt u vrstopfe gerne, er wolle ein paar Tage nachlassen und durchziehen; dann kriegten wir pures Kries.

Hörte er, daß irgendwo ein alter Jude gesehen worden, welcher etwas Altes für die Straßburger suche, sagte er, die War werde bsüechig werden, sie fange an zu ziehen, er müsse pressieren mit Mästen; dann gibt es wieder Erdäpfel, bis der alte Jude verschollen ist und die Mutter sagt: Ume hübschli; wenn du mit den Erdäpfeln so wüst tust, so sind zWeihnacht keine mehr!

«So hange ich zwischen Tod und Leben. Wie es nach Weihnachten gehen soll, darf ich nicht erwarten. Darum suche ich Platz eiligst, bitte den Kalendermacher, mir behülflich zu sein. Bin eine Person in den besten Jahren. Mein erstes Kalb gebar ich zur selben Stunde, als auf dem Montbenon zu Lausanne die berühmte Leiter bestiegen wurde. Ich bin angenehm, bei gehörigem Fressen milchreich, entschieden liberal von Gesinnung und, wieder gehörig bei Kräften, vollkommen fähig, deutschen ungebildeten Mädchen Privatunterricht in welschen Manieren zu geben. Ich erwarte Ihren Beistand, wie es Ihre Pflicht ist, und wenn nicht umgehend, so doch in wenig Tagen entsprechende Antwort. Meine Adresse ist: Frau Kleb beim Krieshaufen, Gemeinde Käslige, Kanton Bern.»

So ungefähr lautete dieser Brief. Man sieht, daß die Klagen von einer beteiligten Person kommen, also sicher übertrieben sind, und aus einem ganz liberal zerrissenen Gemüte, welches Ansprüche für seine Person macht, welche weder die Welt noch Gott erfüllen wird. Aber etwas Wahres ist an der Sache. Wer zu viel Kühe hat oder zu wenig Gras im Sommer, der ist in einer sehr bedenklichen Verlegenheit; wenn sie ihm den Schweiß austreibt, so nimmt es uns nicht wunder. Nun, wer an den Winter nicht denkt, kann im Sommer sich immer helfen, aber dafür muß er dann im Winter desto heißer schwitzen, und dieser Schweiß ist schmerzlich und kostet viel Geld. Das hat schon Mancher erfahren.

ZWÖLFTES KAPITEL

Von Käsherren und Käsfieber

Wenn ein Mensch ein Buch schreibt, kommt er, wenn das Ende naht, in eine gelinde Wallung, die immer und immer steigt, bis endlich der letzte Punkt gesetzt ist. Diese Wallung wird durch zwei Gedanken hervorgebracht. Erstlich denkt man an die Welt, was die sagen werde, daß man ein Buch geschrieben, und zwar so eins, wie keines auf der Welt sei und nie wieder eins kommen werde, wo man von Hütte zu Hütte, von Palast zu Palast laufen werde mit der Frage: «Habt ihr es gelesen, habt ihr es gelesen?» Wo in Zukunft der Hansli beim Misten, das Stüdi beim Rüblijäten, der Ratsherr auf dem Rathause und der eidgenössische Oberst auf seinem Schimmel mit diesem Buche in der Hand gesehen würden, und alle schreiend: «Das ist ein Buch, das ist eins! Das muß einer sein, der es geschrieben hat, e ganze Kerli, e vrfluechte Pickel!» Das ist der erste Gedanke, der Fieber macht.

Der zweite Gedanke ist der: Welchem Buchhändler will ich die Gnade erweisen und es zum Drucken geben? Ach, wie wird der die Ellbogen schlecken bis hinter das Achselbein, und was wird er mir wohl dafür geben? Verflucht viel, das weiß ich, aber wieviel wohl? Das ist der zweite Gedanke, der am Fieber mithilft, und zwar ziemlich stark, so daß, wenn beide Gedanken so recht flüssig werden, das ein starkes Fieber gibt, daß einem das Schlafen vergeht und fast das Essen, daß man zuweilen selbst Kamillentee brauchen muß.

Nun, wenn mal der letzte Punkt gemacht ist, vergeht das Fieber bald, zuerst der letzte Teil und dann der erste. Wenn erstlich kein Buchhändler es drucken will, keiner etwas dafür geben, endlich einer aus Erbarmen es druckt, aber nicht auf eigene Kosten, sondern auf Kosten dessen, der es geschrieben, wenn dann niemand es lesen will, in keiner Hand es gesehen, in keinem Hause es geduldet wird, wenn bei den täglichen Nachfragen beim Verleger der arme Schelm keine Bestellung sieht, sondern täglich neue Krebse, kein Geld sieht, sondern höhnische Gesichter, wohl, da vergeht das heiße Fieber, da kommt das kalte, daß ihm die Zähne klappern, daß er schnadert am ganzen Leibe ganz miserabel. Es ist die kalte Angst vor dem Konto, welchen der Verleger ihm machen wird, und zwar nicht mit Erbarmen, sondern mit Salz und Pfeffer.

Erwas Ähnliches stellte sich in der Vehfreude ein. Nicht daß etwa ein Vehfreudiger ein Buch geschrieben oder die ganze Gemeinde eins komponiert hätte. Bewahre, so was kam einem Vehfreudiger nicht in Sinn! «Öppis Dumms eso», hätte jeder gesagt, dem es angemutet worden wäre. «Es ist mir ja zwider, wenn ich in eines sehen muß; wenn ich eines schreiben sollte, so wollte ich lieber die Erdäpfel im ganzen Bernbiet ungekocht fressen, ich würd ob der ersten Zeile ein Narr.» Und wenn es einem auch in Sinn gekommen wäre, er hätte es nicht riskiert, er wäre sein Lebtag für einen Narren gehalten worden gleich dem guten Doktor Glux zu Unghoblete.

Der Eglihannes war der Einzige, welcher Autorgelüsten an Tag legte, doch bloß, wenn er besoffen war. Nicht daß er an ein Buch dachte, so wenig als daß er eines las. Mit dem Hagelszüg möge er nichts zu tun haben, sagte er, es mache ihm alles Langeweile. Aber wenn er besoffen war, so drohte er der ganzen Welt, er wolle sie in die Zeitung tun oder gar in den «Guckkasten», denn der verstehe es, Gott u Mönsch im Dreck umezzieh, daß sie ihr Lebtig stinken täten; es sei noch ärger, als wenn einer wär ins Schyßhus gfalle. Indessen brachte er es doch nie zu einem eigenhändigen Zeitungsartikel, dazu war er zu dumm, selbst zu der Zeit, in welcher er hochgestellter Beamteter war. Stach ihn der Teufel zu hart und konnte er sein Gift nicht versaufen, so ging er, wenn er was über den Pfaffen hatte, zum Schulmeister, der war Schmutzköchin weit und breit und verstand eine Brühe zwegzurühren, daß man damit eine halbe Stadt hätte vergiften können. Ging es über einen Weltlichen, einen Kollegen, so marschierte Eglihannes zum Katzenmani im Galgenmösli, der hatte ebenso große Freude daran, jemanden etwas anzuhängen, als er früher Zorn gehabt, wenn ihm jemand den Buckel ausgeklopft. Er gab sich für besonders befähigt dazu aus, denn er hielt sich für einen Logiker und hatte sich auf die Philosophie gelegt, das heißt er lief Pfarrern nach, welche alberne Dinge schwatzten, die den Bauern zu gemein waren, und schöpfte aus solchen Albernheiten seine Weisheit. Unser Mani eben, obgleich im Galgenmösli, stand doch auf der Kulturhöhe, von welcher ihm alles, was unchristlich oder antichristlich war, als Philosophie erschien; denn Mani war in solchen Sachen so kreuzdumm, daß selbst seine nächsten Verwandten sich seiner schämten, wenn sie ihn lafern hörten. Indessen dem Eglihannes waren diese Artikel eben nur zu philosophisch, sie bissen nicht recht. Wollte er so was Rechtes, welches durch jedes Fell ging, so ging er zum alten, grauen Sünder, welcher nicht gern gehängt sein will; der schrieb ihm für eine vierbatzige Flasche Sachen, daß selbst der Teufel den Pfnüsel bekam darob.

Nein, wegen einem Buche kriegte man in der Vehfreude kein Fieber, aber mit dem Käs hatten sie es akkurat wie Schriftsteller mit einem Buche. In der Regel schließt sich die eigentliche Kässaison mit Michelstag, einige Tage auf oder nieder, darauf kommt es nicht an, wenn es nicht ausdrücklich eingedungen ist. Aber lange vor diesem Zeitpunkte, schon gegen Ende des Augusts fängt so allgemach das Fiebern an. Man läßt in der Stille aus, man hätte das schönste

Mulch, wo es in diesem Jahre geben werde, den höchsten Preis nehme man. Man geht, mit den Händen in den Säcken, den schön geordneten Käsen nach, betrachtet sie, ob sie ebenrecht gerundet seien, nicht zu fast eingefallen oder zu sehr aufgelaufen oder gar gespalten, gibt dem Senn Weisung, er solle diesen oder jenen Käs besser so oder anders drehen. Wenn einer käme, sie zu gschauen, sehe er den Fehler weniger. Der Senn sagt nicht viel darauf, denkt aber bei sich: Ja, glaub du, dummer Bauer, du könnest einen Käshändler hinter das Licht führen! Einer, der mit dem Ding weniger bekannt ist, meint gar, diesen solle man in jene Ecke stoßen und einen andern zuoberst hinstellen. Er denkt nicht daran, wie die Käse in ganz anderer Ordnung stehen als Bücher in einer Bibliothek, wie jeder Käs das Datum des Tages, an welchem er gemacht worden, an sich trägt, jeder in dieser Ordnung in Reih und Glied steht und stehen muß, in dieser Reihe heruntergenommen und gesalzen werden muß, damit richtig das Maß des Salzes getroffen werde, welches er bedarf*. In diesem allem ist eine Pünktlichkeit, von welcher nicht bloß mancher Hans Uli, sondern selbst mancher Professor oder gar der Hornborstel in Wien, der Minister, und der Spitzhütel, der General ebendaselbst, sich nichts träumen lassen.

Zugleich aber sucht man zu vernehmen, wie in andern Käshütten die Mulche ausfallen, die Käse sich machen. Das ist aber nicht ganz leicht. Jede Gesellschaft hat das höchste Interesse, den schlechten Zustand ihrer Käse geheimzuhalten, jedes Mitglied derselben begreift dieses auch, wenn es sonst

---

* Die Geschichte wegem Käsbürsten, welche Kohl erzählt, ist ein dem berühmten Manne angehängter Witz, der allen Leuten lästig wird durch sein Fragen und solche Antworten sich hageldick zuzieht. Man fährt wohl mit einer Bürste über die Käse, aber bloß um die Salztropfen zu verwischen, was zwei Sekunden für jeden Käs braucht.

gar nichts begreift, und verschweigt ihrer Käse Mängel sicher weit treuer als seine eigenen und namentlich seines Weibes Fehler, Laster und Sünden. Und dennoch, trotz aller Vorsicht, wird, man weiß nicht wie, bekannt, wo es fehlt. Wie das Licht durch jede Ritze dringt, kommt durch Spalten, Astlöcher, vielleicht gar Wurmlöcher alles an Tag, was in einem Käsgaden vorgeht. Da heißt es ganz mit Recht: Es ist nichts so fein gesponnen, es kommt doch endlich an die Sonnen. Das wird dann weitergesagt unter der Hand mit halblauter Stimme: Die in A sollen böse Käse haben, sie werden sie kaum verkaufen, in B sei auch nichts zu rühmen, der Senn könne nichts, in C hätten sie ganz gefehlt, die Bauern hätten es zu arg gemacht mit dem Vorteiltreiben, z'guet könne man es auch machen. Sie hätten es jetzt ungern und grusam geheim, aber man wisse es doch. «Wir aber», heißt es dann weiter, «wir haben prächtige Käse, daß schöner nichts nützte, den höchsten Preis zu nehmen sind wir gesinnet diesmal. Was gelten sie, habt ihr nichts gehört, laufen sie afe?»

So ungefähr lauten die Vorreden mit wenig Veränderungen allenthalben. Das «Laufen sie afe?» bezieht sich auf die Käshändler. Wie die Weinhändler das Weinland besuchen, wenn die Trauben reifen, so gehen die Käshändler vor dem Schlusse der Saison über Berg und Tal, besuchen die Kässpycher, besehen die Käse mit kundigen Augen. Jedes Haus hat seine eigenen Wege und seinen besondern Operationsplan. Die Hauptfrage bleibt immer die gleiche: was besser sei, ob Zögern oder Eilen im Kaufen. Basis ist eigentlich immer das Zögern, das Tun, als sei einem an der Sache gar nichts gelegen, als kaufte man ehemals eigentlich bloß um Gottes, jetzt um des Vaterlands willen, als gehe man den Verkäufern aus dem Wege, um so gleichsam nicht in Versuchung geführt zu werden. Da hat man noch alten, mehr als einem lieb ist; es ist nicht Nachfrage, nicht Geld, man zweifelt, daß man kaufen werde, ausgenommen ganz Weniges, nur damit man was hätte, es nicht heiße, man wolle aufhören. Wenn man ihnen dann von andern Häusern sagt, welche Lust zum Kaufen zeigten, so heißt es mit Achselzucken: «Ein jeder macht für sich; wenn sie es gut finden, in Gottes Namen, wir wollen es ihnen nicht wehren. Sie werden es aber auch noch erfahren, was es heißt: Da siehe du zu. Wenn jemand so lange dabeigewesen und so manchmal die Finger verbrannt hat, ist man nicht halb so hitzig mehr. Man hat es erfahren müssen, daß was gekauft wird, bezahlt werden muß, und wenn man nicht verkaufen kann, wo Geld nehmen dazu? Da haben Bauern so wenig Geduld als die Küher; ist der Verfalltag da, so wollen sie das Geld, fragen nicht, habe man es oder habe man es nicht. Und geht der Tag ohne Geld vorüber, so ziehen sie Lederschuhe an, laufen einem nach Tag und Nacht, bis sie das Geld haben, und verbrüllen einen dazu im ganzen Lande, als ob man noch vor Sonnenuntergang geltstagen müsse.»

Es geschieht aber auch, daß das Eilen gut gefunden wird. Wenn zum Beispiel das Fleisch fehlt, das heißt nach trocknen Jahren, in denen viel Vieh geschlachtet werden mußte, oder irgend eine Zoll- oder Mautveränderung Hoffnung zu größerem Absatz gibt, dann heißt es: «Jakobli, salb dSchueh! Christen, lauf! Hansli, mach dih zweg! Andresli, strych dih, so gschwind de chast! Peterli, uf u nache, so streng de mast, chauf, was de chast, dräyh grüsli, aber chauf nüsti!» Dann geschieht es auch zuweilen, daß ein einziges Haus den ganzen Schwarm auf die Beine und in Eile bringt. Das Haus hat seine besondern Ursachen, viel zu kaufen, oder will probieren, das Beste auszuwählen in aller Stille, und den Andern die Nachlese überlassen usw. Es schickt seine Vögel aus, die streichen so geheim als möglich herum, versuchen, fast wie die Füchse mit den Schwänzen, die Fährten zu verwischen, aber das ist all umsonst. Am Samstag in Thun, am Dienstag in Bern, am Freitag in Langnau kommt so ein dicker Küher zu Hans Uli und sagt: «Ja, dies Jahr geht es anders mit den Käsen, da wollen wir euch den Marsch machen; vorgestern war der Großrat vom Hochmutsknubel bei mir, der mit dem schönen Gring, wo ist wie die Zeittafel zu Luthern. Für ds Tüfels Gwalt hat er meine wollen. Er tat mir ein schönes Bott, aber eine halbe Krone blieben wir stößig.» «So, der, lauft der schon, der tut immer, als wenn er Feuer im Füdle hätte, und wenn er am Ende zwei oder drei Mulche kauft, so ists aller Handel», spricht Hans Uli. «Was wollte er geben? Vierzehne?» «Er hätte mir sechzehne gegeben, aber ich wollte nicht», antwortet der Küher. «Dies Jahr haben wir das Heft in der Hand.» «So halts, wennd channst», antwortet Hans Uli zornig und läuft ab. Läuft aber nur zum «Bären», schreit: «Stallknecht, spann an, auf der Stelle, hörst!» Das hört die Wirtin, sagt: «Ei aber, Herr Zwiebelnkuchen, doch nicht vor dem Mittagessen, das Stubenmeitli trägt eben die Suppe ans Ordinäri, und es sind noch mehr Herren drin, Käshändler oder Großrät, eins von beiden.» «Meinethalben sei der Teufel drin», sagt Herr Zwiebelnkuchen, «ich muß fort. Bringt einen halben Schoppen! Stallknecht, was koste ich? Ein Immi befahl ich, es hat es doch bekommen?» Und heim sprengt Hans Uli, daß Roß und Reiter schnoben und Kies und Funken stoben, und lange ehe er beim Hause ist, schreit er: «David, Daniel, Gabriel, Michael, uf, uf, salbit, laufit! Gschwing, gschwing, hüt no! Die Bärengringe uf dm Hochmutsknubel schnauseten schon alles aus, möchten die Nidle von dr Milch. Daß doch Sellige unser Herrgott die Beine nicht verschlägt, wenn sie so herumfahren, uns Andern alles z'vrblitze u z'vrhagle!»

Manchmal geht es anders. In ziemlich engem Stübchen und unter vielen Fliegen sitzt ein Alter; man bringt ihm die

Post. Er mustert sie durch, sieht die Adressen an mit weit vorgestrecktem Arm, sagt: «Da ist einer für Köbi. Wer schreibt dem wohl, es ist eine kuriose Gschrift.» Köbi kommt. «Sieh, da ist einer für dich, wird was Neues darin sein.» Köbi will mit gehen. «Seh, tue ihn auf», sagt der Alte, «vielleicht ists pressierlich». Köbi gehorcht, hält ihn lange mit beiden Händen vor dem Gesichte, bis der Alte fragt: «Es wird viel darin sein, daß du nicht fertig wirst? Seh, gib, vielleicht komme ich besser daraus.» Köbi gibt ihn zögernd und sagt, er komme nicht daraus, es sei kein Datum darin und kein Ort. Der Alte streckt den Brief vor sich und liest:

«Geliebter Fründ!

Hurti, hurti, chumm u chauf dr Käs! Es ist scho en angere da gsi u het ne welle, u dr Att hätt ne fast gä, mi het se fast nit use angere brunge. Aber du weißt, was du mr versproche hesch u was ih dir versproche ha ds nächstmal, we du dr Käs chaufist. U wes nüt drus gäb, su düecht es mih, i möcht über dFlueh us. Aber hurti chumm, si säge, im Nästbode syg o scho ene gsi, es gang hür grusam starch mit dem Käs. Leb wohl, my herztusige Schatz! Hurti, hurti!

Deine geliebte Freundin
Ane Marei Gibel.»

Nun, man kann sich denken, was der Köbi für ein Gesicht machte und wie es im Stübchen ein Gelächter gab, daß keine Fliege an der Wand mehr sich sicher glaubte. Endlich sagte der Alte: «Das ist die große Küherstochter im Schmutzigen Kessi. Was hast mit der für einen Handel?» Natürlich wollte Köbi immer weniger wissen, je mehr die Andern spöttelten und lachten. «Sei das jetzt, wie es wolle, wir hatten von dorther eins von den besten Mulchen, und überhaupt, es ist Zeit, auf die Beine, Buben! Ich hasse das Pressieren, aber wenn man etwas haben will, wird man dranhin müssen. Tut dest nötlicher, Buben, sagt, nicht der halbe werde verkauft, man pressiere mit dem Luegen, um den besten darauszunehmen. Das Meer sei eingefallen, man könne nicht mehr nach Amerika, und dr Kaiser von Rußland habe bei Hängen den Käs verboten, es sei nichts mehr zu machen. Tut, als ob alles morgen abkratzen müßte, und kaufet unter der Hand süferli oder bindet sie wenigstens an. Du aber, Köbi, machst diesmal eine andere Tour, es ist mir lieber, du kommest einstweilen nicht mehr in das Schmutzige Kessi, könntest mir zletzt schmutzig wegkommen oder gar darin hängen bleiben, und selb wäre mir doch nicht anständig», so instruierte der Alte.

So entsteht Alarm unter den Käshändlern, und das Fieber kommt auch an sie. Wie es aber falschen Feuerlärm gibt, so ist auch schon falscher Käslärm erlebt worden; durch diesen falschen Lärm wurden zumeist die Verkäufer angeführt. Es gibt Leute, welche in allen ihren Handlungen durchaus das Prinzip der Unredlichkeit haben, den Nächsten mit List oder Gewalt an seinem Eigentum verkürzen, in allen Stellungen, mit denen sie Gott versuchen läßt, sei es als Beamtete, Hunds- oder Schweinehändler, Metzger, Wirte, Käshändler, Meister von welcher Sorte es sei, Kühhändler, Heuhändler, Agenten, kurz sei es, was es wolle, wärs Kachelträger, Wasenmeister oder Lumpensammler. Das Merkwürdigste dabei ist, daß wenn sie diese ihre Schelmerei mit einer großartigen Frechheit und Nachhaltigkeit treiben, eine bestimmte freche Konsequenz in ihren Betrügereien und Lügen ist, sie damit dem Publikum imponieren, sie eine gewisse Geltung erhalten, eine Art von Zutrauen, trotzdem daß man an den Fingern abklavieren kann, daß man angeschmiert wird. Sie renommieren noch mit ihrer Schlechtigkeit und lachen den Hals voll über die Betrogenen vor denen, welche sie eben auch betrügen wollen. In ihrem ganzen Wesen legen sie eine naive Unverschämtheit an den Tag, welche ins Aschgraue geht, und finden doch immer Anhang und Glauben, und zwar nicht etwa als herumziehende Vagabunden wie zu alten Zeiten die Marktschreier, sondern am gleichen Orte und bei den gleichen Leuten, welche sie bereits beschummelt, angelogen, angeschmiert usw. Das ist die Frucht der Energie, die Errungenschaft der Kraft, um es modern auszudrücken; wo Kraft ist, sei es auch eine freche, verderbliche, da ist auch Unterwerfung, ein Ergeben aller Schwächern, auch wenn sie den Schaden bar vor Augen haben. Diese Wahrnehmungen einzig erklären so manches sonst Unbegreifliche, zum Beispiel die Erfolge eines fremdländischen Radikalismus auf Berner Boden, die Erhebung von Leuten ohne Wissenschaft und Tugend, ohne körperliche oder geistige Vorzüge, im Gegenteil mit ekelhafter innerer und äußerer Widerwärtigkeit behaftet, erklären einzig und allein ihr beständig wiederkehrendes Erheben, sogar wenn sie sich selbst am Boden glauben. Ihr Geheimnis liegt in ihrer Frechheit, im Glauben an die Dummheit der Menschen, in der Verachtung aller gesetzlichen Schranken, in der gewissenlosesten Benutzung aller Mittel, besonders eben der schrankenlosesten Lügenhaftigkeit inbetreff von Personen und Ereignissen.

Gerät nun ein solcher Mensch also zufälligerweise zum Käshändler, so treibt der mit Eilen auch einen eigenen Kniff, mit welchem er jedoch seine Kollegen nicht täuscht, sondern bloß die Verkäufer. Einer von dieser Sorte macht sich früh auf die Beine, läßt hie und da ein hohes Angebot fallen; damit bindet er, wie man zu sagen pflegt, die Mulchen, auf welche er geboten hat, an und spannet überhaupt die Preise. Wie ein Lauffeuer geht es durch das Land: «Sie (die Käshändler) haben bereits geboten, der und der hat dort und dort so viel geboten, und jenen soll man gesagt haben, sie sollen den und den Preis fordern, dann gebe es einen gemachten

Handel.» Mit solchen Angeboten sind aber die Betreffenden schmählich geprellt. Sie sind berechnet auf die Eigentümlichkeit der Bauern und können daher zumeist ohne alle Gefahr gemacht werden, sie mögen fast so hoch sein, als sie wollen. Ein Bauer ist an das Markten gewöhnt. Bietet ihm einer einen schönen Preis, so ist gewöhnlich sein erster Gedanke: Dem ists drum, der gibt dir noch mehr; du mußt dich nur recht wehren, der wird dir schon mürbe werden. Will mir der gleich im ersten Anputsch schon so viel geben, so gibt es Andere, die geben mir gern noch mehr. Sie schlagen also nicht ein und der Käufer drängt sie nicht dazu, er sagt höchstens: «Wartet nur, ihr seid dann doch froh, mir sie zu geben.» «Es ist möglich, aber es pressiert uns nicht, es ist dann immer noch Zeit», antwortet man und geht auseinander. Der Käshändler lacht im Herzen, die Bauern tragen glückliche Gesichter heim und erzählen den Weibern: Es gehe gut dieses Jahr, es sei ihnen schon so und so viel geboten, aber es müsse noch ganz anders kommen; setzen sich dann hinter den Tisch, nehmen den Kalender, Kreide oder Bleistift und versuchen zu rechnen, wieviel es ihnen ziehen möge, wenn der Käs so und so viel gelte.

Wie man in Amerika mit Spannung auf die Taubenzüge harrt, in Friesland auf die Enten, in Lappland auf die Häringe und in Grönland auf die Walfische, harrt man im Bernbiet auf die Käsvögel, das heißt auf die Käshändler, welche den schönen Mulchen nachstreichen über Berg und Tal. «Ist no niemere cho, het sih no Kene zeigt?» fragt mit Bangen einer den Andern. «Wott de ächt Kene cho, sött me ächt Bscheid mache eim; villicht wüsse sie nit, daß hie o e Käserei isch, u sinne nit dra, wettig Käse hie z'finge wäre.» «Das geht stark», sagt wohl einer an einem Samstag in Thun; «einer jagt den Andern, noch viel stärker als die Weinhengsten einander jagen, wenn der Wein geraten will. Es waren gestern Sieben in meinem Spycher, wußte beim Hagel nit, wo wehren. Wohl, die gelten was, man muß sich hart machen.» «Zu uns kam noch Keiner», sagt dann ein großer, bärtiger Mann mit ganz dünner, weinerlicher Stimme, gerade wie ein dreißigjähriges Mädchen, welches seit fünfzehn Jahren vergeblich wartet, daß ein Liebhaber an sein Fensterchen pocht, «zu uns kam Keiner noch, aber sie werden es nicht wissen. Das hat man davon, wenn man so nebenaus wohnt, da haben die so zmittsdrin immer den Vorteil. Das ist auch nicht recht; wenn doch die Welt ringsum geht, so sollte doch auch eingerichtet sein, daß man wenigstens über das andere Jahr zmittsdrin wäre.» Dann geht der halb weinend heim, stellt Käsgemeinde an und sagt, wie es gehe mit dem Käsgschaue; die Berge und andere Orte seien ganz schwarz deren Käsvögel, daß sie einander fry Plätze abmachten; sie hätten den Wirt im Brothüsi ganz usgsoffe, und hätte doch von Spiez drei Fuder färndrige vieredryßiger Lacote la nachereyche, aber es heyg alles nüt bschosse, es syge zvili gsi u bim Käsversueche werd me durstig. «Ihr glaubt nicht, wie es geht; und wenn alle verkauft sind und wir unsere noch haben, dann was machen?» fragt er endlich.

Man glaubt gar nicht, wie ähnlich der junge weiche Käs und die Herzen an einer Käsgemeinde sind, besonders auf einen solchen Bericht hin; man könnte sie nicht bloß auf das Brot streichen gleich dem besten Grasanken, sondern wie der Anken voll Ankenmilch ist, so sind die Herzen der Käsmänner voll Augenwasser, und wären sie auch mit einer Haut überzogen, welche ganz gleich ist wie die Rinde einer siebenhundertjährigen Eiche. Wenn die Sache vor siebenhundert Jahren vorgekommen wäre, so hätte es sich sehr einfach gemacht. Man hätte einen bewaffneten Ausschuß gemacht, denselben in drei Teile geteilt, zwei an die Hauptstraßen des Kantons gelegt, einen ins Brothüsi gesandt, wo

Frutigtal und Siebental sich münden und die Reisenden nach den ausgestandenen Strapazen zu finden sind wie die Fliegen an der Wand in kalten Herbstmorgen. Durch diese Ausschüsse hätte man die Reisenden abfangen lassen, sie wären gewesen, was bei den Holländern die Schiffe sind, mit welchen sie die Häringe holen und die Grönlandsfahrer die Walfische. Eingepökelt oder gar zu Tran gesotten hätte man sie nicht, Salz und Holz hätte man nicht verschwendet für nichts und wieder nichts, aber man hätte sie mit Käs traktiert, bis es einen Handel gegeben hätte. Nun, die Zeiten ändern, die Energie und der kurze Prozeß sind nicht mehr bräuchlich, alles muß auf die lange Bank geschoben und durch mancherlei Formen gewunden werden, so ists jetzt bräuchlich.

So etwas kommt also gar nicht in Frage, besonders nicht bei den eichenen Herzen voll Augenwasser, sondern drei andere Ansichten machen sich gewöhnlich geltend. «He, wie wärs», sagt einer, «wenn wir den Senn ins Emmental schickten, woher doch die meisten Händler kommen, er ist dort daheim und gut bekannt. Da kann er mit diesem oder jenem reden und ihm sagen, daß dann hier auch Käs sei, u wettige, de bim Donner bessere als der uf dene magere Knüble obe! Fettes Gras gibt fette Milch und mageres Gras magere Milch, das begreift ja ein Kind. Er braucht nicht zu sagen, man habe ihn expreß geschickt, er kann ja sagen, er sei dort daheim und habe die Frau da oben oder sonst Verwandte. Er wird das schon machen, er ist e Schlaue, öppe vo dene Schlimmste eine, wo man antreffen will. Dann ist es ja sein Interesse auch, wenn der Käs wohl giltet, es sind ihm ja zehn Gulden eingestellt, wenn das Mulch von den höchsten Preisen nehme.»

Einem Senn sei nie zu trauen, sagt ein Anderer. Er wisse, man habe einen Senn so gesandt zu einem Käsherrn. Der

Senn habe nun nicht um die Käse, sondern um Schmausgeld gemarktet und richtig es dahin gebracht, daß der Käsherr ihm nicht zehn Gulden, sondern zehn Fünflivretaler versprochen, wenn er die Bauern überrede, ihm den Käs so und so teuer zu verkaufen, und die Bauern habe er dahin gebracht, daß sie den Käs so verkauft und ihm noch ein schönes Trinkgeld gegeben, weil er ihnen gesagt, wenn er nicht so verflucht angewendet hätte, so hätten sie ihn selbst fressen müssen oder den Mäusen lassen. Er trage darauf an, fuhr der Mann fort, das selbst zu machen. Es gehe ja jeder von ihnen zu Markte, die Einen am Donnerstag auf Burgdorf, die Andern am Dienstag nach Langenthal, und wenn einer einmal an einem Sonntag auf Sumiswald gehe, könne es vielleicht auch nicht schaden; da treffe man schon Leute an, mit denen man reden könne, dazu brauche man den Senn nicht. Es gehe den gar nichts an, und je weniger er davon wisse, desto besser sei es, so könne er nicht unter dem Hütli spielen, wie es die Hagle im Brauch hätten.

Er möchte auch nicht einmal dazu stimmen, sagte der Dritte, der zu der kühnsten Sorte gehörte und nicht Ankenmilch im Herzen hatte. Das sei ihm viel zu nötlich getan; wenn Keiner käme, so vermöchten sie den Käs zu behalten, und wenn es sein müßte, selbst zu essen. Er müsse sagen, er nehme nichts lieber als am Morgen ein Möckli Käs zum Kaffee, und wenn es sein müsse, so könne er auch nachmittags eins nehmen, warum nicht! Aber das werde nicht der Fall sein. Sie hätten ja gehört, wie die Berge ganz schwarz seien von Händlern wie junger Flachs voll Erdflöh, es werde ihnen angst sein darum. Da machten es die am besten, welche ihren noch hätten, wenn kein anderer mehr sei, da würden wirklich die Letzten die Ersten sein. Dann sei der Preis in ihrer Hand; wer den Käs wolle, müsse zahlen, was man begehre. Das sei akkurat wie an einem Markte mit dem Korn, wenn das Korn gesucht werde und zu wenig da sei, die Letzten verkauften auch am besten.

Diese Meinung hatte natürlich das Mehr, sie war die letzte und scheint für den Augenblick die beste. Aber gilts eine Maß Wein, die, welche die erste Meinung vorgebracht, schikken dennoch den Senn hinter dem Rücken der Andern, und die Zweiten trappen so unvermerkt den Käshändlern nach und haben nicht Ruhe, bis sie einen am Zipfel seiner Kutte erwischt haben!

DREIZEHNTES KAPITEL

Vom Käsgschauen und den Manövers dabei

In der Vehfreude ging es ungefähr so: «War noch Keiner da?» «Ach nein», war die stehende Redensart, wenn zwei Vehfreudiger sich begegneten. Wie die Jäger im Frühling und Herbst auf den Anstand gehen und mit gespitzten Ohren auf den Flügelschlag der Schnepfen lauschen, so standen die Vehfreudiger auf der Lauer den ganzen Tag, und wenn sie von weitem ein Rad rollen hörten, so raunte man sich zu: «Ih ghöre neuis, es chunt eine, es chunt eine.» Und wenn das Rädchen weiterrollte und Keiner kam, oder wenn es nur ein Kachelfuhrmann war, der vor dem leeren Wagen seinen Esel zu einem matten Trabe gebracht, so scholl es von Haus zu Haus: «Aber nüt, aber nüt!»

Indessen, immer bleibt nicht ewig aus, endlich kam einer dahergefahren. «Es kommt einer, es ist einer da», hieß es plötzlich. «Warum nicht gar», meinten die Thomasse, «das wird aber so ein Kacheler sein». «Nein, gewiß nicht», lautete die Antwort; «das ist gewiß einer, der hat Käsfinger, ih has gschmöckt vo wytem.» Es war aber diesmal wirklich einer, und zwar ein gar großer und gewaltiger, daß es alsbald hieß, das sei einer von den ersten, wenn nicht der erste, ein gar grausam reicher und vornehmer; es sei kein Ort im ganzen Bernbiet, wo er nicht fragen könnte: Wie teuer das ganze Gemeindli? «Und mit dem Zahlen, wie wäre es denn mit dem?» fragte die Frau Ammännin, zu der man geschickt hatte nach dem Ammann, daß er den Käs zeigen solle. Das würde dem nichts machen, hieß es, er würde sonst nicht fragen. Man brauche dem nur eine halbe Stunde zuzuhören, so müsse man glauben, der halbe Kanton sei sein und Itali fast halb. «Hast du ihn denn gehört?» fragte die Frau Ammännin. «Ja», sagte der Bote; «er und Eglihannes tranken zusammen eine Halbe, sie müssen bsunderbar gute Fründe sy.» «So», sagte die Frau Ammännin, «das wird ein Sauberer sein, auch so einer, wo Hab und Gut im Maul hat und sonst nirgends, so ein großer Brasti, wo alles ausgugget und ausführt, der Größt ist im Gschaue und hintendrein nichts kauft. Von Solchen habe ich schon gehört. Es lohnt sich wohl kaum der Mühe, meinen Mann heimzuholen. Der bekommt sie allweg nicht; Eglihannes muß nicht die Finger darin haben und auf unsere Kosten sich den Hals schwenken lassen, der Lumpenhund der, was er ist.»

Die Frau Ammännin ward ganz feurig vor Zorn, daß so einer die Nase immer zuvorderst haben müsse und dFinger in allem. Aber so einer, wo nichts tue als dem lieben Gott die Zeit abstehlen, den Leuten das Geld, und die Zähne an der Sonne trocknen, der stehe den ganzen Tag zweg und hätte das Maul offen, damit die gebratenen Tauben hineinflögen. Indessen ließ sie doch den Mann holen. Der kam in aller Hitze daher, und viele Klafter lang hing ihm die Frage vors Gesicht hinaus: «Wo ist er? Wo ist er?» «Wo wollte er sein? Wo sind Solche? Es dünkt einem, ein Schelm rieche den andern eine Stunde weit», schnauzte die Frau Ammännin. «Im Wirtshaus ist er und Eglihannes bei ihm. Du gehst mir aber nicht dorthin, ghörst, du gehst zur Hütte und machst Bescheid, sie sollten herkommen, wenn sie was wollten, aber gleich, du seiest pressiert!»

Natürlich machte der Ammann es so; er mußte aber dort eine Weile warten, bis die Herren kamen, und das ganze Dorf war in Erwartung, was der zu ihren neugebackenen Herrlichkeiten sagen würde. Wenn sie dem sie geben könnten, sie wären gfellig, urteilte die öffentliche Meinung. Eglihannes strahlte vor Glück, daß das ganze Dorf jetzt einmal sehen könnte, wie die Vornehmsten mit ihm umgingen als wie Duzkameraden. Es ist sehr kurios, wie die Allerradikalsten bei uns so gern vornehm tun, so gern vornehm wären, und weil ihnen das verbunden und verhalten ist, so gern wenigstens vornehm scheinen. Als der Käsherr in die Käshütte trat, ungefähr wie die Frutiger von einem ihrer Pfarrer sagten: sie hätten doch den schönsten Herr, wenn er in die Kirche komme, so sei er völlig als wie ein aufrechtstehender Bär, warf er einen kundigen Blick durch das Gebäude, rühmte dasselbe, es sei gut gebaut, nicht gespart daran, erzählte dann beiläufig von einem Dutzend Käshütten, wo so schlecht seien, daß den Bauern nichts nützlicher wäre, als dieselben vom Boden wegzureißen und vom Fundament weg anders zu bauen. Die Gründe, warum, setzte er haarscharf auseinander. Man mußte gestehen, der Herr hatte ein Mundstück, das, auch wenn es sich nicht gewaschen hatte, doch eine Geläufigkeit besaß ungefähr wie das Räderwerk einer Turmuhr, wenn man dieselbe abtschädern läßt. Im Käsbehälter übersah er die ganze Schlachtordnung der Käse, die Wölbung der Ränder, die Höhe oder Tiefe der Decke, bohrte einen an, tat einen Blick auf den Zapfen, kostete ein ganz kleines Stücklein von der Spitze mit vielem Schmatzen, sah die letzte Nummer, zeichnete ein paar Worte in sein

Carnet, wie sie das Ding heißen, in welches sie ihre Notizen machen und welches bei jungen Handelsnovizen Gegenstand großer Eleganz ist, mit vieler Prätension gezeigt wird, bald zur Ehre des Hauses, welches sie repräsentieren, bald zur Ehre der Geliebten, mit welchen die stellvertretenden Käufer gern renommieren. Dann drehte er sich noch einmal um, steckte das Carnet in die Rocktasche, die Hände dazu, öffnete den Mund, alle Ohren gingen auf, und sagte: «Kommt auf Langnau, wir wollen dann sehen, ob wir es machen können mit einander; derweilen kann man sehen, wie Kauf und Lauf gehen.»

Da standen sie wie die Kinder Israel am Berge Sinai, nur mit dem Unterschiede, daß die Einen nicht zu hören wagten, die Andern gar zu gern gehört hätten, wenn auch aus Rauch, Blitz und Donner mittenheraus. Eglihannes, welcher die Hände auch in den Taschen hatte, weil er sah, daß dies noch immer Sitte war und wirklich eine bequeme, zeitgemäße – denn ist die Angewöhnung einmal da, so fahren die Hände wie von selbst Taschen zu und fragen nicht darnach, wem sie gehören, wenn es nur Taschen sind, eigene oder fremde, und nehmen darin etwas zwischen die Finger, Eigenes oder Fremdes – Eglihannes also, etwas kleinlaut, fragte: «Nach Langnau an den Markt? Wann ist er, im Herbstmonat glaube ich?» «Immer am Mittwoch nach dem Bettag», antwortete der Herr; «da machen sich die Preise und wird das Meiste verkauft.» «Aber», sagte der Ammann, «es ist doch schon verkauft worden? Ich habe schon von mehreren Mulchen gehört, und auf manches soll geboten sein.» «Es ist möglich», sagte der Herr, «es wird ein besonderer Grund da sein; wir kaufen selten früher. Man kann doch erst wissen, wenn man alles gesehen hat, was einem anständig ist und wieviel es erleiden mag. Wir sind unserer Sechse auf der Reise (bloß Drei; der Herr log, wenn er ehrlich sein wollte, bloß die Hälfte, ordinäri zwei Drittel); wenn nun jeder von uns kaufen wollte, so könnte das am Ende eine Abrechnung geben, wo uns das Liegen weh täte, denn Käse laufen ins Geld. Schon für sechstausend Zentner (diesmal log der Herr zwei Drittel), welche wir gewöhnlich kaufen, braucht es ein artiges Sümmchen, aber es macht sich. Nun, wenn es ungsinnet auf zwölftausend oder achtzehntausend Zentner käme, so würde es sich am Ende doch fragen: wo nehmen und nicht stehlen?»

«Trinken wir noch eine Flasche zusammen?» fragte Eglihannes etwas kleinlaut, fand aber nicht Anklang. Der Ammann mußte heim, der Herr weiter. Er hätte schon gestern daheim sein sollen, sagte er, aber an allen Straßen stünden Leute, fingen ihn auf und wollten ihm ihre Käse zeigen. Wenn das so gehe, so dürfe er künftig nur des Nachts reisen. Heute sollte er noch fünf Stunden weiter und auf das Wenigste an zehn Orten halten.

Als der Herr von dannen gefahren war, brach die verhaltene Neugierde los. Männiglich wollte wissen, was er gesagt, was er geboten, was er für Augen gemacht, als er ihre Käse gesehen, ob ihm auch schon solche vor Augen gekommen. Und auf alle diese Fragen nichts als die Antwort: «Kommet auf Langnau, hat er gesagt, und sonst hat er nichts gesagt, hat nichts geboten, aparti keine andern Augen gemacht als Stierenaugen, wie er sie den ganzen Tag hat, besonders am Abend»! Wer begreift nicht das Ungenügen der Vehfreudiger und daß daraus billigerweise Mißtrauen entstehen mußte! Kein vernünftiger Mensch, sagten sie, werde das glauben, daß sie nicht mehr mit einander gesprochen, und seien doch so lange beisammen gewesen; sie würden nicht immer nur gesagt haben: «Kommt nach Langnau!» Nur konnten sie nicht begreifen, warum diesmal Eglihannes und der Ammann unter einem Hute seien. Da könne man wieder sehen, was das Geld mache, sagten sie, doch nur unter der Hand. Aber vor dem könnte man sein, denen wollten sie doch noch schlau genug sein. Es sei gut, daß nicht bloß ein Käshändler sei in der Welt. Besonders hetzte der Junge auf. Es werde doch wohl erlaubt sein, zu hören, was in der Käshütte geredet werde, und wenn niemand dürfe, so dürfe er. Sehr böse war die Frau Ammännin. Er sei der Dümmste, den es gebe, sagte sie zu ihrem Manne. Wenn er daheim sein sollte, sei er fort, und wenn er fort sein sollte, sei er daheim. Da hätten sie Zeit gehabt, der Eglihannes und das Käsbratis, dSach mit einander abzureden, und der verfluchte Schelm hätte dem Andern angegeben, wie er es machen solle, um die Käse wohlfeil zu erhalten. Aber dem wolle sie es schon verhalten, lieber als daß sie die Käse dem verkaufen lasse, esse sie dieselben alle selbst. Das wäre ein starkes Stücklein, selbst für eine Frau Ammännin. Zweihundert Zentner Käse wollen was sagen, und was das noch an Brot gebraucht hätte und wie manchen Schluck!

Nun wurden erst alle Künste angewandt, um die Käsherren auf die Gschaui zu locken, und mit ziemlichem Erfolg. Zwei oder gar drei kamen noch daher und gwunderten in den Käsen herum, bohrten sie an mit ihrem Instrumente, sahen nach den Nummern und zeichneten was in ihre Carnets, und wenn alles in gespannter Erwartung die Ohren auftat, am meisten der Junge, der sich hineingeschlichen, so hieß es immer und immer: «Kommt nach Langnau, wir wollen dann sehen, jetzt können wir nichts sagen.» Höchstens kam dann noch nach: «Die Käse ziehen nicht, die Spycher sind noch voll alter.» Mehr ward nicht gesprochen über die Sache, wie der Kleine versicherte. Der Kerl besaß eine eigene Unverschämtheit und Hartnäckigkeit; er war das leibhaftige Konterfei in verjüngtem Maßstabe eines gewissen, auch nicht großen Ratsherrn, der seinerseits die leibhaftige

Unverschämtheit ist im Lügen, Behaupten, Horchen und Verleumden; ein rareres, ausgeprägteres Exemplar dieser Sorte ist uns noch nie vorgekommen. Wo Zwei oder Drei zusammen reden, steht er hinter ihnen, dreht sich nicht etwa weg, wenn er bemerkt wird, sondern mischt sich keck und unverschämt ein und spricht mit einer Impertinenz ab, bricht Leute und Dinge übers Knie, daß einem ehrbaren Menschen Hören und Sehen vergehen, grimassiert dabei und schnellt den Kopf seitwärts in die Höhe und zeigt die Nase, ganz wie ein Kaninchen. Der Kleine konnte mit Sicherheit reden; wenn auch ausgejagt, dieweil Buben nicht dahin gehörten, war er doch immer wieder da und immer wieder.

Die Beredsamkeit der Käsherren erhielt nicht großes Lob in der Vehfreude. «Kommt auf Langnau!» könne jeder Löhl sagen, er brauche nicht einmal in einer Sekundarschule geschulet zu sein. Die werden aber auch nicht viel zu bedeuten haben daheim, nur so die Vorrosse oder Vorgumper sein; man hätte es ihnen eigentlich auch angesehen, daß sie nichts davon verständen; sie hätten nichts recht angesehen, sondern nur im Keller herumgeschnürfelt, um nur sagen zu können, sie seien dagewesen. Die Deichselrosse, so die rechten Käskönige, werden daheim sitzen hinter den Schubladen und Batzen zwegknüble und dann erlesen, was die Buben gchaflet hätten in ihren Lumpenbüchli. Es nehme sie wunder, wie sie darauskämen, jeder Schulbub mache schöner, und Säuhändler würden sich schämen, wenn sie nicht besser könnten. Da hätte man lange hineingucken können, kein Hund hätte was daraus zu machen wissen; so sprach man.

Noch böser wurden sie, als sie von Käufen hörten, welche hie und da geschlossen worden, und zwar durch die Gleichen, welche bei ihnen nur zu sagen gewußt: «Kommt auf Langnau!» Es scheine, die könnten das Maul auch noch auftun, wenn sie wollten; werde es ihnen aber erst brav salben müssen, ehe es gängig werde. Was sie einem in Langnau sagen wollten, könnten sie ja einem hier schon sagen, es sei nur ein verfluchter Zwang mit dem Langnau, meinten die Einen. Eglihannes nahm dagegen heftig Partei und fragte, ob sie denn schon vergessen, was sein Freund gesagt: wie Viele auf der Reise wären und wie es käme, wenn jeder kaufen wollte, was ihm gefalle? Man könne auch nicht dem Einen sagen: «Du kaufst so viele», und zu einem Andern: «Und du so viele». Jeder habe seinen Strich, und in jedem Jahre ändere es mit den Käsen; wo man in einem Jahre die besten Mulchen gefunden, könnten im nächsten die schlechtesten sein, es sei da fast wie mit dem Wein, den man im gleichen Jahre auch so verschieden antreffe; das könne ja doch jedes Kind begreifen, wenn es nicht in der Vehfreude daheim sei. Das tönte wohl hart, blieb darum auch nicht ohne Gegenrede. Warum sie denn an einigen Orten kaufen, an andern bieten könnten und an andern nicht? Er werde wohl wissen, warum er den Käshändlern immer z'best rede und immer dabei sei, wenn einer die Nase noch nicht im Dorfe hätte. Wenn man es ihnen machte wie im Fustergraben, die täten das Maul ganz anders auf. Die hätten erst auch die Antwort bekommen: «Kommt auf Langnau!» Darauf hätten die gesagt: «Und auf Langnau kommen wir nicht, das ist ein verfluchter Zwang, da dreht dann jeder, und wer es am besten kann, der ist der Größt. Wollt Ihr sie, so bietet, wollt Ihr sie nicht, so geht in Gottes Namen. Es gibt noch Andere auf der Welt, und noch Mancher hat versprochen, zu kommen. Und kommt einer mit einem Gebot, bei welchem wir sein können, so geben wir sie je eher, je lieber, sei er wer er wolle. Und kommt Keiner und gibt, woran wir sinnen, so vermögen wir sie zu behalten, können dann fleißiger Kindstaufe halten.» Wohl, da ging das Maul auf, die Käse wurden verkauft, und um einen Preis, wie er kaum höher gehen wird. So sollte man es machen, die Käse wären längst verkauft, hieß es. «Probiers», sagte Eglihannes, «probiers, wenn du doch meinst, du könnest es am besten. Mir ganz recht, weiß das Geld vielleicht besser zu gebrauchen als irgend einer von euch.» «Glaubens», hieß es, «Dürluftpeterli hat es erfahren und Andere mehr. Schinden kannst, selb ist wahr, und nimmt dich nicht bald der Teufel lebendig am heiter hellen Tag, so ist er nichts mehr nutz wie die Regierung, wo du drin gewesen, er muß abgesetzt sein und ein anderer gemacht. Gerade du wärest gut dazu, hast keinen Posten, brauchtest den Teufel nicht zu fürchten, stelltest wieder was vor und könntest dann die Leute von Rechts wegen kujonieren vom Tüfel.» Natürlich schwieg Eglihannes zu solchen Komplimenten nicht, er trank sehr bösen Wein, daher hatte er allenthalben Anfechtungen und trug manche Malzeichen am Leibe, welche ihm hätten Verstand predigen sollen. Aber hatte er Wein im Kopfe, so war es ausgepredigt, und Eglihannes ließ seiner Frechheit vollen Lauf, bis er die Rechten an die Hand bekam, welche ihm handgreiflich demonstrierten, bis er gehörig gefaßt hatte, was sie ihm wohltätig glaubten.

Der Trotz, welcher vorgeschlagen worden, gefiel, denn er kam am Sonntage beim Wein zur Sprache, und je eher man ihn anwende, desto besser sei es, ward erkannt. Wie es sich doch zuweilen so vortrefflich trifft in der Welt, denn gleich am folgenden Morgen kam einer daher; wenn sie es also nicht erkannt gehabt, hätten sie das Glück nicht gleich beim Schopfe fassen und ihren Beschluß ausführen können. Das Männchen besah sich die Käse, diesmal ohne Eglihannes, sprach mehr von der Hütte und diesem und jenem als von den Käsen und sagte endlich: «He nun, wir werden einander in Langnau sehen.» Darauf schien der frühere Antragsteller gewartet zu haben wie ein Kanonier bei seiner

Kanone mit brennender Lunte, um alsbald loszubrennen, wenn der Feind unter einem ins Auge genommenen Loche erscheint; denn sobald das Wort Langnau heraus war, donnerte er los: Man hätte jetzt bald genug Langnau. Es nehme sie wunder, ob man hier nicht ebenso gut das Maul aufmachen könne als in Langnau! Sie hätten nicht Lust, sich auftagen und endlich so recht am Narrenseil herumführen zu lassen. Wer bieten wolle, könne bieten, sie liefen der Sache nicht nach Langnau nach. Sie hätten Käs, welchen sie nicht dr Gottswillen absetzen wollten, sondern ums Geld. Es hätten noch Andere verheißen zu kommen, mit denen werde wohl ein Handel zu machen sein; es seien rechte Leute, begehrten, wie sie das Lob hätten, niemanden zum Besten zu halten. «Ihr habt recht», sagte das Männchen, «würde es akkurat auch so machen. Ich würde ohne weiteres bieten, wenn ich den Käs begehrte, aber ich begehre ihn gar nicht. Warum, das will ich euch aufrichtig sagen. Ich bin keiner von den Größten, habe bereits, was ich haben muß, und jedenfalls sind mir die Käse zu groß und würden mir wohl zu teuer sein. Ich handle nicht nach Rußland, nicht nach Amerika, und da dienen mir kleinere Käse, höchstens von einem Zentner, viel besser. Aber», fuhr er fort, «fordert nur keck den höchsten Preis; wer das Mulch begehrt, der wird es auch zahlen. Es ist wohl etwas darunter, was nicht am besten ist, das werdet ihr ausschießen müssen, dafür ist das Übrige desto besser.»

Eben um dieses Ausschießen dreht sich oft der ganze Handel. In jedem Mulch gibt es sogenannte gefehlte Käse, das heißt solche, welche nicht vollkommen sind, sondern irgend einen Makel in Gestalt und Form an sich tragen, gespalten, gebläht usw. sind. Deswegen sind sie oft nicht weniger schmackhaft, aber sie lassen sich entweder nicht versenden oder sehen wenigstens nicht so schön und appetitlich aus wie die andern. Diese gefehlten Käse begehren dann die Käshändler nicht, wollen das Recht sich vorbehalten, sie auszumerzen, während die Verkäufer sie gern mit in den Kauf gäben. Es handelt sich also darum, ob ein Ausschuß zu gestatten sei oder nicht, und wird einer zugelassen, ob ein unbestimmter, in das Gutdünken des Käufers gestellter oder ein auf eine genannte Zahl beschränkter. Das macht einen bedeutenden Unterschied, der zuweilen von angehenden Käsmännern nicht so recht begriffen wird. Erfahrung erst bringt Wissenschaft. Erfahrung brachte man ehedem nicht mit auf die Welt, jetzt ists aber drauf und dran; die Hebammen bilden bereits im Wichtigsten, noch ein Fortschritt, und das Kind springt als ausgemachter Mann auf die Welt, bereits versehen mit Bocksbart und Schnauz.

Die Vehfreudiger vernahmen des Mannes Rede mit Wohlbehagen. Dem hätte man doch endlich die Zunge gelöst und wüßte jetzt, woran man sei, sagte einer zum Andern und luden den Mann zu einer Flasche ein. Der hatte ja nichts zu pressieren, dieweil er bereits versehen war, wie er sagte, und nahm es gern an, wenn er schon sagte, nötig hätte er gar nichts, erst vor zwei Stunden hätte er Kaffee gehabt. Er gehörte aber zu den Leuten, welche das Kamelartige an sich haben, daß sie, ohne es nötig zu haben, in Vorrat essen und trinken können. Man glaubt nicht, was das für eine kommode Eigenschaft ist für den, welcher sie besitzt, kommod im Krieg und Rat, absonderlich in Berlin, Lüneburg, Peterwardein und andern großen und schönen Städten, wo man aber höchstens alle drei Wochen zu einem ordentlichen Bissen kommt, zum Trinken, absonderlich in Lüneburg, außer salzichtem Wasser gar nicht. Das Männchen ließ es sich gar sehr behagen, und weil es es nicht nötig hatte, ließ es sich auch nicht nötigen, machte dafür seinen Gastgebern gar kurze Weile und ließ im Interesse derselben so scharfe und boshafte Winke gegen die Käshändler fallen, daß die Vehfreudiger es für eine eigene Schickung hielten, welche diesen Mann ihnen zugeführt, und einen ihrer glücklichsten Abende verlebten. Denen Großgrinde wollten sie es jetzt zeigen, sagten sie. Die sollten erfahren, wer in der Vehfreude daheim sei, denen wollten sie den Marsch machen, wie ihn ihnen noch niemand gemacht. DSach war schön, der Mut groß, und was will man mehr! Aber es verrinnen auch die Tage, was fern stand, rückt näher und näher; wenn das, was heranrückt, nicht bringt, was es bringen soll, so scheint die Sache anders, der Mut wird kleiner, lodert aber bei der leisesten Hoffnung, daß endlich komme, was kommen soll, schrecklich wieder auf, sinkt dann aber um so tiefer wieder nieder, wenn das Erwartete abermals nicht kommt. Es kanns geben, daß einem ganz miserabel wird ums Herz.

Nun, in der Vehfreude erwartete man gerade nicht Ungarn oder Kroaten, so gleichsam des Teufels Halbbrüder, mit Sporen an den Stiefeln, auf Rossen ohne Schwänze, mit großen und kleinen Kanonen, wie Heuschrecken, daß sie daherkämen, akkurat wie wenn das Meer daherkäme in himmelhohen Wellen, wenn es aufgerüttelt würde zu neuer Sündflut. So eine Wolke wäre in der Vehfreude gar nicht angenehm gewesen; aber einen Käsehändler, und wäre es nur ein ganz kleines Kerlchen gewesen ohne Roß und Geschütz, wenn nur mit Geld versehen, versteht sich, hätte man verdammt gern gesehen. Und schon nahte der Langnauer Markt, der Mittwoch nach dem Bettag! Sonst hatte der Bettag die Vehfreudiger interessiert, jetzt war es, als ob er gar nicht da wäre. «Was seit is ächt Üse?» hieß es sonst, «der wird wieder ein Fuder abladen, alles, was er das ganze Jahr durch aufgeladen hat. Er machts wohl gut, aber es ist ihm auch zu gönnen, daß er einmal im Jahre den Kropf leeren kann, er bekäme ja sonst einen wie ein obrigkeitlicher Zehntspycher. Man nimmts, legts hin, wo man will, dann hälts wieder für ein Jahr und er läßt einen so ziemlich ruhig, wenn man ihm seine Birnen nicht stiehlt oder seine Zwetschgen. Ein kräftiges Wort hat er, selb ist wahr, es tschuret über einem ab bald wie ein Kübel heißes Wasser, bald wie ein Kübel kaltes, es düecht einem, man mögs nit erlyde. Ists einmal überstanden, so düecht es einem, es sei einem viel wohler.» So redeten die Vehfreudiger vom Bettag. Man sieht, sie hatten eine moderne Richtung und hielten nicht viel auf Buße. Sie kannten eine einzige Art von Buße, und die legten sie sich selbsten auf. Wenn sie ein Kalb oder sonst was zu wohlfeil verkauft hatten, so tranken sie einen Schoppen weniger, verkauften mehr faule Eier als gute usw., bis sie den Verlust eingebracht glaubten. Ungewöhnlich dicke Haut schützte sie vor der Plage der Selbsterkenntnis, und hinter dieser Haut hatten sie ein glücklicheres Selbstbewußtsein als die meisten Päpste, namentlich als der jetzige, und Päpste haben doch bekanntlich das Recht, sich für unfehlbar zu halten. Diesmal nun war der Bettag für die Meisten wie gar nicht da, sondern bloß der Langnauer Markt. Denn wenn sie vorher nicht verkauften, mußten sie doch nach Langnau, und wer dann da nicht verkauft habe, der sei bös zweg, hatte ihr Gastfreund ihnen gesagt. Dann erst fingen die Käsherren das rechte Drehen an, während bei den Weibern daheim erst das Aufbegehren losbreche, wenn das Geld, auf welches sie den ganzen Sommer vertröstet worden, nicht erscheinen wolle.

Schon war der Samstag da und kein Käsherr mehr erschienen, denn das ist eben wie bei den Zugvögeln: eine Woche, höchstens zwei, dann ists vorbei. Doch als seltener Trost gibt es bei den meisten Zügen Spätlinge, wie bei großen Armeen Nachzügler; so kam am Samstag endlich noch so ein Käsvögelchen dahergeflogen und machte mehr Freude als der erste Storch an Petri Stuhlfeier. Nachzügler gibt es aus

Schwachheit, Trägheit oder Bosheit, wahrscheinlich der letztern Art war der erwähnte. Als er nach üblicher Umschau auf dem Platze stand, wo die Herren gewöhnlich zum letzten Male das Maul auftaten, sagte er: «Kommt nächsten Mittwoch nach Langnau!» Pang, puff, paff ging die Kanone wieder los, und zwar grob. Sie hätten bald genug des Langnaus; wenn sie nichts anderes sagen könnten, so wäre es ihnen lieb, es käme Keiner mehr. Sie hätten bald Zeit genug versäumt für nüt und aber nüt, es sei schrecklich. «Bietet, tut ein Bott, wenn Ihr Käs wollt! Nachlaufen tut man Euch nicht, selb müßt Ihr nicht meinen», sagten sie. «Ist mir auch lieber», sagte das Käsvögelchen spöttisch, «da würde es mir geschehen, wie es an einem Orte heißt: Stiege ich gen Himmel, so wäret ihr hinter mir, bettete ich mich im Grabe, so wäret ihr auch da. Nähme ich Flügel und bliebe am äußersten Ende des Meeres, so kämet ihr mir nach, und ich käme nicht zur Ruhe, denn eure Käse mag ich nicht und will ich nicht; ich will mir meine Kundsame mit euern Blasebälgen und Käsmutschen nicht verderben. Z'bruchen wüßt ih se nit, u esse mag se nit!»

So hätte ihnen noch niemand geredet, hieß es. Alle hätten die Käse gerühmt, aber es werde im Hosensack fehlen und nicht an den Käsen, daß er sie nicht möge. Er werde einer von denen sein, welche groß seien mit Gschaue, aber nicht mit Kaufen, darum die Sache vernütigten, um wohlfeil dazu zu kommen. Aber er müsse nicht meinen, daß sie erst heute auf die Welt gekommen, sie seien dagewesen, ehe er das erstemal in die Windeln gemacht. Das glaube er, antwortete das Bürschchen, aber sagen wolle er das nicht, ihren Käsen sehe man ihre Weisheit nicht an. Und wenn sie jemand rühme, so sei es bloß, um sie zum Besten zu halten, denn seit er in der Welt sei, habe er noch nie so über jemanden lachen hören als über sie und das Gespött mit etwas treiben, wie man es mit ihrem Hochmut auf ihre Käse treibe, wo kein einziger sei, dem man nicht was vorhalten könnte, daß es ihn wunder nehme, warum der Senn sich nicht mit dem Hüttengeld gestrichen, der werde aber was wissen und an der Sache nicht allein schuld sein wollen; so duplizierte das Vögelchen. Er solle nur reden, sagte man ihm, damit erleide er ihnen die Käse nicht und mache sie wohlfeil feil. Das begehre er nicht, sagte das Bürschchen, er möchte sie weder teuer noch wohlfeil; Hunde habe er keine und Schweine begehre er nicht zu vergiften, und sonst wüßte er sie nicht zu gebrauchen; nicht einmal Käszieger für die Länder könnte man daraus machen. Sie sollten den Käs behalten und bei Längem ihn ihren alten Weibern füttern; wenn eine ein Stücklein im Munde habe, bringe sie ihn wenigstens acht Tage lang nicht auseinander, und wegem Reden habe man Ruhe vor ihr. «Und lebet wohl und zürnet nüt!» setzte er noch hinzu. «Blase du – –», quoll es hinter ihm her wie aus Donnerwolken, und den Bauch voll Lachens streckte das Bürschchen seine Beine, daß es weiters kam.

Dieser Tubak war für die Vehfreudiger wohl scharf. Der Käsbub, wie sie ihm sagten, hatte so scharf geschossen, daß seine Kugel, an jedem Hause abspringend, durchs ganze Dorf tanzte. Man mißbilligte die, welche den Käs gezeigt, gar sehr, daß sie ihn nicht abgeschlagen, bis er wie ein Krauttätsch geworden. Wenn noch einer komme, so solle man diesem gleich für Zwei geben, es sei nur für das schade, was nebenbei falle. Aber es kam Keiner mehr, selbst am Bettag kam Keiner. Da ward es Einigen doch etwas schmal zumute. Sie dachten, es könnte doch vielleicht fehlen, und wenn sie den Käs selbst essen müßten, würden ihnen die Weiber so räß und scharf, daß der Teufel es bei ihnen nicht aushalten könne; seien sie doch jetzt schon, was es ertragen möge.

Am ärgerlichsten war die Geschichte dem Bauer im Nägeliboden. Er und seine Frau hattens die ganze Zeit über bös gehabt, nicht wegen der Milch, die hatten sie sich gegönnt, sondern wegem Gelde, das hatte ihnen gefehlt in allen Ecken. Sie hatten viel mehr Milch geben können, als sie daran gedacht. Während sie bei den Andern gegen das Ende immer mehr und mehr abtropfte, hatte sie bei ihm bedeutend gemehrt, er hatte die angenehme Aussicht auf Milch im Winter und versorgete Kühe im Stalle. Er hatte Gras genug gehabt, konnte seine Kühe füttern, daß sie bei der Milch blieben. Aber daß es versilbert werde, daran war ihm alles gelegen, denn verfallene Zinsen warteten und sonst allerlei, wozu Geld nötig war, welches er nicht hatte. Er allein wahrscheinlich hatte ein sicheres Urteil über den Stand der Dinge und wußte, daß sie auf den höchsten Preis nicht Anspruch hätten, ihr Mulch nicht das schlechteste sei, aber sehr gewöhnliches Mittelgut, welches sich billig absetzen ließ und so einen Ertrag gewährte, mit welchem Sepp sehr wohl zufrieden war. Löste er auch nicht zwölfeinhalb oder gar dreizehn Rappen aus der Maß Milch, so nahm er auch mit zehneinhalb oder elf vorlieb und erhielt immer noch eine schöne Handvoll Geld, denn er hatte bei vierzig Säumen oder sechzehnhundert Zentner Milch abgegeben. Er war eben nicht sein Lebtag in der Vehfreude gewesen, hatte sich ein unbefangenes Urteil erworben, übrigens ihm auch ein Freund mitgeteilt, wie die Käshändler über sie spotteten, wo sie hinkämen, und was sie über die Beschaffenheit ihres Mulchs urteilten. In die Leitung hatte er sich nicht gemischt, wie er überhaupt ziemlich für sich selbst lebte, ganz nach der Meinung der Reichen: daß so einer, der mit sich selbst genug zu tun hätte, sich nicht in Sachen mische, welche ihn wenig angingen. Nun ward es ihm doch etwas angst, als er die Wendung der Dinge sah. Er schlug beim Hüttenmeister und andern Großen auf den Busch, um ihre Stimmung zu erfahren. Er fand sie alle auf hohen Rossen, schrecklich kühn gesinnet, absonderlich auch Eglihannes. Je weniger Geld ist, desto mehr Aussichten gibt es auf kühne Händel für solch Gezüchte, Vaterlands- und Volksfreunde. Drehen lasse man sich nicht, man vermöge die Käse zu behalten, keinen Schritt versetze man deswegen, drückte man ritterlich sich aus. Jä, das war Sepp nicht recht, und Andern sei es ebenso, dachte er. Er klopfte auch bei den Kleineren an und fand es, wie er gedacht. Man muckelte hier, man muckelte dort, bis endlich am Bettag auf den Abend noch Käsgemeinde angestellt wurde.

Selben Abend wurde des Ammanns Stube voller als manche Kirche vor- und nachmittags; da fehlte Keiner. Wäre einer krank gewesen, sein Weib wäre für ihn eingestanden, obgleich das Reglement in keinem einzigen Paragraph was von Weibern hatte. «Jetzt, was machen?» fragte der Hüttenmeister. «Viele haben die Käse besehen, man hatte nichts anderes zu tun gehabt als mit den Schlüsseln zu laufen und dene Hagle vorzuspringen und nachzutrappen. Aber Keiner war käufig, Keiner tat ein Gebot, die Herren wußten nichts anderes zu sagen als: Kommt nach Langnau, und weiters brachte man aus den Maulaffen nichts heraus als böse Worte, wo man ihnen den Marsch machte und sagte, was sie für Maulaffen seien. Jetzt, was machen? Will man sich zwingen lassen, oder will man zeigen, daß hier auch noch jemand daheim sei?» Der Gegenstand war etwas seltsam in Frage gestellt, aber doch nicht auf eine bei Ammännern und andern Majestäten seltene Weise. Doch die Diskussion brachte die Versammlung alsbald auf den richtigen Standpunkt. Es wurden aber diesmal nicht lange Reden gewechselt, so wie sie die Fürsprecher halten, sondern es waren kurze Lanzenstöße und rasche Pistolenschüsse in Form von Stoßseufzern. Es zeigte sich bald, daß die Großen und Kühnen, welche Trotz bieten wollten, in der Minderheit waren. Freilich sprachen sich Viele scheinbar ganz in ihrem Sinne aus: man müsse es ihnen zeigen, hier seien keine Hungerleider usw. Indessen, sagten sie, könne man doch einen Ausschuß machen nach Langnau, zu sehen, wie es gehe; das werde keine Schande sein, es sei noch lange nicht anegchneuet. Ja freilich, das hülfen sie auch nicht. Dazu könne er auch stimmen, meinte Eglihannes, und hülfe die schicken, welche zuletzt den Käs gezeigt; sie könnten erfahren, wie weit man komme mit Wüsttun. Aber wohlverstanden, ihm sei es recht, die Käse zu behalten, es sei nicht, daß er das Geld so übel nötig hätte. «Möglich», sagte einer, «und wenn du nicht hast, hat der Mani im Galgenmösli. Aber ehe ich mit dem was haben möchte, hülfe ich die Käse geben ums halbe Geld.» «Warum, was ist denn das für einer?» fragte Eglihannes rasch, in der Hoffnung, an einem Schelthändelchen sich zu wärmen. «Brauche es dir nicht zu sagen, weißt selbst am besten, was er ist», war die ungenügende Antwort.

Kurz es trat sichtlich eine gewisse Längizyti oder Sehnsucht nach Geld heraus, auch bei Solchen, welche es so nötig nicht hatten. Wir haben es gar kurios mit ausstehenden Geldern, sie beschäftigen unsere Gedanken mehr als zu erwerbende, sie erregen ein gewisses Bangen gleich abwesenden Kindern oder solchen, welche nachts nicht heimkommen wollen. Es dünkt uns immer, wenn wir sie nur schon hätten, ja sie nur sehen könnten, wenn auch von weitem, nur der Angst enthoben wären, sie könnten unglücklich werden oder gar verloren gehen; wenn wir daher schon etwas opfern müßten, um sie endlich zu haben, dem Bangen los zu sein, wir täten es von Herzen gern. Nun hatten die Vehfreudiger schon lange und besonders den Sommer über so oft sagen hören: Käs sei wie bares Geld, ja noch besser, Geld könne gestohlen werden, so ein ganzer Kässpycher samt dem Käs könne einem doch nicht in einer Nacht unbemerkt fortkommen. Jetzt wollte man aber doch den Glauben in der Erfahrung bewähren, wollte ihn als bares Geld sehen, wollte zu seiner Frau sagen: «Lue, was fürn e Donnstigs Büntel, lüpf, u hesch geng balget!» Das lag im Grunde, Keckheit schwamm obenauf, Klugheit lavierte in der Mitte, und schließlich ward demnach beschlossen, doch dem Rufe «Kommt nach Langnau!» zu folgen und Ausgeschossene zu machen. Wieviel? Sieben, ward endlich erkannt, von wegen dem Glauben zu einander. Je mehr seien, desto weniger lohne es sich der Mühe, zu betrügen, oder desto eher brächte es einer dem Andern aus, muckelte man. Diesmal kam begreiflich der Ammann voran, Eglihannes wurde ausgelassen, weil er es zu gut mit den Herren zu können schien und selbst gern einen Herrn vorgestellt hätte. Der, welcher aufbegehrt und allenthalben es geheißen hatte: «Gut gebrüllt, so recht», wurde ebenfalls ausgelassen, denn man habe Exempel an andern Orten, daß gerade Solche jeden Handel verdürben, zu gut könne man es auch machen. Und so einer, der zu aufbegehrisch sei oder zu vorteilhaft, schade einer Käsgesellschaft oft mehr als ein schlechter Senn und das schlechteste Mulch. So wankelmütig ist des Volkes Gunst und Meinung!

Dagegen ward der Nägelibodenbauer in den Ausschuß erwählt. Alle, denen es in den Fingern nach dem Gelde juckte, gaben ihm ihre Stimme. Er war ganz verstaunt darüber, und Eglihannes brummte: Wenn man Solchen die Stimme gebe, werde die Sache schon gut kommen! «Allweg so gut, als wenn man sie dir gegeben hätte. Soviel bekannt, hat der Nägelibodenbauer noch niemanden beschummelt oder betrogen», tönte es wieder. «Was, habe ich jemanden beschummelt und betrogen?!» fuhr Eglihannes auf. «Von dem habe ich nichts gesagt», antwortete der Mann kaltblütig.

«Du hast gesagt, der Nägelibodenbauer habe noch niemanden beschummelt und betrogen!» schrie Eglihannes. «Hat er etwa?» antwortete der Bauer. «Habe ich jemanden betrogen?» fragte Eglihannes. «Das habe ich nicht gesagt», erwiderte der Mann, «aber wenn jemand es sagte, ich glaubte es, und dagegen wirst nicht viel machen können, denn es hat ja heutzutage jeder das Recht, zu glauben, was er will.» Der Präsident machte dem Scharmützel ein Ende, indem er sagte, man solle sich aussprechen, was man den Ausgeschossenen befehlen wolle. Das so bekannte Wort Instruktionen war in der Vehfreude noch nicht mundgerecht. Nach vielem Hin- und Herreden lauteten die Instruktionen endlich so: man solle den höchsten Preis nehmen. Solle sich nach Kauf und Lauf richten. Gut sei es, wenn man verkaufe. Wer nach dem Langnauer Markt seine Käse noch habe, der werde erst recht geklemmt. Könne man sie aber nicht verkaufen, so solle man sie behalten, bis die Kuh einen Batzen gelte.

Man sieht, die Instruktionen waren fast so fein, als wären sie diplomatisch, das heißt man konnte sie nehmen, wie man wollte, alles nach Verstand und Umständen. Voll Gedanken, aber nicht Buß-, sondern Käsgedanken, ging am selben Bettagabend jeder nach Hause. Es war überhaupt eine gedankenvolle Zeit, und im ganzen Käslande wurde sicherlich das ganze Jahr über nicht so viel gedacht und gesinnet als in den Tagen zwischen dem Bettag und dem Langnauer Markte.

In ihren Stübchen hielten die Käshändler großen, aber geheimen Rat. Sie stehen aber, beiläufig gesagt, noch nicht auf einer hohen Stufe der Entwicklung und politischer Mündigkeit, ihre Sitzung war nicht nur nicht öffentlich, sondern sie haben noch gar nicht daran gedacht, sie öffentlich zu machen. Auf seinem Stühlchen sitzt der Herr und Meister und zitiert seine Geister, die Talgeister und die Berggeister, die Geister, die in den Tiefen krochen, und die, welche über die Höhen strichen. Sie kamen sämtlich mit ihren Carneten, buchstabierten ihre Notizen und gaben sonst noch Bericht dem Herrn und Meister. In denselben stand aber gar nichts von Küherstöchtern, sondern bloß von Käsen und welche Konkurrenten hier oder dort im Wege sein möchten.

Da ward ernstlich getagt von den Käsfreunden, und zwar fast im Finstern; man zeichnete die Mulchen, welche man vor allen haben wollte, berechnete ungefähr ihr Gewicht, bestimmte die Zahl der Zentner, welche man ungefähr kaufen wollte. Begreiflich, auf einige hundert Zentner mehr oder weniger konnte man diese nicht feststellen; das hing davon ab, ob die Preise sich drücken ließen oder in die Höhe gingen. Und dieses hing wieder nicht ganz von den Käshändlern ab, auch wenn sie sich mehr oder weniger verständigt hatten, wie sie es zu großem Ärger der Käsbauern pflegen sollen. Indessen gibt es unter den Käshändlern Judasse so gut als unter den Weinhändlern. Bekannt ist der Witz eines der Letztern, der erst ein sehr großes Quantum Wein schon vor der Weinlese zusammenkaufte, dann plötzlich den Wein eines kleinen Rebgutes einen Kreuzer teurer, und zwar mit Vorsorge für die größtmögliche Öffentlichkeit und Verbreitung dieses kleinen Kaufes oder vielmehr dessen hohen Preises. Plötzlich hieß es allenthalben: Der und der hat so teuer gekauft, der ist ein Schlaukopf, weiß, was er macht. Augenblicklich kam Hitze in die Leute, die Preise gingen rasch in die Höhe, jeder wollte noch etwas haben, denn der Wein werde teuer. Warum, wußte niemand zu sagen. Als er genug gestiegen war, verkaufte der Schlaukopf alles, was er eingekauft, steckte einen sehr schönen Profit, wahrscheinlich die Aussteuer einer Tochter, in die Tasche; satt und sanft gingen die Preise wieder herunter, und ein freundliches Lächeln schwebte über ein Vierteljahr lang auf des Schlaukopfs Gesicht, als ob er wirklich nicht bloß alle Morgen und alle Abend im «Himmlischen Vergnügen» lesen täte, sondern es wirklich schon im Herzen empfinde.

Nun, so arg treiben es die Käshändler nicht, schlagen jedenfalls nicht auf diese Weise los, das heißt soviel man weiß. Sie verkaufen das Meiste außer Landes, und was sie dort treiben, wer Gugger weiß das? Ganz sicher des Preises sind sie also nicht, müssen daher auch auf Zufälligkeiten gefaßt sein. Nachdem sie die erste Sorte erwogen, gehen sie hinter die zweite, die dritte überlassen sie mehr oder weniger dem Zufall, das heißt sie sagen, deren sind genug, man nimmt daraus, was man am billigsten haben, die Gedinge nach Gutfinden bestimmen kann. Seitdem der Käshandel die große Ausdehnung gewonnen hat, gibt es Käufer, welche wegen geringerem Absatz nicht so große Käse begehren oder deren gröbere Gäste auch mit gröberem Käse vorlieb nehmen und ihn doch vortrefflich finden, daher für Solche auch gesorgt werden muß, und zwar nicht so aus bloßer Gutmeinenheit und weil auch der liebe Gott seine milde Hand auftut über alles Vieh, was da lebt, und jedem Speise gibt nach seiner Sorte, sondern vielleicht ist gerade hier der meiste Profit.

VIERZEHNTES KAPITEL

Die große Käsbörse zu Langnau

Sind alle Berichte abgelegt, die vereinzelten Notizen zusammengezogen, ist der ganze Schlachtplan entworfen und eingeprägt, dann stärkt man sich und ruhet, akkurat wie vor einem großen Schlachttage der kundige Feldherr ruhet samt seiner ganzen Armee, bis die Trompeten blasen, das heißt bis die Weiber den Männern mit den Ellbogen in die Seite fahren und sagen: «Auf, Alter, auf, oder willst heute der Letzte in Langnau sein?»

Langnau und immer Langnau, was ist denn das «Langnau»? werden viele meiner Leser fragen. Ach, das Langnau, das ist ein gar allerliebstes Ding, kein Dorf, kein Flecken, keine Stadt, akkurat wie Mädchen auch am allerliebsten sind, wenn man von ihnen nicht zu sagen weiß, sind sie noch Kinder oder Jungfrauen oder gar schon Weiber: Langnau ist ein Schoßkind der Berge, auf denen die Emmentaler Käse wachsen, ist daher der natürliche Käsehafen, in welchem die Produkte der Berge landen, daher billig auch die große Käsbörse oder Käsauktion hier abgehalten wird, wie Kaffee, Zucker usw. aus Java und Batavia in Amsterdam oder Antwerpen verauktioniert oder verholländert werden. Thun, Erlenbach, Frutigen werden vielleicht gegen Langnaus Bedeutung Einsprache erheben und behaupten, es werde an ihren Märkten so viel Käs verkauft als in Langnau. Wir wollen nicht disputieren, daß Thun, Erlenbach und Frutigen nicht sehr berühmte Orte seien, aber das behaupten wir, daß keins derselben einen solchen Käsklang hat wie Langnau. Es ist auch natürlich: die Oberländer Käshändler sind rare Vögel im Emmental, die Emmentaler dagegen sehr gekannt im Oberland.

Langnau, an der Mündung mehrerer Täler, ist gleichsam das Schloß am größten Buche, am Entlibuch, ist der Hauptmarkt nicht bloß des Emmentals, sondern auch des Länderbietes. Langnau ist eine bedeutende Pulsader, wo Blut zuströmt und nicht alles wieder wegströmt. Was ich des Tags mit der Leier verdien', das geht des Nachts wieder alles dahin! paßt nicht ganz auf Langnau. Erstlich ist nicht bekannt, daß die Langnauer viel mit der Leier verdienen, zweitens aber ist bekannt, daß sie nicht meinen, was sie des Tags verdienen, müsse des Nachts wieder alles dahin. Es heißt sogar von Langnau: in Langnau existiere bis auf den heutigen Tag noch eine Polizei. Die Langnauer vom rechten Schlage sind ehrbare, anständige Leute, von echtem Emmentaler Blute, mit gutmütigen Gesichtern und schlauen Köpfen, arbeitsam, einfach, ausdauernd, hassen den Schein und lieben das Wesen. Freilich ists auch wie anderwärts, es artet zuweilen ein Sprosse aus und wird ein aufgeblasener Lümmel, und zwischen das echte Holz drängt sich Gestrüppe. Die Langnauer sind nicht sogenannte Sommerherren, wie man sie anderwärts findet, überhaupt nicht sogenannte Herren, sondern Männer, welche Sommer und Winter zu leben haben, und nicht bloß für sich, sondern so Gott will auch für Kinder und Kindeskinder, leben auch nicht von einer Ersparniskasse, sind kleine Leute und stellen große Herren vor, groß wie Türken und Heiducken oder Heidschnucken. Sie selbst treiben den Käshandel stark und wirklich meistens mit eigenem Gelde.

Hier nun strömt es zusammen, von den Bergen, aus den Tälern, akkurat wie die Wasser in einen Bergsee, den Brienzersee zum Beispiel, wenn über den Bergen die Wolken brechen. Wie das am Tage vorher schon sich rührt und tummelt! Da merkt man, wie man steht am Vorabend wichtiger Ereignisse. Am Morgen brüllt das Vieh durcheinander wie in der Arche, wenn Noah sich verschlief und das Füttern vergaß: Kühe, Schafe, Schweine, Geflügel, welchen das Messer an der Gurgel sitzt, nur die armen Tauben werden schweigend abgetan. Im Blute schwimmen Wirte und Metzger, hacken und wursten, daß sie am Ende selbst aussehen als wie ungeheure zweizentnerige Blutwürste. Die Bäcker hantieren im Mehl und heizen ihre Öfen, daß die Frau Lot abermals zu Salz geworden wäre, wenn sie Langnau vom Berge herab gesehen hätte. Bäcker ist ein uralter aristokratischer Beruf. Der erste, welchen wir kennen, war Pharaos Hofbäcker und wurde gehängt. Wird ein Schalk gewesen sein, und kurios, etwas von Schalkhaftigkeit muß den Bäckern geblieben sein. So ein Markttag ist ein wahrer Erntetag für sie, da brauchen sie wenig Mehl und viel Brot. Aber nicht nur die Bäcker wissen das Glück beim Zipfel zu fassen, die Wirte sind auch nicht dumm, ja sie sind noch feiner als die Bäcker; was die Einen in heller Backstube treiben, so bloß in einer weißen Mehlwolke, das treiben die Wirte im Keller in purer, lauterer Finsternis. Darum kam es dem Mundschenken Pharaos auch nicht aus, was er getrieben hatte, sondern Pharao ließ ihn nicht nur gesund wieder laufen, sondern nahm ihn wieder zu Gnaden an, setzte ihn wieder ans Faß. Wird ihm doch heimelig gewesen sein, dem Mundschenken, als er wieder am Fasse saß. Die Wirte sitzen ebenfalls im Keller und machen Wein. Wer nicht aufgeklärt ist und nicht im Fortschritt, meint, unser Herrgott mache eigentlich selbst den Wein und derselbe wachse in den Weinbergen; aber jeder Seminarist weiß jetzt, daß dies anders ist. Was Gott macht, lassen die Bescheidenen dahingestellt. Darin aber sind Bescheidene und Unbescheidene einig, daß in den Weinbergen, sprachlich genommen, nicht Wein wächst, sondern bloß Trauben und daß bis auf Wurst den Sprachkünstler die Welt in Finsternis gelegen, akkurat wie in einem Kerker. Aus den Trauben wird Most gekeltert, Most kommt in Keller, im Keller macht sich erst der Wein selbst, und aus dem einfachen Weine macht erst der Wirt den zusammengesetzten Wein, den sechs-, acht-, zehn-, zwölfbatzigen. Ja es soll Wirte geben, welche, um zehnbatzigen zu machen, gar keinen Wein brauchen, sondern ganz was anderes.

Am Vorabend wichtiger Ereignisse sitzen also auch in Langnau die Wirte im Keller und machen Wein, sechs-, acht-, zehnbatzigen; der zwölfbatzige ist gewöhnlich bereits gemacht und liegt behaglich in wohl- und schlechtvermachten Flaschen. Es reuet die Guggers Wirte nur gar zu oft, mit neuen Zapfen die Flaschen zu vermachen, nehmen alte, graue, rote, zerbröckelte, angebohrte dazu, wie sie ihnen in die Finger kommen. Werden glauben, der Wein sei an die Zapfen zu wagen, und sei in einer Flasche der Wein nicht gut, sei es bequem, dem Zapfen die Schuld zu geben. Nun, wenn sie auch nicht immer nach Witzens Rechenbuch fahren, namentlich beim acht- und zehnbatzigen, sondern sich verschießen, so ist Irren menschlich und im Keller ist es finster. Zudem erfordert es eigentlich sowohl Staatsklugheit als Menschenliebe, daß man die Köpfe an Markttagen nicht zu sehr erhitze, denn man hat Beispiele von Exempeln, daß an solchen Tagen gern hitzige Fieber ausbrechen, was großes Blutvergießen zur Folge hat. Die Neuhausische Staatsmoral oder Staatsraison scheint daher noch mehr dumm als verwerflich, eine wahre commis voyageur-Moral, die will bloß heiße Köpfe, aber kein Blut. Wenn sie recht tapfer eingeheizt, soll es kalt wieder ablaufen, ungefähr wie das Wasser in einer Flachsspinnerei. Da sind wirklich die Wirte praktischer und selbst die dümmsten. Sie nehmen für eine Maß Wein lieber zehn als nur sechs Kreuzer. Das ist begreiflich, aber sie haben doch nicht gern zerbrochene Gläser, Flaschen, Mobilien und andere Molesten; darum heizen sie so schwach als möglich ein, und ist das nicht vernünftig? Hat man einen vernünftigen Zweck, muß man doch auch die passendsten Mittel wählen, und warum Wasser sparen, was gar nichts kostet! Während so der Wirt am Fasse sitzt und Zehnbatzigen macht in aller Behaglichkeit, tut oben die Wirtin wild und schlägt Pasteten mürbe, die Köchin rupft zornig Tauben und andere wilde Tiere, Mehl und Federn verfinstern die Luft, und Küchliduft schlingt sich mittendurch, zart und weich, mild und fein; man weiß gar nicht, woher er kommt und wohin er geht.

Mit großem Gepolter werden die Krämerstände aufgeschlagen, und in aller Stille untersuchen Mädchen ihr Takelwerk, versuchen die beste Manier, sich aufzudonnern ganz wie nagelneu, die Segel in den besten Wind zu stellen. Wer nur zwei Hemden besitzt, hat eins am Zaune hängen und sieht fleißig nach dem Trocknen, es pressiert ihm wegem Plätten. Schneider- und Näherinnen stechen sich die Augen wund und legen es abermals an den Tag, wie sie gerade das Gegenteil vom lieben Gott sind und nie halten, was sie versprechen. Vergeblich schlägt die Turmuhr Stunde um Stunde, sie erschreckt die verhärteten Gewissen nicht, kühn ignorieren Schneider- und Näherinnen die Zeit. Überhaupt ist heute die Turmuhr oder das Zeit, wie man sagt, die fatalste Person und spielt eine gar traurige Rolle. Viele hören gar nicht schlagen, wissen den ganzen Tag nicht, was es an der Zeit ist, und die, welche es hören, seufzen: «Schlägt es schon wieder, das Donners Zeit schlägt ja den ganzen Tag!»

Gegen Abend rückt es an, aber nicht wie die Emme, plötzlich, auf einmal, mit allgewaltigem Donnergetose, sondern unmerklich, vereinzelt. Am Stock kommt ein Schwammfraueli daher, ein Krämer zieht mit Kisten ein, Schweine trippeln heran mit Hund und Händler; rasch sprengt neben dem Schweinehändler vorbei der Käsehändler, daß es den Schweinen wird, wären sie doch nur Gänse mit Fecken, daß sie fliegen könnten weit von den Wegen weg, durch welche die großen Herren sprengen. Es ist nicht unbequem, die Ersten der Heranrückenden zu sein; es ist ganz umgekehrt wie bei einer Armee, wo die Ersten sehr oft nicht lebendig davonkommen. Die ersten Schweinehändler, Käs- und andere Händler empfangen die Erstlinge der für diese Tage zubereiteten Höflichkeiten. Der Stallknecht macht sein Kompliment, die Kellnerin nicht weniger, ja oft erscheint selbst noch die Wirtin, streicht sich eine halbe Pastete von den Händen und bewillkommt den ersten Gast, als wäre er der erste Storch im Frühling. Die Kellnerin trägt dem Herrn das Gepäck ins Zimmer, der Stallknecht tut noch ganz sanft mit dem Roß, führt es an den besten Platz, öffnet dem Schweinehändler ganz traulich als wie einem Duzbruder einen Stall für seine Tiere. «Hast aber schöne, Toni», sagt er, «es mag dich beim Hagel aber Keiner.»

Nach und nach wird es lebendiger, die Chaisen rasseln häufiger, die Sorten der Händler werden mannigfaltiger, die Komplimente von Stallknecht und Kellnerin kürzer, schon hört man hie und da den Stallknecht sagen: «Wirst beim Donner wohl warten, bis ich komme.» Und Stüdi, die Kellnerin, der man von allen Seiten zuschreit: «Geschwind, mach doch, es ist aber einer da!», schnellt: «Meinethalb Zehne, die werden nicht vrgitzeln, ehe ich komme.» Durch alle hindurch und in allem herum drängen sich die Juden, nicht bloß kenntlich an Kinn und Nase, Knie und Ferse, sondern besonders durch ihre freche Zudringlichkeit und unverschämte Unabtreiblichkeit. Es erscheinen auch Gestalten, die man nicht recht einzuteilen weiß in die verschiedenen Klassen. Sie erscheinen langsam unter den Türen der Gaststuben, sehen sich erst bedächtig um, ehe sie sich einen Platz wählen, gehen auch wieder weiter, ohne sich zu setzen. Das sind die Glücksritter, welche auf einen guten Schick ausgehen, nach dummen Leuten fischen, welche sie im Karten- oder Kegelspiel oder sonst auf irgend eine Weise übertölpeln und ausziehen könnten. Solche Leute finden sich auf jedem Markte und machen immer Beute, denn es gibt immer dumme Leute. Begreiflich sind daran die Pfaffen schuld, selbst an den dummen Leuten, welche haufenweise an jedem Markte Maulaffen feil halten und kenntlich sind so gut als die Juden, aber nicht an Kinn und Knie, sondern an Stock, Regenschirm und Säcklein.

So ein recht besuchtes Wirtshaus gleicht einem Bienenstock, nur mit dem Unterschiede, daß es nicht bloß die ganze Nacht surrt und brummt, sondern daß es fast die ganze

Nacht durch, wenn auch nicht aus-, so doch eingeht. Da ist immer etwas, das kommt, das sich entweder verspätet hat oder früh da sein wollte und in seiner Angst noch viel zu früh da ist. Wie vor einem eigentlichen Schlachttage das Schlachtfeld und die Stellung der Armeen vielfach rekognosziert wird, so wird auch an diesem Vorabende viel gekundschaftet, das Terrain sondiert, um denen, welche am Morgen nachkommen, sichern Bericht geben zu können über unvorhergesehene Stellungen. Begreiflich geschieht das Kundschaften in aller Stille, unter der Hand, so daß darüber sich nichts weiter berichten läßt, als daß man in der Tat zu solchem Kundschaften nicht die Dümmsten nimmt, denn es kostet an solchen Tagen das über den Löffel barbiert Werden schweres Geld.

Je näher der Morgen rückt, desto lauter schwellt der Lärm. Da wird das Hornvieh übermächtig; in Scharen und vereinzelt rückt es an, je ein Kühlein von einem Bauern am Stricke gezogen auf Leib und Leben. Da hüpfen höpperlend die Ziegen an, traben die Schafe sanftmütig nach, kommen die Ankenweiber gezogen, Weiber, Mädchen mit Körben, alles feil haltend, was sie haben, klappernd und Gott und Nächsten verhandelnd, bis junge, wilde Rosse wiehernd und schlagend sie auseinanderjagen, aber nicht entrinnend den Wirkungen mutwilliger Hufe, welche erbarmungslos den Kot jagen in alte und junge Gesichter, auf ganz- und halbweiße Hemden. Mitten durch alles, durch Dick und durch Dünn, kommen die Küher mit langen Stecken und kurzen Pfeifchen trotzig und gewaltig, jeden Augenblick zu einem Schwunge zweg, und spritzen untenein unbarmherzig, wie die Pferde nach oben. Aber hinter allen her, da kommt es schwer und mächtig und in gewaltigen Zügen. Es ist die schwere Kavallerie, die Kürassiere und Dragoner: es sind die dicken alten Käsehändler und die noch dickeren

Bauern, in schweren Händen die Leitseile schüttelnd über die breiten Rücken ihrer schweren Pferde. Viele haben bedeckte Fuhrwerke, viele fahren auf Bernerwägelchen. Zur Not hatten zwei Platz auf einem Sitze, man konnte sicher sein, daß weder Sonne noch Mond zwischendurchschien. Aber oft standen noch ein oder zwei Dünnere hintenauf und ließen ihre Beinchen schütteln, daß sie gar nicht mehr bei sich selbsten waren, wenn sie einmal auf den Boden wollten.

Schwerfällig rückte diese Kavallerie vor und immer schwerfälliger, je näher sie Langnau kam. Immer voller von Menschen und Vieh wurden die Straßen, alles hing aneinander wie Froschlaich, und je dichter es ward, desto dünner schien der Verstand zu werden bei Menschen und Vieh. Rinder standen quer über den Weg und wichen kaum, wenn sie eine Deichsel traf; Menschen marschierten in Mitte der Straße mit einem langen Stock unter dem Arme und wichen nicht aus, wenn Pferde mit der Nase ihnen den Stock zwischen den Armen durchstießen, wichen nicht, bis sie fürchteten, sie möchten ihnen die Nasen in die weiten Rocktaschen stoßen und diese erlesen. Je näher, desto unmöglicher scheint es, daß Menschen und Vieh an ihr Ziel kommen. Es staucht sich immer mehr, das Einzelne scheint in ein Ganzes sich zu verwerchen, das Ganze zu einem Knäuel sich zu ballen. Ja es kommt einem fast vor, als wäre der ganze Langnauer Boden selbst ein ungeheures Käskessi, das sich fülle von den zuströmenden Massen wie ein Kessi aus den von allen Seiten herbeigetragenen Bränten. Und seien dann alle ausgeleert und das Einzelne mit dem Ganzen zusammengeflossen und darin aufgegangen, so komme der große Senn, drehe den Kessel übers Feuer, schütte den Sauerteig aus und zerhacke die Masse, rühre sie wieder um und um, zerdrücke die Knollen, erleichtere das Binden des Gleichartigen, das Scheiden des Andern, rühre mit gewaltigem Arme, bis die

Masse weich sei und matt nach Setzen sich sehne. Dann nehme der große Senn sein großes Netz, und mit gewaltigen Armen fasse er den guten Teig, ziehe ihn heraus, lege ihn unter die Presse, und den Rest gieße er aus, da niemand mehr zum Fassen übrig ist, kaum jemand wäre, der diese Käsmilch trinken möchte. Und was müßte das für ein Käs sein, und welche Kust müßte er haben, gemacht aus allem, was am Langnauer Markt der ganze Langnauer Boden trägt und in sich faßt, alles wohl gerührt und gerüttelt, gewärmt und gegoren! Einstweilen nun hat unser Herrgott den Langnauer Boden nicht zu einem Käskessi gemacht, seinen großen Senn nicht gesandt, daß er einen Käs mache aus dem Langnauer Markte; wird kein Gelüsten haben nach dem Käs, noch viel weniger nach der Käsmilch, welche es geben würde.

Bekanntlich überwindet man mit Geduld am Ende Sauerkraut; so kommt mit Sanftmut selbst an einem Langnauer Markte Mann und Vieh an seinen Ort. Was die Käshändler sind, die werden zumeist alsbald unsichtbar. Es ist, als ob sie in Geister verwandelt worden für einstweilen, in luftige Wesen, dem Auge der Sterblichen, vor allem dem der dicken Bauern entrückt. Nach der Sage sollen Kellnerinnen, wahrscheinlich auch Kellner (wenn nämlich deren in Langnau wären) die Gabe des Geistersehens besitzen an solchen Tagen.

Wie es draußen auf dem Viehmarkt geht, was in den Küchelstüblene vorgeht, wie es handelt mit den Ziegen und wie die Schweine ziehen, das kümmert uns nicht, wir wollen diesmal bei der Hauptsache bleiben. Wirklich, wie die Masse im Käskessi sondern sich größere Knollen und einzelne Fetzen, stehen hier und dort, machen bedenkliche Gesichter und werweisen, wollen sie rechts oder links oder sonst wohin? Die einzelnen Fetzen stellen die Küher vor, wo jeder für sich selbsten steht, ein bedauernswürdiges Geschlecht; sie stellen so gleichsam den herabgekommenen Adel vor, an welchem männiglich die Schuhe abwischt. Ja, wenn so ein alter Küher fünfundzwanzig bis dreißig Jahre zurückdenkt und seine damalige Lage mit der gegenwärtigen vergleicht, laufen ihm die Augen über, daß er die Schuhe voll bekommt. Damals hatten sie die Welt, das heißt die Käse in ihrer Hand, sie hatten dieselben, und wer kaufen wollte, mußte sie von ihnen kaufen. Ja, wenn so ein Küher von einer schönen Alp an den Langnauer Markt kam, dann steckte er seinen Stecken unter sein Sitzleder quer durch die Straße und saß darauf als wie ein König auf seinem Throne, und wehe dem, der an den Stock gestoßen, er hätte vielleicht mit weniger Gefahr an einem Throne gerüttelt. Ein solcher Küherfürst wollte nicht bloß seinen Käs verkaufen, sondern auch Heu für den Winter kaufen. Da ließ er gern von den Bauern sich suchen, als wäre es eine Gnade, wenn er sie würdigte, ihnen um fast nichts das Heu zu füttern und Stroh zu stehlen. Da hieß es wohl: «Nicht wahr, wenn wir kommen, dein Heu zu Mist machen und dir etwas singen dazu, so bist du zufrieden, was willst du mehr?» Jetzt aber ists anders. Da drücken sie erst die Händler, denn sie wissen, ein Küher kann den Käs schwerlich den Winter über behalten. Die meisten müssen im November zinsen, vorrätiges Geld ist bei den wenigsten und noch weniger Platz für den Käs. Und kein Bauer läuft ihnen nach wegen dem Heu, sie können den Bauer suchen, müssen hören, wie einer nach dem andern ihnen absagt, sie nicht mehr mag, müssen an eine Zeit denken, wo sie den Winter über gar niemand mehr will, wo sie ihr ganzes Senntum, um es zu überwintern, entweder in den Rauch hängen oder es einsalzen müssen. Dieselben Bauern, bei welchen sie sonst als wie von Gottes Gnaden einzogen, sahen sie jetzt breit und dick und wie sie mit souveräner Verachtung an ihnen vorübergehen, schwer und stattlich, gleichsam so wie Fabrikherren und Bankiers neben herabgekommenen Edelleuten.

Fabrikherren waren allerdings die Bauern ähnlich, führten gemeinsame Geschäfte, hatten Geld, hatten Stolz, verachteten, was nicht Geld hatte wie sie und ließen diese Verachtung auch fühlen ohne Hehl; sie brauchten die Küher nicht mehr, um ihr Heu zu Mist machen zu lassen, das konnten sie jetzt selbst.

Leben war noch nicht in diesen Knollen und Flocken, sondern ein sichtliches Harren, Warten, teils mit Ungeduld, teils mit Ergebung. Wenn man näher hinzutrat, so hörte man wohl: «Es kann noch niemand vor, sie lassen niemanden ein», nämlich die Käsfürsten. «Was reden die wohl ab, was treiben sie? Es ist ein verfluchter Zwang, daß man nicht Zeit zum Märten hat. Sie meinen, sie könnten es uns machen wie den Kühen: milcht man die nicht zu rechter Zeit, so läuft ihnen die Milch von selbst aus und man braucht sie nicht anzuziehen.» Die Käseherren waren noch unsichtbar; man mochte hier fragen, dort fragen, allenthalben hieß es: Sie seien da, aber allein im Zimmer, und ließen niemanden ein. Fremde Handelshäuser hatten nämlich in den verschiedenen Wirtshäusern ihre eigenen Zimmer, darin saßen die Glieder des Hauses, und was sie da trieben, war geheim, der Gugger kam nicht darüber: ob sie bloß die Verkäufer reifen lassen wollten, ob sie ihre Bilanzen zogen und Notizen ordneten, oder ob sie hexeten oder sich wahrsagen ließen, ob sie Glück hätten, darüber sind die Gelehrten verschiedener Meinung. Es ließen sich welche gar nicht ausreden, es ginge da was Sonderbares vor, alles gehe nicht mit rechten Dingen zu, und wenn man sich auch nicht die Karten schlagen lasse, so suche man doch im Glase nach dem rechten Grunde, habe einen eigenen Geist in einer Flasche, den man zu Rate ziehe. Andere meinten, sie ließen sich wirklich wahrsagen, aber nicht erst in Langnau, sondern früher.

Mitten durch das harrende Gedränge drängten sich sieben dickere und dünnere Männer, ähnlich dem Siebengestirne am hohen Himmel, mit dem Unterschiede nur, daß das Siebengestirn anständiger und gemessener sich bewegt. Dagegen wie im Siebengestirne der größte Stern die Zentralsonne ist, um welche das ganze Weltall sich drehen soll, so war in der Männergruppe auch einer der Größte und Dickste, das war der Ammann von der Vehfreude, und um ihn bewegte sich, wenn auch nicht das ganze Weltall, so doch die ganze Vehfreude. Sie waren zum ersten Male auf der großen Käsauktion, sie wußten noch nicht, daß man mit Eilen nichts zwinge. Von weitem sah man ihnen die Unkunde mit den herrschenden Sitten an; sie meinten, wer zuerst sei, der käme seiner Ware am besten ab, und das Zuerstsein hänge von ihnen ab. Sie hatten sich natürlich die Namen der Händler, welche ihre Käse besehen, gemerkt, fragten nun im Wirtshause, in welchem sie abstiegen, nach denselben. Zwei seien hier, hieß es, diese dort, jene an einem andern Orte, vernahmen sie. Das treffe sich gut, meinten sie, denn grade die, welche ihnen am besten gefallen, daher auf sie die meiste Hoffnung setzten, seien hier. «Zeig, wo sy si, mr wey grad zun e», sagte der Ammann zu der Kellnerin. «Sie lassen noch niemanden vor», gab das Mädchen zur Antwort, welches seine Pflicht so gut kannte wie ein Hofmarschall beim Lever von Königen und Königinnen. «Sag du nur, die Ausgeschossenen aus der Vehfreude seien da und der Ammann dabei, sie pressierten», sagte der Ammann zum schnippischen Stubenmädchen.

Das Ding kam endlich wieder und sagte: Sie haben noch nicht Zeit, wäre ihnen leid, daß sie nicht warten könnten, wollten sie aber nicht versäumen. «So, das sind Hochmütige, wo ist dieser?» hieß es. «Oben», sagte die Kellnerin. «Zeig das Zimmer», hieß es, «wollen gleich selbst gehen und sehen, was hier Trumpf gespielt wird; werden doch nicht Landvögte sein, bei denen man sich anmelden lassen muß?» Die

Kellnerin sagte, sie wolle ihnen das Zimmer schon zeigen, werde ihnen aber nicht viel helfen, und hüpfte voran; sie hintenher, tapfer die schweren Schuhe und handlichen Stöcke durchs ganze Haus zu Boden stellend, daß männiglich hätte glauben sollen, es rücke der Landsturm aus Ungarn an mit dem Kossuth an der Spitze. «Dort sind sie im Drü», sagte das Mädchen und machte sich weiter. Sie rückten mit schwerem Schritte gegen die Türe zu, und war ihnen etwas bang; denn das Geheimnisvolle macht immer Eindruck, am meisten aber auf die, welche voll Aberglaubens sind. Die Schritte wurden immer kürzer und leiser, je näher sie dem verhängnisvollen Drü kamen. «Denk zerst doppeln», sagte der Ammann und klopfte mit dem Mittelfinger an die Türe, zog ihn rasch zurück und spannte die Ohren auf die Antwort drinnen. Aber drinnen blieb es stille. Es solle einer noch einmal doppeln, sagte der Ammann, aber niemand hatte recht Lust. «He, das wird doch wohl nicht zum Töten gehen», sagte endlich einer und klopfte mit dem Stocke. Aber still wie zuvor blieb es drinnen, wie lange sie auch lauschten mit verhaltenem Atem. «Sy mr lätz, es soll doch einer probiere, ob es bschlossen ist oder nicht?» fragte einer. «Seh du, Ammann, du bist der Präsident», mutete man diesem zu. «He», sagte derselbe endlich, «das wird doch wohl nicht Magdeburg kosten», und drückte an der Türfalle; aber die Türe wollte nicht aufgehen, sie war gut verschlossen. «Wir werden lätz sy», hieß es, und sie rückten vor zu einer andern Türe. Nun waren aber an diesem Tage nicht bloß Käshändler, Schweine- und Schafhändler in Langnau, sondern die Reisenden von andern Häusern, welche in Leinwand, Baumwolle, in Kaffee und in Zucker machten. Diese hatten da Krämern und Krämerinnen Stelldichein gegeben und machten da Geschäfte in den beliebtesten Artikeln. Man kann sich denken, was das für Ärger gab, wenn mitten im besten Geschäfte das Siebengestirn aus der Vehfreude vor ihrem Zimmer aufmarschierte mit Schritten trotz der alten Garde, und was es dann für Worte gab, wenn sie ins unverschlossene Zimmer unversehens brachen.

Das sei ihm ein Donnerwerk, sagte endlich der Ammann, er hülfe fort, sie schaffeten da doch nichts. Da stürmten sie denn hinaus ins Weite voll Angst und Ahnung sonder Rast, es schien siewas zu plagen, als hätten sie jemanden erschlagen, wie es dem Ritter Karl von Eichenhorst erging, als er zu seinem Knappen sagte: «Sattle mir mein Dänenroß, daß ich mir Ruh erreite, es wird mir hier zu eng im Schloß, ich will und muß ins Weite!» Sie stürmten so unwirsch durch die erstarrten Wogen, klopften so ungestüm mit ihren langen Stecken bald hier, bald dort, und half ihnen alles nichts. Nirgends wurden sie empfangen, nirgends vorgelassen; es kam ihnen vor, als seien sie verhexet, verkauft, verraten, in einem verfluchten Narrenwerk wie ein Eichhörnchen in der Trülle. Aus einem Wirtshause wieder abgewiesen, trappeten sie fort und wußten nicht wohin, gerieten in eine Menge Küherstöcke, auf denen die Einen saßen, Andern zwischen den Armen staken, akkurat wie ein Regiment Ulanen oder Lanciers, und standen endlich gezwungen still, um nicht eine dieser Küherlanzen ins Gesicht zu kriegen.

Da kam aus einem Hause, und eben nicht aus dem schönsten, ein Kleeblatt, stolperte fast über die hohe, altväterische Schwelle, welche sie vor Freude kaum sahen. Einer in selbem war kein Bauer; man sah ihm an, daß er ein Herr war, kein halber wie Eglihannes, ein Aristokrat also. Vor dem Hause saßen Zwei. Einer hatte offenbar etwas Küherhaftes in Kutte, Hut und Pfeife, der Andere etwas Patrizisches sowohl im Gesicht als an den Handschuhen, obgleich an seinen Hosen nicht überflüssiges Tuch war; sie waren wohl kurz und ziemlich eng, ums Knie gab es daher einen Buckel. Der eine Herr und der andere kannten sich offenbar. Der mit den kurzen Hosen fuhr auf und fragte: «Habt ihr verkauft?» «Ja», sagte der Erstere. «Wie teuer?» fragte der mit den engen Hosen. «Darfs nicht sagen, es ist verboten», antwortete der Andere und zog mit dem übrigen Kleeblatt hellauf weiter, wahrscheinlich ans Ordinäri oder vorläufig hinter eine gute Flasche.

Das waren den Vehfreudigern Worte wie Kanonenschüsse, welche das Zeichen zum Wettrennen zu geben pflegen. Also es ist los, dachten sie, die Herren ließen vor, und so brachen sie mit Macht durch die Stecken. Aber auch diese waren in Bewegung gekommen, drängten sich den verschiedenen Häusern zu, in welchen die Händler saßen, während Andere herauskamen, bald mit hellen Gesichtern, bald mit verlegenen, bedenklichen, hier oder dort nebenaustrappeten, Rat hielten, werweiseten, zurückkehrten, weitergingen, still standen und doch wieder gingen. Einige redeten leise, Andere schimpften laut und weidlich über alle die Käshändler: Aristokraten und Jesuiten kauften sie die Käse ab und noch dazu zu den besten Preisen, während sie die Freisinnigsten und Vaterlandsfreunde z'leerem abfertigten. Daraus könnte man am besten abnehmen, was sie selbsten seien, sie möchten dann daneben brüllen, wie sie wollten. Unserm Siebengestirn ging nun der Stern der Hoffnung auch auf, sie suchten vorzukommen; wenn sie einmal drinnen wären, so fehls nicht, dachten sie. Aber das Vorkommen, das war schwer. Es waren immer Andere vor ihnen, sie wußten nicht, wie es kam. Sie dachten manchmal daran, es wäre doch vielleicht gut, wenn sie den Eglihannes bei sich hätten, der kenne den Yschlupf wie Keiner. Wenn sie sich auch dicht vors Loch stellten, um, wenn so eine der geheimnisvollen Türen aufging, gleich bei der Hand zu sein, so stand ein Anderer hinter ihnen; sein Name wurde gerufen, er rasch durch sie durch, und ehe sie nur sagen konnten, sie und der Ammann in der Vehfreude seien auch da, war die Türe wieder zu. Sie waren wie verraten und verkauft und wußten nichts mehr zu sagen, als sie seien verraten und verkauft, böse Leute hätten es ihnen verbunden. Er hätte es doch gedacht, sagte der Ammann. Am Morgen, als er vom Hause gekommen sei, sei ihm lauter Weibervolk begegnet, und das sei vom Tüfel nüt nutz.

Endlich einmal hieß es: «So kommt herein!» Da wars ihnen, als ginge der Himmel auf durch Petris Gnade. Mit bedächtigem Schritte, fast wie der Löwe in den Zwinger, traten sie ein, sahen sich um nach Stühlen oder Bänken, um abzusitzen, und mit den Händen griffen sie nach den Pfeifen, um sie in Behaglichkeit zu stopfen und dann das Märten anzufangen. Sie glaubten, das gehe ungefähr wie an einer Käsgemeinde, wo man gemütlich von einem zum andern rutscht, zuweilen von der Sache spricht und am Ende glücklich ist, wenn man den Abend kurzweilig verbraucht hat und den Weibern was Neues heimkramen kann. So eine tapfere Verleumdung ist vielen Weibern viel lieber als der größte Lebkuchen, ja selbst als ein hoffärtiges Fürtuch. Aber da gings anders zu; Stühle waren nicht da in gehöriger Anzahl, und die Herren hatten gar kurze Manieren, schnitten allem Getäsche unbarmherzig den Faden ab. Als der Ammann auf die Frage, an welchen Preis sie dächten, antwortete, sie dächten an den höchsten und hätten von siebzehn Kronen gehört, bemerkte einer, sie hielten ihnen das nicht für ungut, aber sie hätten andere Gedanken. Um mehr als zwölf Kronen freute sie ihr Mulch nicht. Da fingen die Sieben alle an zu brummen, aber der Ammann faßte zuerst das Wort und sagte: «Das wird vexiert sein, wo fehlt es denn unsern Käsen?» «Wir wollen die Käse nicht ausführen und schlecht machen», antwortete der Händler, «sie sind uns ganz recht; aber wir begehren sie nicht, wir haben schon so viel gekauft, daß sie uns des Nachts über das Deckbett hinaufkommen. Es sind mehr überflüssige Mulche als an einer Ätigenkilbi Meitschi.» Die Sieben wollten zu märten anfangen. Einer stellte den Stock unter, ein Anderer lehnte sich an die Wand, kurz jeder faßte Posto, wie er glaubte, daß er es am behaglichsten aushalten könne. Da sagte der Händler: «Ihr habt gehört, zwölf Kronen und lieber nit; z'märten ist da nichts. Geht und redet mit einander! Wollt ihr sie geben, so kommt wieder, wo nicht, so habt nicht Mühe. Jakob, mach auf und rufe dSimeliberger!»

Damit war die Audienz beschlossen, die Herren hatten gar keine Ohren mehr, die Sieben mußten wieder raus, machten dabei sicher noch viel flämischere Gesichter als die Tante Dorothee, von der es heißt: «Unsere Tante Dorothee mit ihren langen Füßen ist sieben Jahr im Himmel gsi, het wieder abe müssen.» Da standen sie wieder draußen, und nun, wo wieder hinein? Schon war die Sonne über die Mittagslinie; sie hatten keinen Witz, hätten sie Witz gehabt, sie hätten es gemacht wie die Ausgeschossenen einer andern Käsgesellschaft, welchen es ähnlich ging. Die dachten, es müßte doch den Teufel tun, wenn die da drinnen in den Heiligtümern nicht auch Menschen wären, mit menschlichen Schwachheiten und Bedürfnissen behaftet! Sie postierten sich denn also auf einer Laube, welche zu dem heimlichen Gemache, wohin Papst und Kaiser zu Fuße gehen, führte, und harrten dort. Das fiel nicht auf, denn in allen Ecken sah man am selben Tage solche lebendige Geständnisse. Ungehindert ließen sie die bloßen Käsjunker passieren, ihr Fang sollte besser sein. Sie mußten lange warten, denn so ein alter Held bringt viel in sich und viel über sich. Indessen, Not bricht am Ende doch Eisen, altes und junges, und endlich erschien auch einer der wahrhaftigen Käsfürsten, hastig wandelnd in den Fußstapfen von Kaiser und Papst. Aber wie er auf die Laube kam, umringte ihn der harrende Klub, klaubte ihn ein von hinten, von vornen, von beiden Seiten, stellten ihn wie die Hunde einen Eber und sprachen: «Und jetzt, was willst, und wie willst?» Da kam auch ein Fürst in Nöten, und in welche! Da war freier Boden, er konnte ihnen nicht das Loch zeigen, welches der Zimmermann gemacht, konnte sie nicht heißen zum Teufel gehen; er mußte parieren, standhalten und endlich in den höchsten Nöten ein Mulch kaufen, nur um aus dem Klub zu kommen – es war aber auch die höchste Zeit. Solchen Witz hatten unsere Freunde aus der Vehfreude nicht. Übrigens hätte er ihnen auch nichts geholfen, denn seit jener Zeit sollen die Herren vorsichtiger geworden sein, es erstlich nicht mehr so auf den Notknopf ankommen und zweitens sorgfältig untersuchen lassen, ob die Bahn frei oder verstellt sei.

Die Vehfreudiger hielten in einer Ecke Rat. Von zwölf Kronen könne nicht die Rede sein, darüber waren sie einmütig; sie dürften ja nicht heim und müßten sich schämen ihr Lebtag, daß sie den niedrigsten Preis genommen. Die Einen aber meinten, sie wollten absetzen, heimfahren, vorbringen und das Weitere gewärtigen; Andere aber sagten, nicht Nachlassen gewinne, sie hülfen noch einmal hintenfür, es sei noch alle Zeit dazu. Die Leute seien etwas verlaufen, viele säßen am Essen, und die Herren wüßten jetzt am besten, ob sie noch kaufen wollten oder nicht. Diese Meinung erhielt das Mehr, sie gingen weiter, der Ammann aber sehr ungern.

Auf dem Wege trafen sie auf einen doppelten Menschenschlag. Die Einen, fröhlich und hellauf, mit stolzem, kühnem Nacken, drangen gegen ein Wirtshaus vor; das waren die, welche ihre Käse verkauft hatten und, wie sie meinten, gut. Zwischen ihnen gingen oder standen Andere mit ernsten, bedenklichen Gebärden, redeten hin, redeten her oder standen schweigend da, wie Krähen am Morgen auf einem Acker, wenn es abends donnern will. Wenn sie sich in Bewegung setzten, geschah es langsam, als wenn sie Blei in den Beinen hätten, und mit gesenkten Köpfen, eben auch wie jene Krähen auf dem Acker; das waren die, welche die Käse noch nicht verkauft hatten. Am auffallendsten gebärdeten sich die Küher, die altadeligen. Die Glücklichen standen mitten in der Straße, den langen Stock ins Sitzleder gestellt, und ließen die Leute schön um sich herumlaufen oder hatten ihn unter dem Arme und fuhren mit der schmutzigen Spitze den Leuten in den Gesichtern herum. Die Unglücklichen standen beiseite gegen die Zäune hin, hatten den Stecken vor sich gestellt, das Kinn darauf gelegt und dachten betrübt über die betrübten Zeiten nach, über den betrübten Unterschied zwischen Ehemals und Jetzt. Auf dem Wege vernahmen die Sieben von Bekannten, die Preise gingen nicht so hoch, als man gedacht, die Käsherren drückten, wer fünfzehn Kronen löse, könne so ziemlich zufrieden sein. Es seien freilich einige auf sechzehn Kronen gegangen, aber nur die rarsten, und viele seien nicht verkauft. Das war tröstlich und nicht tröstlich. Nicht tröstlich in Beziehung auf den Verkauf, tröstlich, weil sie nicht allein im Pech waren, sondern es Andern auch so erging und sie zu Hause eine bestimmte Rechtfertigung hatten, daß ihr Schicksal nicht durch ihre Ungeschicklichkeit herbeigeführt worden. Sie trappeten hin, sie trappeten her, aber nicht glücklicher; entweder wurden sie nicht vorgelassen oder hörten, sie sollten von zwölf Kronen reden, so wolle man sich bedenken. Es war, als ob alle sich verabredet und gegen sie verschworen. Auch war es augenscheinlich, daß sie den Kauf für beendet betrachteten für heute. Jeder hatte das Beste, was er wollte, das Übrige dachte man um so wohlfeiler zu kaufen, je länger man die Leute in der Beize ließ. Sie wußten, daß wie zäh ein Bauer auch scheint, er doch in dieser Käsbeize sehr bald mürbe wird, um den Käs loszuwerden.

Als sie wiederum abgefertigt auf der Gasse standen und ernstlich ans Absetzen dachten, riet ihnen einer, sie sollten noch probieren bei einem Hause, welches heute zum ersten Male Geschäfte mache; dieses sei vielleicht noch froh, zu kaufen. Aus Furcht, zu hoch zu kaufen, sei es anfangs zu knauserig gewesen, jetzt wäre es vielleicht froh, hinterher noch etwas zu erhalten; schienen übrigens nicht allzu viel von der Sache zu verstehen, drehten die Käse gar lange herum und wüßten am Ende doch nicht recht, wo es fehle. Probieren werde erlaubt sein, erkannten sie und gingen. Da war kein Geständ vor der Türe, sie wurden auf das erste Klopfen vorgelassen. Die Herren waren freundlich, fast wie verlegen, bedauerten sehr, den Käs nicht gesehen zu haben, sonst würde es sie freuen, mit ihnen zu handeln; sie hätten zwar schon sehr viel gekauft, indessen auf ein Mulch mehr oder weniger käme es ihnen nicht an. Es sei ihnen hauptsächlich darum, in die Geschäfte zu kommen, mit den Leuten anzubinden. Sie wüßten wohl, wer einmal mit ihnen handle, begehre mit den Andern nichts mehr zu tun zu haben. Sie seien loyal, preßten den Leuten nicht das Blut unter den Nägeln hervor, ein Wort sei ein Wort und das Geld auf der Hand. Die Herren waren recht gesprächig und nicht halb so kurz angebunden wie die Andern, redeten sogar von Sitzen, was nun aber ihrerseits die Vehfreudiger nicht begehrten, sie redeten von Pressieren. Es ward abgeredet, daß die Herren die nächsten Tage kommen sollten, den Käs zu besehen. Wenn es leicht zu machen sei, so gäbe es einen Handel, sagten sie, denn es sei ihnen wegen der Zukunft. Bei ihren großen Verbindungen seien ihnen große Mulchen die anständigsten. Es sei eigentlich bisher nur gestümpelt worden; kämen Leute hinter die Sache, welche es verstünden, bekannt in der Welt seien, könnten sie einen ganz andern Schwung in diesen Handel bringen. Bei den heutigen Transportmitteln lägen ja das große Rußland und das noch größere Amerika so gleichsam vor der Haustüre, und wenn es einmal mit China recht angehe, so sei es möglich, daß man Käs an Tee tauschen könne, Pfund um Pfund, oder an Seide. Man solle denken, was das mache! Sobald sie die Sache recht im Greis hätten, gedächten sie die Verbindungen zu eröffnen; sie seien überzeugt, so wie sie die Chinesen kennten, daß sie, wenn sie mal wüßten, was Schweizerkäs sei, nichts anderes mehr würden essen wollen. Da könne man zusehen, wie man denen genug Käse zwegbringe.

Die Vehfreudiger vergaßen fast das Pressieren ob diesen Aussichten, rissen sich mit Gewalt los, nachdem sie gesagt, in welchem Wirtshause sie eingestellt; angeglüht von Weltgedanken schritten sie demselben zu. Das seien noch rechte Herren, sagten sie, andere als die Hochbeinigen, die daherkämen wie die Giraffen, täten weiter sehen als der Nase lang und möchten sich doch noch gmühen, ein vernünftiges Wort mit ihrer Gattig Leuten zu reden. So sprachen sie und achteten sich nicht darauf, daß die Straße ziemlich leer war, von ferne her aber ein gewaltiges Getümmel brauste. Als sie näher kamen, sahen sie ihr Wirtshaus und andere eingeknäuelt von einer Menge Menschen, so dick, daß man ihnen auf den Köpfen hätte gehen können. Hin und her wogte die Masse wie ein Kornfeld im Sturmwinde; Fäuste, Prügel sah man über den Köpfen, manchmal ein blutiges Haupt emporgeschoben, als ob es eine Fahne wäre; aus der Mitte kam ein Gebrülle, hundertfältig stärker als an einer Pferdezeichnung aus einem Stalle, wo sich die Hengste schlagen.

«Was hats gegeben?» sagte der Ammann; «das ist eine vaterländische Prügelten, so eine sah ich doch lange nicht», und halb zog es ihn, halb stieß es ihn näher und immer näher, und hinter ihm her die übrigen Vehfreudiger. «Es wäre doch der Donner, wenn wir nicht zu unsern Fuhrwerken dürften», grollte der Ammann dumpf, als ihm einer rief, er solle das Drücken lassen, sonst vertreibe er es ihm ohne Aarwangenbalsam. «Du wenigstens wirst es nicht wehren wollen!» rief der Ammann. Patsch, hatte der Letztere eins, und wie es dann so geht, die Vehfreudiger waren mitten im Streit, kriegten und gaben, ehe sie daran dachten. Es ist kurios, die Alten fangen nicht gern an zu schlagen, aber kommen sie einmal ungsinnet dazu, so tun sie es mit wahrer Burgerlust und können fast nicht aufhören. Sie hatten weder Freunde noch Feinde da, schlugen, als sie einmal dabei waren, um so unparteiischer los auf jeden Buckel, jeden Kopf, der in ihren Bereich kam; und da sie eben ihrer Sieben waren, welche ohne Sonderzwecke zusammenhielten und gerade vor sich hin Weg schlugen wie die Amerikaner in einem Urwald, so kriegten sie freilich manch tüchtigen Schlag, so daß das Blut nachkam, aber sie kamen doch ans Ziel, an die Treppe des Wirtshauses, kamen nach hartem Kampfe die Treppe hinauf, denn aus dem Hause stürzte sich immer noch kampffertige Mannschaft in die wogende Schlacht. Als sie oben waren, ergriff es sie wie mit Himmelsgewalt, und wäre der Ammann nicht gewesen, ihrer Sechse hätten sich wieder ins Getümmel gestürzt, so wonniglich und heimelig kam es ihnen vor. Aber der Ammann hielt sie. «Nit, nit», sagte er. «Es dünkte mich auch lustig, aber wir müssen heim, und wenn einem ein Unglück widerführe, was hätten die Andern davon und was würden die Leute sagen?» Das half; sie suchten einen sicheren Platz und wollten essen, denn es war beinahe Abend und es dünkte sie, sie seien ganz hohl inwendig und die ganze künftige deutsche Flotte hätte Platz in ihrem Bauche.

Im Hause war großer Wirrwarr. In demselben hatte die

Schlacht angefangen und erst später aus Mangel an Raum sich ins Freie gewälzt. Da war denn alles durcheinandergeworfen: zerschlagene Gläser und Fleisch, Flaschen und Suppe, Bänke und sonstiges Essen. Aber man sah es den Wirtsleuten an, daß sie nicht das erstemal dabei waren. Mit kundigen Händen räumten sie weg, ordneten frisch für neue Gäste, und ehe es lange ging, saßen unsere Sieben schon hinter einer schönen gelben Fleischsuppe, in welcher das weiße Brot und der dunkelrote Safran nicht gespart waren. Sie aßen mit Freuden, teils wegen dem Hunger, teils wegen der Lust an den Kläpfen, welche sie ausgeteilt und welche sie eigentlich als das glücklichste Begebnis des heutigen Tages ansahen. Ein langer Mann mit großem Kopfe und großer Nase kam, streckte die Beine unter den Tisch, die Hände auf denselben und knurrte vor sich hin, als wenn er jemanden beißen wollte. Da fragte der Ammann, der zunächst bei ihm saß, ob das an allen Märkten in Langnau so gehe? Sie hätten auch noch ein Bröcklein von der Suppe gehabt, wenn sie dieselbe schon nicht hätten anrichten helfen. Es nehme ihn wunder, worob es angegangen, ob man es wisse?

«Worob?» sagte der Mann. «Wegen etwas Nagelneuem, etwas Dummem, wie man noch nie davon gehört. Ja, da sieht man, ob die Welt gescheiter werde oder nicht! Zu meinen Zeiten hat man sich auch geprügelt, ganz anders als jetzt, daß das Blut an die Decke spritzte oder auf den Straßen durch die Geleise rann. Aber wegen was tat man das? Wegen einem schönen oder reichen Meitschi, oder weil man eine andere Dorfschaft haßte, weil deren Bursche einem ins Gehege kamen. Da lohnte es sich doch der Mühe, das war für etwas.» «Um was anderes jetzt?» fragte der Ammann, der wirklich nicht begriff, daß man sich an einem Markte so gemeinsam um etwas anderes prügeln könne. «Das errätst du auch nicht», sagte der Erstere. «Wegen zwei Ratsherren prügeln sie sich, daß vom Oberdorf bis ins Unterdorf alles aneinanderhängt. Da sind zwei Gemeinden, und will jede den besten Ratsherrn haben.» Die Vehfreudiger lachten. Der Ammann meinte, es würden wahrscheinlich zwei Ausbünde sein, und jede Gemeinde werde den bessern Verstand gehabt haben wollen. «Jawolle, Ausbund und Verstand, die Kälber!» sagte jener. «Wärs wegem Dorfmuni, selb wohl, da wüßten sie, wie die am besten sind und am nützlichsten; und da meinen sie, wenn sie den Verstand, wo sie zum Dorfmuni brauchen, auch für den Ratsherrn anwendeten, so sei dSach recht. Der größte Brülli, der mit dem strübsten Haar, den spitzigsten Hörnern, den Kühen am aufsätzigsten, daneben auch allen Leuten, welche ihm in die Nähe kommen, das gebe den besten, meinen sie.» «So, und jetzt machen sie also aus, welche Gemeinde den besten habe?» fragte der Ammann. «Das schickt sich doch so übel nicht», setzte er hinzu.

Nun begann der Andere gar gröblich zu schimpfen über die Zeit und die Ratsherren und über die Wähler, welche wählten, als sollte es Dorfmunine geben oder die handlichsten Böcklein, daß es eine greuliche Sache war. Der Ammann war etwas in Verlegenheit. In Beziehung auf den Wahlverstand war er vollkommen mit dem Andern einverstanden. Er hatte sich schon lange zum Ratsherrn vollkommen tüchtig gefunden und war doch noch nie ordentlich in die Wahl gekommen, schimpfte daher schrecklich über Schreiber und Schulmeister, welche die Wahlen machten, bloß ihresgleichen, Fötzeln und Brüllene, von den wüstesten, wo es gebe, nichts vor ihnen sicher, was im zehnten Gebote vernamset sei. Daneben war eine gewisse Freisinnigkeit über ihn gekommen. Er hatte an geschenkten Bodenzinsen und Zehnten ein Erkleckliches gewonnen und hoffte durch die Verfassung von den Armen ganz frei zu werden, denn was seine

Freiwilligkeit ihn kosten könnte, wußte er ziemlich genau. Ja, sagte er daher, für die rechten Leute hätte man den Verstand noch nicht, das erfahre man seit bald zwanzig Jahren. So komme nichts heraus als eine Mästung; man wähle sie mager, und wenn sie fett seien, so stoße man sie ab, akkurat wie man es bei den Schweinen pflege. Daneben sei ihm die Verfassung recht, der gute Verstand werde schon kommen, wenn man trachte, daß die Sache Bestand habe; die rechten Leute kämen schon noch ans Brett, wenn einmal das Lumpenpack sich sattgefressen.

Der gute Ammann dachte nicht daran, wie tief er in den Ast säge, denn er hatte eben einen alten Großrat vor sich, der bloß mit der Gegenwart unzufrieden war. Vom Mästen, sagte der Mann, hätte er nichts gemerkt, denn sie wären mit dem Staatsvermögen nicht umgegangen wie der verlaufene Bub mit seinem Erbteil; sie hätten Rechnung geben dürfen und nicht das Vermögen verhudelt und den Leuten dazu noch mit Staatszwang den letzten Kreuzer abgetrieben. Wider die Zeit habe er nichts, die habe Gott gemacht, die Verfassung sei unschuldig, sie habe sich nicht selbst gemacht; aber leben möchte er, bis er die gegenwärtigen Ratsherren schnopsen höre im Trocknen wie Fische außerhalb dem Wasser, dann sei vielleicht die Zeit gekommen, wo man sich ohne Prügel verständige, daß einer so viel oder wenig wert sei als der Andere und ein Dorfmuni und ein Ratsherr zwei verschiedene Dinge seien. Darwider hätte er nichts, sagte der Ammann, er sei nie Ratsherr gewesen und begehre es nicht zu werden, lieber wollte er Schneider werden. Ein Schneider könne doch von einer Stör zur andern oder zu Hause für sich arbeiten, ein Ratsherr aber sei immer auf der gleichen Stör, auf der Bärenstör, daheim und in Bern, müsse dienstbar sein mit Leib und Seele, mit Maul und Beinen, müsse zugleich noch Wäscherin sein, den Herren in Bern den Dreck aus Krägen und Mänteln waschen und als reine Wäsche sie spienzeln im ganzen Lande herum. So sprach der Ammann zu großem Erstaunen der Vehfreudiger, die denselben nie so von der Leber weg sprechen gehört und an die Wirkung einiger Gläser Wein in einem ausgehungerten Magen nicht dachten. Durch die sich mehrenden Gäste wurde das Gespräch unterbrochen. Die Schlacht draußen hatte aufgehört, ohne bestimmten Entscheid, obgleich Einige bis auf den Tod geschlagen waren, Andere sonst bluteten wie die Schweine, das Schlachtfeld wirklich kriegerisch aussah und von den Gassenjungen vielfach bewundert und als von angehenden Marodeurs durchstöbert wurde.

Aber noch ein anderes Schlachtfeld ward durchstöbert: das war das der Käse. Es nahm natürlich die Herren doch wunder, wie das Ganze abgelaufen, wieviel annähernd dieser oder jener Konkurrent gekauft. Sie hatten auf Mulchen, welche sie in ihrem Plane hatten, geboten, hatten die Leute entlassen, sie sollten sich bedenken und wiederkommen, aber sie waren ausgeblieben. Waren diese Mulchen verkauft? Wer hatte sie? Und um welchen Preis? Wo war allfällig Nachlese zu halten? Und wem konnte man ins Gehege kommen? Das waren alles Fragen, welche die Herren interessieren mußten. Jedes Haus hatte auch je nach seiner Eigentümlichkeit Mittel und Wege, aus dem Gwunder zu kommen. Allenthalben hat man seine Leute, allenthalben seine Bekannten; verfolgen Einige den gleichen Zweck, so ist bald viel vernommen. Die Empfindungen eines Käshauses sind selten ganz rein, sondern zumeist sehr gemischt. Bedeutende Häuser werden sich selten darüber ärgern, daß sie zu teuer gekauft. Ausnahmsweise mag es wohl geschehen, daß sie hintenher werweisen, ob sie nicht durchschnittlich eine halbe oder eine ganze Krone den Käs hätten wohlfeiler kaufen können. Hingegen machen sie sich wohl gegenseitig Vorwürfe, daß sie dieses oder jenes Mulch wegen allzu großer Herzenshärtigkeit hätten fahren lassen und einem Konkurrenten in die Hände gespielt. Sie hatten vielleicht auf eine gewisse Anhänglichkeit der Verkäufer gezählt, denen sie schon mehrere Jahre abgekauft, und diese einen halben Kreuzer per Pfund einmal verwerten wollen. Die Verkäufer dagegen rechneten auf die gleiche Anhänglichkeit der Herren: weil diese das Mulch schon mehrere Jahre gehabt und damit versorgt gewesen, so würden sie es nicht fahren lassen. Wenn nun Käufer und Verkäufer die gleichen Faktoren in Anschlag bringen, nur umgekehrt, so gibt es auch umgekehrte Rechnungen, entgegengesetzte Resultate. Das Ende davon ist, daß man ein gutes Mulch nicht hat, daß man böse Leute gemacht, und was das Fatalste ist, daß man ausgelacht wird. Dagegen hat man vielleicht bereits Rache genommen oder sonst einem Konkurrenten einen Stein in den Garten geworfen, ihm eine Falle gelegt, die er erst im künftigen Jahre abzutrappen hat, kurz gegen die Leiden hat man auch seine Freuden, hat vielleicht wieder Steine aufgelesen, welche man morgen oder übermorgen in einen Garten zu werfen gedenkt. Zu unsern Vehfreudigern kam einer der neuen Herren, tat sehr freundlich mit ihnen. Der, welcher ihre Käse zuerst besehen, der Freund Eglihannese, stand ganz nahe bei ihrem Tische, kehrte ihnen aber den Rücken, tat, als wenn er sich ihrer nicht achte.

Es war ziemlich spät, als sie sich ans Aufbrechen machten, und lange gings, bis ihre drei Wägelchen aufgefahren standen. An solchen Tagen müssen die Stallknechte gute Köpfe haben und sie beisammen behalten, um wieder alles gehörig zusammenzuspannen, was sie ausgespannt. Fatal ists, wenn man ein anderes Roß heimbringt, als man fortgenommen, und äußerst unbequem, wenn man fortfahren will, und das Fuhrwerk ist nicht mehr da, ein Anderer damit fortgefahren, und weiß Gott wohin. Das Herauswickeln aus dem großen Knäuel ist schwerer noch als das Verschmelzen mit demselben, denn am Morgen beim Verschlingen in denselben sind die Rosse müde und öde ists den Menschen ums Herz, am Abend aber haben die Rosse Hafer im Leibe und die Menschen Wein, das ist was ganz anderes. Und doch geschieht wunderselten ein Unglück, es wissen Rosse und Menschen sich zusammenzunehmen, wenn es sein muß. Seltsam aber wird man bewegt, wenn man ein großes, an einen engen Ort zusammengedrängtes Marktgetümmel übersieht, erst wie es zusammenfließt, dann wie es wieder allmählig sich auflöst und auseinandergeht. Was schleppen die Leute hin in Händen und Herzen, was kramen sie wieder heim innen und außen, erfüllte Hoffnungen oder bittere Täuschungen? Welche Gedanken steigen auf und nieder in den Werkstätten ihrer Seelen, und was findet jeder, welcher heimkommt, und wann kommt jeder heim und wie? Es ist wunderbar, wie es heimwärts wimmelt durch die Straßen, und will sich nimmer erschöpfen und leeren, als wollte der Markt noch einen Markt gebären. Man begreift gar nicht, wie im engen Orte alle Platz gehabt, und wenn man in den engen Ort sieht, so ist da noch eine Menge; es wallet hin und her, und lustig geht es zu mit Geigen und Schreien, es ist, als wolle man dem lieben Gott die Welt abverdienen mit Tanzen. Und Stunden in der Runde geht es lustig zu, schlägt das Echo der Marktfreude einem in die Ohren. Es ist, als ob die Erde ein unermeßlicher Lebkuchen wäre und die Luft über derselben ein unergründliches Weinfaß und alles für alle frei und unentgeltlich und jedem, so viel er mag. Und morgen oder übermorgen hat der Lebkuchen sich verwandelt in ein ungeheures Jauchefaß voll Klagen, das Weinfaß in einen unendlichen Sack voll schwarzer Galle. So veränderlich ists in der Welt, so ganz anders ists dem Menschen heute und morgen, der in der Veränderlichkeit nach einem Glücke fischet von vergänglicher Natur.

Wir müssen sagen, unsere Vehfreudiger waren nicht bis über die Ohren untergetaucht ins Weinfaß, sie fuhren mit Bedächtigkeit durchs Gewühle, schweigsam. Wahrscheinlich ordnete jeder seine Rede, welche er daheim seinem Weibe halten wollte, um ihm ihre heutigen Verrichtungen, wenn nicht in glänzendem Lichte, so doch von der bessern Seite darzustellen. Der Nägelibodenbauer, welcher dieses nicht nötig hatte, mochte rechnen, wie es ihm gehen möge, wenn er umsonst aufs Käsgeld gerechnet. Es liegt im Geldklamm eine große Pein, fast wie wenn man ein Bein gebrochen hat, eingeschienelt liegen muß, sich nicht kehren und rühren darf. Da freut man sich wie ein Kind auf den Tag, an welchem der Arzt uns zu lösen und frei zu machen versprochen, das ist der einzige Trost in der großen Pein. Kommt nun dieser Tag, aber der Arzt hält sein Versprechen nicht, gibt die Freiheit nicht, die alten Bande bleiben, da wird der alte Zwang um so greulicher, die alte Pein verdoppelt sich, noch viel enger wird es uns im engen Gehäuse. So wird es auch dem zumute, der im Geldklamm seufzte, auf Erlösung hoffte und sie kommt ihm nicht, sie flieht vor ihm, wie vor dem müden Wanderer das im Sumpfe tanzende Irrlicht. Ach, und wie Vielen geht es so, geht es beim ehrlichsten Willen ihr Lebtag so: schaffen, strecken die Hand aus nach dem mit allem Fleiß Erstrebten, mit Recht Erwarteten, und husch, ist es entflohen oder in die Ferne gerückt, und die alte Fuge ist noch enger geworden. Es ist, als ob der Atem abgenommen hätte, man ihn mit Not herauskriege aus dem zusammengezogenen Brustkasten. Erlangt man endlich, was man längst erwartet, so ist es wieder gar nicht das, was es früher gewesen wäre, es zaunet gar nicht mehr, es ist wie Wasser auf heißes Eisen alsbald verdunstet, man merkt gar nichts davon. So sein Lebtag in diesem Ding zu sein, so zu schaukeln zwischen Haben und Verlangen, zwischen Tod und Leben, ist ein greuliches Ding. Und manchmal sind Menschen schuld daran, Menschen, die das Geld hätten, aber es nicht geben wollen oder am Necken die teuflische Freude haben oder gar keine Fähigkeit, zu denken, wie es andern Menschen zumute werden kann, zum Beispiel einem armen Handwerker, dem ein reicher Mann schuldig ist und nicht zahlen will. Wir glauben nicht ans Wiederkommen und ebenso wenig ans Fegfeuer; aber wenn so eine hundshärige Seele siebenhundert Jahre auf ihrem Schatze sitzen müßte, der im Sommer eine feurige Kugel wäre, im Winter ein Eiszapfen wegen der Abwechselung, wir glauben fast, wir gönnten es ihr.

Nachdem das größte Gewühl überstanden war, taute doch die Rede wieder auf, und kurze Bemerkungen wurden gewechselt über Menschen und Vieh, an denen man vorüberfuhr, und über die heutigen Erlebnisse. Darin waren sie so ziemlich einig, daß sie das nächste Jahr nicht nach Langnau begehrten, sondern ihrethalben Andere gehen könnten. Habe man erst alles ausgestanden, sei es nachher niemanden recht und jeder denke, wäre er dabei gewesen, wäre es auch anders gegangen. Dann lachte einer laut auf und sagte: Dem mit dem weißen Filzhüti hätte er doch einen verflucht Braven ausgewischt; er wäre ungespitzt durch den Boden ab gefahren, wäre er nicht auf der Bsetzi gestanden. Dann juckte wohl einer und sagte, es hätte ihm da einer eins geben können in den Nacken, das Drehen werde ihm acht Tage lang unkommod sein. Dem habe er dann aber auch eine fliegen lassen, daß der die Augen zugetan und nicht werde gewußt haben, als er sie wieder aufgemacht, sei er im Länderbiet oder im Buchiberg.

So kamen sie eine gute Stunde weit, sahen viele Fuhrwerke vor einem Wirtshause stehen, an- und abgespannte.

Das geht so: wilde Rosse spannt man ab und läßt sie füttern, zahme aber läßt man stehen und hungern. Die Konservativen könnten sich daran ein Beispiel von Exempel nehmen. «Werde abspannen sollen, ein Viertelchen Hafer täte ihm wohl», sagt der Stallknecht. «Der hat heute Hafer genug gehabt», heißt es. «So will ich ihn doch anbinden», sagt der Erstere, «habe heute nicht Zeit, bei ihm zu sein.» «Laßt den nur stehen, dem kommt nicht in Sinn, zu gehen! Wenn niemand hü! sagt, steht der, bis es verläutet hat am jüngsten Tage», erwidert man. Solch konservatives Vieh sahen sie vor dem Wirtshause stehen, und einer sagte: «Uha, halt ein wenig, das ist dem Metzger sein Fuhrwerk, wo mir noch für eine Kuh schuldig ist; will doch geschwind sehen, ob er mich etwa zahlen will.» «Sag, sie sollen eine Maß bringen! Stentibus!» rief man ihm nach. Bald erschien dieselbe, nachdem die Einladung, abzusteigen, von der Hand gewiesen worden. Die Maß war aber noch nicht getrunken, als der Abgestiegene auch schon wieder erschien, abgefertigt vom Metzger. Man müsse wohl ein Bauer sein, um einem Metzger, welcher vom Markte komme, Geld abzufordern! Ob er denn glaube, er trage das Geld zentnerweise bei sich? hatte der Metzger gesagt.

In ungefähr einer Stunde sahen sie von weitem wieder ruhende Fuhrwerke, konservative und radikale, und der Ammann sagte: Es sei kurios mit dem Wein, man sollte es nicht meinen; gäb wie man ein Faß zufülle, so handkehrum habe der Wein sich gesetzt, und man müsse wieder zufüllen, sonst tue es dem Wein nicht gut, es gebe eine graue Decke und teile dem Wein einen bösen Geschmack mit. So gehe es heute auch ihm. Der Wein setze sich bei ihm auch, und er denke, es werde dem Menschen auch nicht gut tun; er hülfe wieder zufüllen, aber nur stentibus. Wenn ein Ammann was sagt und noch dazu so was Gescheites und im Geiste des

Tages, wer will was dawider haben? Es war aber ein etwas unhirtiges Trinken, ein böser Geist spukte in den Rossen, es war, als ob sie ihren Meistern den Wein nicht gönnten; bald stieß eine Mähre den Wagen rückwärts, bald schwenkte eine, kurz sie störten alles Behagen. Dafür mußten sie aber auch die Peitsche fühlen, als es weiterging, daß sie ausschlugen und man die Eisen an den Füßen sah. Beim nächsten Wirtshause nun des Ammanns Mähre voran, hotteweg, fast in einem Satze, ehe der Ammann etwas daran machen konnte, vor den Stall, die andern Rosse nach, und mit keinem Lieb wollten sie weg, es hätte beinahe Unglück gegeben. Denn Einige meinten, die Donnstige müßten es nicht zwingen, sonst meinten sie ein andermal auch, sie seien Meister. Aber der Nägelibodenbauer wehrte. Die Rosse hätten Verstand, sagte er; sie würden gedacht haben, wenn die, welche reiten, alle Augenblicke etwas nötig hätten, so sei doch denen, welche zögen, auch etwas zu gönnen, und wenn man nicht selbst den Verstand hätte, so müßten sie ihn machen, und wenn die, welche zögen, nur einmal etwas begehrten, während die, welche ritten, dreimal nähmen, so hätte man nicht viel zu klagen, dünke ihn. Wenn man immer alles wüßte, so hätte man am vordern Orte füttern können, so komme man jetzt doppelt drein, bemerkte einer. «Ja», sagte der Nägelibodenbauer, «so ists mir schon oft gegangen, wenn ich zu spät an eine Sache sinnete. Daneben muß man sich trösten; wenn man alles zum voraus dächte, man wäre nur zu schnell reich.»

Das muß man sagen, die Mannen wußten gute Miene zum bösen Spiele zu machen, und weil es auf den Konto ihrer Rosse kam, so nahmen sie es nicht so genau, sondern ließen sich wohlsein. Sie hatten viel ausgestanden und wirklich etwas verdient. So ein Tag, mit Behagen verbracht, ist schon etwas wert; wenn dazu noch Erlebnisse kommen wie heute,

Käsnöten und vaterländische Kläpfe in alten Tagen, dann ist so ein Tag wirklich nicht mit Gold aufzuwiegen. Nun, es waren deren in dem Siebengestirn, welchen es an so einem Tage nie wohl war, bis sie die Sonne wieder an ihrem Hause sahen, welche den ganzen Tag schwitzten aus Angst, sie möchten nach Sonnenuntergang heimkommen, und sinneten und studierten, daß ihnen das Haar den Hut lüpfte, was sie wohl ihren Weibern vormalen könnten, Räuber-, Mörder- oder gar Gespenstergeschichten, warum sie eine Viertel- oder gar eine halbe Stunde zu spät heimkämen. Ach Gott, wer doch so ein Ohr hätte, daß er alle Geschichten hören könnte, welche die Männer den Weibern erzählen, warum sie so spät heimkämen, der könnte nicht bloß das interessanteste Album anlegen, sondern ein Buch voll vermischter Erzählungen schreiben, welches siebenmal siebenzigmal größer wäre als das größte Konversationslexikon. Da käme es an Tag, was für Kabinettsköpfe die Männer sind, und wie manches verborgene Talent fände endlich seine Geltung! Wer ledig ist, erreicht nie einen solchen Grad der Entwickelung. Wenn so ein lediger, vielleicht selbst ein hochgestellter Hundsbub alle Gesetze verhöhnt und erst heimkommt, wenn man einander guten Tag sagt, so hat der Stroh im Kopf und keine andern Gedanken, als wie lange jetzt noch die Sau im Neste liegen dürfe. An irgend eine schöne Erzählung für die Gemahlin hat er nicht zu denken, eben dieweil er keine hat.

Nun, unsere Vehfreudiger brauchten diesmal weder Angst zu haben noch zu sinnen, auch wenn sie spät heimkamen, und doch hatten alle Weiber und Einige, wie gesagt, noch kutzelige und gwunderige. Aber die waren noch nie in Langnau gewesen, wußten weder wie weit es war dahin, noch wie das ging dort mit dem Käsverhandeln. Die Männer konnten fast ganz bei aller Wahrheit bleiben und doch eine Erzählung dartun, daß den Weibern der Schweiß kam und sie sich nicht sattsam wundern konnten, nicht bloß, daß sie schon daheim, sondern daß sie mit dem Leben davongekommen. Ja, wenn einer in Langnau gewesen, kann er was erzählen, er müßte denn ein geborner Großrat sein, der am Grundsatze festhält: ds Maul zu, dHand auf! Es ist kein Wunder, daß viele Groß- und andere Räte so verflucht hochmütig sind und auf andere Menschenkinder kaum mehr herabsehen mögen. Mußte doch selbst der liebe Gott den Mund auftun und sagen: Es werde!, und dann erst ward die Welt. Und die Großräte brauchen eben nicht einmal das Maul aufzumachen und etwas zu sagen, sie machen es bloß mit Drücken. Sie heben die Hand auf, und dSach ist düredrückt. Das hätten sie wieder düredrückt, sagen sie selbst. Muß eine interessante, geistreiche Arbeit sein, dieses Drücken. Dazu brauchts Männer, potz Türk!

Mit großem Behagen saßen die Sieben hinter ihrer Maß, befahlen neuis uf enes Teller und halfen weidlich über den verfluchten Käszwang schimpfen und sagten: Sie hättens wohl gemerkt, wo die Katze den Schwanz hätte. Wenn die Bauern einig wären wie die Käshändler, so könnten sie den Händlern den Marsch machen. Die hörten wohl auf zu handeln, wenn man ihnen keinen Käs mehr verkaufen würde. Wenn sie handeln wollten, müßten sie zahlen, wie man ihnen den Preis mache. Es waren viel Käsbauern da, die meisten in Nöten und Ärger, alle einig, man müsse zusammenhalten, den Donnern den Marsch machen, denen Hagle dSchwänz abmache. Das andere Jahr wolle man sehen! Und das andere Jahr wird kommen, und man wird allerdings sehen, aber was? Nichts Neues, sondern das Alte: wie jeder das meiste Wasser auf seine Mühle möchte, und wenn man es ihm verspricht, alle Andern verrät und verkauft. Ja, wenn man einig wäre, man zwänge etwas, das ist eine alte Wahrheit. Aber das Einigsein ist eine große Kunst, und man kann manches Dorf aus laufen, man findet Keinen, der sich darauf versteht. Partei machen und drücken, düredrücken, daß es kracht, wohl, das kann man, aber das heißt noch lange nicht einig sein. Jetzt war die ganze Gaststube einig, und wären Käshändler dagewesen, sie hätten dieselben dutzendweise durch ein Astloch gedrückt, und am andern Morgen hätte jeder dem ersten besten Händler geneigtes Gehör geschenkt, hätte gesagt: «Ih muß zu mir selbsten luegen, luegen die Andern auch zu sich, es luegt auch niemand zu mir.» So hat man es! «Ja, wenn man einig wäre», sagt jeder; aber an den Sinn, der nötig ist zum Einigsein, denkt Keiner. Ja, wenn man einig wäre, wärs in vielen Dingen gut, dem Teufel würde großer Abbruch getan und Mancher müßte dem Teufel zu, der von demselben nichts mehr wissen will. Der Teufel hat es ganz kurios, ganz wie ein herabgekommener oder im Zuchthause gewesener Vater: seine leibhaftigen Kinder wollen ihn am wenigsten kennen, verleugnen ihn am meisten, daher wahrscheinlich der Ausdruck: Armer Teufel!

Es war unserm Siebengestirn so wohl da, es fühlte sich von der tüchtigen Gesinnung, welche herrschte, so angesprochen, daß es ganz vergaß, daß es noch fast drei Stunden von der Heimat saß. Da kam der Stallknecht und sagte: Es düeche ihn, man sollte den Rossen noch etwas Heu geben, doch habe er erst fragen wollen; wenn man so was aus sich selbsten mache, sei es oft nicht recht. Während der Rede hatte der Ammann eingeschenkt und sagte: «Es gilt dr.» «So will ih so uverschant sy», sagte der Stallknecht, nahm das Glas, stieß an, sagte: «Es gilt ume», setzte an und machte aus. Da brachte es ihm ein Anderer. «Ja, weiß nit, wie es kommt», sagte er, setzte nach vorhergegangenen Zeremonien an und machte aus. «Es gilt dr, Stallknecht», sagte ein Dritter. «Ja, könnte doch denn zu viel bekommen», antwortete der Stallknecht. «He nu, so will ich das noch nehmen, es geht zum andern und wird nit alles zwängen.» Da rief ein Vehfreudiger: «Hey si dr Haber uf?» «Längst», sagte der Stallknecht. «So spann auf der Stelle an», sagte der Bauer. «Auf der Stelle», sagte der Stallknecht, nahm noch das vierte dargebotene Glas und meinte: «Weiß nit, wie das macht; es nimmt mich wunder, wills einmal probieren. Nein, jetzt nicht», sagte er endlich zum fünften Glase, «muß doch machen und anspannen; wenn wir Beide nachher noch leben, so nehme ich gerne noch eins.» «Wer weiß», sagte der Anbieter. «Drum nimms, wirst ja keine Stunde dran haben.» «He nu so de», sagte der Stallknecht, «wes sy mueß, wirds sy müesse. Aber wen ih de dRoß zhingerfür aspanne, mueßt du mih de vrspreche. Es gilt dr ume», und rutsch, war der Wein unten, und mit einer raschen Schwenkung entrann der Stallknecht fernern Versuchungen. Man sah, das Manöver machte er nicht zum erstenmal. Das sind die schönen Augenblicke eines Stallknechts, die Augenblicke der Befriedigung, der Anerkennung, der Befestigung seines edlen, großen Selbstbewußtseins. Es sind Augenblicke, wie Meyerbeer und Devrient sie hatten, wenn das Parterre sie vorrief, die Damen mit Kränzen sie bewarfen, wie die Sprecher im Parlamente sie haben, wenn die Galerie aus der Haut fährt vor Freude über ihre brüllhaften Anzüglichkeiten, wie der Minister sie hat, wenn der Fürst ihm etwas um den Hals hängt und zu ihm sagt: «Hats brav gemacht, hats brav gemacht!» Wir hoffen nicht, daß man diese Zusammenstellungen unpassend finden werde. Wir können mit aller Bestimmtheit behaupten, daß kaum eine der gedachten Personen ein so ausgeprägtes Bewußtsein ihrer Würde und Bedeutsamkeit hat als so ein Stallknecht, und zwar mit Recht, denn er ist zumeist nicht bloß sehr geachtet, sondern fast immer auch sehr beliebt, und das sind zwei Dinge, die nicht immer beisammen sind. Ein Stallknecht ist gästimiert von Menschen und Vieh; er weiß, weitherum erzählt man von ihm, vertraut ihm viel, trägt ihm viel auf und behält ihn mit aller Sorgfalt in Huld, und mit Respekt sagt das Publikum hinter seinem Rücken her: «Das ist der Stallknecht von dort und dort, das ist ein Guter, ein Rechter.» Er ist aber auch geliebt; wir meinen nicht etwa bloß so von der Stubenmagd oder gar der Köchin, sondern von vielen Fuhrleuten und rechtschaffenen Bauern, die ihm ihr Glas nicht bloß so wegen dem allgemeinen Gebrauch darstrecken, sondern aus Anhänglichkeit, und wenn er es ausgetrunken hat und weitergeht, von ihm sagen: «Der ist bsunderbar wohl für mich, seinetwegen kehre ich hier ein; er hat Sorge zu den Rossen und ist gar ein Gutmeiniger und Holdseliger, nit bald bi einem bin ih lieber.» Daß nun solch ein Mann die Zeichen der Achtung und Liebe gern einsammelt, die Grade derselben nach den Gläsern zählt und mit Behagen sie genießt, wer wird das nicht natürlich finden!

Die Vehfreudiger ließen diesmal ihre Rosse nicht stehen, denn es war wirklich spät, sondern stießen, sobald es angespannt war, vom Land. Es war ein friedlicher, schöner Mondscheinabend, an welchem Mann und Roß wohllebten: die Männer rauchten, schwatzten mit Behagen, die Rosse liefen nach Lust und Bequemlichkeit, ohne Hüsten und Hotten, bald im Schritt und bald im Trab, und Mitternacht wars, ehe in der Vehfreude die Hunde anschlugen und den Weibern die Ankunft ihrer Männer verkündeten. Wie lange nun noch die Männer den Weibern Bericht erstatten mußten, das zeigten die Hunde mit Bellen nicht an, was noch kommod sein mag an manchem Orte. Denn wenn immer der Hund bellen müßte, wenn das Weib den Mann im Verhör hat, die Nachbarn wären bös zweg.

FÜNFZEHNTES KAPITEL

Endlich! Die Käse werden verkauft und abgewogen

Somit war der große Langnauer Tag beendigt. Er hatte viele Erfahrungen gebracht, aber keine Befriedigung; die Spannung dauerte fort, sie war besonders auf den Gesichtern der Weiber sichtbar. Eglihannes allein war äußerst befriedigt, stolzierte hochbeinig herum, fragte allenthalben: Ob man wisse, was sie ausgerichtet? Ob man begreife, wie es gehe, wenn man solche Möffe ausschieße und die Rechten daheim lasse? Hätte man ihm gehorcht, es wäre anders gegangen. So hätte man es haben wollen, habe man es jetzt, er könne warten so gut wie ein Anderer usw. Es dünkte Viele, so sind die Leute, Eglihannes hätte recht, ein andermal sollte man besser auf ihn hören. Die Ausgeschossenen selbst waren wirklich etwas kleinlaut, sagten bloß, ein andermal sollten Andere gehen und sehen, was sie zwingen könnten. Übrigens sei die Sache nicht verspielt, man sollte nur warten, bis die kämen, welche es ihnen verheißen. Das seien rechte Herren, könne man mit diesen handeln, sei man glücklich.

Diese Tröstungen spiegelten sich auf ungläubigen Gesichtern, doch mit Unrecht. Die Herren kamen wirklich und am abgeredeten Tage, taten gar freundlich, betrachteten die Käse mit großer Genauigkeit, suchten mit aller Sorgfalt ihre große Sachgelehrsamkeit, das heißt Käskenntnis an den Tag zu legen und verrieten eben dadurch, daß sie Neulinge waren. Je besser einer was kennt, desto mehr faßt er in einen Blick zusammen und desto weniger spricht er von dem, was er gesehen, wenn es nicht gerade sein muß. Als die Herren die Käse wohl besehen hinten und vornen, ihre Ausstellungen mit vieler Weitläufigkeit gemacht hatten, taten sie ihr Gebot, dreizehnundeinehalbe Krone, also doch immer anderthalb Krone mehr, als man in Langnau ihnen angeboten, das alte Pfund und zwei Pfund per Zentner fürs Eintrocknen vorbehalten, wie üblich. Das Ding ließ sich hören, Geld guckte wieder unterm Loche, das zieht; man konnte zu Eglihannes sagen: «Jetzt machs besser, wenn du kannst!» Indessen märtete man doch nach der von den Vätern angeerbten Weise und ermärtete noch zehn Kreuzer per Zentner und schloß den Kauf, jedoch unter Vorbehalt der Ratifikation. Die Instruktion nach Langnau lautete etwas wunderlich, so daß man es für geraten hielt, bei gegenwärtigen Umständen und herrschender Stimmung den Handel vor die Käsgemeinde zu bringen zur Genehmigung. Man trennte sich wie Freunde, versprach in den nächsten Tagen den Bescheid zu geben, und die Herren fuhren nach Hause in voller Befriedigung und mit klarem Bewußtsein, wie klug sie sich benommen, wie sie den Bauern imponiert und sie zugleich gewonnen, kurz wie sie die allerältesten Käsherren an Takt und Manier weit hinter sich gelassen, dem Handel einen ganz andern und ganz neuen Schwung gegeben. Nicht weniger befriedigt waren die Ausgeschossenen. Nun kam es doch an den Tag, daß sie in Langnau gewesen und nicht umsonst. Jetzt hatte man den Fisch beim Kopf, und wenn man ihn mal da hat, muß man dumm tun, wenn er wieder entrinnen soll.

Die beiden nächstfolgenden Tage konnte die Käsgemeinde nicht abgehalten werden, da man bei Tag wegen der Saatzeit nicht Muße hatte und an dem einen Abend eine große Steigerung, am andern Gericht war. Bekanntlich machten an solchen Gerichtstagen die Gerichtssäßen ihrem Namen Ehre und saßen sehr oft so lange, daß es wirklich zweifelhaft wurde, ob sie auch stehen könnten und nicht eigentlich zum Sitzen geschaffen seien. Es wurde also zu der wichtigen Gemeinde, wie üblich, auf den Sonntag geboten. «Gät ane», hieß es allgemein im Publikum, «so ist man dem Geläuf und dem Gerede ab und weiß, was man hat.» Die Sache war ausgemacht, die Weiber mit den Männern einig.

Am Sonntag berichtete die Kommission, und jeder der Sieben sprach, eine besondere Gabe schien in jeden gefahren. Es könne ein Anderer auch erfahren, wie es da oben gehe, obgleich sie es keinem Hunde gönnten, was sie ausgestanden, das war der Refrain von jeder Rede. Wenn ein Grönlandsfahrer wiederkehrt, der auf Spitzbergen überwintert hat, oder eine Nordpolexpedition, welche einige Jahre bis an die Nase im Eise eingefroren stak, so wissen die Leute etwas zu erzählen, aber kaum mehr als unsere Siebenbürger von ihrer Langnauer Fahrt. Der Lichtpunkt fehlte jedoch in keinem Bericht, es war das Turnier um den Wert der beiden Großräte, an welchem sie teilgenommen, ohne zu wissen warum, akkurat wie jener unabtreibliche, notwendig gewordene Laffe in einer seiner Reden einmal vom Volke sagte: «Volk, du wirst aufstehen, wirst aber nicht wissen für was!» Es lächerte jeden, wenn einer erzählte, wie seine Kläpfe getätscht. Dann ward Bericht erstattet, wie man gehandelt auf Genehmigung hin. Allgemein war man einverstanden, sie hätten ihre Sache recht gemacht, jetzt hülfe man anegä. «He nun», sagte der Ammann, «wenn es allen so recht ist, will ich das Mehr machen, u wies de het, su hets.»

Da stand Eglihannes auf und sagte: Er möchte auch ein Wort dazu sagen, wenn es erlaubt wäre, wo nicht, so könne er auch schweigen, ja freilich! Er wüßte nicht, sagte der Ammann gereizt, daß er einem das Wort verhalten, mit solchem solle man ihm nicht kommen. Es sei Gemeinde dafür, daß jeder seine Meinung sage, dumm oder gescheit, je nach seinem Verstand. Die Andern seien eben nicht daran gebunden, sondern hätten die Wahl, sie anzunehmen oder nicht. Das meine er auch, sagte Eglihannes. Es sei hier nicht wie in einer Kirche, wo einer das Recht habe, vorzusingen, und jeder dem nachgaggen müsse. Jeder könne dem nach, wer das Beste vorbringe, sei er, wer er wolle, Ammann oder nicht Ammann. Er hätte da einen Brief bekommen von seinem Freund, den sie wohl kennten; es sei der schöne Herr, wo sei wie ein Bär, welcher die Käse zuerst besehen. Der trage ihm darin auf, ihnen auf ihr Mulch vierzehn Kronen per Zentner zu bieten, also eine ganze Franke mehr, als da vorgebracht worden. Das sei ein Preis, wenn nicht der höchste, doch der, wo mehr darunter als darüber verkauft worden. Er behalte sich bloß vor, die schlechtesten, welche er nicht fortschicken könne, auszuschießen. Hier könne man sie immer wohl anbringen für den Kleinverkauf, mit welchem er sich nicht abgebe.

Jä, das lautete wie Harfenklang und Vogelsang! Die ältesten Leute wußten sich nicht zu erinnern, daß Eglihannes je so angenehm gesprochen. Es fand auch Anklang. Da könne man sehen, mit wem man es zu tun habe, hieß es. Da meinte man, sie verstünden nichts, und jeder begehre sich an ihnen zu mästen. Da sei Wehren gut, die Türks Türken ließen sich am Ende doch nach. Aber jetzt werds Zeit sein, jetzt hülf man abfahren; zehn Batzen mehr sei ein schönes Gebot und möge schon was bringen, und das hätte man dem Eglihannes zu verdanken. Wenn der Herr nicht mit Eglihannes bekannt wäre, so hätte derselbe nicht an sie gesinnet. Er hätte lange nicht gewußt, sagte Eglihannes halb bescheiden, halb gekränkt, ob er eigentlich etwas davon sagen wolle oder nicht. Er hätte gedacht, sie schätzten es doch nicht. Endlich habe er gedacht, es liege in seiner Pflicht, ihnen diese Mitteilung zu machen, sie könnten immer daraus machen, was sie wollten. «Ei, warum sollte eine Franke nicht dr wert sein, potz Schieß! Auf so viel Käs macht dies fry viel, einen ganzen Haufen. Es wäre nicht sehr recht von dir gewesen, wenn du geschwiegen, es ist ja dein Nutzen auch!» So sprach der große Haufe, so sind die Leute!

Die Ausgeschossenen waren verblüfft und hatten es ungern, daß am Ende doch noch der Eglihannes der rechte Käsvater sein sollte, aber sie wußten nicht, was sagen. Endlich sagte der Alte, der früher wegen der Untersuchung der Sache den Tätsch gegeben: Er müsse doch fragen, wie das sei wegem Ausschauben; ob die, welche das geringere Bott hätten, auch etwas vom Ausschauben gesagt? Davon sei keine Rede gewesen, hieß es, das alte Pfund sei vorbehalten und zwei Pfund Zugewicht, wie der auch wolle, sonst aber nichts. In diesem Falle, sagte der Alte, hülfe er auf das geringere Bott abstellen. In jedem Käs liege ein kleines Kapital, zehn Käse, wie sie sie hätten, machten ja fast zweihundert Kronen; allerwenigstens so viel werde ausgeschossen werden, auf die Käse verstehe er sich auch etwas. Nun freilich hätten die ausgeschossenen Käse auch einen Wert, aber einen geringern, und mit dem Absetzen habe man Mühe und Verdruß. Verkauft müßten sie ja jedenfalls werden; an den Frühlings- und Herbstkäsen hätten sie für den Hausbrauch mehr als genug. Da müßten sie mit hausieren gehen, den Leuten dr Gottswillen anhalten, daß sie einen kauften, dann hintendrein das Geld dr Gottswillen zusammenbetteln und endlich froh sein, wenn sie mit Wüstsagen nach zehn Jahren die Hälfte zusammenbringen. Betrachte man es recht, so sei der scheinbar niederere Preis der vorteilhaftere, darum stimme er zu diesem. Dabei wisse man, woran man sei, und sei mit einem Male fertig.

Dagegen erhob sich Eglihannes und sagte: Er hätte noch nie gehört, daß man dreizehn Kronen und fünfzehn Batzen nehme, wenn man vierzehn ganze Kronen haben könne. Das mache achtzig bis hundert Kronen Unterschied am ganzen Mulch. Werde dabei etwas ausgeschossen, so sei das ganz recht; zum Essen seien das gerade die allerbesten Käse, nur nicht zum Fortschicken, weil sie leicht entzwei gingen oder sonst nicht in die Augen fielen. Nun sollten sie rechnen, vierzehn Kronen machten dreiundeinenhalben Batzen das Pfund, und in Bern wäge man solchen Käs nicht unter sechs Batzen das Pfund aus. Wenn sie den Ausschuß um dreiundeinenhalben Batzen, ja um vier per Pfund geben wollten, in acht Tagen hätten sie keinen mehr. Und dafür brauchten sie nicht an die schlechten Hudelwirte zu kommen, welche bereits Haut und Haar doppelt schuldig seien, sondern an die rechten, an die Könige, welche das Bureau voll Geld hätten und bar zahlten. Er wolle den Verkauf schon übernehmen, wenn Andere die Mühe scheuten, und garantiere eine schöne Losung. Dann sollte man doch denken, es sei am Namen auch etwas gelegen; wenn es heiße, sie hätten schon im ersten Jahre von den höchsten Preisen gelöst, so gebe das Kredit für die Zukunft. Es töne doch ganz anders, wenn man sagen könne vierzehn Kronen als nur dreizehn und fünfzehn Kreuzer.

Da hatte er den richtigsten Punkt getroffen. Viel lösen ist das Allernächste, und viele Augen sehen immer nur das Allernächste. Zahlen ist dann schon das Zweite, woran man erst denkt, wenn das Erste vorbei ist. Es verkaufte einmal eine Frau auf einem Markte eine Kuh an zwei Spitzbuben teuer und rühmte sich, wie viel sie aus der Kuh gelöst. Die Spitzbuben gaben ihr drei Taler, verkauften die Kuh weiter und machten sich mit dem Gelde davon – die Frau hatte das Nachsehen. Begreiflich jammerte die Frau sehr. Da trat ein Kuhhändler zu ihr, welcher die Kuh auch gern gehabt hätte, aber wohlfeiler, und sagte: «Aber Frau, tue nicht so, tröste dich, du hast ja viel gelöst!» Es ist sehr merkwürdig, wie das Viellösen ein Köder ist, an welchem nicht bloß Weiber sich fangen, sondern sonst ganz gescheite Leute. Viel lösen ist ein gar prächtiges Ding, und bezahlt wird es schon werden, wenn er Geld hat, denkt man. So kann man jahrelang jemanden zu teuer verkaufen und teurer als Kauf und Lauf überall gehen, und ganz getrost auf Borg. Man denkt nicht an den unausbleiblichen Ausgang, und wenn jemand darauf aufmerksam macht, so heißt es: «Er würde nicht so kaufen, wenn er nicht seinen Gewinn dabei hätte, so dumm ist der nicht, öppe einen Schlaueren, Fermeren im Handel als ihn gibt es nicht. Aber er kann auch teurer verkaufen als ein Anderer, er hat Leute darnach an der Hand.» Man denkt nicht daran, daß die Leute, welche teurer kaufen als alle Andern, als sie es anderwärts haben könnten, ebenfalls ihre Gründe dazu haben mögen, die nicht sauber sind, sondern auf einen schlimmen Ausgang deuten. Man freut sich kindlich, daß man viel gelöst, daß kein Mensch einem so viel dafür gegeben, freut sich jahrelang und sagt: «Er wird mich schon bezahlen, wenn ers hat, das macht mir keinen Kummer.» Und wenn endlich kommt, was kommen mußte, wenn die Schuldenmasse losbricht wie eine Schneelawine übers Dach, die das Haus verschüttet; he nun, was machts, hat man doch den Trost wie jenes Weib, daß man viel gelöst. Darin liegt nicht bloß Gewinnsucht, sondern Eitelkeit oder Ruhmsucht. Kann man rühmen, daß man mehr gelöst, so rühmt man damit sowohl seine Sache, seine Ware als seine Klugheit, seinen Handelsgeist; es liegt im Hintergrunde der Gedanke, wer am meisten löse, sei selbst auch am meisten wert. Es ist wirklich recht lustig, durch welche Künste man zu diesen hohen Preisen zu kommen sucht, ja wie viel man sich dieselben kosten läßt. Als der Verkauf von Heu an Küher noch eine der Haupteinnahmen der Bauern war, da wollte auch einer mehr aus demselben lösen als der Andere, sagen können: «Meines giltet eine Krone mehr als deines per Klafter», und wie machte man dies? Man erzielte dies durch

Zugaben. Der Küher versprach einen hohen Preis für das Klafter Heu, der Bauer dagegen versprach zu jedem Klafter eine bestimmte Zugabe an Korn und Kartoffeln, an Holz und manchmal sogar an Spinnstoff, Hanf oder Flachs, Herbstweide usw. Diese Zugaben rechnete der Bauer nicht, nannte er nicht, und so ist es denn wirklich nicht so schwer, zu dem Erlös eines hohen Preises zu kommen. Diese Sucht verging mit den Käsereien nicht, sie ging bloß vom Heu auf die Käse über. Da ließ man sich auch manches gefallen, von dem man dann gar nichts sagte, nur um eines hohen Preises willen, und sehr listig sind die Käsherren bei diesem Einmärten, sie kommen nie zu kurz dabei. So sah einer zufällig einmal große, schwere Ankenballen im Käskeller, und weil es nach dem Langnauer Markte war und das Mulch sehr feil, wie er merkte, märtete er diese rasch ein und erhielt sie. Es ward bekannt, daß dieser Herr Liebhaber von Anken sei, man brachte ihm vor dem Kaufe halbzentnerige Ankenballen, um ihn gängig zu machen, nach dem Sprüchwort: Wer gut schmiert, fährt gut auf dieser Lebensreise. Das war aber dumm, der Herr nahm den Anken, den Käs aber ließ er sein; selb war nicht dumm.

Als nun Eglihannes diese schwache Seite berührte, war ihm der Erfolg gesichert. Vergebens ward erinnert, daß man nicht vergessen müsse, wie man, wenn man solchen Preis löse, dem Senn auch den Teil seines Lohnes werde geben müssen, welchen man auf den Erfolg seiner Kunst hin eingestellt, und das mache doch auch ein Namhaftes. Wenn man eine Krone per Zentner mehr lösen könne, so möge das es wohl ertragen, und dann möchte man sich doch nicht dafür halten, so einem armen Untergebenen den Lohn mutwillig zu verringern, lieber wollte man selbst Schaden leiden. Es sei nichts Schlechteres, als armen Leuten ihre Sache nicht zu gönnen. So sprach Eglihannes, welcher imstande gewesen wäre, der ärmsten Frau im Dorfe ihre einzige Geiß zu stehlen, wenn er gewußt hätte, es käme ihm nicht aus. Salomon sagt, es geschehe nichts Neues unter der Sonne. Uralte Fabeln erzählen uns vom Fuchs, welcher der Henne die Jungen gefressen, mit ihr weinte und klagte und unterdessen die Gelegenheit erspähte, ihr selbst ans Leben und zu ihrem Fleische zu kommen. Diese Füchse haben sich erstaunlich vermehrt, besonders seit eine gewisse Schule sie künstlich ausbrütete; sie laufen rudeldick in der Welt herum, und die Hennen sind hellnichts klüger geworden, sondern trotz Fortschritt und Aufklärung akkurat gleich dumm als wie vor ein-, zwei-, dreitausend Jahren. Wo so ein Füchslein hergeschlichen kommt, ein Pfötlein hinreicht, mit dem andern sich Augen und Nase wischt, von Mitleid zerspritzt, klagt, daß das Wasser von Steinen geht, Welt und Gott anklagt und alle Geister anruft, wie ihm das Herz breche und wie da geholfen werden müsse, sollte er Schwanz und Haut darob verlieren, ach Gott, wie da die Hühner andachtsvoll herumstehen, die Hände falten täten, wenn sie deren hätten, und denken: «Ach, der hat recht, der meints gut, uf my Seel!» Und wie sie dastehen und hören und flennen und nachbeten wie in einer ABC-Schule und nicht merken, wie der Fuchs einem Huhn nach dem andern den Hals abbeißt, und es nicht glauben, wenn schon das Huhn daliegt und sie es selbst gesehen, daß es der Fuchs getan, bis er sie selbst in den Hals beißt; da käme ihnen der Verstand, wenn ihnen der Kopf nicht abgebissen wäre. Unter diesen Hühnern, wenn so ein Füchslein kommt, sind die allerdümmsten die Bauern und die Handwerker (Excusez!).

Fast hätte Eglihannes die Vehfreudiger gerührt, jedenfalls fanden sie seine Gesinnung schön, begreiflich, weil sie in ihren Kram diente, umgekehrt hätten sie dieselbe auch umgekehrt gefunden, nahmen seinen Vorschlag mit großem

Mehr an, Ammann hin, Ammann her, der das sehr ungern hatte, denn er hatte wie Pontius Pilatus Winke erhalten von seiner Gemahlin, nur etwas schärfere. Der Sekretär mußte also den ersteren Herren absagen, und Eglihannes erhielt den Auftrag, seinem Freunde zuzusagen. Das war ein Fall, welchen die Frau Ammännin noch nicht erlebt hatte, eine Ohrfeige, gegen welche die, die der Ammann in Langnau ausgeteilt, nur ein zärtliches Tätscheln war. Solch eine Erkanntnis aus dem Himmelblauen, das heißt unerwartet, gegen seinen Antrag, hatte er noch nicht erlebt. Was fragte er einer Franke nach, er hätte viere gegeben, wenn seine Meinung durchgegangen wäre. Das war eine moralische Niederlage, welche ein Ammann so gut fühlt als Palmerston, der englische Fuchs, der zuweilen ein halber Böff und ein halber Jude scheint, eine Sorte von Geschöpf, die in der Naturgeschichte ihren Platz noch nicht gefunden. Wenn nur um Gotteswillen ein Schlemperlig an der saubern Erkanntnis hinge, die Vehfreudiger es erkennen möchten, wer es besser mit ihnen meine, er, der Ammann, oder der Lumpenhund im Saubrunnen!

Besonders böse darüber war Felix, des Ammanns Sohn, der überhaupt seit einiger Zeit sehr unwirsch war und eine Schlägerei nach der andern hatte, so daß sein Vater sich genötigt fand, ihm zuzusprechen: «Los, Bub, zuweilen eine Ausmacheten steht einem Bauernsohn wohl an, und um ein paar hundert Kronen mehr oder weniger ists nicht gefochten. Zu meiner Zeit war es auch so; die Kläpfe gab ich, und je bräver ich sie gab, desto lieber zahlte sie mein Vater, aber zu gut machte ich es doch nicht, ich weiß, es ging von einem Schnittersonntag zum andern, daß weder Manne noch Weibel zum Hause kamen. Du aber treibst es seit einigen Wochen gar zu arg. Alle Montage stehen Anschicksmänner vor dem Hause; alle drei Tage hast du eine Freundlichkeit, alle Wochen mußt du vor den Richter! Das ist nichts gemacht, das kostet ein Sündengeld und macht dich verachtet. Alle halben Jahre eine vaterländische Schlägerei, daß einem Dutzend Gringe dFetze über dAchsle hange; es kostet Geld, aber das macht nüt, es git z'rede u macht ästimiert. Aber so all Tag eine Strupfete, einen hier überschlagen, einen Andern dort übers Bord geworfen, einen Dritten in einem Brunnen herumgezogen, das kostet ebenfalls ein Sündengeld, doch das machte sich noch, aber es macht nicht ästimiert, es macht verachtet, so z'strupfe wie dWyber, so all Tag es Täubbele so um nüt und wieder nüt. Das lasse mir gelten oder kannst selbst zahlen, und zähle darauf, ich will es dir verleiden; ich will Einigen den Taglohn geben, daß sie dich zur Tränke führen, bis du genug hast von der tauben Kuh.» So hatte der Vater gesprochen und Felix zugehört, und am nächsten Montag standen wieder zwei Männer in einer Ecke und fragten dem Felix nach, und der Vater fluchte mit Zorn im Gesichte und doch mit Wohlgefallen im Herzen.

Als nun Felix vernahm, wie der Eglihannes es dem Vater gemacht, dieser die Mühe gehabt und Eglihannes die Freude, da schoß es ihm durchs Blut wie ein elektrischer Strom durch die Gelenke, und Eglihannes wäre kaum auf seinen zwei Beinen heimgegangen, wenn er ihn alsbald in den Bereich seiner Finger bekommen. Aber Eglihannes ging nicht, wie man hätte erwarten sollen nach seiner bekannten Übung, in seine bekannte Pinte. Bis spät saß Felix dort, doch umsonst. Ein Nachtbub ist aber ungefähr wie ein Gemsjäger: er setzt nicht ab; fehlt ihm die Lauer, so versucht er das Beschleichen, und gerät auch dieses nicht, so setzt er heimlich Schlingen und Fallen. Nicht weit von Eglihannese Haus floß ein tiefer Bach, ein hölzerner Steg führte darüber. Es war lange über Mitternacht, als von dorther ein schreckliches Gebrüll erscholl, welches alle Nachbarn weckte. Anfangs wußte man nicht, schrie das Käfitier oder das Schaltier, und traute sich nicht recht, bis man endlich eine bekannte menschliche Stimme vernahm. Mit und ohne Nachtmütze, aber insgesamt mit Laternen machte man sich auf zur Hülfe und fand Eglihannes bis ans Kinn im Bach und mit Not an einem Bruchstücke des Steges sich haltend, ohne daß er sich weiterhelfen konnte, dazu fehlten ihm der Stand und der Verstand. Als man ihn endlich auf festem Lande hatte und den Schaden untersuchte, fand es sich, daß der Steg durchgesägt war und zusammenbrechen mußte, sobald eine schwere Person ihn betrat. Gräßlich fluchte Eglihannes und schwur hoch und teuer, der Frevler müsse ihm in den nächsten vierzehn Tagen gehängt sein, es geschah aber nicht. Er schrieb keine Gratifikation für den Anzeiger aus, er liebte die Öffentlichkeit gar nicht. Er hatte die Erfahrung gemacht, daß wenn einer in den Wald ruft, es gern Echo gibt, die unheimlich werden. Am Morgen hätte er gern etwas gegeben, hätte er sich stillschweigend aus dem Bache zu helfen gesucht; aber wenn man den üblichen Stand nicht hat, so fehlt die nötige Fassungskraft. Er stellte sich nun als Märtyrer dar für die gute Sache. Die Leute gaben ihm recht und bedauerten ihn sehr, hinter seinem Rücken aber lachten sie und sagten: Der Iltis hätte einmal die Falle abgetrappet, es hätte längst so sein sollen. Jedermann wußte, daß Felix die Falle gestellt, aber es geht zuweilen so, daß je bekannter eine Sache ist, um so weniger man sie richterlich macht. Der Ammann tat, als wüßte er nichts darum, die Ammännin dagegen sagte zu Felix am folgenden Abend im Vorbeigehen, es sei dann was für ihn im Stübli, und als er hinging, stand dort ein prächtiger Eiertätsch zweg und ein Glas von der Ammännin altem Magenwein.

Nun wird so ein Käslaie glauben, mit dem Verkauf sei alle Herrlichkeit zu Ende und das Käsjahr geschlossen; er täuscht sich gar sehr, denn erst jetzt kommt das Wichtigste, und namentlich folgen vier Hauptrage nahe auf einander, ungefähr wie Pankraz, Servaz und Peregrin: das ist der Käswäget, das Käsführen, die Abteiltig und die Abrechnung. Bis Michelstag oder Altmichelstag dauert das eigentliche Käsen, welches das sogenannte Mulch ausmacht. Je eher man sie dann dem Käufer einwägen und zuführen kann, desto lieber ist es natürlich den Verkäufern; die Arbeit mit dem Salzen, somit auch der Salzverbrauch hören auf, und endlich kommt gewöhnlich Geld unters Loch, ein Dritteil oder die Hälfte der ganzen Summe. Um beim Wägen sich nicht zu verschießen, wird zumeist ein Vorwägen vorgenommen, es ist nicht unnötig. Es ist schon begegnet, daß man dreimal wog und bei vielen Zentnern nie das gleiche Gewicht finden konnte.

Die Gewohnheit stumpft alles ab, und wo lange schon eine Käserei besteht, da weiß man fast gar nicht, wann Käswäget ist, oder stellt sich wenigstens in vornehmer Gleichgültigkeit, als ob man es nicht wüßte. «Es nimmt mich nicht wunder», sagt wohl einer, «werde es früh genug vernehmen, es lohnt sich ja nicht mehr der vielen Mühe und Not für so wenig Geld», und während er das sagt, rechnet er im Kopf, wieviel es ihm ziehen möge, und zählt im Hosensack mit den Fingern nach. Wo aber zum ersten Male die Operation vor sich geht, da ist die Spannung groß und der Gwunder noch größer. «Mutter», sagte am Morgen die kleine Gäxnase und schnellte seitwärts das Maul in die Höhe, «Mutter, gib mir brav zMorge und e tolle Bitz Brot! Sacker, hüt gits z'luege, un es nimmt mih wunger, ob ih nit ernäsele, wer dr größt Schelm isch u wo dr meist Bschiß!» Der Kleine bildete sich prächtig aus zu einer der radikalen Naturen, welche in jedem Mitchristen, welcher nicht ihrer Meinung ist oder mehr ist als sie, einen Schelm und Spitzbub sehen und a priori verleumden; er hat die besten Aussichten, sobald er seine Nase nur halb verständig zu behandeln weiß, Großrat, Kommandant, Amtsrichter und der Schinder weiß was zu werden.

Eglihannes hatte sich wieder getrocknet und stolzierte schon lange herum mit seinem glücklichsten Gesichte, ehe der Käsfürst daher gerasselt kam. Der Hauptwitz bei seiner Erscheinung war eine große Geldkatze, welche er aus der Chaise nahm und sehr sichtbarlich und mit auffallender Anstrengung ins Haus trug und dem Wirte übergab. Die liebe Jugend draußen sah das mit Erstaunen, einen solchen Bündel Geld hatte sie noch nie gesehen, sie werweisete den ganzen Morgen, wieviel hunderttausend Pfund darin sein möchten. Drinnen bei einer rasch getrunkenen Flasche Roten winkten Eglihannes und der Herr einander lachend zu. «Gell», sagte der Letztere, «denen war ich schlau genug. Die dachten nicht daran, als sie mit den jungen Lümmeln sich verabredeten, daß ich meine Ohren zmitts am Kopfe habe; so muß man es denen Batzenklemmern machen. Die kenne ich, die haben es wie die Birnen: heute scheinen sie steinhart, morgen sind sie dreckteig.» «Ja, dSach ist gange, aber ds Bad habe ich ausfressen können, wie man zu sagen pflegt. Den Steg hat man mir gerichtet, daß ich bald ersoffen wäre wie Pharao im Roten Meere. Du vergissest mich doch dann nicht?» sagte Eglihannes. «Habe nicht Kummer, es ist mir für ein andermal», antwortete der Herr. «Mit dem Ausschauben mach es nicht zu grob, ich habe es ihnen so süß als möglich gemacht», meinte Eglihannes. «Allweg wird es deren geben, und was nicht ganz gut ist, nehme ich nicht, ich gebe nicht umsonst eine Franke mehr als die Andern. Da muß ich zu mir selbsten sehen», antwortete der Händler, «auf ein Dutzend auf oder nieder kommt es denen Knubeln weniger an als mir.» «Wenn es zu grob geht, so wollte ich lieber mit der Sache nichts zu tun gehabt haben. Der Zorn geht über mich aus, ich muß es abtun», meinte Eglihannes kleinlaut und mit einem Gefühl, als wäre er schon wieder im Bache. «Fressen werden sie dich nicht», sagte sein Freund, «und weißt was? Sage mir recht wüst, so aus dem ff, so merkt niemand etwas und trägt dirs nach. Doch komm, ich muß pressieren, so viel Käse sind nicht rasch gewogen. Wirt, daß du mir mit dem Geld nicht nach Amerika läufst, den andern Schelmen nach!» «Habe nicht Kummer», sagte der Wirt; «wäre nicht ruhig dorten vor dir, weiß wohl, du kämest bald auch dem Kameraden nach.»

Ein Käsgaden gleicht keinem Grümpelgemache, keiner Wohnstube in einer Pintenwirtschaft, keiner Gemeindeschreiberei und keiner Studierstube eines gelehrten Huhnes; in einem solchen Käsgaden ist eine Ordnung, wie man sie selten in königlichen Bibliotheken findet, und nicht bloß Ordnung, sondern auch Reinlichkeit. Von Staub ist da keine Rede, da ist alles blank, und selbst in den Ecken findet man keinen zusammengewischten oder vergessenen Kehricht. Ihrem Alter nach liegen die Käse da, groß und gewaltig, und doch in gefälliger Form und appetitlich anzusehen. Wer zum ersten Male in so einen Käsgaden oder Kässpycher tritt, wird überrascht durch eine Art von Eleganz, welche so einen Käsgaden vor manchem trübselig verschossenen Salon auszeichnet. Der Senn nimmt Käs für Käs mit starkem Arme herunter, der Händler wirft einen Blick darauf, einen längern oder kürzern, und je nach seinem Gefallen zeichnet er ihn mit seinem Zeichen oder schiebt ihn beiseite, wenn er das Ausschießen sich vorbehalten. Je nachdem er es beschränkt auf eine gewisse Zahl oder unbeschränkt getan, geschieht dieses Ausschießen mit größerer oder geringerer Bedächtigkeit. Die rechten Käshändler haben aber einen so geübten Blick, ungefähr wie ein Instruktionsmajor, der in einer langen Fronte mit einem Blicke jeden Soldaten sieht, der einen angelaufenen Knopf hat oder nicht das Gehörige im Hafersack.

Die ersten Käse ließ der Händler sich zuwägen. Mit denen nehme man es nicht so genau, sagte er, das seien die sogenannten Probiererli, wie es sie in jeder Käserei gebe. Diese könne man so zwischenhinein brauchen; man habe immer Abnehmer, denen man noch geben müsse und doch lieber nicht geben wollte, für die seien diese Käse noch lange gut genug. Solche Rede gefiel den Bauern. Das sei ein rechter Herr, dachten sie, sie seien glücklich, daß sie an diesen da gekommen und nicht an so einen Bschyßhung, wie die Andern seien; und Eglihannes blies die Backen auf, daß jeder ward wie ein großer Luftballon. «He, nit sövli spitz», sagte einer zum Senn, der Bruchgewicht auftun wollte; «wenn man da aufs Lot hinaus wollte, so würden wir nicht fertig mit Wägen bis am kalten Burgdorfmärit!» «Da fehlt noch mehr als es Pfung!» schrie eine kleine Stimme den Mannen zwischen den Beinen durch. «Das ist bschisse!» Als die Mannen sich umsahen, stand der kleine Großrat in spe hinter ihnen und schrie unerschrocken: «Ja, luegit ume, es fehlt meh als es Pfung!» «Was hast du da zu tun, du Lumpebueb», schnauzte ihn einer der Männer an; «pack dih use, da hey dBuebe nüt z'tüe.» Der Bub blieb ganz einfach stehen, und bei einem der nächsten Käse schrie er wieder: «Das isch nit recht gwoge, un uf my Seel nit! Wohl, das soll schön gah mit Schyn!» «Werft doch den Buben hinaus», sagte der Herr. «Oder ists hier der Brauch, daß Buben dr Käs vrkaufen und dryrede?» «Willst use oder nit», sagte einer der Männer zum Jungen. «Ih ha ds Recht so guet als du», antwortete der Junge unerschrocken. «My Ätti hät so viel Milch i dKäserei gä als du, daß dus ume weißt, u we bschisse wird, so geyhts ihm übler als dir, vo wege, er het nüt drvo.» «Fahret doch mit dem Bub raus, wohl, mit dem wollte ich auch so Federlesens machen», sagte der Käufer. Die Manne scheuten sich, Hand an ein fremdes Kind zu legen, sagten bloß: «Geh, packe dich, willst oder willst nicht.» Da fuhr Eglihannes zweg, gab dem Buben eine Ohrfeige und faßte ihn zum Hinauswerfen. Der Junge biß, schlug mit den Füßen, schrie ihm alle Schimpfwörter, welche er sein Lebtag je gehört, ins Gesicht, zerrte sich mit ihm herum, daß wirklich noch einer Hand anlegen mußte, um dem Spektakel ein Ende zu machen. Draußen spektakelte der Junge aber fort und schrie durchs ganze Dorf, was man ihm angetan, dieweil er diesen und jenen in die Karte gesehn. Er wisse jetzt, wie es gehe, aber warten die nur, bis er groß sei, denen wolle er dann eine Suppe anrichten, welche sie zu Bern im Schellenwerk ausfressen müßten!

Als eine artige Reihe gewogen war, sagte der Käshändler mit dem Bleistifte in der Hand: «Jetzt die von dem bis zu diesem (es waren deren ungefähr zwei Dutzend an einer Reihe) will ich nicht, wüßte sie nicht zu brauchen.» Potz Türk, was machten da die Manne für Gesichter! «Öppe nit, wird nit sy» sagten sie. «Sövli mänge, so wars notti nit gmeint, und sövli schöne Käse!» «Wem sie gefallen, dem habe ich nichts dagegen, aber ich will sie nicht, wie ich ds Recht habe. Wüßte nicht, wie sie brauchen», bemerkte der Händler. «So sagt doch, wo es ihnen fehlt, wir haben einen rechten Senn gehabt, von den vornehmsten einen; der Lohn, welchen wir ihm geben, ist auch darnach», sagte der Ammann. «Habe wider den Senn nichts, der Senn ist recht. Aber wenn es schlechte Käse gibt, so sind die Bauern mehr daran schuld als der Senn. So eine Käswägete ist fast wie das jüngste Gericht, da kommen die Sünden an die Sonne, da sieht mans an den Käsen, wie die Bauern mit schlechter Milch betrogen und haben geglaubt, es merke es niemand. Von da bis dort habt ihr schlecht gekäset, seht das Datum nach und denkt, ob in der Zeit alles richtig zugegangen ist!» so sprach der Käsherr.

Die Bauern sahen einander an, und der Ammann sagte endlich: «Ho, etwas ist gegangen, wie es an allen Orten etwas gibt, aber nicht mehr als an einem andern Orte, und als man die Untersuchung machte, hat man nicht einmal was gefunden, das etwas schaden konnte. Da bei einem Witfraueli war etwas, aber es hat nur eine Kuh, viel geschadet hat das allweg nicht.» «Ja, ich kenne die Untersuchungen, da sieht man durch die Finger und blinzet noch dazu», erwiderte der Händler. «Etwas kann gefehlt sein», sagten die Männer, «aber doch nicht so viel, selb wäre doch wohl viel gschaubet.» «Seht selbst, ob die Käse recht sind», sagte jener und demonstrierte diesen in aller Bündigkeit das Käsesündenregister innen und außen. Er erklärte, wenn er diese hätte nehmen müssen, so hätte er vom Ganzen nichts wollen. «Hier (er zeigte den Punkt) fangen sie an zu bessern, doch ist noch nicht alles gut, ich sehe noch mehrere, welche zú diesen gehören.» Als die Männer sich auf die Käshändler beriefen, keiner hätte ihnen ihre Käse ausgeführt, fragte er sie: «Was haben sie euch denn geboten?» «Apart nichts, man hieß uns nach Langnau kommen», antworteten sie. «Da seht ihr, daß die Andern die Käse gesehen so gut als ich. Aber bietet man nicht und märtet man nicht, so läßt man die Käse sein, wie sie sind, man führt keine Ware aus, welche man nicht begehrt.» Und als sie sich auf die neuen Herren beriefen, welche alle genommen hätten, antwortete er kurz: «Hättet ihr sie gegeben! Ich habe anders gehandelt, und dabei bleibts.»

Die Männer muckelten diverse Redensarten und warteten dem Eglihannes mit gewürzten Blicken auf. Am Ende waren dreißig Käse ausgeschaubet. Eglihannes war verlegen, und der Käufer sagte doch, er sei noch gnädig gewesen, aber er begehre sie nicht zu plagen, es sei ihm um ein andermal. Und wirklich tat er sich bei den Männern um, wußte ihnen

Honig in den Mund zu streichen löffelweise, guten Rat zu geben auf die Zukunft, daß die anfängliche Bitterkeit sich verlor und sie bei sich dachten: Sie könnten es ihm so viel nicht verargen, wer einmal das Heft in den Händen habe, mache, was er könne. Das sei gut für ein andermal, das Lehrgeld müsse man einmal zahlen, und doch lerne man nie aus. Aber jetzt waren sie genau im Wägen, der geprügelte Junge wäre nun auch nicht mehr geprügelt worden. So geht es in der Welt: man wird gar oft heute für eine Sache geprügelt, und morgen kriegt man großen Lohn; heute kommt man für etwas ins Zuchthaus, schon über acht Tage würde man deswegen Ratsherr.

Nachdem der Käs gewogen war, kam das Beste: der Käufer seckelte das Geld aus, den Dritteil der ganzen Kaufsumme, welche einen artigen Haufen ausmachte. «Zählt es wohl», sagte er, «und kehret meinethalben jeden Batzen; hintendrein aber kommt mir dann nicht, es sei zu wenig gewesen oder dieses und jenes sonst nicht gut. Ists unter meinen Augen weg, bin ich für nichts mehr gut.» «Das ist ein schlechtes Zutrauen», sagte einer. «Wenn man es nicht so machen würde, würde man nie fertig mit nachedopple, denn die Mäuse kommen manchmal dahinter, und wenn die Mäuse nichts machen, so kommt manchmal die Weiber der Gwunder an», sagte der Käufer. Der Anblick des Geldes machte einen recht erquicklichen Eindruck auf die Männer, ganz so wie ein guter Regen auf eine vertrocknete Matte. Endlich fragte einer: «Aber wie soll das jetzt gehen mit dem Käs, welcher geschaubet worden? Die Leute wären froh, Geld zu nehmen, den ganzen Sommer sind sie im Trocknen ghocket, haben nichts lösen können, und solange diese Käse nicht verkauft sind, kann man keine Rechnung machen, weil man nicht weiß, was man hat und was jedem gehört, und das ist eine lätze Sache.»

«Ja», sagte da der Käufer, «das kann man machen, wie man will, darüber ist kein Gesetz. An der Abteiltig könnt ihr beraten, was mit den Käsen machen, ob verteilen oder ins Gemein verkaufen. Da teilt ihr das Geld, was da ist, dieses und das Hüttengeld, wenn ihr welches habt; im Frühjahr ist die Ausrechnung, wenn alles fertig ist.» «Wegem Hüttengeld braucht man keinen Kummer zu haben», antwortete der Ammann und Hüttenmeister; «selb ist da, was einging, es kam keinem Ratsherrn unter die Finger.» Potz, da kriegte der Käshändler einen roten Kopf, denn er betrachtete jedes männliche Glied seiner Familie als einen gebornen Ratsherrn. Ob er Ursache hatte, des Ammanns Rede als eine persönliche Anzüglichkeit zu betrachten, wissen wir nicht; jedenfalls wäre er ihretwegen nicht rot geworden, denn in diesem Punkte hatte er Sohlleder am Gewissen, mit Mäuseköpfen festgenagelt. Aber sein Ratsherrentum dagegen war noch ganz brütig, mit blutjunger Haut überzogen, daher um so empfindlicher.

Wegen dem Hüttengeld wisse er nicht, wie das sich verhalte, gehe ihn auch weiters nichts an, sagte der Käsehändler. Aber das könne er sagen, einem Ratsherrn bleibe nicht viel übrig für seinen Sack, wenn dSach erst durch Bauernfinger müsse; was die könnten, selb habe er erfahren. He ja, sagte einer, sie machten auch, was sie könnten, und selb werde wohl erlaubt sein. Daneben machten sie die Sache unter sich und nicht zu grob, daß ein jeder zufrieden sein könnte. In fremder Sache wärmten sie die Hände nicht, Staatsgelder liefen ihnen nicht durch die Finger, und mit andern Kassen hätten sie nichts zu tun; das überließen sie eben den Ratsherren und Andern, welche es nötig hätten. «He nun», staggelte der Käshändler, «so habt ihr die Finger im Gemeindeseckel, wenn euch das Andere verhalten ist.» «He», sagte der Ammann, «was das betrifft, so hat die Gemeinde keine Schulden, die Rechnungen sind gelegt, und Keinen von uns gschauete noch der obrigkeitliche Schneider, um zu wissen, wie weite Hosen und Kutte er mangle, wenn er ihn einmal kleiden müsse von Obrigkeits wegen.» «Soll das gehauen oder gestochen sein?» fuhr der große Herr zornig auf. Oh, sagte der Ammann, was dem Einen recht, sei dem Andern billig; er habe zuerst angefangen, und zu antworten werde erlaubt sein. Möge er nichts ertragen, solle er ein andermal auch schweigen. Daneben wegen dem Ratsherrn wüßten alle wohl, wen es anginge. Er möge nichts davon hören, sagte der Herr; das sei eine konservative Lüge, die Donnere hätten es im Brauch, alle Gutdenkenden zu verleumden. Das erfahre er genugsam, jammerte Eglihannes. Er sei auch nicht sicher, die Hagle dressierten noch die Kinder, daß sie einem auf der Gasse nachriefen und böse Nachreden anhingen, aber dem werde wohl ein Ende zu machen sein. «Hab nur Geduld», sagte der Herr. «Es geht nicht lange, so kommt die große Abmachete; dann besserts, was gilts!» «Glaubs auch», sagte der Ammann. «Dann wird es sich zeigen, was aus Herrenhänden wieder in Bauernhände kommt, was für Finger sauber sind.» –

«Apropos! Wißt ihr auch, daß man im Oberland eine Frau wieder ausgrub, weil sie einen Gurt mit zweihundert Dublonen um den Leib hatte, an den man erst dachte, als sie sechs Wochen unter der Erde war; das mag ein sauberes Dabeisein gewesen sein!» So sprang der Herr vom kitzeligen Thema auf neutralen Boden und mied das Zanken, worin er sonst ein Meister war, besonders wenn er die nötige Unterstützung im Rücken hatte. Die Vehfreudiger, denen die dreißig Käse, sicher mehr als vierzig Zentner schwer, fast tausend Gulden wert, schwer im Magen lagen, wurden immer wieder anzüglich, daher sich der Herr bald fortmachte, nachdem der Tag, an welchem die Käse gebracht werden sollten, festgestellt war.

Die Vehfreudiger hatten sämtlich die Rechnung ohne den Wirt gemacht. Da war Keiner, der nicht sein Budget ändern und auf eine ganz andere Bilanz sich gefaßt machen mußte. Indessen, sie zeigten große Anlagen zu philosophischer Bildung; da waren Wenige, welche die Sache nicht am besten Orte nahmen. Das taten sie um der Weiber willen, welche bedenklich die Nase rümpfen wollten. Es sei gut, hätten sie die Türken von dem Hals und Geld dafür, allweg einen schönen Schübel, den sie gar nicht hätten, wenn keine Käserei gewesen. Andere hätten ihre Käse noch, denen gehe es übel. Da sei aber keine Käsgesellschaft, welche es nicht Lehrgeld gekostet, ihnen sei es noch heilig ergangen. Das andere Jahr werde es ganz anders gehen, da könne man was zwängen, da man so schöne Zeit habe, sich zu rangieren; diesmal habe es gar zu stotzig gehen müssen.

Die Weiber hatten es aber wie Rahel zu Rama, sie wollten sich nicht trösten lassen. Man konnte ihnen lange predigen: Bereits ein Haufen Geld wie ein Ofenhäuschen sei da, und ein noch größerer werde nachkommen; sie hatten es wie Thomas, solange sie es nicht mit den Augen sehen, ihre Hände darauf legen konnten, glaubten sie nicht an dessen Dasein. Die Besten unter ihnen sagten: Was es ihnen nütze, wenn es auch da sei, solange sie es nicht hätten? Es sei die höchste Frage, ob sie es noch bekämen; man wisse, wie bös die Welt sei und wie betrügerisch die Leute. Da sei doch keine Gefahr, sagten die Männer, das Geld liege hinter dem Ammann. Ammann hin, Ammann her, es sei heutzutage niemanden zu trauen, und je höher, desto schlimmer, denn es könne ja jeder machen, was er wolle, und je mehr einer vorstelle, desto weniger dürfe man ihm tun, so demonstrierten die Weiber.

Es war böses Wetter im Lande. Es war den Männern, wenn sie die Sonne nur einen Sprung von vierzehn Tagen könnten machen lassen. Sie wußten wohl, anderes Wetter gab es nicht, bis die Abteiltig vorbei war, sie Geld im Hause hatten; dafür mußten aber zuerst die Käse geführt werden.

SECHZEHNTES KAPITEL

Die Käsfuhr und ihre Folgen

Das Käsführen ist ein Hauptjux bei einer Käserei. Der Käshändler bedingt sich nämlich aus, daß ihm die Käse zum Hause gebracht werden unentgeltlich, er verspricht bloß, Roß und Mann zu speisen und zu tränken, daß sie es machen könnten. Die Teilnahme an einer solchen Käsfuhr ist mehr wert als die Einladung zu einer Hochzeit; es ist nicht bloß wegem Essen und Trinken, sondern es läßt sich an derselben ein großer Teil des Bauernstolzes zutage legen.

Dieser Stolz beruht nämlich auf stolzen Rossen, mit schönem Geschirre angetan. So mit vier, sechs und mehr Wagen vierspännig aus einem Dorfe zu fahren, jedes Roß seine zwanzig bis fünfundzwanzig Louisdor und mehr wert, weit durchs Land, vier bis sechs Stunden weit, durch ein Dutzend Dörfer, was will man mehr! Was gibt das für ein Hochgefühl, wenn allenthalben die Leute still stehen, die Köpfe zu den Fenstern aus strecken, es allenthalben heißt: «Das sind doch schöne Rosse, und seht mal die Geschirre, und vier, fünf, ja sechs Wagen, einer schöner als der andere, nein aber, wo kommen die her, und was da für reiche Bauern sein müssen!» Manchmal kennt man ihr Dorf, und wer es nennen hört, dem fährt das Hochgefühl in die Arme, er läßt seine Peitsche knallen, daß die Vorderrosse die Köpfe aufwerfen und zu tanzen beginnen, als wären sie sechzehnjährige Mädchen. Begreiflich sind die Wagen nicht zu schwer beladen, man macht, daß es den Pferden vom Ziehen nicht übel wird. Warum sollte man auch, hat man doch Pferde und Wagen selbst und mehr als genug, und den Käsehändler, der alles speisen und tränken muß, zu schonen, wäre ja dumm. So einer vermags, und wenn man Hausleute, Hunde und Katzen mitbringen könnte, man täte es.

Nie werden die Rosse fleißiger gestriegelt, nie wird den Alten mehr Korn und Hafer zuhanden der Rosse gestohlen, als wenn die Käsfuhr naht und jeder das schönste Gespann haben möchte. Auch dem Sattler wirft es Verdienst zu, der Geschirre zu salben und zu putzen kriegt, die man wohl ungesalbet hätte hängen lassen. Bei solcher Herrlichkeit möchte begreiflich jeder sein, dieser Wunsch ist naturgemäß. Es ist wiederum ein freier Tag außerhalb den häuslichen Schranken, es ist ein Wandern und dazu nicht durch dürre Heiden oder afrikanischen Sand, sondern von Wirtshaus zu Wirtshaus, von einer Mahlzeit zur andern. An Orten, wo der Dorfstolz noch so recht im Glanze ist, wie zum Beispiel in der Vehfreude, da gehen in demselben Privatgelüsten auf. Wer keinen schönen Zug hat, nicht blankes Geschirr, ist willig, daheim zu bleiben; er will das Ganze nicht verunstalten, will auch nicht unter den Andern so gleichsam den Kachelifuhrmann vorstellen. Es ist da noch ein Gefühl, daß man weiß, was zusammengehört, was nicht, und das Zusammengehörende zusammen läßt, ohne sich in seinen Rechten beeinträchtigt zu glauben.

So war es in der Vehfreude; wer nicht staatsgemäß aufziehen konnte, verzichtete gern auf die Teilnahme an der Käsfuhr. Man wolle die fahren lassen, welche rechten Zug hätten, man begehre nicht ausgelacht zu werden und die Andern zuschanden zu machen, hieß es. Bloß Eglihannes hatte dafür kein Gefühl, er war in höhern Regionen zum Schulmeister gebildet worden, seine Bildung reichte nicht mehr in so tiefe Regionen, er war über den Gemeinsinn hinaus und hatte bloß Privatsinn. Eglihannes besaß auch zwei Pferde, einen großen schwarzen Gstabi und einen kleinen roten Pigger. Der Schwarze war steinalt, der Pigger nicht viel jünger, und beide führten einen Anstand ins Feld, ungefähr wie ihr Herr und Meister Manieren hatte.

Eglihannes war in keinem eigentlichen Hause daheim, sondern so viel als, wie man zu sagen pflegt, auf der Gasse auferzogen. Sein Vermögen hatte er erweibet und sonst erworben, und was er hatte an Schiff und Geschirr, hatte er hier und dort an Steigerungen zusammengekauft. Für seinen kleinen Pigger hatte er einen Kummet mit großen, langen Kummetscheiten, fast wie sie die Burgunder ins Feld führen, die dem kleinen Tier gar seltsam ums Haupt wackelten. Der große Schwarze dagegen hatte einen Kummet mit ganz kurzen, fast schon im Leder umgebogenen Scheiten, daß er aussah wie ein vornehmes Weibervolk in einer sogenannten Stündelikappe. Einen alten, schlecht gemachten Wagen hatte er mit Ölfarbe anstreichen lassen, weil er gesehen, daß vornehme und reiche Herren, welche die Landschaftwirtschaft trieben, solche angestrichene Wagen hatten und die Mode aus England kam. Auf England hielt er grausam viel, seit er gehört, der englische Minister hasse alle Könige und sie müßten alle abe, und sei daneben verflucht liberal; er habe seinen Gesandten befohlen, den Leuten es vorzumachen, wie man ohne Religion und ohne Zopftum, das heißt ohne Sitte und Anstand, verflucht lustig leben könne, nämlich wie ein Sauniggel, der eben auch keine höhern Tendenzen hat als ein Schwein, das heißt den besten Platz am Trog zu haben und das beste Stroh zum Liegen. Eglihannes machte alle Leute aufmerksam auf seinen englischen Wagen und sagte, die Engiländer seien Leute! Die hätten Geld und täten damit, was ihnen wohlgefiele. Da gefiele ihm Keiner besser als der englische Gesandte, der foutiere sich um die ganze Welt und sonst nichts. An dem solle man ein Beispiel nehmen, wie man es machen müsse, um lustig zu leben. Der werde auch an keinen Teufel glauben und wissen, daß alles aus sei, wenn man einmal verlochet sei. So englisierte sich Eglihannes, aber für die Lächerlichkeit seines Gespanns hatte er kein Gefühl und merkte nicht, wie er das Gespött des ganzen Dorfes war. Wenn sein Zweigespann daherzottelte, lachte Klein und Groß, und sogar Witzfunken sprangen über die Gasse, und das will was sagen in der Vehfreude, wo Lehm sozusagen das herrschende Mineral war.

Eglihannes sagte daher an der Käsgemeinde, wo die Fuhr abgeredet wurde, es sei ihm gleich, mit jemanden zusammenzuspannen oder allein zu fahren, wie es sich besser schicke. «Häb nit Müeh», sagte der Ammann, «es sind Rosse genug, und wenn du deine sonst zu gebrauchen hast, wollen wir dich nicht plagen. Es ist am billigsten, daß die fahren, welche am höchsten in der Milch sind und den größten Nutzen haben von der Sache.» Was das anbelange, so werde er auch nicht der Mindest sein, antwortete Eglihannes. Wegen der Kontrolle, daß die Sache richtig abgegeben werde und nicht später Reklamationen kämen, werde er als Sekretär dabei sein müssen. So wolle er doch lieber seine Rosse dabei haben als dr Gottswille hintendrein laufen. Hintenher solle ihm dann niemand vorhalten, er hätte nur gezogen und nichts getan. Er wisse wohl, wie man es ihm mache, aber er werde auch alle Tage witziger, er wolle es ihnen gesagt haben. «Nun, wenn dus zwängen willst, so zwängs in Gottes Namen, darwider wird dir niemand viel haben können», hieß es.

So sprachen an der Gemeinde die Alten, aber als die Kunde: Eglihannes wolle mit seinem Kachelifuhrwerk auch dabei sein, in die Häuser kam, da hieß es ganz anders, wohl, da hatte jedermann was darwider. Es sei eine Schande fürs ganze Dorf, hieß es, wenn der mit seinem Esel und seinem Gstabi dabei sei. Am lautesten begehrten die Jungen auf, die Geißelherren, an die das Fahren kam. Den wollten sie nicht bei sich haben, vor der Schande wollten sie schon sein. Den Alten hätten sie mehr Verstand zugetraut, vor dreißig Jahren wären sie witziger gewesen, schrien diese. Am lautesten war Ammanns Felix. Der vermaß sich hoch und teuer, mit dem fahre er nicht, eher schlage er Mann und Roß die Beine entzwei, sagte er. Selb solle er ihm bleiben lassen, sagte der Ammann; mit dem Schelm begehre er nicht auszumachen, und sechs Jahre oder mehr zu leisten werde Felix nicht begehren. Der würde es auf das Höchste treiben, darauf könne man zählen, und wenn er auch nicht mehr am Brett sei, so sei er doch denen, die jetzt dran seien, gut genug, um ihnen fette Fische in die Bähre zu jagen; die hätten das Mästen nötig. Das Leisten war Felix nicht anständig, aber was er einmal im Kopfe hatte, da mußte was raus, war es so oder anders.

Eglihannes merkte von dem allem natürlich nichts. Es war ihm im Gemüte, als ob er die Sonne des ganzen Zuges sei. Er stach in der Pinte diesen und jenen an, um mit ihm zusammenzuspannen. Er wollte seinen Wagen dazu geben, sagte er. Sie würden doch Augen machen im Emmental, so einen hätten die Knuble noch nie gesehen, sie würden meinen, es sei eine besondere Holzart. Aber trotz dieser Aussicht wollte niemand einschlagen. Die Alten sagten, der Wagen sei wohl klein für vier Rosse. Er solle ihn herstellen, wenn man den Käs lade, da werde es sich zeigen, wie man ihn brauchen könne. Dieser Bescheid war Eglihannes nicht der rechte. Er ließ sich herab, stieg in den Ställen den Jungen nach, um eine Allianz zu schließen, war aber da nicht glücklicher. Er solle mit dem Alten reden, erhielt er zur Antwort, der hätte zu befehlen; was der befehle, sei ihnen gut. Zu Ammanns Felix ging er nicht, dort hätte er wahrscheinlich einen runderen, bestimmteren Bescheid erhalten.

Da man eine ziemliche Strecke zu fahren hatte, mußte der Aufbruch früh sein, daher wurden die Käse am Abend vorher geladen. Die bestimmten Wagen wurden dahergebracht und vor die Käshütte zur Verfügung gestellt. Eglihannes kam mit dem seinen ebenfalls und stellte denselben an die Spitze, so gleichsam als den vornehmsten. Da ließ man ihn stehen, bis ein Wagen geladen war, dann schob man ihn beiseite und fuhr mit einem andern Wagen vor. Das stach Eglihannes. Es wäre jetzt an seinem, sagte er. An den werde es schon noch kommen, hieß es, man müsse doch zuerst die größern laden. Es hatte fast den Anschein, als sei es abgekartet, auf die andern Wagen so zu laden, daß für den angestrichenen auch kein Käs übrig blieb. Das unterblieb. Einige Ältere wehrten, und Eglihannes führte scharf Aufsicht und brachte es dahin, daß für sein Gespann noch fünf Käse übrig blieben. Vom Zusammenspannen war also keine Rede mehr, und in den fünf Käsen lag ein Spott, an dem er doch etwas begriff. Wartet nur, dachte er, das treibe ich euch ein, ihr Säububen! Werdet es schon erfahren, wie die Ersten die Letzten sein werden und die Letzten die Ersten. Der gute Eglihannes wußte nicht mehr, was es heißt, mit dem jungen Volk, den sogenannten Nachtbuben, zu tun zu haben. Denen ist der Teufel nicht schlau genug, sie lüpfen ihn zehnmal über den Kübel, ehe er sie ein einziges Mal.

Um drei Uhr früh sollte aufgebrochen werden. Solche Tage werden gern so lang als möglich gemacht, damit man gute Weile habe zu allem Guten und da Hütten zu bauen, wo es einem wohlgefällt. In den Nächten vor solchen Zügen wird in den Häusern, welche daran teilnehmen, das Licht nicht ausgelöscht, besonders da, wo ledige Vettern sind, wie es in der Vehfreude auch der Fall war. Im Kanton Bern, der trotz aller äußern Form in seinem Wesen durch und durch aristokratisch ist, heiraten oft Bauernsöhne nicht, damit der Hof beisammen, die Familie reich bleibe. Es gibt einzelne Höfe, wo vielleicht seit zweihundert Jahren immer nur ein Sohn heiratete, die ledigen Brüder, die Vettern, als Respektspersonen behandelt, im Stöcklein wohnten, arbeiteten nach Belieben und regierten oft mehr als der regierende Bauer. Diese Vettern haben nun zumeist ein Lieblingsfach in der Landwirtschaft, das ihnen unbestritten überlassen wird: Füttern, Wässern, Fahren usw. Der Vetter, der füttert, ist ans Haus gebunden, hat wenig Begriff von Welt und Zeitgeist und was sonst noch geht. Einem solchen Vetter kommt eine sechsstündige Fahrt hin und sechsstündige her vor wie eine Weltfahrt, wie ein Zug ins Innere von Afrika. Wie man auf solche Züge Proviant mitnimmt und die Kamele füttert und tränkt, daß sie es eine gute Weile und noch darüber aushalten mögen, so füttert auch der Vetter auf Leib und Leben, mit kurzem und langem Futter von früh abends bis zur Wegfahrt, bis die Pferde Bäuche kriegen, an denen sie so viel zu tragen haben, daß sie lieber wollten, man verschone sie einstweilen mit Ziehen, geschweige denn mit Springen. Wenn sie sich kugelrund gefressen und ein halbes Meer ausgesoffen haben, wird der Vetter glücklich. «Sieh», sagt er, «der Bauch geht ihm fast über dem Rücken zusammen; gfresse hat er brav und gsoffe noch bräver, fahr ume i Gottsname, es Wyltschi, e Stung zwo oder drei, mag ers jetzt wohl erleiden». Da sich indessen darauf nicht zu verlassen ist, der Hunger das Roß ungsinnet wieder ankommen könnte, hat er brav Hafer in einen Sack getan und einen Bogen oder zwei mit Heu vollgestopft und schärft extra noch ein, ja die Rosse nicht hungern zu lassen, und sei nicht genug, was er mitgebe, so komme es auf einige Batzen nicht an, man könne ihnen ja auch in einem Wirtshause etwas geben lassen.

Eglihannes hatte einen solchen Vetter nicht, wäre aber froh darüber gewesen; er hatte bloß ein halbbatziges Knechtlein, und solche füttern nicht die ganze Nacht, solche muß man aus dem Bette jagen, oft auf die gleiche Weise wie ein faules Kalb aus seinem Stroh, und hätten doch der Pigger und Gstabi ein langes Füttern so nötig gehabt, dieweil ihre Zähne weder diesjährig noch vorjährig waren, sondern längst über die Wissenschaft der größten Kenner lang, lang hinausgewachsen. Es hatte zwölf Uhr geschlagen am Kirchturme und das Knechtlein rührte sich noch nicht; die alte Schwiegermutter des Eglihannes klopfte ihm lange umsonst, sie mußte ihn endlich aus dem Bette stüpfen. Er hatte den Befehl, zu schirren, daß, wie es zwei Uhr schlage, abmarschiert werden könne. Sövli exakt werde es nicht zugehen, hatte Eglihannes gesagt. Derselbe hatte selben Abend noch große Freude erlebt. Ammanns Felix hatte am Abend seine Rosse noch extra gewaschen, geseift, gestriegelt. Dabei war ihm ihr schönstes Roß, ein dreijähriger Brauner, losgeworden, hatte über Gräben und Zäune gesetzt, war dabei gestürzt, hatte die Knie geschunden und ging lahm. Dem sei der Hochmut eingetrieben worden, wie es sich gehört, er möge es ihm verflucht wohl gönnen, hatte Eglihannes gesagt. Es nehme ihn nur wunder, ob Felix dreispännig fahren wolle; er könnte seine Mutter vorannehmen, das wäre ein gutes Vorroß.

Der Vorfall hatte in der Tat Felix fast aus der Haut gejagt. Einen solchen Strich durch die Rechnung hatte er noch nicht erlebt. Den ganzen Sommer hatte er sich auf diese Fahrt gefreut und oft geträumt, was man im Emmental sagen werde, wenn der Zug des Ammanns aus der Vehfreude durch dasselbe fahre, und wie Kinder und Kindeskinder noch davon reden würden. Und jetzt am Vorabend dieser wichtigen Begebenheit dieses Ereignis! Als Felix so recht tobte, daß man fast fürchten mußte, es könnte fehlen, kam seine Mutter und sagte: «Tue nicht so, mach nicht, daß die Leute Freude an dir haben! Wenn du nicht dreispännig fahren willst, so spann ein anderes ein, es sind ja Rosse genug.» «Mutter, das verstehst nicht», sagte Felix, «mit einem zusammengeplätzeten Zug fahre ich nicht. Wenn sich nicht alles zusammenschickt, bleibe ich lieber daheim.» «Wem ist der Braune, der unserm so wohl gleicht, daß ich schon oft meinte, es sei der unsrige?» fragte die Mutter. «Der ist dem Bauer im Nägeliboden», sagte ein Knecht, «er gleicht unserm wohl, daneben ist doch keine Gleichheit, es fehlen ihm noch hundert Mäß Hafer dazu.» «So fragt den ums Roß, er fährt ja nicht mit, und hätte er es sonst zu brauchen, kann man ihm ja ein anderes geben», so warf die Frau Ammännin ihre Gedanken hin und ging dann weiter. Das ist keine üble Manier; die Leute können mit einem solchen Gedanken dann machen, was sie wollen; führen sie ihn aus oder nicht, so ists ihre Sache. Dem Knecht gefiel das, und er sagte: «Soll ich gehen und fragen? Dann kann ich ihn gleich mitbringen und es ist noch Zeit, ihn zwegzuputzen, daß man keinen großen Unterschied merkt.» «So geh», sagte Felix; «aber daß du mir nicht nötlich tust und grusam anhältst. Gibt er ihn nicht gern, kann er mir Federn blasen.» Es ging nicht lange, brachte der Knecht den Braunen daher mit ganz gutem Bescheid.

Das wußte natürlich Eglihannes nun nicht. Seine Frau war auch aufgestanden, machte das Frühstück zweg, und als es sie dünkte, es sei Zeit, ging sie ans Wecken des Mannes. Aber sie hatte fast noch größere Nöten mit ihm als die Großmutter mit dem Knecht. Bekanntlich ists viel schwerer, ein Mondkalb vor der Zeit aus dem Bette zu bringen als ein Kind vor der Zeit aus dem Mutterleibe. Aber als sie ihn endlich im Schweiß ihres Angesichtes aus dem Bette hatte, war das nur ein geringer Anfang der Beschwerden der guten Frau; bis sie ihn aufgezäumt hatte zur Abfahrt, kostete das noch ganz andern Schweiß. Er grunzte wie eine alte Schweinemutter, wußte von nichts, wo es war, brüllte, als ob das Haus brenne, nach seinen Strümpfen und hatte sie in der einen Hand, während er sie mit der andern suchte; so gings mit den Hosen, und mit jedem Stücke ärger, daß seine Frau erklärte: Wenn sie nicht wüßte, daß er bald zum Loche aus käme, sie würde noch in selber Nacht katholisch. Es ist aber wirklich auch nichts verfluchter als so ein sturmer, halberwachter Mann, der in einem fort schreit, als ob man ihn am Messer hätte, der immer sucht und nie findet, dem man die Hosen zur Hand gibt, der darauf absitzt und doch nach denselben schreit wie eine Kuh nach ihrem Kalbe; dem man das Halstuch um den Hals legt und der nun nach der Frau schreit, welche ihm das Halstuch vertragen habe, als wie ein Hirsch nach einer Wasserquelle. Endlich brachte die Frau den Eglihannes zum Tisch ans Frühstück. Da nahm er seine Uhr zur Hand, die zeigte auf eilf. Nun fing er an zu fluchen, was seine Frau für eine sei, daß sie nicht wisse, was für Zeit es sei. Die Großmutter behauptete, vor Langem habe es zwölfe geschlagen, es werde weit über ein Uhr sein. Das bestätigte der Knecht, konnte es aber mit keiner Uhr beweisen; er war einer von denen, welche sich noch keine anzuschaffen vermochten. Endlich fand es sich, daß Eglihannese Uhr stand, weil er sie aufzuziehen vergessen hatte, was öfters der Fall war. «So gschir und pass' auf; wie es zwei schlägt, wollen wir abkratzen. Wirst sie wohl hören klepfen und hüstern», sagte Eglihannes.

Der Knecht tat also. Unterdessen schoß Eglihannes noch im Hause herum, suchte seine Pfeife zusammen, putzte sie aus, da sie keinen Atem hatte, stärkte sich mit einigen Gläschen Kirschgeist. Endlich kam der Knecht herein und sagte, er könne sich nicht auf die Sache verstehen. Es düeche ihn, es sollte längst zwei Uhr geschlagen haben, und doch habe er noch keinen Ton gehört, und im ganzen Dorfe sei es so still als wie in einer Kirche, man höre nicht einmal einen Hund bellen. Er wisse nicht, was das bedeuten solle. «Lauf zur Hütte und sieh, ob die Wagen noch da sind!» rief Eglihannes, der wohl wußte, daß wenn die Jugend ihm einen Streich spielen konnte, sie es nicht sparte. Der Knecht kam voll Zorn und mit dem Bericht heimgerannt, bei der Käshütte sei kein Wagen mehr als der ihrige, und Speusepp, den er herausgeklopft, habe ihm gesagt, sie seien schon länger als eine Stunde fort.

Man kann denken, wie lieblich das dem Eglihannes tönte. Das Wetter tobte zuerst über das Haupt des Knechtes, der sich verschlafen, nicht schlagen gehört, ein Löhl, ein Kalb, ein Faulhund sei, wie keiner mehr zu finden, so weit der Himmel blau sei; wäre er einen Kreuzer wert, so hätte er die Andern hören müssen, als sie fortgefahren. Es hätte ihm in Sinn kommen sollen, er müsse aufpassen und keiner von den Hagels Bauernknubeln werde kommen und sehen, wo sie blieben. Jetzt könne er die Rosse absprengen, und es sei die Frage, ob er ihnen nachkomme! Der arme Knecht mußte unschuldig leiden, wie es so oft geht in der Welt und was keine Verfassung abstellen wird. Eglihannes, obgleich fast ein Herr und gebildet, war doch nichts weniger als merkig. Die Bursche, welche das Gespann nicht im Gefolge haben wollten, hatten ihm das absichtlich gebeizt, hatten vor Mitternacht die Wagen vor das Dorf gezogen, hatten dem Sigrist befohlen, die Turmuhr zu stellen, waren eine Stunde früher ohne Sang und Klang, so geräuschlos als möglich mit ihren Rossen abgezogen und konnten nun anspannen und fortfahren, ohne daß man im Dorfe viel davon hörte.

Es war ein recht stattlicher Zug, welcher das Land auf fuhr, und zu einigem Hochgefühl hatte man so guten Grund als viele Andere, welche ihr Haupt tragen, als sei sein Wandel unter den Sternen, weil sie einmal in Wursts seliger Sprachlehre gelesen und in einer Konferenz ein Stück von einer Rede fallen lassen. Die Leute pressierten nicht mit Fahren; nachts sah niemand ihre schönen Rosse, und daß Eglihannes sie nicht einhole, des waren sie sicher; der Pigger und der Gstabi kamen am Tage langsam vom Platz, geschweige des Nachts. Mit Tagesanbruch kamen sie in das Dorf, wo sie füttern wollten; denn das hatten ihnen die Vettern aufs Gewissen gebunden, daß sie ihnen nicht ds Herrgotts seien, ohne zu füttern hinzufahren, wie es die Kacheli- und Salzfuhrmanne machten. Dieser Ermahnung hätte es nicht bedurft. Es dünkte sie selbst, sie möchten etwas, es werde ihnen so leer, als ob sie ganz hohl seien inwendig. Und wie es ihnen ward, dachten sie, sei es auch ihren Rossen. Das waren Leute, welche noch naturgemäß dachten, dachten, wie es ihnen sei, sei es auch andern Kreaturen, welche noch Anlagen zum Sinne der Gerechten hatten, der sich seines Viehes erbarmet. Sie hatten es noch nicht wie Rechtsagenten und andere Schriftgelehrte, welche bei jedem Wirtshause ihren Durst löschen, derweilen ihre Rosse in Staub und Sonne braten, selbst Braten fressen und ihre Rosse einen ganzen Tag lang hungern lassen; Solchen ist in ihrer Gelehrsamkeit das Gefühl verloren gegangen.

Da das Wetter gut war, ließen sie nicht abspannen, fuhren bei einem Wirtshause auf, rissen die leeren Krippen herbei, schütteten Futter auf, rissen Melchtern zweg, nahmen den ganzen Platz ein, ließen die Zuvorkommenheit des Stallknechtes sich wohl gefallen, sagten ihm, als sie an ihr Morgenbrot sich setzten: «Du luegst auf sie!» Trotz diesem Wunsche ging doch bald der Eine, bald der Andere hinaus, nach den Tieren zu sehen, Futter aufzuschütten, Wasser vorzuhalten oder ein übermütiges Bein, das über die Stricke geschlagen, zu lösen, und hauptsächlich auch, um sich an der Verwunderung der Leute über die schönen Rosse zu ergötzen. Wer vorbeiging, stand still, und wer sie von weitem sah, kam näher, betrachtete die Tiere und half hin- und herreden über Wert und Schönheit derselben. Es gab auch Majoritäten und Minoritäten, doch sagte keine der andern wüst noch verdächtigten sich dieselben; man war zwar nur auf der Gasse, indessen ging es doch sehr anständig zu, viel anständiger als in der Nationalversammlung zu Paris, während man doch hätte erwarten sollen, daß dort die besten Manieren zu lernen seien, reisen zu diesem Zwecke ja so viel Rentiers, Gelehrte und Schneidergesellen hin.

Der Aufenthalt dauerte nicht allzu lange, man hatte nicht Lust, von Eglihannes sich einholen zu lassen. Sorgfältig wurden die Bogen mit dem Heu wieder zugebunden, nachdem man jeden verzettelten Halm zusammengelesen und versorgt hatte; die Krippen wurden eben nicht sanft beiseite gestellt, dann noch einmal getränkt, aufgezäumt und abgefahren. Der Stallknecht war recht artig geblieben, hatte allenthalben Hand geboten, konnte die übliche Anerkennung billigermaßen gewärtigen. «Hü, i Gottsname», sagte der vorderste Fuhrmann und hob die Geißel; die Rosse zogen an, und muntere Sätze taten die jungen Vorrosse. «Hü, i Gottsname», sagte der zweite, und seine Rosse tanzten den ersten nach. «Muß ich denn nichts haben, überchume ih nüt?» sagte endlich halb zornig, halb weinerlich der Stallknecht. «Sövli Müeh gha und zu allem gluegt u jetz nüt ha, selb het doch bim Donner ke Gattig! Git mr de Kene nüt?» Felix griff in Sack und gab dem Klagenden ein Sechskreuzerstück und sagte: «Da hast etwas für das Luegen, abgespannt haben wir ja nicht und selbst gefüttert». «Nei, bim Donner», sagte der Stallknecht, «vierundzwanzig Rosse und sechs Kreuzer! Wenn ih ume das ha soll, su will ih lieber nüt.» «Machs wied witt», sagte Felix, «aber mehr kriegst nit». «He nu», sagte der Stallknecht, «su will ihs epha zum Andenken u wills no Mengem zeige u will ihne brichte, ih heyg das übercho, daß ih zu vierezwänzg Rosse gluegt heyg, u no vo Sellige, wo heyge welle Bure vorstelle.» «Su bricht», sagte Felix kaltblütig und fuhr ab. Das zornige Gebrummel des Stallknechtes wurde durch das Rasseln der Wagen, das Knallen der Peitschen verschlungen. So was war dem Stallknecht, welcher der Liebling Vieler war, nicht bald vorgekommen. Dafür müsse einer aus den Dörfern sein, sagte er. Es nehme ihn nur wunder, daß man ihm nicht einen roten Batzen gegeben. Es gebe Orte, wo die Stallknechte keine andere als rote Batzen kriegten. So seien die Leute und so bös die Welt. Die Sache war indessen ganz einfach. Die Vehfreudiger brauchten diesen Stallknecht weder zu ästimieren, noch hatten sie Ursache, ihn zu lieben; es war sehr zweifelhaft, ob sie je wieder bei diesem Wirtshause vorbeikamen, und geschah es, so konnten sie es auch ohne Hülfe des Stallknechtes machen, wie jetzt. Warum also unnötig freigebig sein, unnütz einen Kreuzer brauchen? Zweitens waren sie noch sämtlich nüchtern, die Anlage zum Großtun, Geld um sich zu werfen, als sei es Spreu und ihnen durchaus ohne Wert, dieweil sie daheim deren Zeug Kisten und Kasten voll hätten, war noch nicht erwacht bei ihnen; die muß erst gut getränkt werden, ehe sie lebendig wird.

Der Stallknecht stand noch immer auf der Straße, das Sechskreuzerstück in der Hand, und hielt dem versammelten Volke Vorlesungen über den Geist und die Pflichten gegen einen Stallknecht, der das Wüsteste austrappen müsse, Tag und Nacht keine Ruhe und Weib und Kinder zu erhalten habe, als Eglihannes anrückte samt Pigger, Gstabi und dem angestrichenen Wagen mit den fünf Käsen auf demselben. Die Rosse sahen ganz miserabel aus und Eglihannes sehr zornig. Er fuhr den Stallknecht an wie ein Tiger einen Ochsen und fragte, ob nicht Käszüge dagewesen. «Wohl, die sind dagewesen. Gehört Ihr zu ihnen?» «Allweg», sagte Eglihannes, «sind sie schon lange fort?» «Ho», antwortete der Stallknecht, «wenn Ihr brav sprengt mit denen Engländern, da kommt Ihr ihnen nach, ehe es Nacht ist.» Da kam auch Zorn in das Herz von Eglihannes, aber nicht gegen den Stallknecht, sondern gegen die fahrenden Vehfreudiger. Wartet nur, euch will ich es weisen, dachte er und rief: «Stallknecht, spann ab!» So, jetzt dem noch abspannen, dachte derselbe; wenn die mit den dreißigdublönige Rosse nichts gegeben, was wird der mit diesen Kaiben geben! «Chume grad», benggelte er über die Achsel zurück.

«Was ließen sie den Rossen geben?» fragte Eglihannes, der unterdessen seine Rosse losgeknebelt hatte, was bei seinem zusammengeplätzeten Geschirre eine Art von Kunststück war. «Hatten es bei sich», sagte der Stallknecht, «füllten da den Platz eine Stunde lang, hatte nur mit ihnen zu tun und gaben mir zuletzt für vierundzwanzig Rosse sechs Kreuzer, und hätten mir nichts gegeben, wenn ich sie nicht gemahnt. Der Teufel möchte Stallknecht sein, wenn alle solche Kunden wären.» «Gib ein halb Mäß Hafer», sagte Eglihannes, «und reib sie ab, sie schwitzen, denn sie sind hitzig, es ist fast nicht mit ihnen zu fahren.» «Bricht mich, du Kuh», brummte der Stallknecht, tat indessen seine Pflicht, jedoch eben nicht mit großer Freudigkeit. Als der Hafer aufgeschüttet war, sagte Eglihannes: «Komm herein und tue Bescheid! Muß den Rossen Zeit lassen, bin kein Hund, weder gegen Menschen noch Vieh.» So, das tönt besser, dachte der Stallknecht. Es ist kurios, aber es gibt selten an einem Orte gleiche Leute, es ist immer noch ein Unterschied.

Wirklich ging er bald hinein, unter dem Vorwand, zu fragen, wie Eglihannes es lieber hätte, weil die Pferde schwitzten, ob er mit dem Tränken warten solle, bis die Pferde den Hafer ganz gefressen, oder ob er ihnen schon vorher Wasser geben solle. Eglihannes brachte es dem Stallknecht, brachte die Rede wieder auf die fortgefahrenen Vehfreudiger, freute sich der erneuerten Ausbrüche des stallknechtlichen Zornes, half mit, erzählte, wie sie es ihm gemacht, und wie er es ihnen jetzt machen wolle. Die könnten ihm jetzt auch warten und das Abladen lassen, bis er nachkomme, denn er sei der Sekretär und habe das Verzeichnis. Der Stallknecht fand dies der Sache vollkommen angemessen und fügte bei: «Was Ihr aber müesset z'lyde ha unter solchen Lüten, alle Tag müesse drbyzsi, ih wett lieber Kämifeger werde oder Muser.» Dem Eglihannes kamen ob solcher Teilnahme fast die Tränen in die Augen von wegen der Rührung, und wie Pilatus und Herodes wurden die Beiden Freunde. Eglihannes zeigte ihm seinen Wagen und erklärte die großen Vorteile des Anstreichens; das komme aus England, und dEngiländer wüßten, was vorteilhaft sei und zu gleicher Zeit der Sache wohl anstehe. Der Stallknecht sagte, es sei e bsunderbarer und er müsse sagen, es hätte ihm nicht bald eine Sache so gefallen wie die. Es nehme ihn nur wunder, daß nicht mehr Leute es auch so machten. Aber das koste, dafür müsse man wohl bei Gelde sein, und selb sei rar in dieser bösen Zeit. «Ihr werdet zwar nit viel davon merken, selb sieht man allem an, Ihr hättet sonst nicht solchen Wagen», setzte der Stallknecht hinzu. Wie das unserm guten Hannes wohltat! Er trappete dem Stalle zu, trat zwischen Pigger und Gstabi mitten hinein, sah, ob sie den Hafer gefressen, tätschelte sie, fing mit ihnen zärtliche Gespräche an: «Piggerli, mys Vögeli, du Nöggeli, und Kohli, du Leu, du Staatskerl!» sagte er und knüpfte an diese Worte eine Auseinandersetzung von ihren herrlichen Eigenschaften. Man hätte glauben sollen, sie seien ihm aus dem Stalle der Herzogin von Orleans soeben aus Paris zugekommen. Der Stallknecht sagte, er glaubs, man sehe es ihnen aber auch an, daß es etwas Bsunderbares sei, nur sei schade, daß sie so ungleich in der Größe seien, es stände ihnen gar wohl an, wenn sie gleichlich wären. Das sei hier so der Brauch, sagte Eglihannes, aber nicht an allen Orten. In Rußland spanne man immer ungleich zusammen, je größer das eine Roß sei, desto kleiner müsse das andere sein. Wenn man einmal daran gewöhnt sei, so gefalle das einem bsunderbar wohl. «Glaubs», sagte der Stallknecht, «glaubs, es chunt alles ufs Gwohne a», und nun hielt er eine schöne Rede über die Macht der Gewohnheit. Denn gar zu sehr Pigger und Gstabi zu rühmen, war ihm doch in etwas wider die Hand. Er hatte sozusagen so gleichsam auch noch eine Art Gewissen, halbbatzige Rosse rühmte er nicht gern als dreißigdublönige, es wäre denn in einem Handel gewesen, wo ihm ein Freund gegen einen Fremden den gehörigen Schmaus versprochen.

Als endlich eingespannt war, ward Eglihannesens Natur auf die Folter gespannt. Er liebte die Großmut nicht, das Schmarotzen war ihm lieber; jetzt wars am Platz, eine großartige Freigebigkeit seinem neuen Freund zu beurkunden, ihm ein Trinkgeld zu geben, daß er sagte: «Danke z'hunderttausend Malen», sogar an die Kappe griff und hinzusetzte: «Kommt recht bald wieder». Das ist ihr Superlativ von dem Punkte weg, wo sie das erhaltene Stück in der Hand beschauen und schweigend dem Geber den Rücken kehren. Auf dem zweiten Punkte ziehen sie das Maul weit auseinander und sagen «oblischee» (zum «merci» oder gar «merci bien» haben sie es noch nicht gebracht); dann kommt «Dankeiget», «Dankeiget zum Schönsten» und endlich «Dankeiget zum Allerhöchsten, chömit gly meh». Eglihannes wußte das wohl und kramte lange in seinem Beutel. Er suchte einen falschen Solothurner Fünfbätzler, mit dem er gern großartig getan hätte. Er merkts nicht, dachte er, und wenn ers schon merkt, so kann ihn niemand besser wieder absetzen als ein Stallknecht. Zu seinem großen Leide fand er ihn nicht. «Hat mir die verfluchte Täsche wieder die Säcke erlesen», sagte er für sich; «wart, der will ich». Die verfluchte Täsche war seine Frau, welche kein Geld brauchen sollte, aber nicht dumm dem Mann die Hosensäcke zehndete, wenn er im Bette betrunken schnarchte. Das ist eine Art von Zehnten, welche keine Regierung, und wäre sie noch so freisinnig und volkstümlich, liquidieren wird. Und doch herrscht in diesem Zehnten die meiste Willkür. Der Zehntherr nimmt nach Belieben und so oft es sich ihm wohl schickt, er fragt nicht, ist sJahr um oder nicht und ists der dritte oder der zehnte Batzen, den er nimmt. Endlich verstieg sich Eglihannes zu drei Batzen, unter denen jedoch ein helvetischer war, anders brachte er es nicht übers Herz. Er ist um öppis besser als die Andern, dachte der Stallknecht, aber wo er her ist, schmöckt man ihm doch auch an. Es sind wüste, hundshärige Leute dort, das ist fertig. Das wird noch der Beste unter ihnen sein, darum werden sie ihn auch so verfolgen. Daneben ist er ein Mann, der grusam viel auf seine Sache hält, gäb wie sie ist.

Unterdessen waren die Andern am Orte ihrer Bestimmung längst angekommen und hatten mit dem Abladen nicht auf den Sekretär und seinen Katalog zu warten gebraucht. Man nahm es in diesem Handelshause nicht halb so genau; man nahm die Käse ab, ohne sie zu zählen und zu kontrollieren, es herrschte großes Zutrauen da, wenigstens an selbem Tage, aber, wie es schien, nicht die beste Ordnung. Sie waren schon halb fertig, als endlich Eglihannes nachgezottelt kam mit seinen fünf Stücken und Gstabi und Pigger davor. Sie hatten das Gespött mit ihm, doch tröstete ihn die Bevorzugung, welche ihm der Käsherr angedeihen ließ. Für ihr Frühfahren mußten sie aber auch Buße tun, und zwar eine lange; sie hatten den Tag viel zu lang gemacht, das ist eine große Dummheit, welche viele andere nach sich zieht, die daher mit großer Sorgfalt von klugen Leuten vermieden wird. In der Beziehung sind Leute selten klüger als die Insassen in obrigkeitlichen Bureaus, ihr öffentlicher Tag dauert Sommer und Winter in der besten Jahreszeit sechs Stunden, oft aber auch nur viere, und oft geht wie um Lappland herum die Sonne gar nicht auf. Die Frau Käsherrin hatte keine Ahnung, daß die Einquartierung so früh einrücken werde, hatte daher auf so früh sich gar nicht eingerichtet. Man kennt den Appetit aller derer, welche bei solchen Anlässen beim Fuhrwerk sind. Um billig zu sein, werden doch kaum je Käsfuhrleute die Versorgungskraft derjenigen erreichen, welche an den Holzfuhren teilnehmen. Diese übertreffen die Römer noch bei weitem. Bekanntlich schluckten die Römer, um den Appetit zu reizen, statt wie unsere Herren ein Extrā, ein Brechmittel, welches zugleich auch Platz im Magen machte. Es gibt Leute, welche an solchen Fuhrungen siebenmal gerben und immer wieder mit Appetit und neuem Platz im Magen sich an Essen und Trinken setzen.

Wenn man was weiß, kann man sich danach einrichten. Man beobachtet drei Dinge: in Beziehung auf den Stoff gibt man solchen, der Platz im Magen verschlägt, und gibt ihn so, daß man daran kauen muß, und nicht zu räß; gar zu durstig begehrt man die Leute nicht in Privathäusern, denn man weiß wohl, daß sie bei solchen Anlässen gegen den Durst kein Wasser brauchen. Ausgewaschenes Sauerkraut und Fleisch von einer ehrwürdigen Kuh, welche siebzehn Jahre zu Berg gegangen, drei Jahre im Rauch gehangen, jetzt drei Tage im Wasser gelegen, das sind währschafte Stoffe, ungeheuer dienlich, daran die Zeit zu verbrauchen, den Magen zu füllen und zwar wohlfeil. Von den Beigaben wollen wir nicht reden, sie werden bald so, bald anders, aber alleweil mit Vorsicht und zweckdienlich ausgewählt. Das Ding braucht aber gute Weile zum Kochen, und wärs auch gekocht, was soll, um der Liebe willen, man mit solchen Leuten bis gen Abend, denn früher gehen sie doch nicht fort, anfangen, wenn man sie schon um zehne zum Essen riefe oder gar schon um neune? Die Vehfreudiger mußten also warten, herumsitzen, tubaken, gähnen, schlafen, an die Uhr sehen, seufzen: «Das geht doch verflucht lang, das ist der langweiligste Ort, wo es gibt auf der Welt!»

Eglihannes entrann Leiden und Buße, er war der Bevorzugte. Er hätte hier etwas zu verrichten, hatte er gesagt und fragte nach einem Hause. Er wolle es ihm zeigen, hatte der Käsherr gesagt und war mit ihm gegangen. Eine Ewigkeit gings, ehe sie wieder kamen, ihren Gesichtern nach hatten sie jedoch diese Ewigkeit sicherlich kurzweilig zugebracht. Ach, was so ein Morgen sich hinziehen kann, wenn man nicht weiß, was damit anfangen, und etwas erwartet, welches nicht kommen will! Ach, was wird das für ein Warten geben einmal in der Ewigkeit auf die Gnade Gottes, die man hier hätte haben können und sie so gering geschätzt und von der Hand gestoßen. Endlich kam der willkommene Ruf: «Ihr söllit cho esse!» Wiederholt brauchte er diesmal nicht zu werden; auch das Händewaschen säumte nicht, die waren alle längst gewaschen, so gleichsam in Vorrat.

Wir wollen das Mittagessen nicht beschreiben, sondern bloß sagen, daß es die Erwartungen unserer Mannschaft durchaus nicht befriedigte. Die hatte sich der Kuckuck weiß was für Vorstellungen davon gemacht, daß ein Hochzeitmahl nur ein Bettlerfressen dagegen sei, Pasteten erwartet und Tatern, Schinken und Braten, weißen und roten Wein, süßen Tee und angemachten Wein mit geröstetem Brot, ganze Lagerfässer voll, und als Dessert, um zu verdauen, eine tapfere Kässuppe und schwarzen Kaffee. Nun aber war von Dessert keine Rede, ebenso wenig von Braten und Tatern, der Wein sauer und das Einschenken eben nicht fleißig; sie kamen auf den Punkt, wo es sie dünkte, sie nähmten noch mehr und bessern. Der kam aber nicht, und der Tag war noch lange nicht verbraucht; da machten sie sich hinaus, unter dem Vorwande, nach den Rossen zu sehen, einer nach dem Andern, und lieferten den Beweis, daß in vielen Köpfen doch zuweilen auch nur *ein* Sinn wohnen kann; sie fanden sich nach und nach alle im Wirtshause ein und ohne Abrede. Darob hatten sie große Freude. Wenn wieder ein neuer eintrat und verwundert die Kameraden mit Nachbessern beschäftigt sah, erscholl ein laut Gelächter, man brachte es ihm, rührte immer wieder auf Grund und Ursache ihres Hierseins. Es waren souveräne Leute, fragten hier niemanden viel nach, am allerwenigsten dem Käsherrn, kümmerten sich daher nicht darum, vernehme derselbe ihre Reden oder vernehme er sie nicht. Sie zerrten das Mittagessen zweg noch viel ärger als ein Bleicher sein Tuch, von der Suppe weg bis hintenaus pfefferten sie alles mit Vehfreudiger Witz, daß den Teufel selbst ein tödlich Niesen angekommen wäre, wenn er hätte an dieser gewürzten Mahlzeit sitzen sollen. Sie zählten her, was alles in der Suppe gekochet worden, kannten die Lebensgeschichte der Tiere, deren Fleisch sie gegessen, und alles, was nach deren Tode das Fleisch erlebt, wußten, von welchen Bäumen die Apfelschnitze gekommen, wie sie gedörrt und mit welchem Fett das Sauerkraut gekocht worden. Und waren sie mit dem Essen fertig, zogen sie den Wein zweg, daß es einem graulicht ward, man den Mund voll Essig und Galle zu haben glaubte. Und war man mit diesem fertig, kamen die Leute, welche man gesehen, an Tanz, der Herr und die Frau, Kinder und Diensten, und ein guter Fetzen blieb an Keinem. Sie trieben das Ausführen mit wahrer Burgerlust ins Aschgraue, machten Gsundheit bei jedem neuen Witze, gerieten in ausgelassene Fröhlichkeit, konnten mit Nachbessern gar nicht fertig werden.

Da erschien der Eglihannes unter der Türe, der beim Herrn

geblieben und mit ihm Ideen getauscht, das heißt politisiert hatte, das heißt wenn einer gesagt hatte: «Das sind Donners Schelme, Aristokraten und Jesuiten», so hatte der Andere gesagt: «Die Donners Schelmen muß man henken». Sagte dann der Andere: «Das ist ein Rechter, ein Volksfreund und meints gut», so antwortete der Erste: «Warum gheit man nicht die jetzige Donnere abe u tuet sellig a Platzg?» Dann erzählte jeder von ihnen, was er am Vaterland getan und für dasselbe ausgestanden habe und wie man es ihm mache. Das Wüsteste könne man austrappen, dafür sei man gut genug, den Dessert fräßen Leute, welche ums Vaterland willen keinen Schuh naß gemacht. Ach Gott, wenn sie so politisierten, in welche Begeisterung kamen und wie tief in tiefe Gedanken gerieten sie! So kams, daß Eglihannes seine Kameraden lange ganz vergaß und lange keinen finden konnte, denn daß sie auf die Mahlzeit hin ins Wirtshaus gegangen, fiel ihm lange nicht bei. Eglihannes hatte das sehr ungern um seines Freundes willen, und als er die anzüglichen Reden hörte, ward ihm katzangst, denn er kannte die nahe Verwandtschaft des Wirtes mit seinem Freunde und wußte, daß sicher kein Wort verloren ging. Er weigerte sich erst lange, in die Stube hineinzutreten, hieß sie kommen und anspannen, es sei schon spät, sie kämen längst nicht mehr tags heim. Indessen mußte er doch hinein. Man brachte es ihm, sagte, er werde nicht zu vornehm sein, Bescheid zu tun, er hätte doch auch schon mit Mindern getrunken, als sie seien, er solle hier nur nicht den Vornehmen spielen und sich ihrer schämen, sonst könnte man dSach umkehren, so daß er hinein mußte, wenn er im Frieden wegkommen, nicht das ganze Wetter auf sich ziehen wollte. Er wurde gefragt, ob dieser Wein nicht besser sei als der, welchen sie über Mittag gehabt, der habe geschmeckt, als hätte man Güllewasser über Bocksbart angerichtet und Kässchabete darein gerührt usw. Eglihannes wollte abbrechen, ablenken, aber sowie er es versuchte, kam alles gegen ihn zu, und so lieb hatte er seinen Freund doch nicht, daß er hier für ihn auf die Schandbank sich gesetzt hätte. Er wußte sich nicht anders zu helfen, als wieder mit der Uhr in der Hand vom Anspannen zu reden und vorzuschlagen, er wolle gehen, sehen, was die Rosse machten, sie schirren lassen, in einer Viertelstunde sollten sie nachkommen zum Anspannen. So kam er los und ging. Als geschirrt war, ließ er Gstabi und Pigger anspannen, und als die Viertelstunde um war, dachte er, das Beste sei, er mache es, wie die Andern es ihm auch gemacht, und warte ihnen nicht. Es möge noch gehen, was wolle, so sei er nicht dabei, käme ungeschlagen draus und könne fahren, wie er wolle.

Als die Andern endlich nachkamen, hieß es, der Herr sei schon lange fort. Dem wollten sie schon noch nachkommen, sagten sie, der könne wieder hintendrein wie diesen Morgen. Sie waren brav angetrunken, in dem Grade, wo man wild wird, zu allen Streichen recht, und mit dem Teufel tanzen möchte, wenn man ihn nur kriegen könnte. Die Rosse waren auch wild und unter denselben einige Mähren, welche ihr Lebtag nie so weit von Hause gewesen, die zog mit Macht das Heimweh heim. Das war ein schöner, wilder Zug: sechs vierspännige Wagen hinter einander, die Fuhrleute in denselben, die wilden Rosse meist nur an einem einfachen Leitseil lenkend und alles in scharfem Trabe fahrend. Wer mit einem Fuhrwerk ihnen entgegenkam, der hatte Ursache, zu beten, denn es war gute Aussicht vorhanden, man werde das nächstemal in der Ewigkeit erwachen. Und war das wilde Heer vorüber und man lebte noch mit ganzen Gliedern und aufrecht stehendem Fuhrwerk, so konnte man billig Gott danken für seine Gnade und Güte, die einem Leben und Glieder bewahrt, beschützt mit der gleichen Hand, mit welcher er die Männer im feurigen Ofen gerettet. Ammanns

Felix fuhr voran, und zwar munter, aber den Eglihannes holte er nicht ein, ehe sie durstig wurden.

Wenn der Wein bei den Vätern sich setzt, warum sollte er sich nicht auch bei den Jungen setzen und des Zufüllens bedürfen! Sie hielten also sämtlich bei einem Wirtshause an, banden ihre Rosse zweg, daß sie nicht davonlaufen konnten, machten sich geschwind hinter einige Maß, säumten aber wirklich nicht lange, denn sie vernahmen, daß Pigger und Gstabi diesen Augenblick erst abgefahren. Eglihannes hatte hier ebenfalls zugefüllt und nachgebessert. Als sie wieder zwegmachten zur Abreise, waren nur fünf Wagen da, der sechste und hinterste fehlte. Sie fluchten erst mörderlich, derselbe sei gestohlen worden, man solle ihn zur Stelle schaffen, oder das ganze Dorf müsse erlesen sein. Da gab jemand Auskunft, daß ein Wagen mit vier Rossen später als die fünf andern durch das Dorf gefahren sei, ohne anzuhalten. Nun fluchten sie über den Fuhrmann, der begreiflich auch fehlte; der werde zu geizig gewesen sein, um anzuhalten, der solle es aber erfahren, was das heiße, die Andern im Stiche lassen.

Felix war noch nicht lange gefahren, so prallten seine Vorrosse seitwärts, der Wagen stand, trotz Brüllen und Schlagen brachte er die Rosse nicht vorwärts, riskierte ein Unglück. Fluchend über den Gaul vom Nägelibodenbauer, der an dieser Stättigkeit schuld sein sollte, sprang Felix ab, auf die Rosse ein; da fand er quer über den Weg vier Rosse stehen und einen umgestürzten Wagen, den er in der eingebrochenen Dunkelheit nicht geachtet, obgleich er ihn wohl noch hätte sehen können. Natürlich gab es einen allgemeinen Halt, und sämtliche Mannschaft eilte zur Stelle. Es war der sechste Wagen, und unter demselben im Stroh schlief selig der Fuhrmann. Derselbe hatte nämlich schon vor dem Einkehren geschlafen, eine mit dem Heimweh behaftete Mähre hatte nicht halten wollen, sondern war stillschweigend und unbeachtet vorbeigefahren. Einige hundert Schritte weiter war den andern Rossen die Stille doch unheimlich vorgekommen, es kam ihnen ins Gewissen, die übrigen Züge so schnöde zu verlassen. Vielleicht fühlten sie auch den Mangel an Leitung und die Gefährlichkeit einer solchen Fuhre, hatten in diesem Falle mehr Verstand gehabt als eine Menge von Menschen, als Massen und Völker. Kurz sie wollten umkehren, verstanden es aber nicht wohl und leerten den Wagen um, denn fürs Umkehren mangelt es apart viel Verstand. Der Fuhrmann aber schlief so selig, daß er nicht erwachte, vom Umkehren des Wagens nichts merkte, sondern ruhig fortschlief.

Das Aufstellen des Wagens wurde den lustigen Gesellen dreimal so schwer, als es ihnen am Morgen gewesen wäre, denn die Kräfte wollten sich nicht einigen: schob einer rechts, schob der Andere links, hob einer, drückte der Andere nieder. Indessen, unter Fluchen und Lachen gelang es endlich doch, den Wagen auf seine vier Beine zu stellen und den glücklichen Fuhrmann zu wecken, der den ganzen Vorgang erst später zu begreifen imstande war, jetzt immer behaupten wollte, die Andern hätten ihn überfahren. Das hatte aufgehalten; den Verzug einzubringen, fuhr Felix um so schärfer, merkte endlich, daß etwas vor ihm fahre, erkannte bei scharfem Hinsehen den Eglihannes, der sein Gespann in die möglichste Schnelligkeit versetzt hatte, die Mitte des Weges hielt, keine Miene zum Ausweichen machte. Dem wolle er es zeigen, dachte Felix; mache er nicht Platz, so könne er es erfahren, wie ein schwerer Wagen mit seinem alten Karren fahre.

Der Weg lief zwischen Zäunen durch, welche die Dunkelheit auf der Straße vermehrten. Felix stand im Wagen, regierte sein wildes Gespann mit dem einfachen Leitseil, jagte mit zornigen Peitschenschlägen die Rosse in den engen Raum zwischen Zaun und Eglihannese Wagen. Derselbe jagte ebenfalls aus Leibeskräften seine Tiere, hielt starrköpfig die Mitte der Straße, wollte nicht der sein, der sich vorfahren ließ. Man mußte ein Schreiber sein, um mit Pigger und Gstabi Ammanns Felix trotzen und mit seinen wilden Rossen in Kampf und Wettrennen sich einlassen zu wollen. Wie ein Keil ins Holz sprengten die Rosse in die enge Gasse, rissen den schweren Wagen nach. Dessen vordere Räder faßten die hintern Räder von Eglihannese Fuhrwerk. Felix peitschte, Eglihannes fluchte, die Wagen krachten, gar wehlich schrie es von den Rossen her. Die hintern Fuhrleute erschraken, schrien: «Nit, Donner, nit!», sprangen ab; aber was wollten sie machen, ehe sie dabei waren, lag die ganze Eglihannesische Pastete auf einem Haufen in der Straße. Felix hatte sich in den Zaun verfahren, seine Rosse wüteten und er nicht weniger.

Den Andern war es Angst geworden, die Angst hatte sie nüchtern gemacht, sie übersahen rasch den Schaden, legten Hand an, wo sie ihn am besten zu heben glaubten. Die Einen tappten nach Eglihannes, einer suchte den Gstabi zu lösen, der vom Anprall überschossen worden war und erbärmlich zappelte im Geschirr, Zwei sprangen zu Felix' Vorderrossen, suchten sich ihrer zu bemächtigen und sie abseits zur Ruhe zu bringen. Das war ein schwer Stück Arbeit, denn schlagende Rosse zu lösen, braucht Mut und Vorsicht, wenn man nicht eins ausgewischt kriegen will. Endlich gings, sie wurden abgespannt, einzeln angebunden; nun sollte mit den Deichselrossen das Gleiche geschehen, da stolperte einer, er wußte nicht über was. Er bückte sich, kriegte ein Menschengesicht in die Hand, kalt und naß, daß er sehr erschrak und schrie: «Da liegt einer und ist tot, aber nicht Eglihannes!» «Nein, der liegt da wie ein Kalb und gerbt», rief ein Anderer; «dem hat es nichts getan, wenn er fertig ist, ists ihm wohler als vorher.» «Zünde doch einer!» rief es wieder. «Werft den Menschen beiseite über den Hag, könnten sonst mit ihm in Ungelegenheit kommen. Lebt er, so sind wir weit, wenn er wieder zu sich selbsten kommt; ist er tot, so braucht niemand zu wissen, wie es gegangen ist.» «Narr, meinst, das käme niemanden in Sinn, woher das wäre? Dann könnten wir sehen, wie es uns ginge und was die Leute dazu sagten, und auf dem Gewissen möchte ich es auch nicht haben», ward geantwortet. Ein zorniger Fluch nach Licht schnitt fernerem Gerede den Faden ab, und als das Licht kam, schrie einer: «Ist das nit Nägelibodenbures Änneli?» Und es war Nägelibodenbauers Änneli, welches da blutend auf der Straße lag.

Felix stand auch dabei, fragte bloß wiederholt: «Ists tot oder lebts noch?» Tot sei es noch nicht, hieß es, aber nicht bei sich selbsten; wenn man Wasser hätte, könnte man es vielleicht zu sich selbsten bringen. Während man nach diesem lief, fragte Felix, wo dä Donners Schelm sei, ob lebendig oder tot; sei der nicht tot, schlage er ihn tot, der Hund sei an allem schuld. Hätte er getan wie üblich und bräuchlich, so wäre alles nicht begegnet. Den Unglückmacher wolle er nicht länger vor Augen haben, der müsse ihm einmal abweg, der Zorn töte ihn sonst noch. Ehe man ihm einläßlich antwortete, kam Wasser; es wurde damit gefochten, wie man sagt, so gut man es verstand, und starr und steif vor Angst und Bangen sah Felix zu, keinen Finger hätte er rühren können, darum merkten die Andern auch nicht, wie ihm zumute war. Es ging lange, bis Änneli einen tiefen Atemzug tat, bis es endlich die Augen aufschlug. Aber in die Augen war das Bewußtsein noch nicht eingekehrt, verweint sah es um sich, wußte nicht, was das bedeuten solle. Da fiel sein Auge auf ein Gesicht, welches durch den Schein der Laterne vollständig erleuchtet war. Auf diesem Gesichte blieb sein Auge. Plötzlich trat Leben ins Auge, Sprache auf die Zunge. «Was ist, wo bin ich?» fragte Änneli. Es sei etwas passiert, es wäre besser, es wäre nicht, hieß es, und die Fragen drängten sich, wie es ihm sei und ob es etwas gebrochen? Denn allen war das Herz voll Angst, und jeder hätte ein Schönes gegeben, wenn das nicht passiert wäre. Man hob es auf, stellte es auf die Beine, da fand sich, daß kein Bein gebrochen sei, kein Arm, aber übel gequetscht war es von den Hufen der Rosse; ob Rippen gebrochen seien, sah man nicht, daneben war die eine Wange zerrissen, und einige Löcher im Kopfe bluteten stark. Es war übel genug gegangen, doch hätte es noch übler gehen können; die Schäden wären heilbar, daran hielt man sich als Trost. Es sei keine Sache so bös, es sei noch etwas Gutes dabei, sagte eine Weisheitsbüchse. Hätten die Räder sich nicht ineinandergehängt und sich gestellt, wäre Änneli noch unter die Wagen gekommen, hätte das Leben verlieren können, und was dann?

Man wusch das Mädchen, verband es, so gut man konnte, machte ihm aus Stroh und dem übrig gebliebenen Heu ein leidliches Lager zweg und ward rätig, beim nächsten Arzt es gehörig verbinden zu lassen. Da Felix' Wagen der nächste war, so ward dort ohne weiteres Raten das Lager gemacht, ohne daß es Felix wußte. Als das Mädchen zu sich selbsten kam, freute er sich innerlich, er atmete auf, es war ihm wie einer Champagnerflasche, aus welcher der Zapfen springt, die inwohnenden Geister entbunden werden. Aber das Blut, die Wunden, das Seufzen Ännelis schürten aufs neue Felix' Zorn, er suchte seine Geißel, verschwand in der Dunkelheit. Da erscholl plötzlich auf der andern Seite der Straße ein wehliches Gebrülle, tönte immer wehlicher und schauderhafter. Natürlich glaubte man, Eglihannes werde vom Pigger oder Gstabi unsanft behandelt und mit etwelchen Tritten traktiert. Man sprang ihm zu Hülfe, fand aber Pigger und Gstabi ganz ruhig, dagegen den Felix da, der den Eglihannes mit der Geißel gar erbärmlich gerbte und eben mit dem Geißelstecken nachzubessern begann, was ihm die Geißel zu wenig verrichtet. Sie hatten Mühe, dem Traktement ein Ende zu machen. Felix sagte, er hätte es längst verdient, und lasse man ihn jetzt nicht machen, so fahre er ein andermal fort, darauf sollten sie zählen. Der Hund müsse einmal vollständig ausfressen, was er seit Langem angerichtet. Je eher man einen solchen Hund dem Schinder in die Hand liefere, desto besser gehe es allen Leuten. Während diesen Verhandlungen setzte er das Hauen fort, bis man ihm endlich die Geißel hielt. «He, meinethalben», sagte er und ließ die Geißel fahren, «wirst jetzt wohl durstig sein», ergriff ihn und schmiß ihn in den Bach, der auf dieser Seite dem Zaune nach floß. Nun ging Felix befriedigt zu seinem Wagen, und die Andern konnten zusehen, wie sie den seltsamen Hecht aus dem Wasser brachten, den Zorn und Wasser in neue Wehen brachten, es ihm unmöglich machten, seine Wut anders als mit einzelnen Flüchen zu bezeigen.

Ob Felix mit der getroffenen Einrichtung zufrieden war, wissen wir nicht. Er sagte nichts, als es solle einer zum Meitschi auf den Wagen, er traue den Rossen nicht, wolle nebenbei gehen; es sei ihm lieber, es gebe nicht noch einmal etwas. Auch sollten sie dafür sorgen, daß Eglihannes nicht etwa vorfahren wolle, der habe Unglück genug angerichtet. Komme er ihm aber nach, so könnten sie sehen, was es gebe, und daran wolle er wiederum nicht schuld sein. So fuhr Felix voraus dem Arzte zu und wartete nicht, bis dem Eglihannes sein zerrissener, umgestürzter Wagen wieder zusammengeplätzet und aufgestellt war. Wie es Änneli war auf Felix' Wagen, wissen wir nicht, so viel können wir bloß sagen, es wimmerte und weberte nicht; auf alle Fragen antwortete es, es wolle nicht klagen, sondern Gott danken, daß es nicht schlimmer gegangen, sie sollten nicht kummern seinetwegen, es werde schon wieder bessern. Es sagte, die Großmutter sei gestorben, man habe ihns geschickt, anzusagen und zur Leiche zu bitten. Müde vom Wachen und langen Laufen, sei es fast während dem Gehen eingeschlafen. So habe es die Wagen hinter sich kaum gehört, und als der Lärm ihm am Rücken gewesen, habe es sehen wollen, was es sei, und sich umgekehrt statt zu fliehen; wenn es das getan hätte, wäre es nicht unter die Rosse gekommen. So könne es niemanden seinen Unfall zur Last legen, sondern sei selbst schuld daran. Wenn man erschrocken sei und halb im Schlafe, so komme einem das Rechte nicht in Sinn. So sprach das verwundete und sicher sehr leidende Änneli und machte damit Felix, der horchend nebenbei ging, erst recht zornig. Um so zu reden, müsse man ein dummes Weibervolk sein, dachte er; nicht zu wissen, wer schuld sei, und dSach selber uf e Buckel welle z'näh! Aber das solle dem Hund nichts nützen, es seien noch Andere dabeigewesen, die wüßten, wie es gegangen und an wen man sich zu halten. Und wie diese Gedanken in die Seele, schoß ihm der Zorn in die Arme, daß wie ein Donnerschlag aus heiterm Himmel ein gewaltiger Peitschenschlag auf die Rosse niederfuhr. Diese sprangen hoch auf, der Wagen erhielt einen gewaltigen Ruck, laut schrie Änneli. Wegen ihrem verfluchten Wüsttun erhielten die Rosse gewaltige Schläge. Änneli schrie wieder, und Felix polterte laut, ob dem Hund seien seine Rosse erwildet, er könne nichts mit ihnen machen; aber wenn er es dem Hund nicht eintreibe, daß er sieben Jahre hinter einander Tag und Nacht nach Gott schreie, so wolle er seinen ehrlichen Namen an eine räudige Sau tauschen.

Endlich kamen sie ins Dorf zum Doktor, fanden ihn auch zu Hause, sintemalen er nicht zu denen gehörte, welche meinen, sie seien abends nur im Wirtshause schön. Als man Änneli vom Wagen hob, machte es wieder Entschuldigungen, daß man seinetwegen so Mühe habe und wie leid es ihm sei, daß sie seinetwegen so versäumt würden. «Schweig doch», schnauzte Felix, «mit dem dummen Gedampe, ich mags nicht hören, man weiß ja, wie es gegangen!» Änneli schnitt diese rauhe Rede tief ins Herz, ihre Bedeutung begriff es natürlich nicht, mußte sie als ein Zeugnis des Unmuts von Felix nehmen; es wußte nichts anderes zu sagen als: «Zürn doch recht nüt, es wäre mir grusam leid, wenn ich dich sollte böse gemacht haben.» «Das ist gstürmt», sagte Felix, «aber wart der nur, dem Donner treib ich es ein!» «Wem?» fragte der Doktor. «He, wem als dem Hurenhund, dem Eglihannes», sagte Felix und erzählte, während der Arzt untersuchte und verband, eine schreckliche Geschichte von Eglihannes und seiner sündhaften Schuld, daß einem die Haare zu Berg standen, Eglihannes schwärzer als der Teufel, die Andern schöner als die Engel wurden – von Änneli kam nichts darin vor.

Diese Erzählung von Felix wurde von allen Andern ihren Erzählungen zugrunde gelegt, wurde von allen Andern als mit der Wahrheit zusammenfallend, wie zwei Dreiecke mit zwei gleichen Seiten, bezeugt und bestätigt. Begreiflich ließ Eglihannes sich dieses nicht stillschweigend gefallen, er begehrte schrecklich auf und protestierte dagegen, und zwar noch selben Abend in dem Wirtshause, wo Änneli verbunden wurde und die Andern auch anhielten, um gleich zu hören, was der Arzt sage. Aber das war alles umsonst, kein Mensch glaubte ihm, sondern dem Felix und allen Andern. Die würden es wohl wissen, hieß es allgemein, und was so einem zu glauben sei wie dem Eglihannes, der als Volksfreund an die Regierung gekommen, und doch Keiner das Volk mehr geschunden und versauet habe als gerade er und noch jetzt alle Tage den Hals voll lüge und alle Leute anschmiere. Das mußte Eglihannes sich gefallen lassen, mochte er aus der Haut fahren, so oft er wollte, und alle Wände auf, so hoch er konnte, es half ihm alles nichts. Es war halt eine natürliche Folge seines Lebens, es gehörte dieser Unglaube an ihn so gut zu ihm wie zum Fuchs der Schwanz. So etwas begreifen jedoch die Kinder dieser Zeit und namentlich gewesene Schulmeister nicht. Was aber dabei das Merkwürdigste ist, Felix und seine Kameraden waren so von der Wahrhaftigkeit ihrer Darstellung überzeugt, daß sie mit einem Eide dazu gestanden wären. So kann es gehen in der Welt, besonders wenn die Menschen bei einem Erlebnis halb betrunken waren.

Zwischen Felix und dem Eglihannes wäre es beinahe zu einer neuen Paukerei gekommen, wenn nicht der Arzt vermittelnd eingeschritten wäre mit der Bemerkung: Wenn Felix nicht alsbald mit dem Mädchen heimfahre, so könnte es mit demselben ungsinnet übel gehen; wenn man schon jetzt nichts Lebensgefährliches sehe, so könnte es sich später erzeigen, besonders wenn es nicht bald an die Ruhe komme. Das wirkte, obgleich Felix für sein Leben gern Eglihannes noch vaterländischer geprügelt hätte als vorher und zwar, wie er glaubte, auf die alte Rechnung. Eglihannes hatte ihm nämlich gedroht, er habe ihn jetzt endlich einmal; was ihm schon längst gedroht worden, das müsse jetzt einmal sein, er müsse ihm zum Lande hinaus. Gleich morgen gehe er zum Richter, zeige seine Wunden (er hatte beim Zusammenfahren und Umschlagen einige Quetschungen und von Felix' Geißel einige Striemen) und mache ihm den Marsch, wie es sich gehöre. Er sei jetzt einmal an den Rechten gekommen, wo Felix mit dem Gelde nichts zwingen solle. Felix dachte, etwas könnte an der Sache sein, denn wenn Eglihannes ans Prozedieren komme, so sei er ein Utüfel und habe schon manchen Menschen unglücklich gemacht. Nun sei es doch nicht recht, wegen so Wenigem unglücklich werden zu müssen; am besten sei es, er schlage ihn gleich ab, daß es eine Art habe und derselbe morgen wenigstens das Maul aufzutun vergesse. Nun ließ man ihn nicht machen, und das reuet ihn bis auf den heutigen Tag, obgleich Eglihannes mit ihm nicht richterlich wurde, und zwar aus dem einfachen Grunde, weil er sich betrank, daß er bewußtlos nach Hause getragen wurde und am folgenden Tag ihm erklärt ward, wenn er eine Klage ausspiele, führe man den Beweis, er sei katzvoll gewesen, daß er nicht einmal mehr hätte Babi sagen können, geschweige denn gewußt habe, was mit ihm vorgehe. So mußte der arme Mann unschuldig leiden!

Als Felix im Nägeliboden vorfuhr, war es schon sehr spät, die Leute im Bette. «Hörst?» sagte Bethi zu Sepp und stieß ihn mit dem Ellbogen. «Ammanns Felix wird den Braunen abspannen wollen; wenn er Verstand hätte, so hätte er ihn mit seinen Rossen nach Hause genommen und dort gefüttert, es wäre in einem zugegangen, vom Hofe hätte der Braune den Ammann in einer Nacht nicht gefressen. Jetzt kannst auf und füttern – das ist ein Verstand!» Da klopfte es hart am Fenster. «Komme, will erst Licht machen und Hosen anziehen!» rief Sepp hässig. «Die Bäuerin soll auch kommen!» rief es draußen ängstlich. «Ich!» rief Bethi erschrocken; «mein Gott, was ists?» sprang auf, machte Licht und schickte damit den Sepp voran, während sie das Gloschli anzog, ein Halstuch über die Nachtkappe band und nach den Schuhen tappte, denn auf alle Fragen: «Was ists? Was hats gegeben?» erhielt man keine Antwort, der Rufende hatte sich alsbald entfernt. «Mein Gott, mein Gott!» sagte Bethi und wußte nicht warum, trieb sich mit den Schuhen herum und konnte sie doch nicht an die Füße bringen. Als es endlich unter die Haustüre kam, trug ihm Sepp eine Person entgegen; er hatte sie auf den Armen, sie ließ alle Glieder hängen, akkurat als ob sie tot sei. «Herr Jeses, du mein Gott», sagte Bethi, und um zu wissen, wer es sei, zündete es alsbald nach dem Angesicht. «Änneli, mein Gott, Änneli!» schrie Bethi auf, leichenblaß. «Ists tot?» «Nein», hieß es; «es ist alles zweg, ume es bitzli gschmuecht ists ihm worde, drnebe hets no e Plätz ab oder zwe». Bethi hielt sich nicht mit Fragen auf, es ging rasch voran, denn vor ihm stand alsbald das Notwendige. Es werde schon zu sich selbsten kommen, sagte der begleitende Mann, wenn es einmal an der Ruhe sei. Verbunden sei es, und morgen werde der Doktor kommen und nachsehen. Der Eglihannes habe es überfahren und wolle es jetzt nicht einmal glauben, so schlecht sei der Lumpenhund. Als Sepp hinausging, um Felix den Braunen abzunehmen, war Felix samt dem Braunen schon davongefahren – so kann man dem Menschen unrecht tun!

Voll Angst und doch besonnen und mit allem Geschicke waltete Bethi um die Schwester, die ihm wie vom Himmel her ins Haus fiel. Es konnte nicht begreifen, warum sie kam, wenn nicht die Großmutter gestorben; aber wie das jetzt vernehmen zu rechter Zeit, wenn Änneli nicht bald erwachte? Und wenn es nicht wieder erwachen sollte, wenn es sich etwa innerlich verblutet? Bethi fühlte, daß ihm ein Stück seines Herzens mit Ännelis Tod abginge. Lange blieb ihm diese Angst; bald war all seine Kunst, all seine Hausmittel erschöpft, und Änneli gab noch kein Lebenszeichen. Endlich kehrte die Empfindung zurück, endlich schlug es die Augen auf, aber lange noch ging es, bis es zum Bewußtsein kam, bis es wußte, wo es war. Bethis Freude war unendlich, doch brach sie so wenig aus als früher die Angst, sie loderte bloß in den Augen, sie ward bloß laut in den süßen Tönen, in welchen es die gewöhnlichsten Sachen fragte oder sagte.

Änneli war ganz erstaunt, als es endlich seine Schwester erkannte, wollte aber lange nicht glauben, daß es in der Vehfreude sei, und noch viel länger gings, ehe es sich entsann, wie es hieher gekommen und warum. Endlich konnte es berichten, erzählen, wie es unter die Rosse gekommen, und zwar, weil es nicht schnell genug ausgewichen, sondern erstaunt vor Angst im Wege stehen geblieben, wo man es in der Dunkelheit nicht gesehen. Schuld habe dabei sicher niemand anders, noch weniger hätte es jemand mit Fleiß getan. Als man ihns erkannt, habe man ihm alle Liebe erwiesen, es könne es nicht genug rühmen. Nur sei ihm leid, daß Ammanns Felix seinetwegen den Eglihannes grausam ergeißelt; er möge wohl daneben ein Wüster sein, aber diesmal habe er keine Schuld. Das schien dem Kinde am meisten weh zu tun, daß jemand um seinetwillen unschuldig leiden solle. Vergeblich tröstete Sepp, es solle deshalb nicht kummern, es sei nur schade um das, was daneben gehe, und habe er es diesmal nicht verdient, so könne er es nehmen als Abschlag für andere Male, wo ihm zehnmal mehr gehört hätte. Sepp mußte am Ende noch versprechen, daß er es morgen den Andern sage. Es habe es auch getan, aber man habe ihm abgeputzt. Wer, sagte Änneli nicht.

Felix hatte eine wilde, unruhige Nacht. Trinker war er nicht, aber bei Anlässen hielt er es für seine Pflicht, mit den Andern zu saufen, und hätte es für eine Schande gehalten, wenn er nüchterner geblieben wäre als die Andern. So hatte er auch tapfer getrunken gehabt, und zum Wein kam nun der Zorn. Hätte er sich so recht vaterländisch ausprügeln können und wäre mit sieben Löchern im Kopf so groß wie Hühnereier zu Bette gegangen, er hätte süß geschlafen, als läge er auf Rosen und Schwanenfedern. Jetzt aber steckten ihm alle Prügel, welche er dem Eglihannes hatte geben wollen, noch im Leibe, stachen ihn wie Dornen, brannten ihn wie feurige Scheiter, ließen ihm keine Ruhe. Er mußte immer denken, ds Meitschi hätte sterben können, und einem solchen Schelmen sollte man nichts tun dürfen, und doch verdiente der einen Gottslohn, der ihm von der Welt hülfe!

Mehr als einmal fuhr er auf und war drauf und dran, wenigstens noch ein Zeichen zu tun, daß der Hund nicht meine, dSach sei aus; dann dachte er wieder, morgen sei auch noch ein Tag. So brachte Felix die Nacht zu wie in Feuer und Flammen und war am Morgen schon früh im Stall, daß die Knechte sich wunderten, daß er schon füre sei.

Der Nägelibodenbauer werde sein Roß wohl brauchen heute, darum sollten sie pressieren mit Füttern und es recht putzen, er wolle es wieder hinbringen, er hätte ohnehin mit ihm zu reden, sagte Felix. Begreiflich hielt er vor den Knechten nicht hinter dem Berge, sondern erzählte ihnen die gestrige Tagesgeschichte und alle Laster und Sünden von Eglihannes, daß derselbe schwärzer wurde als der Teufel und die Knechte sagten: «Ume Geduld, der muß erfahren, wie lieb man ein solches Kalb hat». Felix hatte schon gestern Freude gehabt an Nägelibodenbauers Braunem, heute schien er ihm noch schöner. «Den mußt du kaufen», sagten die Knechte, «der und der Lahme geben das schönste Paar Rosse, die man sehen wird, jeder Roßhändler zahlt dir dafür sechzig Dublone und noch mehr. Wenn der in unsern Stall kommt, sieh dann, wie schön der wird, er mag zuletzt den unsern noch, er ist noch aufgesetzter und schöner in den Ohren.»

Als Felix mit dem Roß in den Nägeliboden kam, traf er den Bauer in dem Stall. «Dachte», sagte er, «ich wolle ihn dir bringen, vielleicht daß du ihn brauchen willst und anspannen kannst, wann du willst, er ist gefüttert.» «Und zwar besser, als er es bei mir gehabt hätte», sagte der Bauer, «er ist ja rund wie ein Aal». «Es ist ein schönes Tier», sagte Felix, «und paaret exakt zu unserem; wenn wir sie zusammen verkauften, wir lösten manche Dublone mehr, als sie einzeln gelten, das gäbte das stolzeste Paar im Kanton, kein Landvogt hätte ein solches.» «Mir wäre es anständig», sagte Sepp, «denn das Geld kann niemand besser brauchen als ich, und ein minder Roß tut es mir auch.» «Ja, was ich sagen wollte, hast dem Eglihannes schon Manne geschickt?» fragte Felix. «Was? Warum soll ich dem Manne schicken?» sagte der Bauer. «He, warum! Weil er deine Schwester überfahren hat. Wie geht es ihr?» fragte Felix. «Nicht am besten, sie hat grausames Fieber und war die halbe Nacht verirret, wenn nur der Arzt bald käme! Aber als sie gestern zu sich selbsten kam, sagte sie selbst, der Eglihannes vermöge sich bei der ganzen Sache nichts, sie selbst sei schuld und nicht zu rechter Zeit geflohen», bemerkte Sepp. «Warum nicht gar», sagte Felix. «Was ist sich doch einem solchen Meitschi zu achten, was es sagt, und dazu war es ja noch von Sinnen. Ich war dabei und weiß, wies ging. Der Schelm muß für alles gut sein, und wenn der Doktor kommt, so soll er dir ein Zeugnis machen, und von uns sollst eins haben, wenn du willst. Der Lumpenhund muß einmal wissen, was recht und unrecht ist, mit was für Leuten er es zu tun hat. Der Halunke muß lernen, was für ein Unterschied ist zwischen ehrbarer Bursame und verfluchtem Schreiberpack.» «Lue», sagte Sepp, «das Prozediere ist mir zwider, hab weder Geld noch Sinn dafür, und wie soll ich fahren, wenn ds Meitschi sagt, es sei selbst schuld und sonst niemand!» «Was ist sich doch einem solchen Meitschi z'achte und noch dazu einem, welches von Sinnen gewesen!» fragte Felix. «Ja», sagte Sepp, «das wäre wohl gut, aber die Sache ist seine und nicht meine; wenn es zu einem Eid käme, müßte es ihn tun, nicht ich, und Eglihannes ist nicht der, der dSach nicht bis zum Letzten treibt.» «So wart, bis ds Meitschi wieder bei sich selbsten ist, dann wird es ganz anders reden, zähl darauf; drum fahr zu, oder ich habe mein Lebtag nichts mehr auf dir, sondern denke, es sei ein Lumpenhund wie der andere, darum beiße der eine den andern nicht.» So deutsch sprach Felix.

Ehe Sepp eine zornige Antwort etwas modifiziert hatte,

trat der Arzt zwischen Beide und fragte nach dem Meitschi. Sepp führte den Arzt ins Haus; Felix ging hintendrein, er wußte nicht warum. Änneli war nicht in der Kammer oben, sondern im Stübli, wohin sie es gestern getragen; der Weg dazu führte durch die Wohnstube. Sepp schritt voran, ihm nach der Arzt, Felix folgte ihm auf den Fersen. In sauberm Bette lag Änneli, blaß, mit geschlossenen Augen. Felix meinte, es sei tot, ballte die Fäuste, und gnad Gott dem Arzte, wenn er sie gebrauchte. Der fühlte Änneli den Puls, hielt die Hand auf dessen Stirne, schüttelte den Kopf, fühlte wieder am Pulse, schüttelte wieder den Kopf. «Ists tot?» schnaubte Felix ihm über die Achsel. Da wars, als wenn der Ton ein Leben wäre und hinein in Änneli führe. Wie Morgenröte an den Bergen glüht, fuhr es über sein Gesicht; rasch hob es sich, schlug die großen, schönen Augen auf, der erste Strahl derselben fiel auf Felix. Da lächelte Änneli freundlich, die Augen schlossen sich wieder, es sank zurück, und blaß wie tot lag es da. «Ists gestorben?» hauchte Felix. «Einmal jetzt noch nicht», sagte der Arzt; «aber was werden will, kann ich noch nicht sagen. Es wäre mir lieber, es hätte ein halbes Dutzend Brüche, als wie es jetzt ist. Im Kopfe ist es nicht richtig, und wie es sonst innerlich aussieht, weiß ich eben auch nicht. Man muß in Gottes Namen der Sach abwarten und Fieber und Entzündung wehren so gut möglich. Laßt das Meitschi ruhen und stört es nicht, gebt mir jemanden mit, will alsbald heim und Zeug rüsten.» «Könnts sterben?» fragte Felix. «Warum nicht?» sagte der Arzt und ging rasch ab.

Felix konnte fast nicht fort, doch ging er endlich. Weinen und Wüten lagen in ihm neben einander. Da begegnete ihm der im Dorfe stationierte Landjäger. Felix war ein Mensch, der sogenannte Blitzgedanken hatte; schoß ihm einer derselben durch den Kopf, ward er auch ohne Besinnung zur Tat. «Du mußt den Eglihannes fassen und ins Schloß führen», sagte er zum Landjäger. «Der hat gestern ein Mädchen überfahren, das sterben wird, wenn es nicht schon gestorben ist; nimmt man den nicht gleich, macht er sich mit dem Schelmen draus.» «Das geht nicht so leicht», sagte der Landjäger. «Erst muß eine Anzeige gemacht werden, dann ein Befehl gegeben zur Zitation; von Verhaftung wird da kaum die Rede sein einstweilen, besonders wenn Eglihannes für den Schaden gut ist. Das geht nicht mehr so wie unter den Landvögten, wo man den Ersten den Besten mir nichts, dir nichts einsteckt, wenn es dem Landvogt gefällt oder irgend einem Dorfmagnaten; jetzt ist eine andere Ordnung.» «Und was für eine!» fuhr Felix zornig auf, «eine, wo Schelmen und Spitzbuben obenauf sind und ein Schelm dem andern durch die Finger sieht, Mordbrenner Taggeld bekommen und blohnt werden, wenn sie ihre Baracken verbrennen, wo es ist, wie wenn dr Tüfel Junge gha hätt und us syne Junge Landjäger gmacht, für dSchelme z'hüete und die rechte Lüt z'quäle.»

Das stieg nun dem Landjäger zu Haupt, der schön geschnäuzt war auf die neue Mode, eine souveräne Verachtung hatte gegen alle ehrbaren, hablichen Leute und in seiner Uniform einen Freibrief zu haben glaubte zu Betreibung jeglichen Lasters und in dieser Beziehung so verbrüdert war mit seinen Obern, daß er sich auf das Sprüchwort: Eine Krähe hackt der andern die Augen nicht aus, fest verlassen konnte. So was nehme er nicht an, sagte der Landjäger und drehte den Schnauz, am allerwenigsten von einem Aristokraten und Jesuiten, und wenn er es ihm noch einmal sage, so führe er ihn an einen Ort, wo er vergesse, ob der Mond rund oder viereckig sei. «So, du verfluchtes Aas, bist also mehr als ein Landvogt; den Eglihannes willst nicht fassen, mich aber wohl, dazu meinst das Recht zu haben, du Jagdhund, was du bist! Du Halunk und Schelmenfreund, probiers, da nimm mich, wenn du darfst, möcht mal auch dabeisein!» sagte

Felix. Nun, der Landjäger nahm ihn nicht, sondern sagte: «Es pressiert mir nicht, aber warte nur, du entrinnst mir nicht.» «Brauchst deswegen keinen Kummer zu haben, deinetwegen versetze ich keinen Schritt. Ich fürchte mich vor dir und jedem andern Lumpenhund nicht, und sei er, wer er wolle. Man kennt die Brüllhunde und weiß, wieviel mit ihnen ist; zähl darauf, ehe der Gugger noch einmal schreit, wird auf einem andern Loche gepfiffen, dann gibts wieder Löcher für dich und deinesgleichen, und ehrliche Leute werden nicht zu Tode gefahren, bestohlen und abgefaßt, wenn sie es nicht leiden wollen. Und jetzt nimm mich, wenn du darfst», sagte Felix wieder. Der Landjäger hatte aber auch jetzt noch keine Lust dazu, sondern ging und brummelte: «Pressiert mir nicht, entrinnst mir doch nicht.» Er gehörte auch zu der großen Familie, deren Glieder alle äußerst gefährlich sind, solange man sie fürchtet, die aber nichts sind, sobald man ihrer Frechheit einen festen Mut entgegenstellt.

Sobald der Landjäger von Felix nicht mehr gesehen ward, schwenkte er um gegen Eglihannese Haus und stattete ihm Bericht ab über den Vorfall. Obschon Eglihannes nicht mehr zum Regiment gehörte, so herrschte doch noch eine innige Wahlverwandtschaft zwischen ihm und einigen Gliedern desselben, namentlich mit diesem Landjäger, mit dem er im Vertrauen lebte, fast als wie mit einem Bruder. Eglihannes war eben erst so recht strub, sturm und verquollen aus dem Bette gekrochen, als ihm sein Freund diesen Bericht brachte. Schwernot, was der aufbegehrte! Angreifen wollte er auf der Stelle, und zwar auf zwei Seiten: der Landjäger sollte anzeigen, er aber wollte Mannen schicken und zur Abrede auffordern. Der Landjäger war ganz anderer Meinung, der fand die Offensive gefährlich, stimmte durchaus zur Defensive. «Denn erstlich», sagte er, «was soll ich mit dem Anzeigen? Erstlich haben die Herren abwechselnd Schiß oder

Sympathie, aber immerdar eins von beiden. Entweder heißt es: Aber Landjäger, habt doch Verstand, habt ihr kein Herz im Leibe, seid Ihr sozusagen kein Mensch? Donnerwetter, der Mann hat aus Not gefehlt, der ist die beste Seele von der Welt. Donnerwetter, Landjäger, wenn Ihr sechs Kinder hättet und nichts zu essen, Donnerwetter, Landjäger, entweder betteln oder stehlen, oder was wollt Ihr anders? Himmelsackerment, hört, Mann, das macht nicht mehr, sonst muß ich Euch strafen, denn das Gesetz wär da, das Herz mag sagen, was es will, denn ich hab ein Herz, Himmeldonnerwetter! Ich bin auch arm gewesen, ich weiß, wie es einem ist! Ich hab einmal siebenundsiebenzig Tage und sieben Stunden nichts zu essen gehabt und nicht einen Tropfen zu trinken, das war das Verfluchtest, und doch habe ich nichts gestohlen, nicht daß es mir im Auge weh getan, wäre lieber krepiert! Aber das kann nicht jeder! Und wohlverstanden, ich hatte keine Familie, ja, das ist ganz was anderes. Hätte ich Familie gehabt, ja, weiß Gott, was ich gemacht; die armen Kindlein hätte ich nicht hungern lassen, ich hätte gebettelt, und wenn man mir nichts gegeben, nun so dann, so hätte ich gesagt: Gare à vous, Himmeldonnerwetter! Mann, Ihr könnt jetzt gehen, aber machet, daß Ihr mir nicht wieder unter die Finger kommt, dann muß ich, denn das Gesetz ist da. Und wenn der Mann abgetreten und mir einen Schnips unter die Nase gemacht, fährt man mich an: Landjäger, heißt es, wenn Ihr mir noch einmal einen solchen Mann bringt, so marschiert Ihr dreimal vierundzwanzig Stunden hintern, verstanden! Wohl, Ihr sollt mir noch lernen, was Gefühl ist! So heißt es bei den einen Anzeigen. Bei andern tönt es ganz anders. Hört, Landjäger, heißt es, das kann nicht sein, den Mann kenne ich, ich will mit dem Manne reden; das ist einer, mit dem Manne muß man anders umgehen als mit Andern. Der hat eine Gesinnung, wollte Gott, es hätten sie alle so. Aber da fehlts leider, und bei Euch auch, wie es scheint, sonst wüßtet Ihr den Unterschied besser zu machen! Oder es heißt: Braucht doch Verstand, der Mann hat Geld und großen Einfluß, den muß man schonen und nicht kujonieren. Wohl, der könnte eine Suppe anrichten, wolltet Ihr sie ausfressen, Landjäger? Dieser Mann hatte zu Geld und Einfluß noch zwei schöne Töchter, begreift! Oder man zieht ein sehr ernstes Gesicht und sagt: DSach ist wichtig, zählt darauf, das muß untersucht sein, und zwar gründlich. Es muß einmal denen Donnere gezeigt sein, wer Meister ist! Und gehe ich zur vordern Türe aus, läßt man die Andern zur hintern weg, vor mir sind sie daheim und lachen mich tapfer aus. Darum macht nichts aus der Sache, der Ammann ist ein Mann von Einfluß und von hartem Holz; an einen solchen beißt nicht, wer schwache Zähne hat. Viel besser seid Ihr zweitens zweg, wenn Ihr den Angriff erwartet, dann ist das Beweisen an ihnen.»

«Angriff, was Angriff, wenn man erst überfahren, dann geprügelt wurde und endlich noch gescholten! Jawolle, die werden das Angreifen wohl lassen und würden froh sein, wenn ich nichts sagte!» fuhr Eglihannes auf. «Das ist kurios», sagte der Landjäger, «aber dSach wurde mir von verschiedenen Seiten anders berichtet, ehe ds Ammanns Löhl den Lärm mit mir anfing.» Da begehrte Eglihannes gar mörderisch auf: Er wolle dem Schelmenpack mal zeigen, wer er sei, und müßte das ganze Dorf dFinger ufha; die wolle er eintun wie ein Säutreiber dFärli in einen Färech. «Hannes, bsinn dih, wasd machst», sagte seine Frau, die dazukam. «Du bist gestern wieder katzvoll heimgekommen, konntest nicht Babi sagen; hätt ich dir nicht geholfen, so wärest wie ein Hund vor der Türe liegen geblieben. Du weißt nicht, was gegangen ist.» Das kam dem Landjäger ganz wahrscheinlich vor, und noch mehr wahrscheinlich, als Frau Eglihannes ihm noch ein zweites Glas Kirschenwasser einschenkte und mit den Augen dazu blinzelte. Eglihannes begehrte schrecklich auf, vermaß sich hoch und teuer, daß er so nüchtern gewesen als wie ihre Katze und Punktum wisse, was gegangen, da solle ihn niemand brichten! Es wisse niemand besser als er, was voll sei und nicht voll. Aber er mochte fluchen, wie er wollte, seine Frau stand nicht ab, und der Frau glaubte der Landjäger, und Beide dachten, es sei am besten, man rede so wenig als möglich von der Sache. Dreck sei allweg am Stecken und Eglihannes daneben wohl bekannt, und was sie dachten, blinzten sie einander zu.

Man kann denken, wie fuchswild Eglihannes wurde, besonders als er das dritte Glas Kirschenwasser im Leibe hatte. Er sagte Beiden wüst, sagte, wenn er schon keinen Posten habe, so habe er doch noch den Fuß im Hafen und Freunde bis obenaus. Er dürfs wohl probieren und Keiner besser, und wären es sieben Ammann und siebenzehn Statthalter. Es nehme ihn wunder, wie dSach lieg, und fort lief er. Der Landjäger ließ ihn gehen, und als er fort war, sagte er zur Frau: «Brecht ihm ab, er richtet nichts aus, die Leute geigen alle auf einer Note, und auf niemanden soll er sich verlassen. Für mit ihnen zu saufen und so weiter ist er ihnen wohl gut genug, aber da er ihnen nichts mehr helfen kann, werden sie auch keinen Finger mehr rühren für ihn. Dumm sind sie nicht, nur zu den Ästen tragen sie Sorge, von denen sie glauben, sie könnten sich an ihnen noch halten. An allen anderen ist ihnen teufelwenig gelegen.» Man sieht, ganz dumm war der Landjäger nicht und bei Vertrauten noch ziemlich offen.

Eglihannes lief ins Dorf als wie eine Rakete, die am Platzen ist. Wahrscheinlich merkten dies die Leute, denn es wich ihm jedermann aus von ferne, er konnte niemanden zum Stehen bringen. Eine Frau stand am Bach, klopfte auf einem Waschbrett ein altes Hemd wenigstens mürbe, wenn auch nicht rein, und hörte Eglihannes nicht kommen, bis er neben ihr abtrappete. Als sie plötzlich sich umwandte und Eglihannes neben sich sah, erschrak sie, denn er machte ein zornig Gesicht. «Nur sachte», rief sie, «und überrenne mich nicht! Oder meinst, es müsse jetzt alle Tage eine überschossen und gemordet werden?» Das war neues Feuer ins Pulver, und viel fehlte nicht, Beide wären handgemein geworden, denn mit dem Maul mochte Eglihannes von ferne nicht nach. Die Frau war eine alte Wäscherin aus der Stadt, und die haben bekanntlich Mäuler, welche, wenn es ihnen ernst ist, den Rheinfall zum Schweigen bringen würden. Da er des Prügelns sich doch schämte, während die Frau ihn festen Fußes mit dem Hemd in der Hand erwartete, lief er mit einer Drohung, einer schrecklichen Anweisung auf die Zukunft, weiter. Hinter ihm her scholl der Hohn der Frau, die ihn und seinen Namen auf das Entsetzlichste zerfetzte, so daß ein räudiger Hund ein Amor und eine Ehrenperson neben ihm gewesen wäre.

So abgefahren, lief er in brennendem Zorne zum Nägelibodenbauer, fuhr den gar grimmig an, was er für eine Ausstreuung mache wegen dem Mensch, welches gestorben sein solle, und begehrte dasselbe mit eigenen Augen zu sehen und zwar auf der Stelle. Man hätte diesmal nicht mit einem dummen Bauernlümmel zu tun, sagte er. Selb sei noch die Frage, antwortete der Nägelibodenbauer ziemlich gelassen. Allweg könne er jetzt nicht zu seiner Frauen Schwester, der Arzt hätte es verboten. Selb wär kurios, sagte Eglihannes. Er sehe wohl, es sei ein Schelm wie der andere, aber diesmal seien sie am Unrechten, und hinein wolle er. «Setz ab», sagte der Nägelibodenbauer, «hinein kommst du nicht, und einstweilen geht das dich gar nichts an, wie es mit dem Mädchen steht, ob es lebt oder tot ist. Du bist einstweilen für nichts angesucht worden. Wirst du angegriffen, dann kannst du sehen, wie du dich wehrst.» «Das wär kurios, wenn das nicht angegriffen wäre, wenn man einen durch den Landjäger will nehmen lassen, und jetzt will ich wissen, wie die Sache ist!» brüllte Eglihannes. Der Nägelibodenbauer konnte sich weder versprechen noch erläutern, konnte in den ganzen Handel keine Vernunft bringen, konnte nichts anderes als, um Änneli die nötige Ruhe zu bewahren, dem zornigen Mann mit Gewalt und dem Hausrecht drohen, worauf er es nicht ankommen lassen durfte, sondern sich endlich mit der Drohung entfernte, er wolle ihm jemanden senden, der ihn lehre fünfe zählen. Ein solch Schuldenbäuerlein müsse erfahren, mit wem er es zu tun habe, das wolle er bald vor den Hag hinausgestellt haben.

Er lief weiter, aber wie weit er lief, er fand niemanden, der ihm Gehör, geschweige denn recht gab. Er fing allenthalben die gestrige Geschichte an, erhielt allenthalben die Antwort, es könne sein und könne nicht sein, man könne allweg nicht wissen; am liebsten sei es ihnen, gar nichts davon zu hören, was sie nicht beiße, begehrten sie nicht zu kratzen. Eglihannes wollte dem Nägelibodenbauer sogenannte Anschicksmänner schicken, aber niemand wollte ihm gehen. «Was hat er gesagt oder gemacht, worüber soll er zur Rede gestellt werden?» fragten die Angesprochenen. Ja, da wußte der zornige Mann nichts, denn was ihm der Landjäger gesagt, ging ja den Nägelibodenbauer nichts an, und jemanden ins Haus oder nicht ins Haus zu lassen, steht dem Hausvater frei und gibt kein Recht zu gerichtlicher Ansprache. Ausgelacht und abgewiesen, fuhr er endlich in seine Pinte wie ein Stier in einen Krieshaufen und tobte da, daß es seiner Freundin ganz angst wurde, es fange an, ihm im Kopfe zu fehlen.

Indessen, trotz dem allem war Eglihannes doch noch besser dran als Felix. Der Erstere konnte seiner Stimmung freien Lauf lassen, der Letztere nicht. Angst und ein anderes Gefühl wechselten ab in Felix wie das Fieber, wo es einem bald heiß wird und bald kalt. Bald wallte die zornige Angst ihm über alle Gedanken auf, er sah Änneli sterben, Eglihannes lachen, er ballte die Fäuste und dachte: Wart du nur, mit Lachen kommst du mir nicht weg, einen Denkzettel sollst du kriegen für dein Lebtag! Dann sah er Ännelis Augen, wie sie auf ihm hafteten, und wie es ihm lächelte, und wie es so seltsam erwacht war, gerade als er geredet, als ob es seine Stimme kennte. Dann ward es ihm so weich und warm im Gemüte, er hätte weinen mögen, und doch war ihm so wohl dabei, wie einem Kranken an der Frühlingssonne. Er konnte verstaunen, daß es war, als hätte er weder Augen noch Ohren, daß er am hellen Tage auf breiter Straße an die Leute anlief, fast unter die Pferde kam, weil er hinter sich das Gerassel der Fuhrwerke nicht hörte. Die Mutter kriegte große Angst, als sie den Zustand ihres Sohnes sah. Sie ließ ihn nicht aus den Augen, lief ihm allenthalben mit den Fragen nach: «Felix, bist krank? Felix, es fehlt dir, sag mir nur wo? Denke, ich bin deine Mutter, mir kannsts doch wohl sagen, was dir fehlt?» Aber Felix sagte: «Es fehlt mir nichts, was sollte mir fehlen?», und wenn er die Mutter hinter sich merkte, drückte er sich beiseite, sie spielten ordentlich Jagis.

Der Ammann war nicht zu Hause, kam erst abends wieder. Felix starb fast vor Ungeduld; hätte seine Haut sattsam Loch gehabt, er wäre drausgefahren. Sobald der Vater kam, brachte Felix noch vor der Tür seine Klage an gegen Eglihannes und Landjäger und meinte, der Vater sollte noch heute ins Schloß und Anzeige machen; es nehme ihn doch bei diesem und jenem Wunder, ob bei dieser Hagels Regierung die Lumpenordnung so groß sei, daß man ungestraft Leute töten könne. Der Ammann nahm den Handel kaltblütiger. «Es geht, wie es kann und mag, selb ist; drum die Finger weg, wo man sie nicht haben muß. Ist dSach, wie du sagst, wird der Nägelibodenbauer sich schon zu wehren wissen.» «Ja, Vater, wie wollte er, er war ja nicht dabei!» «Dumm», sagte der Ammann, «was brauchts das? Desto besser kann er euch zu Zeugen brauchen, und jetzt schweige mir von der Sache; zähl darauf, ich versetze deretwegen keinen Schritt, deinetwegen kann ich genug Läuf und Gänge haben und Kosten dazu, brauche nicht für die Kurzweil fremde Händel. Aber erzähl mir, wie das zu- und hergegangen. Gestern stürmtest, ich konnte mich wenig darauf verstehen.»

Nun sollte Felix erzählen bei nüchternem Leibe und erzählte, und je mehr er erzählte und sich dabei in Zorn werchete, desto kälter wurde es ihm drunten im Herzen. Er fühlte da drunten, daß nicht alles richtig sei und Eglihannes nicht allein schuld. Aber je mehr er das fühlte, desto zornmütiger zu erzählen zwang er sich und hob ganz schauerlich hervor, wie Eglihannes mit Pigger und Gstabi davongefahren und immer mitten im Wege geblieben, wie ihm auch zugerufen worden. «Aber wenn er doch so unvernünftig gefahren, warum ihm noch vorfahren?» fragte der Vater. «Meinst, den hätten wir voranlassen sollen?» fragte Felix. «Und wo fand man das Meitschi?» fragte der Ammann, statt zu antworten. «Ich habe es nicht aufgehoben», antwortete Felix, «aber ich glaube, beim Hag». «Also unter deinen Rossen?» sagte der Ammann. «Was weiß ich!» sagte mürrisch Felix, «ich hob es ja nicht auf! War es drunter, so war es von Eglihannesens Kaiben daruntergestoßen worden.» «So», sagte der Ammann, «ist das so», stand auf und ging. Das Verhör ward nicht niedergeschrieben, ward nicht veröffentlicht, hatte auf die Welt und ihr Urteil keinen Einfluß, denn bis auf den heutigen Tag wird in der Vehfreude erzählt, wie Eglihannes beinahe ein Mörder geworden und wahrscheinlich einer mit Bewußtsein, doch nicht vorbedacht, wie die superklugen

Juristen sich auszudrücken pflegen, gegen welche der Richter im Himmel allgemach sehr ungebildet hinter der Zeit und dem entschiedenen Fortschritt zurück erscheint.

Felix wußte, wie er mit dem Vater dran war, und zudem begann das Gewissen ihn zu plagen, und zwar arg. Die Frau Ammännin hatte es wie üblich, das heißt wie die meisten Weiber. Diese haben nämlich um so größeres Mitleid mit den Söhnen, je verständiger der Vater mit ihnen umgehet, und stehen ihnen um so ängstlicher bei, je weniger sich die Väter bei ihren Dummheiten oder Verkehrtheiten beteiligen wollen. Die Frau Ammännin billigte das Benehmen ihres Mannes durchaus nicht, sie war durchaus gegen eine solche Neutralität; sie hätte nicht geglaubt, daß er ein solcher Höseler und Fösel sei, sagte sie. «Was willst machen?» fragte der Ammann, «sags! Allweg pressierts heute nicht, es ist morgen auch noch ein Tag, derweilen kann man sehen, was es gibt.» Unwillig wandte sich die Frau Ammännin ab, brummte etwas von «altem Tschalpi», «wunderlichem Trappi», band sich eine saubere Schürze um und wanderte dem Nägeliboden zu. Sie mußte wissen, wie es dort stand und ob nichts gegen den gehaßten Eglihannes zu machen sei.

Diesmal hielts aber schwer für die Frau Ammännin, bis in den Nägeliboden zu kommen; hätte es ihr nicht so sehr pressiert, vor vierundzwanzig Stunden wäre es nicht geschehen. Aus jedem Hause schoß ein, aus manchem Hause zwei Weiber, schlugen die Hände über dem Kopf zusammen und riefen: «Gället doch, Ammännin, was man erleben muß! Daß er ein Wüster ist, wußte man längst, aber einen solchen Uflat und Utüfel suchte man doch nicht in ihm, so mutwillig das arme Kind zu verkarren, und ein Solcher ist noch nicht gehängt, nicht einmal in der Käfi! Aber was will man bei dieser Lumpenordnung, es ist ja niemand mehr seines Lebens sicher. Was sagt der Ammann dazu? Will er so etwas gelten lassen?» Aber die Frau Ammännin verstand das Kurzabfertigen, schlug sich tapfer durch und trat ohne langes Klopfen im Nägeliboden ins Haus. Sie fand keine Tote, auch nicht einmal eine Sterbende. Der Arzt, der zweimal dagewesen, hatte gesagt, er glaube nicht, daß Gefahr ums Leben sei, wenn sich nicht noch ein innerer Schaden zeige, was man freilich nicht wissen könne. Das Mädchen sei angegriffen gewesen, grausam erschrocken, aber Tödliches sehe er nichts, und vor einem Nervenfieber hoffe er sein zu können bei guter Ruhe und Abwart. Selb solle nicht fehlen, hatte die Bäuerin gesagt. Wenn es mit diesem zu machen sei, sei dSach gewonnen. Von dem Lärm im Dorfe hatten sie nichts vernommen, da wie bekannt die Freundschaft mit den andern Weibern nicht groß war.

Die Frau Ammännin war freundlich, trat zum Bett und sah mit Wohlgefallen und Mitleiden das schöne Mädchen, welches bei sich selbsten war und reden konnte, wenn auch mit matter Stimme. Die Frau Ammännin sprach ihm freundlich zu, es solle guten Mut fassen, und wenn es nach etwas Verlangen habe, so solle es es ihr sagen, es müsse es haben, wenn es irgend zu haben wäre. Änneli freuten diese Worte und die Frau Ammännin selbst gar, es lächelte und dankte freundlich. Es mangle ihm nichts, sagte es. «Die Schwester ist mein Engel; ehe ich an etwas denke, steht es da.» «He nun», sagte die Frau, «es wäre gut, es wäre allenthalben so. Hast du etwas nötig?» sagte sie zur Bäuerin; «wo ich dir helfen kann, so sags ohne Umständ, es freut mich, wenn ich was tun kann.» Als verständige Frau säumte sie sich nicht lange. Sie wußte, daß in solchen Fällen mit breitem Gerede niemanden viel gedient ist.

Draußen vor dem Hause stellte sie sich noch einmal und sagte zum Bauer: «Und jetzt, was hast im Sinn mit Eglihannes?» «Denk, nicht viel», sagte der Bauer. «Mit dem Meitschi steht es hoffentlich nicht so bös. Letzi trägt es nicht davon, und wegen einer Entschädnis fange ich keine Händel an. Ich vermag viel besser das Meitschi umsonst krank zu haben als einen Prozeß.» «Der würde doch kurz sein», sagte die Frau Ammännin, «und Euch nicht viel kosten.» «Man kann nicht wissen», sagte Sepp. «Was den Advokaten in die Hände kommt, wird alles ungewiß. Dabei ist die Sache nicht so ausgemacht, wie sie scheint. Nehmt es nicht für ungut, aber ich glaube, es würde schwer auszumachen sein, wer an allem schuld ist, vielleicht alle zusammen. Mir scheint, sie hatten alle wohl viel getrunken; wie alle Eglihannes hassen, wißt Ihr. Sie werden ihm haben vorfahren wollen, da wird alles drüber und drunter gegangen sein, daß eigentlich niemand den Hergang weiß, besonders weil es noch Nacht war dazu. War auch schon dabei, weiß, wie es geht. Daher würde es ein schwer Erlesen sein, und wieviel Verdruß und Unmuße dabei, wüßte man nicht. Gewinnt man, wird Eglihannes nicht schlechter, als er schon ist, und ob man dadurch reicher würde, ist die Frage; man kann heutzutage nie wissen, wie einer steht oder wie ein Schelm dem andern aus der Tinte helfen kann.» «Mach, wie du willst», sagte die Frau Ammännin, «ich will nichts dazu gesagt haben, verstehe mich auf solche Sachen nichts. Gut Nacht, und wenn ich was helfen kann, so sprecht zu ohne Umstände.»

Als sie langsam ums Dorf herumging, um nicht von gwunderigen Weibern angefallen zu werden wie Pferde in einem Blutsaugerteiche von dessen hungerigen Bewohnern, dachte sie zwei Dinge: Das sei ein gut Meitschi, es wäre schade, wenn es nicht am Leben bliebe. Wenn sie es nur erlebte, daß sie einmal eine solche Jungfere bekäme, so eine fleißige und dazu so manierliche; sie stünde ihrem Hause fry wohl an. Der Bauer ging ihr länger im Kopf herum. Erst überschlug sie, ob wohl ihr Mann bereits mit dem Bauer geredet haben könnte, da ja ihre Reden fast auf eins hinausliefen. Sie fand, daß es nicht sein könne. Ihr Mann war ganz von anderer Seite hergekommen, und überdies müßte einer des Andern Erwähnung getan haben, jeder hätte sich sicherlich gern hinter den Andern versteckt oder ihn wenigstens als Autorität angerufen. Oder hat er sich hinter aller Rücken mit dem Eglihannes abgefunden? dachte sie. Kaum, urteilte sie. Eglihannes zahlt ja niemanden einen Kreuzer freiwillig, jeder Tagelöhner und jede Magd muß mit ihm um den Lohn prozedieren, und da es noch dazu dem Meitschi gebessert, so täte er von sich aus keinen Kreuzer. Übrigens hätten es die Weiber gewußt und es mir gesagt, wenn der Nägelibodenbauer und Eglihannes zu einander gekommen und mit einander verhandelt hätten; Beiden brächten sie aus, was sie wüßten. Mich dünkt, es sei bsunderbar gscheit vom Nägelibodenbauer, daß er so sprach, hätte es nicht von ihm erwartet. Felix hatte zu viel Wein, das ist wahr, konnte ja kaum die Tür finden, und besser wird es den Andern nicht gewesen sein, und käme es zu Eiden, so graute mir und ich ließe Felix keinen tun, lieber zahlen, solange etwas da wäre, denn was kann der Mensch geben zum Werte seiner Seele? Es wird viel dran machen, daß es ist, wie mein Mann und Sepp sagen, sagte doch auch Felix, das Mädchen sei unter seinen eigenen Rossen gefunden worden. Das ist brav vom Bauer, daß er an sich selbsten haben will, wofür er eigentlich alle nachnehmen könnte, wenn ich schon dem Eglihannes hätte gönnen mögen, wenn er einmal nach Verdienen hätte herhalten müssen. Aber vergessen muß man nie, daß wer Andern eine Grube gräbt, gern selbst hineinfällt. Hätte nicht geglaubt, daß die im Nägeliboden so wären; es wär gut, es wären alle Leute so, aber es soll ihr Schaden nicht sein. Wenn einmal ihre Kinder nachgewachsen sind und sie brauchen das Mädchen nicht mehr, so nehme ich es als Magd, auf den Lohn kommt es mir nicht an. So kalkulierte die Frau Ammännin auf dem Heimweg.

Dem Manne aber teilte sie ihre Gedanken nicht mit, und sie berührte diesen Gegenstand nicht mehr. Das ist aber auch alles, was man einem Weibe zumuten darf. Den Felix suchte sie auf, um ihn zu trösten. «Hör», sagte sie, «nimm die Sache nicht zu tief. Dem Meitschi geht es besser, ich war im Nägeliboden. Wegen Eglihannes redete ich mit Sepp, er ist ein vernünftiger Mann. Er sei nicht dabei gewesen, sagte er, und wisse nicht, wie es gegangen. Aber er glaube, das Beste sei, er trage den Schaden. Prozedieren gebe nur Ungelegenheit und Kosten, und wenn es Eide geben sollte, könnten Seelen verloren gehen, das möchte er nicht auf dem Gewissen haben.» Felix wollte aufbegehren. Es nehme ihn wunder, ob dem Nägelibodenbauer nicht Beine zu machen seien. «Tue es nicht», sagte die Mutter. «Bsinn dih, wenn du schwören solltest, wie es dir wäre! Dazu warst trunken. Rede es nicht aus! Ich bin zu alt geworden, um nicht zu wissen, ob einer mehr als genug hat oder nicht. Daneben möchte ich auch nicht sagen, Eglihannes habe keine Schuld. Reden ist erlaubt, und was er denkt, kann ja jeder um so unschinierter sagen, wenn dSach nicht erlesen wird.» Felix mußte sich ergeben, die letzten Worte befriedigten ihn in etwas, ward sich seiner Schuld aber durchaus nicht bewußt, wenn ihm auch die feste Zuversicht wackelte. Schließlich machte er den Vorbehalt, die nächste Gelegenheit zu einem Denkzettel zu benutzen, den Eglihannes sein Lebtag nie vergessen solle. Das war die endliche Resolution.

Es war aber auch die allerärgste für Eglihannes. Alle im ganzen Dorfe redeten von seinen schaudervollen Taten, aber niemand griff ihn an; wo er durchging, sah er verdächtige Gebärden, hörte anzügliche Worte und konnte doch mit nichts was machen, erhielt keinen Griff. Er war wie in einem

Schwarm von Hornissen, von denen er aber keine fassen konnte. Er brüllte wie ein Pferd, von Hornissen gestochen, aber all sein Gebrüll änderte an der Sache nichts; er blieb der Besoffene, das Kalb, der Unflat aller Unfläte, der absichtlich ein armes Mädchen überfuhr, und sein Name wird sich nicht ändern, solange er in der Vehfreude genannt wird, und es wäre möglich, daß man nach hundert Jahren den Kindern, welche schreien oder nicht ins Bett wollen, zuriefe: «Wart, der Eglihannes nimmt dich!»

Es würde uns überhaupt nicht wundern, wenn auch unsere Zeit der Nachwelt Kobolde und Spuknamen, mit denen man die Kinder zu Bette jagt, überlieferte. Haben wir doch Leute genug, vor denen uns am hellen Tage graut, wie muß ihr Schatten nach dem Tode den Menschen erscheinen!

SIEBENZEHNTES KAPITEL

Die Abteiltig

Einige Tage nach diesem Vorfall kam ein sehr wichtiger Tag, die sogenannte Abteiltig. Das ist ein dreifach wichtiger Tag, wir möchten es fast das Fest der Erstlinge nennen. Da wird der eingegangene Drittel oder die Hälfte des Kaufpreises verteilt, ungefähr nach der Lieferung von Milch der Anteilhaber, es wird der vorrätige Käs verteilt oder verlost, und endlich ist von der Wiederanstellung des Senns wenigstens die Rede, wenn sie auch nicht erfolgt. Man kann sich denken, was dieses für ein wichtiger Tag ist, für manche Haushaltung was ein schöner Regen für einen Kabis- oder Bohnenplätz nach sechs Wochen Tröckene. Vom Mai bis in den Oktober hat man weder Anken noch Milch verkauft, wenig Eier, dieweil im Sommer die Hühner entweder brütig sind oder sich mausern, anderes hat der Bauer im Sommer wenig zu verkaufen, es sei denn, er habe Mehrjähriges im Vorrat; und doch braucht er im Sommer viel Geld, hat fremde Leute und Handwerker, braucht viel Kaffee und Essig zu Specksalat und grünes Fleisch, besonders an der Sichelten. Ach, wie oft hat die Bäuerin Not gelitten und Angst ausgestanden, wenn sie um Geld fragen mußte zu nötigen Dingen, wenn sie gar einmal schröpfen oder zu Ader lassen wollte oder sogar baden gehen! Jetzt kams wieder, jetzt ging der Mann, Geld zu fassen, am Abend kam welches ins Haus, ein ganzer Bündel; man denke, wie das ein Blangen sein, wie starke Gemütsbewegungen es geben mußte. Wie oft wohl ward an selbigem Tag überschlagen und berechnet, wie groß der Sack sein müßte, in welchem man das Geld nach Hause tragen könnte!

Die Anstellung des Senns ist sehr oft von großer Bedeutung, erregt fast noch mehr Bewegung und Spannung als die Geldfrage, und zwar nicht einmal wegem Käsen oder wegen der Ehrlichkeit, sondern wegen etwas ganz anderm. Ist der Senn verheiratet, so hassen gewöhnlich alle Weiber seine Frau; wenn er sie bei sich hat, muß er sie entweder wegtun, oder es wird ihm der Dienst aufgesagt. Die guten Weiber, welche so mager mit der Milch abgespiesen werden, Nidle gar keine mehr brauchen sollen, können es gar nicht ertragen, eine Einzige im Dorfe in Milch und Nidle sitzen zu sehen wie eine Wachtel im Hirse und morgens und abends und wenn sie sonst noch mag den schönsten Nidlekaffee machen zu können ganz nach Belieben. Nun gibt es wirklich Senninnen, besonders wenn sie vorher magere Bauerntöchter gewesen, welche sich diese Lebweise ganz absonderlich behagen lassen. Es gab zu N. N. eine, die keinen andern Kaffee kaufte als Mokka, das Pfund für zehn Batzen, während vornehme Weiber meinen, wie sie sich angreifen, wenn sie für das Pfund vierundeinenhalben Batzen geben. Dazu brauchte sie dicke Nidle, welche kaum laufen konnte; das schmeckte ihr. Die Weiber im ganzen Bezirk bersteten aber vor Neid, und im Herbst konnte der Mann wandern. Gar vielen Senninnen dagegen wird eine solche Lebweise sehr lästig, und sie beneiden die Bäuerinnen um ihre Speisen so sehr wie diese sie um Butter und Nidle, und von Herzen gern würden sie mit ihnen tauschen. Da hilft aber alles nichts, ob gern oder ungern, darauf treten die Weiber nicht ein; es soll einmal Keine im Dorfe sein, welche im Überflusse hat, an was die Andern Mangel leiden und den Mangel bitter fühlen.

Ganz anders gestaltet sich die Frage, wenn der Senn keine Frau hat, sondern noch zu haben ist. Hier wird die Sache verwickelt, weil dessen Gunst zu verschiedenartigen Zwecken gesucht wird, von den einen Weibern, um zu einem Tropfen Nidle zu kommen ohne viel Geld, von den andern um ihrer Töchter willen, wobei natürlich die Töchter selbst eine bedeutende Rolle spielen. Frau Sennin zu werden ist lockend, ist besser als manches Staatsamt; der Posten ist lebenslänglich, der Lohn ist groß, und so den ganzen Sommer Milch und Nidle genug und Butter im Überfluß, wem sollte bei solcher Aussicht der Mund nicht süß werden! Je nachdem nun der Senn sich zu gebärden weiß, Hoffnungen erregt oder Täuschungen sich hat zuschulden kommen lassen, gestalten sich die Stimmungen, gruppieren sich die Parteien. Diese werden begreiflich durch die Männer vertreten, da die Weiber einstweilen noch schweigen müssen in der Gemeinde. Diese Männer wissen aber zumeist gar nicht, worum es sich eigentlich handelt; sie vertreten eine Meinung, deren Ziel ihnen durchaus unbekannt ist, deren eigentliche Motive sie nicht ahnen. Die Weiber sind darin aus Instinkt durchaus wie die Radikalen, sie lassen es sich nicht von ferne merken, was sie eigentlich möchten und wohin sie steuern; sie wissen, was sie für handgreifliche Liebkosungen zu erwarten hätten, wenn die Männer die Tendenzen merkten. Mit diesen halten sie wohlweislich hinterm Berge und spielen mit den Männern Blindekuh, bis dieselben auf die Falle trappen, welche ihnen gelegt ist. Man sieht: wie die Erde rund ist, daher eigentlich nirgends oben oder unten ist, so ists im Grunde auch mit der Menschheit; da ist nichts oben, nichts unten, nichts hinten, nichts vornen, sondern sie ist überall die gleiche; drehe man sie, wie man will, kriegt man immer die gleichen Menschen in die Finger.

Diese Abteiltig wird entweder im Wirtshause abgehalten oder in der Käshütte. Wo das Letztere der Fall ist, da gestaltet sie sich am naturgemäßesten. Nach abgetanen Geschäften wird da der Versammlung durch den Senn aufgewartet mit eigenen Produkten. Ein Käs wird in große Stücke zerhauen, diese auf den Tischen verteilt. Dazwischen stehen Näpfe mit Nidle und Ankenbällchen, schwarze Brote liegen herum, vor jedem Platze ist ein Kaffeekacheli und ein Löffel. Da lassen sich nun die Männer so recht wohl sein, und jeweilen einer packt ein, als ob er reisen wollte bis nach Kalifornien, ohne weitern Mundvorrat einnehmen zu müssen.

Diesmal kam die Versammlung nicht so vertrümpelet zusammen wie sonst. Ziemlich zu rechter Zeit waren alle beisammen, und zwar in der Käshütte. Vorerst wurde das Geld so ungefähr verteilt, die eigentliche Rechnung wird im Frühling geschlossen. Was das für vergnügte Augen gab, als man wieder einmal so recht ordentlich Geld beisammen sah, und wie behaglich es denen wurde, die ihre Portion in der Tasche hatten; sie brachten die Hand gar nicht davon weg und mochten fast nicht warten, bis sie daheim es wieder ausleeren, gschauen und zählen konnten. Einige hatten hundert Taler empfangen, Andere freilich viel weniger, als sie gedacht; sie hatten sich zu ihren Gunsten verrechnet, wie es ja größern

Rechenmeistern, als die meisten Vehfreudiger waren, nur zu gern zu geschehen pflegt, sie hatten an die dreißig nichtverkauften Käse nicht gedacht, an dieses und jenes nicht, daher das Behagen nicht ein vollständiges war.

Mit besonderm Nachdruck hatte der Ammann das Hüttengeld in einem großen Sacke wohlgezählt auf den Tisch gestellt, daß es weitherum erklang. Da sei es, hatte er gesagt, er habe saubere Finger, es könne es jeder zählen, wenn er wolle, aber hintendrein solle ihm niemand etwas nachreden, und tue es einer, solle er sich in acht nehmen, gnädig gehe es dem nicht ab. In seinen Nutzen hätte er den ganzen Sommer keinen Kreuzer verwandt, wie er einen empfangen, ihn zum andern gelegt. Er habe es auch nicht nötig gehabt, er sei gottlob nicht auf der Tröckene daheim; den Herrn zu machen begehre er nicht, und begehre er es, so vermöchte er es mit eigenem Gelde und brauchte es nicht dem Lande abzustehlen oder sonst jemanden. Eglihannes, dem diese Worte galten, kriegte den Schnupf in die Nase. Es sei kommod so, sagte er; wers hätte, brauche es nicht mehr zu stehlen, und noch kommoder sei es, daß nicht jeder Kreuzer, den man hätte, das Zeichen trüge, wie man ihn erhalten. Es täte Mancher weniger groß, wenn die Kreuzer gezeichnet wären: gerecht oder ungerecht. Am kommodsten kam es dem Eglihannes, daß der Ammann jemanden Bescheid geben mußte und die letzten Worte nicht hörte.

Darauf wurden die halbfetten Käse verteilt, welche vor und nach dem eigentlichen Mulch gemacht und zumeist ins Haus gebraucht werden. Sie sind recht gut; wer nicht bei ganz guten verwöhnt ist, würde sie vortrefflich finden. Sie sind sehr kommod, ziehen manche Hausfrau aus der Verlegenheit, wenn sie etwas aufstellen soll und nichts in Bereitschaft hat. Fleisch muß man bekanntlich erst kochen, ehe man es brauchen kann, und die Butter muß süß sein in der

Schweiz, wenn man jemanden damit aufwarten will. So ein Käs ist nicht unbequem. Eine verständige Hausfrau kann hier oder dort aus ein Pfündlein fliegen lassen und zu einem Kreuzer Geld kommen, der Mann ärgert sich nicht darob, dieweil er es nicht merkt.

Nun kam man an die ausgeschossenen fetten Käse, was nun mit denen? Da war guter Rat teuer. Sollte man sie auch zerhauen oder verteilen und dann jeder mit seinem Stück marketenden lassen nach Belieben? Sollte man sie alsbald versteigern Stück um Stück? Hatte ja doch jedermann Geld bei sich, um das Ersteigerte alsbald zu bezahlen. Oder sollte man alles auf Rechnung der Gesellschaft samthaft oder stückweise an Mann zu bringen suchen und dann im Frühjahr den Erlös mit dem Übrigen verrechnen? Das waren Fragen. Da wars, wo dem Eglihannes sein Einmischen und sein Käsherr stark in die Nase gerieben wurden. Hätte man den Männern geglaubt, wäre man jetzt draus und dänne und wüßte, was man hätte. So kriege man vielleicht gar nichts oder ein Gstümpel, hier einen Batzen und dort einen Batzen, daß man nichts damit machen könne, daß es sei wie nichts. Er werde aber wohl gewußt haben, warum er so geredet, sein Schade werde es nicht gewesen sein. Es sei aber gut für ein andermal, Erfahrung bringe Wissenschaft. Eglihannes blieb die Antworten auch nicht schuldig, ließ sie in den letzten Vorfall hinüberstreifen, erhielt scharfe Rückfuhren, doch so gestellte, daß er nichts damit machen konnte.

Die Verhandlung hätte sich ins Unendliche gezogen und wer weiß, zu was noch, wenn nicht weisere Männer zum Abschluß getrieben hätten. Käs nehmen noch einmal und ihn im Kleinen verschachern war den Meisten zuwider, das Versteigern ebenfalls. Die Meisten brauchten das Geld nötig, brachten es wenigstens erst gern vollständig nach Hause, zeigten es den Weibern, von denen sie wohl wußten, daß sie ungläubig waren wie Thomas und an des Geldes Existenz nicht glaubten, bis sie die Hände darauf legen konnten. Der Ammann und Einige hatten wohl Geld, aber anderes zu tun, als um Käs zu handeln. Einige zeigten Lust zum Kaufen, aber sie wollten ihn weit unter dem Preis und nicht um bares Geld, mit dem wollten sie warten, bis es sich ihnen wohl schicke. Das Blut ward heiß, die Worte giftig. Da sagte Eglihannes: «Ume hübschli und nicht so obenherab. Bis im Frühjahr zur Käsrechnung will ich die Käse verkauft haben und das Geld schön darlegen, es nähme mich dann wunder, was da aufzubegehren sei.» Wenn es so wäre, wenn man darauf gehen könnte! hieß es hier und dort. «Selb wär kurios, wenn man nicht darauf gehen könnte», schrie Eglihannes, «mit dem Gelde laufe ich nicht fort, nicht nach Amerika, das wäre mir noch zu wenig!» Und wer den Vorschlag von Eglihannes ermehrete und ihm den Verkauf der ganzen Partie übergab, das waren unsere Vehfreudiger – so konsequent waren sie! Offen redete kein Mensch dagegen, und das Gemuckel von Einigen, das gefalle ihnen nicht, wenn man das Geld nur schon hätte, Versprechen und Halten seien zwei, ward nicht gehört. Möglich, daß aus einer gewissen Schwäche, um nicht in der Minderheit gesehen zu werden, selbst diese noch die Hände aufhoben.

Nun gings ans dritte Geschäft. «Und mit dem Senn, wie wollt ihr es da? Gebt eure Meinung», sagte der Ammann, welcher dachte, das sei eine abgemachte Sache, den gegenwärtigen dinge man nicht mehr. Es war den ganzen Sommer über ein Gemuckel über ihn gewesen wegen diesem und jenem, und den Meisten war er nicht anständig, weil er der radikalen, kleinen Partei sich angeschlossen hatte, dem Eglihannes und dem Schulmeister, und mit diesen im Wirtshause das große Wort führte. Darüber zürnte ihm besonders der Ammann, der nicht gewohnt war, daß ihm ein Untergebener widersprach, besonders im offenen Wirtshause, daß einer, der Lohn bezog und nicht da daheim war, sein Maul in alles hing und noch dazu Partei machte, das sogenannte untergebene Volk bearbeitete und auf Wahlen einen Einfluß zu üben versuchte, Leute lästerte und heruntersetzte, welche er, der Senn, nie gesehen, der Ammann aber liebte und schätzte. Das konnte der Ammann nicht verwerchen; er dachte, es hätten es alle wie er, betrachtete die Sache als ausgemacht, verständigte sich daher nicht weiter mit jemanden darüber.

Aber der Senn war ein hübscher Bursche, ledig, mit anfechtigem Maul begabt, von dem die Sage ging, er habe schönes Vermögen, gespartes und ererbtes, wer ihn zum Manne kriege, mache einen guten Schick; zudem mochte er auch etwas von dem klugen Haushalter gehört haben, der mit dem ungerechten Mammon sich Freunde machte. Nur statt ungerechtem Mammon mag er ganz unschuldige Nidle gebraucht haben, hier ein Tröpflein, dort ein Tröpflein. Was schadete das der Bauersame! Sie hatte nicht desto weniger Käs, und wenn der Kaiser von Rußland den Käs etwas minder fett aß, so schadete das sicher seiner Gesundheit nichts, und lebte die Bäuerin, oder wen er beschenkte, so wohl am Tröpflein Nidle, warum ihr das nicht gönnen! Diesem Tröpflein spürten sie durchaus keine Politik an, es war fett und süß, wie Nidle ist, was sollten sie sich daher um des Senns Politik kümmern! Und kümmerten sie sich darum, so waren sie seiner Meinung. Einer, der es so gut mit ihnen meine, während ihre Männer Ufläte seien, sei ein rechter Bursche, meine es mit allen gut, habe am kleinen Finger mehr Verstand als die Andern alle zusammengenommen an Händen und Füßen. Die Andern seien nur neidisch auf ihn, könnten ihm auch nicht vorhalten, er sei ein Fötzel, der sei von gutem Haus und sitze im Trocknen. Das Meitschi, welches den bekomme, sei zehnmal glücklicher als das, welches so einen hundshärigen Gnägibauer bekäme, wo ein Hund gegen ihns ein Herrenleben hätte, sein Gutleben in Kindbett-liegen sei und es nie Sonntag habe jahraus, jahrein, als wenn der Mann ein Zinslein zu vertragen hätte. So stand der Senn im Glanz hinter des Ammanns Rücken bei der weiblichen Bevölkerung, und wenn sie politische Rechte gehabt hätte, wie es vor Gott und Menschen eigentlich billig wäre und kürzlich in einem Club in Bern der Antrag gestellt worden sein soll, so wäre sie ihm nachgefolgt durch Dick und Dünn wie die Kinder zu Hameln dem Rattenfänger, und er wäre ihr Präsident geworden wie Louis Napoleon der Präsident der Franzosen. Der Senn war aber auch ein Pfiffikus, stand auf hohem, allgemeinem Standpunkte; bis zur Stunde wußte man nicht, wer seine Auserkorene sei, aber jede lebte in sicherer Hoffnung, daß wenn einmal diese Stunde komme, es keine Andere sei als sie. Das ist eine Kunst, welche die wenigsten Sennen verstehen; sehr viele verplämpern sich, so-bald sie Herr in einer Käshütte werden, ungefähr wie Kron-prinzen auch alsbald heiraten, sobald sie auf den Thron kommen, manchmal sogar schon früher.

Die meisten Männer kamen zur Versammlung mit dem Gedanken, sie wüßten nichts anderes, als es verstehe sich von selbst, daß man den Senn wieder anstelle. Es wäre wohl was zu sagen, aber was die Hauptsache sei, das Käsen verstehe er, und wenn die Sache recht gehe, mache er rechte Käse, gegen die letzten habe ja niemand etwas gehabt. Was man an ihm habe, wisse man jetzt, was man mit einem Andern bekäme, das müßte man erst erwarten. Wie den Männern allen diese Gedanken gekommen, das wußten sie wahrscheinlich nicht, wohl ungefähr so wie die Nastücher in die Taschen und die Halstücher um den Hals: sie brachten sie einmal mit.

Unter den wenigen Weibern, welche eine Ausnahme

machten, war die Frau Ammännin und Eisi im Dürluft; die Frau Ammännin aus bereits bekannten Gründen, Eisi im Dürluft dagegen aus sehr begreiflichen andern Gründen. Wie bekannt, haßte es den Schulmeister ganz kannibalisch; sobald es hörte, der Senn sei dessen Kamerad, haßte Eisi auch den Senn und glaubte, jeden Tag mit mehr Grund. Der Senn machte ihm niemals so viel Pfund Milch auf, als es gesandt zu haben meinte, fluchte noch oft darüber, ließ ihm die schnödesten Sachen sagen, die fast klangen wie Sau, Kötze, Dreckloch und solche angenehme Titel mehr. Eisis Bub war grober Art, wie wir wissen, und je mehr die Mutter den Senn haßte, desto ungattlicher tat der Bub, desto unverschämter war derselbe. Der Senn verstand nicht Spaß und streckte ihm einige Male die Haare, als ob er sie zu Besenstielen verbrauchen wolle. Das vermehrte begreiflich Eisis Zärtlichkeit nicht und machte seine Zunge nicht süßer, sondern spitzer. Es redete dem Senn die greulichsten Dinge nach; wenn man Eisi geglaubt hätte, der Senn wäre nicht nur in keinen Schuh gut gewesen, sondern überreif für das Schellenwerk, dem Teufel viel zu schlecht, er hätte ihn sonst längst genommen. Eisi machte aber keinen Eindruck bei den Andern, man hatte seinen Spaß damit, und je besser man es mit dem Senn zu können glaubte, desto größere Freude hatte man an der Ungunst, in welcher Eisi stand, und desto fleißiger trug man dem Senn zu, was Eisi über ihn gesagt. Das arme Eisi war verraten und verkauft.

Eisi wollte grausam viel in die Käserei geben wegem Hochmut, aber daheim doch auch etwas haben wegem Gutdünken; sein Bub mußte ihm daher fast allemal etwas zurückbringen aus der Käserei: Butter, Zieger, Nidle usw. Das wurde aufgeschrieben ins Soll, um es bei der Rechnung gegen das Haben zu verrechnen. Man kann sich denken, wie der Senn das gab, besonders wenn er Ausstreuungen von Eisi vernommen hatte. Wie Eisi das Nehmen aus der Käserei sich vorstellte, ob etwa nach dem Grundsatze: Wer uvrschant ist, lebt dest bas, wissen wir nicht. Allweg kann man sich denken, daß der Senn da den klugen Haushalter mit der Nidle nicht spielte, sondern den ganz getreuen, der lieber eine Halbe zu viel aufmachte als einen Schoppen zu wenig. Eisi im Dürluft hatte noch keine heiratsfähige Tochter, nach Liebe zu trachten kam ihm nicht in Sinn, mit seinem Peterli war es vollständig zufrieden bis auf einen Punkt. Es war der Punkt, worüber man sich zuweilen bei einem Haushund beklagt: er belle nicht gehörig und beiße niemanden, selbst in Notfällen nicht. Eisi mochte ihn, das heißt den guten Peterli, hetzen, wie es wollte, weiter als bis zum Knurren brachte es ihn nicht.

Diesmal nun hatte es sich zusammengenommen, als es Peterli zur Versammlung sandte, hatte ihm bündig zusammengefaßt, was er sagen solle und durchdrücken. Eisi war keine so einfältige Person, wie es sie in der Eidgenossenschaft gibt, die ihre Peterli ohne Instruktionen senden und es dem Winde überlassen, ob sie heute dies und morgen jenes erkennen, je nachdem der Wind weht, hierher und dorther. Wir haben bereits gesehen, wie Eisi an seinen Instruktionen festhielt und ihnen Nachdruck zu geben wußte. Diesmal hatte wie gesagt Eisi Peterli mit besonderem Ernst seinen Willen, den er zu vertreten hatte, kund getan. «Laß dich nicht betrügen», hatte es gesagt, «das Geld bringe mir beim Kreuzer heim und einen Käs dazu, aber einen guten, und mach, daß der Senn fortkommt, und wenns möglich ist, mit einem Schlemperlig! Es müeßt dr Tüfel tue, wenn man dem nicht eine Karrete anrichten könnte, wo ihm den Appetit stellte sein Leben lang! Sag nur, wie er es uns gemacht habe, bschissen und betrogen auf alle Art, daß es gar keine Gattig hat. Tu sMaul auf und brings recht füre, es geht wie gschisse, wed awengst, und wengst nit a, so lue, wie es dir geht!»

So war Peterli abmarschiert und hatte bei dem ersten Teil der Instruktion getreulich sich gestellt. Das Geld hatte er beim Batzen eingesacket, aber viel weniger, als er und sein Eisi es sich ausgerechnet. Den Käs hatte er bekommen, aber einen viel größern, als ihm eigentlich lieb war. Er dachte bei sich, sie hätten es bisher ohne viel Käs machen können, er wüßte eigentlich nicht, warum es jetzt anders gehen solle. Es hatten ihm aber alle zugeredet, er solle den nehmen, das sei e bsunderbar guter, so einen bekomme er nie wieder. Mit dem Dritten nahm er es leicht. Er dachte, wenn ein Bauer was sage gegen den Senn, so sei es richtig; so schlecht seien die Leute doch noch nicht, daß ein Bauer gegen einen Knecht hintenabnehmen sollte. Es werde nicht einmal an ihn kommen, daß er etwas sagen müsse, es werden Andere auch noch sein, die sich zu beklagen hätten. Als nun der Ammann fragte: «He nun, und der Senn? Gebt eure Meinung», da blieb es still, da blieb es lange still, man hätte eine Fliege surren hören. Endlich sagte Peterli: «He nun, wenn niemand was sagen will, so will ich meine Meinung abgeben, daß man den gehen lasse und einen Andern dinge, von wegen dessen, er ist mir erleidet u Eisin, dr Frau, o.» Darauf sagte niemand ein Wort; der Ammann mahnte wiederholt zum Reden, kein Wort. «He nun», sagte er endlich, «es ist eine einzige Meinung da, wo dr Bauer im Dürluft abgegeben. Mit Schein seid ihr alle seiner Meinung, daß niemand dagegen redet. Oder wer es anders will und meint, man solle den jetzigen Senn behalten, der hebe die Hand auf.» Potz, kamen da nicht nach und nach alle Hände in die Höhe bis an die vom Ammann und von Peterli! «Versteht mich recht», sagte der Ammann, «ich habe nicht gemehret, wer Peters Meinung sei, sondern wer dagegen sei und den Senn behalten wolle. Ich will das Mehr noch einmal machen, den andern Weg, umgekehrt. Also, verstehts recht: wer Peters Meinung ist und den Senn nicht mehr will, sondern einen Andern, der bezeuge es mit dem Handmehr», und hoch hob der Ammann seine Hand auf, und hoch hob sie Peterli auf, sonst Keiner mehr. Als lange allein hoch oben die beiden Hände geschwebt, rief der Ammann ungeduldig: «ZDonner, kann ich denn heute nicht abmehren, daß ihrs versteht! Wer ihn nicht mehr will, hebe dFinger auf!» Hier und da zuckte es aus alter Gewohnheit in einigen Fingern, aber es ging keine Hand in die Höhe, die Beiden blieben allein.

«So», sagte der Ammann, «ists so gemeint. He nun so dann, so behalte ihn, wer ihn behalten mag. Ihr werdet ihn gefragt haben, ob er auch bleiben wolle?» «Apart nicht», sagte endlich einer; «geredet ist worden davon, aber nie z'grechtem». «He nun», sagte der Ammann, der auch so eine Ahnung hatte, wie man hintenher einen Beschluß am Schwanz fassen und mit ihm noch günstig manövrieren könne, «so fragt es sich doch noch, wie ihr ihn anstellen wollt, ob im gleichen Akkord, oder ob etwas daran geändert werden soll?» «Was ist deine Meinung, Ammann?» sagte endlich einer; «du warst Hüttenmeister, du weißt am besten, ob da etwas zu ändern wäre.» «Ich habe nichts mehr zur Sache zu sagen», sagte der Ammann; «die, welche ihn par force wieder wollten, mögen jetzt zusehen, was sie machen. Aber das kann ich sagen, ihr Manne, alles ist nicht im Gleise gegangen; dem Senn ist der Ringge nicht genug eingetan, es geht dem viel zu viel Geld durch die Finger, und was sonst noch ging, davon reden ja die Kinder auf der Gasse. Daneben kann ich mir alles gefallen lassen, kann ich ja austreten oder nicht, wie es mir gefällt. Einmal mehr Lohn würde ich nicht geben. Schießet meinethalben Zwei aus, die sollen mit ihm reden, die können ihm sagen, es sei da am Akkord oder am Reglement etwas zu ändern; wenn er es sich gefallen lassen wolle, so sei man Sinns, ihn zu behalten, sonst werde man müssen um einen Andern sehen. Das ist meine Meinung, daneben macht, was ihr wollt, ich kann mir alles gefallen lassen.» So sprach die beleidigte Majestät. Das Volk war sich der Beleidigung bewußt, wollte sie gutmachen, wollte ihn ausschießen; er aber nahm es nicht an, ließ Andere wählen, die mit dem Senn zu reden hatten, aber nicht heute, sonst gäbe es eine Versammlung bis Mitternacht, er aber sei lieber früher im Bette. Das wurde auch erkannt, kurz es würde jetzt alles erkannt worden sein, was der Ammann vorgebracht hätte. Man sieht, die Vehfreudiger waren für diese Zeit noch bescheidene Leute, sie begnügten sich mit dem Finger, begehrten nicht die ganze Hand; sie hielten Maß mit ihren Errungenschaften, sie stürmten nicht von Konzessionen zu Konzessionen, bis sie das ganze Haus auf den Kopf gestellt.

Der Ammann wollte sich das ländliche Mahl, zu welchem man jetzt ging, nicht noch mehr verbittern lassen, fehlte ihm doch bereits der Appetit. Sage man nichts, es geht wohl kaum ein Bissen schwerer den Hals ab als ein solches Abgemehretwerden, wenn man sonst gewohnt ist, aufs Kommando die Hände sich in die Höhe heben zu sehen wie bei den Soldaten auf den Ruf: «Bajonett auf!» Das ist eine bittere Pille und um so bitterer, je ungesinnter sie kommt. Und arg ists erst, wenn man sie vielleicht hätte vermeiden können und daheim eine Frau hat, welcher das Ding auch nicht gleichgiltig ist und diese Pille dem Manne wohlgekaut wieder und wieder zu schlucken geben wird.

Wenn ein Schwinger, der lange der Stärkste gewesen, zum ersten Male überwunden auf dem Rücken liegt, nun ein Stärkerer über ihm ist, er kann es auch nicht verdauen, er findet lange sein gemütliches Gleichgewicht nicht wieder, und doch ist ein Schwinger noch lange kein Ammann! Noch dazu zweimal an einem Abend es erfahren müssen, daß man nicht allein Meister sei, ist wohl stark für einen Ammann. Denn daß man just jetzt noch dem Eglihannes den Verkauf der Käse übertrug aus kurzsichtiger Politik und selbstsüchtiger Bequemlichkeit, war ihm nichts weniger als recht, und doch litt er an der Letztern so gut als die Andern, denn niemand besser als er hätte billig die Käse kaufen können. Aber da er nicht schuld war, daß sie noch da waren, wollte er sich nicht damit befassen, den Andern nicht aus der Verlegenheit helfen. Das wäre ja dumm von ihm, meinte er. Aber man werde sehen, was das für ein Gchafel gebe, sagte er; wo der Eglihannes seine Finger hineinstecke, da gehe es unsauber zu. Nun, ihm sei es insofern gleich; wenn es zu verlieren gebe, vermöge er es so gut als ein Anderer.

Indessen, wie tief es dem Ammann auch ging, ging es ihm doch nicht so tief wie dem Karl Albert von Sardinien, als ihn der Radetzki zum zweitenmal geschlagen hatte: er dankte als Ammann nicht ab, er lief nicht, bis daß er nicht weiterkonnte, bis an die Spitze von Europa ans Meer, er lief nicht einmal heim. Dahin komme er noch lange früh genug, wird er gedacht haben. Er lief nicht weiter als mit den Andern zu Tische, wo er neben den Nägelibodenbauer zu sitzen kam. Der Ammann hatte sonst auf diesem viel und manchmal gesagt, wenn der zwegkommen möge, so gäbe es einen rechten Gemeindevater; aber jetzt war er unzufrieden mit ihm und konnte sich nicht enthalten, es ihn merken zu lassen. «Haltet es nicht für ungut, Ammann», sagte der junge Bauer, «daß ich diesmal nicht Eurer Meinung war. Aparte Ursach, für den Senn zu stimmen, wie vielleicht Andere, hatte ich nicht; er tat mir weder was zu leid noch was zu gunsten, er ließ uns ruhig und wir ihn. Daneben will ich nicht sagen, daß nicht manches gegangen sein mag, was nicht hätte sein sollen, und wo man zusehen muß, wenn man kann, aber vor allem wird man niemals sein können. Daneben können wir für das erste Mal noch so ziemlich zufrieden sein, ich habe es nicht einmal so erwartet. Mir war angst, wir erhielten eine starke Ohrfeige, und ich muß sagen, sie hätte mir weh getan, denn der Gattig Ohrfeigen mag ich nicht wohl erleiden. Ich weiß, wie man an andern Orten mit Sennen zweg kam, der ganze Sommernutzen verloren ging, weil sie nicht zu käsen verstanden oder ins Ungfell kamen, daß sie nichts mehr machen konnten, oder die Halunken machten, daß es mit Pelzhandschuhen zu greifen war. So ging es bei uns nicht, wir wissen, was wir haben, aber was wir bekämen, das wissen wir nicht.» «Das wäre wohl gut», sagte der Ammann, «aber mir ists wider dHand, einen solchen Lümmel im Dorfe zu haben, den wir bezahlen und der den Meister machen will. Wenn der recht zPlatz käme hier, der würde uns den Marsch machen, daß von uns Keiner mehr Weite hätte im Dorfe; er und das Schulmeisterli jagten uns zum Dorfe hinaus.» «Selb ist nicht so gefährlich», sagte der Nägelibodenbauer, «die muß man brüllen lassen und sich ihrer nicht achten, bis sie ausgebrüllt, dann schweigen sie von selbst; die Hauptsache ist, daß er gut käse, und das tut er, und wenn es sein Vorteil ist, wird ers auch das andere Jahr. Es wäre gut, man könnte vom Schulmeisterli das Gleiche sagen; aber da sieht es bös aus, da sollte man ändern. Es ist himmelschreiend, wie es in der Schule geht und was der Schulmeister für Reden führt.»

Die Beiden waren auf dem Punkte, in die Pädagogik hineinzugeraten, als Peterli ihr Zwiegespräch unterbrach und zum Ammann trat. «Hör, Ammann», sagte er, «sind ich und du die Einzigen mit Verstang hier im Dörfli, wo auch in dSach hineinsehen und begehren, daß die Kirche mitten im Dörfli bleibe? Ich muß sagen, dSach ist mir zwider, und ich darf beim Schieß nicht heim – was wird Eisi sagen! Viel zu wenig Geld und dr Senn obendrein, den es hasset wie den

Teufel: es schießt mir beim Schieß in die Haare. Du, was fang ich an?» Es mußte Peterli wirklich eng ums Herz sein, daß er ein solches Bekenntnis ablegte, zwar, wie er meinte, bloß dem Ammann; denn auch dem besten Freund bekennt man sonst die Angst vor der Frau nicht gern. Aber Peterli konnte, wenn er schon meinte und zwischen den Ammann und dessen Nachbar sich hineingedrängt, daß sie einander fast Plätzen abmachten, nicht flüstern, daß Andere es nicht auch verstanden. Flüstern und blicken, daß es niemand merkt oder versteht, sind Künste, welche selten ein Peterli versteht. Das war Wasser auf die Mühle, war wie ein Hase, auf dessen Fährte ausgeruhte Jagdhunde ungsinnet kommen.

«Peterli», rief einer, «was sagst, was macht Eisi, wenn du heimkommst? Peterli, weißt noch, wie es dir es gemacht hat, als du heimkamest und es meinte, es sei eine Schule erkannt worden und nicht eine Käserei?» «Weißt nicht», sagte ein Anderer, «wie es ihm eine Wolke Haare ausgerauft hat, daß wenn die Sonne am Himmel gestanden und die Wolke vor dieselbe gekommen wäre, die Leute geglaubt hätten, es sei eine Sonnenfinsternis vorhanden?» Peterli hatte nicht daran gedacht, daß um dieses Eheereignis noch jemand wüßte außer Eisi und sein eigener Backenbart. Er hatte es wie die meisten andern Leute: er meinte, die Welt wisse nichts von ihm, als was er gut finde, ihr selbst zu sagen. Er erschrak anfangs über diesen unerwarteten Angriff, wollte mit Verneinen und Leugnen sich helfen. Er sah aber bald, daß er nicht auslangte, und nahm die gleichen Waffen zur Hand, mit denen er angegriffen ward: er fuhr retour, wie man sagt. «Du wirst meinen, meine Frau tue jetzt, wie deine getan hätte, wenn man den Senn nicht mehr gewollt? Das hätte Längizyti gegeben!» Einem Andern hielt er vor, seine Tochter wäre ins Wasser gesprungen, wenn sie ihn nicht mehr in der Nähe gewußt, einem Dritten, es wäre ihm wohlgegangen, wenn der Senn fortgekommen, das Kirschenwasser wäre ihm dann sicher geblieben im Keller. Wären sie witzig gewesen, sie hätten Peterli sein Eisi nicht vorgehalten, sondern jeder vor seiner Türe gewischt, denn es habe Mancher nicht bloß ein Eisi, sondern ein Babi daheim oder gar ein Räf.

So stichelte Peterli, und wie man sieht, nicht bloß mit der Nadel, sondern mit der Schaufel und bekam dazu noch Hülfe am Ammann, der gleichsam seinen Schild vorstellte. Dem Ammann seine Frau Ammännin vorzuhalten und über das Knie zu nehmen, wagte denn doch niemand so recht herzhaft. Dem Ammann ging dabei ein Licht auf, in welchem Trost für ihn war. Er hatte bis dahin nicht gewußt, welche Anzüglichkeit in einem Senn war, solange er ledig blieb. Hatte es halt nie erfahren und stand als Ammann ein wenig, aber nur ein wenig, über den Wahrnehmungen am Brunnen und vor den Gadenfenstern. Er begriff allgemach, woher der erhaltene Schlag kam, und zürnte es an seiner Frau Ammännin, daß sie ihn darauf nicht vorbereitet, denn sie kannte die Dorfgeschichte in ihrer ganzen Tiefe und Fülle und alles, was am Brunnen ging und vor den Gadenfenstern. Er dachte, er hätte doch wissen sollen, was da unter dem Hütli gespielt ward, und dem Senn es sagen. Hätte er nur einen Deut drum gewußt, wohl, er hätte der Sache einen ganz andern Tätsch geben wollen. Aber wohl, jetzt wolle er seiner Frau auch mal ein Kapitel lesen, das sich gewaschen habe!

Es ging recht kurzweilig zu bei Nidle und Kaffee; bei Wein oder Schnaps hätte es giftiger werden können. Eglihannes hätte gern Rumor gemacht und Händel angefangen, denn er hatte es akkurat wie der Teufel: wo es im Frieden zuging, war ihm nicht wohl, er rührte Dreck drein wenn möglich. Absonderlich schien er es auf den Ammann abgesehen zu haben; aber für den stand der Nägelibodenbauer ein, der sich sonst ziemlich neutral hielt. Letzterer nahm den Eglihannes übers Knie und gerbte ihm das Fell, als sei es eine alte Ochsenhaut. Der Nägelibodenbauer hatte eine große Kaltblütigkeit und wußte viel, eben auch viel mehr, als der Eglihannes dachte. Er gab sich nicht viel mit Parieren ab, sondern hieb immer aus, ganz kurze Hiebe, welche Eglihannes ins Leben zwickten, ob denen er doch weder vermahnen konnte noch großen Zorn merken lassen durfte. Es gibt eine eigene Weise im Wortkampf, und das ist die verfluchteste, wenn sich nämlich einer aller Ausfälle des Gegners nicht achtet, gar nicht darauf antwortet, ausgenommen sie seien ihm ganz besonders bequem und dienlich, sondern immerzu auf ihn einreitet, kaltblütig Hieb um Hieb versetzt, ungefähr als wäre er ein österreichischer Korporal, der vor sich auf der Bank einen armen Teufel hat, ihn mit dem Haselstock ganz kaltblütig abflachset, ohne an dessen Geschrei sich irgendwie zu kehren. So ungefähr nahm der Nägelibodenbauer den Eglihannes zweg und züchtigte ihn ganz jämmerlich zur allgemeinen Freude. Er, der den Ammann reiten wollte, ward nun der allgemeine Sündenbock, dem Ammann ward die glänzendste Genugtuung, und der Abend ward so kurzweilig, daß die Männer den Lauf der Zeit vergaßen. Es war niemand, der dem Eglihannes zur Seite stand. Der Senn versuchte es einmal, aber ihm wurde die Lust dazu bald vertrieben. Der Senn meinte durch das erhaltene glänzende Zutrauensvotum ein großer Mann geworden zu sein, so viel als alle die Bauern da, welche es ihm gegeben, zusammengenommen und noch einmal mehr. «Ja», sagte der Senn, als er einmal mit der Kaffeekanne hereinkam, denn er machte heute den Koch, «solche Männer sollten wir haben (wie Eglihannes nämlich), wenn es mehr deren geben würde, es ginge besser in der Welt! Da würden die Spieße gleich lang, z'plage begehrten die niemanden, und denen Großgrinde und Batzenklemmern würde der Marsch gemacht werden, da könnten die mindern Leute den Atem wiederfinden. Aber es kommt noch die Zeit, wo lauter Solche am Brett sind!»

Da gabs warmes Blut, da saß man nicht im Wirtshause, sondern im eigenen Gebäude in der Käsgemeinde. Das glaube er, sagte einer, «das käme noch Manchem kommod, nicht bloß dir, denn da könnte dann ein Schelm dem andern durch die Finger sehen. Ich aber begehrte nicht dabei zu sein, da müßte ich ein Doppelschloß an den Hosensack machen lassen, wenn ich bei Geld bleiben wollte, und die Frau an einem zweibatzigen Strick an mich anbinden, wenn die mir sollte sicher bleiben.» «Machs», sagte der Senn, «aber wenn die rechte Zeit da ist, so werden weder Schloß noch Strick viel helfen, da ist der Stärkere Meister.» «Nun, da gehts dir übel, Senn», sagte jener, «da wird nicht viel an dich kommen und an Eglihannes auch nicht; der weiß, wie es einem ist, wenn man unter der Treppe am Boden liegt.» «Das wäre zu probieren!» rief der Senn und steckte seine mächtigen Fäuste in die Hüften, daß die Arme so recht sichtbar wurden. «Ich mache mit jedem von euch! Welcher darf kommen und hat mit mir einen Hosenlupf?» «Wir sind hier keine Schulkommission, wo dSach mit Schwingen ausgemacht wird. Geh, hol Kaffee, die Kanne ist leer, und sieh zum Feuer, daß es nicht erlöscht», sagte der Nägelibodenbauer und streckte dem Senn die Kanne über die Köpfe weg. Gern oder ungern, der Senn mußte abmarschieren; was er brummte, verstand man nicht.

«Was hast gemeint mit der Schulkommission und mit dem Schwingen?» fragte der Ammann. «Wo schwingt die Schulkommission? Erzähle!» «Es ist ein vornehmer Ort, wo das geschehen ist, sein Name soll verschwiegen bleiben. In diesem vornehmen Orte leben noch viel vornehmere, nicht mehr Schulmeister, sondern Schullehrer, Sekundar- und andere Lehrer, ja sogar zwei Schulkommissäre, man denke!

Diese hatten einmal das Examen und nach demselben eine Mahlzeit, wobei auch die Schulkommission sich einfand, den Lehrern kurze Zyt zu machen. Appetit brauchte nicht gemacht zu werden, den brachten sie mit. Nun, das ging lustig zu, die Aufwart war gut, an Wein fehlte es nicht, und hinter dem Rücken lag der langwierige Winter mit seiner langen Schule; da ists natürlich, daß jeder, der wie ein Mensch fühlt, an einer langen Lustbarkeit großes Behagen findet. Endlich wurden die Einen satt oder kriegten sonst genug, wie man zu sagen pflegt, und kehrten heim zu ihren Weibern, ob geschmückt mit grünen Reisern, selb weiß man nicht. Von den Lehrern blieb der eine Schulkommissär, von den Mitgliedern der Schulkommission ein Schneider. Die junge Welt liebt Abwechselung, und den Lehrern ist nichts gescheit und gebildet genug. Sie ließen einen Zuber voll Wasser kommen, warfen ein Stück von einer Kerze hinein; dieses Stück sollte nun mit dem Maul angefaßt und herausgezogen werden – es sollte eine Probe über den entschiedenen Fortschritt sein. Das Spiel ging schön, und es soll ein lustiges Luegen gewesen sein. Die Schulmeister zeigten großen Eifer und viel Geschick, sie kriegten fast alle den Stumpen ins Maul, dabei aber auch nasse Gesichter. Nur einem wollte es nicht gelingen, die Kerze ging ihm immer in Krebs, und je eifriger er wurde, desto weniger kriegte er sie. Wahrscheinlich war sein langer Bart schuld daran, zu welchem er das Muster an einem alten Roßjuden genommen hatte. Endlich, als er so recht hitzig im Wasser herumschnappte, juckte es einen Kollegen; er fuhr ihm sanft mit der Hand übers Haupt, daß es tief unters Wasser und endlich triefend wie ein Neufundländer wieder zum Vorschein kam, Wasser speiend, gurgelnd, pustend, als wollte das Meer noch ein Meer gebären. Als das Wasser heraus war, kam das Feuer, kam der Zorn nach, und wenn er nicht eben erst beträchtlich gegessen, er hätte die

Andern alle gefressen. Mit einem allein vorlieb zu nehmen, schickte sich ihm nicht, da er nicht wußte, wer der Täter war. Gerochen mußte die Tat sein, er forderte zum Schwingen auf und absonderlich das Mitglied der Schulkommission, den Schneider. Der war ein tapferer Mann und begann den Hosenlupf, war handfester als der Schulmeister, warf diesen auf den Rücken und das zweitemal sehr unsanft. Da lag er nun, der Schulmeister, von einem Schneider besiegt, das tat ihm weh, das mußte wiederum gerochen und eingetrieben sein. Er erklärte nun, auf dem Rücken liegen zu bleiben, bis der Schulkommissär mit dem Schneider gerungen und an ihm seine und des Standes Ehre gerettet hätte. Der Schulkommissär mußte sich dazu verstehen, wie billig, griff mit dem Schneider zusammen, trieb sich mit ihm in der Stube weidlich herum, aber der Schulkommissär gewann dem Schneider nicht ab, der Schneider dem Schulkommissär nicht; drob ging Beiden der Atem aus, der Sieg blieb unentschieden, es erklärten sich beide Teile für befriedigt, und der arme auf dem Rücken Liegende ließ sich erbitten, wieder auf die Beine zu stehen. Wahrscheinlich war er derweilen wieder durstig geworden, was ihn zum Frieden um so geneigter machte. Seither, wenn es dort etwas Zweispältiges gibt, heißt es: Machet es aus wie Schneider und Schulkommissär! So möchte es mit Schein auch der Senn, es wird aber kaum jemand Lust haben, auf diese Weise es auszumachen. Also, der Senn wäre der Schulmeister, der Ammann müßte den Schulkommissär vorstellen, und wer will Schneider sein?» so demonstrierte der Nägelibodenbauer. Zu dem Vorschlag hatte niemand Lust, am allerwenigsten der Ammann, aber seinen Nutzen hatte er dennoch, er leitete das Wetter ab und brachte den Senn zur Ruhe und den Witz wieder in Gang.

Es war Zeit geworden, aufzubrechen; nun ging es wieder hart über Peter im Dürluft her. Man bot ihm eine Schutzwache an, man riet ihm, den Senn mitzunehmen, es mit ihm zu machen wie Benz im Krautgraben einem seiner Freunde: Benz hatte sich auch wieder einmal verspätet bei lustigen Brüdern und jammerte sehr über das Gericht, welches nun seiner warte. Da erboten sich Einige, ihn zu begleiten und zu schützen, was ihm das Rechte war. Beim Hause angekommen, ging der Kühnste allein hinein, um dem Weibe zu sagen, was Trumpf sei. Aber wie er die Stubentür aufmachte, noch ehe er ein Wort sagen konnte, empfing ihn das Weib mit einem Hagel von Ohrfeigen, daß er anfangs ganz betäubt dastand wie Lots Weib, nicht einmal ans Retirieren dachte, geschweige ans Wehren. Da kams ihm endlich, er hätte genug, mehr nützte nichts, machte sich hinaus und sagte: «Jetzt, Benz, kannst ungsorget hinein, ich hab sie abgetan. Das ist gut für einmal, das nächstemal kannst wieder selbsten voran.» «Gäll, Peterli, das käme dir kommod, wenn dir immer einer voranginge, dazu schickte sich der Senn am besten. Wohl, den würde dein Eisi noch einmal so lieb haben, wenn es ihn einmal zwischen den Fingern hätte», sagte man.

Peterli hatte es, wie es sehr oft geht: den Vorschlag hätte er verdammt gern angenommen, während er ihn ehrenhalber mit Entrüstung von der Hand wies. Es war ihm wirklich gar nicht geheim und die Beine sehr schwer, als er zu seinem Hause hinaufstieg. Es gelüstete den Nägelibodenbauer, dem Peterli nachzuschleichen und dessen Empfang zu belauschen, tat es aber doch nicht. Diesmal wurde also Peterlis Empfang nicht bekannt. Aufmerksame Beobachter behaupteten, sein Backenbart sei in jener Nacht beträchtlich dünner, die eine Backe aber auffallend dicker geworden als die andere, welcher Übelstand sich später jedoch wieder ausglich.

Die Frau Ammännin soll ebenfalls nicht rosenfarbener Laune gewesen sein. Sie behauptete, ihr Mann werde ihr Lebtag das gleiche Düpfi bleiben, und sei sie nicht dabei, mache er lauter dummes Zeug, schmecke nichts und rieche nichts, ließe sich in einer Stunde mit offenen Augen siebenmal verkaufen. Sie hätte es gleich gedacht, als man die Versammlung in der Käshütte angestellt, es werde da etwas gehen müssen, was niemand merken solle. Aber daß so was nicht mehr begegne, dafür sei sie gut, sie wolle schlau genug sein und den Nagel zu rechter Zeit stecken. Der Ammann brachte seine Vorwürfe auch vor, erhielt aber darauf zur Antwort: «Du hast recht! Die Nase hätte ich dir darauf stoßen sollen, ich hätte wissen sollen, wie du bist, nichts riechst und nichts schmöckst. Darum ist mir recht geschehen. Es ist eine Lehr für die Zukunft, das soll mir nie mehr passieren, zähl darauf! Aber gönnen mag ich euch, wenn Eglihannes, der Schelm, euch so recht vaterländisch betrügt, und das tut er; denk nur daran, daß ich es vorausgesagt!»

ACHTZEHNTES KAPITEL

Von allerlei Plagen und Mißverständnis

Sonst sah es die Tage darauf in der Vehfreude aus wie auf dem Lande in trocknen Jahren nach einem schönen Regen. Wie es grünet allenthalben und verjüngt die Pflanzenwelt erscheint, so grüneten die meisten Weiber, schienen um viele Jahre jünger geworden zu sein; munterer bewegten sich ihre Beine, besonders wenn sie auf den Wegen zum Krämer wanderten. Dieser hatte alle Hände voll zu tun, ordentlich Flut in seiner Kasse, und sein Geschäft, welches fast abgestanden war, ward wieder flott.

Indessen ist bekannt, daß in trocknen Jahren ein schöner Regen nicht lange merkbar bleibt, daß alsbald Seufzer zum Himmel steigen: «Ach, wenn es doch nur bald wieder käme, aber recht, daß man es auch ordentlich fühlte!» Wo es gar trocken geworden, da verschluckt die Erde unglaublich viel, und es bedarf einer ziemlichen Quantität Regen, bis die Feuchtigkeit etwas nachhaltig geworden ist, so daß sie nicht vom ersten Sonnenstrahle verzehrt wird; so war es auch in vielen Häusern in der Vehfreude. Als die Rückstände getilgt waren, allfällige Zinslein ausgerichtet, des Weibes Gelüsten mehr oder weniger befriedigt, ach, da war die Tröckene wieder fühlbar an den meisten Orten, und wiederum wurde geseufzt, nicht: «Ach, wenn es doch immer so bliebe», sondern: «Ach, wenn es doch bald wieder käme!»

Im Nägeliboden war es den Sommer über ebenfalls nicht wenig trocken gewesen, und Sepp und Bethi hatten manchmal geseufzt, wenn Unabweisbares, zum Beispiel Salz, gekauft werden mußte, und alle Schublädli, die man auszog, tönten so hohl und schauerlich. Nun hatten sie ein ziemliches Stück Geld erhalten, mehr als hundert Gulden; sie hatten von der Großmutter unerwartet geerbt. Zwar nicht flüssig Geld, aber sichere Aussicht dazu, und da alle guten Dinge, welche sich gezweit, sich auch dritten, stand eine prächtige Losung für den Braunen in Aussicht, den Felix mit großem Eifer zu vermitteln suchte und deswegen fast alle Tage im Nägeliboden war, um mit Sepp etwas zu verhandeln.

Änneli ging es besser, doch langsam. Die Ammännin nahm großen Teil an dem Mädchen, wanderte zu großem Erstaunen des ganzen Dorfes mehr als einmal in den Nägeliboden in eigener Person, kramte der Kranken und zeigte große Freude an der fortschreitenden Genesung. Wenn sie heimkam, so war großes Lob in ihrem Munde; ein so appetitlich und verständig Meitschi habe sie nicht bald gesehen, sagte sie. Es habe ihr schon manchmal fast das Wasser in die Augen getrieben, wie das die Schwester liebe und für alles so aufrichtig danke. Das sehe man nicht oft mehr, ein bsunderbar gut Gemüt müsse das Meitschi haben; wenn sie mal das ins Haus bekommen könnte als Meisterjungfere, fünfundzwanzig Taler Lohn reueten sie nicht, und die Hemden sollten es nicht viel kosten.

Wenn die Mutter so redete, war es Felix, als höre er einen Engel singen. Wenn sie aufhören wollte, redete er ihr etwas ein, daß sie wieder von vorne anfangen mußte und noch lebhafter als vorher. Ins Lob stimmte Felix nie ein, er wußte nicht warum. Die Mutter kam nach und nach in den Glauben, Felix hasse das Meitschi und werde es nicht ins Haus wollen, wenn es einmal darum zu tun sei. Sie kanzelte ihn bitterlich ab, was er doch für ein wüster Bub sei, immer etwas gegen das Meitschi zu haben; sie wüßte kein besseres, und daß es arm sei, dessen vermöge es sich nichts, und viele Beispiele hätte man, daß arme Leute auch brav sein könnten. Hochmut sei schön, er stehe Ammanns Bub wohl an, sie möchte nicht, daß er ihn nicht hätte; aber zu weit treiben könne man es auch, Mönsch sei doch immer Mönsch! Darauf sagte denn Felix gewöhnlich: «A bah! Du redst immer vom Hochmut, wer sagt, ich sei hochmütig! Aber warum ist das Meitschi so dumm und will nicht glauben, daß Eglihannes es überfahren hat, und will nicht, daß sein Schwager den Hund angreife? Ich habe ihm schon manchmal gesagt, wir wollten alle Zeugnis reden, es möge kommen, wozu es wolle, und das will der Tropf nicht. Es sagt, Streit begehre es nicht, es hätte Ursache, dem lieben Gott zu danken, daß es so gut davonkomme, und seine Leute wehrten ihm auch mehr ab, als sie es anstrengten; darum begehre es nicht, daß man seinetwegen noch mehr sich plage, es hätte bereits Unmuße genug gemacht.»

«He nun», sagte die Frau Ammännin, «ist das nicht schön vom Meitschi? Es wäre wohl gut, es hätten alle Leute ein so gut Gemüt, es ginge besser in der Welt und das Prozedieren kostete nicht so viel Geld.» «Mutter», sagte dann Felix, «das verstehst du nicht, das tut es nur mir zwider und zleid, ich weiß nicht, warum es mich so hasset. Es weiß wohl, daß Eglihannes sagt, ich sei an allem schuld, ich hätte ihn überfahren und unter meine Rosse sei das Meitschi gekommen und dr Tüfel weiß, was er noch alles sagt. Das Meitschi weiß das wohl, weiß, was der Eglihannes für ein Hund und Spitzbube ist und wie ich ihn deretwegen hasse und daß er mich hineinstoßen will und ich an allem schuld sein soll. Und das glauben die Leute, und ds Meitschi brauchte bloß ein Wort zu sagen und den Eglihannes anzugreifen, so glaubten die Leute dem Eglihannes nicht mehr und wüßten, wer dSach angerichtet und daß ich mich nichts vermag. Aber nein, das will der Tropf nicht tun, will dSach an ihm selber haben, und das nur mir zTrutz und zLeid, daß alle Leute meinen, was für ein Kalb und Unflat ich sei. Was ich ihm zuwidergetan, weiß ich nicht, aber schlecht ists von ihm, mich so im Unglanz zu lassen, und weiß doch, was der Eglihannes ist und wie ihn alles hasset im Himmel und auf Erden. Es weiß der Teufel, was da gegangen, dSach ist allweg nicht sauber. Man weiß, was für einer der Eglihannes ist, aber glaubt hätt ih nit, daß ds Nägelibodenbauren mit dem unter einem Hütli spielten.»

Im Grunde des Herzens war Felix sehr froh, daß kein Prozeß entstand; sein Gewissen war doch so ganz verstockt nicht, aber er gestand es sich selbsten nicht ein, geschweige Andern, sondern begehrte immer mörderischer auf, daß der Hund, der Eglihannes, ungehängt davonkomme. So geht es oft in der Welt, daß man heillos aufbegehrt über das, was einem eigentlich am anständigsten ist, und daß man ein schwach Gewissen hinter wütige Kühnheit verbirgt. Die Mutter sagte oft, sie hätte nicht geglaubt, daß Felix so rachsüchtig und köpfig sein könnte; wenn das mit dem Alter noch zunehmen sollte, so komme das wahrhaftig nicht gut. Das Meitschi chönn se fry rechtschaffe dure, daß ers so uf dr Mugge heyg, u si müeß säge, we si scho dr Eglihannes hass vom Tüfel, su heyg doch ds Meitschi recht und bsunderbar, daß es so fest syg bi syr Sach, und syg doch no so jung.

Hatte Felix so mit der Mutter sich herumgestritten, so hatte er Grunds genug, an Änneli zu denken. Erst zankte er mit ihm ebenfalls in Gedanken. Dann kam es ihm vor, wie das gehen müsse, wenn es einmal hier Meisterjungfere werden sollte, dann könne er es ihm eintreiben; es könne lange warten, bis er ihm einen Gefallen tue, aber plagen wolle er es, daß es nach Gott schreien lerne. Wenn er das so recht ingrimmig dachte, so stellte sich ihm Änneli vor die Augen, wie es rot wurde, als es seine Stimme hörte, wie es die Augen aufschlug, einen Blick ihm zuwarf. Diesen Blick konnte er nicht vergessen. Dieser Blick hatte eine wunderbare Kraft. Sowie er zu leuchten begann, verzehrte er die bösen Dünste, all den Zorn, die Bitterkeit, die Rachgierigkeit, es war ihm so still und wohl im Herzen, er wußte nicht wie; ein süßes Träumen kam über seine Seele, und wenn er draus erwachte, wußte er nicht, wo er war und wieviel Zeit verronnen während diesen süßen, ihm so seltsamen Träumen. Dann ward es ihm, als hätte er mit Sepp was zu reden, wegen dem Braunen oder wegen der Erziehung eines Kalbes oder einem Schafhandel; manchmal wußte er nicht, warum er in den Nägeliboden gekommen. Von weitem schon spionierte er, ob Änneli irgendwo zu sehen sei; war das nicht der Fall, so bot er alle Künste auf, es vor die Augen zu bringen. Als es ihm die ersten Tage nicht möglich war, da war es ihm öd in der Welt und gar nichts recht; Kühe und Pferde hatte er sein Lebtag nicht so häufig geprügelt als in diesen Tagen. Allgemach ging es Änneli besser, es stand auf, saß am Fenster. Felix sah es und meinte, es werde vors Haus kommen. Das fehle nicht, dachte er, als es, wie er näher kam, am Fenster verschwand. Aber wer nicht vors Haus kam, war Änneli, und wer schrecklich zornig ward, war Felix. Es nehme ihn nur wunder, dachte er, was er dem Donners Meitschi zuleid getan; das müßte gefragt sein, sobald es ihm unter die Augen komme, dümmers Vieh als das Weibervolk gäbe es auf Gottes Erdboden nicht. Es ist seltsam, aber es ist doch so, daß es Naturen gibt, welche in dem Maße, als ihre Gefühle zarter werden, gröberer Worte sich bedienen.

Einmal an einem trüben Oktobertag war es, daß Felix Schafe scheren wollte, weil er draußen nichts zu tun hatte. Er trieb ziemlichen Schafhandel auf des Vaters Kosten. Derselbe lieferte ihm den größten Teil seiner erbprinzlichen Einnahmen. Dem kleinen Jungen hatte der Vater ein Schaf zu halten erlaubt. Im Maße, als der Junge wuchs, wuchs auch die Zahl der Schafe, trotz dem Gebrummel des Vaters, zuweilen bis auf ein Dutzend. Wenn die Schafe endlich fast so viel fraßen als zwei Kühe, dann gab es anhaltendes Donnerwetter, bis die Schafe reduziert wurden, ungefähr wie die Armee reduziert wird, wenn bei Beratung des Budgets die Kammern recht aufbegehren, jedoch nur für einstweilen, das heißt bis es besser Wetter gibt und das Donnern aufhört; ungefähr wie die klugen Schweizer die Werbungen für Neapel einstellen wollten für einstweilen, bis besser Wetter sich zeigt. Nun, Felix gehorchte, wenn der Vater donnerte, doch immer nur ein klein wenig; dann gab sich der Vater zufrieden, besonders weil die Frau Ammännin z'best redete. «Bah», sagte sie, «laß ihm die Freude, er lernt handeln dabei, und was fragst du einer Kuh oder zwei mehr nach. DSach ist doch einmal alle sein, und wie gut ists, wenn er zu rechter Zeit Freude an der Sache bekommt. Der Schade ist am Ende auch nicht groß, es gibt Wolle in die Haushaltung, und deren hat man ja immer so nötig für Halblein und Strümpfe.

Und ich muß ihn rühmen, er ist darin gut und vernünftig. Wenn er schon die Wolle abgeben muß und nichts davon hat, so richtet er sich doch mit seinen Schafen darnach, wie man die Wolle haben will für den Hausbrauch, wie sie für uns am schönsten und nützlichsten ist. Dere tüfelsdumme wyße Schwabeschaf mit dene lange Lampiohren und der groben Wolle, wo nichts nütz sind, als den Stall vollzubrüllen und die andern zu plagen, hat er noch keines angestellt, gäb wie ihms der Metzger angeben wollte, dieweil keine am Schweizerfutter fester und schwerer würden als dies Schwabenveh, bsunderbar dUrfle.»

Der Ammann, welcher es eigentlich so böse nicht meinte, antwortete gewöhnlich auf solche Schutzreden: «Übertrieben ist übertrieben. Zwei Kühe mehr ständen dem Hause besser an als eine solche Herde Schafe; aber so viel darwider wollte ich nicht einmal haben, wenn er fütterte wie ein anderer Christ. Aber was der für Korn und Hafer braucht, es hat keine Art. Alle Augenblicke hat er eins fett wie einen Dachs, und wenn ich nach dem Schaden sehe, so hat er mir den halben Spycher geleert, so ist Schafemästen keine Kunst.» So polterte wohl der Ammann, hatte aber doch seine Freude daran, wenn Felix aus einem Schafe ein Dutzend Taler löste und es allenthalben hieß: Schafe, wie Ammanns Felix sie hätte, sehe man nirgends.

Zwei solche Schafe, welche er bei den Rossen gehabt, mit breitem Rücken und dickem, silbergrauem Fließ, hatte er verkauft, die Wolle aber vorbehalten; sieben Pfund wenigstens hoffte er der Mutter einhändigen zu können. Aber keine Schere wollte ihm hauen; er schwor mörderlich, er behauptete, verhexet zu sein. Ihm fiel ein, er habe kürzlich den Nägelibodenbauer Schafe scheren sehen, und dessen Schere habe gehauen wie ein Rasiermesser. Da helfe nichts, sagte Felix, geschoren müßten die Schafe sein, und darum müsse des Nägelibodenbauers Schafschere herbei. Er mir nichts, dir nichts auf und davon mitten im halben Tag.

Ums Haus wars still, die Türe zu. Das Hagels Meitschi werde sich wieder versteckt haben, dachte Felix, die Übrigen hinter dem Hause sein. Da er niemanden dort fand, klopfte er einmal manierlich, das zweitemal handlich. Endlich ging die Türe auf, und Änneli stand darunter. Man hätte nicht glauben sollen, daß das Mädchen kürzlich so ernstlich krank gewesen; rot war es über und über, wer hinter ihm gestanden, hätte gesehen, wie die Röte im Nacken ihm zusammenfloß. Felix machte große Augen, sagte endlich: «So, lebst du noch, habe geglaubt, du seiest längst tot.» «Gottlob noch nicht», sagte Änneli, «ich bin bald wieder zweg. Gott und gute Leute haben mich davongebracht, und wäre der Schreck nicht gewesen, hätte das Andere so viel nicht gemacht.» «Mich hat es wüst genug gedünkt», sagte Felix, «aber weil es der Eglihannes gemacht hat, wird es dir nicht weh getan haben. Wo ist Sepp?» Änneli war wieder ganz rot geworden, wußte nicht, wie es sich entschuldigen sollte. Die Frage half ihm für den Augenblick. «Sepp», antwortete es, «führt Hanf und Flachs zur Reibe, wir haben in letzter Woche gebrochen. Heute soll nun gerieben werden; mir haben sie das Hüten anvertraut, zu den Kindern sehen kann ich gottlob schon wieder.» «Das ist lätz», sagte Felix; «ich hatte ihn fragen wollen um seine Schafschere, mit meiner kann ich nichts machen.» «Ich glaube, ich weiß, wo er sie hat; wenn du warten willst, will ich sie dir suchen», antwortete Änneli. «Das wäre mir ein Gefallen», antwortete Felix, «ich will kommen und dir suchen helfen». «Bleib nur», sagte Änneli, «oder geh in die Stube, ich bringe sie gleich».

Änneli hatte Takt und kannte die Welt in der Vehfreude, die ungefähr ist wie die Welt anderwärts. Änneli wußte, daß ringsum lauernde Augen waren; diese hatten erkundet, wie es allein im Hause sei, sie hatten Felix kommen sehen, wußten ihns jetzt allein mit ihm, das machte ihm angst, und Felix selbst machte ihm noch himmelangster. Es wußte nicht warum, es hatte sich seiner nur zu rühmen gehabt, und doch klopfte ihm das Herz, als stünde ein Räuberhauptmann draußen vor der Türe und dreißig Spießgesellen hinter ihm. «So geh», sagte Felix unwillig, «aber gefressen hätte ich dich nicht.» Änneli hörte etwas von diesen Worten, sie taten ihm weh bis ins Mark hinein, aber was sollte es darauf sagen?

Es ging nicht lange, so kam es mit zwei Scheren wieder. «Es werden wohl die rechten sein», sagte es, «Sepp hat das letztemal diese gebraucht. Wenn du aber meinst, sie seien nicht gut, will ich die andern auch holen.» «Will dir nicht Mühe machen», sagte Felix. «Magst doch nicht warten, bis du mir wieder den Rücken siehst. Aber fragen möchte ich dich doch, was Tüfels ich dir zuleid getan, daß du dem Eglihannes so borgest und mich verdächtigen möchtest, als sei ich schuld gewesen an der ganzen Geschichte. Ich muß sagen, bravs dünkts mich nicht von dir.» Die Worte schnürten Änneli das Herz ganz zusammen, in den Hals stieg ihm der Krampf, es konnte kaum schnaufen, viel schwerer noch reden. «Du mein Gott», sagte es, «was sinnest doch auch, und was denkst! Was sollte ich dich hassen, ich wäre ja die schlechteste Person unter der Sonne, denn du hast mir ja lauter Liebs und Guts erwiesen, wo ich mein Lebtag dir nicht vergessen werde und dir nur nie so recht dafür gedankt habe. Was kann ein armes Tröpflein, wie ich bin, vergelten? Aber wenn ich es könnte, nur ein Zeichen tun könnte, es freute mich mein Leben lang.» «Aber warum greifst du dann den Eglihannes nicht an für Entschädigung? Oder hat er im Stillen mit dir abgemacht, so ist es noch schlechter von dir. Du weißt ja wohl, daß er mir alles zuschieben will hinter dem Rücken, ins Gesicht darf er es mir nicht sagen, er weiß warum; wohl, den wollte ich flachsen!» «Zürn es doch recht nicht», sagte Änneli, «aber ich war von Sinnen, und für mein Leben hätte ich keinen Eid tun können, und dazu hätte der Mann mich getrieben, denn es soll ein bsunderbar Wüster sein.» «Er wird dir nicht halb so wüst vorkommen, als du dergleichen tust», sagte Felix, «sonst hättest du ja denken können, daß dir niemand einen Eid abfordern könne. Dazu waren wir ja da, wir waren nicht von Sinnen und wußten, wie es zu- und hergegangen.» «Selb wohl», sagte Änneli. «Aber gruset hätte es mir gleich, wenn Andere meinetwegen hätten eidigen sollen; es ist allweg eine schreckliche Sache und war ja nicht der Mühe wert. Schwager und Schwester meinten es auch, ihretwegen sollte ich nicht etwa etwas machen. Sie trügen die Kosten gern, sagten sie, sei ich doch ihretwegen in dieses Unglück gekommen. Selb ist aber auch nicht, wenn man die Sache recht ansieht, so bin ich eigentlich schuld; wäre ich achtsam gewesen, so hätte ich zu rechter Zeit fliehen können und dSach wäre nicht begegnet.» «Dummheit», sagte Felix, «wenn dra gsinnet hättest, so wärest selb Tag nicht auf die Straße, sondern im Bette geblieben. Es gingen schon viele Eide wegen geringeren Sachen, und wenns nicht Eglihannes gewesen, du hättest wohl auf einem andern Loche gepfiffen. Man kennt den Vogel. Aber ich sag es dir noch einmal: darauf hab dir nicht viel. DScherene bringe dann wieder, sobald ich sie gebraucht. Adieu unterdessen.»

«Aber um Gottswillen», sagte Änneli, aber Felix hörte nicht, drehte sich nicht um, hatte Galgenfreude im Herzen; dem habe er es einmal gesagt, dachte er, seit er den Kropf geleert, sei es ihm ds Halb leichter. Das hätte mal schmöcken können und eine Nase voll nehmen. Der Uflat dachte gar nicht daran, wie schmerzlich verwundet er das Herz des armen Meitschi zurückließ. Er stieg ganz kühn nach Hause, schor seine Schafe, freute sich, daß ers dem Meitschi gesagt, freute sich aber noch mehr, daß er es gesehen. Der Mensch ist nämlich ein ganz kurioses Kamel.

Wir sind überzeugt, wenn Felix gesehen, wie voll Änneli die Nase nahm, er wäre der Erste gewesen, der Mitleiden mit ihm gehabt hätte. Das arme Meitschi war so glücklich gewesen in aller Stille! Nicht um alles in der Welt hätte es sich sein sogenanntes Unglück, welches ihns so glücklich machte, abkaufen lassen. Für eine rechte Sünde hätte es es gehalten, wenn es dabei nur von ferne eine Entschädigung begehrt hätte. Es sei, als ob der Felix sein Engel sei, dachte es; wenn es ihm ein Unglück gebe, sei er da und nehme sich seiner an. Es hätte nie gedacht, daß ein Mensch so sein könne und so ein gutes Herz haben, geschweige eines Ammanns Sohn. Wenn es ihn von weitem sah oder nur hörte, ach, wie klopfte ihm dann sein Herz, wie glücklich ward es in seiner Nähe. Und doch floh es ihn, und wenn es ihn kommen sah, wich es vom Fenster, um ihn ungestörter betrachten zu können. Es war halt keine Kokette, es dachte nicht daran, daß jemand an ihm Gefallen finden könnte, gedachte gar nicht daran, durch äußerliche Gebärden Gefallen zu suchen, es wollte nichts als ungestört den Felix sehen und glücklich sein dabei. Ach, und wenn es ihn gesehen hatte, wie wohl lebte es daran manchen Tag! Der Felix verklärte sich vor seinem innern Auge immer himmlischer, er wurde schöner als ein Engel, es wuchsen ihm Fecken, immer größere, bis an den Himmel hinauf, ja endlich weit darüber aus. Ach, was so ein gutes, liebes Meitschi für eine stille Seligkeit hat an solch stiller Liebe ohne Schwefel, ohne sonstiges Begehren. Und in dieses stille Glück warf der Felix mit vollen Händen Pfeffer und Salz, war ein sauberer Engel, einer eher mit Hörnern als mit Fecken. Es ward Änneli, als ob eine wilde Macht Sonne, Mond und Sterne verschlungen hätte, unaussprechlich weh und kalt ward es ihm ums Herz. Es mußte absitzen, es wollte ihm der Atem stocken, kalt schwitzte es auf der Stirne; endlich brach ihm im Herzen die heiße Quelle auf, seine dunkeln, blauen Augen wurden zu zwei Springbrunnen, immer heißer sprudelten sie, dieweil immer heißer das Weh aus der Quelle quoll.

So fanden es seine Leute, als sie vom Reiben heimkehrten, mit glühendheißem Kopfe und rotgeweinten Augen. Sie fragten lange, was es gegeben; sie hätten nichts vernommen, wenn nicht ein Kind gesagt, Ammanns Felix sei dagewesen, dä wüest Bueb, der habe Änneli so z'plären gemacht. Sie wollten wissen, was er da gemacht. Er habe die Schafscheren geholt, sagte Änneli, und Mehreres brachten sie lange nicht heraus. Endlich sagte Bethi: «Hör, jetzt werde ich böse; daß er die Schafscheren geholt, deswegen tust nicht so! Was hat er gesagt? Das will ich wissen, das sage, sonst bist mir nicht mehr lieb, sondern verdächtig.» Da gab es neues Weinen, bis Änneli herausbrachte, Felix habe ihm Vorwürfe gemacht, daß man den Eglihannes nicht angegriffen, und – und – und merken lassen, er glaube, es tue das dem Eglihannes zulieb, und er sollte doch denken, der sei ihm nicht lieb. Bethi wollte trösten, wollte der Schwester abputzen, daß es wegen so Wenigem so nötlich tue; aber da half alles nichts. Bethi mußte Änneli zu Bette schicken und stand großen Kummer aus, es könnte einen Rückfall geben und das Nervenfieber jetzt im Ernste kommen.

Spät am Abend kam Felix wieder mit den Schafscheren, es nahm ihn wunder, was seine Worte für Wirkung getan, ob sie dem Meitschi so recht hineingegangen, wie sie gesollt. Er fand Sepp noch draußen im Stall; Felix war plauderhaft, Sepp sehr einsilbig. Felix berichtete, für was er die Scheren gebraucht, strich seine Schafe heraus; Sepp sagte nichts dazu. Felix fing vom Roßhandel an; Sepp sagte nichts dazu. Felix fing vom Käshandel an und wie der Eglihannes jetzt wirtschafte mit den geschaubeten Käsen; Sepp sagte wieder nichts. Felix kam ob dieser Einsilbigkeit so gleichsam in Verlegenheit und sagte endlich: «So gut Nacht, und sollest Dank haben.» «Gut Nacht wohl», antwortete Sepp, und als Felix einige Schritte gegangen war, setzte Sepp hinzu: «Mit dem Eglihannes komme mir nicht wieder, ich hätte geglaubt, du seiest verständiger als so. Das Meitschi ist noch nicht so zweg, daß es solches erleiden mag; komm mir überhaupt nicht mehr mit dem Eglihannes, sonst hast es mit mir zu tun. Daneben wärs mir leid, wenn wir zweispältig würden.» Felix hatte sich rasch umgedreht und fragte: «Was ist mit dem Meitschi, hat es mich verklagt?» «Ds Meitschi hat dich nicht verklagt», sagte Sepp; «aber wir fanden es ganz verpläret, da mußte es sagen, was ihns so zugerichtet; jetzt liegts im Bett, hat Fieber wie ein Roß, man mußte zum Doktor schicken, es könnte eine böse Sache geben.»

Da wars, als ob es gedonnert hätte über Felix und der Blitz ihn aufs Haupt getroffen. «Das wird nicht sein», sagte er endlich. «Sagte ihm ja nichts Böses, meinte bloß, es hätte mit dem Eglihannes anders fahren sollen, dem Hund gings viel zu gnädig ab.» «Aber was soll sich dessen das Meitschi entgelten, und Grobs mußt du ihm gesagt haben, sonst hätte es nicht so getan», sagte Sepp. «My türi nit», sagte Felix; «bloß ein Wort oder zwei habe ich gesagt und es nicht böse gemeint.» «Los, ich mag nichts hören», sagte Sepp; «du weißt nicht, was du machst. Wenn du jemanden einen Klapf gibst, daß er dahinfällt wie ein Kegel, so hast du eine große Galgenfreude und rühmst, dem habest du doch einen verflucht Braven abgestreckt, er sei dagelegen wie tot; aber wie weh du ihm getan und wie lange die Folgen währten, daran dachtest du nicht, darum kümmertest du dich nicht, so einer bist. So hast du es auch mit dem Meitschi gemacht. Hast ihm verflucht brave Worte zugemessen, wie sie dir ins Maul kamen, vielleicht noch Freude daran gehabt, wie du es dem jetzt gesagt, und wie weh du ihm tatest und wie man ein armes, halbkrankes Meitschi mit Worten abknütteln kann, ärger als einen Küherknecht mit einem Zaunstecken, davon hast du keinen Begriff. Du meinst, weil du des Ammanns Bub seiest, stehe dir alles wohl an, und jedermann müsse annehmen, was du ihm zumissest, und begreifst wieder nicht, wie andere Leute anderer Meinung sein können. So ist dSach.»

Felix fühlte sich schwer getroffen, hätte indessen doch wahrscheinlich aufbegehrt und die Haare gesträubt wie eine Katze vor der Nase eines Hundes, wenn eben nicht der Nägelibodenbauer vor ihm gestanden wäre, vor dem er doch eine Art Respekt hatte, und wenn die Angst nicht gewesen wäre, welche nun auch ihm das Herz zusammenklemmte. So arg hatte er es doch nicht machen wollen, so wenig als der, welcher jemanden einen verflucht Braven versetzen wollte, und wenn er zum Schaden sieht, den Schädel eingeschlagen, jemanden totgeschlagen hat. Endlich sagte er: «Es ist mir leid, aber es wird öppe nüt sy; es wird morn wieder zweg sy. Ich habe nichts Böses gesagt und noch weniger es bös gemeint. Es ist mir wegem Meitschi selber gsi, es het mih taub gmacht, daß es nüt übercho het, daß ihm dä Hung nüt het müesse gä. Han ih gfehlt, su will ih ja guetmache, u was dr Dokter koste sött, will ih gern über mih näh.» «Davon habe ich dir nichts gesagt», antwortete Sepp, «und darum ists mir nicht. Aber ds Meitschi duret mich; vor dem Wybergschwätz und dem Verleumden möchte ich doch endlich sicher sein. Du weißt, wie das Lumpenpack uns hasset ohne Grund und wie sie es meiner Frau machen hinterrücks, und daß nun auch du ins gleiche Horn blasest, und zwar unter meiner Haustüre, selb kam mir in die Nase, und ich will es dir geradeheraus sagen: von dir erwartete ich es nicht.»

Felix versprach sich sehr, behauptete, mißverstanden worden zu sein. Das Mißverstandenwordensein ist eine der herrlichsten Entdeckungen der neuesten Zeit, es ist die eigentlich neu entdeckte Nebelkappe des gehörnten Siegfrieds, sie paßt männiglich und deswegen braucht sie männiglich, daher ist sie allgemein wie die Kartoffeln. Sie ist dem Professor, was dem Russen ein warmer Pelz, die Lebensessenz des Staatsmanns, das Steckenpferd der Schulmeister, der Schirm, Schutz und starker Schild der politischen Halbhelden und endlich der juridische Entlastungsgrund jeglichen Mörders, dem derselbe einfällt. Hat nämlich ein Mörder die Geistesgegenwart, zu sagen, es sei ihm wahrhaft leid, aber der Gemordete habe ihn mißverstanden, er lebte sonst sicherlich noch, so sprechen die juridischen Götter ihn frei, bezeigen ihm ihr Beileid, daß er unschuldig Molesten erlitten, sprechen ihm ein schönes Taggeld und verurteilen den Staat zu den Kosten. Das Wort durchdringt alle Schichten der Gesellschaft, ist also mächtiger und feiner als das Sonnenlicht, welches nur auf der Oberfläche bleibt oder nur geschwächt und gebrochen tiefer dringt. Die allerneueste Nebelkappe dieser Art hat der Bundesrat in der Schweiz; wenn man meint, er sage Weiß, so hat er Schwarz gesagt.

Also Felix kannte das Wort auch und gebrauchte es, doch nicht mit großem Erfolg. Hintendrein könne dies jedes Babi sagen, sagte der Nägelibodenbauer. Aber geschehen sei geschehen, seinethalben verstanden oder nicht verstanden. Es wäre Zeit, daß man reden lerne, daß man einander verstehen könne, aber je mehr man lerne, desto weniger könne man das; zuletzt werde das Verstehen ganz verlernt, und es gehe wie beim Turmbau zu Babel. «Sei nicht so bös», sagte Felix, «und trage es mir nicht nach. My Seel meinte ich nichts Böses, und leid ists mir, daß es so gegangen. Ich wußte nicht, wie wenig das Meitschi ertragen möge; hätte ich das gewußt, ich hätte mich wohl gehütet.» «Nun, so denk ein andermal daran, daß nicht alle ertragen mögen, was dir in Maul oder Faust kommt und verflucht brav klepft. Daneben zürne dir nicht, ich glaube dir, du habest es nicht böse gemeint und werdest in Zukunft dich hüten, mit Worten z'fechten wie ein altes Klapperweib. Häbs nicht für ungut, und jetzt gut Nacht», sagte Sepp und ließ Felix vor dem Hause stehen.

Dieser stand da fast wie der Lällenkönig auf der Rheinbrücke zu Basel oder Frau Lot gegenüber von Sodom, hatte das Maul offen, machte große Augen, konnte nicht vorwärts, nicht rückwärts und kriegte doch keine Wurzeln an den Füßen. Erst war er böse, dann ward ihm angst. Er umging leise das Haus; wo er Licht sah, stand er horchend still, hätte für sein Leben gern gewußt, wie es drinnen gehe, aber er vernahm nichts, es kam niemand heraus, er durfte sich nicht melden und fragen; er mußte heim mit seinem Bangen, mit dem Grollen mit sich selbst, weil er wieder etwas angerichtet, was er eigentlich doch nicht so gewollt. Es war vielleicht die erste Nacht seines Lebens, wo Bangen und Sorgen den Schlaf ihm nahmen. Wie er sich auch einreden wollte, es sei doch dumm, so eines Wortes und eines Meitschis wegen, welches Kopfweh haben werde und mehr nicht, zu kummern, es half ihm nichts: die Angst ums Meitschi konnte er nicht vertreiben, die Vorwürfe seines Gewissens nicht ersticken; er mochte sich auf die rechte Seite wälzen oder auf die linke, er hörte auf beiden Seiten gleich laut die Worte: Felix, du bist doch der größt Uflat!

In etwas hatte Felix recht: viel mehr als Kopfweh hatte Änneli nicht am Leibe, dagegen ein unaussprechliches Herzweh. Es dünkte ihns, wenn es nur sterben könnte; es sei keine Freude mehr für ihns auf Erden, und wenn es hundertjährig würde. So gut hätte es es gemeint, und so bös lege man es ihm aus, und noch dazu Felix, der es sonst so gut mit ihm gemeint!

Wenn der so gegen ihns sei, was müßten erst Andere denken! Zu diesen Gedanken weinte es dann so bitterlich. Ach, und bitterere Tränen gibt es nicht, als wenn man ein Herz voll Liebe hat und in keinem Herzen Liebe findet, nichts als Roheit und Selbstsucht; da ist noch viel größere Pein, als wenn man voll Durst ist und nirgends ein Tröpflein Wasser findet, alles ausgetrocknet ist rundum.

Änneli wollte sein Weh verbergen vor seiner Schwester, aber rote Augen und blasse Backen lassen dies nicht leicht zu; Bethi erriet Ännelis Weh so halb und halb und doch nicht ganz, die Liebe zu Felix vermochte es nicht zu ermessen, so wenig als eigentlich Änneli selbst. Bethi meinte, es tue Änneli so weh, daß man ihns verdächtige wegen Eglihannes, das Gerede ein allgemeines sei und Glauben finde. Wenn man einem solches ins Gesicht sagen dürfe, dann sei es wohl schon weit gekommen. Bethi suchte Änneli durch Predigten aufzurichten. «Es ist wüst», sagte es, «und strengs, solche Sachen nur zu denken, geschweige zu sagen; aber je wüster etwas ist, desto mehr Freude haben die Leute daran. Du armes Tröpflein bist daran noch nicht gewöhnt, wirst es aber schon werden! Es war auch eine Zeit, wo ich mich wegen solchem fast ztodplärete; jetzt sehe ich nicht mehr nebe ume und bin wohl dabei. Ich lebte längst nicht mehr, wenn ich mich dessen viel hätte achten wollen. Mußt dich auch daran gewöhnen; den Leuten kannst die Gedanken nicht machen und die Mäuler nicht verbinden, aber wenn sie dich genug auf der Gabel gehabt, werden sie deiner satt und nehmen jemanden anders drauf. Es hat mit mir auch schon viel gebessert, und wenn ich Andere wollte helfen runtermachen, ließen sie mich ganz sein. Ammanns Felix ist ein wüster Uflat, er hätte dir das sonst nicht gesagt, er meint, weil er des Ammanns Sohn sei, könne er jedem sagen, was ihm ins Maul komme. Das ist immer so bei vornehmen Söhnen: was die

Alten bloß noch denken, das prasten sie hinaus. Er hasset den Eglihannes und meint nun, es sollen alle Leute Rache an ihm ausüben, weil Ammanns Felix ihn hasset. Aber warte der nur, wenn der mir wieder vors Maul kommt, will ich dem ein Kapitel lesen, daß er es in Zukunft weiß, ob er mehr hieher kommen soll, wenn er Leute sucht, die tanzen, wie er aufspielt!»

Das tat aber Änneli wieder weh, es fing an, den Felix zu versprechen: Er hätte es sicherlich nicht so bös gemeint, vielleicht daß es ihn unrecht verstanden; er hätte ihm eine Entschädnis gönnen mögen und ihm dazu verhelfen wollen. Er habe gewiß ein gutes Herz, und wenn er jemanden beistehen könne, so tue er es ungheiße und ungsinnet. Und nun erzählte Änneli, um der Schwester Meinung über Felix zu berichtigen, wiederselbe ihm gegen die Buben geholfen und namentlich gegen den Dürluftbub, und wie er sonst behülflich und manierlich gewesen, gar nicht so, wie ihn die Leute verbrüllen täten. Bethi kannte die Art von Änneli, welches nie jemanden verklagte, sondern immer z'best redete. Es fiel ihm daher durchaus nicht auf, weder daß Änneli vom Frühern nichts gesagt, wo es sich über die Buben hätte beschweren müssen, noch daß es den Felix in Schutz nahm, der ihm ja früher Gutes erwiesen. Es glaubs, sagte Bethi, daß er kein böses Herz habe, aber ein grober Bengel sei er, der meine, es stehe ihm alles wohl an und er dürfe jedem sagen, was ihn gut dünke, gehe es wohl oder übel. Das wolle es ihm aber doch auch sagen, das müsse er wissen, sobald er ihm unter die Augen komme.

Kurios, Bethis Vorsatz machte Änneli neue Angst und vergoldete ihm den Felix. Auf dem ganzen Erdenrund und weit drüber weg suchte es Felix' Rechtfertigung zusammen, und während diesem Zusammenlesen redete es sich selbsten die Rechtfertigung ein, und Felix ward ihm darob wieder mehr als ein Engel, er ward ihm, wenn nicht ein doppelter, so doch ein anderthalber Engel, um so mehr machte es ihm angst um den Felix. So große Freude und große Angst! Es war wie das Wirken der Seligkeit mit Furcht und Zittern.

Felix war weder zu sehen noch zu hören, er machte es wie ein Junge, der irgendwo was Dummes angestellt: er mied den Fleck, wo es geschehen, er suchte es zu ignorieren. Er stachelte sich auf, als hätte er Ursache, böse zu sein. Aus einer Laus habe man einen Elefanten gemacht, vielleicht gar um ihn zu brandschatzen, sagte er sich vor, und doch glaubte er es nie. Es waren zwei Mächte in ihm, welche, hartnäckig und trotzig, nichts von einander annahmen. Er vermied auf jegliche Weise, etwas vom Nägelibodenbauren zu hören, geschweige daß er nach Änneli fragte, und wiederum will behauptet werden, man habe ihn dort in dunkler Nacht ums Haus schleichen sehen; erst habe man ihn für einen Dieb genommen und hinterher, als man ihn erkannt, nicht begreifen können, was er dort gewollt, denn er habe sich nirgends gekündet und im Hause niemand sich gerührt. Wir wissen, wie man immer das Böse glaubt und wie lieb die meisten Weiber die Nägelibodenbäuerin hatten; man kann sich denken, was gemunkelt wurde. Eisi im Dürluft berstete fast vor Freude, als es davon hörte; schnurstracks wäre es hinuntergerannt und hätte Redensarten gleich Brandraketen fliegen lassen, aber es fürchtete das Verhexen. Es sei doch verflümert, sagte es, der Hex dürfe man nichts sagen, wenn man nicht ein Näggis für sein Lebtag davontragen wolle. Es vergesse den Teufel nicht, es wisse, was das verfluchte Weib imstande sei. Wäre es nicht so fromm gewesen und hätte sich sein Lebtag mit Beten abgegeben und daneben sich nicht versündigt, es wüßte kei Tüfel, wie es ihm ergangen wäre; er wäre lebig mit ihm davongefahren, und vielleicht daß es jetzt müeßt Kestene brate dem Tüfel u syr Großmuetter.

NEUNZEHNTES KAPITEL

Von Rossen und von Herzen, von Zorn und von Liebe

Da kam ungsinnet ein Roßhändler, suchte ein paar Kutschenpferde und zeigte Gefallen an Felix' Braunem, fragte, ob man allfällig einen Gespanen wüßte; wenn man ein Paar machen könnte, es lohnte sich der Mühe, das wäre was für nach Mailand. Felix hatte niemanden bei der Hand, den er in den Nägeliboden hätte senden können; der Vater war nicht zu Hause, er mußte selbst mit dem Roßhändler gehen, und es ward ihm wirklich nicht schwer; so einem Bauernsohn von rechtem Schlage verschlingt die Aussicht auf einen guten Handel alle anderen Rücksichten.

Der Braune im Nägeliboden machte einen so guten Eindruck auf den Roßhändler, daß er ihn im ersten Augenblick gar nicht verbergen konnte. Felix mußte den seinen holen zu näherer Vergleichung. Da fand sich eine wunderbare Ähnlichkeit, fast zum Verwechseln, nur stellte der eine seine Ohren etwas anders, und der andere hatte ein nur ein wenig größeres weißes Zeichen auf der Stirne. Jetzt hatte der Roßhändler sich wieder gefaßt, machte seine Ausstellungen, gab Bedenken von sich, ließ trablen, trotten, Füße aufheben und wie die verschiedenen Proben alle heißen, welche von Kundigen angewendet werden. Endlich kam er zum Schluß: Wenn schon nicht alles sei, wie es sein sollte, so könnte man doch die beiden Pferde zu einem Paare machen, wenn man des Preises einig werde. Felix hatte während dem ganzen Handel, so sehr derselbe ihn in Anspruch nahm, sich immer verstohlen nach Änneli umgesehen, doch umsonst, von demselben war keine Spur. Die Bäuerin war einige Male unter die Türe getreten, der Handel interessierte sie, einige Dublonen mehr oder weniger waren ihr nicht gleichgültig.

«Und jetzt, was sollen sie kosten? Macht mir den Preis!» sagte der Roßhändler. Da kam Änneli daher, und gar bleich und mager, wie es Felix vorkam. Änneli hatte Salz geholt und dabei einen kleinen Umweg gemacht. Es war, es wußte selbst nicht warum, gleichsam aus innerer Nötigung, bei des Ammanns Haus vorbeigegangen. Gar wunderlich war es ihm dabei im Gemüt; das Haus gefiel ihm so ausnehmend, alles schien ihm schöner als an andern Orten, es durfte fast nicht hinsehen, und doch schielte es nach allen Ecken, als ob es irgend eine Entdeckung machen möchte. Die Frau Ammännin sah es; sie trat unter die Küchentüre und sprach mit ihm gar freundlich, wollte es heißen etwas absitzen bei ihr, was aber Änneli abwies. Es hätte gern entsprochen, aber es wußte wohl, was man in der Vehfreude auf einem Mädchen hielt, welches auf einem Gange, und namentlich vor dem Feierabend, bei jemanden absitzt, um zu klappern. Stehend klappern und sich säumen geht noch an, kann verziehen werden, aber fürs Absitzen am lieben Tage, dafür gibt es keine Gnade. «So komm ein andermal», sagte die Frau Ammännin freundlich, «wenn du besser Zeit hast, hörst!» Änneli taten die Worte gar wohl, und wenn es schon keine Entdeckung machte in irgend einer Ecke, so ging es doch ganz vergnüglich heim. Da stand nun Felix dick und breit ungsinnet vor ihm; es erschrak sehr, und das machte ihns bleicher, als es sonst noch war. Es grüßte und ging rasch vorüber; ob Felix ihm dankte, hörte es nicht einmal recht, es pochte gar zu stark in ihm. Auch Felix war verblüfft, und wenn er ihm auch nicht gedankt, so sinnete er ihm doch nach; er ward ganz zerstreut im Handel.

Felix mußte seinen Braunen in den Stall stellen; dann führte der Bauer ihn und den Roßhändler in die Stube, die

Bäuerin stellte Brot und Kirschenwasser auf, und der Handel begann. Sie hatten hoch angeschlagen: zweiundsechzig Dublonen heusche, für sechzig la, lautete die Abrede. Felix war aber nur mit halbem Ohr beim Märten, das andere lauschte nach der Küche oder dem Stübli hin, je nachdem er hier oder dort weibliche Stimmen zu vernehmen glaubte. Endlich stand er auf. «Wo willst?» fragte der Bauer. «Pfeife anzünden», war die Antwort. «Dort auf dem Buffert sind Zündhölzli», sagte Sepp. Aber Felix hörte es nicht, sondern ging in die Küche, dort war für ihn das rechte Feuer. Das Pfeifeanzünden ist gar kein so unbedeutendes Ding, als man meinen sollte, es hat schon zu gar großen und wichtigen Sachen geführt.

Felix hatte sich nicht getäuscht. Bethi und Änneli standen beisammen und rüsteten das Abendessen. «Ist es erlaubt?» sagte er, griff nach einem Span, grübelte eine Kohle aus dem Feuer und praktizierte sie auf die Pfeife. «Was hülfs jetzt, wenn ich es nicht erlauben wollte? Du hasts im Brauch, zuzufahren, und fragst nicht viel darnach, ist es einem anständig oder nicht», antwortete Bethi. «Das wird sollen gehauen oder gestochen sein», sagte Felix. «Meinetwegen, ich werde es so annehmen müssen. Daneben ist mir leid, wenn ihr mir die Worte aufgelesen und übel genommen. Ich meinte es nicht bös und wollte das Meitschi nicht beleidigen oder gar verdächtigen, wie es mir geschienen, daß man die Sache nehmen wolle. Habe dazu ja gar keine Ursache. Es machte mich bloß böse, daß Eglihannes so ungeschlagen davonkommen sollte», polterte Felix. «Aber dem wird es doch noch eingetrieben, denkt nur, ich habe es gesagt.» «Nit, nit so», sagte Bethi, «fang nicht Unheil an; es dünkt mich, dÜbersünigi sollte dir afe vergangen sein, es wäre Zeit. Und nimm nit für ungut, aber du bist da dem Eglihannes aufsätzig ungerecht; da soll er allein schuld sein an einer Sache, woran ihr alle schuld seid, einer wie der Andere, ich mag nichts hören.»

«So, bist du dabei gewesen, daß du es besser wissen willst als wir?» fragte Felix. «Ume nit so prüßisch», sagte Bethi. «Ich war nicht dabei, aber ich weiß doch besser als ihr alle, wie es zugegangen. Ihr waret alle besoffen! Eglihannes wollte nicht ausweichen, du aber vorfahren im hellen Sprung; da kam das Meitschi ungsinnet dazwischen, konnte wegem Hag nicht fliehen, wurde von den Rossen überschossen, und jetzt sag, wer hat die eigentliche Schuld?» «Ich sehe wohl, ihr habt gute Lust, mir den ganzen Handel aufzubürden, und zuletzt werde ich noch gutmachen sollen», brummte Felix. «Schäm dich und geh, wenn du so kommen willst», sagte Bethi; «es hat dir ja noch niemand etwas abgefordert; wenn wir so was im Sinn hätten, wir würden es wohl schon gesagt haben! Es war halt ein Unglück, so nehmen wir es, sind froh, daß die Schwester gut davonkam, begehren deswegen niemanden zu brandschatzen, nur daß man sie jetzt ruhig läßt und nicht noch obendrein zum Dank plagt und quält.» «Schwester», sagte Änneli, «Felix hat ja gesagt, er habe es nicht böse gemeint, wir sollten ihm die Worte nicht auflesen, und wirklich hat er keine Schuld; es war ja Nacht, er konnte mich nicht sehen, und es ist ja möglich, daß ich umgefallen, als ich fliehen wollte, ohne daß die Rosse mich angerührt. Man sollte jetzt die ganze Sache vergessen, und ich habe Ursache, dem lieben Gott zu danken, daß ich so gut davongekommen, und der Schwester und dem Schwager, daß sie so gut zu mir gesehen. Und du auch, Felix», setzte Änneli hinzu; «zürn mir nicht! Ich habe ja alle Ursache, dir zu danken, und es dir noch nicht vergessen, wie gut du gegen mich warst. Ich glaube, die Buben hätten mich zu Tode geplagt, wenn du nicht gewesen wärest.»

Das waren für Änneli sehr gewagte Worte, und es hätte dieselben sicher nicht hervorgebracht, wenn nicht die Angst, Bethi mache Felix böse, ihm Kraft gegeben. Da ging die

Türe auf, und der Nägelibodenbauer rief: «Du zündest mir wohl lange die Pfeife an! So, bist aber hinter dem Weibervolk; komm, ehe ihr einander wieder in den Haaren seid! Er will für alle Gewalt nicht mehr geben als sechzig Dublonen und für jedes Roß ein Trinkgeld, wenn wir sie ihm nach Solothurn bringen. Was meinst? Oder willst noch gehen den Vater fragen?» «Nit nötig», sagte Felix. «Aber wenn wir die Rosse nach Solothurn bringen müssen, so müßt Ihr uns das Mittagessen zahlen und zu trinken genug», sagte Felix jetzt zu dem Händler, denn er hatte den Märttüfel ebenfalls im Leibe und es hätte ihn nicht leben lassen, wenn er nicht auch noch etwas erzwungen und erpreßt hätte. «Meinethalb», sagte der Roßhändler, «das soll den Handel nicht brechen; obgleich es mich dünkt, wenn man dreißig Dublonen für ein Roß löset, vermöchte man selbst das Mittagessen zu zahlen.» «Und wenn wir nur dreißig Batzen lösten oder gar keinen, so vermöchten wir es, wenn wir wollten, aber das wollen wir eben nicht», sagte Felix, der in solchen Punkten eine kitzelige Haut hatte.

Es war ein prächtiger Handel; Felix mochte nicht warten, bis er ihn dem Vater unter die Nase gehalten. Derselbe hatte gesagt: «Tut nicht dumm und vermärtet; wenn ihr achtundzwanzig Dublonen habt, so ists allen Handel, zählt darauf.» Und jetzt zwei Dublonen mehr! Das war ein Ereignis, welches Felix sein Lebtag nicht vergessen, sondern es zum Besten geben wird, solange er lebt und beim dritten Schoppen sitzt. Indessen, noch viel mehr als dieser prächtige Handel erquickte es Felix innerlich, daß er mit dem Weibervolk im Nägeliboden Frieden gemacht, daß Änneli ihm z'best geredet, daß es nicht vergessen, wie er ihns in Schutz genommen. Unter Tausenden, dachte er, dächte Keines so lange an so etwas, und daß eines die Andern liberiere und die Schuld auf sich nehme, selb habe er noch gar nicht erlebt.

Zum Überfluß rühmte noch selben Abend die Frau Ammännin das Meitschi über Tisch. Es wäre gut, es nähmten alle ein Exempel an ihm, sagte sie; immer so reinlich und sauber wie aus einem Druckli, und doch nichts Narrochtiges und Nütwertiges, und immer pressiert und doch freundlich und manierlich. Das habe es nicht wie viele Andere, die, wenn sie mal vors Dachtrauf kämen, es hätten wie eingesperrte Schwalben, die, wenn man sie im Herbst losließe, nicht wiederkämen bis im andern Frühling, wenn sie über Meer gewesen, und die, wenn man ein Wörtlein zu ihnen sage, die Füße verstellten, als wollten sie da anwurzeln und stehen bleiben bis drei Tage nach dem Jüngsten, daß man nicht von ihnen kommen könne, als sei man in einen Korb voll Harz gesessen. Das war mit dem groben Spieß gestichelt; die Betreffenden fühlten den Stich und gaben Laut. «Ich kann mich auf das Meitschi nicht verstehen», sagte die Meisterjungfere, «es darf niemanden recht ansehen; ich habe nie gehört, daß das ein gar gutes Zeichen sei. Selb ist wahr, aufgepützerlet kommt es immer daher; es wird daheim öppe nit viel anrühren und niemanden haben, der ihns ins Wüsteste hineinstößt. Daneben laufen in Bern Sonn- und Werktags viele aufgeputzte Mädchen herum, aber ich habe noch nie gehört, daß dies die brävsten seien. Pressieren tuts, das ist wahr, es wird wahrscheinlich immer meinen, es warte ihm jemand daheim. Es wissen öppe alle Leute, wie es im Nägeliboden zugeht und warum e Teil Lüt dorthin gehen.» Dazu warf die Meisterjungfere anzügliche Blicke über den Tisch, und die Untermagd lachte laut und sagte: «Lisi hat recht, mir ists auch so; es hassen es nicht umsonst alle Leute, und die Buben steinigten es, wenn es Milch in die Käserei brachte, und wie es im Lied heißt, wird das auch seinen guten Grund haben.»

Dem Felix schwoll der Kopf, als sei er ein Stück von einem

welschen Hahn, aber zum Kollern kam er nicht; die Frau Ammännin sagte: Sie habe immer gehört, daß je schlechter der Mensch sei, er desto mehr Böses den Andern nachrede. Sie sei auch schon im Nägeliboden gewesen und habe nichts Böses dort gesehen, wohl aber eine bessere Ordnung als an den meisten Orten, und sie wollte auch, daß wenn sie jemanden fortschicke, derselbe nicht vergessen täte, daß ihm jemand daheim warte. Aber sie kenne Leute, man könne ihnen lange sagen: «Komm auf der Stelle wieder, ich habe dich nötig, ich warte auf dich», sie kämen nicht wieder, bis sie der Hunger wieder herbeitreibe. Die Prise war stark, die Jungfere schwiegen, denn mit der Frau Ammännin händelte nicht bald eine, sobald sie sah, daß es der Frau ernst sei. Die Knechte mischten sich nicht in die Sache, aber zäpfelten sehr; sie mochten die Prise den Mägden wohl gönnen und nahmen dabei nichts für sich. Sie mochten vielleicht auch merken, auf welcher Seite Felix war, und mit diesem verdarb es kein Knecht.

Es ist wohl nichts gefährlicher als das Zanken, welches aus der Liebe stammt. Bei älterer Liebe erzeugt es gern Brüche, welche sich am Ende gar nicht mehr leimen lassen; bei junger Liebe, welche noch im Wachsen und Entfalten begriffen ist, führt es zu Friedensschlüssen. Diese Friedensschlüsse sind der Liebe ungeheuer förderlich, sie verleiten dieselbe zu großen Sprüngen, sie sind ihr, was heiße Gewitternächte den Pflanzen. Bei Friedensschlüssen werden Zugeständnisse gemacht, und wenn nicht, so meint doch jedes es erzeigen zu müssen, wie leid ihm der frühere Streit gewesen und wie glücklich ihns jetzt der Friede mache, und wenn auch die Füße sich noch nicht so recht öffentlich entgegenhüpfen, so tun es doch die Herzen, sie kommen sich so nahe, man weiß nicht wie, so nahe, daß sie ganz unvermutet und unerwartet aufeinanderplatzen, wie man gegenwärtig nach einem neu erfundenen, schönklingenden Kunstausdrucke sich auszudrücken pflegt.

Felix hatte jetzt noch mehr als sonst im Nägeliboden zu tun, natürlich ward er mit dem Abreden wegen dem Roßliefern nie fertig, zudem schien ihm der nächste Weg zu jedem ihrer Äcker über den Nägeliboden zu führen. Mit dem Roßliefern tat Felix recht kindlich; er wurde auch von den Seinigen tapfer ausgelacht, wenn sie auch ihre große Freude daran hatten. Es war seine erste Heldentat in diesem Fache, er glaubte Ansprüche zu haben auf einen rechten Triumphzug. Aber er war wankelmütig; heute meinte er, es sei schöner, wenn sie nach Solothurn ritten, morgen hielt er es für viel passender, wenn sie hinführen, zweispännig, mit schönem Geschirr und Fuhrwerk, man könnte andere Pferde voraussenden, welche zurückführen würden, was die andern hergebracht. Was ihm durch den Kopf fuhr, das mußte er dem Nägelibodenbauer mitteilen; der lachte dann dazu und dachte: Kommt Zeit, kommt Rat.

Am Vorabend des wichtigen Ereignisses stand Felix wieder beim Fahren, er ging zum Vater und fragte: «Ätti, was meinst, welches Geschirr sollen wir nehmen, und wärs nicht am besten, wir fragten den Schmied um seine neue Chaise? Man kann sie immer wieder gehörig putzen, daß man ihr nichts ansieht; der Weg ist gut und nicht staubig.» «Bueb, ih wett nit dr Narr mache, sondern tun wie andere Leute, sonst zähl darauf, tut dich das andere Jahr dr Eglihannes i dBrattig», sagte der Ammann. Das wirkte, machte aber in Felix' Augen Eglihannes um nichts liebenswürdiger.

Felix war kein Gardeoffizier, welche es bekanntlich lieben, ihre Pferde vor den Fenstern ihrer Liebsten zu trablen; aber er wendete nicht weniger an, schön zu sein, als er auf seinem Braunen nach dem Nägeliboden ritt, als so ein Leutnant, guckte nicht weniger nach Änneli aus, welches diesmal alsbald sichtbar war, neben der Schwester stand und dem Bauer zusah, den sein Brauner nicht wollte aufsitzen lassen, sondern im Ring herumtanzte. Änneli hatte Angst für den Schwager, während Bethi Spaß am Braunen hatte. Denn es wird selten eine Frau sein, welche nicht Spaß am Manne hat, wenn er in etwelche Verlegenheit kommt, die es nicht wunder nimmt, wie er sich daraus zieht, und die es ihm nicht ein klein wenig gönnen mag, wenn er ein klein wenig darin hängen bleibt. Endlich gelang es dem Nägelibodenbauer, hinaufzukommen, und ein stattliches Reiterpaar trabte vom Hause weg, dem Änneli mit Angst und Wonne nachsah, so weit es konnte. «Sieh», sagte es zur Schwester, «wie die Rosse wüst tun; wenn nur Keiner herunterfällt.» «Häb nit Kummer», sagte Bethi, «so ein klein wenig schadete nichts, es geht nicht gleich z'töten; sie stünden nur etwas weniger hochmütig vom Boden auf, als sie auf das Roß gekommen.» «Aber Bethi, wie kannst so reden, denkst nicht, du könntest dich versündigen? Es macht mir jetzt den ganzen Tag angst, bis er wieder da ist», sagte Änneli. «Wer, Felix oder Sepp?» fragte Bethi. Da ward Änneli sehr rot, drehte sich ab und sagte: «Du bist doch es recht es Wüests, schäm dich», und ging ins Haus.

Als die Reiter an Eglihannese Haus vorbeikamen, stand dieser vor demselben. Sowie Felix ihn erblickte, drehte er den Braunen, ritt auf ihn zu und rief: «Seh, komm mit, es ist Lieferung in Solothurn; du kannst deine zwei Engländer, Pigger und Gstabi, brauchen, das wären Rosse für König und Königin von Mailand! Hier kommst du ihnen nicht ab, müßtest selbst mit ihnen zHimmel fahren und wüßtest nicht, ob du hineinkämest!» «Mach du dich vom Hause, sonst gebe ich dich unsauber weg», sagte Eglihannes; «du brauchst mir nicht zum Hause zu kommen, um mich zu plagen!» «Ja», sagte Felix, «ich wußte nicht, daß du böse würdest, wenn ich dir vom zHimmelfahren rede, hätte geglaubt, du hörest dies noch gern. Das Höllenfahren hätte ich dir nicht anmuten dürfen; mangelst nicht zu fahren, brauchst ja nur zu warten, so holt er dich selbst!» Als Felix dies gesagt hatte, drehte er den Braunen und sprengte dem Nägelibodenbauer nach. Eglihannes lief voll Zorn auf die Straße, suchte Steine, warf sie den Reitern nach, und immer zorniger, je kürzer seine Würfe wurden. Das laute Gelächter hie und da rund um ihn mahnte ihn endlich, abzusetzen und nicht länger dem Spott der Leute sich preiszugeben. Begreiflich vermehrte dies die gegenseitige Liebe nicht.

Die beiden Reiter feierten einen recht glücklichen Tag; wo sie durchritten, sah man bewundernd ihren Rossen nach. Der Roßhändler zahlte mit schönem Gelde, hatte sichtbarlich große Freude an den Tieren, denn er ging alle Augenblicke in den Stall, sie zu besehen, ließ es daher an gehöriger Zehrung nicht fehlen, ermahnte sie, sich aufs Nachziehen solcher Pferde zu legen, und machte ihnen den Mund so süß, daß es Felix war, wenn er nur Flügel hätte, um heute nach Einsiedeln oder nach Schwyz zu fliegen, wo die schönen Rosse wachsen mit dem stolzen Halse und der zierlichen Gestalt.

Dieser Tag brachte den Nägelibodenbauer und Felix recht nahe zusammen, sie leerten sich so ihre Herzen und teilten sich ihre Gedanken mit. Namentlich ward Sepp gegen seine Gewohnheit offenherzig, redete viel von seinen vergangenen Bedrängnissen, wie er manchmal nicht gewußt, wie sich kehren, besonders im vergangenen Sommer, wo er ein Kapital habe abzahlen müssen und ihm kein Geld eingegangen sei, wie es ihm jetzt gebessert, so daß er hoffe, bald auf festem Fuße zu stehen. Das Schwerste sei, den Wagen vom Platz zu bringen und in Gang, vorwärts nämlich; sei das einmal erstritten, so sei das Schwerste erlebt. Felix versicherte, wie leid ihm sei, daß sie darum nicht gewußt, von Herzen hätten sie ihm geholfen; so ganz aus mit Geld ließen sie sich nie, einem Freunde könnten sie immer unter die Arme greifen, und wenn sein Alter nichts hätte, so sei er auch noch da. Apart dem Zins frage er nicht viel nach, er liebe schönes Geld und habe großes Plaisir daran, es von Zeit zu Zeit zu zählen; indessen, wenn er jemanden dienen könne, so tue er es, es gebe immer wieder anderes. Sepp dankte. Das sei guter Bescheid, sagte er, er werde ihn nicht vergessen, aber je weniger er davon Gebrauch machen müsse, desto lieber sei es ihm. Von Änneli war keine Rede.

Es kam die Zeit, wo die Schneegänse wandern und die Meitscheni zMärit laufen, diese angeblich nach warmen Strümpfen, jene nach einem wärmeren Lande, jedenfalls beide nach etwas Warmem. Zwischen beiden ist bloß der Unterschied, daß die Schneegänse an einem warmen Lande volles Genügen haben, die Mädchen aber eigentlich lieber noch als zu warmen Strümpfen zu einem warmen Herzen kämen, ganz glücklich bloß dann sind, wenn sie beides zugleich kriegen: warmes Herz und warme Strümpfe. Was will man auch mehr in der Welt, besonders im Winter!

Dicke Käsbauern mit dünnen Heustöcken stoßen gern ungreisete Kühe in die Welt hinaus. Wir fragen, ob das eine Zeit zum Reisen sei. Es wird ihnen der Unverstand gewöhnlich auch praktisch zu Gemüte geführt, indem niemand mit diesen Kühen heimreisen will, man sie zumeist wieder zurückführen muß in den Stall, woher sie gekommen sind. Da heißts gewöhnlich: «Schrecklich viel Ware und grausam wenig Kauf!» Was gekauft wird, ist etwas Fettes von Metzgern und so große Gestüdel, himmelhohe Krämerstände von Kühen mit ellenlangen Hörnern. Diese letzteren kaufen Bauern, welche viel Kartoffeln gemacht und ein großes Hausgesinde mit scharfen Zähnen und gesundem Magen haben. Wollte man denen junges, zartes Fleisch aufstellen, das verschwände wie junger Klee bei junger Ware. Solche

Bauern lauern daher auf die ehrwürdigsten Häupter, welche den Louis Philipp nicht bloß, sondern auch den Charles dix erlebt. Ja, am fêtiertesten wären die, wenn sie noch zu haben wären, welche den Napoleon gekannt und unter Ludwig XVI. geboren wären, Kühe mit Zähnen wie Heugabeln und Haaren wie eine gepuderte Perücke. Das sind Kühe, welche so recht vorteilhaft sind, starke Häute haben und naseweisen Bürschchen etwas zu kauen geben, die man an einem Sonntag so recht ordentlich an einem Stück gesalzenen oder geräucherten Fleisch von einer solchen Kuh versäumen kann den ganzen Tag, von einer Tagheitere zur andern, daß sie am Abend das Laufen vergessen und am Montag ihre Kifel noch so müde sind, daß sie Gott danken, je weniger sie dieselben brauchen müssen. Dieses Fleisch hat noch einen unaussprechlichen Vorteil, welchen aber nur Eingeweihte kennen: solches Fleisch ist vor den Würmern sicher. Würmer fressen bekanntlich weder Kiesel- noch andere Steine, ihre Zähne sind nicht dafür eingerichtet. Gibt es Würmer oben im Rauchfang, so lassen die alsbald solches Fleisch und fressen bloß die Weidenzweige durch, an welchen das Fleisch aufgehängt. Dann fällt dasselbe begreiflich runter; wenn es nun die Bäuerin unten merkt, weiß sie, daß es reif zum Brauchen ist.

Auch commis voyageurs sind vorhanden, lauernd auf die Krämer wie Kreuzspinnen auf Fliegen. Sie sind da mit mannigfachen Mustern von Finkenschuhen und Flanell von allen Sorten, hätten am liebsten Geld, besonders von zweifelhaften Kunden. Diesen armen Teufeln ergeht es oft an solchen Märkten wie den Zitronen zu S. im B.: dort werden sie nämlich zu drei verschiedenen Malen zu Punsch gepreßt, das erstemal mit dem Daumen, das zweitemal mit der Faust, das drittemal mit einem Erdäpfeldrücker. Aus dem Hausgang von irgend einem der Wirtshäuser schießt so eine Kreuzspinne vor mit vorgestreckter Zärtlichkeit, wickelt den armen Teufel ein, zieht ihn an und preßt, bis er weiterläuft. Kaum zieht er frischen Atem und preiset Gott für seine Rettung, so schießt aus einem andern Gange eine andere, und husch, ist er abgefaßt, wird gepreßt, daß er breit wird wie ein Ölkuchen und mühsam mit dem Leben davonkommt. Jetzt will er vorsichtig sein, schleicht langsam weiter, die Hände sorgfältig auf allen Säcken, sorgfältigst die Reste hütend: da schießt es von hinten her, er wird am Arm gefaßt, geliebkost und geschüttelt, er begreift nicht, warum so zärtlich. Ach, er erfährts! Wehe dem armen Teufel, wenn noch etwas klingelt an ihm, ein Kreuzer an den andern kommt nur von weitem; dann ist er verloren, er muß beiten, wird geschüttelt und gerüttelt, bis der letzte Kreuzer von ihm gegangen.

Kurz es ist eine sehr interessante Marktzeit; von den Ziegenhändlern wollen wir nicht einmal reden, welche mit Herden dieser Tiere dahergezogen kommen aus dem Guggisberg. Magere Ziegen sind der Guggisberger Ausfuhrartikel; wohlfeile Ratsherren, die man anderwärts nicht auf dem Mist auflesen würde, waren dagegen dort ein willkommener Einfuhrartikel, ist aber jetzt anders geworden. An diesen Markt wollte Felix auch, er hatte mit Schafen zu verkehren und wollte auch um ein Roßpaar sehen; er merkte, daß das Finden nicht halb so leicht war, als er es gedacht. Bis Größe, Farbe, Alter, Beine, Kopf sich treffen, hats eine Nase. Sepp hatte ihm versprechen müssen, sich ebenfalls einzufinden.

Ach, was so ein Markttag für ein wichtiger Tag ist! Ein Tag voll Geschicke, eine geheimnisvolle Urne voll Glück und Unglück, ein Tag, an welchem eine große Lotterie gezogen wird, wo der Eine einen halben Schoppen Wein gewinnt oder drei Batzen an einer Geiß, Mancher Tag und Geld verliert, Mancher ein Leben voll Elend gewinnt und ein Gewissen voll Reue. An diesem Tage tut es wohl ganz besonders not, Gott zu bitten, daß er den Ausgang aus dem Hause segne und das arme Menschenkind so bewahre den Tag über, daß dasselbe nach einem gesegneten Tage am Abend mit Gott wieder heimkehre, in gutem Bewußtsein einen ruhigen Schlummer finde. So ernsthaft nimmt es selten jemand, die Menschen haben immer mehr Glück als Verstand, das heißt Gott ist gütiger gegen sie, als sie es verdienen.

Felix gehörte auch unter diese. Die Mutter sagte ihm wie immer, so auch diesmal: «Häb Sorg zu dr selber!» «Häb nit Kummer», war die gewöhnliche Antwort. Der Weg war grundschlecht, ein Teig von Kot lag über der Straße, dennoch ging Felix zu Fuß. Er hätte sich geschämt, wenn für so etwas seinetwegen ein Roß aus dem Stalle genommen worden wäre; er gehörte nicht unter das luftige Gesindel des Halbherrentums. Nebenbei hat man ohne Fuhrwerk Steg und Weg freier und kann den Heimweg nach dem Herzen richten und nicht nach dem Roß. Felix hatte ungefähr zwei Stunden nach dem Markte zu gehen, marschierte wohlgemut durch Dick und Dünn, hatte seinen Spaß an Weibern und Mädchen, welche, mit ihren Ankenkörblein am Arm, Schuh und Strümpfe sauber behalten wollten und daher auf der Straße herumstiegen, Steinen und trockenen Plätzlein nach, wie Störche auf dem Moose, wenn sie Frösche fangen. Schafherden wallten vor ihm her, und hie und da zottelte ein mageres Krämerroß vor einem mit Kisten und Kasten bepackten Wagen, auf dessen oberster Spitze halsbrechend Krämer und Krämerin thronten, vermutlich als die leichteste Ware auf dem ganzen Wagen. Das Herrentum schien noch nicht erwacht, es rasselte noch nicht in seinem verwegenen Mute durch die zwei- und vierbeinige Masse.

Plötzlich sprengte etwas hinter Felix drein, platsch, platsch, wie vom Himmel herab, und ehe er sich umsehen und gehörig salvieren konnte, war er mit Kot überspritzt von oben bis unten, und ein helles Gelächter scholl aus einem vorüberhumpelnden Wägelchen. Es war der Gstabi, der Füße hatte wie eine große Kuchenschüssel, welchen Eglihannes neben Felix vorbeijagte und ihm die Bescherung anrichtete mutwillig. Man kann sich Felix' Zorn denken; es fehlte nicht viel, er wäre ihm nachgesprungen und hätte ihn gleich fußwarm geprügelt. Aber die ruhige Berner Natur, die nicht gern springt, hielt ihn ab. «Wart du nur», sagte Felix, «du entrinnst mir nicht, dann will ichs dir eintreiben, daß du weißt, was Felix kann! Führt er nicht die Täsche, die Pintenwirtin, bei sich, und der zLieb und zEhr hat er das gemacht, wohl, die muß nicht umsonst Freude daran gehabt haben!»

Felix schien zum Unglück auserkoren; überall, allüberall, auf Wegen und auf Stegen traf er auf Eglihannes. Er fand ihn in der Pinte, wo er sich säubern wollte. Dort handelte derselbe um Käs, tat groß mit seinem Zutrauen, welches ihm die Käsgesellschaft geschenkt, mit seiner unumschränkten Vollmacht, tat, als ob er die eigentliche Gluckhenne aller Vehfreudiger sei, ohne ihn nichts gemacht würde. Felix erworgete fast, doch hielt er an sich und erwartete eine gröbere, persönliche Reizung. Diesmal war Eglihannes klug, er mied eine solche, er hatte nicht genug getrunken, daher Erfahrung genug, zu wissen, worauf Felix wartete. Felix traf ihn auf dem Schafmarkte, doch kamen sie nicht in feindselige Berührung. Eglihannes war nicht in der Lage, Schafe zu kaufen, er ärgerte Felix bloß im Allgemeinen. Er traf ihn auf dem Roßmarkt an, wo er auch Sepp fand. Der hatte ein anderthalbjähriges Rößlein aufgestöbert, das ihm in die Augen schien und zu welchem er so halb und halb einen Gespan zu wissen glaubte. Felix nahm das Tier ebenfalls ins Auge um und um, und siehe, alsbald war Eglihannes da, auf Sepps Schutz vertrauend, und strich seinen Senf an alles. Was sie tadelten, rühmte er, was sie passieren ließen, darüber zuckte er die Achsel. Felix schwoll der Zorn, er kannte die üblichen Sitten auf dem Markte gut; in jemandes Handel sich zu mischen oder nur einzureden, gilt für unbescheiden, es erlaubt sichs selten jemand anders unberufen als ein Jude. Endlich ging Felix die Geduld aus. «Geh mir weg», sagte er, «sonst kommst unsauber davon! Das Roß kaufst du nicht, du hast ja nicht zu fressen für eins, geschweige für drei, zum Einreden brauchen wir dich nicht, zum Raten noch viel weniger. Darum streich dich und laß uns ruhig, wie es üblich und bräuchlich ist.» Eglihannes wollte von Recht reden und wie er da sein und reden könne so gut als ein Anderer, sei er ein Dorfmagnat oder nicht. Wahrscheinlich rechnete er auf Sympathie bei Sepp. Doch der gab ihm einen sehr verständlichen Wink, so daß er sich von dannen hob.

Felix meinte, das Roß gefiele ihm, allein er traue ihm nicht recht, er müsse glauben, er habe heute einen unglücklichen Tag, er habe nichts als Zorn. Wo er gehe und stehe, sei ihm der verfluchte Hund vor den Füßen, er wollte lieber, er wäre sieben Hexen begegnet als dem Schelm. Doch Sepp strengte an, das Rößlein ward gekauft, Weinkauf eingemärtet; man ging, ihn zu trinken, in die nächste Pinte, und dort war Eglihannes und erzählte einem großen Haufen, wie er seinen Knubeln, den bekannten Vehfreudigern, aus der Tinte geholfen und wie er ihnen jetzt den übrigen Käs vertschäggieren müsse, er bliebe ihnen sonst am Halse. Denn Leute wie die, die sich weniger zu helfen wüßten, habe er auf der Welt noch nirgends angetroffen; wenn der Urgroßätti die Kuh beim Stiel gezäumt, so werde so fortgezäumt in der Familie, solange sie eine Kuh zu zäumen hätten.

Sepp und Felix waren hinter Eglihannese Rücken eingetreten, er wußte nicht um ihr Dasein, auch sie kannten ihn erst am Reden; Felix wäre umgekehrt, wenn er ihn früher gesehen hätte. Man kann sich denken, wie es Felix in Kopf kam, als er diese Reden hörte, hörte, wie derselbe seinen Auftrag ausbeutete, von Pinte zu Pinte lief, Käs feil hatte und obendrein die Vehfreudiger verhandelte und verkaufte. Wenn das den ganzen Winter durch so gehen müsse, dachte er, so kämen sie zu einem ärgern Rufe als die Merliger. Felix rief daher: «Es ist gut, sagst du nur solches und bist du den Leuten bekannt wie der schwarze Peter und Schinderhannes, sonst könnte man so etwas für ungut nehmen! So aber rede du nur, die Leute wissen wohl, wer du bist: e halbe Herr, e halbe Fötzel, vielleicht bald ein ganzer Bettler, und wenn mir einer sagte, du seiest der ärgste Schelm zwischen Thun und dem Emmental, ich müßte es ihm glauben.»

Diesmal erschrak Eglihannes; als Felix zu reden anfing, schnellte er seinen Kopf beiseite, als ob er seinen Ohren nicht traue. Da er wirklich Felix sah, zog er die Nase auf, als wäre eine brave Prise Schnupf dreingefahren, winkte dem Wirt und sagte: «Los neuis», verschwand mit ihm ins Stübli und kehrte nicht wieder. «Lue, wie der geht», sagte Felix, «der weiß, warum er nicht wartet; ein Lumpenhund wie der ist heute nicht hier.» Und nun gab er ein Stücklein nach dem andern zum Besten von Eglihannes, daß die Leute sich sehr erbauten und kurze Zeit hatten dabei. Endlich sagte Sepp, er müsse gehen, habe noch viel zu verrichten. «Wo bist über Mittag, wirst doch auch etwas essen wollen?» fragte Felix. «Ich denke», sagte Sepp, «ich gehe zum Bären ans Ordinäri, die Frau ist bei mir.» Felix versprach, sich ebenfalls einzufinden. Er hatte mit Bethi Frieden geschlossen und liebte dessen resolutes Wesen, das kein Blatt vors Maul nahm und doch manierlich blieb.

Er verschwatzte sich, wie es so geht an einem Markttage, wenn man viele Bekannte hat, und zwar auch weibliche, und dazu noch ledig ist. Sowie er einen Schritt weiter getan, grüßte ihn eine holde Stimme. «Bist auch da?» fragte sie; «der

Weg war dir mit Schein auch nicht zu wüst?» Es war ordentlich, als ob die Mädchen sich ihm um die Füße wickelten wie Schlingpflanzen dem Badenden. Es war bereits weit über die abgeredete Zeit, als er beim «Bären» unter die Türe trat, wo das Ordinäri serviert wurde. Die erste Person, welche ihm in die Augen fiel, war Eglihannes, und neben ihm saß die Pintenwirtin. Mit einem Fluche wollte er umkehren, aber Sepp hatte ihn gesehen und rief ihm. Will gehen, dachte Felix, der Hagel könnte sonst meinen, ich fürchte ihn und fliehe deswegen. Er drängte sich durch in die Ecke, wo Sepp war und neben Bethi Änneli saß. Felix ward wirklich rot und machte ein recht lächerliches Gesicht; Verlegenheit war sonst seine Schwachheit nicht, aber jetzt kam ihn doch so was an, das derselben glich. Änneli war gar tausendhübsch; so einfach und doch so nett war auf dem ganzen Markte vielleicht kein anderes Meitschi, so hatte er es noch nie gesehen. Es machte ein gar glückliches und verlegenes Gesicht und stotterte sehr, als Felix fragte: «So, bist auch zMärit?» und es antwortete: «Ein wenig wohl.» «Der Geiger wird dich gezogen haben», sagte Felix. «Nein, wäger nicht», antwortete Änneli, «die Schwester wollte es haben. Es war mir zwider, aber sie meinte, ich sollte einmal selbst kommen und kaufen, was mir anständig sei. Das wär nicht nötig gewesen, denn besser trifft es mir doch niemand als gerade sie.»

So gab ein Wort das andere, in den Augen mehrte das Glück, minderte die Verlegenheit. Felix schenkte munter ein, da half alles Wehren nichts, und fluchte nebenbei über sein Unglück, daß er den Halunken den ganzen Tag vor Augen haben müsse, es sei, als ob er verhexet worden; dann sagte er: «Frag ihn doch, Sepp, wieviel Käs er heute verkauft und wie teuer.» Aber Sepp wollte nicht fragen. «Es ist gut, ist er am andern Tisch», sagte er. «Man soll nicht Öl ins Feuer tragen, es ist besser, das bleibe von einander; hoffentlich ist er weise genug und schweigt, tut, als ob wir nicht da wären.» «Da kannst du ja nicht einmal Gesundheit mit ihm machen», sagte Felix zu Änneli. Änneli wurde rot bis über die Ohren, und Bethi sagte: «Nit, mach dere Gspäß nicht wieder, es war an einem Mal zu viel». «Flausen», sagte Felix, «das täte ja einem ungeschälten Ei nichts.» «Du weißt wenig, was ein ungeschältes Ei ertragen mag. Bursche wie du wissen keinen Unterschied zu machen zwischen einer alten, wohlgegerbten Kuhhaut und einem ungeschälten Ei, tun wie junge Bären, welche im Spaß und Gutmeinen mit zentnerigen Steinen die Fliegen wehren wollen.» So kapitelte Bethi, und Felix nahms mit Lachen auf, und Änneli lenkte ab und fragte nach guten Verrichtungen; alle waren lustig und guter Dinge, ließen sichs wohlsein in behaglicher Ruhe. Sepp redete sogar von schwarzem Kaffee samt einem Gläsli, und Bethi fragte: «Bist recht im Kopf oder aus dem Häusli, oder trägt euer Roßhandel so viel ab, daß es alles ertragen mag?»

«Für den wollte ich nicht viel geben», ertönte es hinter Felix. «Den Profit, den ihr an dem Tier macht, welches ihr heute gekauft, möchte ich nicht um drei Kreuzer!» Diese Stimme hob Felix hoch auf, denn sie war die von Eglihannes, der in seiner unabtreiblichen Frechheit zu Änneli sagte: «Hörst, wie droben die Geigen gehen, wollte dich fragen, ob du einen mit mir haben wollest?» Es gibt Leute mit einer Unverschämtheit, von welcher honette Leute sich gar keinen Begriff machen, die es haben wie die Flöhe: Abschütteln hilft gar nichts, so oft man sie abschüttelt, sind sie wieder da und beißen wieder zu; gegen Flöhe hilft bloß Zerdrücken. Diese Menschen sind unabtreiblich, hängen sich an wie Kletten, stechen wie Wespen, brennen wie Nesseln, schreien wie Säububen, wenn man sie anrührt, schelten und schimpfen wie Rohrspatzen, wenn sie außer Gehörweite sind, tun es aber auch, wenn sie besoffen sind, ins Angesicht. Dieses

Ungeziefer gehört zumeist zum radikalen Halbherrentum und ist doppelt giftig und bösartig, wenn es an einem Zipfel des Regimentes hängt, irgend was vorstellt unter irgend einem Titel.

«Mach dich weg, wenn du nicht Schläge haben willst», sagte Felix zu Eglihannes. «Tanze du mit deinen Huren, aber ein ehrliches Meitschi rühre mir nicht an! Verkarret hasts, versauen sollst es nicht noch; von selbem ists kuriert, das wüsche ihm der Rhein nicht ab.» «Wer sagt, ich habe es verkarret, lügt wie ein Schelm», sagte Eglihannes; «ich will dir sagen, wer es getan hat, wenn du schon des Ammanns Löhl bist: du hasts getan und kein Anderer!» Jetzt wars Zeit, daß Sepp sich hinter dem Tische hervorgemacht und plötzlich zwischen Beiden stand. «Du bist ein Händelmacher», sagte er zu Eglihannes; «geh und laß uns ruhig bei unserer Ürti, sonst bin ich dir für nichts gut. Wir ließen dich drüben auch ruhig.» Eglihannes sah, daß es Ernst war, und zog kläffend ab. Er fürchte sich nicht, sagte er; man solle ihm nur was tun, wenn man dürfe. Er hätte das Recht, da zu sein, so gut als Andere, und es werde nicht verboten sein, mit ihnen zu reden; er habe schon mit Vornehmeren gesprochen und sie hätten nichts darwider gehabt usw.

Felix vermaß sich hoch und teuer, wenn der Hund ihm heute noch einmal vor die Füße liefe, schlage er ihn ab, daß ihm Laufen und Maulen vergehe für eine gute Weile. Auch Sepp war böse und meinte, das sei Händel gesucht. Es müsse einer Pfeffer gefressen haben, um so unverschämt anzubinden, wo er doch eine tüchtige Tracht Schläge bar habe. Probiere Eglihannes es noch einmal, wehre er nicht mehr ab, sondern strenge noch an und gebe selbst. «Aber an Geiger soll der uns nicht umsonst gemahnt haben», sagte Felix; «jetzt komm, mußt einen mit mir haben, Meitschi!» So was hatte Änneli noch nicht erlebt. An der Hand eines Ammannssohns in die Welt treten, man denke! Dazu ein armes Mädchen, man denke doppelt! Bethi wußte nicht recht, was dazu sagen, es war ihm recht und nicht recht; es war ihm recht, daß Änneli zur Freude kam, aber was werden die Leute sagen, daß es Ammanns Felix ist, der ihns zum Tanze führt, dachte es. Wenn Bethi die Leute auch nicht fürchtete, liebte es doch nicht, in ihren Mäulern zu sein; es ist zumeist ein sehr unappetitlicher Aufenthalt.

Diesmal ward Felix Meister und stürzte sich ins Weltgetümmel gleichwie die Homerischen Helden in die Schlacht. Änneli wußte nicht recht, lebte es noch oder war es schon tot und schwebe auf Engelsflügeln dem Himmel zu. Wohl, das gab große Augen, als der wohlbekannte Felix mit einem Mädchen an der Hand daherkam, das niemand kannte, das nicht des Bauern Tochter in der Hohle, nicht des Bauern Tochter auf dem Hubel, kurz keines Bauern Tochter zu Berg oder Tal war, ein Menschenkind, von dem man nicht wußte, woher es kam, und wenn auch nett, so doch so gering angezogen, daß die ganze Kleidung nicht so viel wert war als eine einzige Kappe auf dem Haupte einer der reichern Töchter. Mit gerümpften Nasen standen sie beiseite, wischten das Fürtuch ab, wenn Änneli darangekommen, muckelten von Ghausmannstöchtern und Kindermägden, von Zeug, das auf der Gasse aufgelesen worden und das man mit keinem Finger berühren möchte. Es waren Töchter darunter, welche diesen Morgen bei Felix sich gestellt, ihn angeredet, ihm die Hand gereicht, die er hatte stehen lassen, ihre Erwartungen bitterlich getäuscht hatte, und warum? Wegen einem solchen Ding da, von dem man nicht wußte, woher es kam, und das deswegen nicht viel wert sein mußte; denn wenn es was wert wäre, wüßte man auch, wie es heiße und wo es daheim sei. Diese alle machten Felix stolze Augen, taten kurz, spielten beleidigte Majestäten. Felix gehörte nicht zu dem Schlage, welcher leicht verdutzt wird; er hatte selbst ein majestätisches Bewußtsein und gegenüber den beleidigten Schönen sultanliche Regungen. Er trieb sich mit Änneli noch kühner durch das Getümmel. Konnte er einer der stolzen Schönen einen vaterländischen Mupf applizieren, sparte er ihn nicht. Änneli dagegen wuchs ihm immer besser in Arm; es dünkte ihn, mit dem Meitschi sei es ein ganz anderes Tanzen als mit allen Andern, er habe bis heute noch nicht gewußt, was Tanzen sei. Änneli dünkte es auch so schön, und doch ward ihm so angst. Als Sepp und Bethi fortgegangen, hatten sie die Zeit bestimmt, wann Änneli da sich einzufinden habe, wo Sepp das Fuhrwerk eingestellt. Diese Zeit war verflossen, und Felix kümmerte sich nicht drum, und gäb wie Änneli jammerte, lachte Felix und sagte, es solle nicht Kummer haben, er wolle alles versprechen, aber jetzt lasse er es nicht und es solle ihm jetzt aufhören mit Kären ein- für allemal. Änneli weinte fast, aber was sollte es machen? Die Kraft, die ohne Rücksicht ihren Willen durchsetzt, fehlte ihm, die Furcht, den Felix zu erzürnen, war bei ihm eingezogen. Es ist diese Furcht ein gar eigenes Merkmal für alle, welche sich darauf verstehen.

Da erschienen Sepp und Bethi im Tanzsaal. Sepp hatte abreisen und den Bescheid hinterlassen wollen, Änneli solle nachkommen, wie es könne und möge. Das ist übliche Sitte, daß Mädchen bei ihren Tänzern zurückbleiben und mit diesen heimkehren, während die Eltern ganz unbesorgt vorausfahren. Aber Bethi erklärte, ohne Änneli gehe es nicht heim, das sei ihm noch zu jung, um es allein zu lassen, und allweg mit Felix nicht. Das sei ein Zwänggring, was ihm in Kopf schieße, da durch müsse es, und auf das wolle es es nicht abkommen lassen. Sepp mußte mit Bethi zurück, wo sie die Beiden gelassen. «Was Teufels tut ihr noch da?» sagte Felix; «dachte, ihr seiet schon halb heim!» «Zürnt doch recht nicht», jammerte Änneli, «aber er wollte mich nicht gehen lassen, gäb wie ich ihm angehalten.» «Heim mußt», sagte Felix, «aber jetzt nicht.» Nun erhob sich eine große Märteten, welche endlich mit einer Kapitulation endete. Bethi blieb fest dabei, ohne Schwester gehe es nicht heim; dagegen ließ es sich bewegen, aber mit Mühe, noch eine Stunde warten zu wollen. Es war Bethi sehr ärgerlich, daß Felix Änneli so auffallend zu Tanz und Gast hielt. Es war noch mehr Volk aus der Vehfreude in den Saal gekommen, man kannte sie also, und Bethi sah wohl, wie die Mädchen die Nasen immer mehr rümpften; denn es ist akkurat die gleiche Welt und akkurat gleiches Naserümpfen wird an Hof- und Dorfbällen gesehen. Das Ding, sagte Bethi, sei ihm in Tod zuwider, nicht wegem Änneli, das sei, so Gott wolle, witzig genug, zu wissen, wie es dies zu nehmen hätte, aber wegem Gerede. Jetzt werde der Teufel aber los sein und das ganze Dorf und das Räsonieren von vornen angehen.

Bethi setzte seinen Willen durch, nach einer Stunde mußte aufgebrochen sein. Bethi gab nicht einmal zu, daß Felix Änneli zum Tische nahm und mit Speise und Trank erquickte. Felix begehrte auf und meinte, es sollte doch wissen, was Brauch und Recht sei. Eine Bösere habe er noch nicht angetroffen, aber zwängen solle ihm die beim Donner nicht alles. «Geh du und tanze, es sind Bauerntöchter da, wie sie sich für dich schicken. Sie luegten schon lange auf dich», sagte Bethi. «Wott nit, können mir blasen, will expreß, weil du mich abschüsseln willst, mit euch heim», sagte Felix. «Kannst nicht», sagte Bethi, «haben nur einen Sitz auf dem Wägeli, der ist für uns zu enge.» «Stehe hintenauf», sagte Felix, «magst wollen oder nicht. Denke, du werdest nicht zu vornehm sein, dich darein zu schicken.» «Bist ein wüster Bursche», sagte Bethi, «meinst, weil du Ammanns Felix seiest, dürfest du alles zwängen, stehe dir alles wohl an; geht es dabei Andern wohl oder übel, so ists dir gleich.» «Was, übel gehen?» fragte Felix. «Fressen will ich dich nicht, wärest mir viel zu räß, und euer Roß wird mich wohl ziehen mögen, nicht weiter als es ist, und Kosten machen will ich euch nicht, darauf kannst dich verlassen.» Bethi kehrte ihm zornig den Rücken, mehr zu sagen schickte sich ihm nicht, und Felix fuhr mit. Es war schon gegen Abend, als sie abfuhren, und Bethi war um so hässiger, es sprach kein Wort. Änneli drückte sich zwischen Sepp und Bethi hinein, mitten hinter ihm stand Felix. Was es dachte, wußte es nicht, es schwoll in ihm ab und zu wie Ebbe und Flut gar mächtiglich.

Wir wissen, daß es Sitte ist, einzukehren, ehe man heimkommt, so gleichsam um zuzufüllen, dieweil der Wein sich setzt beim Fahren, oder auch um den Tag gehörig zu brauchen mit Stumpf und Stiel und weil man zu Hause sich nicht langweilen mag. Es gibt auch Leute, welche an solchen Tagen nie heim können, wenn sie nicht gehörig gezankt, gescholten oder geschlagen haben. Ob bloße Streitsucht dabei zugrunde liegt, oder ob sie trinken, bis sie streiten müssen, oder ob Streitsucht und Trinksucht vereint wirken, ist noch nicht ausgemacht. Wir hoffen, Naturforscher werden sich mit daherigen Untersuchungen befassen und uns darüber ins Klare bringen. Man glaube nicht etwa, diese Sorte von Menschen existiere im rohesten Pöbel, der in den hintersten Gräben, wo Hasen und Füchse einander gute Nacht sagen, zu suchen, und hause in Klüften und Höhlen, komme daher in ungegerbten Ochsenhäuten mit nackten Beinen; man würde sich sehr irren. Diese Leute findet man in schönen Häusern, haben vornehme Kleider an, gebärden sich gebildet, zum gebildet Reden bringen sie es begreiflich nicht, haben manchmal sogar Titel am Leibe, machen Ansprüche, zu den Honoratioren zu gehören, singen zuweilen: «Freiheit, die ich meine!» Das ist zumeist Freiheit für die Sau, welche in ihrem

Leibe wohnt, und Freiheit, alle andern Leute kujonieren und tyrannisieren zu können nach Belieben. Manchmal führen diese Leute ihren Spektakel selbst auf, manchmal führen sie Andere mit sich als Kläffer oder Bullenbeißer, welche sie dann anhetzen dem ersten Besten, der ihnen mißfällt. Diese Sorte Menschen ist wohlgekannt, kann aber an Markttagen so wenig vermieden werden als lästige Kuhschwänze, mißbeliebige Finger, schlechter Wein und zähes Fleisch; sie ist in den meisten Wirtshäusern zu riskieren, welche an Wegen zu reißendem Fortschritt liegen.

Als unsere Leute gegen ein Wirtshaus zufuhren, befahl Felix: «Sepp, häb zueche!» «Warum nicht gar», sagte Bethi, und das waren die ersten Worte, welche es sprach; «jetzt noch zueche, und sollten wir schon vor mancher Stunde heim sein! Das het kei Gattig!» «Und jetzt bin ich Meister», sagte Felix, «und tue es nicht anders», sprang ab, nahm das Roß beim Kopf und führte es dem Stallknecht in die Hände. Sepp ergab sich darein; zur Selteni einmal werde nicht alles zwängen, dachte er. Aber Bethi war so zornig, daß man es bei einem Beine hätte geradeaus strecken können wie ein Scheit Holz; es hatte gute Lust, auf dem Wägeli sitzen zu bleiben, aber es dachte ans Aufsehen, und je weniger desselben, desto besser sei es. Aber was das abtrage, jetzt noch ins Wirtshaus und keine Stunde weit heim und mit Ammanns Felix, wo noch in dieser Nacht in jedem Hause werde Gericht gehalten werden über dieses Geschleipf, wie man noch keines gesehen. Bethi machte ein Gesicht, daß man das Weltmeer damit hätte vergiften können, aber es ging.

Als sie in die Stube kamen, wer saß drinnen? Eglihannes! – bei ihm einige jener Zankhähne, sonst noch ein zahlreiches gemischtes Publikum. «Gäbe einen Neutaler, wäre ich wieder draußen», sagte Sepp. «Geschieht dir recht», sagte Bethi, «wärest witzig, so brauchtest keinen Neutaler zu geben.

Kannst jetzt ausfressen helfen, was eingebrockt ist.» Sepp trachtete nach einer entfernten Ecke; da rief Eglihannes in seinem aufgestachelten Übermut: «Vrstecke hilft nüt, me het ech ja scho gseh, ih wett dahere cho!» Sepp kam das Blut ins Gesicht, aber Felix kam ihm zuvor und sagte: «Warum nicht? Wir haben nicht nötig, uns zu verstecken; gestohlen haben wir nicht, und was wir brauchen, zahlen wir. Aber heutzutage nimmt man sich in acht, wo man absitzt, wenn man Krätze und Wanzen nicht liebt und nicht gern neben Huren und Hurenbuben sitzt.» So war der Feldzug eröffnet und von Felix mit förmlicher Begeisterung. Die bekannten Händelmacher von Eglihannese Schlage unterstützten und hetzten diesen mächtiglich. Bauern im Allgemeinen, die Vehfreudiger insbesondere wurden aufs Korn genommen, verhöhnt und verspottet schmählichst. Felix blieb nichts schuldig, er räsonierte die Andern greulich zusammen und gebrauchte dabei eine eigene Kampfesweise, welche noch unwiderstehlicher ist, als die der Russen in Ungarn war. Auf alles, was die Andern sagten, achtete er bloß, wenn es ihm dienlich war; so recht in guter Laune sagte er den Andern so wüst er konnte. Er hatte das Publikum auf seiner Seite, was begreiflich die Andern reizte und ärgerte; er war ebenrecht angetrunken, daher war ihm so recht wohl im Streit. Felix bestellte zwischendurch an Essen und Trinken, als ob er sein Lebtag dableiben wolle, und Bethi sagte: «Bist ein Narr, was meinst auch!» «Schweig, wer befiehlt, der zahlt», sagte er. «Und essen kann, wer mag», antwortete Bethi und befahl Sepp, nachzusehen, ob das Roß den Hafer gefressen. «Hast nicht zu pressieren», sagte Eglihannes, «er entrinnt dir nicht!» Die Pintenwirtin lachte, daß es sie schüttelte, und Bethi sprühte das Feuer aus den Augen. Änneli hatte Lust zum Weinen, aber Felix sagte: «Habe nicht Kummer für alte Schuh, unser Gattig Leute gehen nicht mit dem Schelmen durch, aber euer Gattig Leute, ja, ganze Kuppele. Wenn ihr zentum alles ausgesogen habt und das Volk betrogen, die obrigkeitlichen Kassen bestohlen und versoffen und verhuret habt, geht ihr mit dem Schelmen draus nach Amerika oder sonst dem Teufel zu. Wie sagt man dem Orte, wo die Herren an Witwen und Waisen saugen, die Vogtsgelder verbraucht sind, das ganze Dorf samt Kirche und Schulhaus auf die Gant muß, wo man um drei Schoppen Bier einen ganzen Karren voll Weiber haben könnte mit samt neusilberigen Göllerketteli?»

Das stach auch, und ein Wort kam hitziger als das andere, bis Eglihannes nach Felix eine Flasche warf. Der parierte, ward dabei in die Hand geschnitten, sprang in einem Satz über den Tisch, und ehe sich jemand dessen versah, hatte er den Eglihannes unter den Füßen. Dessen Freunde vergaßen die gebildeten Gebärden, taten wie halbe Tiere, wollten Felix ungekocht fressen. Aber dem Felix stand alsbald der Nägelibodenbauer zur Seite, der hielt mit mächtigen Armen zwei bei der Gurgel, daß ihre ohnehin aufgeblasenen Gesichter wurden wie Euter von alten Bergkühen, die zum Kalben stehen. Felix, wie bekannt glücklich, wenn er prügeln konnte, rührte seine Fäuste noch munterer als früher die Beine beim Tanzen. Änneli weinte, Bethi räumte Gläser und Flaschen weg und schrie nach dem Wirte; das übrige Publikum sah zu, das weibliche mit Furcht und Zittern, das männliche kaltblütiger, neugierig. «Seh, tut sie doch auseinander», hieß es, aber niemand hatte gern die Hand dazwischen. Zwei, Drei standen auf, zu helfen, wenn Sepp und Felix den Kürzern ziehen sollten, denn jene Händelmacher liebte niemand, es hatten schon zu Viele unter ihren Manieren gelitten. Der Wirt pressierte nicht; Bethi, voll Angst für ihren Mann, hatte einen seiner Gegner hinten bei den Haaren genommen und herumgerissen, worüber ein großes Gelächter entstand, der Lümmel ganz verdutzt dastand, als er als Gegner ein Weib erblickte.

Endlich kam der Wirt und tat seine Pflicht, die Schläge hörten auf, aber das Brüllen dauerte fort, und eine Partei bedrohte die andere mit den Folgen, schleuderte Drohung um Drohung auf ihre Häupter. Viel zu klagen hatte keine Partei; die Anfänger hatten, wie billig, mehr abgekriegt. Eglihannes sah aus wie ein gemausert Huhn und braun und blau dazu, die Halbherren und Streitmacher hatten verklebte Augen und Nasen wie Schuhleisten, Halstücher und Vorhemdchen waren in traurigem Zustande. Sepp war am besten darausgekommen, dagegen blutete Felix doppelt an Kopf und Hand, machte sich aber nichts daraus, dieweil er es gewohnt war, aß und trank nun, nachdem er gewaschen war, erst mit rechtem Appetit und fühlte volle Befriedigung als wie nach wohl vollbrachtem Tagewerk. Änneli sah ihn gar bedauerlich an, dessen freute er sich sehr, machte tapfer Gesundheit mit ihm, höhnte nebenbei immer den Eglihannes aus, bis der endlich, sattsam betrunken und neue Schläge fürchtend, das Feld räumte und durch seinen Gstabi sich heimziehen ließ.

Bethi saß wie auf Dornen und mußte doch warten, bis Eglihannes nicht mehr einzuholen war. Es weiß niemand, was es gegeben hätte, wenn es diesen Tag hätte ausstreichen können aus seinem Leben. Gäb wie man sich in acht nehme, es helfe alles nichts, dachte es. Dem, was einem einmal geordnet sei, entrinne man nicht, man möge machen, was man wolle. Gehe es von Hause, habe es Verdruß und komme ins Gerede, und Änneli sei die friedlichste Kreatur, und wo es sich zeige, sei Blut und Streit, nicht einmal wegem Meitschi, sondern aus bloßer Tüfelsüchtigi, das Meitschi habe nichts davon als Spott und Schmach. Es wollte, es hätte alles an seinem Orte, jedes in seinem Bette, dann wollte es gern für geraume Zeit das zu Markte Gehen abschwören. Bethis

Sinnen benutzte Felix und flüsterte mit Änneli. Änneli antwortete nicht mit Worten, wurde aber ganz rot und schüttelte den Kopf. Felix flüsterte lauter, da sah Bethi sich um, sagte, es werde angespannt sein, jagte Änneli vor sich her, saß halb verdreht auf seinem Sitze, redete mit Felix, so daß der durchaus zu keinem heimlichen Worte mehr kam, auch nicht beim Absteigen, denn da jagte Bethi Änneli alsbald voran ins Haus, angeblich nach Licht. Felix mußte abziehen, nahm aber eben nicht zärtlichen Abschied von Bethi, was dieses auch eben nicht besonders anfocht.

Das Licht ward alsbald gelöscht, zwei Personen schliefen jedoch nicht, und dies waren Änneli und Bethi. Der Nägelibodenbauer dagegen schnarchte alsbald, daß die Fenster klirrten wie bei einem gelinden Erdbeben. Änneli hatte das Herz ganz voll; es kam ihm wohl, daß, nach Aussage der Gelehrten, das Herz dehnbar ist, es wäre sonst zersprungen. Ach, es war voll Glück und Freude, so ganz voll Freude an Felix und seinem Tun, und weiter als an diese Freude dachte es nicht; hell und klar und tief war diese Freude, wie wohl selten eine auf Erden ist. Bethis Herz war fast ebenso voll Verdruß und Sorgen. Bethi war ein Weib, hatte daher von Natur ein Auge für angehende Liebe und daherige Händel; überdies war es Stubenmagd gewesen, Erfahrung und Beobachtungen hatten es vor Andern scharfsichtig gemacht. Ännelis Liebe und Felix' zutäppisches Wesen um Änneli war ihm offenbar; daß der Anfang ein Ende habe, das heißt alles gleich anfangs von selbst erlösche, glaubte es. Aber was für ein Ende konnte es sein? Ein glückliches in keinem Falle, allerwenigstens eins mit Weh und Tränen, wenn nicht noch ein viel ärgeres! Allweg war eine schwarze Wolke über seinem lieben Änneli, die sich entladen mußte, aber wie, das war eben die Frage. Änneli wegtun zu rechter Zeit, das war das Kürzeste und Beste; das löscht das Feuer am besten, wenn man es austritt, ehe dasselbe im Dache ist. Es tat ihm aber weh, das liebe Meitschi, dessen Unentbehrlichkeit es gefühlt, wegzutun, damit war es selbst gestraft. Und was ihns noch mehr dauerte, war die Gewalttat an Ännelis Liebe. War es nicht in ähnlichem Falle gewesen: Magd, und der Geliebte der Sohn des Hauses? Wie wäre ihm nun gewesen, wenn eine eigene Schwester mit Gewalt es von Sepp gerissen, seine Verbindung unmöglich gemacht hätte! Es ging auch fort, aber aus fremdem Hause, und Sepp kam ihm nach. Es heiratete Sepp und war jetzt eine Bäuerin, aber Sepp war nicht reich und nicht des Ammanns einziger Sohn und wartete doch, bis die Eltern gestorben waren, die aber einige Dutzend Jahre älter gewesen als der Ammann und die Frau Ammännin, die bei ihrem Leben nie ein armes Mädchen als Sohnesfrau dulden würden, denn bekanntlich will man umso mehr Geld erheiraten, je mehr man bereits hat. Es ist so ein quasi Ehrenpunkt, recht viel Geld zu kriegen; je mehr man kriegt, desto mehr wert glaubt man selbst zu sein. Er ist ein ganzer Bursche, wenigstens hunderttausend Gulden hat er erheiratet! Oh, er ist doch der leidischt Kerli, e rechte Möff, het es selligs Vrmöge und war nicht imstande, etwas zu erheiraten, keinen Batzen hat er von seiner Frau! So lautet die öffentliche Meinung und nicht bloß die Ansicht eines Ammanns und einer Ammännin.

Das wars, was Bethi den Schlaf verscheuchte. Es suchte Rat und fand ihn nicht. Da kam ihm ein Laut ans Ohr, es fuhr auf und horchte, es war ihm, als höre es Töne; plötzlich wußte es, was es war, fuhr in die nötigsten Kleider, bestieg den Ofen, über welchem eine große, viereckige Öffnung war, durch welche man in die Kammer steigen konnte, in welcher Änneli schlafen sollte und nicht schlief, schob leise den Laden weg, welcher das Loch deckte, und rekognoszierte. Da sah Bethi eine Gestalt vor dem Fenster, von der kamen die Töne, und vor seinem Bette stand Änneli und zitterte. Bethi entschlossen hinauf zum Fenster, schob ein Schiebfensterchen zurück und sagte: «Hör du, Felix, es wäre Zeit, daß du uns in Ruhe ließest, ich habe heute schon genug Verdruß gehabt deinetwegen, vor weiterem will ich sein, zähl darauf! Geh heim, hier hast du nichts zu suchen, und wenn du was suchen solltest, du wirst da doch nichts finden, zähl darauf!» «Habe nichts mit dir», sagte Felix zornig. «Geh du in dein Bett und stecke deine Nase nicht in anderer Leute Sachen. Hör, will zu Änneli und nicht zu dir.» «Du wirst zu einem so wenig kommen als zum Andern, und daß du mir nie mehr vor ein Fenster kommst des Nachts! Geh zu deinesgleichen und mache nicht arme Mädchen unglücklich, so schlecht wirst nicht sein wollen!» Felix wollte aufbegehren, aber Bethi sagte: «Bist besoffen und weißt nicht, was machst! Geh heim, oder ich wecke Sepp.» So sprach Bethi, schob das Fensterchen zu und trat zurück. Felix hielt eine Weile still und bückte sich. Als er glaubte, Bethi sei zu Bette, erhob er sich und klopfte wieder leise. Da war Bethi wieder da und sagte: «Jetzt gehe, wenn ich dir gut zum Rate bin, oder meinst, wir seien nur da, um uns von dir kujonieren zu lassen?» «Donners Hex, was du bist», sagte Felix und verschwand. «Meitschi, geh ins Bett», sagte Bethi ärgerlich zu Änneli; «bist mir ds Herrgotts und tust ihm auf; ds erstemal, wo du es tust, mußt aus dem Hause.»

Änneli brachte eine trostlose Nacht zu, ein doppelter Kummer zerschnitt ihm das Herz: Bethi war böse, Felix war böse. Änneli hatte ein liebes Herz, welches kein Tierchen böse machen konnte, und jetzt waren die beiden Menschen, welche unter dem weiten Himmel ihm die liebsten waren, zornig über ihns; man denke sich des armen Kindes Schmerz!

ZWANZIGSTES KAPITEL

Wie man Gutes mit Bösem vergilt

Der Winter brach ein, hart und streng, Weihnachten nahte. Es ist eine eigene Ordnung in der Natur, daß je starrer der Erdboden durch Frost gebunden wird, desto hungriger Menschen und Vieh werden. Alle Ordnung kommt von Gott, darum sicherlich auch diese. Alle Ordnung macht Gott besonders darum, daß der Mensch Weisheit lerne und in der Demut bleibe. Es sieht der Mensch in dieser Ordnung alle Winter, daß es Zeiten gibt, wo man mehr braucht als sonst und nichts erhält, daß man mit allen Mühen nichts hervorbringen kann, sondern bloß und allein vom Vorrat leben muß, vom Vorrat, den Gottes Güte gegeben und den man mit fleißigen Händen eingesammelt. Er sieht daraus, daß die Zeiten immer wieder kommen, wo man bloß von Gottes Güte lebt und nicht von seiner Weisheit und Kraft, wo man zehrt von den Früchten der Sparsamkeit, welche die Vergangenheit gegeben, und Zeiten, welche nichts hervorbringen trotz allem Fortschritt und allem Übermut der Menschen als gesteigerten Hunger und ein Verzehren der Schätze der Vergangenheit und eine alle Tage mehr zutage tretende Ohnmacht, die Schätze der Vergangenheit zu bewahren und neue zu schaffen, die Bedürfnisse der Gegenwart zu befriedigen. Das sind auch Zeiten, welche die Ehre Gottes erzählen und herausquellen mit ihrer Rede, Gottes Weisheit zu verkünden. Sie haben zwar keine Rede und keine Worte, und doch wird ihre Stimme gehört. Ihre Schrift geht aus in alle Lande und ihre Rede an das Ende des Erdkreises. König David schrieb dies vor fast dreitausend Jahren für Israeliten; müssen damals die Leute gescheiter gewesen sein als gegenwärtig, die Väter weiser als die Kinder. Denn solche Schrift verstehen nicht bloß die jungen Juden nicht mehr, sondern nicht einmal unsere zeitgeistlichen Schulmeister. Und wenn es so steht mit dem jungen Holz, was soll man vom alten erwarten, und namentlich von Vehfreudigern!

Diese konnten sich in die strenge Kälte gar nicht schicken, ihre so köstlich greiseten Kühe wollten gar nicht satt werden, und ihre Heustöcklein waren gegen Weihnachten ungefähr wie ehedem an der Fastnacht. Jetzt erfuhren sie, wie es geht, wenn man im Sommer noch einmal so viel graset als sonst und doch gleich viele Kühe wintern will. Kühe sind begreiflich nicht Töchter, da ist ein himmelweiter Unterschied. Töchter lassen sich schnüren, bis ihr Magen nicht größer wird als ein braver Fingerhut. Töchter haben Verstand: wenn sie ein gesundes Aussehen kriegen und sich Fleisch ansetzen will, essen sie nur noch halb genug und trinken dünnen Tee und starken Essig ohne Zucker, das kostet den Papa wenig und hilft den Töchtern von den roten Backen und dem guten Aussehen. Kühe nun sind bekanntlich ganz anders, haben keinen Verstand, fragen der Taille hell nichts nach und scheren sich um niemanden, am allerwenigsten um einen Bauer, dessen Heustock die Schwindsucht hat. Im Gegenteil, je dünner derselbe wird, desto mehr Appetit kriegen sie, und wenn ihnen derselbe nicht vollständig befriedigt wird, so sind sie indiskret, haben keine Manieren und brüllen, bis sie zu fressen kriegen, und zwar hartnäckig ganze Nächte durch, noch viel ärger als gewisse Reisende, wenn sie mal das Glück haben, auf fremdem Boden einquartiert zu werden. Indessen, um gerecht zu sein, wären gewissen Bade- und andern Wirten Gäste, welche so natürlich und stettig ihre Bedürfnisse verständlich machen, auf den Hals zu wünschen. Es wären für den Wirt wahrhafte Kurgäste. Gar oft ists der Fall, daß der Wirt sein eigenes Wasser am allerwenigsten braucht und doch das Kurieren am allermeisten nötig hätte. Auch den respektiven Kellnern täte es wohl an den Manieren, wenn sie Gäste kriegten mit solchen Stimmen und ohne Blatt vor dem Maul.

Noch empfindlicher als das Brüllen wird was anderes. Bosheit ist weit ärger als Unverschämtheit, und Rachgier liegt in jedem Tiere. Jede Kuh ist rachgierig; je weniger man ihr zu fressen gibt, desto weniger Milch gibt sie aus Rachgier und Bosheit. Diese Bosheit ist so verstockt, daß man weder mit Schlägen noch Zusprechen etwas dagegen ausrichtet, sie wird im Gegenteil noch alle Tage größer. Namentlich die sogenannten greiseten Kühe führten sich am wüstesten auf. Das waren Fremdlinge im Hause, hatten weder Anhänglichkeit an Personen noch ans Haus; wenn sie den Heustock in einem Tage hätten fressen können, sie hätten es getan, unbekümmert, was der Bauer dazu für ein Gesicht gemacht. Und je mehr sie fraßen, je unverschämter sie taten, desto weniger Milch sie gaben. Die frühern, versorgeten, eingebornen Kühe hatten regelmäßig ihre Milch gegeben bis zwei Monate oder sechs Wochen ans Kalben, ja einige waren so treu, daß man sie fast nicht gust lassen konnte, dazu taten sie bescheiden im Fressen, es war nicht alles Bauch an ihnen. Die neuen, greiseten hatten es ganz anders. Nachdem sie viel gekostet, gaben die besten einen Monat oder zwei ziemlich Milch, manche noch schlechte und dünne, aber alsbald nahmen sie ab und ab, und nach vier oder fünf Monaten taten die meisten nichts mehr als fressen und brüllen und stoßen nach allen andern, die noch etwas zu fressen hatten. Die Weiber hatten darauf gezählt, den Winter über Milch genug zu haben für den Hausbrauch, für Anken in Vorrat, für gestoßene Nidle am Weihnachtstage und noch etwas zum Verkauf, um ihre erschöpften Privatkassen wieder einigermaßen zu trösten. Sie waren von ihren Männern den ganzen Sommer über darauf angewiesen worden als wie die Heiden auf das verloren gegangene goldene Zeitalter, die Juden auf das tausendjährige Reich, und war ihnen gegangen wie Heiden und Juden: statt aller Erfüllung nichts als lange Nasen. Schon in der Herbstweide, wo im Bernbiet sonst Milch wie Bach fließt, die Bäuerinnen sich wenigstens so sehr darauf freuen als die Zürcherinnen auf eine Fahrt nach Baden und die Baslerinnen auf eine Hochzeit zu Pratteln oder Sissach oder sonstwo in ihrer wunderlieben Landschaft, ging es miserabel zu, ganz apothekermäßig, das heißt statt maß-bloß tropfenweise, und um diese Tropfen zu erhalten aus den greiseten Kühen, mußte man sich fast den Atem aus dem Leibe ziehen. Und als sie ans Dürre kamen, vertrockneten sie ganz und gar. Die Ankenhäfen blieben leer, die Privatkassen blieben leer, ja die Milchkacheln wurden immer rarer auf den Tischen, dazu die Heubühnen immer durchsichtiger; es war ein wahres Elend. Um Lichtmeß soll sonst, wenn der Bauer mit gutem Gewissen das Frühjahr erwarten soll, nicht mehr als das halbe Heu und das halbe Emd gefüttert sein. Ja, du meine Güte, es waren um Weihnachten Solche, welche froh gewesen wären, wenn sie noch die Hälfte vom Halben gehabt hätten.

Die Katholiken haben die schöne Sitte, im Frühjahr ihre Felder einsegnen zu lassen, im südlichen Frankreich lassen sie die Ochsen weihen, die in die Berge gehen, und wenn Dürre oder Nässe, Mißwachs drohen, gibt es große Prozessionen, außerordentliche Feierlichkeiten. Schön nennen wir es, wenn man diese Sitte von allem Aberglauben entkleidet und darin die demütige Anerkennung sieht, daß mit aller Weisheit und Macht der Mensch nichts machen könne an Regen und Fruchtbarkeit, an guten und bösen Jahren, daß jede gute Gabe von oben komme, vom Vater der Lichter. Dieses Bewußtsein erhält sich am längsten bei dem Landmann, der alle Tage Gottes Macht vor Augen hat und die eigene Ohnmacht, wie Gott unerwartet nehmen kann, aber ebenso unerwartet geben. Der Landmann bedarf aber auch dieses Bewußtseins bei seiner schweren Arbeit, damit er geduldig auszuharren vermöge in harter Arbeit bei so zweifelhaftem Erfolge, im Vertrauen auf den, der da seine milde Hand öffnet zu seiner Zeit und mit Wohlgefallen sättigt alles, was da lebet. Wo dieses Bewußtsein erlischt, wo der Zeitgeist wie ein schwarzes Gespenst dasselbe ersetzt, da kommt das Ungenügen, die Unzufriedenheit, das Unbehagen über den Bauer; sein Stand, der schönste sonst, scheint ihm der lästigste, seine Verhältnisse erleiden ihm, er fällt auch der Zerrissenheit anheim, welche als eine neue Art von Auszehrung die Kinder dieser Welt verzehrt und die nichts anderes ist als eine Emanzipation von Gott, ohne etwas zu haben, worauf man sein Vertrauen setzen kann, nichts zu haben als ein alle Tage deutlicher werdendes Gefühl des Unvermögens, sich das mit eigenen Kräften zu verschaffen, wornach das Fleisch gelüstet. Der nicht emanzipierte Landmann hat auch noch Augen für den Unterschied zwischen gesegneten und ungesegneten Menschen oder Sachen. Schon David sagt: «Wo der Herr nicht das Haus bauet, arbeiten seine Bauleute umsonst daran; wo der Herr nicht die Stadt behütet, da wachet der Wächter umsonst. Es ist euch umsonst, daß ihr früh aufstehet und lange sitzet und esset euer Brot mit Sorgen, da der Herr Schlaf und Brot den Seinen ohne Sorgen gibt.» Es ist wirklich wunderbar mit diesem Segen Gottes, von ihm kann man nicht sagen: Siehe, er ist dies oder er ist jenes; aber sagen kann man von ihm: Siehe, hier ist er, und siehe, dort ist er, und ebenso deutlich tritt der Unsegen heraus aus diesem und aus jenem Hause. Lachen wir daher durchaus nicht darüber, wenn die Katholiken sichtbarlich die Äcker sich segnen lassen, sobald der Sinn dabei ist, der im äußern Zeichen das innere Wesen erkennt und weiß, daß nicht im Wasser der Segen ist, sondern im Geiste, der das Wasser spritzt. Ja, auch wenn sie ihre Ochsen weihen und segnen lassen, haben wir nichts dawider, wenn darin das Bekenntnis liegt, das auch das Unvernünftige Gottes Schirm und Güte nötig habe, und das Gelübde, daß der Besitzer ebenfalls seines Viehes sich erbarmen wolle. Wir lassen gar nichts mehr weihen und segnen; ich will nicht von Ochsen reden, aber nicht einmal unsere Ratsherren werden eingesegnet, darum auch werden sie selbst so unerquicklich sein und so unfruchtbar ihre Ratschläge. Ja, wir sind überzeugt, das Parlament in Frankfurt wäre ein ganz anderes geworden, der Unsegen wäre nicht so schwarz und schauerlich über ihm gelegen, die Personen nicht so lächerlich oder verächtlich geworden, die Ratschläge nicht so verkehrt, wenn die christliche Weihe nicht mit solchem Hohne von der Hand gewiesen worden wäre. Gewiß kommen die Ochsen in der Provence gesegneter von ihren Bergen als so viele Parlamentsmitglieder von Frankfurt und allweg auch als so viele schweizerische Räte, Brunnen ohne Wasser, Wolken ohne Regen, Räte ohne Rat, wenigstens ohne gesegneten.

Wir sind überzeugt, wenn jemand den Einfall gehabt hätte, Kapuziner kommen zu lassen, um die Heustöcke zu weihen, dieweil sie dann noch einmal so lang darhielten, am Glauben hätte es in der Vehfreude nicht gefehlt; Glauben ist dort viel, doch die Einfälle sind rar. Eisi im Dürluft wäre das Erste gewesen, welches den Versuch gemacht hätte, hatte es auch bsunderbar nötig, denn alle Tage gewannen Mondschein und Sonnenlicht mehr Raum auf seiner Bühne und nicht lange ging es mehr, konnte es dieselbe zu einem Tanzsaal einrichten, den Tänzern stand gar nichts mehr im Wege. Das käme manchem Bauer fürwahr kommod, wenn mit Tanzen die Kühe gefüttert wären, dann wüßte er doch, wofür seine Töchter zu gebrauchen seien und womit er sie nützlich beschäftigen könnte. Eisi im Dürluft hätte sicher den ganzen Tag selbst getanzt mit Peterli, oder wer es gewesen, wenn es geholfen hätte. Es war bitter übel dran, es hatte weder Milch noch Anken noch Geld. Der erste Stoß Käsgeld war längst verbraucht, hatte gar nicht dargehalten, es war, als ob der Wind dahinter sei. Ihre greiseten Kühe hatten es gemacht wie die andern, standen jetzt dürr und mager im Stall, brüllten jetzt den Bahren voll, sobald er nicht voll Heu war; die einen waren nicht trächtig, die andern taugten sonst nichts, es sollte wieder aufs neue greiset sein. Aber wo Geld nehmen und nicht stehlen? Ein heilloses Geld sollte Peterli an den Kühen verspielen, und dann wo nehmen für andere Kühe? Eisi stand allemal weit vor das Haus hinaus, wenn es von weitem den Polizeidiener sah, und hoffte, es komme wieder ein Brief und bringe Hülfe. Aber es kam Keiner, der Hülfe brachte, all sein Ausgucken war vergeblich.

Der arme Peterli mußte es wiederum entgelten. Er sei doch der leidist Hung von der Welt, sagte Eisi, key lebendigi Seel ästimier ne u schryb ihm öppe es Briefli u säg, wo Geld syg u wo me chönn ga näh. Wenn es gewußt hätte, daß er so ein Leider sei, es hätte ihn sy Seel nit gno, er hätte seinethalb ihm chönne pfyffe oder blase. «U de du», sagte Peterli, wenn er endlich ungeduldig ward, «was bist de du, u was han ih vo dir? Gäll, für mih sy doch scho Briefe cho u hey neuis gseyt, aber nit vo dir her, vo mir; da bist froh gsi drüber, Eisi, gäll.» «Ja, wenn mein Vater auch so gewesen wäre wie der deine, so ein Löhl und Lappi, daß er sein Vermögen andern schlechten Leuten angehängt und es in Geltstagen verloren hätte, wo er hätte voraus sinnen können, wie es ihm ergehen könne, es weiß kein Teufel, wie viel Briefe wir jetzt erhielten und nicht nur einen, und was alles darin wäre, und nicht bloß so eine Lumperei, die gerade ist wie: wer geht da durch», so polterte Eisi. «Es wäre deinem Vater eine Kunst gewesen», sagte endlich Peterli, «Andern viel Geld anzuhängen und es verlieren zu müssen; dafür hätte er erst solches haben müssen, und sein Lebtag hat der nicht viel anderes gehabt als eine böse Frau und strube Kinder, und die hat niemand stark begehrt.» Wohl, da hatte Peterli Zeit, zu gehen, wenn er Haare auf dem Kopfe und Zähne im Mund behalten wollte; weithin trieb dem Flüchtling das ertaubete Eisi einen Besenstiel nach.

Nun, der Ehestreit hat seine vortreffliche Seite: er gibt Gelegenheit, Frieden zu machen und dann die Süßigkeit desselben zu empfinden. Wir müssen sagen, so ein Ehesturm dauerte auf dem Dürluft nicht lange; gewöhnlich gab es Bysluft darauf, und nach diesem spannte Peterli seine Segel auf. «Ja», sagte Eisi tags darauf, «sieh, wie du es machst, aber Geld muß sein. Geh zu Eglihannes, der kann dir helfen, der hat Geld vom Käshandel, den ihr Löffle ihm überlassen, hättet es doch auch brauchen können; sag ihm, er solle dir geben, es gehört nicht einem allein, es gehört dir auch, oder sag, du wollest mit ihm gmeinen. Lue, kein kommoderer Handel ist auf Gottes Welt als der, wo man nichts zu kaufen braucht, sondern bloß verkaufen kann.» Peterli trappete zu Eglihannes, aber er kam übel an. Der begehrte auf wie ein Rohrspatz: Er wollte, er hätte mit dem ganzen Handel nichts zu tun. Die Käse seien so unwert wie Steine auf den Straßen, er könne zu hundert Wirten laufen, ehe ihm einer einen abnehme, und nicht etwa für bares Geld, sondern erst in einem oder einem halben Jahre zahlbar, wo ja kein Mensch wisse, ob er noch lebe oder einen Kreuzer habe, um zu zahlen, wo nichts gewiß sei, als daß dann wohl der Käs werde gefressen sein. Wenn er nicht den Befehl hätte, sie zu verkaufen, wie er könne und möge, er besönne sich zweimal, ehe er es so machen täte. Er habe schon manchmal im Sinn gehabt, die ganze Sache ihnen darzuwerfen, denn er möge es machen, wie er wolle, bleibe ihm doch der Schmutz auf dem Ärmel, und was für Schaden er auch habe, müsse er am Ende doch noch gestohlen und betrogen haben. Er kenne die Donners Schelmen durch und durch: was sie an sich selbsten wüßten, das trauten sie Andern, und wenn er den ganzen Tag in ihrem Nutzen sich die Beine abliefe, schlage ihm am Abend so ein verfluchtes Kalb zum Dank fast den Kopf ab. Aber habe der nur Geduld, dem wolle er es eintreiben, daß der sein Lebtag an Eglihannes denke. Dem wolle er sein Gschleipf im Nägeliboden vertreiben ein- für allemal, es sei Spott und Schande fürs ganze Dorf, daß man so etwas dulde. Er hätte geglaubt, der Pfarrer sage etwas dazu, aber der sei so nichtsnutz als Andere, ein Tagedieb, stehle dem lieben Gott die Sonne ab und der Regierung das Geld. Aber wenn niemand was sage, so sei gottlob Eglihannes noch da; der schweige nicht, er wüßte nicht warum! Man sieht, Eglihannes gehörte vollständig zu den erleuchteten Kindern dieser Welt, welche den Splitter in Anderer Augen sehen, den Balken im eigenen aber nicht, oder welche an Andern strafbar finden, wozu sie sich selbst berechtigt glauben.

Es dünkte Peterli, der Mann rede schön, das sei einer von denen, welche es sicher gut mit dem Vaterlande meinten, und was die Leute über ihn gesagt, zum Beispiel daß er ihn mit dem Briefe betrogen und ihm bloß ein Bettlergeld ausgezahlt, glaubte er nicht. Es ist merkwürdig, man weiß nicht, soll man darüber weinen oder lachen, aber man muß immer wieder darauf zurückkommen, wie leichtgläubig und wie mißtrauisch, wie wankelmütig und festgläubig die meisten Leute sind, und zwar immer verkehrt, halten fest am Glauben von Lug und Trug, stehen wetterwendisch von jeder Wahrheit ab, trauen den Schlechtesten und sind unzugänglich für den Rat der besten Freunde. Sollte uns eigentlich nicht wundern, stammen wir Gesindel ja sämtlich von Eva her, die diese seltsamen Eigenschaften, welche entschieden fortgeschritten sind, bereits im Paradiese entwickelte.

Quacksalbern, Wahrsagern, Schweinehändlern, Aufweisern, politischen und häuslichen, Aufweisern von allen Sorten, kurz den bösen Geistern und kleinen Teufelchen, welche der große Teufel in die Welt treibt wie die Gergesener ihre Schweine ins Acherum, wird geglaubt, und man bleibt beim Glauben, und werde man hundertmal angeschmiert und tausendmal angelogen. Die, welche die Wahrheit reden und zum wahren Wohl, sieht man an wie die Kuh ein neues Tenntor, brummelt in Bart: «Schmöckt», dreht sich und geht ab. Peterli war von Eglihannes betrogen worden, man hatte es ihm gesagt, er hatte gedacht, möglich wärs, und jetzt ging er von ihm in der Überzeugung, er sei doch ein braver Mann, der rede von der Leber weg. Es nehme ihn nur wunder, was die Leute gegen diesen braven Mann hätten, daß sie ihn nicht könnten ruhig lassen.

Woher diese Verkehrtheit, Verrücktheit, möchten wir sagen? Ach, sie hat leider einen nur zu richtigen (guten wollen wir nicht sagen) Grund. Diese Halunken und Halunkinnen (denn darin lassen die Weiber den Männern den Vorrang nicht), gemeine und vornehme Staatskünstler und Haarkünstler lassen halt gewissenlos die Künste spielen, welche ihr Urvater, der Teufel, im Paradies in Kurs gebracht. Gott der Vater hat dem Menschen den Trieb nach dem Höheren, nach dem Himmel als eine Himmelsgabe beigegeben. Dieser Trieb ward eben vom Teufel mißbraucht; er butterte der Eva ein, sie solle nicht warten, was Gott wolle, ein Satz, und sie sei ihm gleich. Den gleichen modus procedendi gehen seine Nachkommen, schmieren die Augen sanft ein, stacheln dagegen alle Lüste auf, reizen sie durch die reizendsten Versprechungen, versprechen die reizendsten Befriedigungen, und während sie dem Einen den Balg streichen, die Augen verschmieren, den Mund mit Honig salben, das Haupt bis an den Himmel strecken, Dampfwagen an die Füße binden und sieben Himmel vor die Seele stellen, verlügen sie Gott, verlästern die Vergangenheit, verleumden alle Nächsten und die brävsten am stärksten. Sich selbst streichen sie mit Leim an, kleben sich Fecken hintenauf, malen sich Pfausbacken auf, glänzend in Huld und Liebe, und gebärden sich als himmlische Schutzengel voll Gnade und Güte, und um sich als solche zu bezeigen, seufzen sie bei den Einen andächtiglichst, und bei den Andern fluchen sie mörderlichst, je nach der Empfänglichkeit. Und nun, das zieht, und zieht um so mehr, je mehr einer des Lobes, Streichelns, Anstreichens, Balsamierens nötig hat, je mehr er überhaupt nötig hat, je deutlicher ihm sein Gewissen vom Gegenteil sagt, je unheimlicher es einem in der Nähe der Wahrheit wird, je weniger Kraft einer zum Ringen hat, je kommoder ihm so diese Art von Teufelssprung wäre, je behaglicher es ihm ist in seiner gegenwärtigen Beschaffenheit, je verfluchter ihm jede Verbesserung seiner Person ist; denn es ist kurios, je wilder einer schreit nach Verbesserung seiner Lage, desto wütender haßt er und schlägt nach dem, der ihm Verbesserung seiner Person anrät.

’s ist also klar, und mit Pelzhandschuhen kann man es greifen, warum Peterli dem Eglihannes immer wieder hold ward und ihm glaubte. Und ebenso klar wird es jedem sein, wie Eisi voll Freude ward, als Peterli ohne Geld heimkehrte, aber mit solchem Gerede; denn wer weiß nicht, wie einem rechten Weibe von Eisis Schlage eine währschafte Klatscherei und eine tapfere Verleumdeten über Geld und Kaffee gehen, ja über alles ihm Himmel und auf Erden! Eisi fuhr fast aus der Haut vor Glück und alsbald bei seinen besten Freundinnen herum und teilte ihnen Ärgernisse mit, welche zwischen Himmel und Erde noch nicht erlebt worden, schloß eine Art Tugendbund, um dem Donnerwerk ein Ende zu machen, welches über das ganze Dorf nur Schande brächte, welche noch Kinder und Kindeskinder entgelten müßten. Aufpassen müsse man zu jeder Zeit; es stünde selbst Schildwache Tag und Nacht, wenn nur eines nicht wäre. Es hätte Dinge erfahren, für kein Geld ließe es sie vors Maul; wenn die Leute sie wüßten, der Nägeliboden würde verbrannt mit allem, was darin wäre. Nur das wolle es sagen, daß wenn es je Hexen gegeben, woran ja kein vernünftiger Christenmensch zweifle, so wüßte es eine, und zwar eine von den verfluchtesten, und wenn die Nägelibodenbäuerin verbrannt wäre, so wäre der Hexe auch geschehen, was ihr von Gott und Rechtes wegen gehört. Einmal geschehe es doch, der Krug gehe zu Wasser, bis er breche, dann werde es ihnen im Dürluft ungsinnet bessern und nicht alles verhexet und verhagelt und Unglück und Unsegen in allem sein.

Einstweilen mußte Eisi sich leiden, und statt aus der Klemme kam es immer enger drein. Es wurde mit Peterli rätig, die so gut greiset gewesenen und so ungreiset gewordenen Kühe vorweg abzustoßen. Kühe, die vor acht Monaten mit Ehrerbietung in den Stall geführt worden, wurden jetzt mit Hohn und Schimpf hinausgezerrt und -gestüpft. Die armen Tiere erfuhren die Wandelbarkeit der Menschengunst; wären sie Ratsherren oder Deputierte gewesen, es hätte ihnen nicht ärger ergehen können. Gewöhnlich brachte sie Peterli von den Märkten wieder heim und hatte nichts gewonnen, als daß der Spaziergang den Tieren nur größern Appetit gemacht hatte. Endlich gelang es ihm, eine Kuh zu verkaufen. Als er ausbezahlt werden sollte, gab man ihm für den größten Teil der Kaufsumme eine Obligation, welche so gut als bares Geld sein sollte oder noch besser, sie plage ihn nicht auf dem Heimweg, wie das Geld durch sein Gewicht tun würde. Peterli hatte ein Gefühl, die Sache könnte nicht recht sein, und biß nicht gern an. Aber das Glück, eine Kuh los zu sein, war so groß, daß er sich bereden ließ und das Papier nahm. Auf dem Heimweg schon traf er Eglihannes und wollte es bei ihm gegen bar umsetzen. Der lachte aber, daß er Peterli vorkam wie der Leibhaftige, und erklärte ihm, das Gschriftli sei keinen faulen Kreuzer wert. Das Beste sei, er suche die Kuh wieder zu kaufen und gebe dann das Gschriftli ebenfalls daran.

Peterli gehorchte, und damit es recht gehe, ging Eisi mit an den Markt, wo sie die Kuh vermuteten. Da war sie wirklich. Peterli kaufte sie richtig um einige Taler teurer wieder, aber als er das Papier an Zahlungsstatt geben wollte, nahm man es ihm nicht ab, jetzt sollte er bar zahlen. Man denke sich, was Eisi dazu sagte! Das ging fürchterlich hin und her, und Peterli lief Gefahr, eine ganze Kuh und noch Geld dazu verhandelt zu haben. Die Gesetze und die Handhaber derselben hätten ihn durchaus nicht geschützt. Der ganze Gesetzboden scheint ein Lätschenbrett, eingerichtet zum Fang des dummen Publikums und zur Mästung einer Klasse von Leuten, von denen die Einen das Publikum zum Lätschenbrette treiben, die Andern, am Lätschenbrette angestellt, dort des Publikums harren und das herbeigetriebene abfängt Stück für Stück, als wären es Leipziger Lerchen. Wahrscheinlich lauerte bereits in einer Ecke die Spinne, welche am Netz geholfen und das Aussaugen gesetzlich vermitteln sollte, wir wollen nicht sagen von Staates wegen, denn wir halten denn doch gewisse Leute, wie sie sich auch gebärden mögen, noch lange nicht für den Staat, aber für kreuzdumm halten wir das Bernervolk, das dürfen wir bekennen. Zehnten und Bodenzins hat es abgeschafft und ergibt sich mit Haut und Haar, mit Leib und Seele einer fremden Familie zur Leibeigenschaft und läßt sich von Burschen hudeln und beuteln, wie selten noch der erbärmlichste Lappi gehudelt und gebeutelt ward. (Ist anders geworden, der Bär ist erwacht.)

Nun, aber diesmal gelang es nicht. Der Wirt stand für Peterli männlich ein. Es nehme ihn wunder, ob so etwas gehen dürfe, er wolle es probieren; das sei bewiesen, daß Peterli die Gschrift nicht selbst gemacht, sondern vom gegenwärtigen Verkäufer erhalten habe, daß dieser sich nicht Barzahlung vorbehalten, oder wenn auch, es doch nicht beweisen könne. Er müsse das Papier da nehmen, sonst müsse er ihm vor den Richter; er wisse Sachen mehr als genug zum Hängen von ihm, es nehme ihn wunder, ob er ihn nicht wenigstens ins Zuchthaus bringe. Der Wirt sprach so bündig und fluchte so derb, daß dem Burschen doch angst ward. Der Teufel sei ein Schelm, dachte er, und die Wirte nicht schlecht an bei ihm, ihnen habe er gar zu viel Kundsame zu verdanken. Wenn der Wirt den Handel übernehme, könnte er fehlen oder ihn in andere verwickeln, daß endlich der Richter müßte, wenn er auch nicht wollte. Er brüllte nun auch schrecklich, aber der Wirt kannte diese Tonart und erschrak nicht; er wußte, daß dieselbe gewöhnlich dicht vor dem Rückzug geblasen wird. Er hielt männlich aus, und Peterli kam seiner Gschrift wieder los, aber er kriegte seine hungrige Kuh wieder, und manchen Taler hatte er doch verloren.

Ja, und wenn es Peterli noch bei dem Kühelend allein geblieben wäre! Aber nun kam eben mehr und mehr die Heunot, die Notwendigkeit des Heukaufens. Man denke sich nun, wie es der Peterli hatte auf seinem magern Hofe und dünnen Geldseckel! Er vermochte nicht Stroh zu füttern, nicht Heu zu kaufen, nicht die Kühe totschlagen zu lassen und selbst zu essen, der war in der Klemme! Da sein Haus auf der Höhe stand, hörte man seiner Kühe Gebrüll über das ganze Dorf; er konnte mit keinem Lieb sie zu bescheidenem Schweigen bringen, sie hatten keinen Sinn für Liebe, sondern nur für Heu, doch hätten sie vielleicht auch Korn gefressen, aber solches erhielten sie so wenig als der verlorene Sohn die Treber, nach denen sein Herz, das heißt sein Hunger ihn zog. Er wäre längst gern im Dunkeln um Heu ausgefahren, der Mut dazu fehlte ihm nicht, aber das Geld. Er suchte welches und fand es nicht, sein Kredit stand auf gar miserabeln Füßen. Das machte ihn böse, aber noch böser das Stillschweigen der Kühe im Nägeliboden. Das waren merkwürdige Kühe, Sonderbündler. Wie auch andere Kühe brüllten, sie halfen nicht mit, sie schwiegen; sie unterschieden sich dadurch ganz von den Hunden, welche alle bellen, wenn einer bellt, so daß es einem fast scheinen möchte, als hätten Zeitungsredakteure, und namentlich radikale, an ihnen ein Exempel genommen.

So kam Peterli auch einmal voll Groll neben dem Nägeliboden vorbei, er hatte Geld gesucht und niemand ihm geben wollen; er hörte seine Kühe von weitem und kein Mäuschen im Nägeliboden und brach in Donner und Blitz laut aus, denn Peterli war ehrlich, konnte seine Gedanken nicht verbergen, was in ihm sich regte, gab er unwillkürlich laut und ohne Vorsicht von sich. Da kam es ihm plötzlich in die Ohren: «Was willst? Was kommt dich an?» Wie unser Peterli erschrak! Er meinte, es sei der Teufel, den er beschworen, der jetzt nach seinem Begehren frage. Vor dem graute ihm, er segnete sich mit den drei höchsten Namen. «Nit nötig», sagte die Stimme, «vor denen weiche ich nicht. Aber was fluchst so mörderlich und meinst jetzt, der Teufel stehe vor dir, hast ein böses Gewissen, Nachbar?» Da erschrak Peterli sehr, denn jetzt wußte er, es war der Nägelibodenbauer; aber ob nun eben erst der Teufel nicht weit sei, das wußte er nicht, es kam ihm sehr verdächtig vor allweg. Indessen, der Nägelibodenbauer fragte treuherzig: «Tat ich dir was zuleid, oder was hast?»

Peterli war nicht böse, und eigentlicher Haß fußete nicht in seiner Seele. Er gehörte zu den vielen Menschen, die in guten Stunden einer treuherzigen Ansprache ihr Herz alsbald öffnen, einem guten Wort nicht widerstehen und handkehrum vernagelt sind gegen die bestgemeinten Worte und für die besten Freunde nichts haben als mit Aufweisungen verstopfte Ohren. «Hab nichts wider dich», sagte Peterli, «aber verflucht taub machen mich deine Kühe, kein Ketzer tut sMaul auf.» «So», lachte der Nägelibodenbauer, «wünschtest ihnen etwa gute Nacht und dankten dir nicht?» «Dumm», sagte Peterli; «hörst nicht, wie meine brüllen und wollen nicht schweigen, mag machen, was ich will; prügeln hilft auch nicht, Eisi hats schon probiert.» «Probier und gib ihnen zu fressen. Wenn eine von meinen anfängt zu muckeln, füll ich den Bahren mit Heu, dann brauchen sie das Maul fürs Fressen, haben zum Brüllen keine Zeit», antwortete der Nägelibodenbauer. «Gib du zu fressen, wenn du kein Heu hast und sonst nichts. Meinst, das wäre mir nicht auch in Sinn gekommen?» sagte Peterli. «So kauf Heu», erwiderte der Nägelibodenbauer. «Du hast dich dessen ja nicht zu schämen, es ist ja Mancher im Dorfe, der es schon getan hat.» «Kauf Heu, wenn du kein Geld hast», sagte Peterli. «Meinst, du seiest allein gescheit und das wäre mir nicht auch in Sinn gekommen? So dumm, als du meinst, bin ich nicht.» «Aber», fragte Sepp verwundert, «was willst dann? Eins von beiden wirst du denn doch tun müssen.» «Ja müesse, wo Könne e Kunst ist! Ich war um Geld aus, aber da war niemand daheim, und da bin ich nun, und wenn du Rat weißt, so gib ihn, aber nit so dummen wie vorhin, den jedes Kind mit fünf Fingern greifen kann», sagte Peterli.

«Ja, Peter, da ist guter Rat teuer», sagte Sepp; «ich wüßte vielleicht einen, aber du wirst ihn kaum viel schätzen.» «Das ist die Frage», sagte Peterli, «probiere!» «He», antwortete Sepp, «wenn ich dir vierzig bis fünfzig Taler auf dein Käsgeld hin vorstrecken würde?» «Vexier nicht», sagte Peterli. «Ich lasse mir nicht gern den Speck durchs Maul ziehen.» «Spaß apart, du dauerst mich», sagte Sepp, «und, um aufrichtig zu sein, deine Kühe auch; ihr Brüllen ist mir erleidet, ich kann es nicht mehr hören. Du weißt vielleicht nicht, daß ich etwas geerbt habe und daher etwas bei Gelde bin, das ich in diesem Augenblicke nicht brauche. Es ist dies das erstemal in meinem Leben, daß ich so zweg bin. Heu brauche ich gottlob nicht zu kaufen, ja wenn ich wüßte, wie lange der Winter dauert, wie mein Kleeacker den Winter aushält, so könnte ich vielleicht noch etwas entbehren. Ich habe nicht nötig, im Stall zu ändern, meine Kühe sind so ziemlich greiset und versorget dazu. Vielleicht, daß etwas Weniges sein muß, aber allweg kann ich es machen, ohne zuzusetzen. Wenn dir damit geholfen ist, so soll es dir angeboten sein. Ich weiß, wie weh es einem tut, wenn man nicht weiß, wo aus, wo ein, und wie wohl es tut, wenn man Hülfe findet.» «Daran hätte ich nicht gedacht», sagte Peterli, «das wäre mir nicht in Sinn gekommen, daß du mir helfen könntest. Warest sonst noch tiefer darin als ich; ich glaubte oft, es überschlage dich.» «Und hättest Freude daran gehabt?» fragte Sepp. «Nit apart», sagte Peterli; «aber allweg wäre es mir lieber gewesen, es überschlage dich als mich.» «Danke», sagte Sepp. «Allweg will ich es dir nicht aufzwingen, es wird sich schon brauchen; dachte bloß, es möchte dir ein Gefallen sein.» «Allweg ists einer», sagte Peterli, «und ich hätte es von dir nicht erwartet. Aber was willst für das Geld, und was ists für Geld; es ist doch Geld wie anderes, es werden Päckli oder Fünfunddreißiger sein?» «Es ist nit Hexegeld», sagte Sepp, «und nit vom Tüfel, und wenn du mir dasselbe wiedergibst, wenn das Käsgeld kommt, so begehre ich weiter nichts. Im Schaft trüge es mir auch nichts ab.» «Selb wär brav», sagte Peterli. «Will noch mit Eisi reden; wenn es ihm recht ist, so nehme ich es gern. Wann soll ich es holen? Wann ist es dir anständig? Oder soll ich etwa warten, bis deine Frau nicht daheim ist?» «Warum soll die nicht daheim sein, fürchtest du sie etwa?» «Nit deswegen», sagte Peterli, «aber ich glaubte, du hättest es vielleicht nicht gern, wenn deine Frau wüßte, daß du mir Geld gebest, weil du sie nicht gefragt hast.» «Es heißt nicht jede Eisi», sagte Sepp lachend. «Komm du nur, wenn es dir anständig ist; meine Frau hast du nicht zu fürchten; was ich mache, ist ihr recht, und was sie macht, ist mir recht. Daneben will ich dir das Geld nicht aufdringen, hörst, ich gebe es dir zu Gefallen und den Kühen zulieb, die mich erbarmen, mag sie nicht mehr hören.»

«Dankeigist emel einist, gute Nacht, schlaf wohl», sagte Peterli und ging den Weg hinauf. Als er von Sepp weg war, huschte eine Gestalt an ihm vorüber, welche er in der Dunkelheit nicht recht erkannte. «Ists ihn, oder ists ihn nicht?» brummte er vor sich hin. «Einen solchen Gang hat sonst niemand im Dorfe, aber was täte Ammanns Felix hier um diese Zeit?»

Als Sepp ins Haus kam, erzählte er seiner Frau, was es draußen gegeben. Diesmal hatte Peterli doch ein wenig Recht, als er fragte, was die Frau dazu sagen werde. Als Bethi hörte, was Sepp gemacht, wurde es recht von Herzen böse. «Du bist doch der ärgste Lappi von der Welt, einen dümmern hat unser Herrgott sicher nicht gemacht! Zum ersten Male, seit wir Mann und Frau sind, haben wir einen Kreuzer Geld im Hause, der nicht längst verheißen ist, der bei uns ein wenig erwarmen könnte. Und was machst mit ihm? Es wird dir wind und angst, ihm abzukommen; gehst da an den Weg nachts und wartest, bis jemand kommt, der ihn dir dr Gottswille abnehmen will, und das ist endlich der Peterli, von dem du wohl weißt, wie er zweg ist und wie er es meint oder vielmehr sein Eisi; wenn die uns noch heute auf die Gasse bringen und dem Teufel zujagen könnte, sie sparte es nicht bis morgen. Da hast du gute Augen, wenn du das Geld wieder siehst, und wie bald könnten wir es nötig haben oder etwas damit abzahlen, wenn wir es sonst machen könnten! Ja, es ist doch nichts dümmer auf der Welt als so ein Mann, bsunderbar wenn einer Sepp heißt. Was wird Eisi für eine Freude haben, wenn die unser Geld in die Finger kriegt!»

«Nun», sagte Sepp, «ich kann ihm ja wieder absagen, wenn du es so ungern hast. Er dachte daran, du möchtest es nicht gern haben, und fragte, wann er kommen solle, daß du es nicht merkest.» «So», antwortete Bethi, «so, sagte er das? Nein, jetzt expreß mußt du das Geld geben. Er wird an sein Eisi gedacht haben und wie das tut, wenn er einen Tritt versetzt, den es nicht befohlen. Er muß nicht meinen, daß ich sei wie sein Drache; jetzt gibst du es ihm, und sollten wir nicht einen Batzen davon wiedersehen. Mit der möchte ich mich um kein Geld zusammenzählen lassen. Ich mag ihr am Ende die Freude gönnen, ist es doch besser, wir können ihnen helfen, als wir müßten an sie kommen, da kämen wir an saure, magere Kost. Es besserte uns so ungsinnet, einen Zehnten zu geben wollen wir uns nicht weigern, es ist eigentlich nur recht und billig.» «Das Geld ist nicht verloren», sagte Sepp; «beim Käsgeld kann ich es wieder nehmen». «Selb wär gut», sagte Bethi, «aber zähle nicht darauf, du weißt nicht, wie das noch geht und was es ihnen zieht.» «Ho», sagte Sepp, «das kann man am ersten Stoß abnehmen, so viel wie damals zieht es ihnen allweg wieder.» «Selb weißt eben nicht», sagte Bethi, aber weiter wollte es nicht eintreten, sondern begann zu schnarchen. Es sei ein gspässig Volk, das Weibervolk, dachte Sepp und schnarchte dann ebenfalls.

Was hätte er erst gesagt, wenn er droben im Dürluft das Gespräch zwischen Peterli und Eisi gehört! «Los neuis», sagte Peterli zu seinem Eisi. «Hast Geld?» fragte dieses hastig. «Es ist mir verheißen», sagte Peterli; «weißt, von wem?» Eisi riet und riet, und immer falsch, verlor endlich die Geduld und sagte: «Dr Tüfel möcht das erraten, gib Bericht, von wem hasts?» «Vom Nägelibodenbauer, der hat es mir verheißen», sagte Peterli. Da schrie Eisi laut auf, als obs der Teufel wirklich auf der Gabel hätte. «Was? Von dem und seiner Hexe? Daß du mir nicht ds Herrgotts bist, von dem einen Kreuzer anzunehmen, das ist Hexengeld, und dQuittanz wirst solle mit Blut oder roter Tinte schreiben! Was sinnest aber, zu denen zu gehen, um nach Geld zu fragen! Für so etwas muß man ein Kalb sein, wie du bist.» «Ich ging nicht apart zu ihnen», entschuldigte sich Peterli und erzählte den Hergang, nur mit dem Unterschied, daß er dem Erscheinen Sepps einen etwas dunklern, geheimnisvollen Anstrich gab. Natürlich tat Eisi nun noch wüster, betitelte Peterli noch tapferer, wollte noch weniger vom Gelde wissen; wegen acht Kaibenkühen verkaufe es dem Teufel seine Seele noch lange nicht, dafür sei sie ihm noch lange nicht feil, sagte es. He, das werde doch nicht so gefährlich sein, sagte Peterli; allweg könne man dafür tun. Es solle doch nur an die Kühe denken, die könne es mit seiner Seele nicht füttern, die wollten Heu. «Dr wüestest Uflat bist, selb ist wahr», sagte Eisi. «Meinst, ich habe es wie du, an meiner Seligkeit sei mir nichts gelegen! O nein, ich habe Böses genug auf der Welt, e sellige Ma u sövli King, my Seligkeit wott ih nit no vrspile, dert wott ih de einist guet ha: Sunndi all Tag u sust, was mih guet düecht!» «So geh», sagte Peterli ungeduldig, «und füttere du die Kühe, ich will mit allem nichts mehr zu tun haben. Ich soll alles ausstehen und auslaufen, und wenn ich alles ausgestanden, so ist am Ende nichts gut. Jetzt habe ich einmal genug, jetzt lue du.»

Da fing Eisi an zu heulen und sagte: «Du bist doch der

Wüstest auf dem Erdboden, sage ich einmal ein Wörtlein zur Sache, die doch so gut mein als dein ist, so tust wie ein Untier; es ist ein Elend, kein vernünftiges Wort kann man mit dir reden! Du hast gehört, daß ich mit dem Gelde nichts zu tun haben will, aber ich habe nicht gesagt, daß du es nicht nehmen sollest! Willst du es probieren, meinetwegen!» «So», sagte Peterli, dem der Tubak doch wohl stark war, «an meiner Seele Heil und Seligkeit ist dir also nichts gelegen?» «Du hast doch heute apart den Zankteufel im Leibe», begehrte Eisi auf, «und kannst nichts als die Worte verdrehen! Dir ist das Geld verheißen worden und nicht mir, ich will nichts damit zu tun haben, weil es mir schaden soll! Dir tut es nichts, wenn du dich in acht nimmst; rühre es nur nicht an und gib nichts Schriftliches, so tut es dir nichts. So was sollte doch einem, der Grichtssäß werden möchte, in Sinn kommen!» «Aber wie machen und es nicht anrühren?» sagte Peterli. «Löhl, was du bist, weißt dir doch auch gar nicht zu helfen! Er soll dir das Geld vorzählen, dann fordere ein Säckli und sage, er solle es hineintun und mit drei Knöpfen verbinden, dazu sage die drei heiligen Namen für dich; so gib es wieder ab, und der soll sie auftun, von dem du das Heu kaufst. Machst es so, was sollte es dir schaden?» demonstrierte Eisi. «Warum sagst das nicht gleich?» sagte Peterli; «tust erst so wüst und brüllest dr Gring voll.» «Warum soll ich nicht das Recht haben zu brüllen so gut als du?» entgegnete Eisi. «Und hast du mir gesagt, wie du das Geld nehmen wollest und daß ich nichts damit zu tun haben soll? Du Sturm, was du bist! Lieber lebendig brägeln ließ ich mich als mit dem kleinen Finger das Geld anrühren. Das muß sauberes Geld sein: halb vom Tüfel und halb vom Mannevolk und Ammanns Felix! Wenn ich den Lumpenbub nur einmal erblicken könnte, dem wollte ich die Nägelibodenbäuerin und ihr Mensch eintreiben, daß er an mich denken sollte sein Lebtag!» «Wärest bei mir gewesen», sagte Peterli, «vielleicht hättest etwas von Ammanns Felix gemerkt.»

Als nun Eisi hörte, was Peterli gesehen, da sagte es Peterli erst wüst, daß er ihm dieses nicht alsbald gesagt. «E selligi Sach!» sagte es; «vielleicht hättest mir gar nichts gesagt, wenn ich dir nicht den Verstand gemacht!» Doch diesmal machte es Eisi kurz mit dem Wüstsagen, die Freude über diese Entdeckung war zu groß. «So hätten wir den, und Eglihannes hatte doch recht! Sagte ich nicht immer, das sei ein rechter Mann, und wenn sie alle so wären, so wäre dSach gut! Jetzt warte du nur, jetzt muß die Sach an die Sonne und unter die Leute, wie es heißt in der Gschrift: Es ist nichts so fein gesponnen, es muß doch an die Sonnen. Da sieht man, der alte Gott lebt noch! Wart nur, Felix, und dir, du Täsche, will ih dr Plätz mache, daß du dein Lebtag daran denken sollst!»

Vor Freude konnte Eisi selbe Nacht nicht schlafen, es konnte die Füße gar nicht stille halten unter der Decke. Schon vor Sonnenaufgang wäre Eisi ins Dorf gelaufen mit seiner Entdeckung, wenn Peterli nicht gesagt hätte: «Nimm dich in acht, was du machst. Vernehmen sie es unten, was du für einen Lärm machst, ehe ich das Geld habe, so bekomme ich es nicht.» «Du hast recht», sagte Eisi, «man kann warten, man bringt die Sache nur noch besser an Tag. Mit dem Vernehmen wäre es nicht gefährlich, wer wollte es ihnen sagen, es meint es niemand gut mit ihnen, denn sie ist eine Wüste. Es hat mir schon manche arme Frau geklagt, dort sei nichts zu machen, man möchte dort zutragen, was man wolle, und Sachen, wo wohl der wert wären; man bekomme nie etwas als das gewöhnliche Bettlerbrot, und man könne nicht einmal wissen, ob es dBlättere freue oder nicht, so wenig erzeige sie ein Gutmeinen.»

EINUNDZWANZIGSTES KAPITEL

Wie man etwas fein anspinnt

Das war die Unterhaltung im Dürluft, von der begreiflich Bethi keine Ahnung hatte, sonst hätte Peterli wahrscheinlich kein Geld bekommen, und ebenso wenig, wenn Bethi gewußt, was am folgenden Morgen Eisi mit seiner Mutter beraten.

Eisi eröffnete nämlich dieser, was Peterli gestern heimgebracht und wie es jetzt sy Seel nicht wisse, was machen. Es sei ihm verflucht zwider, von dem Lumpenpack da unten Geld nehmen zu müssen; aber was machen, wenn man welches haben müsse und sonst keines bekommen könne? Die Hex werd jetzt dr Gring ufha und meine, wie viel mehr sie sei als sie, und ihnen das zu merken geben auf jedem Suppenbröckli. Da habe es gedacht, es wölle dr Gring noch mehr ufha als die da niede u se nit emal meh mit dem Rücke aluege, «daß dLüt meine sötte, mir hätte ihne Geld gä und nit si üs, und daß die Täsche merke cha, daß ih dr Sach nit vil nachfrage u si wege dene paar Dreckkrüzern nit meine söll, si chönn jetzt mit is mache, was si well, hüt mit is dNase wische u morn ds Füdle. De aber han ih wieder denkt, ih chönns ganz dr anger Weg mache u mih zuechela u grusam nötli tue, wie si is es Gfalle ta heyge u wie mr das nit vrgässe welle u guet Fründe sy üser Lebelang. Da hätt ih Glegeheit, ufzpasse, u chönnt merke, was geyht im Hus u was si trybe. Denk ume o, ds Ammes Felix ist all Nächt im Hus; Peter, dä Schlabi, het ne gester o gseh. Wo er mit dm Bur gredt het, ist Ammes Bueb im Hus gsi, u wo dr Bur is Hus gange isch, isch dr Ammesbueb furtgsprunge, was er het möge i dBey bringe. Dä isch, es fehlt sih nit, bir Büri gsi, un es fehlt sih nit, er geyht o zur Schwester, u darüber mueß ih cho, chosts was well, u wen ih mih zuecheließ, su chäm ih am erste über dSach, vo wege, ih han e fyni Nase, u mih brucht mr nit mit dm Holzschlägel uf dNase z'dopple, wen ih neuis schmöcke söll. Was meinst, Muetter, was söll ih?»

«Machs nit, la dih nit zueche! Du bisch vil z'ufrichtig u si e Dolders Täsche, du chast mit dere nüt mache. U we neuis unger dLüt chunt un es bekannt wird, was si für es Saulebe füehre, so mueßt dus usbracht ha, u de lue, wies dr geyht, du weißt neue afe, was si cheu u wie wyt die länge cha. Tue, wie we du nüt drum wüßtest, und bis geng wie geng, dräyh dr Gring hüst, we si hotteweg nebe dr isch. Es isch nit gseit, daß dy Schlabi dr neuis gseit het wegem Geld; es etlehnt mänge Ma Geld, dFrau weiß nüt drum. Es würd mängi Frau dGlare uftue, we si wüßt, was dr Ma schuldig isch u für was. U seit si öppis zu dr, su gränn se a, fry vrfluecht, si weiß de, daß si nüt z'bäumele het.»

Das war der Mutter umsichtiger Rat. «Du hesch recht, grad so will ihs mache. Aber wen ih de ume vrnäh chönnt, was gieng, u je eh, je lieber», sagte Eisi. «Häb nit Chummer, häb Geduld, sellig Sache chömme geng us, u meist ganz ungsinnet, u je minger dLüt merke, daß me ne ufpasset, dest minger näh si sih i acht. Drnebe mueß me geng es guets Aug uf se ha, aber ume, daß sis nit merke; zähl druf, eh wieder helig isch, no vor Ostere, ist dSach unger de Lüte.»

Von diesem Rate der Mutter Eisis hatte Bethi ebenfalls keine Ahnung, sonst hätten es die armen Kühe im Dürluft entgelten müssen, denn Weib bleibt doch immer Weib. Zu großen Opfern ist ein Weib fähig, ja seine Opferfähigkeit ist größer als die des Mannes, aber für die, die es liebt; für die, welche es nicht liebt, vielleicht haßt, sind nicht viele gute Haare an ihm.

Aber wenn Änneli gewußt hätte, was für Augen sich

nach dem Nägeliboden richteten und was böse Weiber abgekartet, es wäre ihm gewesen wie einem Wanderer, der unversehens Klapperschlangen vor sich sieht, züngelnd und sprungfertig. Das arme Meitschi, was das ausstehen mußte, und durfte es niemanden klagen, daher sein Herz oft so voll war, daß es in Tränenbächen überfloß, und diese mußte es wiederum verbergen. Als Bethi den Felix so barsch abfertigte und ihm so scharf seinen Willen ausdrückte, da weinte Änneli aus Kummer, daß die Zwei, welche es am liebsten hatte auf der Welt, böse über ihns seien, nie mehr zufrieden werden würden, und doch vermöchte es sich gar nichts deretwegen. Es konnte ja nichts dafür, daß Felix ans Fenster gekommen, und ebenso wenig, daß Bethi ihm eine solche Abferggete erteilt hatte. Zwischen dieses Weh hinein glänzten aber auch Sonnenstrahlen, wie Regen und Sonnenschein ja oft bei einander sind. Wie freundlich war nicht Felix gewesen, hatte sich seiner gar nicht geschämt, sogar Stolz getrieben mit ihm; wie gut hatte er nicht getanzt, und war er nicht der schönste Bursche gewesen auf dem Tanzplatz? Und mit welchen Augen hatten die andern Mädchen ihm nachgesehen! Auf der ganzen Welt ist wohl kein so reines Mädchenherz zu finden, welches nicht in gewissen Umständen eine Art von Galgenfreude empfindet, welches sich nicht bloß freut, daß es einen Liebhaber hat, sondern noch mehr darüber, daß die Andern ihn nicht haben und doch gern hätten – das war die Sonne im Regen. Aber als am Himmel die Sonne aufging und es Tag ward auf Erden, da ging sie in Ännelis Herzen unter, es ward ganz Nacht darin. Bethi war hässig und böse wie sonst nie; es war an so quasi Hudeltage, ans Wirtshaussitzen und Spätheimkommen nicht gewöhnt. Seit Jahren waren ihm die Tage, die Kindbetten abgerechnet, ziemlich gleichförmig verlaufen. Es hatte daher, ohne eben zu viel gegessen oder getrunken zu haben, eine Art von Katzenjammer, der zeichnet sich eben nicht durch gute Laune aus. Dazu kam bei Änneli die Angst, Felix könnte ihm zu Gesichte kommen, es sollte ihm sagen, es sei nicht schuld an Bethis Betragen, das könne es aber nicht; es sollte ihm sagen, er solle es dr tusig Gottswille in Zukunft in Ruhe lassen, und das könne es wieder nicht. Es glaubte natürlich, er werde zu Sepp kommen und mit ihm abraten, was sie mit dem Eglihannes anfangen wollten, aber Felix kam nicht. Er und Sepp hatten sich anderwärts gesehen, aber das wußte Änneli nicht. Es meinte nun, Felix sei recht böse und werde es hassen in Ewigkeit, und war sonst so gut gegen ihns. Man denke, wie schrecklich! Änneli dachte von fern nicht an Weiteres; das süße Gefühl wogte in seinem Herzen formlos, dem Weltstoff gleich, ehe er sich zu festen Sternen abgerundet. Seine Liebe hatte kein Ziel, sie hatte nur den Gedanken, der gute Felix sollte nicht böse sein.

Das war ein unglücklicher Tag in Ännelis Leben, und dazwischen dann noch Bethis unfreundliches Wesen, welches ihm sonst so gar nicht eigen war, daher es Änneli auf sich bezog und meinte, die Schwester sei böse, weil sie meine, Änneli habe um Felix' Kommen gewußt; und hatte Bethi keinen Gedanken daran, daß Änneli so dumm sein könne, an Felix zu denken und sich mit ihm einzulassen. Aber daß es heute auch nur so herumschlich und bei jedem Worte ihm gleich die Tränen in die Augen schossen, das mehrte Bethis gute Laune auch nicht. Das Märitgehen schlage ihnen nicht gut zu, sie wollten dies wieder abstellen, meinte Bethi. Ihm sei alles zuwider, was es machen müsse, und Änneli sei wie ein ungeschältes Ei; wenn man es nur ansehe, fange es an zu rinnen. Solche Gesichter seien ihm nicht anständig; Sauersehen werde ihm zur Selteni wohl einmal erlaubt sein, machten doch Andere jahraus, jahrein Gesichter, daß man damit den Thunersee zu Essig machen könnte. Je rauher Bethi sprach, desto weniger konnte Änneli ein vernünftiges Wort reden, es schnürte ihm den Hals zusammen, als hätte es die herbste Kannenbirne gegessen, dagegen machte es ein desto weinerlicheres Gesicht, was bei Bethi begreiflich nicht gut anschlug.

Es war ein rechtes Elend. Es ist gut, sind die Tage Planeten und wandeln, nicht Fixsterne, die bleiben! Wohl möchte man zuweilen ein Josua sein, der Sonne, Mond und Sterne stellen konnte, wenn die Freude wie eine Sonne über unserm Haupte steht und uns Glück umfließt wie der Sonne Licht. Der Mensch kann ein ungetrübtes Glück nicht ertragen – was würde das für ein nichtsnutziges Menschengeschlecht geben! Er kann es so wenig ertragen als Pflanzen ein ewiges Sonnenlicht; die wollen ja auch Regen, wollen namentlich Nächte voll Tau und Finsternis, um zu gedeihen, zu wachsen, zu blühen und Früchte zu tragen. Freilich, in immerwährendem Regen und Nebel gedeihen weder edle Pflanzen noch schöne Menschen, da gibt es auch nur verkümmerte, verwässerte Gebilde. Es muß die Sonne wechseln mit dem Regen, der Tag mit der Nacht, wo ein rechtes Gedeihen sein soll: die Abwechslung ist das wahre erzieherische Lebenselement. Wie froh ist man, wenn ein so recht trüber Tag zu Ende geht! Wie ein heller Mond geht dann die Hoffnung auf, er sei zu Grabe gegangen und der morndrige Tag sei ein anderer Tag, jung, schön und klar. Oder wie froh ist man nur über die Nacht, wo man abliegen, im Schlaf den Schmerz bergen kann, wie ein Wanderer im Sturme sich birgt in warmer, fester Herberge. So ging es Änneli; es mochte des Tages Ende nicht erwarten. Als es zu Bette ging, betete es die Worte seines Gebetes, aber seine Seele betete in unaussprechlichen Seufzern ganz anders: sie betete um die alten Tage wieder, wo alle es lieb gehabt, wo auch recht gewesen sei, was es gesagt und gemacht. Oh, wie oft mag das doch geschehen, daß Mund und Seele beten und beide anders, und der Mensch weiß es nicht einmal! So betete Änneli, neigte dann sein müdes Köpflein zum Schlafen und tat die Äugelein zu.

Plötzlich fuhr das Kind wieder auf, als ob eine Schlange sich unter ihm geregt oder sonst was Greuliches. Aber Änneli sprang nicht aus dem Bette, es horchte hochauf mit gefalteten Händen. Da klang vom Fenster her ein leises Döppelen, und nach einer Pause döppelete es wieder, stärker. Da verließ Änneli leise, hastig das Bett, warf das Nötigste über, ging zum Fensterchen. Vor demselben stand jemand und sagte, als Änneli das kleine Schiebfenster etwas öffnete: «Meitschi, tue mir uf!» «Dr tusig Gottswille, Felix», bat Änneli, «geh weg! Merkt die Schwester etwas, so muß ich fort, sie hat es mir gesagt und hat mir gestern den ganzen Tag den Ernst gezeigt.» «Was hat dir die zu befehlen, sie wird Sepp auch aufgetan haben, und was fragst du darnach, wenn sie dich schon forttut; kannst an einem andern Orte auch sein, kannst zu uns kommen, dMuetter gibt dir Lohn so viel du willst», sagte Felix. «Dr tusig Gottswille, geh weg, mach mich nicht unglücklich! Die Schwester war mehr als eine Mutter an mir; wenn sie über mich böse würde, ich weinte mich tot», sagte Änneli. «Es wär sich dr wert. Tue uf», meinte Felix. «Darf nit», sagte Änneli fast weinend; «zürn doch recht nit, sei nit böse, aber geh dr tusig Gottswille!» «Es würde einem meinen, du wärest eine Landvogtstochter, daß Ammanns Bub dir zu schlecht ist», entgegnete Felix. «Tu auf, oder ich tu auf, du wirst mich doch nicht verachten!» «Los, sie rühren sich unten, dr tusig Gottswille, geh! Morgen abend muß ich zum Schuhmacher uf em hohe Roß; ich will dir dann sagen, was die Schwester meint. Dr tusig Gottswille, geh, si chunt.» Damit schob Änneli das Fensterchen zu, und husch, wars wieder im Bette. Die Schwester kam aber nicht; ob die Angst zu fein gehört, oder ob Änneli den Felix bloß erschrecken wollte, wir wissen es nicht. Aber das wissen wir, daß das gleiche Änneli, welches vorher schlafen wollte, ja gern gestorben wäre, jetzt gar keinen Schlaf mehr hatte; ja wir glauben, wenn jemand gepfiffen hätte, es hätte getanzt. Da aber niemand pfiff, so lag es still in seinem Bettchen, bloß seine Gedanken tanzten, und zwar nach himmlischer Musik.

In Felix aber gärten die Gedanken stürmisch. Des Ammanns Bub reckte hoch auf sein Haupt. Ob so ein Bettelmeitli ihn so abziehen lassen solle von seinem Fenster, dem die Fenster der reichsten Töchter sich geöffnet, fragte des Ammanns Bub. Es könne seinethalb zum Schuhmacher auf dem «hohen Roß» laufen, bis es die Füße unten abgelaufen; aber gute Augen müsse es haben, wenn es auf diesem Wege seiner ansichtig werden solle. Aber in Felix war noch ein Anderer als des stolzen Ammanns stolzer Bub. In Felix war einer, der schwieg anfänglich und rührte sich nicht; allgemach aber begann dieser Ännelis Worte zu wiederholen, von seiner Angst zu reden und wie schön und lieblich es ausgesehen trotz der Nacht. So sei doch Keins, sagte er, und des Meitschis sei sich zu erbarmen, daß es so in einem verfluchten Zwang sein müsse. Ein Anderes würde ihnen pfeifen, ehe es sich solches gefallen ließe; aber das scheine nichts anderes zu wissen, als zu plären und sich zu unterziehen. Sellige Lüte sei sich z'dure, die müßten immer hintenabnehmen im Leben und uvrschanter Lüte Lastesel sein. Einer, der heiraten könne, wie er wolle, und eine mangle, die arbeite und zufrieden sei mit allem, könnte glücklich sein mit dieser, eine Bessere bekäme er nicht. So sprach nach und nach der Eine, während des Ammanns Bub nicht so viel mehr sagte, bloß hie und da einen Fluch tat und ein Werkholz dahinschmiß, daß es zersplitterte.

Die Mutter trappete ihm nach und fragte allerlei, was sie

den Tag vorher, wo Felix eben auch nicht zu Hause war, nicht vernehmen konnte. Mütter sind neugierig, es ist aber auch verzeihlich. Sie können nicht immer hinter Söhnen und Töchtern her sein und sollten doch vernehmen, was sie treiben und mit wem sie sich abgeben. Gefällt es nicht, was sie machen, so läßt man hier etwas fallen und dort etwas, und wird es nicht gemerkt, so wird man entschieden und tut eine ernste Willensmeinung. Ist den Müttern das Treiben der Söhne aber recht, steuern sie auf ihren Liebesfahrten einem den Müttern anständigen Liebeshafen zu, so halten die klügern sich mäuschenstill und scheinen um ihrer Söhne Abenteuer sich durchaus nicht zu kümmern. Mit unberufenem Helfenwollen kann man ebenso viel verderben als mit rücksichtslosem Hindern. Die Frau Ammännin hatte auch ihre Leute, welche ihr Bericht brachten, Weiber mit leeren Säcklein und einer vollen Plaudertasche fanden bei ihr immer eine gute Stätte. Die hatten ihr vom Markt berichtet, wie Felix mit Nägelibodenbauern am Ordinäri gewesen, mit ihnen heimgefahren und mit Eglihannes sich geschlagen. Das wunderte die Frau Ammännin nicht, sie wußte, daß Felix mit Sepp einen gemeinsamen Handel gemacht. Doch hätte sie noch wissen mögen, ob diese oder jene Tochter auch auf dem Markte gewesen, ob Felix mit ihr geredet, mit wem sie getanzt, wer sie beim Weine gehabt, kurz wie der Liebesmarkt sich gemacht.

Felix gab kurzen Bescheid, er hatte seinen bösen Kopf. Man weiß aber, daß Mütter nicht gern abgeben, wenn die Söhne einen bösen Kopf haben, sondern mit Zärtlichkeit, Flattieren und Fragen nicht nachlassen, bis sie dieselben mit der Menschheit wieder versöhnt, bis sie den Splitter heraushaben, der den Kopf böse gemacht. So tat auch die Frau Ammännin, redete und fragte sich fast den Hals ab, fragte endlich auch, was Änneli auf dem Markte gemacht und ob es mit ihnen heim sei. «Mit wem sonst?» fragte Felix widerhaarig. «Was weiß ich?» sagte die Frau Ammännin; «ich habe geglaubt, es habe es gemacht wie andere Meitschi auch, sei vielleicht später heim in anderem Begleit.» Das sollte es probieren, sagte Felix; die hätten es anders im Zwang, es nehme ihn wunder, wenn es dort noch lange bliebe. «So», sagte die Mutter, «wenn du was merkst, daß es fort will, so sag mirs, du bist zuweilen dort; wenn mir das entrönne, es ärgerte mich verflümert. Unsere Meisterjungfere muß ich gehen lassen, ich kann nichts mehr mit ihr machen; die hat nichts in der Nase, in Augen und Ohren als den Melcher: wie die Katze einer Maus vor dem Loche kann sie stundenlang an irgend einem Orte, wo sie glaubt, er komme vorbei, auf diesen passen und hört derweilen weder schlagen noch rufen. Da könnte unser Herrgott selbst kommen und statt Adam rufen: Mädi, wo bist du?, Mädi hörte nichts, und wenn es endlich was hörte, würde es meinen, es sei der Melcher, und sagen: Hie, Bänzli, hie, chumm los gschwing neuis!»

Darauf sagte Felix nicht viel, aber am Abend strich er auf dem Wege herum, der zum Schuhmacher auf dem «hohen Roß» führte. Der eine Felix hatte über den andern den Sieg davongetragen, doch so, daß er zwar gehen, aber kurz sein wolle mit dem Meitschi, daß es wisse, wer er sei und wer es sei. Der Abend war eben nicht für Liebesabenteuer eingerichtet, wie man sie sonst zu beschreiben pflegt. Es flöteten keine Nachtigallen im Busche, es murmelten die Bächlein nicht, es zirpten die Grillen nicht, der Mond goß sein silbernes Licht nicht auf die Erde, die himmlische Sichel schiffte nicht im Blau der Lüfte, es säuselten keine lauen Abendwinde. Es ging eine handfeste Bise und trieb das abgefallene Laub herum; grau war der Himmel, die Erde hatte ihr Hochzeitskleid, das Blumengewand, abgelegt und machte ein Gesicht wie ein neunundneunzigjähriges, runzelhaftes Mütterchen.

Einzelne melancholische Krähen hüpften bedächtig von Furche zu Furche oder steckten trübselig den Kopf zwischen die Schultern, als ob sie an den kommenden Schnee dächten und eine Predigt darüber studierten. Struppichte Spatzen bewegten sich im Busche, und hungrige Gilbrichte flatterten über den Weg, sahen sich nach etwas Eßbarem um, welches Roß oder Kuh fallen gelassen.

Durch die Zäune strich ein Wesen, man hätte fast glauben sollen, es sei ein Reh, welches ein warmes Plätzlein suche in dichterm Walde, oder sonst ein schlankes, leichtfüßiges Geschöpf, welches nicht Hütten bauen wolle da, wo es war, sondern etwas Besseres suche. Es war Änneli, welches so flüchtig durch die Zäune glitt, welches hätte fliegen mögen und doch ein so schweres Herz hatte. Ach, es war so reuig, dem Felix von diesem Gang was gesagt zu haben; seine Habe hätte es gegeben, es wäre nicht geschehen, und doch wäre es um alle Schätze der Welt, um sein Leben nicht ausgeblieben, hätte ja doch Felix glauben müssen, es wolle ihn zum Besten halten, es treibe Flausen mit ihm, es sei die wüsteste, undankbarste Täsche auf Gottes Erdboden. Es zitterte vor dem Augenblicke, wo er ihm begegne; es hatte den ganzen Tag darauf gesonnen, was es sagen wolle, und hatte nichts gefunden, das es sagen durfte, und doch zog ihm die Angst, Felix zürne, komme nicht, das Herz zusammen. Ja, Änneli hatte noch so ein rechtes Mädchenherz, aus Eis und Glut, aus Angst und Liebe, aus Jauchzen und Weinen, aus Sehnen und Bangen, aus Suchen und Fliehen gewoben. Sie ist selten auf Erden, diese echte Sorte; man findet die einfache Sorte am häufigsten, welche gern recht bald einen hätte und je reicher, desto lieber ihn haben würde. Je reifer diese Sorte wird, desto besonnener und kaltblütiger wird sie auch, wie bekanntlich alte Katzen auch mehr Mäuse fangen als junge, welche zu früh meinen, sie hätten das Mäuschen schon, daher zu rasch zuspringen. Die Sorten sind aber ziemlich schwer zu unterscheiden; denn je älter die letztere Sorte wird, desto mehr nimmt sie Manieren und Farbe der ersten, echten, guten Sorte an.

Das Mädchen kam zu dem Schuhmacher auf dem «hohen Roß», ohne daß es den Felix gesehen. «Zum hohen Roß» oder «auf dem hohen Roß» hieß das Häuschen, in welchem der Schuhmacher wohnte. Es war sein Eigentum, aber die Schulden, welche darauf hafteten, waren es ebenfalls. Sehr merkwürdig paßte der Schuhmacher zu dem Namen seines Häuschens. Er gab sich große Mühe, einen gnädigen Herrn vorzustellen. Der Mann gehörte unter die, welche mit dem Schicksal grollen, daß es sie nicht als gnädige Herren geboren werden ließ, sondern sie zu Handwerkern erniedrigte. Er fand sich berechtigt, das Unrecht gutzumachen: er erhöhte sich selbst, gebärdete sich gnädig, ließ jeden geflickten Schuh verabfolgen als wie eine erwiesene Gnade und forderte mörderlich. Es war wirklich schön, das großartige Benehmen dieses Mannes seinen Kunden gegenüber zu beobachten, wenn diese zu ihm kamen oder er ihnen auf der Straße begegnete. Im erstern Falle glich er einem Fürsten, der Untertanen zum Handkuß zuließ, im letztern Falle einem Brahminen, dem ein Paria in die Nähe kommt, von dessen Hauch er berührt zu werden fürchtet. Man hätte glauben sollen, der Mann hätte keinen einzigen Kunden gehabt, man würde sich aber getäuscht haben. Die Menge läßt sich gern imponieren, ja sie will imponiert sein und hat großen Glauben zu allen, welche zu imponieren wissen, das heißt den Glauben beizubringen, man sei mehr als alle seinesgleichen, ein Himmelssappermenter, man höre das Gras wachsen, sehe die Flöhe husten, rieche den Braten in der Hölle, den die Großmutter ihrem Großsöhnchen spickt und salbet. Nun gibt es ein gemachtes Imponieren und ein natürliches; das letztere hält

Farbe, das erstere verliert sie früher oder später, ist bloß ein vorübergehendes, ein Feuer aus Stroh, das rasch zusammenbrennt und nicht mehr gesehen wird. Für wandernde Helden, Schauspieler, Quacksalber, Bauch- und Volksredner, reisende Künstler und Literaten, hausierende Juden mit Universalmitteln oder Tuchwaren genügt das erstere vollkommen: sie kommen und schwinden, und glänzen sie nur auf Augenblicke, wie Sternschnuppen ungefähr, so machen sie derweilen doch ihren Schnitt und gute Geschäfte. Aber anders ists mit denen, welche bleiben: Professoren, Ratsherren, Vaterlandsfreunden, Kameltreibern, Bärenführern und eben Schuhmachern; diesen geht es fatal, wenn ihr Imponieren nur ein gemachtes ist, ein vorübergehendes, erst ein Staatslicht und handkehrum nichts als ein schmutziges Ampeli oder gar bloß ein hölzerner Ampelistock, der zwar immer noch glänzen möchte und doch nichts mehr kann als stinken. So ein Schneider oder Schuhmacher, der aus der Fremde kommt und «Himmelsackerment» sagt und «merci bien», gradauf steht wie ein Storch, wenn er studiert, und davon spricht, wie man in Scheneff die Schuhe fürfüßet, imponiert mächtiglich, kriegt großen Zulauf, verdient viel Geld, wird Modeschuhmacher oder Modeschneider, und wenn er ledig ist, lassen alle Mägde bei ihm schneidern und schustern, setzen ihren Lohn, ja fast Leib und Seele an das Wohlwollen des göttlichen Jünglings. Nun kommt es darauf an, was für ein Meister im göttlichen Jüngling steckt. In den Meisten gar keiner, daher vergeht ihr Glanz alsbald, mit dem Imponieren ists fertig, er wird nicht mehr ästimiert als eine hohle Rübe, mit dem Verdienst ist es aus; je gstabeliger er sich macht, desto mehr wird er ausgelacht, denn vom Imponieren zum Lächerlichwerden ist nur ein ganz kleiner Schritt. Ist aber etwas Tüchtiges in ihm, sind seine Schuhe währschaft und bleibt er im Fortschritt, macht er die Schuhe im Jahre

1850 nicht akkurat gleich, wie er sie im Jahr 1830 in Scheneff gemacht, sondern wie es im Jahr 1850 für elegant gilt, so kann er gstabelig sein und imponieren wollen, es schadet ihm gar nichts, er bleibt geachtet, gesucht und verdient schweres Geld. So ists mit dieser Sache.

Nun war unser Schuhmacher auf dem «hohen Roß» noch nicht ganz im finstern Mond, aber im abnehmenden; das merkte er, gehörte daher unter die Zerrissenen, war voll Weltzorn, betrachtete die von ihm Abgefallenen nicht bloß als Atheisten, sondern als Reaktionäre und sprach viel von Amerika. Änneli, welches auch etwas von der Eva an sich trug, ließ, seit es geerbt hatte, auch bei ihm schustern und hatte die Gnade, daß er ihm schusterte. «Nun, wenn es dir ein Gefallen ist», hatte er gesagt, «so will ich dir wohl ein Paar Schuhe machen; daneben frage ich nicht viel darnach, und wenn es nur ist, um sie einem Andern zeigen zu können, damit er mir den Schnitt ablerne, so wäre mir lieber, du wärest gar nicht gekommen. Wahrscheinlich bleibe ich auch nicht lange mehr hier, die Leute hier haben gar keinen Verstand, ich traf es noch nirgends so, sie wissen gar nicht, was schustern heißt, es gibt kein dümmeres Veh auf Gottes Erdboden als so einen Bauer» usw.

Änneli hatte schon lange bei diesem Schuhmacher Schuhe bestellt gehabt, diese wollte es holen. Je weniger er zu tun hatte, desto länger ließ er die Leute warten, damit man glauben möchte, wie viel er zu tun hätte, wodurch er die Kunden vollends versprengte. Es gibt halt immer Leute, welche verstockt werden wie Pharao, und wenn sie schon nicht alle im Roten Meer ertrinken, so bereiten sie auf andere Weise ihren Untergang. Die Schuhe waren wieder nicht gemacht. Ob es meine, es sei die einzige Person, welcher er arbeite, hatte er gesagt. Wenn sie ihn alle so plagen würden mit Kähren, so wollte er das Schustern heute noch aufgeben. Ein andermal solle es zu rechter Zeit anmessen lassen und nicht warten, bis es keinen ganzen Schuh mehr habe. Man solle doch nicht meinen, er stehe unter der Haustüre und warte da müßig, bis es einem Narren gefalle, herzulaufen und sich auf der Stelle bedienen zu lassen! So ward Änneli abgefertigt und nahm es an; es konnte daher auch sicher sein, daß das nächstemal der Herr Schuhmacher auf gleiche Weise mit ihm verfuhr. Es hatte aber das Herz sonst voll und fühlte wenig, was der Schuhmacher sagte.

Es war dunkler geworden, weit konnte man nicht mehr sehen; es war die Zeit der Fledermäuse, wenn sie noch geflogen wären, nun aber lagen sie längst an ihrer langen Ruh. Änneli hatte sich ergeben. Er ist höhn, dachte es. In Gottes Namen, so wird es am besten sein; sehen kann ich ihn von weitem ja immer noch, und was will ich mehr? Und wie es das dachte, stand Felix plötzlich vor ihm. Wie das Meitschi erschrak! Der böse Bursche lachte laut. «Das geschieht dir recht», sagte er, «wolltest es so haben. Hättest gestern nicht so getan, wärst heute nicht so erschrocken. Wirst einen Andern im Gaden gehabt haben?» «Solches halte mir nicht vor», sagte Änneli; «du weißt ja, daß es nicht ist und was Bethi gesagt hat! Aber was habe ich dir zuleide getan, daß du mich also plagest? Ich weiß wahrhaftig nichts, und sonst meintest du es so gut mit mir; so viel habe ich dir zu danken, und jetzt, warum so auf einmal?» «Dumm; wer sagt, daß ich es bös meine, dich plagen wolle?» sagte Felix. «Es darf doch ein Bub zu einem Meitschi reden, und vor sein Fenster zu kommen, ist nirgends verboten.» «Ach, wegem Reden sagt ja niemand was», entgegnete Änneli, «und im Herzen täts mir weh, wenn du es nicht tätest, wenn du bei mir vorbeigingest; aber nachts laß mich ruhig, vergiß nicht, was Bethi gesagt; es hält Wort, zähl darauf, und unten hört es alles, das Ofenloch ist immer offen, Verdruß möchte ich ihm nicht machen, um alles in der Welt nicht!»

Es gab ein langes Gespräch, in welchem aber gar nichts von Liebe vorkam. Felix bestand auf seinem Recht als Kiltbub: Er könne vor welches Fenster er wolle, und Bethi habe nichts dareinzureden, es werde mit Sepp auch nicht halb so exakt gewesen sein. Nebenbei gab er zu verstehen, er sei es nicht gewohnt, auf diese Weise abgefertigt zu werden; es sei nicht mancher Riegel, welcher nicht weggeschoben werde, wenn er klopfe. Änneli bat und flehte und gab zu verstehen, warum er doch absolut zu ihm wolle und hier so ansetze, wo er doch allenthalben so willkommen wäre. Felix sagte nicht, er komme wegen der Liebe zu ihm statt anderswohin, sondern er sagte: Es nehme ihn wunder, warum er nicht zu ihm sollte kommen dürfen so gut als zu einer Andern; wer das Recht hätte, es ihm zu verbieten? Es sei denn, Änneli habe einen Andern, dem wolle er nicht im Wege sein! Nur wolle er wissen, wer es sei, ob in der Tat so einer, dem er Platz zu machen schuldig sei. Begreiflich verwahrte sich Änneli gegen diese Zumutung, stellte ihm nochmals Bethis Gebot vor, deutete leise an, was doch die Leute sagen würden, wenn es auskäme, daß er ihns besuche, es dürfte sich nirgends mehr zeigen. Felix sagte, Bethi solle ihns nur fortschicken; er wisse ihm einen Platz, wo es nicht Hund sein müsse. Dabei möchte er doch wissen, ob er so einer sei, der einem Mädchen einen schlechten Namen anhänge, selb nehme ihn doch wunder. Änneli fand die Worte zur Antwort nicht, welche so lautete: Denk, was sie sagen würden, weswegen du kämest!

Da gab es einen Ton in ihrer Nähe, sie wußten nicht, was für einen und ob von rechts oder links her. Es war dunkel geworden, und rechts und links waren Zäune und gleich vor ihnen ein Wäldchen. Änneli erschrak wie ein junges Reh beim Anschlagen eines Hundes, wäre wie ein Reh in weiten Sprüngen davongesetzt, wenn Felix es nicht gehalten. «Dr tusig Gottswille, laß mich gehen, denke, wenn uns jemand gehört, ich müßte mich ja schämen mein Leben lang!» sagte Änneli. Aber Felix war unerbittlich und wollte erst das Versprechen, daß Änneli unters Fenster kommen müsse, wenn er daran döppele, er hätte noch viel mit ihm zu reden, und wissen wolle er, warum er einem Meitschi einen schlechten Namen anhängen sollte. Bisher hätte er doch gemeint, es habe sich keines seiner zu schämen. In seiner Seelenangst gab Änneli dieses Versprechen, um loszukommen, und flog davon. Darauf untersuchte Felix beide Zäune, das daranstoßende Wäldchen, aber er fand nichts.

Einige Tage nachher, als der Ammännin Mägde allein spannen in der Stube, sagte eine derselben: «Es nimmt mich doch wunder, was die Dürluftbäuerin hat? Seit einigen Tagen läuft sie immer da herum und sieht das Haus an, als sei es erst vom Himmel gefallen. Ich will nichts nutz sein, wenn sie gestern nicht zum Kuchifenster hereingeguckt hat. Ein Gesicht war am Fenster und gerade eins wie ihres, und deren, die dem gleichen, gibt es nicht viele. Es nimmt mich nur wunder, was die hat, nichts Gutes allweg. Die will zur Frau, und es soll es niemand merken. Sie will gegen jemanden aufreisen, ihr etwas zutragen. Unsere Frau ist daneben nicht dumm, aber in denen Stücken doch das ärgste Babi, sie würde sonst nicht der ärgsten Klapperfrau Glauben geben und wir es dann zu entgelten haben. Es nimmt mich nur wunder, wen es trifft.» Nun werweiseten die Damen, wem es gelten möchte. Begreiflich hatte keine ein reines Gewissen; je böser eine eins hatte, desto eifriger war sie bemüht, einer Andern angst zu machen, es gelte ihr. Als sie sich so recht in Angst gebracht gegenseitig, da rächten sie sich an der Urheberin ihrer Angst und setzten sich zu Gericht. Himmeltürk, wie das nun losging über Eisi! Einen Batzen wert wäre es gewesen, wenn Eisi hätte hören können, wie die Menscher es auszüpften, bis kein guter Faden mehr an ihm war. Die

Teufelsgeschichte blieb auch nicht vergessen. Sie meinten, der Teufel habe ihm nur derhalben das Leben geschenkt, damit es alle Leute, absonderlich seine Hausgenossen, so kujoniere, daß sie ihre Seufzer in den Wunsch zusammenpreßten: Ach, ih wett, dr Tüfel nähm mih! Wenn das einer eine gewisse Zahl von Malen sage, könne ihn der Teufel nehmen ungsinnet u lebig. Es syg ume lätz, daß me dZahl nit wüß, aber man wolle davon sagen, scho vo es paar Knechtli u vo re Magd wüß me nit, wo si hicho syge. Das Eisi werds aber o einist erfahre, was es vrdient heyg, un öppis müesse usstah. Das möchte si gseh, aber ume vo wytem, dem wette si Gäbeli mache! Schließlich wurden sie rätig, sämtlich aufzupassen, und wenn Eisi zur Frau kommen könne, womöglich zu horchen.

Von diesem Ratschlusse wußte Eisi nichts, aber was die Mägde geraten, war richtig, es wollte zur Frau Ammännin, und zwar wegen etwas sehr Wichtigem. Eisi war noch gern hoffärtig trotz seinen alten Tagen; es wandte sich immer zum jedesmaligen Modemeister und befahl bei jedem Kleidungsstück: «Fry hoffärtig, fry recht na dr Mode», dä alt Narr! So war auch der Schuhmacher auf dem «hohen Roß» der seinige. Der Teufel hatte nun selben Abend Eisi ebenfalls zum Schuhmacher gesandt, er gedachte etwas recht Schlaues und Böses zu machen. Eisi sah den Felix vor sich hergehen am Ende des Wäldchens, an einen Baum stehen und dort warten. «Ketzer, was will der dort?» sagte es zu sich. Eisi hatte in solchen Dingen eine feine Nase. Warte, dir will ich schlau genug sein, dachte es. Auf der entgegengesetzten Seite machte es sich hinter den Zaun und schlich ihm näher, und als es jemanden von der andern Seite kommen hörte, noch näher und immer näher. Wie groß sein Jubel war, als es Änneli erkannte, kann man sich denken; es war sich nur zu wundern, daß Eisi nicht laut aufschrie. Es verstand zu Weniges, drängte sich näher und näher; da kam es unversehens mit dem Gesichte in einen Dornstrauch, und unwillkürlich entfuhr ihm ein Laut, der, obgleich es ihn alsbald beim Stiel faßte, doch teilweise entrann, denn raus ist raus. Somit war auch das Horchen aus. Das war Eisi darum leid, weil noch gar viel hätte nachkommen können, was jetzt nicht nachkam. Indessen wußte es mehr als genug, jetzt hatte es den Griff in der Hand. Seine Beine waren so lustig, daß sie immer tanzen wollten, und durfte es nicht tanzen, so kam ihns ds Jauchzen an; hätte es zehntausend Taler gefunden, es wäre nicht so glücklich gewesen.

Sein kindliches Herz trieb es heim, der Mutter sein Glück zu verkünden, und es zeigte Lust, alsbald zur Ammännin zu galoppieren. «Nit, nit», sagte die kluge Mutter, «da nimm dich in acht! Es ist nicht eine Magd, sondern der Sohn, von dem du zu berichten hast; es ist Ammanns Felix, den du verrätschest, und merkt der einen Deut, daß du es getan, so gnade dir Gott, deines Lebens bist du nicht mehr sicher!» «Und gesetzt», sagte Eisi, «tot ist tot, und kein Glied tut einem mehr weh; wissen muß es die Alte, es plagte mich im Grabe noch, wenn ich es ihr nicht gesagt.» «Das ist recht», sagte die Mutter, «aber häb Sorg, es ist allweg nit z'gspasse, denn er ist e Grüsel.» Eisi wußte es und begehrte ihn nicht zu erfahren, es wollte sich in acht nehmen. Aber im Drang seines Herzens machte es den Unterschied zwischen dem Suchen einer Gelegenheit und dem Abpassen derselben nicht. Um eine zu suchen, lief es alle Tage bei Ammanns Haus vorbei, guckte nach allen vier Ecken des Hauses, besonders nach den Schweineställen, ob es nirgends die Ammännin in trauter Einsamkeit erblicke, ja spionierte sogar zum Küchenfenster hinein. Da es aber kaltes Wetter war und die Ammännin eine Liebhaberin von der Wärme, überhaupt nicht geneigt zu träumerischen oder astronomischen Betrachtungen in den Hausecken, kam es gar nicht zu der Gelegenheit, und Eisis Herz ward immer drangvoller. Nach jedem vergeblichen Gange hielt es mit der Mutter Rat; ihre Antwort war immer: «Er ist e Grüsel, nimm dich in acht.» Und immer lauter sagte Eisi: «Su syg er, was frag ich dem nach, es ist e Gott im Himmel und ein Richter auf Erden; ganz wird er mich nicht schlucken, und nur sonst töten darf er nicht, sonst wird er gehängt.» «Man hängt ja niemanden mehr», sagte die Mutter. «Selb wollte ich dann luegen, ob der nicht gehängt sein müßte, wenn der mich getötet», meinte Eisi. «Würdest dannzumalen nicht mehr viel dran machen», sagte die besonnene Mutter. «Das wär dr Tüfel», sagte Eisi im Zorn.

Endlich bleibt nicht ewig aus. Endlich sah Eisi die Ammännin unter der Türe stehen und einem Bettler ein Almosen geben. «Es geht mit Schein auch stark bei euch», sagte Eisi. «Es ist nicht mehr dabeizusein so in rechten Häusern, wo man weiß, daß etwas darin ist. Ich muß bald jemanden expreß anstellen, um den Bettlern Bescheid zu geben. Einer löst den andern ab, kaum ist man abgesessen, hoschet es wieder; so verdirbt man mit der Arbeit mehr, als man verrichtet.» Der Bysluft zog, mit einem Gespräch im Freien war der Ammännin nicht gedient. Sie hieß Eisi hineinkommen, sich zu wärmen. Es müsse heim, sagte Eisi, welches der Stube nicht traute; aber wenn es erlaubt wäre, so möchte es ihre Schweine sehen. Es hätte von denen schon so viel brichten hören, daß es sie für sein Leben gern sehen möchte, nur für ein Exempel daran zu nehmen. «Wird nicht sein», sagte die Ammännin, «ist nichts Apartes, hatte manchmal viel schwerere. Aber man macht, was man kann, und gibt, wie mans hat.» «He ja», sagte Eisi, «man kann nicht immer machen, wie man will; aber ich wollte sie doch gerne sehen», und dazu machte es ein schlaues Gesicht und blinzte mit den Augen. Die Ammännin war in solchen Dingen nicht dumm, und so wenig ein Schnupfer eine gute Prise ausschlägt oder ein Raucher eine feine Zigarre, ebenso wenig verschmähte die Frau Ammännin einen vertraulichen Bericht, auch wenn der Bysluft und ihre Gliedersucht sich grundschlecht vertrugen. «He, so komm, aber Rares wirst du nichts sehen, du hast sie sicher besser.» Wer der Ammännin ins Gesicht gesehen hätte, der hätte den Verspruch, den Eisi hinter des Ammanns Rücken dartat, nicht nötig gefunden.

Die Ammännin machte auf; da lagen sie, die Prachttiere, Rücken an Rücken, in behaglicher Ruhe. «Tüfel», sagte Eisi. «Husch, auf!» sagte die Ammännin und stieß sachte mit dem Fuß. Grunzend und schnaufend erhoben sich die Tiere, erst bloß auf die vordern, endlich mit Mühe auch auf die hintern Füße. «Tüfel, nein, solche habe ich noch nicht gesehen in diesem Jahre, werdet die Milch nicht haben sparen und sie alle in die Käserei haben geben müssen. Da sind ja nicht Säu, das sind ja Elefanten! Aber was ich eigentlich sagen wollte, es drückte mir fast das Herz ab Euertwegen, und wenn Ihr es nicht wäret, ich ließ es nicht vor meinen Mund; ich weiß, wie übel man oft ankommt, aber ich kann Euch vor einem großen Unglück sein, und das will ich auch, mag es mir gehen, wie es will. Aber zürnit mir doch recht nicht, ich tue es aus Liebe; wär das nicht, ich für mich könnte drüber lachen hinten im Halse.» «Was ist, Frau?» sagte die Ammännin, halb erschrocken und halb mißtrauisch, «was ist? Rede!» «Aber wollt Ihr mir versprechen, es nicht aus Eurem Mund zu lassen, mich nicht zu verraten, bei Leib und Sterben nicht, mag es gehen, wie es will?» sagte Eisi. «Perse», sagte die Ammännin, «aber jetzt use mit dr Sach; es macht kalt, und du machst mir angst.» «Ja, aber zürnt recht nicht», sagte Eisi; «ich darf fast nicht, und wenn es nicht wegen Eurem Sohne wäre, dem einzigen Kind, ich täte es nicht, mit vier Rossen brächte man es nicht aus mir, was ich weiß, weiß Gott nicht!

Aber mys Herz», und dazu machte es ein Gesicht und legte die Hand auf die Brust, als ob dieses Herz obsig kommen wollte. «Dr Gottswille, Frau, jetzt use mit dr Sach, oder ich fange was anderes an», sagte die Ammännin, schlotternd halb vor Kälte, halb vor Angst. «Felix, Euer Sohn, hat ein Geschleipf mit Nägelibodenbauern Frauen Schwester, dem junge Täschli, und vielleicht mit der Bäuerin selbst. Letzthin sah ihn dort mein Mann nachts aus dem Hause kommen, als der Bauer nicht drin war, und vorgestern vor acht Tagen traf ich die junge More und Felix, ach Gott, ich schlottere noch an allen Gliedern, wenn ich daran denke, draußen im Wäldchen nebem Weg zum hohen Roß. Ich darf gar nicht daran denken. Aber Felix ist nicht schuld daran, sie lockten ihn, es weiß kein Mensch wie, und jetzt sind die beiden Täschen wahrscheinlich selbst schalus über einander. Ja, das ist ein Haus, es denkt kein Mensch, was da alles geht, und wenn man es schon sagen wollte, es glaubte es niemand. Aber es ist einer im Himmel und der weiß es, das ist gut, dem wird man doch einmal glauben!»

Der Ammännin ging die Sache durch Mark und Bein. Aber so eine Ammännin von der rechten Sorte hat Fassung so gut als eine rechte Gräfin und einen ebenso feinen Sinn für den gehörigen Anstand. «Es ist eine grüsliche Sache, aber du sollst Dank haben eineweg», sagte diese. «Erzählte sie mir jemand anders, ich glaubte sie nicht. Du hast sie doch noch niemanden erzählt?» «Was denkt Ihr auch, mit vier Rossen hätte man es mir nicht rausgerissen!» «Nun», sagte die Ammännin, «so wissen es also nur du und ich? Ich lasse es auch nicht aus dem Munde, so kommt es also nicht unter die Leute. Der Sache will ich ein Ende machen, zähl darauf. Ich hoffe, es sei noch die rechte Zeit; wenn es geschehen, will ich dir noch einmal danken, und zwar dann recht.» «Aber Ihr verratet mich doch nicht?» sagte Eisi. «Hab nicht Kummer», sagte die Ammännin, «zähl auf mich, wie ich auf dich zähle, wir wollen Beide einander halten.»

Den Kopf voll Triumph wandelte Eisi heim. Wer es recht angesehen, hätte es wenigstens einen Fuß gewachsen gefunden, es war anzusehen wie ein magyarischer Grenadier. Die Mutter sah ihm schon von weitem die gute Verrichtung an, ehe es ihr noch zurufen konnte: «Mutter, jetzt gehts los, jetzt pass auf!» Und in der Tat, sie paßten auf, akkurat wie Ingenieure, die unter eine große Festung eine Mine gegraben, gefüllt und die dahin leitenden Schwefelfäden angezündet. Die Beiden schienen zu glauben, alsbald fliege der ganze Nägeliboden in die Luft, oder wenigstens lasse die Ammännin ein Dutzend Batterien Vierundsechzigpfünder auffahren und denselben mit Mann und Maus in Grund und Boden schießen. Sie habe gezittert vor Zorn und gar nicht mehr reden können, aber jetzt solle man nur aufpassen, man werde bald etwas vernehmen, sagte Eisi. Bis dahin müsse man sich in acht nehmen; sie wollten den Augenblick niemanden was sagen, hätten sie verabredet, und es möchte nicht, daß die Ammännin meinte, es hätte geplaudert, da nur sie zwei darum wüßten.

Da irrte sich aber die Bäuerin im Dürluft gröblich. Erstlich hatte sie bereits mehr als einer Freundin im höchsten Vertrauen gesagt, sie wisse was, öppis Verfluechts, vo Ammes Felix u dr junge Gränne da im Bode. DLüt werde dGlare uftue, we sis vrnähmte. Wyter dörfs emel einist nit rede, aber es gang nit mänge Tag, so sygs uf der Trumme, öppis, wora me nit gsinnet hätt, aber öppis, das guet syg für e Hochmuet. Es wußten es aber noch drei andere Personen in Ammanns Haus. Eisi war nicht ungesehen zum Hause gekommen. Sechs Augen und Ohren paßten auf, als es mit der Frau sprach, und als es mit ihr hinters Haus ging, flogen alle drei Mägde nach: eine auf die Bühne, eine vom Tenn weg in den kleinen Gang zwischen den Schweineställen, in welchen die Tröge mündeten, die dritte in die hintere Hausecke. Die paßten auf, man denke! Was eine nicht hörte, schnappte die Andere auf. Sie brachten so ziemlich den rechten Sinn ins Ganze, und was sie für eine Freude daran hatten, kann man ebenfalls denken. Das Jauchzen war ihnen auch gerade zunächst unter dem Loche, aber sie hielten es besser am Stiel als Eisi seine Stimme beim Wäldchen.

Unglücklicherweise saß selben Nachmittag die Frau Ammännin ununterbrochen bei ihren Mägden und haspete; sie hatten kaum Zeit gefunden, beim Abwaschen das Gespräch zusammenzuflicken. Man kann denken, wie es den drei Jungfrauen erging. Es versprengte sie fast; ihr Lebtag hatten sie nie so viel Gedanken auf einmal gehabt, die mußten sie bis abends nach zehn bei sich behalten, und plagte sie sonst der kleinste Einfall schrecklich, bis er von ihnen ging. Was doch die Frau Ammännin für Augen gemacht hätte, wenn es plötzlich einen Knall gegeben und die drei Jungfrauen ihr stückweise um den Kopf und an den Wänden herumgefahren wären! Aber auch Ohren hätte sie gemacht, wenn sie nachts im Gaden den Rat derselben gehört, wie sie es der Dürluftbäuerin und der Frau Ammännin so recht verflümert machen könnten, wie sie am allertäubsten würden. Sie hatten Beide ungefähr gleich auf dem Strich und hatten ihre Galgenfreude daran, daß Eisis Mitteilungen nicht ihre Personen, sondern der Frau Meisterin Herz trafen und gerade da, wo es am verwundbarsten war. Felix war ihnen nicht unwert, erstlich schon als hübscher Bursche, zweitens war er wirklich nicht bös gegen das Gesinde und warf zuweilen den Mädchen einen derben Spaß hin, an dem sie wohl lebten und daran schmatzten, behaglicher als hungrige Jagdhunde an der besten Fleischsuppe, nicht zusammengezählt, versteht sich. Ihm wurde am unbedingtesten gehorcht, und gar oft brauchte er nicht zu befehlen; was er wollte, wurde ihm an den Augen abgesehen, besonders vom weiblichen Personal. Bekanntlich sind überall die Kronprinzen besser daran als die Könige. Mancher, der als Kronprinz Furore gemacht, macht als König Fiasco. Dem Felix wollten die Mägde also nicht schaden, sondern ihn verbeiständen, und zwar so, wie es die Meisterin und Eisi am täubsten machen müsse. Sie wollten aber warten, bis sie merkten, daß das Spiel angehe und die Ammännin hinter dem Felix sei; dann, wenn er so recht heiß und zornig sei, wollten sie mit ihrem Fund ausrücken und Felix ins Klare setzen, wer die Suppe ihm eingebrockt, und vielleicht ihm auch etwelchen weitern Rat geben.

So sahen aller Augen auf die Frau Ammännin, und was sahen sie da? Nichts, gar nichts! Weiber sind in der Regel gegen die Sünden ihrer Söhne viel nachsichtiger als gegen die Sünden ihrer Männer. Was sie bei den Letztern erst zu feuerspeienden Bergen, später ihr Lebtag zu immerrauchenden Kratern macht, das fertigen sie bei den Erstern mit mitleidigem Achselzucken, einem freundlichen Zuspruch ab. Der Person, welche dem Sohne es angetan, messen sie die größte Schuld bei und hassen sie schauerlich; manchmal werden sie auch bloß neugierig, das Ketzers Täschli kennen zu lernen.

Im ersten Augenblick war die Frau Ammännin durch die Nachricht sehr erschüttert worden, indessen faßte sie sich bald. Es sei die Frage, was an der Sache wahr sei, dachte sie, man kenne das Dürlufteisi. Freilich habe Felix vom Meitschi geredet und mehr als einmal, aber er habe ein gutes Herz, das wisse man. Dem Meitschi könne sie nichts Schlechtes zutrauen, es mache ja ein Gesicht wie der heilige Feierabend; freilich seien oft stille Wasser am tiefsten, und denen, wo am Tage den Mund nicht aufmachen könnten, sei oft des Nachts am wenigsten zu trauen. Daneben könne sie das doch nicht glauben und mit der Bäuerin am allerwenigsten; wenn die schon so schlecht wäre, was ihr noch nicht bewiesen sei, so wäre doch Felix zu brav. Am besten sei es, stille zu sein und nichts auf die Trommel zu bringen, damit die Leute nicht Freude daran hätten. So könnte sie am besten aufpassen, und Felix würde ihr nicht hinterstellig. Sie wisse ja, wie es der tusigs Bueb von je gehabt: gerade das, was er nicht solle, das wolle er. Freilich sei es nun aus mit dem Inshausnehmen; sie wolle doch lieber, die Meisterjungfere passe dem Melcher als dem Sohne, den Verdruß möchte sie nicht im Hause haben. Zudem sei es am besten, Felix heirate, so habe das Flauderleben von selbst ein Ende. Sie habe zwar einen Schrecken vor einem Söhnisweib, aber einmal müsse es doch sein, und dann sei es nirgends geschrieben, daß es bös gehen müsse; es komme immer darauf an, wie man tue und was für eine Person man auslese. Eine mit nichts begehre sie nicht; nicht daß sie es ohne Geld von ihr nicht könnten, aber der Leute wegen, die würden doch lachen, wenn Felix nicht was Rechtes zu erweiben imstande wäre. Daneben am allerhöchsten brauche er es nicht zu treiben, wenn nur das Mönsch recht sei. Sie müsse anfangen, sich umzusehen, und ihm dann auf die Rechte die Nase stoßen, aber daß ers nicht merke, sonst habe die Sache gefehlt; dä tusigs Bueb lasse sich nicht zwängen. So hielt die Frau Ammännin Rat bei sich, und von allem vernahm der Herr Ammann gar nichts.

Also geschah eine große Stille; die Ohren waren gespitzt, harrten aufs Donnerwetter, und große Augen schauten aus, wie der Nägeliboden in die Luft fahre, Felix Feuer und Flammen speie; aber still blieb der Nägeliboden, fuhr nicht in die Luft, Felix speite nicht Feuer. Da gab es verblüffte Gesichter; sie wußten nicht, sollten sie ferner die Ohren spitzen oder statt dem Nägeliboden in die Lüfte fahren und statt Felix Feuer speien. Solcher Zustand macht gern Bauchweh.

ZWEIUNDZWANZIGSTES KAPITEL

Die Käsrechnung

Wer weiß, wie bald das Ding losgefahren, wenn nicht etwas anderes dazwischengekommen wäre, der verhängnisvolle Tag nämlich, an welchem die Bilanz gezogen, die Resultate der Käserei vorgelegt, die Rechnung abgelegt, der Rest des Geldes eingehen und geteilt werden sollte. Das ist ein wichtiger Tag, man kann es sich denken, besonders wenn die meisten Geldseckel eine Positur machen wie die Mägen von Dreschern, welche vierundzwanzig Stunden hintereinander gedroschen und nichts gegessen haben.

Die Hauptsache an diesem Tage ist also, daß die Rechnung gemacht, sowohl die allgemeine als die Auszüge für jeden Anteilhaber, und daß das Geld da sei. Eglihannes sollte die Rechnung machen. Der hatte entweder gute Lust, sie zu verdrehen, oder konnte sie sonst nicht machen, oder er gehörte der Art von Menschen an, welche mit der Familienkrankheit behaftet sind, nie eine Rechnung ablegen zu können, besonders eine solche, wo sie noch herauszahlen sollen, es sei denn, sie kriegten Hausarrest (versteht sich ernstlichen, und nicht wie im Kanton Bern, wo es hinreichend ist, daß man ihn gegeben hat, ihn aber niemand zu halten braucht) oder würden ins Gefängnis gesetzt. Es soll Ortschaften geben, wo die meisten Familien mit dieser Krankheit behaftet sind. Eglihannes wollte lange nicht daran, bis endlich die Käsgemeinde erkannte, wenn er die Rechnung nicht bis dann und dann einem Ausschuß vorlege, so müsse sie jemand anders machen. Das war ihm auch nicht recht; er wußte, daß eine Käsgemeinde, wenn es sich um Geld handelt, nicht ist wie eine Behörde, welche die Sache persönlich nichts angeht und die daher getrost schlitten läßt, was nicht anders laufen will. Er machte sich endlich daran, aber kafelte, daß sich niemand darauf verstand, brachte vor allem die Käse, welche ihm zum Verkauf übergeben waren, nicht in Rechnung, kurz der Ausschuß wollte sie nicht und ordnete ihm jemanden bei, aber nicht den Schulmeister, den Eglihannes für alle Gewalt haben wollte. Wenn dann einer sein müsse, so sollten sie ihm einen geben, der rechnen könne; auf der Vehfreude sei ja Keiner, der fünfe zählen könne, hatte er gesagt. Das wollten sie mit ihm probieren, bekam er zur Antwort; sie wollten noch lange fünfe zählen, wenn er längst nicht mehr Babi sagen könne. Und was das Schulmeisterli im Rechnen könne, wisse man nicht, den Kindern sehe man nichts an. So viel wisse man bloß, daß er nicht abteilen könne, er würde sonst nicht immer den Lohn lange voraus einziehen. Einer schlug Ammanns Felix vor; der sei in der Schule der beste Rechner gewesen und werde wohl gut aufpassen. Nur zu gut, meinte jemand; der täte dem Eglihannes die Augen auf, daß er sie nicht mehr zubrächte, bis sie ihm jemand zudrückte. Der werde bald für sich selbst genug zu sehen und gern haben, wenn die Leute die Augen ihm zudrückten, sagte Eglihannes. «Wie ist das gemeint?» fragte der Ammann. «Werdet es früh genug erfahren», erwiderte Eglihannes. Man schlug den kleinen Burschen vor, der die Nase in alles stecke, der werde schon den Weg zeigen, wo es im Geraden durch müsse. Nun, sagte Eglihannes, wenn sie einen Schulbub für den Gescheitesten erachteten unter ihnen, so sei ihm der der Rechte. Wen man auch vorschlug, Keiner wollte es annehmen; diese Ehrenstelle war in den Statuten nicht benamset, konnte also ausgeschlagen werden. Endlich kam es an Peterli im Dürluft; der wollte sich mit Unkenntnis entschuldigen. Man sagte ihm, es sei ihm erlaubt, die Frau beizuziehen; das sei ja die beste Rechnerin weit und breit, könne jedem aufs Haar sagen, was er verdient habe im Himmel und auf Erden. Peterli machte ein böses Gesicht, nahm indessen den Posten an; als Grund gab er an: Am Ende werde sich einer brauchen lassen müssen, und da komme es nicht darauf an, wer es sei; nur hoffe er, für die versäumte Zeit werde man ihm Rechnung tragen. «Mach dSach recht, mr cheu de geng noch luege», gab man ihm zur Antwort.

Die Rechnung wurde endlich gemacht, aber der Ausschuß schüttelte den Kopf; Hüttenmeister und Kassier wollten ihren Beifall durchaus nicht geben. Eglihannes hatte für seinen Käs wohl Ausstände, aber kein Geld angesetzt, und die Ausstände gefielen ihnen auch nicht, und etwas Wunderliches erzeigte sich wegen Peterli: dem sah auf einmal eine Summe zu seinen Gunsten heraus, woran man vorher nicht gedacht hatte. Man soll nicht glauben, daß es mit Käsrechnungen sich gleich verhält wie mit Vogtsrechnungen; da läßt sich nicht so leicht ein X für ein U machen, und zwar aus guten Gründen nicht. Indessen gibt bei jeder Art von Rechnung niemand die Finger gerne her, um mit denselben die Fehler an den Tag zu ziehen, und je länger, je weniger, von wegen der Menschenfurcht. Denn je weniger man Gott fürchtet, desto mehr fürchtet man sich vor den Menschen. Man hat darüber merkwürdige Beispiele von Exempeln.

Die Rechnung zu machen und das Material dazu wurden also einem Unparteiischen außerhalb der Gemeinde übergeben, trotz dem Geschrei von Eglihannes, jetzt werde es erst ein großes Geschrei in der Welt geben über der Vehfreudiger Dummheit, die nicht einmal die Käsrechnung selbst machen könnten. Diese meinten aber, das gehe sie nichts an, sondern am meisten ihn selber, der sie machen sollte und sie nicht machen könnte oder wollte. Einstweilen rieten sie ihm, zu schweigen; wenn seine Rechnung durch die des Beauftragten sich als richtig erwiesen, dann möge er reden. Unterdessen machten sie unter der Hand etwas anderes. Eglihannes hatte in der Rechnung über seinen Käshandel die Namen derer ausgesetzt, welche den Käs nicht bezahlt hatten; die, welche gezahlt, waren nicht genannt; die Zahl der verkauften Käse und derer, welche noch da waren, stimmte nicht überein mit der Zahl derer, welche im Herbst übrig geblieben. Kein Mensch wollte wissen, wohin die fehlenden Käse gekommen; vielleicht, daß die Mäuse sie gefressen. Da sehe man jetzt, was es helfe, wenn man schon den ersten Käs rückwärts in den Spycher trage, hieß es.

Nun ward auf einmal offenbar, wie viel Augen dem Eglihannes aufgepaßt. Man wußte fast alle Wirte, denen er verkauft, wußte, wer Käs geholt und wie manchen; man wußte viel mehr, als Eglihannes ahnte. Nun ging man unter der Hand den Käufern nach und suchte zu vernehmen, wie gehandelt worden, wieviel verkauft worden, was ausstehe usw. Nun fand es sich, daß gar mancher Käs bezahlt war, dessen Erlös als ausstehend in der Rechnung stand. Über Preis und Gewicht wollten Wirte, welche bar bezahlt, nicht mehr Auskunft geben. Sie sagten, was sie bar bezahlten, schrieben sie nicht auf, was Tüfels das nützen wollte! Andere sagten, sie erinnerten sich nicht mehr recht im Kopfe, aber vielleicht hätten sie es daheim auf dem Papiere, sie wollten gelegentlich luegen. Hie und da rückte einer mit den Karten aus und sagte, sie sollten nur zufahren, und wenn es dann Ernst sei, so wolle er mit seinem Hausbuche auch noch ein Wörtlein dazu reden. Es werde sich aber wohl am besten erzeigen, wenn sie das Verzeichnis der Käse, wo Nummern und Gewicht angegeben stünden, mit Eglihannese Rechnung verglichen, da sei es bald ausdisputiert.

Solche Berichte brachte man dem Rechnungsverordneten. Das sei böser Bescheid, sagte dieser; in Eglihannese Rechnung seien die Nummern oder das Geburtsdatum der Käse nicht verzeichnet. Das ganze Verzeichnis über die sämtlichen Käse sei wohl da, aber keins von den Käsen, welche der Käsherr genommen, sondern bloß summarisch ihr Gewicht. Das Gesamtgewicht der Käse aber, welche Eglihannes übernommen, war wieder nirgends verzeichnet. Sie hätten das zu wenig exakt genommen, es werde Mühe kosten, bis der Sachverhalt am Tag sei. Ein Schelm sei dieser, aber es werde es kein Richter glauben wollen; das seien die ungläubigsten Tüfle auf der Welt, jetzt freilich nur noch gschnäuzt, aber gschwänzt würden sie mit dem Alter wohl auch noch werden.

Die Männer redeten von dieser Geschichte eben nicht viel. Man solle sie vor den Weibern geheim halten, meinten die Meisten; wenn diese es wüßten, sei der Teufel los. Ja, aber seit wann blieb den Weibern verborgen, was die Männer wußten? Soll sogar dem Windischgrätz manches entronnen sein; man kann sich daher denken, wie es den Vehfreudigern erging, welche noch lange keine Windischgrätze waren. Das nahm die Gedanken gefangen, das beschlug alle Worte, welche aus eines jeden Munde gingen; die Winke, welche Eisi über Felix und Änneli fallen gelassen, schwollen nicht auf, kamen nicht in Fluß, das Wetter war nicht günstig. Die Mitwisser, die Gespannten, fuhren wohl fast aus der Haut, aber wären sie rausgefahren, es hätte es kaum jemand gemerkt.

Der verhängnisvolle 15. März kam, aber mit ihm kein Geld, nicht einmal ein Brief. Die Vehfreudiger waren Nervenübeln sonst eben nicht unterworfen, man sagte sonst von ihnen, sie hätten Nerven so dick wie dreibatzige Stricke; aber selbe Nacht ging doch mancher Mann mit Kopfweh zu Bette, welches seine Frau ihm angepaukt. Und Mancher, der lange nicht gebetet, betete an selbem Abend lange, lange und laut und am Morgen noch viel länger, bis man Hosen und Schuhe anhatte, weil man, wie billig, erwartete, die Frau werde doch schweigen, solange man mit Gott rede. Es geht zwar die Rede, es sei Manche mitten ins Gebet gefahren, und zwar gröblich.

Es sind zwei Dinge sehr fatal und unangenehm: erstlich, wenn man einen Bissen in den Mund zu kriegen glaubt und hat ihn jemand weggezogen, man klappt den Mund zu, und siehe da, er ist leer; zweitens, wenn man eine leere Tasche hat und beim Hineinstoßen mit der Hand mit gar nichts klimpern kann, weder mit Silber noch mit Münze. Es entstand eine sehr bedenkliche Stimmung im Dorfe. Was die, welche nicht in die Käserei gegeben, für Schalksgesichter machten! Darob sollen Viele am Bauchweh gelitten haben in denselben Tagen. Man ließ unter der Hand sich erkundigen, wann man das Geld haben könnte, man habe doch geglaubt, darauf zählen zu können, und sich darnach eingerichtet. «Zahlet, wenn ihr kein Geld habt!» schrie diese der Käsherr an. «Ihr werdet warten müssen wie Andere auch; es sind noch Viele, die möchten, wenn man es geben könnte (das ist ein schöner Trost für Gläubiger), aber ich kann so wenig Geld scheißen als ein Anderer. Ihr hängt noch immer am Alten; ihr müßt jetzt zu den verfluchten Aristokraten und Städtern gehen und ihnen ihre Geldkisten aufmachen, die haben das Geld und geben es nicht, die sind schuld an der Not, hätten die größte Freude daran, wenn das Volk eis Tags verrecken würde!» Das sei wahr, sagte ein Vehfreudiger, die hätten mehr Geld als die jetzigen Fötzeln, wo man zehn auf den Kopf stellen müsse, ehe ein Taler aus einer Tasche falle. Aber wer es habe, habe recht, nichts zu geben, wenn er nichts versprochen; er wisse ja nicht, ob er es wieder bekomme. Es sei ja jetzt ein Eingericht, wo man sieben Jahre prozedieren müsse, ehe man zu einer Forderung komme, wenn nämlich unterdessen der Advokat nicht verschuldet oder mit dem Schelmen davongegangen, wo man dann nichts kriegte und Kosten bezahlen könnte. Aber versprechen und nicht halten, selb sei nicht brav. «Halte du, wenn du nicht kannst!» brüllte der Herr, und dagegen ließ sich freilich nicht viel sagen. «Es muß bei euch nicht viel Geld sein, daß ihr so nötlich tut», fuhr er dann fort. «Allweg», sagte der Mann. «Ihr müßt mir wenig trauen, daß ihr nicht warten wollt», bemerkte jener. «Allweg», sagte der Mann. «Was? Mir nicht trauen?» fuhr der Herr auf, «traut ihr denn niemanden mehr?» «Allweg», lautete die Antwort. Nun ging ein schreckliches Donnerwetter los, welches mit der Erklärung schloß: «Ihr müßt euer Geld haben, nur damit ihr mir nicht mehr unter die Augen kommt; ein solches Volk habe ich noch nicht getroffen, will nichts mehr damit zu tun haben! Es ist gut, daß nicht alle so sind, da möcht dr Tüfel drby sy!» «Zwyfle», antwortete der Mann. «Warum?» sagte der Herr. «Er fände dich da nicht», antwortete der Bauer kaltblütig. «Donners Schelm, jetzt mach, daß du fortkommst!» «Allweg», sagte der Bauer, «aber daß das Geld kommt, sonst komm ich wieder.» «Häb nit Kummer, will dir nicht Müh machen, begehre dich nicht mehr zu sehen, du alter Schelm, was du bist!» Darauf gab der Mann keine Antwort, sondern marschierte vergnüglich schmunzelnd am langen Stecken langsam ab. Das Geld kam wirklich alsbald, aber in den schlechtesten Sorten, welche man auftreiben konnte, absonderlich in Koburgischen Sechskreuzern, welche faßweise in die Schweiz verschleppt worden waren. Das war ein Erlesen und Zählen! Wenn alle Flüche dabei den Koburgern in die Beine gefahren, so soll es niemanden wundern, wenn sie das Podagra schrecklich kriegen.

Man hatte die Rechnung auf den Frauentag verlegt, das heißt auf Mariä Verkündigung. Es ist sonderbar, daß im Namen Frauentag die Mehrzahl liegt. Wir denken, unsere Vorfahren haben dabei an die Eva gedacht, durch welche die

Sünde in die Welt kam, die böse Lust, und an Maria, durch welche der Heiland kam, die Liebe. So hat der Tag seine doppelte Bedeutung, namentlich in Beziehung auf das Weib, und zwar noch bis auf den heutigen Tag. Denn noch bis auf den heutigen Tag kommt vom Weibe vornehmlich das Böse und das Heil, die böse Lust und die Liebe, Satanas oder Gott. Des Weibes Bedeutung scheint gesetzlich nicht beträchtlich, und es ist recht so; das Weib ist nicht gesetzlicher Natur, kehrt sich wenig an Gesetze, wie Eva den Beweis geliefert hat. Des Weibes Macht und Herrschaft liegt im Gemüte, und dieses Gemüt ist unter kein Gesetz zu tun, es ist kein äußerliches, und seine Macht ist eben deswegen groß, weil kein Gesetz sie begrenzen kann. Sie streitet nicht mit den Waffen des Mannes, mit Wort und Schwert um Land und Gut; mit dem Säuseln, in welchem der Prophet Gott erkannt, gewinnt sie die Gemüter, über diese herrscht sie, diese kämpfen für sie. Man spricht viel und verächtlich von Weiberregiment, da weiß man nicht, was man spricht; wo rechte Weiber sind, ist dies Regiment überall. Das kennen freilich nicht alle, und wenn sie verächtlich von einem solchen Regimente sprechen, so werden sie bloß das meinen, welches äußerlich wird, die Stelle des Mannes einnimmt und sich in Dinge mischt, die nicht des Weibes Amt sind. Dieses Regiment ist allerdings bald lächerlich, bald verächtlich, wenn es nicht durch die Not oder des Mannes Untüchtigkeit geboten ist. Es ist dies das Regiment, welches die ausgearteten Weiber dieser Zeit in Berlin und Paris und sonst noch wo ansprechen und welches sie Emanzipation nennen und Zigarren dazu rauchen. Die armen Geschöpfe! Für die soll man wirklich beten: Vater, vergib ihnen, sie wissen nicht, was sie tun! Ja, wenn wirklich die Weiber alle so wären, so begriffen wir die Angriffe auf die christliche Ehe ganz gut; denn wer zum Kuckuck möchte sich auf Lebenszeit an ein solches Geschöpf binden, dessen

Liebe nur Begehren ist, das nichts ist als der Affe des Mannes, nur um einen guten Teil böser und naschhafter. Diese sogenannten Weiber haben nie einen rechten Frauentag gefeiert, und wir bedauern das Land, wo dieser Tag nicht alljährlich gefeiert, die wahre Weihe des Weibes nicht ausgestellt wird vor den Augen des Volkes, wie die Katholiken ihre wundertätigen Reliquien ausstellen, männiglich zu Nutz und Frommen, zur Erbauung und zur Nachahmung.

Wahrscheinlich damit in der Vehfreude dieses Fest in ungemischtem Glanze begangen werden könne, konnte man die Schlußversammlung doch nicht halten. Die Koburger waren nicht recht gezählt, man konnte das Ketzerwerk nicht einrichten, daß es sich gehörig traf, und mit der Rechnung sah es gar wunderlich aus, als der Sachkundige sie zurecht gebracht. Man ging drüber und wieder drüber, konnte es nicht anders finden und durfte dieselbe doch fast nicht vorlegen. Nun wollen wir nicht behaupten, daß an selbigem Tage, wo also der Abschluß wieder verschoben wurde, sehr viel von des Weibes Weihe auf den Gesichtern der Vehfreudigerinnen sichtbar wurde. Wir glauben auch behaupten zu dürfen, daß wenn selbigen Tages der Pfarrer auch herrlich gepredigt hätte von des Weibes hoher Bestimmung in Liebe und Langmut, im Stimmen der höhern Saiten er wenig Anklang gefunden hätte. Ja, vielleicht hätte die eine oder die andere Frau, ja vielleicht mehrere gesagt: «Er isch geng dr glych Stürmi.» Besser hätte er es vielleicht getroffen, wenn er über die Männer gedonnert hätte, welche den Engel Gabriel zum Muster nehmen sollten und es nicht täten. Der hätte der Maria nur Liebs und Guts verkündet, sei auch nicht betrunken wie ein Schwein zu ihr gekommen, sondern ganz nüchtern. Hier seien die Männer ganz das Gegenteil, hätten von dem Engel auch nicht einen Schatten. Sehe man sie von weitem, müsse man schon vor ihnen erschrecken; kämen sie heim, täten sie wüst, begehrten auf mit Frau und Katze. Am Ende müsse man Gott danken, wenn sie noch mit Schnauben und Toben im Hause herumfahren könnten wie der Teufel im Buche Hiob und nicht alle Viere von sich streckten wie Kälber. Söffen Wein wie Nilpferde Wasser, während die Weiber kein Tröpflein Milch hätten und verschmachten müßten wie die Hagar in der Wüste, die ein Unflat von Mann, der alte Abraham, fortgejagt, täten dick in den Wirtshäusern, während die Weiber daheim keinen Kreuzer hätten, Kaffee zu kaufen. Aber die sollten nur warten, es werde alles vergolten auf der Welt. Wenn die Weiber recht wüst täten und die Männer recht vaterländisch kujonierten, so hätten sie recht, mehr als recht, und die Männer sollten ihnen noch Dank wissen, denn wenn sie einmal der Teufel nehme und sie so recht liebe auf seine Art, so komme es ihnen nicht so ungewohnt. Wenn der Pfarrer so gepredigt hätte, wohl, das hätte Anklang gefunden. Die Weiber wären noch eine ganze Stunde dagesessen mit offenem Maul, des Nachtrags gewärtig, zum Beispiel wie dieser und jener sichtlich und lebig geholt worden. Als die Weiber endlich den Mund zugebracht, wäre das Erste gewesen, was sie gesagt: Der könnte, wenn er wollte; machte er es alle Sonntage so, sie fehlten keine Predigt. Das wäre jetzt einmal evangelisch und himmlischer Trost, wie man ihn nötig hätte in diesem schrecklichen Leben, in dieser niederträchtigen Welt!

Am Ende kam doch das Ende: die Koburger Sechskreuzerle waren gezählt und die Rechnung so, daß sie nicht mehr anders gemacht werden konnte. Die Käsrechnung wurde zuerst vorgelegt. Rechnungen werden bekanntlich von den wenigsten Menschen begriffen, und sehr Viele von denen, welche von Amts wegen sie passieren sollen, begreifen ebenfalls keine. Es ist also unsern Vehfreudigern nicht zu verargen, wenn es ihnen nicht viel besser erging. Sie zogen an ihren

Pfeifen, und hier und da fragte einer: «Ist sie noch lang?» Am Ende kam das Ende, und war alles gutgeheißen unter Vorbehalt von Irr- und Mißrechnung.

Nun kam die Hauptsache. Jedem ward ein Zettel gegeben mit dem Resultat seiner Lieferungen, der Angabe seiner Forderung und der Rest derselben in (etwas miserabel) klingenden Koburgern. Zudem verkündete der Hüttenmeister, wegen den Käsen, welche der Sekretär zum Verkaufen gehabt, sei die Sache noch nicht ausgemacht. Es seien da allerlei Anstände, wo man es besser gefunden, die Sachen von einander zu scheiden. Er wolle aber anfragen, ob man die Sache so genehmigen wolle oder ob man es anders meine; sie sollten reden, jetzt sei Zeit dazu. Hätte man warten wollen, bis alles im Reinen sei, so hätte das noch lange gehen können. Daher habe man es so gemacht, und jetzt habe ja jeder Geld. Das sei recht, hieß es; man habe schon lange genug gewartet. Aber wegen dem Andern, wegen den Käsen, welche man Eglihannes zum Verkaufen übergeben, wolle man wissen, woran man sei. Es wolle sie fast dünken, es stinke in der Fechtschule.

Da erhob sich Eglihannes wie eine angeschossene Majestät – das will bei uns so viel sagen als wie ein angeschossener Eber. Er lärmte schrecklich, wie man ihn verdächtige, verlästere, er am Ende aller Sündenbock sein solle; das sei der Dank für alles, was er mit Rat und Tat der Gesellschaft getan. Habe er etwas gemacht, was nicht recht sei, solle man es ihm beweisen, er wolle es darauf ankommen lassen. Wenn Käse gestohlen worden, so könne er nichts dafür, er habe den Schlüssel nicht immer in seinen Händen gehabt, und wenn er heute nicht Geld habe, so sei er nicht schuld. Wenn er die Käse habe verkaufen wollen, so habe er in dieser bösen Zeit Termine machen müssen, und zum Betreiben habe er keinen Auftrag erhalten. Wenn auch hin und wieder etwas eingegangen, so habe er auch zu fordern: das Kässalzen einen ganzen Winter lang mache sich nicht umsonst, und ob er alle Läuf und Gäng und Mühe umsonst gehabt haben solle? Und wenn ihm einer da stürmen wolle wegem Gewicht, so sage er ihm gerade ins Gesicht, er sei ein Esel. Es wisse ja jedes Kind auf der Gasse, wie viel ein Käs leichte in einem langen Winter, ja, jedes Kind wisse es, aber Kälber und Kühe freilich nicht, und dazu schlug er auf den Tisch, daß alles weit umher krachte. Er war groß in seinem Zorn, der Eglihannes; es wirkte aber auch. Die Versammlung war verblüfft; scheinbar hatte er etwas recht. Die Sache mit ihm ordentlich auszufegen, zeigte niemand Lust.

Es ist sehr merkwürdig, wie sehr ein solches Wüsttun imponiert, besonders in öffentlichen Angelegenheiten; da ist der Schlotter alsbald da, ja so weit, daß öffentliche Beamtete mit der Gewalt in der Hand in die Hosen gehen ließen, wenn einer, der in das Zuchthaus gehörte, vor ihnen so recht auf den Tisch schlug, daß der Schreiber sieben Tage lang an Händen und Füßen zitterte. So was ist aber nicht neu, vide Exempel an Pontius Pilatus; das war auch so ein Richter, den man mit Aufbegehren ins Bockshorn jagte, dieweil er Menschen mehr fürchtete als Gott und dieweil er nicht sauber über das Nierenstück war und dieweil man ihm manches ausbringen konnte. Ja, und jetzt, wie viele Richter in der Welt fürchten Gott nicht, und Herrgott, wie sehen erst die Nierenstücke aus! Ist sich daher zu wundern, daß man mit Aufbegehren so ungeheuer viel ausrichtet, daß Richter auf den Gassen von Verbrechen sprechen, von denen sie in ihrem Gerichtszimmer nichts wissen wollen, im Allgemeinen sich wie Bullenbeißer gebärden, in bestimmten Fällen wie Hosenscheißer, daß bekannte Betrüger, Witwen- und Waisenschinder, Meineidige, Staats- und Gemeindsdiebe um so sicherer sind, je gröber sie es treiben, je unverschämter sie sich gebärden! In ihrer Person ist der Betrug geheiligt, und der Betrogene kann mit langer Nase nachsehen, für ihn ist weder Gesetz noch Richter da. Begehrt er auf, so soll er an allem schuld sein, die Sache verkehrt gemacht haben. Daher kommt es einem öfter vor, als seien die Richter von Staats wegen nicht dafür da, die Gesetze zu handhaben, sondern den Verbrechern die Löcher zu zeigen, durch welche sie entschlüpfen können. Ein sauberes Richteramt! Was wohl einst der Teufel mit diesen Verwaltern anfangen wird?

Gerade unter diese gehörte jetzt Eglihannes, so wie er in seinen schönen Tagen unter die gehört hatte, welche die Macht in Händen haben, aber die Menschen fürchten statt Gott und nicht sauber übers Nierenstück sind. Er wußte, was Aufbegehren für einen Eindruck macht, darum sparte er es nicht und hatte ihm bereits viel zu verdanken. Einem Andern, der nicht Kniffe verstanden und kein grobes Maul gehabt, wäre es in der Lage von Eglihannes längst an die Beine gegangen. Die Männer zogen auf Eglihannese Donnerwetter beträchtlich die Pfeifen ein, bloß dumpfes Grollen ward noch hörbar: Das werde eine ewige Rechnung geben sollen; eine Untersuchung wäre doch gut, eine Kommission wäre am besten. Die größte Erfindung der Neuzeit sind wohl die Kommissionen, und deren Erfinder liegt in Dunkelheit begraben, sein Name ist der Nachwelt unbekannt, sie kann nicht dankbar sein, wenn sie schon wollte – es ist schrecklich! Den Namen des Erfinders der Schießbaumwolle kennt man dankbar, und mit der Schießbaumwolle sprengt man Sachen in die Luft; mit den Kommissionen sorgt man dafür, daß alles ordentlich bleibe, wo es ist, sie sind die großen Dämpfer auf der gärenden Welt; Schießbaumwolle und Kommissionen sind entgegengesetzte Mächte, und den Erfinder der Kommissionen kennt man nicht!

Ehe ein Mehr gemacht wurde, einer Meinung zur Oberhand zu verhelfen, unterbrach Peterli im Dürluft die Verhandlung. Er kam mit seinem Zettel, auf dem seine Bilanz verzeichnet war, und sagte: «Ammann, du, was soll das machen auf dem Papier? Ich kann mich auf die Sache nicht verstehen.» Der Ammann nahm das Papier, machte ein Schelmengesicht und sagte endlich: «He, das soll machen, daß du noch zehn Kreuzer herauszahlen mußt.» Da bebte die Käshütte, als täte Simson am Pfeiler rütteln; aber es war kein Simson da, sondern ein allgewaltiges Gelächter, wie es unerhört war auf der Vehfreude, fuhr an den Wänden herum und donnerte unterm Dache. Peterli zehn Kreuzer herauszahlen! Peterli machte ein wunderliches Gesicht und sagte: Er lasse sich nicht vexieren, nicht einmal von einem Ammann. Das werde nicht in der Rechnung stehen, sonst sei es eine Schelmenrechnung und ein Spitzbub der, welcher sie gemacht! Aber er hatte bös reden, es hörte lange kein Mensch auf ihn. Es hatten natürlich alle Eisi sehr lieb und freuten sich nun sehr über diese konstatierte Tatsache, von der man bereits allerlei gemuckelt hatte und um die Peterli als Rechnungsrevisor etwas geahnt haben mußte, sie jedoch in ihrem Umfange nicht begriffen.

Als man endlich nach dem Lachen wieder ein vernünftiges Wort reden konnte, sagte der Ammann: «Täte nicht so wüst an deinem Platze, Peter, nützt doch nichts. DSach ist, wie sie ist, wirst sie nicht ändern; anfangs wollte ich es auch nicht glauben, aber als ich den Schaden ansah, mußte ich es glauben. Es ist mir leid für dich, ein andermal pass deiner Frau etwas besser auf.» «Sie wird das Recht haben wie die Andern auch, holen zu lassen, was ihr beliebt», sagte Peterli. «Allweg», sagte der Ammann, «und muß sich gefallen lassen, daß aufgeschrieben wird wie allen Andern auch.» «Ja, wenn alles aufgeschrieben worden wäre wie bei Eisi, es hätte bei Andern noch ganz andere Rechnungen gegeben, meine Frau wird nicht allein sein», sagte Peterli. «Allweg nicht, aber so gut hat es doch Keine gemacht», sagte der Ammann.

Peterli fuhr fort, wüst zu tun, und ergrimmte im Herzen über Eisi, daß es ihm das gemacht; sein Lebtag werde ihm das nicht vergessen, sondern alleweil vorgehalten werden, dachte er und mit Recht. «Du kannst jetzt zueche», rief er dem Nägelibodenbauer zu, «dSach ist ja dein!» «Bedank mich», sagte dieser, «so ists nicht gemeint; daneben bist mir noch lange gut genug.» «Glaubs», sagte Peterli, «so einer wie du vermag zu warten, wirst aber auch müssen, wenn das Schelmenwerk nicht aufgedeckt wird.» «Nit, nit», sagte der Ammann, «dSach ist lauter, gebt doch das Buch.» Ach, Peter hätte noch zehn Kreuzer gegeben, wenn er geschwiegen; denn nun kams aus, was sein Eisi für eine Schlecke war, wieviel an Anken, Nidle, Zieger es verbraucht, von dem weder Peter noch die Kinder, bis auf den Buben, der es gebracht, je etwas gesehen.

Erst glaubte Eisi, der Senn mache nicht auf, später hatte es keinen Begriff mehr von der Sündenlast, welche es sich zuzog. Das ist das Heillose mit dem Dingsnehmen und Aufschreibenlassen: man hat keinen Maßstab mehr, vergißt die Hälfte dessen, was man genommen. Fragt man endlich nach der Summe, so kommt sie so entsetzlich, und man glaubt sich betrogen. Es macht nichts leichtsinniger als auf Borg nehmen zu können; das erfährt niemand besser als Beamtete vom Lande, wo man bar zu zahlen gewohnt ist, wenn sie in die Stadt ziehen, wo man aufschreiben läßt und nach dem Neujahr das Konto gewärtigt. Für so etwas beweisen die Weiber eine ungeheure Fassungskraft. Sobald eine neue Dame in die Stadt zieht, fallen die andern über sie her, unterrichten sie in der Kunst, aufschreiben zu lassen. Aber wie manchem guten Ehezüttel, der am Staatskarren den Staatsgaul spielt, wird es himmelblau vor Augen, wenn nach dem Neujahr die Kontos geschneit kommen hageldick und immer neu die Glocke geht und immer neu die Stimme eines Würgengels die Treppe auf tönt und ruft: «He, Herr oder Madam lassen ihren Respekt vermelden, und da sei das Konto! Wenns gelegen ist, kann ich gleich darauf warten!» Ja, da gibts Katzenjammer, welcher gewöhnlich so lange dauert, bis er chronisch wird.

Also Peterli, statt etwa hundert oder mehr Gulden, die er hätte haben können, sollte noch zehn Kreuzer herausgeben. Es waren die Meisten mehr oder weniger getäuscht, und namentlich durch den Rückstand von Eglihannes. Man rechne: zwischen vierzig bis fünfzig Zentner Käs, der Zentner, wenn nicht à dreizehn, so doch an zwölf Taler, und manches Pfund Butter und manche Maß Nidle verbraucht, was mancher Mann nicht wußte; aber herausgeben mußte doch Keiner, das Unglück des Einen machte alles andere gut, die Übrigen mit ihrem Los ganz zufrieden. So geht es in der wüsten Welt, das Unglück der Einen ist der beste Trost der Andern. Einer machte den Antrag, Peterli die zehn Kreuzer zu schenken; einer wollte ihm eine Leibwache mitschicken, den Senn und den Eglihannes, oder Eisi herunterkommen lassen, damit es die Rechnung prüfe und gutheiße, wollte ihm den bekannten Jungen als Boten schicken, kurz man trieb es arg, und darob ward der Handel mit Eglihannes vergessen. Als ihn der Ammann wieder aufnehmen wollte, waren schon Viele weg; diese hatten nicht erwarten können, die Geschichte mit Eisi heimzubringen, sie wußten, die war noch willkommener als das Geld. Der Handel mußte auf eine andere Käsgemeinde aufgeschoben werden. Sie sollten nur machen, was sie könnten, drohte Eglihannes; er sei auch noch da und fürchte die Bauern von zehn Dörfern nicht. Es sei Keiner, der nicht Dreck am Stecken und sich in acht zu nehmen habe, daß man ihn nicht stinkend mache.

«So hat mans mit diesem Volk», sagte der Ammann, «es macht, was ihm gefällt, und am Ende sollte man es noch fürchten!» «Warum hört man doch auf solche Leute und gibt ihnen dazu noch dSach i dHänd?» fragte man. «Einmal ich stimmte ihm nicht und werde ihm nie stimmen, so dumm bin ich nicht», «und ich nicht», «und ich nicht», schrie man, und am Ende hatten alle nicht dazu gestimmt und alle vorausgewußt, wie es gehen werde, und der Teufel wußte, woher Eglihannes die Stimmen gekommen waren. Aber nach einigen Tagen oder Monaten, je nachdem, hätten alle ihm wieder gestimmt und nach einigen Tagen oder Wochen behauptet, sie hätten es nie über das Gewissen gebracht, einem solchen Menschen zu stimmen, wo man ja besser innen und außen kenne als des Vaters Werktagskutte. So ist der Mensch, und namentlich seit die Welt und die Schulmeister radikal geworden.

Als nun keine Versammlung mehr erhältlich war, so meinte einer: «He nu so de, su gange ih is Wirtshus u ha e Schoppe; für zehn Kreuzer bekomme ich einen.» Man lachte, und wie dem Rattenfänger von Hameln die Kinder liefen diesem Schoppenfreund die Männer nach und mit diesen in beständigem Gezänke wie an einer Kette gezogen auch Peterli. Dem war es nicht wohl, der war in engen Hosen, der durfte nicht heim, der wollte was bessern und wußte nicht wie. So ein armer Fösel ist doch wahrlich übel daran, ein Gespött der Männer, ein Plumpsack der Weiber. Es war ein lustiger Abend im Wirtshause; die Meisten ließen die gute Laune los über allerlei und namentlich über Peterli und sein Eisi, aber so, wie es am verflümertsten ist, nach und nach, immer mehr unter der Maske der innigsten Freundschaft. Anfangs gab es Stichelreden, ob er heim dürfe, ob er mit dem Nägelibodenbauer gmeinet, wie manchmal er habe

Kindbetti halten müssen usw. Er gab bösen Bescheid; der Nägelibodenbauer, der diesmal auch da war, hatte Erbarmen mit ihm, wollte einlenken, und zwar im Ernste. Er sagte, das erstemal fehle man leicht, aber das zweitemal werde es schon besser gehen, Erfahrung bringe Wissenschaft; alle Dinge müßten gelernt werden, anfangs wisse man mit keiner Sache recht umzugehen. Allweg seien die Käsereien ein großer Vorteil, sie brächten sehr viel Geld ins Land, und viel, viel tausend Säume Milch würden zu Geld gemacht, die sonst zuschanden gegangen. Aber man müsse Verstand brauchen, nichts übertreiben, aller Sache eine Rechnung machen und nicht die Natur ändern und zwingen wollen von Land und Vieh.

«Du hast gut reden», sagte Peterli, der noch böse war, «wenn mir so viel Geld nebenbei einginge wie dir, ich wollte auch nicht klagen.» Sepp verstund den Stich nicht, wie es oft geht, sondern sagte: «Das hat zu dieser Sache nichts zu sagen, das kam ungsinnet, ich vermag mich dessen nichts, und mit einem Male ists vorbei. Aber mit dem Käsen ist es nicht so, das kommt alle Jahre wieder, das muß man recht nutzen lernen, dann kommt es gut. Du bist gerade der rechte Mann dazu, einen Fleißigern gibt es nicht; ich habe schon manchmal zu meiner Frau gesagt: Lue doch, Peterli arbeitet noch, und schon seit einer halben Stunde hocke ich auf der Bank und habe Feierabend.» Sepp sagte dies gutmütig, um Peterli guten Mut zu machen, ihm den Stachel aus dem Herzen zu ziehen. Peterli nahm es auch gut auf, denn das Rühmen ist ein Angel, an welchem man nicht bloß Frösche, sondern, zu rechter Zeit ausgeworfen, die schönsten Krebse und Fische fängt.

Alsbald merkten einige Schälke, daß Peterli gebissen, und zogen sachte an der Schnur den mächtigen Fisch. Sie rühmten Peterli, nicht nur wie er fleißig sei, sondern auch wie er den Handel verstehe, wie er keinen Kreuzer zUnnutz ausgebe, wie gar weise sei, was er sage, wie man schon oft zusammen geredet, er sollte ins Sittengericht, wie ihn da der Pfarrer nicht wolle, oder in den Gemeinderat, aber da halte ihm der Ammann den Fuß vor. Er wüßte nicht, was er diesem zwiderdienet hätte, meinte Peterli. «He», sagte einer, «ich weiß, was es ist. Ich glaube, Peter wäre ihnen recht, aber sie scheuen seine Frau. Der sagt er in Gottes Namen alles, was er weiß, und was das für eine ist und wie sie alles ausbrieft, weiß man.» «Ho», sagte Peterli, «sie weiß doch noch Sachen, ihr würdet die Augen auftun, wenn sie damit ausrückte.» «Bin nicht dawider», sagte einer, «sie wird vielleicht den Teufel fürchten. Habe einen Ton davon gehört, der solle ihr stark aufsätzig sein. Wird nit höhn», setzte dieser hinzu, «es ist nur zum Lachen, und wir sind da unter Freunden. Aber Spaß apart, wir haben schon oft zusammen gesagt, wir Manne unter einander: Peter im Dürluft wäre einer von den Ersten, wenn seine Frau wäre wie er. Nit, wir wollen sie nicht gescholten haben, sie ist wie manche Andere, ja es gibt noch viel Bösere; aber sie ist einmal nicht wie er, sie weiß sich nicht zu rangieren und macht zu viel mit dem Maul. So eine rechte Bäuerin sollte mit den Händen das Meiste machen. Nit, daß sie nichts macht, hat viel Kinder; aber, Peterli, du bist ihr doch Meister, und wenn du eine Frau hättest, die dir so recht beistünde, so eine von deinem Schlage, du wärest ein anderer Mann; es ist so an einer Frau grusam viel gelegen, man glaubt es nicht!»

Das waren alles Worte, welche ein Herz breiweich machen mußten, besonders wenn noch Wein dazugegossen wurde. Es wurde Peterli nach und nach seltsam im Gemüte, wohl und weh, und dazu ward er ganz weich wie eine abgestandene Birne. Er begann zu seufzen und sagte: Man könne nicht alles zwingen, sehe nicht alles voraus, wer alles wüßte, würde bald reich; ungsinnet trappe man manchmal hinein und nehme einen Schuh voll heraus. Über Eisi wolle er nicht klagen, es schaffe eben nach seinem Verstand, komme in Gottes Namen nirgendshin, nehme jede Sache siebenmal in die Finger statt nur einmal und trage sie siebenmal von einem Orte zum andern statt gleich ans rechte. Er habe es manchmal brichten wollen, aber es sei ihm verleidet; es habe zehn auf eins gewußt, und er habe gefunden, er sei am wöhlsten, wenn er sich drein schicke und es nehme, wie es komme. Je mehr Peterli von seinen Kameraden bedauert wurde, desto weicher wurde sein Herz, desto weiter ging es auf, er schüttete den ganzen Braten aus. Die Andern bersteten fast vor Lachen, während sie sich ganz treuherzig gebärdeten. Sie begannen nun den zweiten Teil ihres Spaßes: sie fingen an zu brichten, wie sie es ihren Weibern machten, wenn sie nicht nach ihrem Sinn täten, und wie sie dieselben dressierten, bis sie wüßten, was Trumpf sei und wo es durchgehen müsse. Worauf dann Peterli gewöhnlich antwortete: «Geh und probiere das bei Meiner, die würde dich schön rangieren, daß du wüßtest, daß Eisi nicht Babi wär.» «Und ist Eisi nicht Babi, so mußt du der Mann sein, welcher Eisi kuranzen kann, so gut als ich Babi», antwortete ein Anderer. «Und das mußt, wenn du in den Gemeinderat oder ins Sittengericht kommen willst, und schade wärs, wenn du nicht darein kämest, du stündest dem einen wie dem andern wohl an, und die ganze Gemeinde könnte sich fry meinen mit einem solchen Vorgesetzten.» Wir fragen, wo ist wohl ein Peterli, welcher solchen Zaubersprüchen widerstanden wäre? Ach, es dünkte ihn so schön, Sittenrichter zu sein, und Eisi machte ihm so angst, und bald fühlte er großen Mut, tat Gelübde, wie es fortan gehen müsse, dann fing er an zu weinen und kriegte das trunkene Elend jämmerlich. Das war eine Freude! Der Nägelibodenbauer hatte endlich doch Erbarmen, mahnte ans Heimgehen und sprach Peterli Trost ein. Es werde noch gut kommen, sagte er ihm. Seine Kinder wüchsen nach, könnten ihm alle Jahre mehr helfen das Land besser bearbeiten, Dienstboten überflüssig machen, und dann gebe er einen rechten Mann ab. «Aber sie folgen nicht, sie folgen in Gottes Namen nicht! Gäb was ich sie heiße, machen sie, was sie wollen; sie ästimieren mich nicht, es ist, als ob ich nichts sei, gar nichts», und somit heulte Peterli wiederum erbärmlichst.

Die Neckenden wußten nicht mehr, sollten sie lachen oder mitweinen. Dem Nägelibodenbauer ward angst, er redete ernstlichst vom Heimgehen. Bekanntlich ist mit dem trunkenen Elend zumeist eine große Zärtlichkeit verbunden. «Ach Herzensfreund, o Sepp, o mein Sepp, verlaß mich nicht, du bist mein Bruder! Ach, wenn ich dich nicht hätte, ach! Ja, heim will ich auch», fuhr Peterli auf, «heim, will Eisi dr Gring abhaue, Eisi mueß e angere Gring ha! Dr Dräyher macht ihm scho e angere us ere alte Keygelkugle. Abhaue, ja abhaue! Ja, du liebe Seel, du Herzensbruder, chumm, mueßt mr helfe! Häb de Eisi dHäng, sust kräblets mih, byßt mr zerst dFinger ab u de dr Gring!» Das wär es strubs Byße, er möchte seine Zähne nicht dazu geben, aber von weitem zusehen, wie das ginge, selb wäre ihm schon recht, meinte einer. «Ja, Zeit wärs», sagte Sepp, «daß wir gingen; er kann mich doch erbarmen. Aber eine Maß zahlte ich, wenn er heim wäre, das Heimführen kommt doch an mich.» «Wir lassen dich nicht im Stich», sagten die Andern. «Geh mit ihm voran, wir sind dir immer bei der Hand, am Ende gibts doch noch was zum Lachen.» Nun hatten sie aber ihre liebe Not mit Peterli, der bald nicht fort wollte, bald ein Messer oder einen Säbel verlangte, dann dem Nägelibodenbauer um den Hals fiel und ihn fast zu Boden riß. «O Sepp, o Sepp, o Freund!» rief er, «denk an mich; bin ich mal Sittenrichter, so will ich dich schonen und helfen, zähl auf mich! Deine

Frau soll mir beim Donner nie vors Sittengericht, aber Ammanns Felix wohl, der Donners Schelm, und deiner Frau Schwester auch nicht, das Donners Täschli, ich will ihm auch schonen, aber es soll mannen, u wärs dr Tüfel! Aber Eisi muß mir vors Sittengericht, aber zerst mueß ihm dr Gring ab! Denk, wenns dr Gring no hätt, so wärs nicht richtig; es sagte allen wüst, mir und dm Pfarrer am meisten, und wenn ich heimkomme, so prügelt es mich, prügelt mich, prügelt, prügelt –» und Peterli heulte wieder jämmerlich. So kamen sie auf den Dürluft, es war wohl weit über Mitternacht.

Was derweilen Eisi für einen Zorn verwerchet hatte, kann jede Frau sich denken, deren Mann zuweilen nach Mitternacht heimkommt, und zwar dann gewöhnlich, wenn man ihn am liebsten früh wollte, wenn er etwas heimbringen sollte, Geld oder sonst was Rares. Eisi hörte, daß der Mann nicht allein sei, und wollte nicht öffnen. Als es aber Peterli erst heulen, dann fluchen hörte, wie dem Donner dr Gring ab müsse, als er sagte: «Sepp, o Sepp! Häbs de fry vrfluecht, daß es mih nit byße cha», und dann das Lachen der Andern hörte, kam der Zorn über ihns, es riß die Türe auf und kam heraus. Die Begleiter versteckten sich bestmöglichst in dem Dunkel, Sepp hätte es auch gerne getan, aber er konnte nicht, Peterli hielt sich an ihm; ihn also erkannte Eisi.

Nun ging es aber los, daß Sepp gewollt hätte, er wäre sieben Meilen hinter Danzig. Eisi legte los, wie es noch niemand gehört hatte. Peterli fluchte und heulte. Es war da oben ein Sabbat, wie er sicher schöner und bezeichnender auf dem Blocksberg nicht erlebt wurde. Sepp war am übelsten dabei. Peterli klammerte sich zitternd an ihn an, bat, er solle Eisi halten, er wolle den Kopf abmachen. Eisi überschüttete ihn mit den ärgsten Schimpfreden, sagte, er werde wieder daheim Ammanns Bub Platz gemacht haben, indes er da herumlaufe. Der Bub habe es gut, der finde die Eine daheim, wann er wolle, die Andere hinter jedem Zaune. «Häb nit Kummer», tröstete Peterli, «wenn ich Sittenrichter bin, so mußt du nicht vors Sittengericht und deine Frau auch nicht, es soll dir niemand was tun!»

Sepp begriff das Ganze nicht, wurde aber zornig und verlegen; denn was sollte er machen, jetzt war er zum Hund im Kegelspiel geworden, über den das Publikum am meisten lachte. Weglaufen durfte er nicht, mit Eisi sich in Kampf einlassen, handgreiflich oder mündlich, mochte er nicht; da kam ihm das Rechte. Plötzlich trat er auf Eisi zu und sagte langsam mit tiefer Stimme: «Schweige! Redest du noch ein Wort, ehe am Morgen der Hahn gekräht hat, so holt dich der Teufel lebig, und wer am Morgen aufsteht und will luegen, was für Zeit es ist, sieht dich dort oben auf dem Kirchturme auf dem Hahne reiten! Denk daran, du weißt, was der Teufel kann!»

Das stellte Eisi alsbald das Redewerk, es war ein radikales Pflaster auf seinen Mund. Es nahm den Peterli und riß ihn gegen die Türe, trotz seinem Protestieren, er sei Sittenrichter, es solle sich in acht nehmen vor ihm, sonst müsse es ihm vor. Unterdessen verschwand Sepp, die Andern auch, und wie das Ehepaar die Nacht, bis der Hahn krähte, verbrachte, wissen wir nicht, was die Andern machten, daheim ihren Weibern sagten, ebenso wenig. Der ganze Spuk verstob eben auch wie der Spuk auf dem Blocksberg – in alle Winde.

DREIUNDZWANZIGSTES KAPITEL

Katzenjammer von Liebe und Käs

Von allem, was ging, wußten Felix und Änneli wenig. Die Frau Ammännin hatte Felix eine aufgestöbert, welche sie ihrem Sohne ebenbürtig glaubte, daneben für ein anständiges Mensch hielt. Es war ebenfalls eines Ammanns Tochter zu Rächlige. Der war auch ein reicher Blütterlüpf und hatte nur zwei Kinder. Leibshalb war sie brav genug, und wenn sie an einem Markte erschien, kam sie daher wie ein Pfauenmännchen, wenn es das Rad schlägt. Sie schillerte in allen Farben, daß es eine Pracht war; doch wer genauer hinsah, sah bald kuderige Strümpfe, bald plätzete Schuhe; manchmal war sogar hie und da eine unparteiische Öffnung in irgend einem Kleidungsstück, wahrscheinlich so eine Art von Zugloch, wie man sie gegenwärtig in den meisten Kuhställen hat, von wegen dem Dunst. Sie hatte einen männlichen Schritt; in den neuen, halbbatzigen Wirtshäusern ließen die neuen, halbbatzigen Wirte sie nicht gern tanzen, denn unter ihrem Tritt schlotterte das ganze Häuschen wie ein Gallerichkopf. Sie war eine ausgemachte Aristokratin, selbst unter der Nase durch hatte sie einen starken schwarzen Anflug. Wahrscheinlich sagte diese Richtung der Frau Ammännin eigens zu, denn auch sie gehörte derselben entschieden an. Sonst begriff man eigentlich nicht recht, warum sie diese auserwählte, denn das war gerade eine, mit welcher sie kaum unter einem Dache Platz gehabt hätte. Aber Mütter sind sehr oft in der Auswahl ihrer Schwiegertöchter einer eigenen Verblendung unterworfen, sie sind sehr oft nicht bloß einseitig, sondern sie scheinen einäugig; sie sehen nur nach einer Seite, und nach der andern sehen sie nicht, was ihnen in Tod zuwider sein müßte – die Menschen sind halt kurios.

Als die Mutter nach vielen Vorreden dem Felix mit diesem Mädchen kam, schüttelte er sich, lachte und sagte, es pressiere ihm nicht. Mit einem scharfen Blicke fragte die Mutter: «Oder hast schon eine Andere?» In Felix stak der geborne Ammann, das heißt so ein quasi Diplomat, er sagte: «Öppis Dumms eso, was denkst? Aber wenn du meinst, das sei eine für mich, so kann ich ja probieren, es kommt ja nicht darauf an. Aber e Käs wird das kaum geben, hat mir bisher wenig gefallen. Sie trappete mir einmal auf den Fuß, ich glaubte längs Stück, er sei ab, und suchte ihn am Boden. Als ich ihn nicht fand, glaubte ich schon, ein Hund habe ihn gefressen, und kriegte Kummer; zum Glück merkte ich, daß ich ihn noch habe, aber halb ab war er.» Die Mutter lachte und meinte: «Nun, das soll dich nicht abhalten, es ist ein Zeichen, daß sie kein böses Gewissen hat, sondern dem Boden trauen darf.» Die Mutter hatte das volle Vertrauen zu Felix wieder, fand daher weitere Erörterungen überflüssig.

Felix lebte in einer Art von Fieber, aber glücklich. Natürlich hatte er das Versprechen von Änneli nicht vergessen, sondern benutzte es fleißig; Änneli mußte es halten. Daß Felix kam, machte ihns glücklich, aber so recht unter Furcht und Zittern. Das Haus war wie alle andern ringhörig, jedes Räuspern und jedes Drehen war weither innen hörbar, und ein rechter Bauer schläft mit offenen Augen wie ein Hase, und jede Bäuerin hört mitten im Schlafe, was in Stall und Gaden sich rührt. Da brauchts Vorsicht und Bewegungen, welche sich bedeutend von einer Surrfliege unterscheiden. Wenn Felix döppelete und wenn er ging, das waren Ännelis glückliche Augenblicke, und was zwischen diesen Augenblicken lag, füllte es mit glücklichem Sinnen aus. Es waren nicht Gedanken mit einem faßbaren Griffe und einem festgestellten Ziele, es war eben nur so ein glückliches Sinnen oder Träumen, ein lieblicher, ahnungsreicher Morgennebel, der auf seiner Seele lag.

Aber solange Felix vor dem Fenster war, stand das arme Mädchen schreckliche Angst aus; der ganze Leib war Ohr: hinten lauschte es nach Bethi, vornen nach Felix. Felix war gewöhnlich zuerst sehr unwillig, daß Änneli ihm nur das Schiebfensterchen öffnete; dann ward er wohl milder, sagte wohl, es sei ein gutes Meitschi, aber ein dummes, daß es sich so sehr vor der Schwester fürchte, sagte, wie leise er machen wollte und wie ordentlich tun, wenn es ihn ins Kämmerlein ließe usw. Aber Änneli war unerbittlich, und Gewalt durfte Felix doch nicht brauchen. «Aber was willst mich doch plagen», sagte es. «Bethi wills nicht und hat recht; was würden die Leute von mir denken, wenn ich dir aufmachte, und was willst es zwängen, kannst ja hin unter deinesgleichen, wo de willst.» «Was gehen dich und mich die Leute an!» sagte Felix. «Ich habe das Recht wie ein Anderer, hinzugehen, wohin ich will, und wenn ich lieber zu dir gehe als zu einer Andern, wer wills mir wehren? Oder hast was dawider, wenn du mir gefällst, he?» «Aber Felix», antwortete dann Änneli, «wie sollt ich dir gefallen, so ein armes Meitschi, wie ich bin!» «Allweg nit wegem Geld, vielleicht wegem Ordelitue und sonst noch wegen etwas, was du aber nicht zu wissen brauchst; wenn du nur weißt, daß du mir gefällst und ich expreß komme, weil du es nicht haben willst», sagte Felix. Doch wir wollen das Zanken der Liebe nicht weitläufig beschreiben, es ist sattsam bekannt zu Stadt und Land. Dann begann Änneli zu drängen, bitten, flehen, daß er gehen möchte, aber Felix marterte jetzt Änneli auch, wie es ihn mit dem Öffnen. Änneli versuchte Listen, hörte bald Bethi, bald Sepp. «Meinethalben», sagte Felix gleichgiltig. Es bat dr tusig Gottswille. «So gib es Müntschi, dann gehe ich», sagte er.

Ach Gott, jetzt war das Meitschi wieder in der Klemme, was sollte es tun! «Ach Felix, du bist e Wüeste, schäm dich, hätte nicht geglaubt, daß du so einer wärest», jammerte Änneli. «Nu, mach wasd wit, aber ich geh dir my Seel nit!» Not bricht Eisen; Felix fühlte was auf seinem Gesichte, das am Fensterchen war, dann aber schob sich dieses zu, Änneli verschwand und Felix ging mit großer Befriedigung ab. Er fühlte den Fleck im Gesicht, den Änneli berührt, den ganzen Tag. Es werde ihm doch nicht etwa eine Knupe wachsen? Wenn es Knupe gäbte von jedem Müntschi, es kriegten viele Meitschi gspässige Gesichter, dachte Felix. Änneli aber barg sich unter seine Decke, als wenn es nie mehr darunter hervor wollte. Es wollte nicht mehr an die Sonne, es schämte sich schrecklich, es hätte weinen mögen, aber das ging nicht; es mußte immer wieder ans Müntschi denken, und wenn es daran dachte, tat es einen neuen Ruck unter die Decke, schämte sich aufs neue schrecklich, und wenn es sich genug geschämt, fing es wieder von vornen an, repetierte, was Felix gesagt, und dachte ans Müntschi – das tusigs Müntschi konnte es gar nicht mehr aus dem Sinn bringen.

Am folgenden Morgen durfte Änneli fast nicht aufstehen, aus Angst, es möchten es ihm alle Leute ansehen, daß es dem Felix ein Müntschi gegeben. Den ganzen Tag hatte es rote Backen, daß Bethi fragte: «Was hast doch, Meitschi, daß du so rot bist im Gesicht, hast Fieber, oder fehlt dir sonst was?» Daß auf diese Frage hin Röte und Verlegenheit nicht abnahmen, kann man sich denken.

Für Beide wurden die Zeiten immer rosenroter. Felix sagte nicht nur, wenn er gehen mußte: «Änneli, gimm mr es Müntschi», er sagte es auch mitten im Gespräch. Er erzählte Änneli lachend von der Mutter Auswahl und was er für Schabernack anstellen wolle. Änneli zog es das Herz zusammen, es sagte, er werde der Mutter gehorchen müssen, das sei brav und recht, zeigte großes Mitleid mit ihm, daß er einen solchen Holzbock nehmen müsse. Felix lachte aber und meinte, so ernst sei es nicht, von Müssen sei da keine Rede; die Mutter zwänge nichts, und der Vater frage der Sache einstweilen nichts nach. «Unterdessen, Änneli, gimm mr es Müntschi!»

So friedlich wie da unter dem Gadenfensterchen gings im übrigen Dorfe seit der Käsrechnung nirgends zu. Allenthalben war man mit dem Ergebnis nicht zufrieden, was im Allgemeinen durch die dem Eglihannes anvertrauten Käse verursacht ward; im Besonderen waren hie und da Weibersünden unerwartet zum Vorschein gekommen, bedeutenden Abzug mußte man sich gefallen lassen, daher manches ungute Wort in den Haushaltungen. Es wäre aber noch übler gegangen, wenn nicht Eisi sich zum Generalsündenbock gemacht hätte, über welches man lachen, hinter welches die andern Weiber sich verbergen konnten. «Du mußtest doch nicht herausgeben!» hieß es allenthalben. Das war wohl gut, machte aber Eisi nicht gut.

Als Peterli am Morgen den Wein verschlafen hatte und Eisi ihm nun so recht wüst sagen wollte, da kam es ihm, was er sein könnte, wenn Eisi nicht wäre, und wie es kein Recht hätte, nach einer solchen Nidlerechnung wegen einigen Schoppen Wein so mit ihm zu brüllen. «Wo hast das Geld, wo du gestern bekommen, hast alles versoffen, du Uflat?» usw. usw., schrie es. «Wäre ich du, ich schwieg», sagte Peterli. «Da sieh, wer das Geld versoffen und verschlecket hat.» Da aber Eisi im Geschriebenen nicht stark war, dolmetschte Peterli. Himmel, was es da für einen Spektakel gab! Das sei eine Lumpen- und Vexierrechnung, behauptete Eisi; sie hielten ihn zum Narren, sie wüßten, welch dummer Löhl er sei und daß ein jeder Lausbub mit ihm machen könne, was er wolle. «Mir macht man das schon nicht so; mich nimmt wunder, ob sie eine andere Rechnung machen wollen, sonst kann man es mit ihnen probieren!» setzte es hinzu. Peterli war boshaft genug und ließ Eisi ablaufen.

Das gab natürlich Spektakel im Dorfe und machte in manchem Hause wieder gutes Wetter. Daß sein Zorn es so dumm machte, seine eigene Schmach zu vertragen, das belustigte die Leute am meisten. Man bedauerte ihns, wo es auspackte, riet ihm, es solle machen, was es könne, so mir nichts, dir nichts würde man dies auch nicht annehmen. Der Ammann, als Hüttenmeister, fertigte Eisi kurz ab. DSach sei mehr als einmal angesehen worden, sagte er; es hätte sie selbst verwundert, aber wie es sei, so sei es, da werde nichts mehr geändert. Es solle ein andermal weniger Nidle und Anken brauchen und es nicht besser haben wollen als die andern Weiber. Es meine Mancher, sagte Eisi, er könne luegen, und sei doch an einem Auge blind und am andern sehe er sonst nichts. Vielleicht, daß es der Ammann auch so hätte; wenn seine Augen was nutz wären, so würde er sehen, wie es bei ihm ginge und was seine Leute machten. Es werde aber wohl noch zu machen sein, daß er Augen bekäme, und zwar große. Der Ammann ward böse und jagte Eisi weg. Es sei bös, schrie Eisi durch die Straße, wenn man die Wahrheit sage, gehe es übel. Aber wenn der Ammann nicht sehen wolle, müsse er schmöcken; es rühre ihm sy Seel was an, das ihm in die Nase komme, er möge wollen oder nicht.

Es lief zum Kassier, dort riskierte es Schläge oder einen Schelthandel. Es lief zu Eglihannes; der sagte ihm: «Da siehst, wie es geht. In der Rechnung, welche ich machte, stand es ganz anders; aber die war nicht recht, es mußte eine andere sein, und jetzt ist es so.» «Aber das wird man doch nicht so annehmen müssen, die muß zungerobe», sagte Eisi. «Was willst?» sagte Eglihannes; «es ist abgemehret worden, sie ist für gut erkannt und dSchelmerei ist bestätigt, jetzt kannst lange.» «Ich laufe ins Schloß», sagte Eisi, «und zeige sie an; die tusigs Donnere müssen mir ins Zuchthaus, es sind schon Vornehmere dort gewesen!» «Kannst lange», sagte Eglihannes, «nützt dir doch nichts. Es steht ja in den Statuten, daß nicht prozediert werden solle, und das haben alle angenommen. Jetzt ist die Sache aus, tot und amen. Peterli hat die Rechnung anerkannt und die zehn Kreuzer gezahlt.» «Er ist ein Löhl, wie die Andern Schelmen sind, Keinen ausgenommen!» schrie Eisi. «Du wirst mich doch mit den Andern nicht zusammenzählen wollen?» sagte Eglihannes gereizt. «Keiner ausgenommen, hörst!» schrie Eisi; «wenn du besser wärest, so würdest die Sache nicht so kaltblütig annehmen und ihnen noch z'best reden wollen!» «Schweig mir jetzt, Frau», sagte Eglihannes, «oder ich fahre mit dir unsauber zweg! Was sollte ich da gemacht haben; Geld bekomme ich keins in die Hände, die Rechnung machte ein Anderer, ich hatte nichts dazu zu sagen; die, welche ich machte, war anders, frag nur Peter!» «Ich merke», sagte Eisi; «wenn ich dreißig Käse für mich hätte, ich begehrte nichts weiter an der Sache zu machen und könnte es mir auch gefallen lassen! Ich sehe wohl, es ist ein Schelm wie der andere, und eine Krähe hackt der andern die Augen nicht aus!»

Jä, jetzt war es auch aus mit der Freundschaft von Eisi und Eglihannes. Dieser wollte Hand an Eisi legen, aber vor diesem erschrak Eisi nicht. «Komm nur», rief es, «ich darf dir warten, und deine Frau muß auch dabeisein, die muß wissen, wie du die Pintenwirtin letzthin zu Gast gehabt und wie du am Auslumpen bist und Schulden hast wie ein Hund Flöh! Du wirst nicht lange mehr herumlaufen, und wenn du die Käse nicht hättest stehlen können, du lägest schon am Rükken!» Eglihannes begehrte darüber nicht viel zu hören, noch weniger begehrte er, daß seine Frau Zuhörerin ward; er fand da einen Gegner im Aufbegehren, der ihm mehr als gewachsen war. «Jetzt geh mir aus dem Hause, hast es gehört, sonst mußt auch nicht wissen, was unter der Hand geht. Tust ordlich, mußt auch deinen Teil daran haben», sagte Eglihannes einlenkend. «Was ist, was?» fragte Eisi eifrig. «Du mußt es wissen, aber jetzt laß mich machen!» «Ja», sagte Eisi zögernd, «ja, warte! Aber sieh, wie es dir geht, wenn du mich nur so abschüsseln willst!» «Geh», sagte Eglihannes, «sonst könnte meine Frau glauben, was wir mit einander hätten und wie du mir nachliefest.» Das war neues Pulver auf Eisis Pfanne. «Ja, wenn Keine mehr nachgelaufen wäre als ich, so gäbte es nicht so viel schlechte Männer! Jawolle! Ich einem nachlaufen, und dann noch einem Solchen, öppis Tüfels eso, pfy Tüfel, pfy, wer möcht!» Unter derlei Ausrufungen ging Eisi ab.

Eglihannes hörte nicht gern von seinen Finanzen reden, absonderlich nicht, wie Eisi es getan. Er gehörte unter die, welche gerade merkwürdigerweise in dieser ungläubigen Zeit die merkwürdigsten Zeugnisse zu Tausenden ablegen müssen, daß der Mensch mit allen Kniffen, allen Schurkereien, trotz Wucher und Fälschungen es nicht weiter bringt als auf die Gasse und daß Ehrlichsein währt und daß Gottes Segen mehr ist als ein veraltetes Wort. Eglihannes hatte Geld verdient wie Heu, hatte eine Zeitlang beide Gilettäschli voll Taler gehabt; es hatte den Anschein, als müsse er steinreich werden, und war er es geworden? Voll Schulden war er geworden, daß er nicht mehr wußte, wo wehren; schoppete er ein Loch, so gab es wo anders zwei; bloß durch Unverschämtheit, durch schlauen Mißbrauch der Gesetze und durch das Durchdiefingersehen der Behörden hielt er sich oben, ließ nebenbei seinen Zustand so wenig als möglich unter die Leute kommen, am allerwenigsten vor seine Frau, die um ihr Weibergut Zetermordio geschrieen hätte. Sie hatte Geld, so viel sie wollte, meinte daher, weil er sie so im Salb hielt, stünde er selbst im allerschönsten Flor, half daher auch großtun und brav brauchen.

Was ein Mensch wie Eglihannes bei solchen Umständen denkt, ist schwer zu ermitteln. Gewöhnlich sind die Geschäfte solcher Menschen in solcher Unordnung, daß sie nicht wissen, wie sie stehen, oft sind ihre Köpfe in einem andauernden Nebel, daß sie nicht zur klaren Besinnung kommen; sie hoffen auf glückliche Zufälle, Fische, die ins Garn laufen, neue Betrügereien, gute Schicke, wie sie sagen, und wenn alles fehle, sagen sie, so wollten sie brauchen, solange es halte; wenn dann nichts mehr da sei, sei immer noch Zeit, z'luege, was man machen wolle. Gäb ein klein wenig früher, ein klein wenig später, ein klein wenig mehr oder ein klein wenig minder, es werde doch sein müssen. Was es da nütze, sich vor der Zeit zu plagen!

Voll Zorn lief Eisi weiter, brütete über Rache; am liebsten hätte es die Welt in die Luft gesprengt, wenn es gewußt, wie machen. Da traf es auf den kleinen Ketzer, welcher wie eine Kleblaus der Käsgesellschaft aufsaß. Der sah Eisi grinsend und grännend an, wie es sonst niemand konnte. «Was siehst mich so an, du Lausbub!» ranzte Eisi diesen an. «Es wird nicht verboten sein, dich anzusehen», antwortete der Bub, «oder kostet es was, zehn Kreuzer?» Doch ehe Eisi lospaukte, setzte er hinzu: «Hast es jetzt erfahren, was wir für Schelmen im Dorfe haben? Ich merkte es am ersten Tage, wie das gehen solle, aber man wollte mir nicht glauben. So einem Bub glaubt man nichts, und hat doch oft so ein Bub eine merkigere Nase als ein Dutzend dere Kudergraue.» «Ja, gäll doch auch, wie sie es uns machen, und kein Mensch will helfen, es ist alles unter einer Decke», sagte Eisi; «und nicht einmal klagen soll man, heißt es, es sei von vornenherein vermacht, die wüßten, was sie wollten, die dicken Schelmen, was sie sind! Und daß die jetzt sich den Buckel voll lachen und zweimal Kästeiltig haben, denn Eglihannes wird nicht alles allein behalten können, selb will mich fast versprengen.» «Du mußt ihnen recht wüst sagen», meinte der Junge, «so recht aus dem ff, und sie verbrüllen auf Kirch- und Märitwegen und auspacken, was man von ihnen weiß, es erleidet ihnen für ein andermal! Ich bin nur ein Kleiner, aber ich sage, was mich dünkt, ich fürchte niemanden. Wenn es alle so machten, es ginge anders in der Welt. Warten die aber nur, bis ich groß bin (wird es, so Gott will, nie werden), denen will ich es noch ganz anders machen!» «Ja, du hast gut reden, so eines Buben achtet man sich nicht viel», sagte Eisi, «stellt ihn vor die Tür oder gibt ihm eine Wasche, und damit ists gut. Aber unsereins muß beweisen oder abmachen, kann Kosten zahlen und hat sonst noch Plag, und doch versprengt es mich, wenn ich das so annehmen soll und sie muß lachen lassen! Ich weiß zwar noch etwas, wenn ich das unter die Leute lasse, so stinkts und gibt großen Lärm, aber es trifft nur Wenige und geht die Käserei nichts an.»

«Was ists?» fragte der Bub, und Eisi gab Bericht; es war ganz offen gegen seinen neuen Bundesgenossen. «Weißt du was?» sagte der. «Der Schulmeister hat uns einmal erzählt, wie sie es einmal gemacht, als er noch in der Lehre gewesen. Da hätten sie für ihre Freude Briefe geschrieben und darin den Leuten alles gesagt, was sie lustig dünkte und gut, ihnen die Haare zusammenzuknüpfen. Unter die Briefe hätten sie keinen Namen gemacht und die Hand verstellt, so sei es ihnen nicht ausgekommen. Aber eine große Freude hätten sie gehabt, wie die Leute hintereinandergekommen und was sie für einen Zorn verwerchet. Wenn Benz mir helfen wollte, ich könnte sie schreiben und er vertragen, so könnte man eine Suppe anrichten, welche mehr als zehn Kreuzer wert wäre.» «Tüfel», sagte Eisi, «das gefiel mir! Da könnte man dem Eglihannes von der Pintenwirtin dreinmachen und von seinen

Schulden und dem gestohlenen Käs und dem Nägelibodenbauer von Ammanns Felix und dem Ammann von den Menschern seines Sohnes und daß er bald Großvater werde usw.» «Ja so», sagte der Junge, «aber per Exempel, was man über den Eglihannes in den Brief macht, muß man an seine Frau schicken, die brüllt dann das Land voll. Täte man es an ihn stellen, so wäre er nicht so dumm, jemanden etwas davon zu sagen.» Das gefiel Eisi ausnehmend; so konnte es alles an Mann bringen, was es seit Langem auf dem Herzen hatte. Die gehörige Abrede ward getroffen, das Werk noch selben Abend begonnen.

Dem Nägelibodenbauer ging die ganze Geschichte am folgenden Tag doch etwas fatal im Kopfe herum. Er mußte gute Augen haben, wenn er das aus Gutmütigkeit an Peterli geliehene Geld einstweilen wieder sehen wollte. Nun, er brauchte es gerade nicht; er hatte ein schönes Stück Geld heimgetragen ohne Abzug. Sie hatten sich eingerichtet, daß sie das Schmer nicht von der Katze kaufen mußten; für den Hausbrauch hatten sie das Nötige immer bei Hause behalten. Trotz dem fatalen Käshandel war ihnen die Käserei von bedeutendem Nutzen gewesen, hatte den Hausfrieden nicht gestört, die Hauswirtschaft nicht verhunzt; Sepp hatte in allem Maß gehalten. Indessen ist doch unangenehm, Geld draußen in der Schwebe zu haben und zwar durch eigene Schuld, welches man daheim sicher verwahrt haben könnte. Nebenbei wurmten ihn Eisis Worte. Man kannte zwar Eisi wohl, und er hatte Eisi den Mund verschlossen, aber es ärgerte ihn doch. Nicht daß er irgendwie Verdacht gegen Bethi faßte, aber es hatten auch Andere diese Worte gehört, und was die daraus machen würden, wußte er nicht. Vielleicht war es möglich, daß einer meinte, Eisi wüßte mehr, als man glaube, es hätte es ihm sonst nicht so ins Gesicht sagen dürfen. Wenn man so nahe bei einander wohne, so sehe man oft Sachen, wovon andere Leute sich nichts träumen ließen.

Sepp machte daher am Morgen ein sehr saures Gesicht, daß Bethi fragte: «Hast Kopfweh, soll dir Tee machen?» Sepp erzählte, doch verschwieg er Eisis Worte. Bethi hatte große Freude an den zehn Kreuzern; das werde es wohl wieder müssen verhexet haben, sagte es. Wegen dem Gelde solle er nicht Verdruß haben, verloren sei es ja nicht, und wenn sie schon ein wenig darauf warten müßten, so hätten sie ja Spaß dafür. Das sei wahr, Eisi möge es den Spott gönnen, es verfolge alle Leute; einstweilen werde es doch jetzt genug vor der eigenen Türe haben. Bethi irrte sich; Eisi gehörte unter die Leute, welche an dem, was vor ihrer Türe liegt, auch wenn sie es sehen, doch nicht schuld sein wollen, sondern die Schuld daran Andern zuschreiben.

Es ging nicht lange, so war eines Morgens große Bewegung im Dorfe. Man sah mehr Weiber auf den Gassen als gewöhnlich; es mußte etwas Besonderes gegeben haben, wie zum Beispiel auch die Ameisen in vielen Häusern sich nur dann zeigen, wenn besonderes Wetter vorhanden ist. Sie, das heißt die Weiber, schossen aus ihren Häusern, schossen zusammen, standen bei einander, stoben dann wieder auseinander, hierhin, dorthin, selten eine schnurstracks wieder nach Hause; sie wimmelten durch einander ungefähr wie Bienen, wenn es bei ihnen etwas Besonderes gegeben hat.

So war es auch in der Vehfreude. Was sich gestern abend zugetragen, war nicht erlebt worden in der Vehfreude. Am Abend spät war Frau Eglihannese in die Gaststube der Pinte gebrochen, war der Wirtin ins Gesicht gefahren, ihrem Mann in die Haare, hatte gerauft, gekratzt, getan wie ein Ungeheuer, war geschlagen, gekratzt worden, war endlich heimgegangen, hinterher ihr Mann. Im Hause erneuerte sich der Spektakel, dauerte fast die ganze Nacht; jetzt war es noch stille dort, ob eins das Andere umgebracht, wußte man nicht. Warum die Frau so getan, wußte man eigentlich nicht, es ließ sich bloß aus den Titeln schließen, welche sie gebrauchte: Hurenbub, Schuldenhund, Kässchelm usw. Sie lebten Beide noch, waren aber nicht schön von Angesicht, und wenn sie sich zeigten, taten sie wie Eulen, welche um Mittag ans Licht müssen. Indessen fesselten sie die allgemeine Aufmerksamkeit nicht so lange, denn es spektakelte bald hier, bald dort, wo man sonst gar nichts darum gewußt hatte. Es hieß sogar, der Ammann hätte seiner Frau und seinem Sohne wüst gesagt, es sei dort bedenklich zugegangen. Man hörte nach und nach etwas von Briefen reden, welche kämen, man wüßte nicht von wem und woher; man finde sie bald hier, bald dort, sie seien fremdländisch geschrieben, Mancher könne sie nicht einmal recht lesen. Die zeigten an, wo was Böses sei, und zögen das Verborgene an die Sonne; das seien nicht Briefe, welche Menschen geschrieben haben könnten, aber wer es getan, wisse man nicht, aber denken könne es jeder! Es gehe aber arg auf der Welt, und es werde einer sein, den es düeche, es sei bald Zeit, dem ein Ende zu machen.

Es entstand ein großer Schrecken unter den Leuten. Wer noch keinen Brief erhalten, durfte am Morgen fast nicht vor das Haus, aus Furcht, die Nacht habe auch ihm einen gebracht, und wer schon deren erhalten, fürchtete sich um so mehr vor neuen. Wohl redeten Viele von Aufpassen, und das seien ganz natürliche Briefe, wenn man nur den Schreiber hätte; aber die Meisten, die so redeten, dachten nicht so, waren vom Zauber des Unheimlichen gefangen genommen. Je mehr man an ihren geheimnisvollen, überirdischen Ursprung glaubte, desto mehr galt ihr Inhalt als Wahrheit, desto mehr wirkte derselbe, brachte um so größern Aufruhr unter die Menschen.

Es ist wirklich seltsam, daß ein solcher Glaube noch in

unsern Tagen keimen und reifen kann; aber der Verfasser hat mehrere solche Beispiele erlebt, es erlebt, daß mit Verdüsterung des wahren Glaubens der Aberglaube alle Tage zunimmt. Sind ihm doch mehrere Ungläubige, und zwar Herren, bekannt, welche, als sie in den Sonderbundskrieg ziehen sollten, sich wahrsagen ließen, kamen doch Soldaten sechs Stunden weit, um sich den «Schild des Glaubens» zu kaufen, welches Büchlein festmachen sollte. Man glaubte an das Hexenwerk in der Käserei, warum sollte man nicht an das Wunder mit diesen Briefen glauben? Man nahm sie mehr und mehr auf als eine Strafe Gottes wegen den Betrügereien mit der Käserei. Daß Eglihannes den ersten bekommen, bestätigte diese Ansicht, weil man ihn für den größten Betrüger hielt. Der Senn stand Todesangst aus und lief zu den Kapuzinern, denn auch er war in Briefen vernamset worden und hatte selbst einen erhalten. Die Armen frohlockten, hielten es für eine Strafe des Himmels wegen verkleinertem Milchmaß und mancherlei kleinern Knausereien, welche mit den Käsereien entstanden waren. Da sehe man doch noch, sagten sie, daß ein gerechter Gott im Himmel sei, die Reichen könnten es jetzt erfahren. Man ratschlagte ernstlich, ob man mit Käsen wieder anfangen oder es unterbleiben lassen wolle. Es gab Weiber, welche förmlich dagegen eiferten; ihr Anhang mehrte sich täglich. Es war eine größere Bestürzung im Dorfe, als wenn die Cholera mittendrin gewesen wäre.

Eines Samstagsabends spät wartete bei Ammanns die Meisterjungfere umsonst auf ihren Melcher. Derselbe war nach dem Nachtessen fortgegangen und nicht wiedergekehrt. Wo war wohl der? War der zu einer Andern gegangen? Diese Angst rumpelte schrecklich im Herzen der Meisterjungfere. Es litt sie nicht mehr im Gaden, sie machte sich auf und ging ums Haus, als wäre sie ein Geist, der keine Ruhe im Grabe habe, dieweil er seinen Schatz nicht im Himmel gesucht, sondern auf Erden gelassen, derowegen ihn immer wieder besuchen müßte. Es war schwarze Nacht unter dem tief herabhängenden Dache. Der Jungfer Auge war an die Nacht gewöhnt, sah daher ein wenig scharf nach der hellern Straße hin. Da kam etwas daher; es war nicht der Melcher, der trappete herzhafter ab, es war auch kein Geist, denn Mädi sah ihn über einen Stein stolpern, und daß Geister stolperten, davon hatte es noch nichts gehört. Indessen schlotterte es doch sehr, als das kleine Wesen gegen das Haus kam, und drückte sich bebend in die dunkelste Ecke. Das Wesen tat sehr vorsichtig, schlich leise der Türe zu, legte etwas auf die Schwelle, machte sich dann mit Windeseile davon. «Donner», sagte das Mädchen für sich, «ist das nicht der Milchbub vom Dürluft? Der Hundsbube, der alles plagt, Kinder, Hunde, Hühner? Was Tüfels ist das? Was tat er da? Kommen die Briefe etwa daher? Ich darf nicht nachsehen; wenn doch nur der Lumpenbub, der Melcher, da wäre! Wohl, dem will ich; nicht auf drei Schritte lasse ich den mehr zum Leibe! Ich will Stüdi rufen (Stüdi war die zweite Magd). Wenn wir unser Zwei sind, dürfen wir schon.»

Gesagt, getan; Stüdi kam, und mit Furcht und Zittern nahten sie sich der Schwelle. Hier lag wirklich etwas Weißes. Mit einem Stecklein warfen sie es herab, und da es keinen Laut von sich gab, weder donnerte noch blitzte, so mutete eine der Andern zu, es aufzuheben, aber lange wollte Keine. Endlich wagte es die Meisterjungfere in den drei heiligen Namen. Es war ein großer Brief. «Tüfel», sagte sie, «ist das die Sache! Käme die ganze Geschichte von der Dürluftmore! Wohl, der wollten wir etwas einbrocken, daß die daran sinnen sollte! Aber wer wollte ihr schreiben? Sie kanns ja nicht und der Mann auch nicht.» Beide wurden rätig, den Brief zu nehmen, zu sehen, an wen er gestellt sei, und dann abzuraten, was sie damit machen wollten. Die Meisterjungfere hatte an dem Fund und der Entdeckung fast so große Freude, als wenn ihr Melcher gekommen wäre. «Aber was soll ich denn sagen», fragte sie ihre Vertraute, «wenn der Meister oder die Frau fragt: Aber Mädi, wie kams, daß du nicht im Bette warest, sondern vor dem Hause?» «Sage, du seiest auf dem Abtritt gewesen, hättest geglaubt, du hörest die Hühner flattern im Stall, als ob ein Marder hinter ihnen wäre. Da sei der Bub gerade gekommen, und du hättest ihm abgegucket», lautete der Rat. «Aber glauben sie es mir wohl?» fragte die Meisterjungfer. «Warum nicht? Erst die vorige Woche hatte ja die Meisterfrau auch den Dürlauf, und es steht nirgends geschrieben, daß unsereins immer sollte verstopft sein!»

Am Sonntag ist man bekanntlich in einem Bauernhause selten früh auf; man genießt Schlaf und Ruhe, ists ja doch der Tag dafür und hat das geringste Knechtlein das Recht dazu. Gewöhnlich nehmen es sich auch die Mägde, pressieren nicht mit dem Feuern und Frühstückrüsten; daher in so vielen Häusern, wo die Meisterfrau nicht gehörig Hand obhält, keine Zeit mehr ist, den Gottesdienst zu besuchen – Tausende verschlafen die Kirche, wie Tausende den Himmel! Unter die Säumigsten gehörte sonst Mädi, hatte sich deswegen schon oft den bittersten Unwillen der Meisterfrau zugezogen. Diesmal war Mädi früh zu großer Verwunderung aller. Es sollten nun aber alle ebenfalls früh sein; es fuhr fast aus der Haut, daß es nicht alle gleich begriffen, seinen Fortschritt nachmachten, sondern taten wie an andern Sonntagen auch. Es zankte mit allen, die nicht kamen, wann es meinte, daß sie kommen sollten; nur dem Melcher sagte es nichts, dem machte es ein verächtliches Gesicht.

Mädi und Stüdi hatten den Plan gemacht, sobald das Feld rein sei, das Gesinde abgegessen habe, der Meisterfrau Brief und Entdeckung mitzuteilen; die konnte es dann noch dem

Ammann sagen, ehe dieser zur Kirche ging, was gewöhnlich ziemlich lange vor dem Läuten geschah. Der Ammann ging nicht so früh wegen innerem Drange, sondern um daheim wegzukommen und nicht durch unbeliebige Audienzen versäumt zu werden, hauptsächlich aber, um noch mit den sich sammelnden Kirchenleuten allerlei zu besprechen, Gemeinde- und Privatsachen. Wenn es der Ammann vor der Kirche vernehme, so könne er es gleich bekannt machen, woher alles komme, und wenn sie dann später in die Kirche nachkämen, so würden alle Leute auf sie sehen und sagen: «Siehe, die dort, die haben die Sache ausgebracht, es wäre ihnen zu danken dafür.» Das war der Schlachtplan der beiden Mädchen. Den kannte aber niemand, fügte sich also niemand drein; alles schien ihm schnurstracks entgegenzumanövrieren. Der Ammann stand später auf als sonst, die Knechte waren nicht herbeizubringen, Felix erschien erst ganz zuletzt, gegessen wurde so langsam wie nie sonst. Es hatte niemand zu pressieren, darum pressierte auch niemand; dagegen hatte man viel Neues zusammengetragen, dieses gab man zum Besten: Briefe und was darinnen gestanden, Vermutungen, woher alles komme, schreckliche Geschichten zur Belegung der Vermutungen, wie Gelehrte auch historische Belege haben zu unhistorischen Hypothesen. Beide Mädchen wußten das Rechte, hatten ein Dokument in den Händen, hatten auch historische Belege, wenigstens vier Wochen alte (was heutzutage eine Seltenheit ist), durften damit einstweilen nicht ausrücken, mußten es bei klugen Gesichtern bewenden lassen. Die Lage war gräßlich, es begreift sie nur, wer auch einmal einen Schuß unter dem Loche hatte, ihn nicht loslassen durfte, bei einem pfiffigen Gesichte es bewenden lassen mußte. So ging es, und Mädi ward fast übel.

Da endlich räumte sich der Tisch, der Ammann ging und bartete, Felix marschierte ab, die Ammännin schien frei zu werden und unbeaufsichtigt zu einem vertraulichen Worte in passendem Zustande. Eben als Mädi die Meisterfrau beim Ärmel ziehen und sagen wollte: «Losit neuis», klopfte es, und über die Türe kam eine Stimme: «Guten Tag gebe euch Gott! Mangelt ihr Sommerstrümpfe? Schöne, sie wäre für e Sunndi!» Es war eine bekannte Hausierfrau, von den Mägden auf den Tod gehaßt, von der Ammännin gar sehr geliebt, ein Verhältnis, wie es sich öfters findet. Die Mägde haßten sie dreierlei Ursachen wegen: erstlich hatten sie die Frau im Verdacht, sie hinterbringe der Meisterfrau allerlei, welches die Mägde für überflüssig und unbequem hielten, wenn es die Meisterfrau wisse, und wenn die Frau nicht sattsam mit Wahrheit ausgerüstet sei, lüge sie dazu, bis sie glaube, es reiche zu gehöriger Befriedigung. Zweitens kaufte die Ammännin dieser Frau zuweilen Strümpfe ab und kramete sie dann den Mägden bei besondern Anlässen, wenn sie ihre Zufriedenheit apart an Tag legen wollte. Die Mägde waren mit der Zufriedenheit wohl zufrieden, aber mit den Zeichen derselben um so schlechter. Sie behaupteten, das seien die schlechtesten Strümpfe von der Welt, eitel Spinnhubbele; wenn die Lumpenfrau nicht wäre, so kaufte die Ammännin die Strümpfe an einem andern Orte, da lohnte es sich doch der Mühe, zu danken; mit solchem Zeug habe man nur Verdruß: ziehe man sie an einem Sonntage neu an, könne man Gott danken, wenn man sie ganz aus der Kirche bringe, habe aber jemand die Vermessenheit, sie anzubehalten und damit zu Tanze zu gehen, den erwarte die sichere Schande, daß ihm die Fetzen um die Füße hingen, ehe die Sonne unter sei. Drittens, wenn die Meisterfrau eben nicht zum Kramen aufgelegt war oder keinen Anlaß dazu zu haben glaubte, kam sie mit den Strümpfen dieser Frau zu den Mägden, pries die Strümpfe an, sagte: «Mädi, Stüdi, Trini usw., es dünkt mich, du hättest übel Strümpfe nötig, und brävere kriegst du nicht und wohlfeilere dazu. Sieh, so dick, so zügig, u rein u guets Garn dra, ich wollte dir geraten haben, nimm ein Paar. Daneben kannst ja machen, was du willst, du mußt sie zahlen, nicht ich.» Es war fast eine moralische Notzucht: kauften die Mägde nicht, nun, so hieß es: «Ja, laßt sie nur sein, Gott bewahre, daß ich euch zwängen möchte, aber komme mir dann eine und sage, es könne nicht zPredig, es habe keine Strümpfe, oder bei der Zeit, wo alles so teuer sei, könne es es mit dem Drecklohn nicht machen! Da sind Strümpfe und dazu wohlfeile; zu meiner Zeit hat ein solches Paar wenigstens noch einmal so viel gekostet!»

Diese Hausierfrau nun hatte die Bosheit, gerade als Mädi die Meisterfrau beiseite nehmen wollte, zu klopfen und zu rufen: «Mangelt ihr Sommerstrümpfe? Bsunderbar schöne, für e Sunndi!» «Mangeln keine», rief Mädi hässig, «haben mehr als genug an denen vom letzten Sommer!» «Die Meisterfrau wird doch daheim sein, möchte ein Wort mit ihr reden», fuhr die Frau fort. «Weiß nicht, wo sie ist», sagte Mädi, «wird sich anziehen für die Kirche!» «He nun, so kann ich warten, bis sie fertig ist», sagte die Frau kaltblütig und wollte sich auf die Bank vor dem Hause setzen. «Du bist doch das wüstest Mensch, welches es auf der Erde gibt!» kam eine Stimme von hinten her. «Wie oft habe ich dir schon gesagt, du sollest mir die Leute nicht so anschnauzen und abfertigen! Ein manierliches Wort kostet dich nichts, und es zu geben, dafür hast du den Lohn, und fragt man nach mir, so kannst du mich suchen, bis du mich hast, dazu hast du die Füße, und sie zu brauchen, hast du wiederum den Lohn, und brauchst du sie für dieses oder für jenes, so soll es dir gleich sein; mehr als du wohl magst, wirst du weder laufen noch sonst machen! Komm herein, Frau, wenn du was mit mir willst; gehe heute nicht zPredig, war vor acht Tagen drin. Unser Wagner sagte einmal, nur die, welche schlechte Gedächtnisse hätten und alles vergessen täten von einem Sonntage zum andern, müßten alle Sonntage gehen; die, welche bessere Gedächtnisse hätten, könnten es mit Minderem machen; er brauche nicht mehr als höchstens alle zwei Jahre einmal zu gehen. Spaß apart, kann heute nicht gehen, darum komme nur herein, du säumst mich nicht.»

Und diese ging hinein, und Mädi konnte nicht mit seiner Frau reden, konnte die Sache nicht anbringen, sie kam nicht vor die Leute – was nützte es ihm, früh aufstehen und zur Kirche gehen, machte ihm die Hagelsfrau alles zuschanden! Es ist wahr, hat man nicht das Recht, böse zu sein, wenn so eine Ketzers Klappertäsche einem solche Striche durch Freuden macht, welche sein Lebtag nicht wiederkommen! Es war drauf und dran, zum Ammann ins Stübli zu laufen und die Sache direkt vor ihn zu bringen, aber es tat es doch nicht. Die Weiber wissen meist mit vielem Takt und ohne viele Worte die Mägde zu dressieren, daß sie keine Sache, die ihnen nicht von der Frau befohlen ist oder zugegeben, vor die Männer bringen. Die Frauen sind die strengsten Douaniers und verhängen die schwersten Strafen über die Schmuggler. «Warum kannst es mir nicht sagen? Ein andermal weißt, was du zu tun hast», das ist einer der am meisten gebrauchten Sprüche. Dem Felix hätte Mädi zu eigener Erleichterung gern ein Wörtchen im Vertrauen gesagt, aber der ging mit dem Melcher zur Kirche, und wegen diesem mochte es ihn nicht rufen. Bald darauf ging der Ammann ebenfalls, jetzt war es aus mit aller Freude; denn wenn es später den Schuß auch losließ, wer sah es in die Kirche kommen, wer sagte: «Siehe, dort ist Ammanns Meisterjungfere, die hat es entdeckt, das ist grusam e Bravi und e Gueti und eini, man könnte ihr Hosen anziehen, wenn man wollte, und het e fyni Nase.» Sie nahm sich fest vor, gar nichts zu sagen, alles bei sich zu behalten, und zwar nicht bloß heute, sondern in alle Ewigkeit.

Diesmal blieb die Strumpffrau nicht lange; als es anfing zu läuten, ging sie. Die Ammännin hieß sie bleiben zum Essen, aber sie hatte noch weitere Geschäfte. Das machte Mädi gerade am allerbösesten, daß sie nur so lange blieb, um ihm die Freude zu verderben. Wenn es der einmal etwas anrichten könne, daß sie ihr Lebtag daran zu worgen hätte, so solle es ihr nicht gespart sein, verschwur es sich. Kaum war das Läuten vorbei, so werweisete Mädi, ob es nicht am besten sei, es sage es der Frau, und nicht fünf Minuten waren vergangen, so rief es: «Frau, losit neuis!» (denn so ein Schuß unterm Loche ist eben eine strenge Sache). «Ich kam gestern über etwas», sagte dann Mädi, «ich nähmte nicht hundert Kronen dafür! Ich dachte, ich wollte es Euch sagen: Ihr könnt dann damit machen, was Ihr wollt. Seht, da ist wieder ein Brief.»

Da ward die Ammännin blaß und sagte: «Wenn du mir nichts Besseres hast als einen von den teuflischen Briefen, so hättest schweigen können, ich habe einstweilen am ersten noch genug.» «Ja», sagte Mädi, «wenn es nur das wäre; aber ich weiß, wer ihn gebracht hat.» «Das wäre!» fuhr die Ammännin auf, «bist ein Fronfastenkind?» «Braucht sich nicht», sagte Mädi, «es war ein Mensch wie ein anderer.» «Du lügst», sagte die Frau, «oder kanntest ihn?» «Losit, Frau, wie es ging: hatte gestern den Dürlauf, gerade wie Ihr ihn auch gehabt, werde ihn von Euch geerbt haben, etwas anderes wär mir lieber, mußte hinaus in den Schopf. Da schien mir Lärm unter den Hühnern, glaubte, es sei ein Marder hinter ihnen, sah da nach, und wie ich da war – es war finster wie in einem Sack –, kam etwas daher und schlich zum Hause, ganz an mir vorbei, und legte den Brief auf die Schwelle, und das war, ich kannte ihn wohl, denn vom Schopf weg war es heiterer, das war der Milchbub vom Dürluft, der Lumpenfrau ihr Bub und kein Anderer, ich kannte ihn gut am Haar und an der Kutte.» «Du lügst, ists möglich?» rief die Frau; «das wäre tausend Pfund wert!» «Wenn ich sie nur schon hätte», meinte Mädi. «Ja, ja», fuhr die Frau fort, «es ist möglich, daß das Tüfelswerk von dort kommt; die ist tüfelsüchtig genug und wird ihre Käsrechnung eintreiben wollen. Aber warte die nur, wenn die nicht muß gehängt sein, so will ich mein Lebtag Erbsstroh fressen. Muß doch sehen, was in dem Papier ist.»

Sie öffnete den Brief, der an ihren Mann gestellt war, ohne Komplimente, denn so, wie die Frau den Schlüssel zum Geld haben will, so will sie überhaupt den Schlüssel zu allem, also auch das Recht, jeden Brief zu öffnen. Zwischen Mann und Weib soll kein Geheimnis sein – in der Theorie ganz richtig, in der Praxis nicht so übel, als man glauben sollte; es kommt halt darauf an, wie jedes ist und wie jedes tut. Je besser jedes ist, desto zweckmäßiger ist diese Öffentlichkeit. Warum die Öffentlichkeit im Staate und die Verhüllung und das Geheimnis in den Familien? In diesem Briefe nun standen unflätige Sachen, aber nicht sowohl über den Ammann selbst als über Andere, hauptsächlich seine Leute. Denn das war eben das Teuflische in allen den Briefen, daß darin nicht denen, an die sie gestellt waren, der Hund gelesen ward, sondern daß ihnen andere Leute verdächtigt oder, wie man zu sagen pflegt, denunziert wurden. Dem Ammann wurde darin bloß gesagt, wenn er mit dem Erzschelm, dem Eglihannes, nicht ausfahre, so müsse er ein noch ärgerer Schelm sein als derselbe. Dagegen waren der Ammännin alle Laster angedichtet, vom Felix gesagt, wie er bald Kindbett halten müsse und die Mutter ihm zu allem Schlechten behülflich sei, zum Beispiel zur Nägelibodenbäuerin, wie die ihn um Geld brächte und damit eben der Nägelibodenbauer sich bereichere, der Gülten mache usw. Kurz der Brief war so, daß die Frau Ammännin absitzen und Atem suchen mußte. Was Eisi ihr vor einigen Wochen gesagt, war direkt nicht berührt, doch das Ganze so, daß beides im gleichen Hafen gekocht sein mußte, wie die Frau Ammännin alsbald überzeugt war.

«Ei, du verfluchte More, wer hätte gedacht, daß dir dieses in Sinn käme; auf diese Art die Leute zu verfolgen und fast ds Teufels zu machen, ist doch wohl nicht erhört worden! Schon der erste Brief ging übel genug; kein Mensch weiß, was mein Mann auf diesen hin angestellt hätte. Gott Lob und Dank, daß ich ihn habe! Dir, Mädi, vergesse ich es nicht, zähl darauf; wenn du nur nicht das Geschleipf mit dem Hudelbub hättest, wo ja zum Brunnkreßstüdi geht! Aber der verfluchten Frau im Dürluft, der muß der Marsch gemacht sein, daß sie aufhört, andere Leute zu plagen! So möchte ja der Teufel dabei sein, und erlaubt wird das doch wohl nicht sein! Man versteht sich zwar nicht auf die heutige Welt, es ist eine Ordnung, daß Gott erbarm! Sie werden meinen, es gehe auf sie, wenn es heißt: Mit welchem Maß ihr richtet, werdet ihr wieder gerichtet werden; wenn sie alles laufen ließen, kämen sie zuletzt mit Schelmen und Mördern und mit allen, welche sie nicht gerichtet, auch nicht ins Gericht Gottes, sondern in Himmel. Ohä, da pfyft dann ein Anderer!» so polterte die Ammännin.

«Mit dem Melcher wird es nicht wahr sein», antwortete Mädi. «Nit, daß mir an ihm etwas gelegen wäre, ghey der doch, zu wem er wolle; Sellig gibts ja mehr als rote Hunde!» «Selb meinte ich längst», sagte die Frau; «sellige Uflat und so taubsüchtig, daß er, wenn er die Kühe nicht schlagen darf, weil der Mann oder Felix in der Nähe sind, sie beißt, bis sie bluten und er am Kuhhaar fast erstickt! Aber daß er Andere hat, ist gewiß; erst am letzten Solothurner Markt zahlte er dem Salbinegret zu essen und zu trinken bis genug.» «He nu so de, wenn er mit Sellige sich abgeben mag, so gehe er, der Uflat, wenn ich ihn nur nicht mehr sehen müßte, der

Uhung, was er ist! E gottlosere Mönsch lauft nit unterm Himmel, als der ist, nei, my armi türi nit!» Und Mädi tränte, und die alte Liebe quoll ihm aus den Augen in Tropfen fast so groß wie kleine Baumnüsse.

«Wenn nur die Predigt schon aus wäre», sagte die Frau Ammännin, «ich mag fast nicht warten. Der Pfarrer macht aber lange, wen hat er wohl auf der Gabel, den er nicht wieder loslassen mag? Ich würde einen Neutaler geben, wenn er die Briefe aufs Tapet gebracht hätte und von Gottes Zorn geredet und wie schlecht die Leute hier sein müßten, daß Gott solche Zeichen tue, und mein Mann käme krebsrot heimgelaufen und begehrte auf, wie das anders gehen müsse! Dann wollte ich ihm den Brief geben, abwarten, bis er ihn gelesen, und wenn er dann so recht aus dem Hüsli wett und alle fressen, wollte ich ihm sagen: Friß, wend magst, aber zerst mußt doch wissen, von wem die Briefe kommen und was sie zu bedeuten haben! Der wird Maul und Nase auftun; dann, Mädi, sei fest, wenn du nicht gewiß bist, so sags lieber, denn du weißt nicht, wie weit solche Sachen kommen können.» «Habt nicht Kummer, Frau», sagte Mädi, «und wenn man mich zollweise zerrisse, ich bliebe fest, ich kenne den Lausbub nur zu gut; der hat mir zu oft das böse Maul angehängt, wenn er da vorbeiging.»

«Es kann sein; aber wer schrieb es? Das düecht mich wunderlich», sagte die Ammännin. «Wenn doch nur die Predigt bald aus wäre, aber was hilft mir das? Es weiß doch kein Mensch, wann er heimkommt; da stellt er sich bei jedem Löhl und klappert mit ihm wie die erste Klapperfrau am Brunnen. Er meint, er habe am Sonntag das Recht dazu, und ein Ammann müsse mit allen reden, damit man ihm nicht den Hochmut vorhalte. Dummheit! Hält man ihm den nicht vor, so rupft man ihm etwas noch Ärgeres auf! Etwas müssen die Menschen haben, um sich daran zu ärgern; wer wollte es allen treffen, absonderlich ein Ammann! Mädi, geh doch, höre, ob sie noch nicht singen; es ist, als ob man es mir heute expreß mache. Siehst du jemanden, so laß ihm doch sagen, er solle alsbald heimkommen, es warte ihm jemand, und das ist auch allweg wahr.»

Mädi kam alsbald mit dem tröstlichen Bescheid, es werde bald aus sein, sie hätten aufgehört zu singen, und dem Meister habe es es sagen lassen.

VIERUNDZWANZIGSTES KAPITEL

Was noch so rein gesponnen, kommt unter Donner und Blitz an die Sonnen

Es ging wirklich nicht lange, so zeigte die Glocke an, die Gläubigen seien entlassen, und gab ihnen die Mahnung mit, daß Gottes Wort die Glocke ihres Herzens sein solle, bis aufs neue der Glocken heller Ton die Gläubigen zusammenrufe an den Brunnen des Lebens, den Trank zu empfangen, der den rechten Durst löscht in Ewigkeit. Fast noch vor den Tönen her kam der Ammann dahergerannt mit Schritten, welche die Ammännin seit dreißig Jahren nicht mehr gesehen. «Mädi, hast so nötlich getan?» sagte die Frau. «Siehe, er kommt daher wie aus einer Büchse!» «Gar nicht, Frau», sagte Mädi; «ich habe dem Sigrist, der ja nicht meint, er müsse alle Predigten hören, bloß gesagt, der Ammann solle gleich heimkommen, es warte jemand auf ihn, dem es pressiere.» «Nun», sagte die Ammännin, «es ist gut, daß wir etwas Wichtiges haben, sonst kriegten wir ein Donnerwetter nicht für die Kurzweil.»

Der Ammann kam wirklich daher wie aus einer Donnerbüchse; hinter ihm war noch kein Mensch sichtbar, aber vor ihm her windete es stark, und als er zur Küche einbrach, fragte er nicht, wer auf ihn warte, sondern sagte zu seiner Frau: «Los neuis», war schon im Stübli, ehe sie noch ein Bein gehoben, rief zornig über die Achsel: «Kommst oder kommst nicht?» «He», sagte die Frau Ammännin mit ihrem Tröster im Sacke kaltblütig, «mußte doch warten, um zu kommen, bis du es mir sagtest.» «Mach die Türe zu», schnauzte der Mann, und als die zu war, brach aus seinem Munde ein Gewitter, wie es die Ammännin noch nicht erlebt hatte. Wie in einem gewaltigen Gewitter es bloß ein Donner ist, man selten einzelne Schläge unterscheidet, so auch in des Ammanns Gebrülle bloß einzelne Worte: Schande, scheiden, erleben, totschlagen und wüste, häßliche Worte mehr. Kaltblütig stand die Ammännin vor ihm und dachte: Brülle du nur, einmal wirst doch aufhören müssen, dann will ich dir aufwarten. Sie glaubte, der Mann habe in der Kirche, vielleicht gar vom Pfarrer, der darüber gepredigt, neue Verleumdungen gehört und sie geglaubt. «Wenn der heimkommt», schrie der Ammann, «schlage ich ihn erst halbtot, dann jage ich ihn fort; solange ich lebe, soll der mir nicht mehr unters Dach, nicht mehr vor die Augen, eine solche Schande mir anzumachen!» Und zum Zeithäusli schritt er, wo die Stöcke verwahrt stehen, und den dicksten Dornstock riß er zur Hand und stellte sich ans Fenster. «Hätte doch nicht geglaubt, daß du so dumm wärest», sagte die Frau, «so alt und Ammann dazu und nicht gescheiter. Glaubst alles, wie ungereimt es ist, und fragst nicht, wer es ersinnet hat.» «Was ersinnet? Niemand hat es ersinnet, wenn du es gehört hättest, du redetest anders; du hättest es hören sollen, du bist doch schuld an allem, du und niemand anders, dir sollte ich zuerst geben!» sagte der Ammann. «Gib, wenn du willst! Vielleicht habe ich unterdessen auch etwas vernommen, und vielleicht noch schrecklichere Sachen. Da lue und lies», sagte die Frau.

Der Ammann riß den Brief an sich und sagte: «Was frag ich dem Wisch nach; es wird nichts anderes drin stehen, als ich schon weiß! Eine solche Schande erleben zu müssen! Es düecht mih, wenn ich nur hundert Klafter unter dem Boden wär! Aber zerst will ich dem noch eins auflegen, daß er sein Lebtag dran denkt!» «Brauch doch Verstand», sagte die Frau, «und tu nit so! Ich weiß jetzt, von wem das ganze Tüfelswerk kommt und was sich desselben zu achten ist.» «Was von wem? Von ihm selbst kommt es und von niemanden anders; da wird sich dessen wohl zu achten sein!» sagte der Ammann. «Öppis Dumms eso», bemerkte die Frau. «Mädi hat den Brief aufgelesen und gesehen, wer ihn hingelegt.» Somit tat sie die Türe auf und sagte: «So komm und red, wen hast gesehen, und wie ists gegangen? Scheue dich nicht!» «Gestern hatte ich den Dürlauf, ich erbte ihn von der Frau –» begann Mädi. «Willst schweigen mit deinem Dürlauf und mit dem andern Gstürm!» rief der Ammann. «Ja, freilich hat er es selbsten gesagt, und zwar mitten in der Kirche vor allen Leuten hat er es gesagt. Oh, wenn sich doch nur der Boden aufgetan und alle verschlungen hätte!» «Was? Wer? Was gesagt?» fragte die Ammännin ganz verwundert. «Üse, ja üse Felix hat mitten in der Predigt laut, daß es alle Leute hörten, gesagt: Änneli, gimm mr es Müntschi! Der Pfarrer ist ganz verstummt, alle Leute lachten und sahen die Dirne, der Nägelibodetäsche ihre Schwester an, die war auch da und der Bauer auch, und das habe ich hören müssen und habe sehen müssen, wie die Leute gwunderten, was ich für ein Gesicht mache, und wenn du mich beim vorigen Brief hättest machen lassen, hätte ich das nicht erlebt! Ich habe Lust, dir mit ihm deinen Teil zu geben!»

Die Ammännin stand fast da wie Lots Weib, sie bewegte bloß die Arme langsam auf und ab. Sie setzte sich endlich und sagte: «Nein, jetzt ist mir nicht mehr zu helfen, ist das erhört worden: Änneli, gimm mr es Müntschi! Aber das hat Felix nicht gesagt, das sagte ein Anderer, so einer ist er nicht.» «Hab es selbst gehört, sag es niemanden nach. Was weiß einer, was er sagt, wenn er schläft!» zürnte der Ammann. «Und warum durfte das Meitschi nicht mehr aufsehen und plärete die ganze Predigt? Das konnte man ja schon im ersten Briefe merken, warum ließest mich nicht machen!»

Mädi war hinausgeschossen, um bei Stüdi, welches in der Kirche gewesen, das Nähere zu vernehmen. Es war zu lange im Hause, um nicht zu begreifen, daß es im Stübli überflüssig sei. Da vernahm es das Schreckliche, wie, als der Pfarrer eine Pause gemacht, plötzlich von der Vorlaube her eine Stimme gekommen sei: «Änneli, gimm mr es Müntschi»; wie das niemand anders gewesen sei als Felix, den man schon früher habe schnarchen hören. Stüdi hätte sich auch geschämt für Felix, denn die Leute hätten grusam gelacht und gleich gewußt, wen es angehe; das Meitschi hätte es auch gemerkt und sei fast gestorben. Kein Mensch würde dem ansehen, wie das ein Täschli sei. Es hätte es ihm gönnen mögen, das werde ihm, so Gott wolle, sein Lebtag nachgehen. Wenn es einen guten Blutstropfen im Leibe habe, mache es sich noch heute hier fort, daß es kein Mensch mehr erblicke. Das war die allgemeine Meinung unter dem Gesinde, und Felix erbarmte sie, daß ihm das entronnen, der Alte werde ihm das lange nicht vergessen.

Endlich kam Felix auch daher. Er hatte natürlich nicht gewußt, was er gesagt und warum ihn die Leute mit ihrem Lachen aufgeweckt. Nach der Kirche sagte man ihm, was er gemacht und wie ihm daheim ein Wetter warten werde. Man hatte vor ihm hinter dem Meitschi her gelacht, das vor allen Andern heimlief, ungefähr wie der Ammann. Das gute Meitschi hatte die Kaltblütigkeit nicht gehabt, sich unbefangen zu stellen, als gehe ihns alles nichts an. Es kannte Felix' Stimme und den Zauberspruch und meinte, alle Leute müßten wissen, was er zu bedeuten hätte und wen er anginge.

Felix lachte über die Geschichte nicht, seinen Alten fürchtete er nicht so sehr, aber das Meitschi erbarmte ihn; es war ihm lieber, als er wußte. Was machen? dachte er bei sich, Leugnen hilft nichts. Was will ich mehr und Besseres, und ist das nicht der beste Anlaß, zu sagen, was ich will und wobei es sein Verbleiben haben muß! Die Mutter ist nicht zu fürchten, und der Vater, wenn es einmal versurret hat, nicht viel. Eine Brävere und Hübschere bekomm ich nicht, was habe ich dem Gelde viel nachzufragen! Die wird sich der Mutter unterziehen und bringt den Streit nicht ins Haus, und Friede ist ja nötiger als Geld. Das überschlug Felix auf seinem kurzen Weg, rasch im Entschluß war er immer, und für gute Gedanken war auch der Boden in ihm.

Die Mutter erschrak sehr, als sie Felix kommen sah. «Dr tusig Gottswille, tue ihm nichts», sagte sie zum Ammann. «Er ist zu alt zum Prügeln; du weißt, wie er ist, es könnte ein Unglück geben, und mach du jetzt das Gerede nicht noch größer, es wird schon groß genug sein. Denk, wie werden die Leute lachen und eine Freude haben, Eisi im Dürluft und Eglihannes, wenn es hier bei uns Lärm geben täte und wir mit dem Sohne Unglück hätten! Sinn doch daran, was wir für einen Griff in Händen haben gegen die Dürlufteise und wer weiß, wen noch!» «Du bist immer die Gleiche, redst dem Kerli immer z'best; wenn er dir den Kopf abriß, du grännetest ihm noch z'best», sagte der Ammann mit zorniger Stimme; «wohl, der muß seine Heiligen haben.» Tausend Pfund auf der Stelle hätte die Ammännin dem Mädi gegeben oder versprochen, wenn es dem Felix hätte abwinken können, daß er für heute sich schiebe und dem Vater nicht unter die Augen komme. Wenn der Vater nicht so schrecklich getan, so wäre sie böse geworden; jetzt aber war die Angst über den Zorn gekommen, darum merkte sie auch die bedeutende Änderung in des Ammanns Stimme nicht.

Draußen warteten ohne der Ammännin Winken schon dienstbare Geister, welche Felix zuflüsterten: «Mach dich fort, verbirg dich, der Vater tut, es ist schrecklich; es weiß kein Mensch, was er mit dir anfängt» usw. «Wo ist er?» fragte Felix. «Im Stübli», hieß es. Dahin ging Felix alsbald, gäb wie die Mägde schrien: «Nit, nit, es gibt ein Unglück! Felix, denk, Felix, bis witzig!» Als solch Bitten nichts half, da waren sie drauf und dran, zu weinen, schlugen die Hände zusammen, Zwei mußten absitzen vor Angst, die Dritte hielt das Ohr an die Stüblistüre. Im Anfang hörte man des Ammanns zornigen Donner und Felix' festes Wort. Die Dritte verstand etwas von Lumpenbub, Schande, Mensch, Dirne, von Fortgehen, Karrer sein, allem nichts nachfragen, bräver als Keine, dann immer weniger und am Ende gar nichts mehr, obschon zuletzt alle Drei an der Türe horchten. Endlich hörten sie sagen: «Das Essen wird zweg sein, nicht dergleichen tun; nachmittags ist noch alle Zeit.»

Husch, wie wenn ein Stein unter Tauben fährt, fuhren die Mägde auseinander, zwei zu zwei Türen aus, Mädi an den Herd, aber geschehen war geschehen, das Sauerkraut bränntete lästerlich wie nie. «Aber Mädi, was machst, was sinnest!» rief die Frau, als sie in die Küche trat, «das stinkt ja, es wird einem fast gschmuecht, das darf man nicht aufstellen!» «Warum nicht?» sagte Mädi, «es stinkt ein wenig, aber es ist daneben doch gut, man ißt es ja nicht mit der Nase, und fuehret gleich gut, gäb bränntet oder nit bränntet. Aber ich habe emel pläre müssen für den Felix; ich glaubte, er schlage ihn ztod.» «Du redst nichts davon», sagte die Frau, «hörst, sonst gibts Verdruß!» «E Frau, was denkt Ihr auch! Ich kann schweigen ohne zentnerigen Stein auf dem Maul. Aber sagt mir, was hat er gesagt wegem Brief? Und wegen dem Wort wird er Felix nichts tun? Wenn der schon ein Kind haben muß, was macht ihm das! Das Mannevolk ist gar wüest hürmehi, und wenn Kinder müssen sein, so ists doch allweg besser ledig, als wenn sie Weiber haben.» «Richt du an», sagte die Frau, «so kriegt man den Sauerkabis bald aus der Nase, das Andere wirst bald vernehmen.» Mädi mußte sich fügen, obgleich es zehnmal lieber den Dürlauf als Geduld gehabt hätte. Aber das ist eben das schreckliche Verhängnis, welches über der dienenden Klasse schwebt, daß sie nicht immer das haben kann, was sie am liebsten hätte, sondern manchmal ganz was anderes.

Man aß zu Mittag, das ganze Haus wie immer an einem Tische. Da merkte man nichts Besonderes als hie und da eine gerümpfte Nase über den Sauerkabis. Bemerkungen über das Essen sind nicht zulässig, wenn Meister und Meisterfrau selbst am Tische sitzen; auch diese sagen selten etwas vor allen Andern. In der Anwendung der Kritik wird in Bauernhäusern mehr Maß gehalten als unter den Gebildeten. Der Meister sagte bloß, er liebe den Sauerkabis, aber unbränntet, ein andermal solle man nicht Mühe haben mit Brännten, wenigstens seinetwegen nicht, und den Andern werde es wahrscheinlich auch so sein. Darauf sagte die Meisterfrau, sie hätte auch schon bessern gehabt, doch sei er zu essen, wenn man ihn nicht zu lange schmöcke. Für heute müsse man sich drein schicken, es werde hoffentlich nicht alle Sonntage gleich gehen. Als nach dem Essen bestmöglichst reines Feld gemacht, das Eine hie aus, das Andere dort aus versandt war, fanden sich die drei Hauptpersonen wieder im Stübli zusammen.

Am Morgen hatte, wie angedeutet, die Mutter den Vater bereits entwaffnet gehabt, als sie ihn an die Freude erinnerte, welche die Leute über einen Spektakel in ihrem Hause haben würden. Doch war noch großer Zorn da, und Felix ward nicht schlecht angedonnert. Der war fest, daher ruhig. Was geschehen, sei ihm leid, aber er vermöge sich dessen nichts; schon Manchem sei im Schlafe etwas entfahren. Das Meitschi sei ihm halt lieb, und er möchte es heiraten; besser zu machen wisse ers nicht, und die Mutter habe selbst großes Wohlgefallen an demselben und gesagt, es sei ihr nicht bald ein anständigeres Meitschi vor die Augen gekommen. «Du wüster Bub du», hatte darauf die Mutter gesagt, «jetzt soll ich dran schuld sein! Wenn mir schon eine für Jungfrau gefällt, so ist es dann noch lange nicht gesagt, daß ich sie zum Söhniswyb möchte.» Der Ammann sagte: «Warum nicht gar des Polizeiers Tochter oder das erst best Tschaggeli von der Gasse als das schlechte Mensch, wo du mit Schein schon lange ein Zaagg mit ihm gehabt! Schäm dich in dein bluetig Herz hinein!» Darauf hatte Felix erklärt, das Meitschi sei nicht schlecht, Geschleipf hätte er keins mit ihm gehabt, das Meitschi sei bräver als alle, welche er kenne, und wenn es nicht so brav wäre, so würde er heute kaum das gesagt haben. Eben darum wolle er es heiraten, er möchte nicht, daß es dem Meitschi sein Lebtag vorgehalten werde. Und als der Vater gedroht, er müsse ihm lieber aus dem Hause, als daß er das zugebe, hatte der Sohn gesagt, das solle er machen, wie er wolle. Er könne an einem andern Orte auch sein, als Karrer wolle er schönen Lohn verdienen, und es seien Andere mehr, die aus Knechten doch Bauern geworden, und zwar rechte. «Ja, saubere, andern Leuten die Buben zu locken und verführen; denen will ich den Marsch machen, daß sie an mich denken sollen!» begehrte der Ammann auf. «Da, kannst es ja lesen!» Als Felix jetzt in Zorn geriet, brach die Mutter ab und schützte das Essen vor und daß man die Diensten nicht müsse warten lassen, daß sie die Sache kalt bekämen. Es war ihr darum, daß die Gemüter erkalteten.

Als sie wieder zusammentraten, war dies wirklich geschehen. Der Vater redete vom Verdruß, den der Junge ihm gemacht, denn an dem, was in den Briefen stehe, müsse doch etwas Wahres sein. Indessen sei es vielleicht mit Geld zu machen, auf ein paar hundert Taler komme es ihm endlich nicht an, und das Kind könne man ja erziehen und später ein Handwerk lernen lassen. «Was für ein Kind?» fuhr Felix auf. «He, lies da im Brief!» sagte der Vater. Als nun Felix sein Verhältnis zu Änneli erzählte und wie weit er es mit ihm gebracht, da wollte es der Vater lange nicht glauben und meinte, etwas so Dummes habe er noch nie gehört; er sei doch alt geworden, zu alt, um sich so was aufschwatzen zu lassen. Der Mutter liefen die Tränen die Backen ab, und doch mußte sie lachen über ihres Sohnes Liebesleiden und -taten. «Aber was wars denn mit dem Wäldchen auf dem Wege zum Schuhmacher? Selb ist doch verdächtig», fragte Letztere. Da brichtete Felix, wie das Mädchen ihm das nur in der Angst gesagt, wie alles andere erlogen sei, und wenn sie wüßten, was in andern Briefen noch über sie gelogen worden, würden sie ihm schon glauben. Kurz er brachte die Eltern so weit, daß sie ihm glaubten, das Meitschi sei durchaus brav und Nägelibodenbauern nichts vorzuwerfen, da sie nichts gewußt und im Weg gewesen seien, besonders Bethi.

Mütter haben, wie schon gesagt, immer bedeutenden Glauben an ihre Söhne. Der Zorn wandte sich dann aber um so heftiger gegen das heillose Eisi; nur konnte man nicht begreifen, wer ihm die Briefe mache. Das müsse untersucht sein, und zwar noch heute, meinte der Ammann. Felix meinte aber, eins ginge noch voran: das Meitschi sollte getröstet werden; er wisse, das hintersinne sich, und wie Bethi sei, sei die Frage, ob es nicht schon heute aus dem Hause müsse, Bethi lasse nichts an der Haue kleben. «Aber womit willst trösten?» fragte der Ammann. «He, wenn ich ihm sage, ich wolle es zChilche füehre, so wird das ein Trost sein, der anschlägt», sagte Felix. «Wer hat dir das erlaubt?» meinte der Ammann; «wenn man schon nichts gegen das Meitschi hat, ists noch lange nicht gesagt, daß man es zum Söhnisweib möchte. Die Leute würden doch lachen, wenn es hieße, du hättest nur so zu einem Meitschi von der Gasse kommen können!» «Lachen sie meinethalb», sagte Felix. «Ich denke aber, es sei auch etwas, wenn einer vermag, ein armes Meitschi zu heiraten und es zu einer reichen Frau zu machen, das kann nicht jeder.»

Der Vater war hartnäckig. Das kam so plötzlich; es tat ihm weh, auf einmal alle seine Spekulationen fallen zu lassen. Die Mutter gab früher nach und wandte sich allgemach dem Sohne zu. Der Gedanke, das Mädchen, welches ihr so wohl gefiel, als Söhnisweib ins Haus zu bekommen statt als Magd, dann mit keiner vornehmen, hochmütigen Bauerntochter um die Meisterschaft streiten, mit neuen Gebräuchen sich nicht plagen lassen zu müssen, tat ihr wohl. Es düechte sie, das mache sich nicht so bös, und wenn man für Felix keine Händel mehr gutzumachen habe, das Geld zusammenlege, gebe dies bald eine große Summe, die könnte man für Weibergut rechnen. Endlich meinte der Ammann, das werde nicht so pressieren, gut Ding wolle Weile haben, me chönn de geng no luege, es werd niene gschribe sy, daß das no hüt müeß sy. Das meinte eben der ungeduldige Felix nicht: Auf das, was heute gegangen und wessen er und das Meitschi sich nichts vermöchten, müsse das noch heute sein, wenn man die Leute gschweigen und das Meitschi vor ihren Mäulern retten wolle. Und wenn man Eisi den Marsch machen wolle, müsse man erst einig unter sich sein und wissen, was man wolle.

Die Mutter half, und endlich mußte der Vater sagen, er habe insoweit nichts dawider, aber erst möchte er doch mit dem Meitschi reden und wissen, ob Felix die Wahrheit rede.

Es sei bald viel gesagt, aber ehe man alles glaube, müsse man erst untersuchen; man meine manchmal, es sei so, und sei doch nicht. Felix erbot sich, das Mädchen zu holen, aber der Ammann wollte nicht, wollte selbst in den Nägeliboden gehen, abends, wenn es dunkelte und alle daheim seien. Unterdessen sollte aber auch Felix daheim bleiben, worein derselbe sich ungern schickte. Die Leute würden glauben, er schäme sich, dürfe sich nicht zeigen, seiner lachen, sagte er, und das könne er schier nicht leiden; wolle nur ins Wirtshaus, einen Schoppen trinken; aber er drang nicht durch. Da blieben Vater und Mutter einig, sie kannten sein heißes Blut, meinten auch, er könne ihnen auf alles hin wohl einen Gefallen tun. Felix fügte sich, aber es gramselte ihm doch den ganzen Nachmittag in den Fingern; schlafen konnte er nicht, ein langer langer, unendlicher Nachmittag war seine schwere Buße. Wenn er auch an sein Glück denken wollte, seine Ungeduld verschlang alle Gedanken.

So langweilig ging es im Dorfe nicht zu, man kann sichs denken. So was war noch nicht erlebt worden; an keiner Sichelten, an keiner Hochzeit hatten die Vehfreudiger so wohl gelebt als an den Worten: «Änneli, gimm mr es Müntschi!» So z'leerem hatte der Pfarrer sicher noch nie gepredigt als an jenem Sonntage. Aus der Kirche brachte kein Mensch etwas anderes heim als: «Änneli, gimm mr es Müntschi!» Höchstens wurde darauf noch erzählt, wie aus einer Türe der Ammann gefahren gleich einer Bombe, aus der andern Änneli verschwunden, daß es nur so einen Schein gegeben. Felix aber habe getan, als sei nichts geschehen; das sei ein verfluchter Bursche, dem mache alles nichts, der nähmte, wenn es sein müßte, mit einer Hand den Teufel bei den Hörnern und zöge ihm mit der andern die Zähne aus. An dem würden die Alten noch etwas erleben, geschehe ihnen aber ganz recht, der Hochmut verginge ihnen vielleicht dann ein wenig. Wie es aber über das arme Meitschi und den Nägeliboden herging, hatte keine Art. Das wars, was die Freude so groß machte, daß es gerade diese getroffen, und kein Mädchen im Dorfe war, das statt nur einen nicht siebenmal siebenzig Steine auf das arme Änneli geworfen hätte. Da sehe man jetzt die Scheinheiligkeit und daß der noch lebe, der das Verborgene an die Sonne bringe. Man habe oft lange Ursache, zu glauben, er sei auch zu alt geworden, aber am Ende komme er doch noch. Ja, wenn man gewollt, es hätten viele Mädchen dem lieben Gott förmlich gedankt, daß er das Verborgene offenbar mache, und zwar Mädchen, die nicht mehr an die Sonne dürften, wenn man wüßte, was sie im Verborgenen getrieben und auf dem Gewissen hätten. Das Wort vom Splitter und vom Balken, die Worte des Pharisäers: Ich danke dir, Gott, daß ich nicht bin wie jener Zöllner, das sind auch Worte, an denen kein Tüpflein vergeht, wenn auch Berge zusammenfallen, es sind ewige Worte.

Die größte aller Freuden hatte aber Eisi. Eisi ging bekanntlich nicht in die Kirche, von wegen dem Sticheln, wovon es nicht Liebhaber war. Als Peter und die Mutter die Nachricht heimbrachten, sprang es hoch auf. Das sei doch auch verflucht, daß man so wegen einem Luspfarrer nicht in die Kirche möge! Aber wenn das so komme, gehe es beim Schieß doch, Pfarrer hin, Pfarrer her! Da sehe man doch noch, daß ein Gott im Himmel sei, sagte auch Eisi, daß es gerade die habe treffen müssen! Man konnte ihm nicht genug erzählen, wie der Ammann geschossen und Änneli gesprungen seien und was sie für Gesichter gemacht. Und jetzt war auch vom gestrigen Brief die Rede und wie das geordnet sein müsse, daß es sich gerade so getroffen. Jetzt werde das Wetter doch wohl losbrechen, daß man es höre bis ins Oberland; es hätte es gut mit ihnen gemeint, aber sie hätten es so haben wollen, nun könnten sie es auch haben. Jetzt gehe es hinter den Eglihannes;

es nehme ihns wunder, was es diesem am nächsten Sonntag gebe; den werde Gott doch nicht ruhig lassen wollen, sonst hätte es ihm nichts darauf. Was doch die Leute für Augen machen und was sie sagen würden! Der Gwunder ließ Eisi kaum essen; abwaschen konnte, wer wollte, es mußte ins Dorf, mußte zum Krämer, und wer im Hause noch einen Kreuzer hatte, mußte ihn Eisi leihen.

Das Dorf war wie lebendig, es war, als ob lauter Franzosen drin wohnten, so wurde geschnattert und geschwatzt. Allenthalben war ein Geständ, bei den Krämern ein Gedränge, im Wirtshaus ein Gedrücke; es war für die Weiber ein Nachmittag wie im Himmelreiche, ja es war Eisi fast, als wäre es der liebe Gott selbst oder wenigstens sein rechter Arm. Es sprach viel von den Briefen und mit großer Salbung. Schon diesen an, sagte es, hätte man merken können, woher sie kämen und daß man sich ihrer achten sollte. Da man das aber nicht getan, habe das Zeichen, von wem sie kämen, in der Kirche geschehen müssen. Es habe gerade die Rechten getroffen, daraus könne man abnehmen, daß Gott der Herr sie kenne und nicht so parteiisch sei, wie es jetzt auf der Welt zugehe. Wenn sie einen rechten Pfarrer hätten, so wäre das nicht nötig gewesen, der hätte ihnen die Sache auch auslegen können. Gewußt hätte er es, aber er halte es immer mit den schlechten Leuten und könne nichts als die Leute ausführen, welche ihm nicht eben genug träten und nicht genug brächten. Nun, der könne sich jetzt schämen, er werde sich öppe heute nicht viel zeigen vor den Leuten. Eisi kam gar nicht vom Fleck; es war bald Abend, ehe es seine Beine bis zum Wirtshaus brachten, da ging es nicht vorüber. Beine und Zunge waren müde und hatten etwas nötig. Als es einmal saß und einen Schoppen vor sich hatte, hui, wie ihm da die Zunge wieder ging, wie ihm so wohl ward; es merkte nicht, wie die Zeit verrann, es war, als wäre es in der Ewigkeit, im

Weiberhimmel, wo ein Schwatzen ist ohne Anfang und ohne Ende.

So ging es im Dorfe; ganz anders im Nägeliboden, dort war großes Weh und Leid eingezogen. Als Änneli daherkam so eilig und so bleich, erschrak das mit Kochen beschäftigte Bethi sehr, und gäb wie es fragte, konnte ihm Änneli nicht antworten, es konnte nichts als weinen und schluchzen, barg sein Gesicht in den Bettumhang. Alles Zureden half nichts, Bethi mußte sich in Geduld ergeben, wenn es das Essen nicht verbrennen wollte wie Mädi. Endlich kam Sepp nach, halb zornig, halb neugierig. Er erzählte Bethi in der Küche, was in der Kirche sich zugetragen und wie er nicht gewußt, wen es angehe, bis er gesehen, wie alle auf Änneli deuteten, dieses bald blaß, bald rot geworden, verstohlen geweint und endlich davongelaufen sei, wie wenn man es jage. An der Sache habe er nichts begriffen, bis er aus der Kirche gekommen; da hätte ihn einer gefragt, ob er seinen Schwager auch gehört, und ob derselbe ihm anständig sei. Nun habe er zu seinem Zorn und Schrecken hören müssen, wie Änneli mit Felix unter den Leuten sei, wie die Dürluftbäuerin sie angetroffen, wie das wohl weit gegangen usw. «Kurz ich mußte mich schämen wie ein Pudel», sagte er, «und kein Mensch wollte mir glauben, daß wir nichts darum gewußt. Selb solle man sie nicht brichten, sagte man, daneben sei da nicht viel zu versprechen, jeder mache, was er könne, und ein reicher Schwager sei kommod; so haben die Reden gelautet. Dem Meitschi hätte ich das nicht zugetraut, und wenn ich nicht selbst in der Kirche gewesen und gesehen hätte, wie es ein Gesicht machte, ich glaubte es noch jetzt nicht. Wo ists, und was sagts? Mit dem möchte ich doch ein Wort reden», schloß Sepp. «Drinnen ists und weint», sagte Bethi; «kein Wort brachte ich aus ihm. Es ist doch bim Ketzer Keinem nüt z'trauen, nei, u das isch es nit! Da machts es Gsicht wie dr heilig Fürabe, daß man glauben sollte, es wisse nicht, daß es zweierlei Gattig Leute auf Erden gebe. Nein, jetzt sage man mir nichts mehr, jetzt traue ich keinem Menschen mehr! Das kommt von selbem Markte; hätten wir es doch selbist fortgetan, so hätten wir jetzt den Verdruß nicht! Aber jetzt muß es fort, gleich morgen; wenn es nicht wegen den Leuten wäre und es die Schwester ist, es müßte mir noch heute aus dem Hause – eine solche Schande uns zu machen! Nein, es hat keine Gattig; was der Uflat da oben für eine Freude haben wird!» «Ruf es ins Stübli», sagte Sepp, «es muß doch Bericht geben; wir müssen wissen, wie die Sache ist.»

Änneli kam, bleich, brach von neuem in Tränen aus. Bethi redete harte Worte, daß Sepp Erbarmen bekam und milder redete. Endlich konnte Änneli sagen, sie sollten ihm doch verzeihen; es habe grusam gefehlt, aber es stehe die Schande nicht aus und wolle gern sterben. Sepp und Bethi erschraken sehr, und Bethi ward sehr zornig, daß Sepp wiederum mitteln mußte. Endlich konnte Änneli erzählen, aber ganz verwirrt, daß man nicht darauskam. Bethi mußte fragen, Sepp mußte fragen, und als sie endlich die ganze Geschichte beisammen hatten, wie Felix unterm Schiebfensterchen Änneli geküßt und nicht habe fortgehen wollen, bis es ihm ein Müntschi gegeben, und es ihm dieses gegeben, damit er gehe, Bethi ihn nicht höre, da sahen Beide einander an, wußten nicht, sollten sie lachen oder weinen. Sie fragten wieder und wieder, aber Änneli beteuerte so ehrlich bei seiner Seele Seligkeit, es wisse um nichts, als was es bekannt habe, und man solle ihm doch dr tusig Gottswille verzeihn, es wolle dann gern sterben, daß sie ihm glauben mußten und Sepp sagte: «Nu, wenn es nur das ist, so tue nit so nötlich, es ist deswegen noch nicht ums Sterben zu tun.» Bethi war aber lange nicht so barmherzig; es hatte ja die Schwester gewarnt, hatte es gut mit ihr gemeint, hatte sie immerdar für ein Kind angesehen, welches noch halb in den Windeln war. Bethi war ziemlich über dreißig Jahre alt, fand eine Liebschaft im achtzehnten Jahre unverzeihlich. Bethi war eine Bäuerin, konnte sich daher nicht enthalten, einstweilen das Gericht der Menschen mehr zu fürchten als Gottes Gericht, was sein Gutes und Böses hat. Sein Gutes, weil doch Menschen, welche vor Gott sich wenig fürchten, vor Bösem sich in acht nehmen der Menschen wegen; sein Böses, dieweil Menschen, welche in wichtigen Dingen Gott fürchten, in kleinen, wie sie meinen, sich nach den Menschen richten. Hier ist einer der Läufe der Welt, in welchen der Teufel viele Seelen angelt; denn bekanntlich kriegt man die feinen Fische am besten in den sogenannten Läufen, wo das Wasser einen gewissen Zug hat.

Bethi begehrte sehr auf, so in abgebrochenen Stößen. «Aber wie mochtest auch mit dem dich einlassen», sagte es, «gäb wie leicht! Konntest doch denken, daß er dich zum Besten halte! Wer weiß, ob er es in der Kirche nicht absichtlich tat, um dich zuschanden zu machen! Warum riefest du mir nicht, ich hätte den Schläberi schon weggeben wollen. Aber wer weiß, was du dachtest, hattest auch deine Freude dran; mag nichts hören, es ist bald Keinem mehr zu trauen, kaum aus dem Ei, sind sie bubig, und wenn es kann gliebelet sein, dem Andern fragen sie wenig nach, und ich mag nichts hören, es ist eins wie das Andere!» «Aber Bethi», sagte endlich Sepp, der Erbarmen bekam, «wenn ich dir einmal ein Müntschi geben wollte, hieltest du allemal weg? Habe doch Verstand.» «Das war drum ganz anders», sagte Bethi. «Aber wenn du z'best reden willst, so muß ich schweigen. Ich habe geglaubt, ich wäre dem Meitschi lieber als Ammanns Möff; es wußte, wie ungern ich es hatte; wir müssen doch an allem schuld sein!» «Es ist mir grüslich leid», sagte Änneli, «ich habe es wohl gewußt, aber ich konnte gewiß nicht anders, er war immer so gut gegen mich, und wenn er mir was tun konnte, so tat er es, ich konnte doch nicht das Wüsteste alles gegen ihn machen, und ich wollte dich auch nicht böse machen und dir zwiderdienen; da wußte ich mir nicht z'helfen, es drückte mir oft fast das Herz ab, ich hatte eine böse Lebtig.» «Bist selber schuld», sagte Bethi, «warum sagst mir nichts! Hättest das Maul aufgetan, ich hätte dem schon den Stand weitergeben wollen.» «Aber ich durfte ja nicht», sagte Änneli. «Er sagte mir, ich solle ds Herrgotts sein und dir ein Wort davon sagen. Tue ich es, so mache er das Wüstest, was er könne, bringe alle Abend einen Trupp Nachtbuben, um uns zu plagen, schlage die Fenster ein, wolle ungsinnet im Gaden sein, und tuest du den Mund auf, lege er dir den Kübel auf den Kopf als Nachtkappe. Wie hätte ich was sagen dürfen!» «Mag nichts hören», sagte Bethi, «schweig mit deinen Ausreden; du hattest den Narren an ihm gefressen, und damit Punktum! Das hätte ich nicht von dir erwartet.» «Los», sagte Sepp, «das ist bald gesagt, aber Meitschi sind Meitschi. Ich wär hungerig, hülf jetzt an was anderes hin; gottlob, der Schaden wird noch zu heilen sein. Am Ende vermag sich das Meitschi der ganzen Sache nicht so viel, als es anfangs den Schein hatte.» «Ihr seid alle gleich», zürnte Bethi, «redet allem z'best, treibt mit aller Sach Mutwillen, ich halte bald auf allen gleich viel!»

Sepp kannte Bethi; es wurde selten zornig, aber wenn es einmal es war, so richtete man mit Reden und Gründen nicht viel aus, am allerwenigsten mit Spaß; man mußte Bethi die Sache selbst verwerchen lassen, Verstand und Billigkeit wanden sich am Ende immer wieder obenauf.

Es war ein schöner Sonntag, wie sie Gott erschaffen hat zu seiner Ehre und den Menschen zur Freude. Es ist wahr, Freude hatten viele Menschen an diesem Sonntage, aber keine über das, was Gott schön gemacht, und keine, die ihnen Ehre brachte vor Gott. Im Nägeliboden war keine Freude, und die Schönheit des Tages genoß man nicht; ums Haus war niemand sichtbar, es schien verödet. Sepp hatte seine Hausbücher vorgenommen und brachte Rückstehendes in Ordnung. Bethi wollte ein Kapitel in der Bibel lesen, aber mit allem Lieb brachte es die Geschichte nicht aus dem Kopfe. Alle Augenblicke unterbrach es sein Lesen mit einer Bemerkung, welche bewies, wo seine Gedanken waren. Bald mußte Sepp den Auftritt in der Kirche wiederholen, bald sagen, ob die und jene auch dagewesen und was sie für Gesichter gemacht, bald waren es Ausrufungen über Ännelis Versteckheit, über Felix' Bosheit. Wenn es den mal vor Augen kriege, dem wolle es den Kopf waschen, wie er es noch nie erlebt; ein armes Meitschi so zum Besten zu haben, wenn er nicht noch Schlimmeres im Schilde geführt! Dann seufzte es über die Zukunft: Wie ohne Änneli es machen, und wohin mit ihm so plötzlich, und was werden dann die Leute sagen, warum man es fortgetan! Es wäre Bethi sicher schwer gewesen, am Abend zu sagen, ob es in den Büchern Mosis gelesen oder in der Offenbarung St. Johannes.

Droben im Gaden war Änneli; freundliche Sonnenblicke zuckten durch das sonst dunkle Gemach – so war es auch in seiner Seele. Trübe und dunkel war es drin. Wen es liebte, war ihm böse, die Andern spotteten über ihns; was wartete ihm jetzt, wohin sollte es, des Lebens Sonne schien ihm erloschen. Es kannte natürlich Schiller nicht, sonst hätte es auch gesungen: «Des Lebens Mai blüht einmal und nicht wieder, mir hat er abgeblüht!» Dann zuckte es hell durch seine Seele: Felix hatte es doch geliebt, und er war ihm so lieb; seine Gestalt stand verklärt vor seiner Seele, und seine guten Worte klangen so lieblich darin wieder. Es kannte sie alle noch und repetierte sie, und wenn es jetzt schon grausamen Gram und Verdruß im Herzen trug, es konnte es doch nicht zum Wunsche bringen, daß es den Felix nie gesehen, daß es ihm nie freundlich gewesen. Er hatte es so gut gemeint, und das habe ihm so wohlgetan, und wenn er es jetzt nur nicht entgelten müsse und seine Eltern hart mit ihm umgingen. So sinnete und weinte das Mädchen, es wäre gern gestorben, obgleich es auch den Spruch nicht kannte, es habe gelebt und geliebt.

Der Abend mit seinen Geschäften rief sie zusammen; das Gewohnte ward abgetan, als es dunkelte, die Kinder ins Bett gebracht. Früh auf, früh nieder, galt im Nägeliboden. Man ließ die Kinder abends nicht bis neun oder zehn Uhr auf der Gasse und am Morgen solange sie wollten im Bette. Es ward Regel gehalten, damit die Kinder von Jugend auf nicht an Willkür und Gutdünken, sondern an Gesetz und Ordnung sich gewöhnten. Im Kleinen liegt oft Großes, in scheinbar Unbedeutendem eine ganze Lebensrichtung. Als sie darauf allein in der Stube saßen, brachte Bethi aufs Tapet, was jetzt gehen müsse. Sie werweiseten viel hin und her, waren in sich selbst nicht einig, am wenigsten unter einander. Änneli zerriß es das Herz, von allem scheiden zu müssen, was ihm lieb war. Aber es sagte: «Darf ich mich vor den Leuten zeigen, bin ich vor ihm sicher?» Damit deutete es mehr seine Schwäche als Felix' bösen Willen an. Sepp meinte, es solle bleiben, aber Bethi sagte, es wollte lieber ein Mäß Flöhe hüten als zwei Solche; daneben wisse es wohl, wie die Leute das aufnehmen und sie verdächtigen würden. Bleibe es, so seien sie vor der Leute Mäulern nicht sicher und die verfluchten Briefe würden auch zu ihnen kommen. Eisi hatte aus Furcht vor ihren Hexenkünsten sie damit verschont, sie desto mehr in Briefen an Andere liegen lassen.

Guter Rat war teuer – da klopfte es an die Stubentüre, man schrak zusammen; ehe man antworten konnte, ging die Türe auf, und herein trat der Ammann mit dem Spruch:

«Guten Abend gebe euch Gott.» Sepp war der Einzige, welcher antworten konnte. «Danke Gott», sagte er. Aber so verblüfft waren alle, daß im ersten Augenblicke den Ammann niemand sitzen hieß. Nun, er wartete nicht darauf, setzte sich und sagte: «Ich komme ungsinnet, ihr werdet aber wissen, wegen was. Es ging heute etwas, es ist mr nicht am rechten Orte; es nähmte mich wunder, wie der Sachverhalt wäre, ich glaube, ich habe das Recht, darnach zu fragen. Du», wandte er sich zu Änneli, «wirst es am besten wissen; willst es mir erzählen? Aber ich möchte, daß du mir die Wahrheit angebest, es kommt mir viel darauf an.»

Das war für Änneli eine starke Zumutung. Zehnmal leichter hätte eine Andere zehnmal ärgere Bekenntnisse abgelegt, als jetzt Änneli zum Besten geben sollte. Nun, es weigerte sich nicht, aber sein Herz blutete; es war ihm bei jedem Wort, als sei es ihm mit Daumenschrauben abgepreßt. Die Erzählung war zum Glück nicht lang. Als sie zu Ende war, sagte der Ammann: «Es wird so sein.» Zu seinem Verwundern hatte Änneli bekräftigt, was Felix gesagt.

«Und jetzt?» fragte der Ammann. «He, und jetzt?» sagte Sepp. «Daran werweiseten wir eben. Das Meitschi vermag sich der ganzen Sache nichts und muß doch alles ausbaden, das ist eigentlich nicht billig. Es möchte fort, und was sagen dann die Leute, warum man es fortgetan? Überdem kommt es uns sehr unkommod, wenn wir es fortlassen müssen. Daneben, was soll es hier, besonders wenn es Euer Sohn nicht ruhig lassen kann?» «Da wäre Heiraten das Beste», sagte der Ammann. Es wäre ihm lieber, er vexierte nicht und fötzelte sie aus, sagte Sepp, sie hätten es nicht verdient. Sie wüßten wohl, wer er sei und wer sie seien, und daß Felix gekommen, vermöchten sie sich nichts, es sei ihnen zwider genug. Hätten sie drum gewußt, sie hätten es ihm erleiden wollen. He, sagte der Ammann, öppe ganz vexiert sei das nicht, es sei Ernst dabei; Felix habe den Kopf gemacht, das wolle was sagen. Sie möchten nicht daran schuld sein, wenn er was Ungeschicktes anstelle. Öppe ganz recht sei es ihnen anfangs nicht gewesen, wolle er aufrichtig sagen; sie hätten es anders gemacht, wenn es an ihnen gewesen. Daneben könnte Felix leicht was Dümmeres machen, und wenn das Meitschi auch arm sei, so sei es brav und sei seiner Frau so unanständig nicht, sie hätte es schon lange im Auge gehabt, freilich nicht für Söhnisweib. Sie hätte den Gedanken, es werde manierlich sein, sich unterziehen und nicht gleich befehlen wollen. Es heygs ere troffe, und so sei Heiraten wirklich das Beste, was sie machen könnten, und nicht vexiert.

Änneli und Bethi waren ganz verstummet, sahen den Ammann an, ob er es wirklich sei oder ein Anderer; sie hatten das Wort gehört, konnten es aber nicht fassen. Sepp sagte endlich: «Hört, Ammann, ich denke wohl, Ihr vexiert nicht mit uns, das wäre nicht viel gemacht. Aber hört, das Meitschi ist uns lieb und wert, und wir haben Ursache dazu. Wenn es nun nur der Schuhwisch sein sollte und alle Tage hören müßte, wie es nur ein Gottswillemensch sei, nichts gebracht, also auch nichts zu sagen hätte, so wär es mir lieber, es bliebe bei uns, erleidet ist es uns nicht. Anfangs täts ihm weh, aber solches versurret am Ende auch, wie ds Klemme und ds Haue, es geht nicht so leicht zum Töten wie das Verschüpfe u Schuehwüsch sy.»

Noch ehe der Ammann, den diese Rede gestochen (er hatte wahrscheinlich geglaubt, die ganze Familie werde vor Freuden sich am Boden herumwälzen), antworten konnte, erschollen vor den Fenstern einzelne Töne und endlich ein jämmerliches Geschrei. Man fuhr erschrocken auf. Offenbar hatte jemand am Fenster geguckt, etwas Züchtigendes war über ihn gekommen, aber man wußte nicht was. Bethi schob das Schiebfenster zurück. Sepp sprang hinaus, die Schreier fanden sich alsbald.

Endlich war Eisi doch aufgebrochen im Dorfe, schlug den Weg ein, der neben Ammanns Haus vorbeiführte. Es nahm ihns wunder, ob dort Lärm sei oder sonst etwas zu merken. Lange ehe es dabei war, sah es jemand zur Türe von Ammanns Haus herauskommen; am breiten Rücken wußte es alsbald, daß es der Ammann war. Er kam nicht gegen Dorf und Wirtshaus, sondern ging in der gleichen Richtung wie Eisi. Der hat eine feine Nase, daß der heute nicht ins Wirtshaus geht, dachte es. Der könnte dort was erschmöcken, aber wo will der aus so spät? Meinst, es sehe dich niemand, aber wart, das ernäsele ich doch! In gehöriger Entfernung ging es leise nach und sah den Ammann im Nägeliboden ins Haus treten. Jetzt war ihm nicht mehr zu helfen. So, geht er da hin; er wird es mit Geld machen wollen, der dicke Schelm! Das muß ich wissen, aber um kein Lieb darf ich zum Hause, die Hagels Hex hat gewiß Fallen gestellt oder was gebeizt, der Teufel weiß was; die hätte zu große Freude, wenn sie mich acht Tage lang unter ihr Fenster bannen könnte, meinte Eisi. Es lief heim und fand dort den koboldischen Jungen, der an einem Briefe laborierte. Kaum sagte es davon, der Ammann sei im Nägeliboden, so war der Junge zweg dort zum Horchen und je nach den Umständen zu einem Streiche. Benzli bot sich zum Begleiter an, und ehe Eisi was dran machen konnte, waren sie verschwunden. Wegen dem andern Jungen war es Eisi nicht angst; wenn demselben schon was begegnete, so ging es ihns ja nichts an, hingegen um sein Kraut jammerte es sehr – es hatte wahrscheinlich eine Ahnung.

Die Bursche hatten einen günstigen Standpunkt aufgefunden, von welchem aus sie die ganze Stube übersehen konnten. Einstweilen hörten sie nichts, aber sie dachten, das Wetter werde schon noch losgehen. Plötzlich fuhr Beiden eine Hand in Nacken und faßte sie. Da schrieen sie so jämmerlich auf, meinten, es sei der Teufel. Aber es war Felix. Sobald sie den erkannten, wollten sie mit Beißen, Stüpfen, Kratzen sich losmachen; aber was der hielt, hielt er einstweilen, zudem ging ihm plötzlich ein Licht auf. Er kannte den, welcher die Briefe vertragen, er hatte nun auch den, welcher sie geschrieben. «Ihr Lausbuben, wollt ihr bekennen oder nicht», sagte Felix und brachte ihre Gesichter in starke Berührung. Sie aber kratzten und stüpften aus Leibeskräften und schrieen: «Willst uns gehen lassen, du großes Kalb, du Veh, was du bist!» Aber Felix war in solchen Dingen wohlerfahren; er fuhr mit den Buben dem Brunnen zu, setzte dort beide mit einem Ruck in den Trog, als wäre er ein Badkasten. Hochauf spritzte das Wasser und platschte über die Ränder, schrecklich schrieen die Jungen, ärger als Schweine am Messer. Felix tauchte sie unter, dann gurgelten sie, aber alsbald fing das Schreien wieder an; bekennen wollte keiner. Sepp kam dazu, endlich auch der Ammann; sie vernahmen, wie Felix die Jungen getroffen und was er jetzt wolle. Die Buben wimmerten und schrieen schrecklich; das Untertauchen abgerechnet, war ihr kalter Sitz in die Länge ihnen sicherlich peinlich, aber mit dem Bekennen wollte keiner anfangen.

Plötzlich kam eine Stimme über sie: «Es düecht mih, es sött afe gnue sy, ih wett höre, wenn ih guet zum Rat bi.» Es war Peterlis Stimme, der hinter ihnen stand. Droben im Dürluft hatte Eisi das Schreien gehört und nun auch geschrieen: «Si mürde se, si mürde se! Peter, uf u ache, si töte ne, si töte ne!» Peterli hatte Vaterliebe, lief und redete nun sehr auf, unerschrocken vor dem Ammann: Was das für eine Manier sei, mit armen Kindern so umzugehen, und ob er sie loslassen wolle oder nicht, sonst wolle er sich auch dreinlegen. Da sprach der Ammann: «Warum machen die Buben solche Streiche, Peter, fechten mit solchen Briefen und plagen nachts die Leute bei den Häusern!» «Oh», sagte Peter, «es sind ja nur Kinder, sie wußten nicht, was sie machten, die Leute brauchten sich ja des Gchafels nicht zu achten.» «Deiner hat sie also vertragen und der Andere geschrieben?» fragte der Ammann. «Es wird sein», antwortete Peterli. «Und deine Frau gab sie an?» fuhr der Ammann fort. «Nicht apart», sagte Peterli, «öppe dryglueget het si u allbeeinist öppis drzue gseyt, aber öppe vil nit. Daneben war es nicht bös gemeint, ume so für dKurzwyl hey sis gmacht. U dr Schuelmeister het gseit, je meh me schryb, dest besser lehr mes.» «Felix, laß sie laufen», sagte der Ammann; «der Dürluftbauer hat alles gesagt, was nötig ist.»

Felix tauchte sie noch einmal brav unter, ließ sie dann los. Benzli kroch alsbald heraus, der kleine Ratskandidat aber blieb sitzen. Er gehe da nicht heraus; wer ihn hineingetan, könne ihn wieder heraustun, wo nicht, so müsse er ihm gut sein für allen Schaden, sagte er. Erst als alle lachten, kroch er heraus, jedoch nicht ohne Verwahrung seiner Rechte, eine Drohung, ihn zu finden, was ihm von Felix noch eine tüchtige Ohrfeige zuzog.

Der Zorn des künftigen Volksmannes kehrte sich, als Felix außerhalb dem Bereiche seines Zornes war, gegen Peterli. Diesen kapitelte er runter, wie nur ein Dorfmagnat einem Schuldenbäuerli hätte abkapiteln können; er beurkundete sich so recht als eine zukünftige Größe, als eine Stütze der Freiheit und des Vaterlandes. «Warum dampest du alles aus und trappest hinein, jetzt kannst es auch ausfressen! Warum leugnest nicht? Leugnen ist die Hauptsache; man muß alles leugnen, bis etwas gsetzmäßig bewiesen ist! Der Schulmeister hat gesagt, es sei einer ein dummer Hund, aus dem gar nichts werde, wenn einer glaube, was man ihm nicht beweisen könne; es sei schon Mancher unglücklich geworden, weil er so leicht geglaubt, was man ihm angemutet. Und ds Beweisen habe heutzutage eine Nase, man könne niemanden mehr däumeln und niemanden mehr schlagen, das sei gegen die Menschenrechte. Und wegem bloßen Glauben könne man niemanden mehr strafen; überhaupt sei kein verachteteres Wort als das Wort Glauben, das sei eins, man sollte es nicht einmal mehr brauchen, geschweige denn, daß einer dummer Hung genug sei, wirklich etwas zu glauben, das nicht handgreiflich gemacht sei. Und du dampest nach, was dir vorgesagt wird, und das wird der Dank sein, daß ich das deiner Frau zu Gefallen getan! Aber wart du nur, ich will dir es schon zeigen, wo es durchjagt! Ich glaube nichts und aber nichts, bis du es rechtmäßig bewiesen hast, daß ich die Briefe geschrieben; du kannst der Lügner sein und den Dreck an deinem Stecken haben!» So zankend stießen sie auf Eisi, welches Zorn und Angst ihnen entgegengetrieben.

Als Eisi hörte, wie Peterli geplaudert, geglaubt, eingestanden, was es auf ewig geborgen glaubte, da war Peterli kaum zu helfen und Eisi auch nicht. Es kriegte Krämpfe, und Peterli wußte nicht, was gut dafür sei; er fing an zu fürchten, es sei ums Sterben zu tun. Es gieng mr notti übel, dachte er, wo hätte ich gleich eine Andere? Der Bube lief draus, sagend: «Habt ihrs gehört, ich will mit allem nichts zu tun haben; ich glaube nichts und aber nichts, und beweise man mir etwas! Mit solchen dummen Leuten ist man immer angeschmiert, dumms Volk, verfluecht dumms!» Glücklicherweise kam auch Eisis Mutter daher, die verstand sich besser auf diese Umstände. Eisi ward in den Dürluft gebracht und blieb am Leben. Peterli war einstweilen des Kummers los, wo eine Andere nehmen. Er war auch des Gchifels los und des Lebens sicher, denn selben Abend war es Eisi nicht mehr ums Reden.

Am folgenden Morgen aber gings wieder los. Eisi sagte Peterli, was er für einer sei, daß er wie ein Maulaffe gleich alles glaube, was man sage; dümmer als das kleinste Kind sei er, jedem Schulbub wäre es in Sinn gekommen, zu leugnen; jetzt könne er aber auch ausfressen, mit allem wolle es nichts zu tun haben. Wohl, die würden ihn schön ringgeln; der Nägelibodenbauer werde ihn in die Finger nehmen, daß ihm das Liegen weh tue, und der Ammann nicht weniger und andere Leute auch noch; der Dümmste sei er, den die Welt trage, mit einem solchen Manne sei eine Frau doch geschlagen, daß es keine Gattig habe. Natürlich wollte sich Peterli wehren und sagen, er vermöge sich dessen nichts, Eisi habe die Briefe schreiben lassen, die Buben geschickt, ihn den Buben nach; ihm wäre das alles nicht eingefallen, und jetzt solle er gar noch schuld an allem sein! «Hättisch gleugnet, hättisch gleugnet, warum hasts geglaubt? Das macht dSach aus!» schrie Eisi, und immer zorniger, und was ihns am zornigsten machte, war, daß es gar nicht wußte, was der Ammann im Nägeliboden gemacht und was der Handel für einen Ausgang genommen.

Eisi heizte Peterli durch beständiges Zanken so ein, daß er zuletzt in große Angst geriet und weiß Gott was dachte, was ihm geschehen könnte. Heimlich machte er sich nachmittags fort und ging zu Sepp. Der Wüstest sei der nicht, dachte er, und Vorbauen sei am besten. Sepp war verwundert über den Besuch, aber nicht unfreundlich, er hatte mit dem armen Mannli immer Erbarmen. Peterli entschuldigte sich, wie er sich aller Sache nichts vermöge und doch jetzt an allem schuld sein solle, weil er nicht geleugnet, aber er habe gar nicht daran gedacht. Was helf Leugnen, wenn man die Sache wisse, habe er gedacht. Dann klagte er bitterlich, wie er zweg sei; Sepp solle ihn doch in alle Wege nicht plagen wegem Vorschuß, verlieren solle er nichts an ihm, aber diesen Augenblick wisse er gar nicht, wie sich kehren. Er habe an der Käserei einen Schaden gehabt, es hätte keine Art, zweihundert Taler machten es nicht. Zweimal habe er die Kühe reisen müssen, Heu kaufen für ein Sündengeld, in welchem kein Segen, sondern der Fluch gewesen, und am Ende noch zehn Kreuzer herausgeben. Der, wo die Hagle ersinnet hätte, habe den Teufel im Leibe gehabt, er werde es wohl büßen müssen.

«Wie mans treibt, so hat mans», sagte Sepp. «Ich habe einen schönen Nutzen, so viel als du Schaden haben willst. Aber ich habe nichts zwängen wollen, keinen Hochmut getrieben mit vielen Käsen und vieler Milch, keine Kühe besonders greiset, kein Heu gekauft, drdürwille keinen Streit gehabt, immer Milch genug im Hause, daher keine Abrechnung, und so bin ich recht froh über die Käserei; sie macht mir den Zins, den ich haben muß. Wir machten voriges Jahr den Lehrplätz, und alles will gelernt sein; es wird dieses Jahr schon besser gehen, und wir werden kaum so viel verhandeln wie das letztemal.» «Ja», sagte Peterli weinerlich, «du hast eine Frau darnach; aber wennd myni hättest, du könntest auch nicht machen, was du wolltest, und Verstand brauchen in allem. Wo ist deine?» «Sie ist mit ihrer Schwester ins Dorf zu Ammanns gegangen», antwortete Sepp boshaft. Peterli vergaß den Mund offen und brauchte lange, lange Zeit, bis er endlich hervorgestottert hatte: «Zu Ammanns? So». «Ja», sagte Sepp, «es gibt was Neues, kannst es deiner Frau brichten: Felix heiratet unser Meitschi, ds Änneli.» «Wird nicht sein!» rief Peterli ordentlich erschrocken aus.

Es war wirklich so. Die Unterbrechung am vorigen Abend durch die Sündentaufe der Buben hatte die Sache rasch zum Abschluß gebracht und alle Empfindlichkeit verwischt. Änneli wußte nicht, ging es auf dem Kopfe oder auf den Füßen; es war ihm, als sei es von einem Traum wie von einem dichten Nebel umflossen, aus welchem es trotz aller Anstrengung nicht hinaus könne. Es war ihm ähnlich, wie man es eben im Traume oft hat: man will etwas lesen oder sollte sonst etwas ansehen und sieht nichts, kann die Augen nicht auftun, es ist und bleibt schwarz davor. Es war mit Änneli nichts anzufangen, und endlich begnügte sich der Ammann mit dem Versprechen, daß es am folgenden Nachmittage mit Bethi sie besuchen wolle, wo man die Sache besser besprechen könne.

Bethi war es dabei auch etwas wunderlich. Es hatte große Freude an Ännelis seltenem Glücke, als armes Meitschi einen reichen Mann zu bekommen, und zwar einen Felix. Wenn arme Mädchen reich heiraten, so taugen gewöhnlich die Männer nicht viel: sind alt, häßlich, kränklich, wunderlich, bös, kurz so beschaffen, daß sie kein Mädchen mit einem Stecken anrühren möchte, wenn sie eben nicht reich wären. Felix dagegen war ein Bursche von den Mehbessern, wohl wild zur Zeit noch, aber waren wilde Bursche den Mädchen nicht von je am liebsten? Und wir müßten unwahr sein, wenn wir nicht hinzusetzen wollten, daß in Bethi sich noch zwei andere Empfindungen neben der Freude regten; die erste war der Stolz, Ammanns sollten nicht meinen, daß sie Änneli eine gar zu große Ehre antäten und daß sie das Recht hätten, Änneli sein Lebtag vorzuhalten, daß es eigentlich nur dr Gottswille da sei. Lieber geradezu einen Bettler als einen reichen Mann und doch sein Lebtag Bettlerbrot essen müssen, sagte es. Es sei genug, wenn eine nie vergesse, was sie gewesen; man brauche es ihr nicht noch alle Tage vorzuhalten, und wenn eine mache, was sie könne, und nicht mehr begehre, als brüchlich und anständig, so solle man mit ihr zufrieden sein, bsunderbar wenn sie ihm nicht nachgelaufen, sondern er ihr. Das Zweite war nicht Neid, aber doch des Neides Schatten. «Jetzt bist du die Vornehmere und Reichere, schämst dich wohl meiner, wirst mit der Frau eines Schuldenbürleins nichts mehr zu tun haben wollen!» so etwas sagte Bethi an selbem Morgen manchmal, bis Änneli zu weinen anfing und sagte: «Was denkst doch auch von mir! Und kannst glauben, ich sei so schlecht, dich nicht mehr für meine Mutter zu halten? Was wäre ich ohne dich! Und wer weiß, wie es mir geht und ob ich nicht einmal wieder froh bin, zu dir zu kommen und deine Magd zu werden!»

Das war nachmittags ein schwerer Gang für Änneli, es dünkte ihns, wenn nur ein Weg unter der Erde durch führen würde oder es durch die Lüfte fliegen könnte, daß ihnen doch niemand begegne. Für die großen Äcker und Wiesen, das stattliche Haus, den schönen Stock, die einmal sein werden sollten, hatte es weder Augen noch Gedanken.

Sie wurden von der Ammännin freundlich empfangen. «Du kommst mir ungsinnet», sagte sie, «aber nicht unwert. Gefallen hast mir schon lange, wenn ich auch nicht dran dachte, daß du Söhniswyb werden würdest. He nun, es wird so haben sein sollen, und es hätte leicht böser gehen können. Man muß immer froh sein, wenn die Buben mal ländten; haben sie einmal eine manierliche Frau, sind sie dem Teufel schon halb entronnen. Öppe bös wird das nicht gehen, wenn du mich nicht etwa in die Ecke stellen willst, daß ich nichts zu befehlen hätte; selb hätte ich ungern, ich muß es sagen. Daneben habe nicht Kummer, daß ich dich für eine Magd halten will, das wäre ja uns selbst eine Schande; die Leute müssen nicht glauben, Felix habe geheiratet, um einen Jungfernlohn zu ersparen. Wir vermögen ein Söhnisweib zu erhalten, auch wenn es keinen Streich werchete.»

Nun, darauf sagte Bethi sein Gsätzli auch. Das freue ihns, sagte es, denn seine Schwester könnte ihns dauern, wenn es seine Armut entgelten müßte sein Lebtag, es vermöge sich derselben nicht, und dem Felix sei es nicht nachgelaufen. Nicht daß es ganz nichts hätte, etwas sei auch da, aber für sie sei es bei solchem Reichtum nichts zu rechnen. Änneli werde gewiß machen, was ihm möglich sei, und dem Hause wohl anstehen. Und wenn es gegen die Ammännin sei, wie es gegen ihns gewesen, so werde sie dem lieben Gott dafür danken, daß sie ihns habe. Ihm selbst gehe es am übelsten: die Kinder seien noch nicht nachgewachsen, ihm hätten sie alles anvertrauen können; wie es gehen solle, wisse es nicht. Daneben werde es sehen müssen, wie machen; deswegen möchte es vor seinem Glücke nicht sein. Zu allem sagte Änneli wenig, es kam noch nicht aus seinem Traume zu bestimmtem Bewußtsein.

Dann begann die Ammännin zu erzählen, wie sie eigentlich hätte merken können, daß das Meitschi Felix gefalle. Der Tüfels Bueb habe sie ja auch einmal zu Bethi gesprengt, da, wo sie wie von ungefähr an den Gartenzaun gekommen. Aber er sei von je ein Barmherziger gewesen gegen arme Leute und Kinder, daß sie dabei nichts anderes gedacht; so sei es ihr auch gegangen, als Änneli überfahren worden und Felix über Eglihannes so wüst getan. Erst die Dürluftbäuerin habe ihr eine Laus hinter das Ohr setzen wollen; sie habe sich dessen nicht viel geachtet, bis die Briefe gekommen, welche aber Bethi fast mehr angingen als die Schwester. Bethi bat um Einsicht in diese Briefe. Die Ammännin meinte, es sei nichts Schönes darin, Bethi werde nur böse, und kein Mensch habe ihnen Glauben geschenkt. Allein man begreift, daß kein Weib vom Begehren abgestanden und kein Weib so unerbittlich gewesen wäre, die Einsicht abzuschlagen. Hinterher hätte die Ammännin gern einen Batzen gegeben, wenn sie nichts von den Briefen gesagt, denn es war, als hätte man ein angezündetes Schwefelhölzchen in ein Pulverfaß gesteckt. Bethi brannte schrecklich auf, denn es war kein Waschlumpen, sondern ein kräftiges Weib, welchem man mit bösen Anmutungen, sei es mit handgreiflichen, mündlichen oder schriftlichen, nicht nahekommen soll. Das lasse es nicht gelten, sagte Bethi endlich; gut sei es, daß man wisse, woher es komme. Die Dürlufttäsche habe ihns schon lange bitter gehaßt; sie könnten es besser machen als die droben, welche das Roß immer beim Schwanze zäumten, den ganzen Tag umherführen und erst am Abend in Sinn bekämen, was sie eigentlich machen sollten. Das lasse es nun nicht gelten, die müsse ihm einmal anekneue, damit sie ihrem Maul eine Rechnung machen lerne und ehrliche Leute vor ihr sicher seien. Die Ammännin konnte Bethi bloß beschwichtigen durch die Hinweisung auf ihren Mann; der werde bald heimkommen, der könne am besten sagen, was da zu machen sei.

Um Bethi die Mücken aus dem Kopf zu treiben, gutes Blut zu machen, probierte sie einen Teufel mit dem andern auszutreiben. «Willst ein wenig im Hause herumkommen?» sagte sie zu Änneli, «sehen, wo du künftig daheim bist und wo du die Sachen suchen mußt, wenn du sie finden willst?» Also die Schätze der Welt wollte die Frau Ammännin aufschließen und zeigen und sagen: Das alles soll dein sein, wenn du mein sein willst! Glücklicherweise war die Frau Ammännin nicht der Teufel, sondern nur ein Weib, ein stolzes, herrschsüchtiges, aber mit Verstand und gutem Herzen, welche leider eben bei Stolz und Herrschsucht so oft fehlen.

Wir wollen sie auf diesem Zuge nicht begleiten, sondern bloß bemerken, daß über Bethis Seele zuweilen der genannte Schatten fuhr. Da waren Schatzkammern und Schätze darin, wie Bethi sie noch nie gesehen; denn das war ein altes Haus, in welchem seit mehreren Geschlechtern der Geldmangel nie eingekehrt war, daher die Vorräte aller Arten sich massenhaft angehäuft hatten. Für wenigstens zweitausend Taler hätte man allerlei verkaufen können, man hätte noch wenig gemerkt, keine Lücke gesehen. Diese Schätze werden selten gezeigt; kann man sie aber einmal einer vertrauten Seele zeigen, so lebt man um so seliger daran. Auch litten die Weiber in diesem Hause nie Not, hatten nicht nötig, zu Fristung ihres Leibes die Hausdiebe zu machen. Uflâte waren die Männer nicht, wie es deren gibt, zum Beispiel ein Harzer Hans im Harzer Loch oder ein Ammes Joggi in der Gnägi. Wo die Weiber für ihre Notdurft stehlen müssen, ja stehlen müssen für die Haushaltung, Speisen für Knechte, Mägde und Tagelöhner, da speichern sich die Vorräte nicht in dem Maße auf. Bethi dachte mit Seufzen an die Lage einer Bäuerin, welche aus allen Winkeln alles Verkaufbare zusammentragen muß, um mit den Zinsen nicht rückständig zu bleiben. «Ja, ja», sagte es, «so wäre es schön, so wärs lustig, we mes chönnt u vrmöcht, aber üsereine lehrts angers.» Und Änneli ward die glückliche Besitzerin von diesem allem, konnte täglich durch diese Schatzkammern wandern und sich ergötzen im Schauen all dieser Herrlichkeiten. «Meitschi», sagte Bethi, «jetzt wirst wohl hochmütig werden, mich nichts mehr schätzen, und wenn du heimkommst, dir nichts mehr gut sein!» «Glaubsts?» fragte Änneli, legte seine Hand auf Bethis Achsel und sah ihm in die Augen. «Nein», sagte Bethi, «ich glaubs nicht; daneben wärest du nicht das Erste, welches es so hätte, und wie ein Mensch ausfällt, wenn er so zweg kommt, weiß man nicht. Es schießt Manchem wunderlich in Kopf, er weiß selbst nicht wie.» «Nein, Bethi, nein», sagte Änneli, «mir nicht, davor wird mich der liebe Gott bewahren.»

Unterdessen war von Mädi das Gehörige zur Aufwart besorgt worden. Mädi, Stüdi und auch die Andere machten gar sonderbare Gesichter zu dieser Geschichte. Sie konnten die ganze Sache nicht begreifen. Es sei doch dumm, daß sie meinten, wegen es paar Worte müsse Felix so eine heiraten; es habe Mancher noch was ganz anderes gemacht, habe aber ans Heiraten nicht gedacht, und sie habe es doch annehmen müssen. Wenn er doch nur eine Magd habe nehmen wollen, so eine von der Gasse, so hätte er nicht bis in den Nägeliboden zu laufen gebraucht, sondern noch Brävere näher gefunden. Das werde aber so eine sein, wie sie am verfluchtesten seien, so eine, die vornen schlecke, aber hinten kratze. Die solle sich aber in acht nehmen, was sie mache; von der nähmten sie nichts an, lieber wollten sie weiters; so eine, die nicht einmal so viel sei als sie, solle nicht kommen und ihnen befehlen und sie noch kujonieren dazu, sagten sie. Sie wüßten nicht, wegen wessen Felix die genommen. Wegen der Hübschi sei doch wahrhaftig wenig zu rühmen; mitsamt den Kleidern gewogen werde es ein Kleines sein, was sie über hundert Pfund mache, und wegen der Farbe sei es doch nicht dr wert, eine zu nehmen. Wenn die einmal recht an die Sonne müsse, werde die bald eine Haut haben wie eine Andere. Daneben täten sie nichts sehen, was nicht alle Andern auch hätten, und Maul und Nase habe sie auch nicht an einem apartigen Ort. So räsonierte absonderlich Mädi, das wahrscheinlich fand, Felix wäre kein unpassender Ersatz für den verlornen Melcher, und wenn Felix nur eine Magd gewollt, so wäre es unendlich währschafter gewesen als das Kind, welches nicht viel mehr als einen Zentner wäge. Daneben kalkulierte Mädi wiederum nicht dumm; alles, was es machen sollte, machte es so gut als möglich. Schmöcket, wird es gedacht haben, ich hätte es können; ob es die Andere kann, fragt sich!

Der Ammann fand sich ein und Felix ebenfalls. Ein Liebespaar auf dem Lande führt sich gewöhnlich im Beisein Anderer anständig auf; es ist nichts von dem Täubeln zu sehen, wie es sich oft sogenannte Gebildete zuschulden kommen lassen, und manchmal noch, wenn sie schon Kinder die Fülle haben oder gehabt haben. Sie tun sehr oft ziemlich hölzern, so daß eben nicht viel von ihnen zu erzählen ist.

Bethi hatte viel auf dem Herzen, und der Ammann gab ihm vollkommen recht. So etwas dürfe man nicht auf sich sitzen lassen, wenn man schon gern wollte; sage man nichts, so heiße es: Da sieht mans, die hätten anders würden aufbegehren, wenn nichts an der Sache gewesen, die haben gut gefunden, zu schweigen! Am besten sei, man schicke zwei Männer und lasse den Dürluftbauer und seine Frau zu einer Freundlichkeit einladen, mit der Androhung, wenn das Anerbieten nicht angenommen werde, zeige man es dem Richter an; dann könnten sie mit dem halben Dorfe, welches Briefe erhalten, ausmachen. Bethi sprach darauf mit dem Ammann noch über viele Dinge, manche Dorfgeschichte ward zerlegt.

Änneli taute nach und nach auch auf oder erwachte aus dem Traume und gab hie und da ein Wort preis, was ihm große Gunst zuzog. Es sei bsunderbar es Witzigs, sagte der Ammann, er hätte es gar nicht hinter ihm gesucht. Es legte viel mehr Ehre ein mit den wenigen Worten, als wenn es hinter einander geschnattert, die Konversation gemacht hätte. «Das redt mir wohl viel; wenn es mit Reden gemacht wäre!» hört man oft sagen. Bethi war mehr Reden schon viel passender, und seine Worte hatten Mark. Das sei eine rechte Bäuerin, sagte der Ammann; wenn die Schwester ebenso werde, so mache es Felix so übel nicht. Auf eine gute Frau komme viel an, und man habe Exempel, daß reiche Frauen ihre Männer also verteufelt, daß sie um ihre Sache gekommen und Fötzel geworden. Er glaube, er habe zuletzt noch selbst Freude am Meitschi und die Verwandtschaft sei ihm recht. Am Nägelibodenbauer habe er eine Stütze, und vor der Türe werde der ihm nicht zu viel sein. Die Ammännin sagte Felix, er solle Sorge tragen, daß das Söhniswyb ihr nicht lieber werde als der Sohn; es düeche sie, das Meitschi wisse es besser zu schätzen als er. Kurz bei der ganzen Verhandlung ward niemand reuig; alle fanden es besser, als sie gedacht: ein vollständiges Genügen. Es ward ausgemacht, Warten trage nichts ab, am folgenden Sonntage müsse verkündet werden.

Die Vehfreudiger erlebten große Tage, so war es noch nie gewesen: alle Tage etwas Neues und dazu so Wichtiges; sie konnten singen: «Ach, wenn es doch immer so wär!» Man kann sich denken, was das für ein Aufsehen gab, als es hieß, Felix heirate der Nägelibodenbäuerin Schwester, und zwar ganz freiwillig, es sei kein Muß da, sondern große Liebe. Man konnte den Ammann nicht begreifen, der es zugab, den Felix nicht. Wenn er nur so eine hätte haben wollen, hätte er nicht so lange zu warten brauchen; solche Einheimische hätte er viele gefunden und keine Fremde ins Dorf zu bringen brauchen. Es wäre nichts als billig, wenn ein Burger doch zuerst an Burgerstöchter dächte, die kennten den Brauch und täten doch immer am besten, man möge sagen, was man wolle. So reuete der Felix Viele insgeheim; über Änneli urteilte man fast wie Mädi. Noch vor einem Jahr sei es nur so ein strubs Kuderbützi gewesen; jetzt habe es sich freilich ein wenig zweggelassen, aber viel mehr als ein Erbsenstecken sei es nicht, nicht einmal eine Bohnenstange. Die ganze Geschichte gewann noch an Reiz und Wunderbarlichkeit durch die Briefgeschichte. Das wurde auf das Abenteuerlichste ineinander verwoben, die Käsgeschichte noch dazugenommen samt den zehn Kreuzern; daraus ließ sich was machen, das eine Art hatte, und zwar etwas, das Ähnlichkeit hatte mit einem Kaleidoskop: es flammte alle Augenblicke in andern Farben und Formen, blieb sich von keinem Hause zum andern, von keinem Augenblicke zum andern gleich.

Als Peterli die Kunde von der Heirat in den Dürluft brachte, wäre Eisi fast in eine Ohnmacht gefallen oder hätte einen Schlagfluß bekommen. Es konnte kein Glied mehr rühren, selbst das Maul nicht, sperrangelweit stand es ihm offen. Das war also das Ende von aller Mühe und Anstrengung, ein Triumph seiner Feinde, wie keiner noch erlebt worden: der Kuderknopf des Ammanns Söhniswyb, die Nägelibodenbäuerin Schwägerin von des Ammanns Sohn, des reichsten Burschen weit und breit – es wollte Eisi fast töten. Als es sich so weit erholte, daß es das Maul wieder brauchen konnte, so mußten der liebe Gott und der arme Peterli herhalten. Wenn ein gerechter Gott im Himmel wäre, er ließe solche Dinge nicht geschehen; das sei doch unerhört, daß eine Hexe ein solches Glück hätte! Vor alten Zeiten, wo es noch recht gegangen in der Welt, wäre so eine verbrannt worden, jetzt mache man sie vielleicht zur Sittenrichterin oder gar zur Gemeinderätin. Und wenn Peterli ein Mann wäre, gäb wie leicht einer, so täte er das alles nicht, es ginge ganz anders. Er hätte ihnen den Marsch gemacht, und sie müßten nicht so hintenabnehmen, wie es vor Gott und Menschen nicht recht sei; die würden doch lachen, das stehe es nicht aus, es wolle sterben.

Als nun aber einer kam mit der Aufforderung, Eisi solle abends um sechs Uhr im Wirtshause in der Gerichtsstube sein, wenn es nicht Verdruß und Kosten haben wolle, da sah man noch nichts von Sterben an ihm, da ging sein Mundwerk wie eine Mühle bei großem Wasser, was bekanntlich den Müller in Verlegenheit setzt, daß er lieber nicht mahlt als so. Eisi tschäderte alles durch einander: bald, es werde kommen und den Hagle dGringe wäsche, daß es ein ganzes Jahr hielte; bald, es hätte mit keinem Hund und Spitzbub was zu tun! Wer etwas mit ihm habe, wisse, wo es wohne, oder solle seinethalb ins Schloß laufen, es fürchte keinen Statthalter und keinen Teufel nüt! Dann ging es wieder über Gott und Peterli los. «Mach, was du willst», sagte endlich der Mann, welcher die Aufforderung gebracht, «aber lue, was du machst.»

Ach, Peterli hätte gern den ganzen Dürluft darum gegeben, wenn er Müller gewesen und die losgegangene Mühle hätte stellen können, aber es war nicht möglich; das lief um in sausendem Gebrause, wie er es noch nie erlebt, und das will viel sagen! Bald Zorn, bald Angst trieben die Räder und trieben endlich Eisi doch an den Ort der Zusammenkunft. Die Mutter hatte gemeint, es solle einen Mittelweg einschlagen und den Mann senden, aber das wollte es nicht. Dä Löhl verkafle alles, wisse nicht, was Leugnen sei, sage zuletzt noch viel mehr, als man begehre, dampe alles aus.

Es war bei der Zusammenkunft ein wahrer Spektakel, halb Ernst, halb Spaß. Eisi wurde gehetzt, wie man Kaninchen mit jungen Hunden, welche man dressieren will, jagt. Bald ward ihm die Hölle heiß gemacht, daß ihm der Atem verging, dann ließ man es wieder los und auf die Beine, dann hetzte man es aufs neue, brachte ihns in Zorn und dann in Angst, brachte es zu neuen Scheltungen, dann zu neuen Abbitten, und endlich mußte es eine Schrift unterschreiben, wo es Ehrenrettungen gab bis ins siebente Glied und Bußseufzer und Sündenbekenntnisse eines zu Brei zermalmten schrecklichen Sünders. Dagegen ward ihm versprochen, es solle einstweilen weder geköpft noch gehängt, sondern bis auf weiteren Bescheid am Leben gelassen werden. In seinen Kreuz- und Querzügen hatte Eisi seinen jungen Helfershelfer nicht geschont, sondern alle Schuld auf ihn geworfen, und die Schuld war groß, denn die Briefe, welche von mehreren Seiten zusammengetragen wurden, enthielten schauderhafte Dinge, sie mußten von einer so recht giftigen Kröte herkommen.

Eglihannes fand sich nicht ein und schickte seine erhaltenen Briefe nicht, wahrscheinlich fand er in der Dichtung zu viel Wahrheit und kannte die Leute, welche eine Galgenfreude haben über alles Schlechte, welches sie von Andern hören, und eine um so größere, je greulicher die Dinge sind.

Es wunderten sich alle darüber, daß der Nägelibodenbauer keinen Brief bekommen, da er und seine Leute in andern Briefen so stark vernamset waren. «Gäll, Eisi, das ist vo wegem Tüfel, vor dem gruset es dir doch?» hieß es. «Warum nit?» sagte Eisi, «we me ne so nah zueche het, wem wetts nit gruse!» «Recht», sagte der Nägelibodenbauer, «aber was sagst du dazu, wenn er sogar hier am Tische sitzt?» Da fuhr Eisi auf mit grüslichem Gesicht, und manches Stuhlbein ward vom Tische geschoben. Da erzählte Sepp so gleichsam als zum Schlusse, wie Eisi mit dem Totbeten gefochten und wie er den Teufel vorgestellt und sich damit bei Eisi in Respekt gesetzt. Es gab großes Lachen, obgleich es Mancher nicht von Herzen tat, denn man war mit Eisi keineswegs in entschiedenem Gegensatz der Ansichten. Eisi selbst aber sagte dem Nägelibodenbauer gerade ins Gesicht, er lüge, es habe ihn zu gut erkannt; aber wer ihn gesandt, wisse es, und die seien nicht besser als er selbst, selb sei wahr. Und so redet Eisi noch bis auf den heutigen Tag, denn es hat einen starken und festen Glauben.

Es war noch eine strenge Exekution gegen den jungen Dichter erkannt worden. Der Schulmeister sollte ihn nach alter Sitte in der Schule abstrafen, das heißt nach Noten mit der Rute fitzen. Der Befehl wurde erteilt, aber der Schulmeister erklärte, man habe ihm nichts zu befehlen. «Nun», sagte man, «so soll es dir der Regierungsstatthalter befehlen; aber wenn damit die ganze Sache neu aufgewärmt wird, so bist du an den Folgen schuld.» Der Regierungsstatthalter habe ihm auch nichts zu befehlen, es stehe nirgends im Gesetz, daß er den Büttel machen müsse, es sei nicht bewiesen, daß der Junge die Briefe gemacht, derselbe stelle es in Abrede und werde es mit Recht tun, und drittens sei es gegen alle Menschenrechte, man solle keinen Menschen schlagen, am allerwenigsten ein Kind, welches nicht zurechnungsfähig sei, sagte der Schulmeister.

Der Schulmeister stand auf der neuesten Stufe der Kultur, auf derjenigen, wo man der Jugend alles erlaubt, zu allem sie berufen glaubt, während sie eben wegen der Jugend nicht zu strafen sei; wo man den Mord an Weib und Kindern zulässig findet, aber die Strafe am Mörder nicht; wo man den Brandstifter, den Aufrührer, durch den Hunderte das Leben verlieren, in seinem Rechte glaubt, aber Zetermordio schreit, wenn die Gerechtigkeit diesen ergreift und Recht an ihm übt. Die Vehfreudiger kannten bereits etwas von dieser juridischen und schulmeisterlichen Auffassung der Gerechtigkeit, sie stellten sich daher auf den gleichen Boden und erklärten: Lange stürmen mit dem Schulmeisterli wollten sie nicht, es mache halt ebenfalls jeder, was ihn gut dünke und was er könne. Nun schlug jeder von ihnen den Buben ab, wo er ihn handfest machen konnte und so oft er konnte und so stark er mochte. Der Junge ward wenigstens dreißigmal abgeprügelt statt nur einmal und jedesmal nach eines Jeglichen Willkür, so lange und so stark es jedem beliebte. Er wäre wahrscheinlich sechzigmal abgeschlagen worden, und vielleicht bis er kein Glied mehr gerührt, wenn ihm der Schulmeister nicht für einstweilen aus dem Faustrecht geholfen. Das ist nämlich das prächtige Ende der prächtigen Theorien, denn die Enden berühren sich. Der Junge ward salviert vom Schulmeister, das heißt er ward vom Regen der Traufe zugeführt. Er kam zu einem Spezialfreund des Schulmeisters, dem es im Obergaden rappelt, der Gemeindeschreiber und der Hund weiß was alles ist, der die merkwürdige Natur hat, daß er nicht bloß wie das Chamäleon in allen Farben schillert, sondern in einem Augenblick ein kriechendes Tier sein kann und im andern eine Giraffe (bekanntlich das Tier unter den Tieren, welches seinen Kopf am höchsten trägt und gewöhnlich etwas schief), der in einer Minute eine Haut hat wie eine Schlange und in der andern Borsten wie ein Stachelschwein, der in einer Minute ein ungeschältes Ei ist und in der andern ein Nashorn oder ein Flußpferd, kurz ein naturhistorisches Wundertier, was derselbe auch wirklich meint, doch vielleicht etwas anders, als es hier gemeint ist. Was nun aus dem Buben für ein pädagogisches Naturkunstprodukt werden wird, kann nicht mit Bestimmtheit vorausgesagt werden; es wäre aber sehr möglich, daß derselbe großartig ausfallen, auch Schulmeister, Gemeindeschreiber, Amtsrichter, Großrat werden und zum Allerhöchsten Mut und Appetit kriegen könnte, begreiflich samt den Fähigkeiten dazu auf die neue Mode.

Einsprache gegen die Hochzeit tat niemand, und es ward kein Trossel geführt, sondern am Abend vor der Hochzeit und am Abend des Hochzeitstages gewaltig geschossen, so gleichsam schuldigermaßen, denn Felix war der Herzog der Nachtbuben gewesen, und durch mehrere Jahre hatten sie sich ehrenvoll durchgepaukt und waren weitumher gefürchtet. Felix ließ sich auch den Wein nicht reuen, und wir denken, der Käserlös sei dabei redlich aufgegangen. Es reute ihn auch nicht, er meint noch jetzt: Dieses Geld sei am besten ausgegeben gewesen von allem, was er bisher durch die Hände gelassen, so etwas Gutes habe er noch nie so wohlfeil bekommen. Er ist der größte Lobredner der Käsereien; das sei der beste Gedanke gewesen, so lange die Vehfreudiger Kühe gemolken, eine Käserei zu errichten. Ohne eine solche hätte er seine Frau nicht, und nebenbei, wenn einer Verstand brauche und nicht alles an diesen Nagel hänge, trügen sie schönes Geld ein, seien der Dorfschaft ein großer Nutzen. Solange er etwas dazu zu sagen habe, werde er fürfahren. Indessen, wenn sie aufhören würden, könnte er sich auch darein schicken, wenn er nur sein Fraueli behalte, solange er lebe, denn wenn er einstens sterben müsse, möchte er noch gerne sagen: «Änneli, gimm mr es Müntschi, und wenn ih gstorbe bi, so drück mr dAuge zue!» Felix' Lieblingsgsätzchen, wenn ihn das Singen ankam, blieb:

U wen ih einist gstorbe bi
U ds Blüemeli o vrdirbt,
Su tue mr de mys Blüemeli
Zu mir is Grab, ih bitte dih!
O Blüemeli my, o Blüemeli my,
Ih möcht geng by dr sy!

Anmerkungen

Kursivschrift bezeichnet die von Gotthelf in Klammern beigefügten, in unserer Ausgabe gestrichenen Erklärungen berndeutscher Ausdrücke, «E» die Erstausgabe des Romans (Berlin 1850). Die in Band XII, S. 546 der Gesamtausgabe verzeichneten Abweichungen von E wurden von uns übernommen, sind aber im Folgenden nicht mehr aufgeführt.

Seite

7 Anglaise: neumodisch langer Rock von städtischem Schnitt.

9 Bräter: (*Uhr*). – auffaßte: E «faßte».

10 Fötzeln: (*Lumpen*). – Schuldenbäuerlein: E «Schuldenbäuerleins».

11 Taggeldern: E «Tagegeldern», ebenso S. 371.

12 Flachssamenrede: gedankenschwacher, wortreicher Vortrag.

14 dem Gedanken: E «den». – Laxieren: Brechmittel einnehmen. – Purgieren: Abführen.

15 Dürluft: Zugluft.

16 niene: (*nirgends*). – blutti: (*nackt*).

17 versetzt: verbürgt.

21 Siebental: Simmental.

22 Nidle: (*Sahne*).

23 Rudolf von Effinger: derselbe, mit dem Gotthelf als Vikar in Herzogenbuchsee den schweren Zusammenstoß hatte, der ihn seine dortige Stellung kostete (vgl. Band 1, S. 10). – Hälse: E «Hälser» (Verschreibung).

30 um von der: E «nur von der». – Niggel: (*Gesetzfabrikant*).

34 Schüpfenmoos: das Ried bei Schüpfen im Seeland, das Gotthelf als «freisinnige» Gegend haßte.

35 die Rechte: E «der».

36 Lätsch: (*Strick*).

38 Holzschuppen: E «Holzschoppen».

Seite

39 Abchust: (*Beigeschmack*). – chum tun: sich kümmerlich durchbringen.

41 die Rößе: das Einweichen von Flachs oder Hanf.

44 leider auch: E «auch leider».

46 ein ganz anderes: E «was ganz anderes».

47 Hintersäß: Niedergelassener.

48 Göttinger Professoren: die wegen ihres Protestes gegen den königlichen Verfassungsbruch 1837 abgesetzten sieben Professoren der Universität Göttingen, unter denen sich die Brüder Grimm befanden.

51 Verbunst: (*Mißgunst*).

52 mutz: kurz.

55 Seh: E «Sieh».

56 Spiegel: (*Brille*).

60 im gleichen Fache: E «in gleichem».

62 lützelen: (*gebrechlichen*).

63 Skorpion des Rehabeam: 2. Chronik 10, 11.

72 da daheim: «da» von uns ergänzt.

73 bsunderbar: E «sonderbar».

75 der Basler Herren: die Stadt Basel kämpfte nach ihrer Niederlage im Krieg mit der Landschaft schwer um ihren wirtschaftlichen Bestand.

76 Gemeindrat: E «Gemeinderat». – Michelstag: der 29. September, ein wichtiger bäuerlicher Termin.

78 angehends: sogleich. – lüftiges: E «luftiges».

80 Tiefenaubrücke: ihr Einsturz kostete 1847 zahlreichen Arbeitern das Leben. Vgl. Psalm 127, 1.

81 nicht zu Hause: E «bei Hause».

82 Die Vehfreude war: «Die» von uns ergänzt.

83 Guizot: der 1848 gestürzte mächtige französische Staatsmann. – Dahlmann: deutscher Historiker und wenig erfolgreicher Politiker. – Vogt: führender deutscher Demokrat. – Win-

Seite

dischgrätz: österreichischer Feldmarschall und Politiker. – Bränte: Tanse.

86 hauptsächlich: E «hauptsächlich darum».

87 Wedel: Vollmond. – Gergesener: Evang. Lukas 8, 26 f. – Bahren: E «Barren».

88 Ländti: (*Landungsplatz*).

89 Schleifströge: Hemmschuhe. – haaben: (*sauer werden und auflaufen*).

90 spaten: nachhelfen.

91 Während dem Weib: E «das Weib».

92 das Gras wachsen: «das» von uns ergänzt.

93 viel Mäß: E «Maß». – Weingart: freisinniger Berner Buchdrucker und Politiker.

94 waren dann wohl: E «war».

97 Gugag: glotzender Dummkopf.

102 vor schwerem Verdacht: E «von».

108 auf einem Hofe ist: E «sind».

110 Bütte: Kufe.

111 zImis: (*Imbiß*).

114 und es könnte sich: E «könne». – raxen: (*sterben*). – wer ihr: E «ihm». – Lällen: (*Mäuler*).

116 Gloschli: (*Unterrock*).

117 Donnergueg: Hirschkäfer, spielt im Aberglauben eine Rolle.

121 An einem heißen Tage: vgl. «Neuer Berner Kalender» 1840: «Die schönen Käsereien und die wüsten Männer».

122 der Brästen: (*die Seuche*).

123 den Ringgen: (*die Schnalle*).

125 brauchten nicht zu fürchten: E «brauchten sich». – Schmutziges: (*Butter oder Schmalz*).

127 sollte den Marsch machen: E «solle». – witziger sein wollte: E «wolle».

128 Mathys: freisinniger, aber nicht parteifrommer Berner Politiker.

Seite

131 bschulen: verhören. – Fausterli: (*Bräntchen, die man in der Hand trägt*). – Präopinant: Vorredner.

133 Sie führen ihm: E «Sie führten ihn».

136 zDorf: zu Besuch.

138 Natürlich: E «Bekanntlich». – sie hatten genug zu tun: sie schlugen sich mühsam durch.

142 Spengler: (*Löter*), zweimal.

144 Burger, Burgerholz, Burgerspälten: E «Bürger», «Bürgerholz», «Bürgerspälten»; ebenso S. 244, 302, 535.

145 des Guckkastens: eines politischen Berner Witzblattes, in dem auch Gotthelf wiederholt angepöbelt wurde; vgl. S. 188.

147 hulf: E «helfe».

148 Käsbank: Käsegestell. – Bäunde: Pflanzgarten.

150 Quos ego: denen will ich; Zitat aus Vergils Aeneis.

151 ward: E «war». – Kyb: Zorn. – im tiefsten Grunde: E «tiefen».

154 ward: E «war».

155 Fläre: (*Ohrfeige*).

158 Fürtuch: Schürze.

161 gygampfe: (*schaukele*).

163 grüsliche: E «grusliche», zweimal. – so gut es es: E «so gut es».

164 den Ringgen eintun: kurz halten. – Schallenwerk: E «Schellenwerk (*Zuchthaus*)». – borgen: schonen.

166 Bübbi: Mutterbrust.

169 nicht kummern: E «mich nicht kümmern»; ebenso S. 310, 316, 372.

176 «Mr heys nit»: vgl. «Fatale Zumutung» im «Neuen Berner Kalender» 1840.

177 Druey, Eytel: Führer der Waadtländer Radikalen. – Tauner: Tagelöhner.

179 hänke ihm zu viel an: (*erschwere den Atem*).

180 beiseits ging: «ging» von uns ergänzt.

Seite

182 abschynig: schattenhalb gelegen. – abgeschleipft: verwahrlost.

183 fingerslang: E «Finger lang». – Wie der Mann: E «der Mensch».

185 ungrecht: krank.

186 die berühmte Leiter: von der aus 1845 die freisinnigen Redner die Volksversammlung zur Revolution aufriefen.

189 Michelstag: s. zu S. 76, vgl. S. 272.

190 nicht zu fast: nicht zu sehr. – welche Kohl erzählt: in seinen 1849 erschienenen «Alpenreisen», die auch ein dummes Urteil dieses vielschreibenden deutschen Reiseschriftstellers über Gotthelf enthielten.

192 Maut: Zoll. – dräyhen: pressen. – nüsti: trotzdem.

193 Vierzehne?: (*vierzehn Kronen gleich dreiundzwanzig Gulden zwanzig Kreuzer*).

194 sagt der Alte: E «sagte».

197 villicht: E «vielleicht».

199 uf dene magere: E «auf».

202 Brasti: Prahlhans.

203 gfellig: (*glücklich*). – abtschädern: (*abschnurren*).

204 hatte, weil er sah: E «hat, weil er sieht». – Sitte war: E «ist».

209 heiter hellen: E «heitern, hellen».

211 gäben: E «geben».

212 Üse?: (*der Pfarrer*).

214 in die Windeln: «die» von uns ergänzt.

215 bei Längem: nach und nach.

216 welches er nicht hatte: E «und welches».

218 anegchneuet: (*auf die Knie gefallen*).

219 Stimme: E «Stimmen», zweimal.

222 müssen daher: E «mußten».

223 in welchem: E «in welchen».

225 Wurst: der Verfasser der von Gotthelf immer wieder verhöhnten, an den Berner Schulen gebrauchten deutschen Schulgrammatik. – Sprachkünstler: E «Sprachkünstlern».

Seite

226 Neuhaus: der 1846 durch Stämpfli verdrängte erste Führer der Berner Radikalen.

227 Fecken: (*Flügeln*),

229 Hufe: E «Hufen».

231 Kust: (*Geschmack*).

233 meinten: E «meinen».

235 Kossuth: der Anführer der ungarischen Erhebung von 1848.

236 «Sattle mir»...: Beginn von Bürgers Ballade «Die Entführung».

237 fehls: E «fehlts».

238 Getäsche: E «Getätsche». – siebzehn Kronen: (*achtundzwanzig Gulden zwanzig Kreuzer*).

239 Ätigenkilbi: Ätingen im Solothurnischen, eine Stunde von Utzenstorf.

243 nichts anderes mehr: E «sie nichts».

245 Begebnis: E «Begegnis».

246 greuliche: E «grauliche». – an geschenkten Bodenzinsen und Zehnten ein Erkleckliches gewonnen: durch die 1846 von den Radikalen erzwungene Abschaffung dieser Abgaben.

257 uverschant: E «uverschamt»; ebenso S. 344. – Ja, könnte doch denn: E «doch dem».

258 vrspreche: entschuldigen.

261 das alte Pfund: das vor der Einführung der neuen Gewichte (1838) gültige. – Gät ane: gebt weg, verkauft.

264 niederere: E «niedere».

265 Bureau: Schreibtisch. – Losung: Erlös.

268 sie selbst: E «selbst sie».

269 Palmerston: der von Gotthelf wegen seiner Einmischung in die Sonderbundshändel gehaßte englische Außenminister. – Schlemperlig: (*böse Folge*). – Freundlichkeit: gütliche Beilegung eines Streites.

270 dAchsle: E «dAchsel». – übers Bord: E «über». – Als nun Felix: E «dieser Felix».

Seite

271 Schaltier: Berner Stadtgespenst in Gestalt eines geschundenen Kalbes.

277 ich kenne die Untersuchungen: E «Untersuchung». – Hättet ihr: «ihr» von uns ergänzt.

281 Schübel: (*Haufen*). – Rahel zu Rama: Jeremias 31, 15.

283 Warum sollte man: E «man es».

284 Stündelikappe: (*Weiberkappe, wie sie anfänglich eine religiöse Sekte zur Auszeichnung trug*).

285 der englische Gesandte: vgl. Band 5, Anm. zu S. 341.

288 das ihnen unbestritten: E «was». – schärft: E «schärfte».

290 schon oft: E «schon so oft».

291 es düeche ihn, es sollte: E «düechte», «solle».

293 hätte es: E «hatte». – der Gerechten hatten: E «haben». – Melchtern: Kübel zum Tränken der Tiere.

295 roten: (*falschen*). – voll hätten: E «hatten».

298 ufs Gwohne: E «aufs».

300 zu räß: E «zu räß; zu salzig» (versehentlich statt der Klammer).

301 Tatern: Torten.

302 den Teufel: E «dem».

305 Stättigkeit: Bockbeinigkeit.

313 Gleich morgen: E «morgens».

315 alles: völlig. – gschmuecht: (*ohnmächtig*). – mit Ännelis Tod: «Ännelis» von uns ergänzt.

322 nichts gegeben: E «nicht».

323 ufha: (*Eid schwören*). – Färli: Ferkel. – Färech: Pferch.

324 blinzten: E «blinkten».

331 Letzi: (*bleibenden Schaden*).

334 Vom Mai: E «Von».

336 darauf: E «darein».

341 anfechtig: schlagfertig.

348 Gchafel: (*Unordnung*). – Karl Albert von Sardinien: der Führer des italienischen Aufstands gegen Österreich, wurde 1848 von Radetzki bei Custozza geschlagen.

Seite

349 Weite: Platz.

351 vor den Gadenfenstern (Zeile 16): E «über den».

357 in seiner Kasse: E «in seine».

360 das glauben die Leute: «die» von uns ergänzt. – hätt ih nit: E «hätte».

363 dUrfle: die kastrierten Widder.

365 borgest: schonst.

371 das Mißverstandenwordensein: E «Mißverstandenwordenzusein».

373 jetzt sehe ich: E «ich mich».

374 prasten: unüberlegt heraussagen.

375 Näggis: (*Schaden*).

378 Übersünigi: (*Übermut*).

380 an so etwas: «so» von uns ergänzt.

382 daß wenn sie jemanden: «daß» von uns ergänzt.

383 Brattig: (*Kalender*).

388 beiten: warten.

391 vertschäggieren: (*verschachern*).

392 und dem Emmental: «dem» von uns ergänzt.

395 Ürti: (*Zeche*).

409 gust: (*ungemelkt*).

449 schalus: (*eifersüchtig*).

477 Blütterlüpf: Schwächling.

480 Knupe: (*Eiterbeule*).

492 Verwunderung: E «Bewunderung».

494 es reiche: E «gereiche».

495 wohlfeilere: E «wohlfeile». – Sunndi: E «Sunde».

498 Gülten mache: Geld in Wertschriften anlege.

499 erbarm: E «erbarme».

506 bis witzig: E «bist». – fuehret: E «füttert». – glaubte: E «glaube».

507 hürmehi: (*gegenwärtig*).

Seite

508 Tschaggeli: (*Bettelmensch*). – Zaagg: (*geheimer Umgang*).

516 Zug: (*Strömung*).

518 «Des Lebens Mai...»: aus Schillers Gedicht «Resignation».

519 Mäulern: E «Mäuler».

525 zu fürchten: E «sich zu fürchten».

531 anekneue: (*vor die Füße knien*).

533 im Beisein: E «in». – Täubeln: Zärtlichtun.

534 Witzigs: (*Verständiges*).

535 Kuderbützi: zusammengerolltes Stück Kuder (= minderwertiger Flachs).

541 U wen ih einist gstorbe bi: Schlußstrophe von G.J.Kuhns Volkslied «Ha amen Ort es Blüemeli gseh». – Su tue: E «tuet».

Inhaltsverzeichnis